Mia Löw
Das Haus der geheimen Tr

PIPER

Zu diesem Buch

Nach dem unschönen Ende einer Beziehung und dem Verlust ihres Jobs reist Julia Bender von Berlin nach Long Island in das Haus, in dem ihre ältere Schwester Jennifer bis zu ihrem Tod gelebt hat. Jennifer gehört zu den Opfern des Anschlags auf das World Trade Center. Julias Schwager Noah – Julias große Liebe, die ihr die Schwester einst ausgespannt hatte – hat sie schon oft in das traumhafte Haus in den Hamptons eingeladen, aber erst jetzt fühlt sie sich bereit, ihn wiederzusehen. Doch schon zu Beginn der Reise kommt die Vergangenheit wieder hoch. So intensiv, dass Julia meint, bei ihrer Ankunft am Flughafen in New York ihre Schwester aus der Ferne zu sehen. Sie versucht, diese Frau zu verfolgen, aber sie flüchtet regelrecht vor ihr – und Julia lässt der Gedanke nicht mehr los, ihre Schwester könnte noch am Leben sein …

Mia Löw hat Germanistik und Journalistik studiert, als Redakteurin bei einer Frauenzeitschrift und als Pressesprecherin gearbeitet. Heute schreibt sie erfolgreich Drehbücher und lebt mit ihren Kindern und einem Hund in Hamburg.

Mia Löw

Das Haus der geheimen Träume

Roman

PIPER
München Berlin Zürich

Mehr über unsere Autoren und Bücher:
www.piper.de
Aktuelle Neuigkeiten finden Sie auch auf Facebook, Twitter und YouTube.

Von Mia Löw liegen im Piper Verlag vor:
Das Haus der verlorenen Wünsche
Das Haus des vergessenen Glücks
Das Haus der geheimen Träume

MIX
Papier aus verantwortungsvollen Quellen
FSC® C083411
FSC www.fsc.org

Originalausgabe
1. Auflage März 2016
2. Auflage April 2016

Umschlaggestaltung: Johannes Wiebel/punchdesign
Umschlagabbildung: Horst Petzold/shutterstock (Haus); ying/shutterstock (Garten); Oleksii Zelivianskyi Photographer/shutterstock (Blumen)
Satz: Satz für Satz, Wangen im Allgäu
Gesetzt aus der Minion
Druck und Bindung: CPI books GmbH, Leck
Printed in Germany ISBN 978-3-492-30818-2

An deinem letzten Tag hol ich dich ein,
nehm dich fest in meinen Griff,
dann kommst du nicht mehr an mir vorbei
und ich zeig dir dein wahres Ich.
Den tausend Lügen von dir wirst du dich stelln,
all den Tricks und Spielerein.

Ich bin dein Gewissen,
ich lass dich nicht allein.

Aus dem Song der Toten Hosen »Gewissen«, 1993

Prolog

11. September 2001. Das Großraumbüro der Architektenfirma Spencer & Bates, 81. Stock im Nordturm des World Trade Center in New York. 8:42 Uhr.

Sie sitzt an ihrem Rechner und lässt den Blick aus dem Fenster schweifen, denn sie kann sich nicht auf ihre Arbeit konzentrieren. Dabei hat sie so viele Ideen, wie das geplante Versicherungsgebäude in Brooklyn aussehen könnte, doch durch ihren Kopf wirbeln andere Gedanken. Was ist dieser Auftrag gegen ihr Leben, das in eine Sackgasse geraten ist, aus der es keinen Ausweg zu geben scheint?

Es sei denn … Sie traut sich nicht, es zu Ende zu denken. Nicht einmal der Blick auf den strahlend blauen Himmel dort draußen kann ihr etwas von dieser Hoffnungslosigkeit nehmen.

Erst ein verhaltenes, dumpfes Brummen, ein grollendes Zittern, das durch den Fußboden, die Decke und die Wände geht, ein pulsierender Bass, gefolgt von einem ohrenbetäubenden Lärm, dann ein gewaltiger Knall, als würde Beton bersten, verbunden mit einem Geräusch, als tobe ein Orkan durch ihr Büro, reißen sie aus ihren Gedanken. Ein Element der Deckenverkleidung kracht haarscharf neben ihrem Schreibtisch zu Boden. Staub und Dreck überall. Ihr Herz pocht bis zum Hals. Was ist das?, denkt sie kurz, doch als sich das Gebäude plötzlich neigt, fürchtet sie, es würde umfallen. Sekunden später aber schwankt es in die andere Richtung wie das Pendel einer Uhr. Und nichts bewegt sich mehr. Der Turm steht, als wäre nichts geschehen. Im Büro ist es totenstill, bis sie ihren Chef brüllen hört: »Alles raus hier! Ein Erdbeben!«

Erdbeben?, geht ihr durch den Kopf. Gilt New York nicht als erdbebensicher? Doch dann folgt sie ihren Kollegen in Richtung der Fahrstühle. Im Flur schlägt ihnen beißender Rauch entgegen. Aus den Aufzugschächten treten Flüssigkeiten aus, und Kerosingeruch hängt in der Luft. Keiner der elf Mitarbeiter spricht auch nur ein einziges Wort. Zwei Kolleginnen schluchzen verhalten. Sie aber ist wie erstarrt und denkt gar nichts mehr, sondern folgt den anderen zur Treppe. Ihre Augen tränen, und sie muss husten. Es ist stickig und heiß, so entsetzlich heiß. Der Schweiß läuft ihr aus allen Poren zugleich. Sie kann nichts mehr sehen, denn er tropft ihr auch in die Augen. Sie bleibt stehen, reibt sich mit den Händen das Gesicht trocken. Als sie wieder sehen kann, sind die anderen fort, doch eine fremde Menschengruppe, die aus dem Nichts zu kommen scheint, drängelt sich nun vor ihr auf die Treppe.

Sie wird hektisch, will zu den anderen, doch dann knickt sie mit ihrem High Heel um. Ein höllischer Schmerz im Knöchel durchfährt sie, aber sie weiß, dass sie nicht stehen bleiben darf. Kurz entschlossen entledigt sie sich der schwarzen Schuhe, die sie gerade erst vor ein paar Tagen für viel Geld in ihrem Lieblingsladen erstanden hat. Barfuß eilt sie weiter, bis sie einen Treppenabsatz erreicht. Unter ihren Füßen brennt es. Der Boden glüht, aber sie schenkt dem keine Beachtung. Im nächsten Stockwerk teilt sich die Treppe. Die Menge drängt sich nach links. Sie bleibt stehen und überlegt. Ein unbestimmtes Gefühl rät ihr, die rechte Treppe zu wählen. Sie zögert, dann entfernt sie sich von den anderen. Auf dieser Treppe ist sie ganz allein. Panik überkommt sie. Soll sie nicht lieber umkehren? Doch sie geht weiter wie in Trance. Stufe für Stufe nach unten. Nach einer halben Ewigkeit stößt ein Pulk von Menschen dazu. Eine Frau schreit, eine andere, stark übergewichtige setzt sich. »Lasst mich, ich habe es mit dem Herzen, ich kann nicht mehr«, jammert sie, als zwei Männer sie packen und mit sich ziehen.

Das Klagen der Übergewichtigen hört nicht auf. Sie will sich von ihren Helfern losreißen, aber die schleifen sie entschlossen mit. Die Frau verliert ihre Schuhe. »Meine Schuhe«, japst sie.

Sie kann das Gejammer nicht mehr aushalten. »Nun halten Sie doch endlich Ihren Mund!«, zischt sie und tatsächlich, die Übergewichtige verstummt.

Das Etuikleid klebt ihr am Körper. In Strömen rinnt der Schweiß ihre nackten Beine hinunter. Die Luft ist zum Ersticken, und es stinkt erbärmlich. Nach Rauch, Chemikalien und immer stärker nach Kerosin. Erneut muss sie husten. Sie hätte gern ein Taschentuch, um es sich vor die Nase zu pressen, aber sie hat ihre Handtasche im Büro gelassen.

»Ein Sportflugzeug. Ein Sportflugzeug ist in den Turm geflogen!«, ruft ein Mann aufgeregt hinter ihr.

Sie dreht sich um. Überall versteinerte Gesichter. Die meisten schweigen.

Ihr Blick fällt auf die Zahl an der Wand. Es ist das 63. Stockwerk. Was, wenn ich hier nicht lebend herauskomme?, fragt sie sich und ist dabei erstaunlich ruhig. Daran hat sie noch gar nicht gedacht: Sterben wäre immerhin eine Option! Nun wird sie noch ruhiger. Was auch immer geschehen wird, die Lösung ist nah. Sie spürt es und gibt ihr Schicksal in die Hand einer höheren Macht. Sie ist nicht religiös und hat seit Jahren keine Kirche mehr von innen gesehen, außer als Touristin.

Und trotzdem, da ist diese tiefe Gewissheit in ihr. Sie kann nichts mehr tun. Nach einer halben Ewigkeit setzt sich die Menschenmenge wieder in Bewegung. Wieder ein Treppenabsatz, wieder teilt sich die Treppe. Und wieder stellt sich die Frage. Links oder rechts? Die meisten nehmen die linke Treppe. Wie die Lemminge, geht ihr durch den Kopf, während sie mit ein paar wenigen nach rechts geht. Kaum hat sie den ersten Schritt getan, wird sie von einem Wirbelsturm erfasst und findet sich staubbedeckt in tiefster Dunkelheit wieder. Menschen schreien. Eine Frau neben ihr setzt sich schluchzend auf die Treppe. »Es ist vorbei. Das ist der Weltuntergang«, wimmert sie und fängt laut zu beten an.

Sie versucht, den Staub von ihrem Kleid zu wischen, aber als sie ihre dreckverschmierten Hände sieht, gibt sie es auf. Stattdessen packt sie die betende Frau unter den Achseln und herrscht sie an. »Sie versperren uns den Fluchtweg!«

Die Frau erhebt sich, immer noch betend und geht hinter den anderen her.

Auf dem nächsten Treppenabsatz kommen sie plötzlich von allen Seiten herbeigeströmt, Menschen, denen die nackte Panik in den Gesichtern steht.

»Sie haben uns untersagt, das Büro zu verlassen, diese Arschlöcher, aber eben kam die Durchsage, wir sollen raus«, flucht ein Herr im blauen Zweireiher und drängelt sich rücksichtslos an ihr vorbei. Wieder kommt die Schlange ins Stocken. Es geht nicht mehr vorwärts, auch nicht rückwärts. Menschen schubsen von hinten. Endlich sieht sie den Grund, warum es nicht weitergeht: Mehrere schwitzende Männer in schweren Monturen bahnen sich den Weg an ihnen vorbei nach oben.

»Was ist passiert?«, fragt ein Mann einen der Feuerwehrmänner.

Der zuckt mit den Achseln und sagt nur, sie sollen weitergehen. »Das Gebäude ist sicher«, fügt er noch hinzu.

Ihre Blicke treffen sich. Sie kann darin lesen, dass er lügt. Was auch immer geschehen ist, denkt sie, es muss so entsetzlich sein, dass man es ihnen nicht sagen will. Hat man Angst vor einer Panik?

Es vergeht eine halbe Ewigkeit, bis es weitergeht. Viel langsamer als zuvor, denn in jedem Stockwerk stoßen weitere Menschen dazu, deren verzerrte Gesichter glauben lassen, sie wären nur haarscharf dem Höllenfeuer entkommen. Sie lässt sich einfach treiben, denn sie hat sich in ihr Schicksal ergeben. Ohne Gebet. Einfach alles abgegeben an eine höhere Macht, an die sie noch nie zuvor geglaubt hat. Vielleicht ist es die beste Lösung, denkt sie in fatalistischem Gleichmut.

Im 44. Stock geben Sicherheitsleute Anweisungen, das Treppenhaus zu wechseln. Sie sind jetzt bei der Sky Lobby angekommen. Durch ein großes Fenster kann sie ins Freie sehen. Blau, alles blau, aber es schneit Papier. Wie weiße Vögel, die ihre Orientierung verloren haben, schweben die Blätter am Fenster vorbei in die Tiefe.

Sie hat sich gerade wieder umgedreht, als hinter ihr eine Frau hysterisch aufschreit. »Ein Mensch! Da! Da ist ein Mensch vorbeigeflogen.«

Als sie den Blick zum Fenster wendet, sind da nur diese weißen, langsam flatternden Papiervögel.

Ein Sicherheitsmann mahnt mit überkippender Stimme, sie sollen nicht rausgucken, sondern weitergehen, immer weitergehen.

Sie geht weiter. Etage für Etage. Sie hat inzwischen kein Zeitgefühl mehr. Immer mehr Feuerwehrmänner kommen ihnen auf der Treppe entgegen. Niemand fragt sie mehr, was geschehen ist. Sie hat den Eindruck, das ist nicht mehr wichtig für diese Menschen, die nur noch ein Ziel eint: ins rettende Freie zu gelangen. Will ich das eigentlich auch?, geht ihr durch den Kopf. Sie weiß es nicht wirklich.

Ein Blick auf ihre Armbanduhr zeigt ihr an, dass es kurz vor halb elf ist. Anderthalb Stunden ist sie nun schon auf dem Weg nach unten, und es scheint kein Ende in Sicht. Doch dann endlich haben sie es geschafft. Einige weinen vor Erleichterung, als sie die Lobby erreichen. Das Schicksal hat sich für das Leben entschieden, denkt sie gerade, als eine höllische Explosion den Boden unter ihr erzittern lässt und ein furchterregender Lärm ihre Trommelfelle förmlich zum Platzen bringt. Alle rennen zum Ausgang, nur sie dreht sich noch einmal um. Überall schlagen Flammen aus den Fahrstühlen, die Stahltüren brechen auf, Menschen als brennende Fackeln, Stahlträger werden auseinandergerissen, als wären sie aus Styropor. Die Fahrstühle explodieren, und eine nach Kerosin stinkende Feuerwelle walzt auf sie zu. Sie ist wie erstarrt, kann den Blick nicht von diesem Inferno lassen. Ein Geräusch, als rase ihr eine Lok mit Highspeed entgegen, lässt sie wieder zu sich kommen. Und da ist er endlich wieder. Ihr Wille zum Leben. Sie will raus, sie will eine andere Lösung finden, nein, Sterben ist keine Alternative. Hat ihre Mutter nicht mal so ein Buch gelesen? Sterben ist keine Alternative, denkt sie noch, als sie etwas kochend Heißes an ihrer Hand spürt, aber sie kann nicht mehr schreien, denn in dem Augenblick wird ihr Kopf von einem harten Gegenstand getroffen, und alles ist schwarz.

Erster Teil

JULIA

1.

Julia Bender zögerte. Es fiel ihr nicht leicht, bei ihm zu klingeln. Hatte er ihr nicht vor knapp einer Woche eine knallharte WhatsApp geschrieben? Brauche Abstand! Natürlich hatte sie das nicht so stehen lassen wollen und ihn mit zig Nachrichten bombardiert. Warum? Lass uns reden! Was ist los? Bitte melde dich! Doch er hatte sie offenbar nicht mal gelesen, wie sie unschwer an dem einzelnen grauen Häkchen erkennen konnte, das hinter jeder dieser Nachrichten stand. Schließlich hatte sie es mit Anrufen probiert, aber es war nicht einmal eine Mailbox rangegangen. Jan war nicht mehr zu erreichen, jedenfalls nicht für sie.

Und nun stand sie vor einem der wenigen nicht luxussanierten Gründerzeithäuser in der Simon-Dach-Straße und traute sich nicht, auf den Klingelknopf zu drücken. Aber hatte sie eine Wahl? Was nützte es ihr, wenn der Stolz siegte? Sie wollte ihn ja auch gar nicht mehr zurück, sondern nur eine Nacht in seiner Wohngemeinschaft schlafen und ihn bitten, ihr das Geld zurückzugeben. Zwanzigtausend Euro hatte sie ihm geliehen, ihr ganzes Erspartes, als sie noch glaubte, ihre Stelle bei der Zeitung sei sicher. Schließlich hatte sie zwei Entlassungswellen schadlos überstanden, aber nun hatte sie überraschend ihre Kündigung erhalten. Julia hatte es Jan noch gar nicht gesagt, denn es war an dem Tag geschehen, an dem er ihr diese Nachricht geschickt hatte. Ein fatales Zusammentreffen, das Julia bittere Tränen gekostet hatte. Sie hatte geglaubt, es könne nicht schlimmer werden. Doch nun hatte ihr Heike, mit der sie seit drei Jahren in Wohngemeinschaft zusammenlebte, heute Morgen beim Frühstück ziemlich schonungslos mitgeteilt, sie brauche das Zimmer, weil sie mit ihrem Freund zusammenziehen wolle. Einen Mietvertrag hatte Julia nicht. Was soll der ganze bürokratische Aufwand, hatte Heike stets abgewiegelt, wenn Julia das Thema aufgebracht hatte. Inzwischen war sich Julia sicher, dass Heike die Option von Anfang an im Kopf gehabt hatte, eines Tages dort mit ihrem Freund einzuziehen, wenn sie denn mal eine ernsthafte Beziehung eingehen würde. Und nun hatte sie sich in Georg verliebt, der schon seit Wochen ständiger Gast in ihrer Wohnung war.

Julia stieß einen tiefen Seufzer aus und drückte beherzt auf den Klingelknopf. Sie brauchte das Geld und ein Dach über dem Kopf, wenigstens für eine Nacht, denn ihr Konto war gähnend leer, sodass sie sich gar nicht mehr an den Geldautomaten ihrer Filiale traute, weil sie den Augenblick fürchtete, in dem der verflixte Satz *Zurzeit ist keine Auszahlung möglich* im Display erscheinen würde. Das hatte sie zum letzten Mal als Studentin erlebt, und sie spürte die Scham noch so intensiv, als wäre es gestern gewesen. Mit geduckten Schultern war sie davongeschlichen und hatte sich von den wissenden Blicken der Leute, die hinter ihr standen, schier erdolcht gefühlt. Nein, sie brauchte das Geld jetzt sofort. Das hatte sie Jan bereits eindringlich gesagt, bevor ihr die Kündigung auf den Tisch geflattert war. Ein merkwürdiges Gefühl hatte sie nämlich bereits seit Wochen gehabt, es aber immer wieder erfolgreich verdrängen können und sich stattdessen nur noch tiefer in die Arbeit vergraben. Inzwischen war ihr klar, dass sie ihrem Bauchgefühl lieber hätte trauen und Max darauf ansprechen sollen. Max, ihr Chef, der wirklich große Stücke auf sie hielt, hatte ihr schon seit Wochen nicht mehr so richtig in die Augen blicken können. Das fiel auf, weil die beiden ein beinahe freundschaftliches Verhältnis verband und er es plötzlich gemieden hatte, sie allein zu treffen. Ihre Ahnung hatte sich bestätigt, als sie das knappe

Schreiben auf ihrem Schreibtisch vorgefunden hatte. *Wir bedauern, Ihnen mitteilen zu müssen …* blablabla. Nach der ersten Schrecksekunde, in der sie wie gelähmt war, hatte es kein Halten mehr gegeben. Mit dem Schreiben in der Hand war sie in sein Büro geplatzt, ungeachtet der Proteste seiner Sekretärin.

»Was soll das?«, hatte sie Max angebrüllt und ihm die Kündigung auf den Tisch geknallt.

»Es tut mir so leid, aber das kommt von oben«, hatte er ihr entschuldigend erklärt und ihr dabei wenigstens endlich wieder in die Augen sehen können. »Ich habe bis zum Schluss für dich gekämpft, und ich habe die ganze Zeit mit dir reden wollen, aber ich habe immerhin erreicht, dass du bei uns als freie Autorin bleiben kannst. Das würde dann allerdings nach Zeilenhonorar …«

»Du kannst mich mal!«, hatte sie ihn harsch unterbrochen, das Büro wutschnaubend verlassen, ihren Schreibtisch leer geräumt und das Verlagsgebäude wenig später hoch erhobenen Hauptes verlassen.

Vielleicht hätte ich doch eingelenkt, wenn ich gewusst hätte, was noch auf mich zukommt, ging es ihr durch den Kopf, während der Summer ertönte und sie die Haustür aufstieß.

Sie mochte dieses etwas heruntergekommene Haus, das den abgeblätterten Charme längst vergangener Tage ausstrahlte. Es besaß nicht einmal einen Fahrstuhl. Die Summer waren das Einzige, was die Eigentümer bislang an Neuerungen hatten einbauen lassen. Stöhnend stieg sie die Treppen bis in den vierten Stock hinauf. Eigentlich war sie sportlich und joggte jeden Tag, aber die vergangene Woche seit der Kündigung der Zeitung und Jans Nachricht hatte sie meist liegend auf ihrem Bett verbracht. Ich brauche dringend eine neue Wohnung, dachte sie, während sie völlig außer Atem vor der Tür stehen blieb, denn Heike hatte sie aufgefordert, ihre Möbel und ihre privaten Sachen bis zum nächsten Ersten aus der Wohnung zu holen. Da war Julia endgültig der Kragen geplatzt, und sie hatte Heike in ihrem Brass beschimpft. Sie konnte sich nicht einmal mehr genau erinnern, was sie ihr alles an den Kopf geworfen hatte, aber sie war sich fast sicher, dass sie ihre einstige Freundin als »dumme Kuh« bezeichnet hatte, und das war wohl noch die eher harmloseste Beleidigung gewesen. Jedenfalls war der Streit zwischen ihnen so heftig gewesen, dass sie keine Nacht mehr unter Heikes Dach verbringen konnte. So hatte sie in ihrem Zorn eine Tasche mit willkürlich aus dem Schrank gerissenen Kleidungsstücken vollgestopft, sich ihren Laptop geschnappt und war zur S-Bahn gehetzt. Kein Wunder, dass sie nun aus der Puste war.

Die Wohnungstür stand offen.

»Hallo!«, rief sie, machte einen Schritt in den Flur und schloss die Tür hinter sich. Wie immer, wenn sie diese Wohnung betrat, fiel ihr sofort der Kontrast ins Auge. Bei Heike und ihr war alles geschmackvoll eingerichtet und sehr ordentlich. Hier herrschte das blanke Chaos. Als Julia keine Antwort bekam, stieg sie über einen riesigen Schmutzige-Wäsche-Berg und riskierte einen Blick in die Küche. Pitschi, der eigentlich Peter hieß, saß nur mit einer Boxershorts und einem Unterhemd aus Feinripp bekleidet am Küchentisch und rauchte einen Joint. Er sah nicht einmal auf, als Julia sich räusperte, um seine Aufmerksamkeit zu gewinnen.

»Ich möchte zu Jan. Ist er da?«, fragte sie schließlich energisch.

Pitschi hob den Kopf und sah sie an, als hätte sie ihm eine ungeheuerliche Frage gestellt.

»Nö«, erwiderte er. Pitschi kam irgendwo von der Nordseeküste. Sie meinte sich zu erinnern, dass der Ort Husum hieß, und er redete nie viel. Diese Einsilbigkeit brachte Julia in diesem Augenblick jedoch zur Weißglut.

»Pitschi, wann kommt er wieder? Ich muss ihn dringend

sprechen und verlasse diese Wohnung nicht, ehe ich was mit ihm geklärt habe.« Entschlossen schnappte sie sich einen der wackeligen Küchenstühle und setzte sich ihm gegenüber.

Er musterte sie mit glasigem Blick.

»Er ist ausgezogen.«

»Ausgezogen? Wann?« Julias Stimme überschlug sich vor Entrüstung.

Pitschi zuckte die Achseln. »Letzte Woche oder so.«

»Und kannst du mir seine neue Adresse geben?«, hakte sie etwas ruhiger nach.

»Nö, die hätte ich auch gern. Er hat nämlich drei Monate die Miete nicht gelöhnt und sich von mir und von Maika noch Kies geliehen.«

Julia schluckte. Sie hätte es wissen müssen, aber sie hatte es nicht wissen wollen. Jan, der an seinem großen Roman schrieb, seit sie ihn kennengelernt hatte, war notorisch pleite gewesen. Und sie hatte ihm abgenommen, dass er einen Verlag gefunden hatte und demnächst einen Vorschuss erwartete, von dem er ihr das Geld »quasi aus der Portokasse« wiedergeben wollte. So hatte er es ihr jedenfalls vollmundig versprochen. Alles gelogen, dachte sie, während sie mit den Tränen kämpfte. Nicht, weil sie ihn verloren hatte, sondern weil sie nun ohne einen Cent dastand. Jan war von Anfang an nicht ihre große Liebe gewesen, nein, aber sie hatte ihn wirklich gemocht und ihm vertrauen wollen. So unbedingt vertrauen wollen, dass sie alle Signale wie eine rote Ampel einfach überfahren hatte. Sie hatten einander Geborgenheit gegeben. Zwei verlorene Seelen für immerhin vier Jahre in einem gemeinsamen Kokon aus Alltag und gelegentlich aufregenden, aber meist nur kuscheligen Nächten.

»Ist sein Zimmer schon vermietet?«

»Nö, wir wollen heute Abend eine Anzeige starten«, erwiderte er. »Er hat dich auch verarscht, oder?« Julia konnte in seinen Augen so etwas wie Mitgefühl erkennen. Das tat ihr gut.

Sie nickte.

»Könnte ich wohl heute Nacht in dem Zimmer schlafen?«

»Klar, so lange du willst«, entgegnete Pitschi, bevor er noch einen tiefen Zug seines Joints nahm und ihn ihr ungefragt über den Tisch reichte.

Julia hatte manchmal zusammen mit Jan gekifft. Eigentlich mochte sie es nicht wirklich, weil sie nie eine Wirkung spürte außer bleierner Müdigkeit.

Trotzdem zog sie hektisch an dem Joint.

»Kannst den Rest haben. Ich glaube, du brauchst das jetzt.«

Julia rauchte noch drei Züge, bevor sie den Rest ausdrückte und aufstand.

»Ich ziehe mich dann mal zurück. Ist da überhaupt noch ein Bett drin?«

»Er hat nix mitgenommen außer seinen persönlichen Sachen. Wir machen heute Abend eine Nudel. Du kannst mitessen.«

»Weiß nicht«, sagte sie schwach.

»Du musst was essen! Um acht. Okay?«

»Okay.«

Julia fühlte sich ein bisschen benebelt, als sie Jans Zimmer betrat. Wenn sie es nicht besser wüsste, würde sie vermuten, dass er gleich wiederkäme. Sein Bett war ungemacht wie immer. Seine Bücher standen im Regal, seine Poster mit Tesafilm krumm und schief an den Wänden befestigt, über seinen Schreibtisch verteilten sich die gelben Zettel, auf die er seine Ideen für den großen Roman notierte, der zuletzt nicht mehr als fünfzig Seiten betragen hatte, und der Papierkorb quoll über. Gedankenverloren griff Julia nach dem zusammengeknüllten oberen Blatt.

Es war die Absage eines Verlages. Ein unpersönliches Formschreiben.

Ich hätte es mir denken können, dachte sie und ließ sich

stöhnend auf sein ungemachtes Bett fallen. Es war merkwürdig, sie vermisste ihn nicht, aber jetzt hatte sie endlich eine plausible Erklärung, warum er ihr diese WhatsApp geschrieben hatte. Er hatte verhindern wollen, dass sie Wind von seinem geplanten Abgang bekam. Sie kannte keinen Menschen, der schon so oft umgezogen war wie Jan. Von Hamburg nach München, von Nürnberg nach Hannover und von Gran Canaria nach Berlin. Er hatte seine Ortswechsel stets spannend aufbereitet und sich das Flair eines kreativen Vagabunden gegeben. Julia hatte das mächtig imponiert, war sie doch nur einmal umgezogen, von Hamburg nach Berlin. Nach der Sache mit Noah … und das war nun auch schon über siebzehn Jahre her. Süße achtzehn war sie damals gewesen.

Noah, immer wieder Noah, aber sie wollte doch nicht mehr an ihn denken. Schließlich hatte sie sogar eine Therapie gemacht, um das alles zu vergessen, aber offenbar hatte sich die Verletzung in ihr Bewusstsein gebohrt wie eine Zecke, deren Kopf im Körper stecken geblieben war und sich entzündet hatte.

2.

Und nun hatte Noah Julia schon wieder geschrieben. Wie jedes Jahr. Und jedes Jahr hatte sie seine Briefe nach dem Lesen verbrannt in der Hoffnung, dass damit auch die Erinnerung zu Asche zerfiel.

Julia war noch nicht dazu gekommen, den Brief zu öffnen, aber sie wusste auch so, was er von ihr wollte. Sie sollte ihn endlich besuchen und mit ihm zusammen zum Ground Zero gehen, um von Jennifer Abschied zu nehmen. In den vergangenen Jahren hatte sie ihm stets eine kurze Mail geschrieben, dass sie bedauern würde, seiner Einladung nicht folgen zu können, weil sie zu viel Arbeit hätte.

Julia hatte gehofft, er würde irgendwann einmal begreifen, dass dies nur fadenscheinige Ausreden waren, weil sie ihn einfach nicht wiedersehen wollte. Ihr wäre es lieb, er würde eines Tages ganz aus ihrem Leben verschwinden und mit ihm die Erinnerung an damals.

Und von Jennifer hatte sie längst in Deutschland Abschied genommen. Susanne hatte damals eine spirituell angehauchte Zeremonie für ihre Tochter organisiert. Da es keine Spuren von Jennifer gab, hatte Susanne sich geweigert, einen leeren Sarg zu Grabe zu tragen und eine Trauerfeier in einer Kirche abzuhalten. Nein, sie hatten an einem See Abschied von Jennifer genommen, begleitet von einer Schamanin. Julia hatte sich damals gar nicht vorstellen mögen, was Jennifer wohl zu diesem Zauber gesagt hätte, denn sie hatte noch weniger Zugang zu der spirituellen Ader ihrer Mutter als ihre Schwester. Julia glaubte ja immerhin ganz vage daran, dass nicht alles wissenschaftlich zu erklären war, was sich zwischen Himmel und Erde abspielte. Jennifer glaubte im Grunde nur an die Macht des Geldes und die Magie ihrer Schönheit.

Julia würde im Leben nicht vergessen, wie die ganze Redaktion am 11. September 2001 mit ungläubigem Entsetzen im Konferenzzimmer vor dem Fernsehgerät gesessen hatte. Jennifer!, war ihr erster Gedanke gewesen, als sie die unvorstellbaren Bilder von dem Flugzeug, das sich in den Nordturm gebohrt hatte, auf dem Bildschirm verfolgt hatte. Wie Szenen aus einem Science-Fiction-Film waren sie an ihr vorbeigerauscht. Sie hatte ja gar nicht gewusst, wo genau ihre Schwester arbeitete, nur, dass sie hoch oben in den Türmen ihren Schreibtisch hatte, das hatte Jennifer ihr einmal geschrieben. Hoffentlich nicht oberhalb des Einschlags, hatte sie damals gedacht, und bei jedem der aus den Fenstern wie Puppen stürzenden Körper hatte sie gebetet, dass es nicht ihre Schwester sein möge. Monatelang hatten diese Bilder sie im Schlaf verfolgt, und sie hatte schließlich Frieden mit Jennifer geschlossen. Ihr ganzer Groll gegen die ältere Schwester hatte sich in tiefe Trauer um sie verwandelt, nachdem sie die Gewissheit hatte, dass sie unter den Opfern gewesen war. Noah hatte ein paarmal verzweifelt bei ihr in Berlin angerufen, und sie hatte mehr schlecht als recht versucht, ihn zu trösten, aber irgendwann hatte sie ihn abgewimmelt, und dann waren nur noch diese Briefe von ihm gekommen. Mit der dringenden Bitte, ihn doch in New York zu besuchen.

Und jetzt schon wieder so eine Einladung, die sie natürlich ablehnen würde. Missmutig holte Julia den Brief hervor. Sie wunderte sich jedes Mal erneut, dass er ihr keine Mails schrieb, sondern immer wieder eine Nachricht in seiner akkuraten Schrift. Und in fehlerfreiem Deutsch. Sie wusste auch nicht, warum sie seine Briefe jedes Mal wieder las, kannte sie den Inhalt doch bereits. Seufzend zog sie den Brief aus dem Umschlag.

Er benutzte auch jedes Mal das gleiche Briefpapier. Edles und altmodisch anmutendes Büttenpapier.

Liebe Julia,

nun ist es schon fast wieder ein Jahr her, dass wir uns geschrieben haben, mal abgesehen von den Weihnachtsgrüßen.

Du denkst bestimmt, ich will dich wieder mal überreden, mir einen kurzen Besuch abzustatten, aber dieses Mal geht mein Anliegen darüber hinaus. Ich möchte es auch gar nicht so spannend machen. Es geht um einen Job. Ich weiß ja, dass du bei deiner Zeitung recht zufrieden bist, aber ich habe über einen Freund, einen Verleger, erfahren, dass sie für eine deutschsprachige Wochenzeitung, den »German New Yorker«, eine neue Ressortleiterin für den Bereich Kultur suchen. Da das Blatt manchmal etwas veraltet wirkt und entsprechend eine eher ältere Leserschaft hat, werden jetzt dringend junge Mitarbeiter für das Team gesucht. Und ich habe ihm von dir vorgeschwärmt. Du bräuchtest nicht mal ein Vorstellungsgespräch. Er würde dich mit Handkuss nehmen. Wäre das nicht etwas für dich? Ich mache mir keine allzu großen Hoffnungen, dass ich dich mit so einem Job nach New York locken könnte, aber ich möchte es nicht unversucht lassen. Wohnen könntest du natürlich erst einmal bei mir in den Hamptons oder in meiner Wohnung in Manhattan. Ich könnte gut etwas Gesellschaft in dem Riesenhaus gebrauchen. Ich habe es immer noch nicht über mich gebracht, es zu verkaufen. Ich kann das Haus einfach nicht loslassen, wo Jennifer und ich glücklich gewesen sind. Verrückt, oder? Nun ist es schon vierzehn Jahre her, und ich führe mich auf wie ein frischgebackener Witwer, aber wenn ich durch die Zimmer gehe, dann spüre ich sie in jedem Raum. Ich rieche sie, fühle sie … vielleicht kannst du mir helfen, vernünftig zu werden.

Bitte, bitte überlege es dir gründlich, und sage mir nicht gleich ab! Der Job wäre ab September frei. Wir haben nun Ende Juni. Du kannst dir also gut noch vier Wochen Zeit mit einer Antwort lassen. Mein Freund weiß Bescheid und hält ihn solange frei für dich.

Ach, Julia, es würde mir so guttun, wenn wir uns endlich wiedersehen. Du bist doch der Mensch, der Jennifer einmal näher als jeder andere auf der Welt gestanden hat. Ich kann so schwer damit leben, dass von ihr nichts mehr übrig geblieben ist, nicht mal eine winzige Spur ihrer DNA. Ich möchte so gern mit dir über sie sprechen.

Dein unglücklicher Schwager Noah

Julia ließ den Brief sinken. Warum waren seine Sätze immer noch wie Messerstiche in ihr Herz? Wer wusste besser als sie, wie abgöttisch er ihre Schwester geliebt hatte? Sie würde nie vergessen, wie sie damals wie aus dem Nichts an ihren Tisch ins Restaurant »Jakob« geschwebt war, und wie er sie angesehen hatte. Wie ein Weltwunder! In dem Augenblick hatte sie die Gewissheit gehabt, dass sie ihren neuen Freund und ihre erste große Liebe an Jennifer verloren hatte. Sie erinnerte sich an jede verdammte Minute dieses schrecklichen Abends, der so wunderschön begonnen hatte. Wie im Märchen hatte sie sich gefühlt, seit sie den jungen amerikanischen Arzt kennengelernt hatte, der für ein Jahr am Universitätskrankenhaus im Hamburg arbeitete. Seine Großmutter war Deutsche gewesen, und er hatte unbedingt das Land seiner Vorfahren kennenlernen wollen. Sie waren sich bei einem Konzert im Stadtpark regelrecht in die Arme gelaufen. In Julia sträubte sich alles, an die darauffolgenden Wochen erinnert zu werden, aber ihre Gefühle für ihn verspürte sie noch mit derselben Intensität wie damals.

Sie hatte sich Hals über Kopf in den hochgewachsenen schlanken Mann mit dem flachsblonden Haar, den strahlenden graugrünen Augen und der großen, etwas gekrümmten Nase, die ihn in ihren Augen ungeheuer anziehend machte, verliebt. Er war nicht das, was man auf den ersten Blick als »schönen Mann« bezeichnen würde, aber er wirkte interessant. Es wäre ihr völlig egal gewesen, wenn er nicht aus dieser reichen Oberschichtfamilie aus den Hamptons, sondern aus einer Brooklyner Arbeiterfamilie gestammt hätte. Geld war nichts, womit man Julia Bender beeindrucken konnte. Ganz im Gegensatz zu ihrer drei Jahre älteren Schwester. Wie anders wäre ihr Leben doch verlaufen, wenn sie Jennifer niemals erzählt hätte, dass ihr neuer Freund stinkreich war. Julia hatte sich dabei gar nichts gedacht, war Jennifer doch völlig vernarrt gewesen in ihren Jürgen, der verdammt gut aussah, aber ihre Schwester auffallend schlecht behandelte und in Julias Augen ein übler Angeber war. Doch Jennifer hing regelrecht an seinen Lippen, wenn er großsprecherisch mit seinem wohlklingenden Bass von seinen neusten Erfolgen im Kunsthandel schwärmte. Wie oft schon hatte er angeblich Bilder in Millionenhöhe verscherbelt und ließ sich trotzdem von Jennifer aushalten, die schon während des Studiums einen Nebenjob in einem der renommiertesten Architekturbüros Berlins ergattert hatte. Damals vor siebzehn Jahren hatte Julia ihre bildhübsche und kluge Schwester glühend bewundert und auch beneidet – bis auf ihre Beziehung zu Jürgen. Einen solchen Aufschneider hätte Julia schon damals nicht mit spitzen Fingern angefasst. Gegen ihre Schwester fühlte sich Julia immer wie ein linkisches, pummeliges Kind. Sie war nicht nur fast zwei Köpfe größer als die zierliche Jennifer, sondern würde auch niemals in Kleidergröße 34 passen.

Julia stöhnte auf. Warum konnte sie nicht endlich aufhören, daran zu denken, dass sie sich neben Jennifer stets wie ein hässliches Entlein gefühlt hatte? An jenem Junitag vor siebzehn Jahren, da war dieser Komplex wie weggeblasen, weil sie sich geliebt fühlte von Noah, auf Händen getragen, verwöhnt wie eine Prinzessin. Ja, sie hatte sich so sicher gefühlt, dass sie die Gefahr verkannt hatte. Dabei hatte sogar ihre Mutter sie davor gewarnt. »Lass auf keinen Fall Jennifer dazukommen, wenn du deinen Doc triffst. Verrat ihr einfach nicht, dass er dich ins ›Jakob‹ eingeladen hat. Sag ihr, ihr geht sonst wohin, aber lass sie bitte nicht nachkommen. Ich kenne den Blick meiner Ältesten, wenn sie etwas haben will. Pass auf! Ich habe da so ein Bauchgefühl. Findest du es überhaupt nicht merkwürdig, dass sie unbedingt deinen Freund kennenlernen will?«

»Aber Susanne, sie hat doch Jürgen!«, hatte Julia damals energisch widersprochen. Ihre Mutter war eine esoterisch angehauchte Alternative, die öfter mal »so ein Bauchgefühl« hatte und es rigoros ablehnte, »Mutter« genannt zu werden.

Susanne hatte eine abschätzige Handbewegung gemacht. »Sie hängt zwar an diesem Arschloch wie eine Klette, aber ich schwöre dir, sie weiß auch, wo der Barthel seinen Most holt, und wenn da einer kommt, der ihr was bieten kann …«

»Susanne, das ist gemein, sie würde mir doch niemals den Freund ausspannen!«

Julia erinnerte sich noch heute daran, wie sie ihre Schwester voller Elan verteidigt hatte. Und dann hatte sie mit schmerzendem Herzen ansehen müssen, wie ihre Mutter recht behalten sollte.

Wie ein Werbespot lief der Film vor Julia ab: Noah nimmt gerade ihre Hand und will ihr etwas sagen. Ihr Herz klopft bis zum Hals. Möchte er sie etwa fragen, ob sie mit nach New York kommt, wenn er in zwei Monaten zurückgeht? Ja, jubiliert sie, ja, ich gehe mit ihm ans Ende der Welt! »Du weißt, ich fange in drei Monaten in den Hamptons in einer Klinik …« Ja, ja, er wird mich fragen, denkt sie noch, als er stockt und sein Blick zur Tür schweift. Er sieht aus wie jemand, der ein Wunder erblickt hat. Julia kann nicht sehen, was für eine Erscheinung er da hat, denn sie mag sich nicht umdrehen.

»Noah, du wolltest was sagen?«, versucht Julia, ihn in die Realität zurückzuholen. Ihm scheint es die Sprache verschlagen zu haben. Nun dreht sie sich doch um und erstarrt. Wie in Zeitlupe schwebt die zierliche Frau in ihrem knallroten Etuikleid auf ihren High Heels heran. Wie zufällig schüttelt sie ihr langes glattes pechschwarzes Haar. Und sie hat diesen gewissen Blick drauf, der Männern in Sekundenschnelle signalisieren kann: Ich will dich! Und ich habe dich schon! Und auch der Mund spielt mit, die Lippen sind leicht geschürzt … Julia hat oft vor dem Spiegel geübt, wenigstens einen Hauch dieser Laszivität zu erreichen. Vergebens. Bei ihr sieht es peinlich aus. Wie eine Karikatur. Julia schnürt es förmlich die Kehle zu. Jennifer fixiert Noah mit diesem Blick, als wäre er allein auf der Welt, aber verdammt, sie sitzt neben ihm und fühlt sich doch unsichtbar, als habe ihre Schwester sie weggezaubert. Bevor sie den Tisch erreicht, kommt die Wolke ihres Parfüms an, aber in perfekter Dosierung. Nicht zu schwer, nicht zu leicht.

Noah steht jetzt der Mund offen. Julia findet das ultrapeinlich, dass er wie ein sabbernder Rüde auf ihre Schwester reagiert. So wie die meisten Männer. Und sie hat gedacht, er wäre anders … Das ist der Moment, in dem sie resigniert und ihren Freund der Schwester überlässt. Julia hat das Gefühl, sie sei binnen Sekunden dreimal so dick geworden und in dem gepunkteten Kleid im Fünfzigerjahrestil, das sie eben noch wie eine Diva getragen hat, kommt sie sich jetzt vor wie in einem Putzkittel. Aber das ist ja auch egal, sie ist ja eh nicht mehr da. Wenn sie jetzt aufstehen und gehen würde, keiner würde es bemerken. Nein, so kann sie unmöglich den Kampf gegen diesen fleischgewordenen Traum der Männerherzen aufnehmen, geschweige denn gewinnen. Für den Bruchteil einer Sekunde hofft sie noch, dass Jennifer es nicht darauf anlegt, Noah für sich zu gewinnen, sondern die Schwesterliebe sie davon abhalten wird. Jennifer weiß doch, wie verliebt Julia in den Mediziner aus New York ist. Nein, das wird sie mir nicht antun, denkt sie noch. Eine Hoffnung, die sich in dem Augenblick, in dem Jennifer Noah ihre schmale Hand mit den sorgfältig lackierten Fingernägeln hinstreckt und ihn mit einem hinreißenden Lächeln begrüßt, in das große Nichts auflöst. »Was für eine Überraschung. Meine Schwester hat mir gar nicht erzählt, wie umwerfend attraktiv ihr neuer Freund ist.« Umwerfend attraktiv, wie blöd ist das denn, geht Julia durch den Kopf, wenn überhaupt, dann ist er rasend interessant. Aber Noah rutscht auf dieser Schleimspur aus.

»Das Kompliment kann ich zurückgeben. Sie hat mir die Existenz ihrer bezaubernden Schwester auch unterschlagen.« Er strahlt Jennifer in einer Intensität an, mit der er Julia noch nie angesehen hat.

Der Rest des Abends ist wie in eine Nebelwand gehüllt. Sie hört nur die Stimme ihrer Schwester gurren, flöten, säuseln. Und er hängt an ihren Lippen, beantwortet ihre vielen Fragen, die sie ihm zu seinem Leben stellt. Sie zeigt überbordendes Interesse daran und spricht in Superlativen: *Großartig! Wie interessant! So spannend. Erzählen Sie mehr!* Natürlich wäre es besser, sie würde wirklich aufstehen und gehen oder Noah auf den Kopf zusagen, dass er ein Trottel ist, weil er auf diese abgeschmackte Show reinfällt. Jennifer hat sich in ihrem ganzen Leben noch nie für Kardiologie interessiert, und jetzt tut sie so, als wäre das die Offenbarung schlechthin. Doch Julia rührt sich nicht vom Fleck. Sie glaubt, wenn sie das stoisch erträgt, wird noch alles gut. Vielleicht durchschaut er das ganze Theater auch und findet Jennifers Verhalten aufgesetzt. Er hat doch sonst ein gutes Gespür für Menschen …

Julia merkte erst in diesem Augenblick, dass sie Noahs Brief in ihrer Hand zusammengeknüllt hatte. Nein, mein Lieber, ging ihr wütend durch den Kopf, ich denke nicht daran, dir dabei zu helfen, ihren Tod zu verwinden.

Julia lag immer noch auf Jans ungemachtem Bett und stierte die Decke an. Sie hatte Mühe, sich wieder auf ihr Leben und vor allem auf ihre Probleme zu konzentrieren. Was sollte bloß werden ohne Job, ohne Geld und ohne ein Dach über dem Kopf?

Ihre Gedanken schweiften zu Susanne. Nicht einmal ihre Mutter konnte sie um Hilfe bitten, denn die hatte schon vor Jahren alles verkauft und lebte nun auf einer Finca auf La Gomera, wo sie meditierte und nach Erleuchtung strebte.

Ein Klopfen an der Tür riss sie aus ihren Gedanken. Pitschi steckte seinen Zottelkopf ins Zimmer. »Kommst du zum Essen? Die Nudel ist fertig.«

Sie suchte nach Ausreden, warum ihr der Sinn gerade nicht nach einem WG-Nudelessen stand, aber Pitschi kam auf sie zu und zog sie förmlich vom Bett.

»Du musst essen«, sagte er streng. Sie folgte ihm zögernd in die Küche. Dort wurde sie mit großem Hallo begrüßt.

»Dich hat der Typ also auch verarscht«, seufzte Maika. »Bei mir waren es ja nur fünfhundert Mäuse, aber hast du ihm nicht richtig viel Kies geliehen?«

»Alles, was ich hatte«, erwiderte Julia trocken und setzte sich auf den freien Stuhl zwischen Christoph und Pitschi.

Pitschi füllte ihr den Teller randvoll mit verkochten Spaghetti und Tomatensoße. Jetzt erst entdeckte sie an Christophs Seite eine Frau, die sie noch nie zuvor gesehen hatte, aber das war bei dem Rockmusiker nichts Besonderes. Er brachte immer stets wechselnde Groupies von seinen Auftritten mit.

»Julia wird ein paar Tage bei uns wohnen. In Jans Zimmer«, verkündete Pitschi.

»Was heißt das?«, fragte Christoph in scharfem Ton.

»Na, bis sie eine neue Wohnung hat!«

»Sorry, aber das geht nicht. Jans Zimmer kriegt Caren.« Er deutete auf die Blondine an seiner Seite.

»Kann die nicht erst mal bei dir schlafen?«, fragte Pitschi.

»Nee, wir haben nix miteinander. Wir haben uns nach dem Konzert kennengelernt, und sie sucht ein WG-Zimmer. Sie kommt aus Sydney und will ein Jahr Berlin machen. Und wir suchen doch einen Nachmieter, oder willst du da ganz einziehen?« Er musterte Julia prüfend.

Sie schüttelte den Kopf. »Nur für ein paar Tage.«

»Sorry, das geht nicht«, entgegnete Christoph.

»Und ob das geht, ich habe das Zimmer Julia überlassen, solange sie es braucht.«

»Sorry, das läuft aber nicht ohne Absprache.« Er wandte sich an Julia. »Sorry, Julia, ist nichts gegen dich, aber du hast doch so eine geile Butze. Hat Jan immer gesagt …«

Julia zog es vor zu schweigen. Sollte sie etwa an diesem fremden WG-Tisch ihre geballten Probleme ausbreiten?

»Schon gut. Nur diese eine Nacht«, bat sie leise.

»Also, Chris, das finde ich jetzt nicht in Ordnung«, protestierte Pitschi, doch da war Julia bereits vom Tisch aufgesprungen. »Morgen bin ich weg!« Mit diesen Worten verließ sie die Küche, ohne einen Bissen angerührt zu haben, und ließ sich im Zimmer gleich wieder auf das Bett fallen. Gedankenverloren nahm sie den zerknüllten Brief in die Hand und las ihn noch einmal.

Plötzlich kam ihr ein verwegener Gedanke. Da stand die Lösung für alle ihre Probleme schwarz auf weiß geschrieben: Job, Geld und ein Dach über dem Kopf!

Soll ich diese Chance wirklich sausen lassen, weil ich eine Kränkung, die siebzehn Jahre zurückliegt, nicht überwinden kann?, fragte sie sich und stöhnte laut auf. Habe ich denn überhaupt eine andere Wahl? Auf einen neuen festen Job in Berlin durfte sie jedenfalls nicht so bald hoffen. Jetzt ging es um ihr

Überleben und nicht darum, wie sie den Verlust Noahs je verschmerzen sollte. Kaum hatte Julia diesen Gedanken zu Ende geführt, als sie sich dafür schämte, dass sie im Zusammenhang mit dem Verlust an ihn dachte und nicht an ihre Schwester. Jennifer ist tot, die alte Sache erledigt, ich muss endlich die Verletzung loslassen, sagte sie sich entschieden. Ich muss es tun, und vielleicht ist es gut, wenn ich ihm noch einmal begegne, fügte sie in Gedanken hinzu, vielleicht trauere ich die ganze Zeit einer Chimäre hinterher …

Julia nahm kurz entschlossen ihren Laptop zur Hand und gab Flüge nach New York ein. Ihr Herzschlag beschleunigte sich, als sie die konkreten Daten auf dem Bildschirm sah: 22. Juli 13:00 TXL, 15:40 JFK. Und den Preis: 1190 Euro!

Aber wo sollte sie bis morgen über 1000 Euro hernehmen? Resigniert wechselte sie in ihren Online-Account bei der Bank und war fest davon überzeugt, dass sie bereits im Minus war. Als sie die schwarze Zahl auf dem Monitor sah, rieb sie sich erstaunt die Augen. 2300 Euro. Dann fiel ihr ein, dass ihr der Verlag noch etwas geschuldet hatte. Offenbar hatte Max dafür gesorgt, dass man es ihr umgehend überwiesen hatte.

Aber ich kann doch nicht einfach morgen schon in New York auftauchen, nachdem ich Noah jahrelang mit billigen Ausreden abgespeist habe, um mich vor einem Besuch bei ihm zu drücken, sagte sie sich. Das kann ich eigentlich nicht, aber ich muss!

Ihr Herz pochte ihr bis zum Hals, als sie seine alte E-Mail-Adresse eingab. Hoffentlich stimmt sie noch, dachte sie, während sie ihm ein paar knappe Zeilen schrieb.

> Nehme dein Angebot an. Bin morgen um 15:40 am JFK. Wenn dir das nicht zu spontan ist, schreibe mir, damit ich den Flug buchen kann. Julia

Ihre Hand zitterte leicht, als sie auf Absenden drückte. In dem Moment flogen sie die Zweifel wie ein aufgeschreckter Wespenschwarm an. Das halte ich nicht aus, dachte sie, nein, ich muss eine andere Lösung finden, hämmerte es in ihrem Kopf.

Welche Alternativen gibt es denn?, fragte sie sich angestrengt, nachdem dieser emotionale innere Ausbruch vorüber war.

Es wollte ihr partout nichts dazu einfallen, sodass sie sich noch einmal in die Flugdaten einloggte, um sich zu vergewissern, ob auf der Maschine überhaupt noch Plätze frei waren. Daran hatte sie nämlich noch keinen Gedanken verschwendet. Dass es schlichtweg zu kurzfristig war.

Ihr Atem stockte, als sie feststellte, dass es nur noch einen einzigen freien Platz auf der Maschine gab. Das kann doch kein Zufall sein, dachte sie, während sie alles auf eine Karte setzte und buchte. Aber dann fiel ihr Blick auf die verschärften Einreisebedingungen, die für die USA galten. Normalerweise würde sie weder einen bordeauxroten Pass noch eine ESTA-Einreiseerlaubnis besitzen, aber da sie im letzten Jahr eigentlich für eine Reportage nach New York hatte fliegen sollen, die sie aber ein paar Tage zuvor panisch abgesagt hatte, brauchte sie nur die Flugdaten auf einer Internetseite einzutragen. Sie hoffte, dass man ihr die Einreise nicht verweigerte, weil sie ihre Angaben weniger als 72 Stunden vor dem Abflug machte, aber da man ihre Angaben ja bereits gründlich durchgecheckt hatte, würde man ihr das vielleicht problemlos durchgehen lassen. Und dann musste sie nur noch ihren Pass aus Heikes Wohnung holen.

Doch was nützte es ihr, wenn sie morgen in die USA würde einreisen dürfen und Noah nichts von ihrem spontanen Entschluss erfuhr? Die nächsten Stunden starrte sie wie gebannt auf ihren Maileingang. Was, wenn Noah nicht reagierte, wenn diese Adresse doch schon veraltet war? Zur Not besaß sie noch seine Telefonnummer in den Hamptons, aber seine Stimme nach so vielen Jahren zu hören, das war ihr einfach noch zu viel.

Sie brauchte noch ein wenig Zeit, um sich auf die veränderte Sachlage einzustellen. Mindestens eine Nacht und einen Atlantikflug würde sie noch benötigen, um zu begreifen, was sie da gerade in die Wege leitete. Das spürte Julia in jeder Pore. Sie war noch nicht so weit, fröhlich mit ihm am Telefon zu plaudern. Sie nahm sich vor, bis zum nächsten Morgen zu warten. Wenn sie bis dahin keine Nachricht von ihm erhalten hatte, dann würde sie wohl oder übel zum Telefon greifen müssen.

Julia nutzte die Zeit, um aus der Tasche die Sachen auszusortieren, die sie nicht mit nach New York nehmen wollte. Es blieb nicht viel übrig, denn sie hatte in der Hektik überwiegend Kleidungsstücke eingepackt, die nicht zu einer Reise nach New York passten. Shorts zum Beispiel und das Sido-T-Shirt mit der Aufschrift: Hammer Fett Bombe Krass. Auch das hatte sie gerade neulich in der Zeitung gelesen, dass Fluggästen mit solchen Kleidungsstücken auch gern mal der Zutritt zum Flieger verweigert wurde. Sie stellte fest, dass sie überhaupt keine Kleider mitgenommen hatte, und nahm sich vor, morgen in aller Frühe in die Wohnung zu fahren und dort richtig zu packen. Wenn sie Glück hatte, dann war Heike bereits zum Frühdienst in die Klinik gegangen und würde sie nicht in eine Diskussion verwickeln, weil Julia unter den jetzigen Umständen gezwungen war, in ihrem Zimmer alles so zurückzulassen, wie es war. Aber sie nahm sich vor, ihr einen versöhnlichen Brief auf dem Küchentisch zu hinterlassen mit der Nachricht, dass sie überraschend zu einer Rechercherelse hatte aufbrechen müssen. Heike ahnte noch nicht, dass Julia nicht mehr bei der Zeitung arbeitete. Natürlich würde sie sich lieber am Flughafen neu einkleiden, aber das verbliebene Geld wollte sie auf keinen Fall für Kleidung aus der Hand geben. Was, wenn sie, kaum dass sie in New York angekommen war, ihren Entschluss bitter bereute? Dann hatte sie immer noch das Geld in der Hinterhand, um sich einen billigen Stand-by-Flug nach Madrid zu besorgen und von dort nach La Gomera zu reisen, um ihrer Mutter bei der Selbstfindung Gesellschaft zu leisten. Aber das war wirklich nur das Notszenario. Sie hatte ihre Mutter schon mehrmals dort besucht und keinerlei Schwingungen gespürt. Nein, das war nicht ihre Welt, aber trotzdem brauchte sie diese Reserve für ihr Gefühl, dass es immer noch ein Zurück gab.

Zu guter Letzt schloss Julia noch eine Auslandskrankenversicherung ab. Sie war nicht besonders ängstlich oder beschwor auch keine Katastrophen herauf, aber in solchen Dingen war sie sehr umsichtig.

Sie stellte sich den Wecker auf ihrem Handy, zog sich bis auf Slip und das T-Shirt aus und versuchte zu schlafen. Nachdem sie sich eine ganze Weile von einer Seite zur anderen gewälzt hatte, schlief sie ein und erwachte schließlich aus einem schrecklichen Albtraum: Sie fiel von einem hohen Turm in die Tiefe, doch kurz vor dem Aufprall schlug sie die Augen auf. Sie war völlig verschwitzt, und ihr Herz pochte bis zum Hals. Ein Blick auf ihr Handy zeigte ihr, dass es fünf Uhr morgens war. An Einschlafen war nicht mehr zu denken. Ein letztes Mal quälten sie Zweifel, ob sie das Richtige tat, aber nun gab es kein Zurück mehr. Mit immer noch pochendem Herzen warf sie einen Blick in ihren Maileingang auf dem Laptop. Ihr Atem stockte, als sie Noahs Antwort auf ihre Nachricht öffnete.

Ach, Julia, du glaubst gar nicht, wie glücklich du mich machst. Hole dich am JFK ab. Rechne mal locker mindestens anderthalb Stunden für die Einreiseformalitäten ein. Ruf mich an, wenn du abschätzen kannst, wie lang die Schlangen sein werden und damit die Wartezeit. Ich stehe dann oben vor dem Terminal 8, da darf man direkt davor kurz halten. Ich kann es gar nicht mehr erwarten, dich in meine Arme zu schließen und endlich mit dir zu reden. Noah

Ja, ja, dachte sie bitter, und dann gedenken wir gemeinsam meiner unvergleichlichen Schwester. Wahrscheinlich würde er mit ihr weinselig über alten Alben sitzen wollen und bei jedem Foto gerührt ausrufen: Ist sie nicht schön!

Keine Frage, Jennifer war eine der schönsten Frauen, die sie je gekannt hatte. Entschieden stand sie auf. Es half alles nichts: Diesen Preis würde sie dafür zahlen müssen, dass sie wieder eine Zukunft, und wenn auch nur eine auf Zeit, hatte. Schließlich wollte sie nur so lange in New York bleiben, bis sie wieder so viel Geld angespart hatte, dass sie nach Berlin zurückkehren und sich mit einem anständigen Dach über dem Kopf um einen neuen Job bemühen konnte.

Sie schrieb ihm in knappen Worten zurück und mailte ihm ihre Handynummer, falls der Flieger Verspätung hatte oder sie einander aus irgendeinem Grund verpassten.

Julia atmete ein paarmal tief durch. Eigentlich blieb ihr doch genügend Zeit, sich seelisch darauf vorzubereiten, ihn wiederzusehen und sich dann nicht das Geringste anmerken zu lassen. Ja, sie würde das nur überstehen, wenn sie ihm auch nicht den allerkleinsten Einblick in ihre wahren Gefühle gewährte! Und vielleicht gehörte der Zauber ohnehin der Vergangenheit an, wenn sie ihn erst wiedersah. Siebzehn Jahre waren eine verdammt lange Zeit, und Menschen veränderten sich. Schließlich war sie ja auch nicht mehr das schwer verliebte und zutiefst verletzte Ding, das sie mit achtzehn einmal gewesen war.

3.

Kurz nach dem Start war Julia erschöpft eingeschlafen und wachte von einem spitzen Schrei auf. Und da spürte sie es auch schon. Das Flugzeug wurde so kräftig durchgerüttelt, dass selbst ihr ganz mulmig wurde. Sie waren jetzt wohl über dem Atlantik, und es herrschten heftige Turbulenzen. Es nützte Julia herzlich wenig, dass sie erst jüngst einen Artikel über solche wegen des Klimawandels zunehmenden Clear-Air-Turbulenzen bei Transatlantikflügen gelesen hatte. Die Maschine ruckelte so heftig, dass sie mehrmals befürchtete, der Flieger würde nicht nur in ein Luftloch, sondern gleich zur Erde stürzen. Ihre Sitznachbarin, die offenbar unter Flugangst litt, griff nun, als die Sitze gefährlich zu wackeln anfingen, in ihrer Panik nach Julias Hand. Julia warf ihr einen mitfühlenden Blick zu, denn die Frau, die beim Einsteigen noch gut gebräunt ausgesehen hatte, war weiß wie eine Wand geworden. Julia redete sanft auf sie ein und versuchte ihr zu erklären, was sie über diese Art der Turbulenzen, die bei scheinbar wunderbarem Wetter ganz überraschend auftraten, wusste. Die Frau wurde tatsächlich ruhiger, und auch Julia half das über ein gewisses Unwohlsein hinweg.

Nachdem sie die schlimmsten Turbulenzen überstanden hatten, ließ die Sitznachbarin endlich ihre Hand los.

»Entschuldige bitte, aber mir ist das Fliegen eh nicht geheuer, und das war heftig. Ich bin Tine und würde mich gern erkenntlich zeigen, dass ich dir, ich meine, Ihnen, die Hand zerquetscht habe. Wie wäre es mit einem Sekt?«

Julia brauchte nicht lange zu überlegen. So ein prickelndes

Kaltgetränk würde ihre Anspannung, die sie allerdings nicht in erster Linie wegen der Turbulenzen verspürte, sicher ein wenig lindern.

»Gern, aber du musst mich nicht einladen. Meine Hand ist ja noch heil. Ich bin Julia.«

»Ich möchte das aber«, insistierte Tine.

Julia schätzte ihre Sitznachbarin auf etwa gleichaltrig.

Tine, die am Gang saß, bestellte bei der Stewardess eifrig zwei Sekt.

»Darf ich fragen, was dich nach New York führt? Urlaub oder Job?«

»Beides«, sagte Julia, die sich noch nicht ganz sicher war, ob sie einen Plausch mit Tine halten wollte, aber vielleicht war das besser, als in Gedanken noch einhundertmal durchzuspielen, wie es wohl sein würde, Noah nach siebzehn Jahren wiederzusehen. Das hatte sie bereits vor dem Einschlafen zur Genüge getan.

»Ich habe einen Job bei einer deutschen Zeitung in New York und …« Sie zögerte, bevor sie hastig weitersprach. »Und ich besuche Verwandte. Und du?«

»Ich bin Forensikerin beim LKA Berlin und mache eine Fortbildung in New York und werde bei meinem Bruder wohnen.«

Die Stewardess brachte den Sekt und zwei kleine Tüten Chips. Die beiden Frauen prosteten einander zu, bevor Julia hektisch die Tüte aufriss und den Inhalt mit Heißhunger verschlang. Sie hatte weder gefrühstückt noch den Imbiss an Bord bekommen, weil sie offenbar zu tief geschlafen hatte.

Deshalb spürte sie die Wirkung des Sekts sofort und konnte nicht behaupten, dass ihr das leise Prickeln im Bauch unangenehm war. Im Gegenteil.

»Das ist ja sehr interessant«, sagte sie. Eine Zeit lang war sie für Gerichtsreportagen zuständig gewesen, und das hatte ihr sehr viel Spaß gemacht. Sie entspannte sich zusehends und genoss es, sich mit einer inspirierenden Frau wie ihrer Sitznachbarin auszutauschen. Treffen mit Freundinnen hatte sie in den letzten Jahren sehr vernachlässigt, weil sie eigentlich nie vor 21 Uhr aus der Reaktion gekommen war und auch öfter am Wochenende gearbeitet hatte. Und das bisschen freie Zeit hatte sie mit Jan verbracht. Da er ein absoluter Einzelgänger war und kein Interesse an Treffen mit ihren Freunden hatte, war so mancher Kontakt einfach eingeschlafen. Natürlich gab es in der Redaktion ein paar Leute, mit denen sie auch mal etwas Privates austauschte, aber was sollte sie groß berichten? Dass sie mit ihrem Freund auf dem Sofa hockte und Joints rauchte? Julia war immer schweigsamer geworden. Manche hielten sie gar für schüchtern.

»Mir macht es höllisch Spaß. Ich wollte eigentlich Kinderärztin werden, hatte bereits das Physikum, als mein Verlobter …« Tine stockte und kämpfte mit den Tränen.

»Du musst nicht darüber sprechen«, sagte Julia erschrocken. Nein, nach Dramen stand ihr so gar nicht der Sinn. Wenn, dann war ihr nach einer lockeren Plauderei zumute. Nein, Drama hatte sie gerade selbst zur Genüge.

Tine wischte sich hastig mit dem Ärmel ihrer Bluse über die Augen. »Nein, nein, es ist schon gut. Das ist ja schon vierzehn Jahre her, dass er beim Anschlag auf die Türme umgekommen ist.«

Julia sah Tine wie einen Geist an. Eigentlich redete sie prinzipiell nicht über ihre Schwester und deren Schicksal. Am Anfang, da hatte sie es noch getan, aber dann hatte sie immer wieder die Erfahrung gemacht, dass ihre Gesprächspartner ihr in epischer Breite berichtet hatten, wo sie von dem Anschlag auf das World Trade Center erfahren hatten. Die ersten Male hatte Julia das wütend gemacht. Natürlich war es unfassbar, was an jenem 11. September geschehen war, aber machte es nicht einen

Unterschied, ob man einen nahestehenden Menschen dabei verloren hatte oder nur per Bildschirm Zuschauer des Grauens gewesen war? Julia hatte schließlich aufgehört, vom Schicksal ihrer Schwester zu sprechen. Wenn sie nur daran dachte, wie sie Max im vergangenen Jahr die Story über die Überlebenden von 9/11 ein paar Tage vor dem Abflug einfach abgesagt hatte.

»Ich kann nicht. Ich möchte nicht nach New York. Schick jemand anderen!« Mit diesen Worten hatte sie ihm das Ticket auf den Tisch gelegt.

»Julia! Ich kann ja verstehen, dass du Bammel davor hast. Aber es ist nun dreizehn Jahre her, dass deine Schwester …« Er hatte sie zweifelnd gemustert.

Er versteht gar nichts, war ihr durch den Kopf geschossen. Soll ich ihm vielleicht sagen, dass die bloße Vorstellung, ich könne zufällig Noah begegnen, der wahre Grund ist, weshalb ich keinen Fuß in diese Stadt setzen kann?

»Bitte respektiere meine Entscheidung. Ich kann nicht. Jede Wette, du wirst sofort einen Ersatz für mich finden«, hatte sie ihn angefleht.

Max hatte mit den Achseln gezuckt. »Gut, aber sei dir darüber im Klaren, dass unsere Chefs nicht begeistert sein werden«, hatte er zu bedenken gegeben. Und Julia war sich ziemlich sicher, dass die Weigerung, diesen Artikel zu schreiben, mit ein Grund dafür gewesen war, dass sie ihre Kündigung bekommen hatte. So etwas vergaß man nicht so schnell. Im Gegenteil, in ihrem Beruf erwartete man, dass man eigene Befindlichkeiten hintanstellte, wenn es um eine gute Geschichte ging.

»Oh Gott, ist dir nicht gut? Hätte ich das nicht sagen sollen?«, fragte Tine besorgt.

»Doch, doch, das ist es nicht. Ich, ich …«, stammelte Julia, während sie überlegte, ob sie Tine nicht einfach die Wahrheit sagen sollte. Nicht die über Noah, sondern über ihre Schwester, die ebenfalls unter den Opfern gewesen war.

Julia blickte Tine fest an. Sie zögerte. »Meine Schwester ist ebenfalls in den Türmen umgekommen«, sagte sie schließlich.

Tine griff erneut nach ihrer Hand, aber diesmal umkrallte sie sie nicht wie eine eiserne Faust, sondern umfasste sie mitfühlend.

»Das tut mir leid«, flüsterte sie.

»Das muss dir nicht leidtun. Ich rede nur ungern darüber. Ich habe so viele schlechte Erfahrungen gemacht, wenn ich das erzählt habe. Die Leute fangen sofort an, einem in aller Ausführlichkeit zu schildern, wo sie die Bilder des Grauens gesehen haben.«

Tine stieß einen tiefen Seufzer aus. »Das kenne ich. Aber die Menschen können doch nichts dafür. Das hat mir mal mein Therapeut ganz gut erklärt. Das war wie ein kollektives Trauma, sodass bei jedem das Bedürfnis geweckt wird, seine Erfahrungen mit diesem Tag zu kommunizieren, und die wenigsten können wirklich begreifen, dass wir einen uns nahestehenden Menschen dabei verloren haben.«

Julia drückte Tines Hand. Sie konnte sich nicht helfen, aber diese Frau mit ihrer warmherzigen Art tat ihr richtig gut.

»Weißt du Näheres? Meine Schwester war einfach verschwunden.«

Erneut füllten sich Tines Augen mit Tränen. »Ja, mein Freund hat mich noch angerufen und hatte keine Ahnung, was geschehen ist. Er sagte nur, dass es wohl ein Erdbeben gegeben hätte und dass der Chef die Order gegeben hätte, das Büro zu verlassen. Ich solle mir keine Sorgen machen.«

»Wo hat er gearbeitet?«

»Im Nordturm in einem Architekturbüro. Er war so glücklich, dass er dort während der Semesterferien jobben konnte. Mein Bruder hat ihm das verschafft. Er ist dort einer der angestellten Architekten gewesen.«

»Ist, ich meine, dein Bruder, ist der ...?«

Tine winkte ab. »Nein, mein Bruder lebt. Er hatte an dem Tag frei. Er musste dann beruflich quasi bei null anfangen, weil nicht nur alle seine Kollegen umgekommen sind, sondern von diesem Büro nichts mehr existierte. Das neue Büro hat er in einem zweistöckigen Stadthaus aufgebaut, weil ihn keine zehn Pferde mehr dazu bringen würden, je wieder in einem Wolkenkratzer zu arbeiten.«

»Meine Schwester war auch Architektin, aber mehr weiß ich nicht. Unser Kontakt war nach ihrem Umzug nach New York eher sporadisch. Ab und zu ein Brief. Selten Telefonate. Mehr nicht«, seufzte Julia. »Es ist schon gespenstisch, dass von einem Menschen so gar nichts übrig bleibt«, fügte sie nachdenklich hinzu.

Tine nickte eifrig. »Das war für mich damals der Grund, in die Forensik zu gehen. Ich habe Jahre gebraucht, um zu begreifen, dass unsere hochaktuellen Forschungsmethoden nicht greifen, wenn DNA-Spuren förmlich atomisiert worden sind. Deshalb mache ich auch die Fortbildung bei Mechthild Prinz. Das ist eine Biologin aus Köln, die damals für die New Yorker Gerichtsmedizin jahrelang DNA-Spuren zusammengesucht und Opfern zuzuordnen versucht hat. Stell dir vor, man hat heute noch nicht mal die Hälfte der Opfer identifiziert.«

»Unvorstellbar«, stöhnte Julia, während sie eine gewisse Erschöpfung verspürte. Sie hatte so lange nicht mehr mit jemandem über den Tod ihrer Schwester gesprochen.

Als der Flugkapitän sich aus dem Cockpit meldete und durchsagte, dass sie in ca. drei Stunden auf dem JFK-Airport landen würden, und am Zielort Sonne und dreißig Grad ankündigte, wurde Julia klar, dass sie dem netten Gespräch mit Tine ein abruptes Ende würde bereiten müssen. Sie musste noch ein bisschen Kraft sammeln, um Noah nachher die entspannte Schwägerin vorzuspielen.

»Sei mir nicht böse, aber ich glaube, ich schlaf noch eine Runde«, erklärte sie entschuldigend.

»Gute Idee.« Tine griff in ihre Handtasche und schrieb ihre Telefonnummer auf einen Zettel. »Du kannst mich auf der Nummer erreichen. Vielleicht hast du Lust, mal mit mir einen Kaffee trinken zu gehen, und wenn wir Lust haben, statten wir auch dem Memorial einen Besuch ab.«

Julia musterte Tine zweifelnd. »Ja, mit dir würde ich das wohl machen. Besser, als wenn ich den Ort mit meinem Schwager aufsuchen muss …« Julia unterbrach sich hastig, als sie den fragenden Blick ihrer Sitznachbarin wahrnahm. »Ich gebe dir mal die Festnetznummer in den Hamptons«, fügte sie hastig hinzu.

»Wow! Die Hamptons!« Tine stieß einen anerkennenden Pfiff aus und notierte sich die Nummer, die Julia ihr nannte. Erst aus Tines erstauntem Gesichtsausdruck wurde ihr klar, dass es ungewöhnlich war, eine derartig lange Telefonnummer auswendig zu kennen.

»Ich kann mir gut Zahlen merken«, erklärte Julia und dachte daran, wie es wirklich dazu gekommen war. Sie hatte diese Nummer auswendig gelernt, um nicht mehr ans Telefon zu gehen, wenn sie in ihrem Display erschien. Damit hatten damals vor vierzehn Jahren auch schließlich Noahs tränenreiche Anrufe bei ihr aufgehört, nachdem sie auch noch den Anrufbeantworter ausgestellt hatte und er ihn nicht mehr hatte vollheulen können. Ja, sie hatte sich selber als hartherzig empfunden, aber sie hatte sich einfach schützen müssen, zumal sie genug damit zu tun hatte, um ihre Schwester zu trauern. Ausgerechnet bei ihrem letzten Telefonat hatte sie Jennifer an den Kopf geworfen, undankbar zu sein, als ihre Schwester durchblicken ließ, dass es ihr nicht gut ging. Bevor Jennifer ihr das Herz hatte ausschütten können, hatte Julia sie bereits abgewürgt. So heftig, dass ihre Schwester wortlos aufgelegt hatte. Woher hätte sie damals die Kraft nehmen sollen, auch noch ihren Schwager zu trösten, der keinen Zweifel daran ließ, lieber zu sterben, als ohne Jennifer zu leben? Und das aus dem Mund eines Mannes, den sie leider nie zu lieben aufgehört hatte.

»Gut, dann rufen wir uns an«, sagte Tine.

»Genau, wir rufen uns an«, echote Julia und glaubte nicht wirklich, dass sie die sympathische Forensikerin jemals wiedersehen würde. Sie schloss die Augen, wenngleich an Schlaf gar nicht zu denken war. Im Gegenteil, immer, wenn sie sich ihr Wiedersehen mit Noah vorstellte, beschleunigte sich ihr Herzschlag merklich, sodass sie jedes Mal Sorge hatte, dass das Geräusch bis zu Tine hinüberdrang. Doch die Ruhe war schnell vorbei, weil die Stewardess damit begann, die weiß-blauen Zollerklärungen zu verteilen, die in Großbuchstaben ausgefüllt werden mussten.

Julia schüttelte fassungslos den Kopf, während sie die Fragen beantwortete. Tine stöhnte laut auf, als sie begriff, dass sie nicht mal die Lieblingsleberwurst ihres Bruders in die USA einführen durfte. Schweren Herzens steckte sie diese in eine Box, die von der Stewardess rumgegeben wurde, weil sie nicht die Einzige war, die etwas Verbotenes im Gepäck hatte.

»Die spinnen, die Amis«, motzte Tine.

»Bloß nicht so laut. Nachher darfst du nicht ins Gelobte Land einreisen«, lachte Julia.

Nachdem sie die Einreiseerklärung abgegeben hatte, lehnte sich Julia noch einmal zurück und tat so, als ob sie schlafen wollte. Erst als der Flieger in den Landeanflug ging, öffnete sie die Augen und warf einen verstohlenen Blick zu ihrer Sitznachbarin. Tine schlummerte tief und fest, aber sie hatte ihren Gurt nicht angeschnallt. Vorsichtig erledigte Julia das für sie und stellte auch ihren Sitz in eine senkrechte Position. Tine schlief ungerührt weiter. Erst als das Flugzeug unsanft auf der Landebahn aufsetzte, riss sie erschrocken die Augen auf. »Sind wir schon da?«

Julia grinste. »Du hast tatsächlich den gefährlichen Moment der Landung verschlafen.«

Kaum waren sie auf ihrer Parkposition angekommen, sprangen fast alle Passagiere zugleich von ihren Sitzen hoch und zerrten ihr Handgepäck aus der Ablage. Jeder wollte so schnell wie möglich aus dem Flieger, um als Erster in der Warteschlange vor den Einreiseschaltern zu sein.

Während Julia ihre Laptoptasche aus der Ablage holte, verspürte sie plötzlich den unbändigen Wunsch, sich in den nächsten Flieger nach Berlin zu setzen, aber so knapp vor dem Ziel würde sie natürlich nicht aufgeben.

4.

Beim Aussteigen verlor Julia Tine aus den Augen. Sie wollte ebenfalls schleunigst durch die Einreisekontrollen gelangen. Wenn sie sich nun schon ihrer größten Angst stellte, Noah wiederzusehen, dann wollte sie es möglichst zeitnah hinter sich bringen, doch sie war nicht schnell genug. Menschenmengen strömten auf die Schalter zu. Sie schätzte die Wartezeit auf anderthalb Stunden. Zögernd holte sie ihr Telefon hervor und wählte seine Nummer. Obwohl sie sich so intensiv darauf vorbereitet hatte, cool zu bleiben, ging ihr seine Stimme sofort durch und durch. Sie hatte ganz verdrängt, was für eine außerordentlich tiefe und volle Stimme Noah besaß. Aber jetzt war die Erinnerung wieder da. Manchmal hatten ein paar belanglose Worte aus seinem Mund gereicht, um sie in erotische Stimmung zu versetzen. Ein Mann mit einer derart ansprechenden Stimme war ihr jedenfalls nie mehr begegnet. Sie atmete ein paarmal tief durch.

»Ich schätze, es dauert bestimmt anderthalb Stunden. Terminal 8«, teilte sie ihm mit.

»Super, ich warte oben, draußen vor dem Abflugterminal, aber lass dein Telefon schnell verschwinden. Es ist streng verboten, in der Halle der Einwanderungsbehörde das Mobiltelefon zu benutzen. Da versteht unser Flughafenpersonal keinen Spaß.«

In dem Augenblick eilte bereits ein Uniformierter auf Julia zu. Hastig ließ sie das Handy in die Umhängetasche gleiten, was ihr aber die Strafpredigt des Beamten nicht ersparte. Es fiel ihr sehr schwer, höflich zu bleiben, weil sie sein oberlehrerhaftes Verhalten eher aggressiv machte, aber das wusste inzwischen jedes Kind: Bei der Einreise in die USA galt der Grundsatz: keep smiling, und zwar ohne dumme Witze zu machen!

Der Beamte redete so laut auf sie ein, dass es beinahe die ganze Schlange mitbekam und auch noch die daneben. Überall reckten sich die Hälse, als wäre das Spektakel eine Bühnenshow. Es kostete Julia sehr viel Überwindung, dem schnaufenden übergewichtigen Sheriff nicht an den Kopf zu werfen, dass sie schon lange begriffen hatte, was er von ihr wollte. Zum wiederholten Mal deutete er auf die überdimensionierten Verbotsschilder. Sie nickte, und um nicht loszulachen, heftete sie ihren Blick auf die Warteschlange am benachbarten Schalter. Die Gesichter der Reisenden waren angespannt bis mürrisch, doch dann fesselte jemand ihre Aufmerksamkeit: eine zierliche Frau mit blondem kurzem Haar, die sie gebannt anstarrte. Die Augen, diese Augen, durchfuhr es Julia eiskalt. Wenn sie es nicht besser wüsste, sie hätte geschworen, diese ungewöhnlichen Husky-Augen, wie Susanne sie stets genannt hatte, die Iris hellblau und die Pupille pechschwarz, konnten nur einer auf der Welt gehören …

»Schauen Sie mich an, wenn ich mit Ihnen spreche«, herrschte der dicke Beamte Julia in diesem Augenblick an, aber sie konnte den Blick nicht von dieser Fremden wenden. Erst als der Mann sie anbrüllte, schaute sie ihn an und nickte eifrig, obwohl sie keine Ahnung hatte, was er ihr in seinem Südstaatenslang gerade gepredigt hatte. Endlich ging er weiter, und Julia suchte den Blick der blonden Frau, doch dort, wo sie eben noch gestanden hatte, klaffte eine kleine Lücke. Obwohl es das Unvernünftigste war, was sie tun konnte, verließ sie ihre Schlange und eilte zu dem Platz in der benachbarten Schlange, an dem die Frau eben noch gewartet hatte.

»Wissen Sie, wo die Frau hin ist?«, fragte sie aufgeregt eine Latina, die hinter der Blonden gestanden hatte.

Sie deutete mit dem Finger in Richtung der Toiletten. »Sie hat mich darum gebeten, dass ich ihr den Platz frei halten soll, weil wir schon im Flieger nebeneinandersaßen.«

Julia bedankte sich knapp und rannte zu den Waschräumen. Außer Atem blieb sie bei den Waschbecken stehen. Obwohl sie sicher war, dass ihr die überreizten Nerven einen Streich spielten, hätte sie geschworen, dass die Frau ihre Schwester war. Darüber täuschte auch das blonde Kurzhaar nicht hinweg, denn es waren nicht nur die Augen gewesen, die Julia verblüffend an ihre Schwester erinnerten, nein, auch das schmale Gesicht mit dem zierlichen Kinn, den hohen Wangenknochen, der schmalen Nase und dem herzförmigen Mund. Aufgeregt ließ sie ihren Blick zwischen den besetzten Toilettenkabinen hin und her schweifen. Sie konnte sich ja nur in einem der WCs aufhalten, doch als die letzte Frau die Kabine verlassen hatte, musste Julia enttäuscht feststellen, dass sie nicht unter ihnen gewesen war. Frustriert verließ Julia die Waschräume, als sie ein zerknülltes Taschentuch am Boden liegen sah, unter dem die Ecke einer kleinen Plastikkarte hervorlugte. Julia zögerte kurz, dann bückte sie sich und hob sie auf. Erst dachte sie, es handele sich um eine Kreditkarte, aber beim näheren Hinsehen erkannte sie, dass es offenbar ein kanadischer Führerschein, ausgestellt auf eine gewisse Alice Taylor, war. Gebannt starrte sie das Foto an. Die Frau auf dem Bild hatte einerseits Ähnlichkeit mit Jennifer, doch die eulenähnliche Brille ließ sie fremd erscheinen. Julia steckte das Dokument hastig ein und eilte zurück zu der Warteschlange. Aufgeregt suchte sie nach der blonden Frau, aber sie entdeckte nur die Latina.

»Ist sie denn nicht zurückgekommen?«, fragte Julia.

»Nein, jedenfalls nicht an ihren alten Platz vor mir in der Reihe.«

»Sie sagten, Sie haben neben ihr im Flugzeug gesessen. Wissen Sie vielleicht, wie sie heißt und wo sie herkommt?«

Die Latina musterte Julia skeptisch. »Warum fragen Sie? Sind Sie von der Polizei?«

»Nein, ich dachte nur, ich würde sie von früher kennen. Aus Deutschland.«

Die Latina schüttelte energisch den Kopf. »Ich hatte den Eindruck, dass sie Kanadierin ist. Sie heißt Alice, den Nachnamen weiß ich nicht. Wir haben uns über Strandhäuser unterhalten und wie sehr sie die Natur genießt ...«

»Entschuldigung, dann habe ich mich wohl getäuscht«, seufzte Julia und fügte in Gedanken hinzu: Natürlich habe ich mich getäuscht, Jennifer ist schließlich seit vierzehn Jahren tot!

Verwirrt und grußlos wandte sie sich ab und sah sich noch einmal suchend um. Sie musste sich nun erneut am Ende der Schlange anstellen, die glücklicherweise inzwischen nicht viel länger geworden war.

Hier traf sie Tine wieder, die sich scheinbar beim Aussteigen Zeit gelassen hatte.

»Und warum bist du noch nicht weiter vorn?«, fragte sie.

»Ich habe mich noch in den Waschräumen frisch gemacht.« Julia wollte sich auf keinen Fall mit der Fata Morgana von ihrer blond gefärbten toten Schwester lächerlich machen. In dem Augenblick sah sie ganz vorn am Nebenschalter einen hellblonden Schopf auftauchen. Sie konnte sich gerade noch zusammenreißen, um nicht sofort loszupreschen, sondern starrte nur gebannt in ihre Richtung. In dem Augenblick, als der Beamte die Frau durch die Kontrolle winkte, drehte sich diese noch einmal suchend um. In ihren Husky-Augen konnte Julia die nackte Panik lesen, als sich ihre Blicke trafen.

5.

Wie betäubt ließ Julia die strengen Kontrollen über sich ergehen. Hatte der Entschluss, nach New York zu fliegen, sie so durcheinandergebracht, dass sie schon Gespenster sah? Aber diese Augen gingen ihr nicht aus dem Sinn und auch nicht der panikerfüllte Blick.

Wenn sie es nicht besser wüsste, hätte sie jeden Eid darauf geschworen, dass sie nicht nur einer Doppelgängerin ihrer Schwester gehörten, sondern keiner anderen als Jennifer!

Sie war so tief in Gedanken versunken gewesen, dass sie völlig vergessen hatte, dass Tine hinter ihr in der Schlange stand und sie die nette Forensikerin mit keinem Blick mehr gewürdigt hatte, weil die Gedanken in ihrem Kopf Karussell gefahren waren und sie an ihrem Verstand hatten zweifeln lassen.

Erst als sich die beiden Frauen am Gepäckband wiedertrafen, fing Julia einen fragenden Blick Tines auf. »Ich möchte dir ja nicht zu nahetreten, aber kanntest du die Frau in der Nebenreihe? Die hat dich ja angestarrt wie ein Kaninchen die Schlange. Und du warst danach wie weggetreten.«

»Entschuldige, meine Gedanken haben verrückt gespielt. Sie hat mich an meine Schwester erinnert. Und das ist mir unheimlich.«

»Oh ja, das kenne ich. Was meinst du, wie oft ich nach Bens Tod wildfremden Männern auf der Straße gefolgt bin und sie sogar angesprochen habe, weil ich für den Bruchteil einer Sekunde glaubte, das wäre er. Ich habe da ganz peinliche Dinge verzapft«, gab Tine unumwunden zu.

»Ich denke, das hat damit zu tun, dass ich zum ersten Mal nach New York reise. Das macht mich einfach nervös.«

Tines und Julias Koffer kamen fast zeitgleich, sodass sie gemeinsam zum zweiten Teil der Einreiseprozedur gingen. Sie hatten Glück. Die Gepäckkontrolle ging bei ihnen beiden schnell vonstatten. Trotzdem konnte sich Julia kaum auf ihre nette Gesellschaft konzentrieren, weil sie ihre Augen von einer Abfertigungsstelle zur anderen schweifen ließ, immer in der Hoffnung, noch einen Blick auf Jennifers Doppelgängerin zu erhaschen und ihr den Führerschein zurückzugeben, aber die Frau war wie vom Erdboden verschluckt. Natürlich blieb Tine die wachsende Nervosität ihrer Zufallsbekanntschaft nicht verborgen, aber sie zog es vor zu schweigen.

Kaum dass die beiden Frauen den öffentlichen Teil der Ankunftshalle betreten hatten, winkte ihnen ein großer dunkelhaariger, attraktiver Lockenkopf zu, den Julia auf Anfang vierzig schätzte. Er kam ihnen freudestrahlend entgegen, in der Hand eine Rose, die er Tine überreichte, nachdem er sie in seine Arme gerissen hatte.

Julia wollte sich unauffällig davonschleichen, um sie bei dieser herzlichen Begrüßungszeremonie nicht zu stören, aber da lösten sich die beiden bereits voneinander.

»Das ist meine Reisebekanntschaft Julia, und das ist mein großer Bruder Jonas.«

Die beiden reichten sich artig die Hand. Julia konnte nicht leugnen, dass er wirklich sehr gut aussah und überdies eine außerordentlich sympathische Ausstrahlung besaß. Er hatte ein kantiges Gesicht, braune warme Augen und einen sinnlichen Mund. Jonas erinnerte sie entfernt an jemanden, den sie kannte, aber ihr fiel partout nicht ein, an wen.

»Julia hat einen Job beim German New Yorker und …« Sie stockte. Offenbar wollte sie nicht mehr über Julias Privatleben ausplaudern. »Darf ich?«, fragte sie entschuldigend. Julia nickte zum Zeichen, dass sie gern aussprechen konnte, was sie ihrem Bruder offenbar so gern mitteilen würde.

»Julia hat ihre Schwester beim Anschlag auf das World Trade Center verloren. Und vielleicht gehen wir mal gemeinsam zum Memorial«, erklärte Tine ihrem Bruder.

Er sah sie mitfühlend an. »Das tut mir leid.« Seine tiefe sonore Stimme passt zu seinem Äußeren, stellte Julia fest und wunderte sich zugleich, dass sie sich überhaupt Gedanken über Tines Bruder machte. Ob ich mich von der Begegnung mit Noah ablenken will?, fragte sie sich.

»Werden Sie abgeholt oder können wir Sie mit in die City nehmen?«

»Nein, mein Schwager wartet oben, und wir fahren dann gemeinsam zu seinem Haus in den Hamptons.«

Jonas pfiff durch die Zähne. »Ein schöner wie auch exklusiver Flecken Erde.« Dann musterte er sie mit einer Intensität, die sie verlegen machte.

»Ich bin gespannt«, erwiderte sie ausweichend. »Aber ich muss mich jetzt auch beeilen. Er wartet bestimmt schon, denn es hat ja doch alles viel länger gedauert«, fügte sie hastig hinzu und umarmte Tine.

»Ich ruf dich an«, versicherte ihr die Forensikerin.

»Es freut mich, Sie kennengelernt zu haben, Julia, ich hoffe sehr, dass wir uns wiedersehen. Vielleicht gehen wir wirklich gemeinsam zum Memorial. In Ihrer Begleitung würde ich vielleicht sogar einen Fuß in das neu eröffnete Museum setzen, dessen Exponate ich zum Teil sehr makaber finde.« Er hörte nicht auf, sie durchdringend anzusehen. »Ich habe zwar keinen direkten Verwandten verloren, aber alle meine Kollegen. Nicht einer konnte das Gebäude aus dem 82. Stockwerk lebend verlassen, und ich hätte es auch nicht geschafft, wenn ich an dem Tag nicht freigehabt hätte«, fügte er seufzend hinzu. »In welchem Stock hat denn Ihre Schwester gearbeitet, wenn ich mal fragen darf?«

Julia zuckte bedauernd die Achseln. »Ich weiß es nicht. Sie war Architektin.«

»Aber nicht zufällig bei Spencer & Bates, oder?«

»Ich habe keine Ahnung, wie das Büro heißt. Wir hatten, seit meine Schwester nach New York gegangen ist, nicht so fürchterlich viel Kontakt.«

»Wie hieß denn Ihre Schwester?«

»Jennifer. Jennifer Goldstein«, entgegnete sie und bedauerte zutiefst, auf das eingegangen zu sein. Ihr stand plötzlich nicht mehr der Sinn danach, noch länger mit ihm zu plaudern, denn es nützte alles nichts. In ein paar Minuten würde sie Noah gegenüberstehen, das Wiedersehen ließ sich nicht mehr vermeiden, nun musste sie es tapfer angehen, doch dann stutzte sie. Jonas sah sie an, als hätte er einen Geist gesehen.

»Das ist ja wohl irre«, stieß er aufgeregt hervor. »Jennifer! Sie sind die Schwester von Jennifer. Ich wusste ja gar nicht, dass sie überhaupt eine Schwester hatte. Sie war stets äußerst diskret, wenn es um ihr Privatleben ging, aber wir wussten natürlich alle, dass sie es gar nicht nötig gehabt hätte zu arbeiten. Ihr Mann war Erbe des sagenhaften Goldstein-Imperiums. Barry Goldstein war ein bekannter Wall-Street-Anwalt … ja, sie haben in den Hamptons ein sagenhaftes Anwesen … und dann die Wohnung in … « Er stockte, als er Julias entgeisterte Miene wahrnahm. Er sah sie schuldbewusst an. »Entschuldigen Sie, dass ich Ihnen gar keine Zeit gelassen habe zu begreifen, dass ich Ihre Schwester gekannt habe.«

»Nein, nein, das ist schon alles gut. Natürlich schockt es mich ein wenig, aber vielleicht sollten wir unsere Unterhaltung ein andermal fortsetzen. Mein Schwager wartet auf mich«, sagte sie hastig.

»Jennifer, das ist doch nicht zu fassen, und ich hätte schwören können …«, murmelte er mehr zu sich selber, doch der angefangene Satz elektrisierte Julia förmlich.

»Was könnten Sie schwören?«

»Ach nichts«, wiegelte Jonas ab.

Tine hakte sich daraufhin vertraulich bei ihrem Bruder unter. »Aber, Bruderherz, schon vergessen, dass du der schlechteste Lügner unter der Sonne bist? Was hättest du schwören können?«

Jonas machte eine wegwerfende Handbewegung. »Da kam eben eine Frau raus, die Jennifer Goldstein wie aus dem Gesicht geschnitten war, nur dass sie …«

»Nur dass sie blondes Kurzhaar trug! War es das, was Sie eben sagen wollten?«, vervollständigte Julia seinen angefangenen Satz.

»Genau, woher wissen Sie das?«

»Weil ich demselben Phantom aufgesessen bin wie Sie. Ich habe die Lady auch auf den ersten Blick für meine Schwester gehalten. Aber es ist nur eine Doppelgängerin von ihr, eine Kanadierin.«

»Na ja, das kommt vor«, sagte Jonas und versuchte, locker zu klingen, doch Julia sah ihm förmlich an, dass ihn etwas ganz anderes beschäftigte. Sie hatte das starke Gefühl, dass er Jennifer etwas nähergestanden hatte, als es unter Kollegen üblich war. Und plötzlich wusste sie auch, an wen er sie entfernt erinnerte: an den schönen Jürgen, den Exfreund ihrer Schwester, dem Jennifer damals aus lauter Angst verschwiegen hatte, dass sie mit einem anderen Mann nach New York gehen würde, um ihn dort zu heiraten. Julia würde nie vergessen, wie Jürgen kurz nach Jennifers überstürzter Abreise in die USA eine halbe Nacht vor dem Haus ihrer Mutter gepöbelt und randaliert hatte, nachdem er erfahren musste, dass seine Dauerfreundin ihn ohne Erklärung hatte sitzen lassen. Susanne hatte schließlich die Polizei geholt, und Jürgen hatte sich dem Haus nicht mehr nähern dürfen.

Julia sah Jonas nun mit einem etwas anderen Blick an, doch

als sie in seine warmen braunen Augen sah, stellte sie erleichtert fest, dass sich die Ähnlichkeit zwischen den beiden bloß auf ein paar optische Merkmale beschränkte und ihre Augen gar nicht unterschiedlicher sein konnten. Jürgens waren stahlblau und kalt gewesen.

Haben Sie meine Schwester näher gekannt?, hätte Julia ihn gern gefragt, aber sie konnte sich gerade noch beherrschen. Er entsprach genau dem Beuteschema ihrer Schwester, aber dass Jennifer Noah womöglich mit diesem Jonas betrogen haben könnte, schien ihr absurd. Sie hatte ihr doch rücksichtslos den tollsten Mann auf der Welt ausgespannt. Da würde sie doch keine Affäre … sie waren bei ihrem Tod doch erst drei Jahre verheiratet gewesen, nein, das konnte nicht sein … dann hätte sie ihn ihr doch nie so brutal ausgespannt, wenn sie ihn nicht geliebt … In Julias Kopf ging alles durcheinander. Oh Gott, wie präsent das alles noch in ihrer Erinnerung war. Als wäre es gestern gewesen.

An jenem Abend im »Jakob« waren Noah und sie noch als Paar in Susannes Haus in Othmarschen zurückgekehrt. Nachdem Jennifer Noah den gesamtem Abend in Beschlag genommen und Julia zur stummen Zuschauerin degradiert hatte, hatte sich Jennifer vor dem Lokal schließlich mit einem hintergründigen Lächeln von ihnen verabschiedet und verkündet, sie würde bei ihrem Freund übernachten. Julia spürte noch heute, wie ihr förmlich ein Stein vom Herzen geplumpst war, nachdem sie allein mit Noah im Taxi gesessen und nach seiner Hand gegriffen hatte. Beim Einschlafen hatte sie sich ganz tief in seine Armbeuge gekuschelt, nachdem er ihr ziemlich deutlich signalisiert hatte, dass ihm nicht nach Sex zumute wäre. Mitten in der Nacht, als sie zeitgleich aufgewacht waren, hatte er kurz mit ihr geschlafen. Ihr war das wie eine Pflichtübung vorgekommen, die er zudem mittendrin abgebrochen hatte, was ihm noch nie zuvor passiert war. Sie hatte in jener Nacht inständig gehofft, dass der Grund für seine mangelnde Liebesfähigkeit nicht zufällig Jennifer hieß.

Julia wurde aus ihren Gedanken gerissen, als Jonas ihr zum Abschied seine Hand entgegenstreckte.

»Ich bin sicher, wir sehen uns wieder«, sagte er und sah ihr dabei erneut tief in die Augen. Mit einem verschwörerischen Blick, der keinen Zweifel mehr offen ließ, dass er Jennifer sehr viel besser gekannt hatte, als er es jemals zugeben würde.

Merkwürdig, ging es Julia durch den Kopf, bisher hatte jeder Mann, der auf Jennifer stand, auch immer mal einen Seitenblick für sie, die blonde, hochgewachsene kleine Schwester übriggehabt. Selbst der blöde Jürgen hatte mal grinsend gesagt: »Wenn deine Schwester mich mal verlässt, dann nehme ich dich!« Das hatte sie allerdings eher als Drohung empfunden, aber sie kannte das schon aus der Schule, wenn sie Vertretungslehrer hatte. »Sind Sie die Schwester von Jennifer Bender? Da ist doch eine gewisse Ähnlichkeit.« Julia hatte diese Ähnlichkeit allerdings nie so recht wahrnehmen können, wenn sie in den Spiegel sah. Bei ihr war alles eine Spur gröber, auch die Gesichtszüge. Trotzdem hatte ihr sogar Jan am Anfang Komplimente über ihr hübsches Gesicht und ihre Toppfigur gemacht. Julia aber hatte derartiges Lob nie wirklich annehmen können. Wie von Geisterhand tauchte dann immer das Bild von Jennifer auf. Das hatte sich auch nach ihrem Tod nicht geändert.

Erst als Tine sie zum Abschied umarmen wollte, merkte Julia, dass sie schon wieder mit ihren Gedanken abgeschweift war. Liegt das an der Tatsache, dass ich gleich Noah gegenübertreten werde?, fragte sie sich besorgt, oder hat mich diese Doppelgängerin Jennifers dermaßen aus dem Tritt gebracht?

Sie verabschiedete sich herzlich von der Forensikerin und steuerte auf den Fahrstuhl zu. Gerade als sie ihn betreten wollte, überfiel sie ein solches Schwindelgefühl, dass sie nicht einstieg, sondern sich gegen die Wand lehnen musste, um nicht umzukippen. In diesem Zustand konnte sie Noah mit Sicherheit nicht begegnen. Sie löste sich vorsichtig von der schützenden Wand, schaffte es bis zu einer Wartebank, auf die sie sich gleiten ließ, und versuchte, ruhig und gleichmäßig zu atmen.

6.

Während Julia sich bemühte, den Schwindelanfall zu überwinden, fiel die Erinnerung an jenen Tag, an dem sie Noah verloren hatte, über sie her wie ein Wespenschwarm. Vor ihrem inneren Auge lief der Morgen nach dem Abend im »Jakob« plötzlich wie ein Film ab.

Sie frühstücken mit Susanne auf der Terrasse. Noch ist alles harmonisch. Noah fragt ihre Mutter ganz direkt, ob sie traurig wäre, wenn Julia mit ihm nach New York gehen würde. Susanne ziert sich, aber dann mutmaßt sie resigniert, dass sich das junge Paar doch bereits längst entschieden habe. Julia und Noah nicken synchron, schauen sich an und lachen.

»Das wolltest du mich gestern fragen, bevor meine Schwester dich aus der Fassung gebracht hat, oder?«, lachte sie erleichtert. Nun kann ihr nichts mehr geschehen. Nun ist sie auf der sicheren Seite, was Jennifer angeht.

»Sie ist eine Wahnsinnsfrau«, schwärmt er.

»Aber sie ist längst in festen Händen«, scherzt Julia.

»Und du doch auch, Noah. Oder warum soll dich Julia sonst nach New York begleiten?«

Noah sieht lächelnd zwischen den beiden Frauen hin und her. »Ja, ich habe da gewisse Absichten«, gibt er lachend zu.

Die Stimmung könnte nicht besser sein. Julia ist erleichtert, dass ihre Mutter nicht versucht, sie davon abzubringen, mit Noah zu gehen.

Es klingelt. Julia hat ein merkwürdiges Gefühl. Sie geht zur Tür, um aufzumachen. Dort draußen steht Jennifer. Dieses

Mal sportlich, aber so perfekt gestylt, dass sich Julia in ihrer gut sitzenden schmalen Markenjeans wie ein Trampel fühlt. Denn gegen die schwarze Röhrenjeans, die ein unverschämt langes dünnes Bein macht, wenn man sie mit High Heels trägt, kann alles anderes nur plump wirken. Das Einzige, was das perfekte Bild stört, ist ein Hämatom über dem Auge. Im Normalfall würde sie ihre Schwester fragen, wie das passiert ist, aber in diesem Augenblick will sie Jennifer nur loswerden, denn auch trotz des blauen Auges hat sie mit Sicherheit nichts von ihrer magischen Wirkung auf Männer verloren.

»Was willst du?«, fragt Julia unfreundlich mit einem Blick auf den Koffer, den ihre Schwester dabeihat.

Jennifers Gesichtszüge entgleisen.

»Sorry, ich wohne hier: Schon vergessen?«

»Du wohnst bei Jürgen, wenn ich mich nicht irre.«

»Wir hatten eine kleine Meinungsverschiedenheit. Ich werde für ein paar Tage in mein Jugendzimmer ziehen.« Jennifer will sich an ihrer Schwester vorbei ins Haus drängen, Julia stellt sich ihr in den Weg. Sie kann sich selber nicht leiden, weil sie jetzt ahnt, was das Veilchen am Auge ihrer Schwester zu bedeuten hat, aber darauf kann sie jetzt keine Rücksicht nehmen. Gerade jetzt nicht, nachdem Jürgen offensichtlich so weit gegangen war, dass Jenny endlich den Absprung schafft. Aber Julia braucht keinen Abschluss in Psychologie, um zu erraten, dass ihre Schwester nun keine Sekunde mehr zögern würde, sich einen Besseren zu krallen.

»Kannst du nicht damit warten, bis Noah und ich nach New York gegangen sind?«, fleht Julia förmlich. »Ich meine, Jürgen und du, ihr streitet euch sonst auch andauernd, und du ziehst sonst auch nicht gleich aus. Wir fliegen spätestens in einer Woche. Dann hast du die Etage ganz für dich.«

Jennifer legt den Kopf schief und mustert Julia mitleidig. Julia wird rot. Dann hätte sie ihrer Schwester ja gleich offen sagen können: Finger weg von meinem Freund! Aber das traut sie sich nicht. Sie ist nicht auf den Kopf gefallen, aber wenn Jennifer es darauf anlegt, kann sie schrecklich überheblich sein. Und dann fühlt sich Julia nicht nur dick und hässlich, sondern auch noch ziemlich dumm.

Jennifer geht nun wortlos an ihr vorbei und rollt mit dem Koffer geradewegs ins Esszimmer. Julia folgt ihr hektisch.

»Jenny, was machst du denn hier?«, fragt Susanne, und es klingt nicht gerade wie ein herzliches Willkommen. Auch ihr Blick bleibt an dem Hämatom hängen, und sie zieht kritisch die Augenbrauen hoch.

»Ich habe mich von Jürgen getrennt und möchte wieder zu Hause schlafen. Ist das so ungewöhnlich?« Sie versucht stöhnend, den Rollkoffer hochzuheben.

»Warte, ich helfe dir.« Noah springt auf.

Sie bedankt sich mit einem strahlenden Lächeln.

»Wohin?«

»In die erste Etage«, flötet sie und geht voran.

Noah folgt ihr mit dem Koffer in der Hand. Susannes Miene verheißt nichts Gutes, als sie den beiden hinterhersieht. Schweigend beginnen Mutter und Tochter mit dem Frühstück, aber Julia bekommt keinen Bissen hinunter. Sie kocht vor Zorn auf ihre Schwester. Das ist so gemein, so hundsgemein, denkt sie, während sie zwei Tassen schwarzen Kaffee hintereinander trinkt und ihr speiübel davon wird.

Als die beiden nach über einer halben Stunde nicht zurückgekehrt sind, nimmt Susanne die Hand ihrer Jüngsten und seufzt: »Ich habe dir doch gesagt: Nimm dich in Acht!«

»Susanne!«, weist Julia ihre Mutter energisch zurück. »Du tust ja gerade so, als würde meine Schwester nichts Besseres zu tun haben, als meinen Freund in ihrem Jugendzimmer ins Bett zu zerren.«

Susanne nickt eifrig. »Genau das meine ich.« Sie steht auf.

»Willst du die beiden in flagranti ertappen oder soll ich das lieber für dich tun? Und, meine Süße, wenn ich recht behalte, was willst du unternehmen?«

Julia rollt die Augen. »Dann kann ich nichts mehr tun. Dann wird mein Schwesterlein die Spielregeln bestimmen. Aber bitte setz dich wieder. Ich will ihm nicht nachspionieren. Das ist unter meiner Würde.« Julia ist den Tränen nahe.

Susanne setzt sich zurück an den Tisch. »Du hast recht, das macht man nicht«, seufzt sie und wirft Julia einen mitleidigen Blick zu. »Aber siehst du denn nicht, wie brandgefährlich das ist? Offenbar ist der Drecksack von Jürgen handgreiflich geworden und deine Schwester endlich bereit, sich von ihm zu trennen. Du glaubst doch nicht, dass sie vor deinem Freund haltmacht, zumal er nicht nur ausnehmend attraktiv ist, sondern …« Susanne wirft ihrer Tochter einen zweifelnden Blick zu. »Du hast ihr hoffentlich nicht erzählt, aus was für privilegierten Verhältnissen er stammt, oder?«

Julia gibt seufzend zu, dass sie Jennifer in ihrer ganzen Euphorie viel über Noah erzählt hat. Zu viel, wie ihr in diesem Augenblick schmerzhaft bewusst wird, aber sie klammert sich an die Hoffnung, dass ihre Schwester nicht so skrupellos ist, wie Susanne und sie es in diesem Augenblick befürchten. Jenny kann doch jeden Mann haben, wenn sie nur mit den Fingern schnipst. Sie wird sich doch nicht ausgerechnet ihrer großen Liebe an den Hals schmeißen …

Eigentlich müsste sie viel wütender auf Noah sein, aber sie weiß, dass ihre Schwester eine absolute Ausnahmeschönheit ist, der kein Mann widerstehen kann, wenn man ihn nicht gerade festbindet oder einsperrt. Wenn sie da nur an die Schulzeit denkt. Sie ist noch keine vierzehn, als Jennifer auf derselben Schule wie sie Abitur macht. Nicht nur ihre Mitschüler umlagern Jennifer, nein, auch die Referendare schwärmen sie an, und sogar der schwer verheiratete Englischlehrer, Herr Köhler, will ihretwegen Job und Familie riskieren. Jennifer aber lässt es gar nicht so weit kommen. Nachdem ihr die Eins in Englisch keiner mehr streitig machen kann, ist er für sie uninteressant. Bei Julias Klassenkameradinnen heißt sie nur »die Schwarze Witwe«, nachdem ein Mitschüler sich sogar von der Köhlbrandbrücke hatte stürzen wollen, weil Jennifer ihn verlassen hat.

Tja, gegen die Methoden der »Schwarzen Witwe« habe ich keine Chance, denkt Julia, doch dann springt sie vom Küchenstuhl auf.

»Ich schaue doch mal nach den beiden«, ruft sie ihrer Mutter zu, und schon ist sie bei der Treppe. Sie nimmt beim Hochlaufen immer zwei Stufen auf einmal. Jennifers Zimmertür ist nur angelehnt, aber da hört sie es bereits. Ein Stöhnen. Oh Gott, sie kennt diesen Laut! Immer, wenn Noah erregt ist …

Ohne zu zögern, stößt sie die Tür auf und erstarrt. Neben dem Bett auf dem Boden liegend entdeckt sie die beiden – eng miteinander verschlungen.

»Ihr Arschlöcher!«, brüllt Julia und stürzt nach unten, als sei der Teufel hinter ihr her. Sie wirft sich ihrer Mutter in die Arme, die sie fest an sich drückt. »Oh, meine Kleine, wie gern hätte ich dir das erspart, aber ich habe es geahnt. Sie kommt ganz nach eurem Vater. Ich habe ihn auch erwischt …«

Julia reißt sich los. »Das will ich gar nicht hören!«, schreit sie und bricht in lautes verzweifeltes Schluchzen aus.

Sie hört gar nicht, dass Jennifer und Noah jetzt zögernd die Küche betreten haben. Erst aus der überkippenden Stimme ihrer Mutter kann sie das schließen.

»Raus aus meinem Haus, Noah!«

Julia wendet sich zu ihm um, mustert ihn aus verheulten Augen.

»Es tut mir so leid, ich, ich, aber es ist …«, stammelt er.

Jennifer greift nach seiner Hand. »Wir gehen, aber nur gemeinsam«, sagt sie mit fester Stimme.

Noah sieht sie ungläubig an. Offenbar weiß er noch nichts davon, doch Jennifer hat längst für ihn mit entschieden.

»Ich gehe mit Noah nach New York. Es tut mir so leid, wenn wir dich verletzt haben, Schwesterchen, aber gegen die Liebe sind wir nun einmal machtlos.«

Julia verspürt den Impuls, sich auf Jennifer zu stürzen und ihr das bildhübsche Gesicht zu zerkratzen, aber sie bleibt wie betäubt stehen.

»Aber ihr kennt euch doch noch gar nicht. Jenny, lass doch Noah allein nach New York fliegen …«

»Misses Bender, ich, es tut mir leid, ich liebe Ihre Tochter und …«

»Von welcher sprechen Sie da gerade? Von meiner Ältesten oder meiner Jüngsten?«, hakt Susanne in spitzem Ton nach.

Jennifer schmiegt sich demonstrativ an Noah. »Verzeih mir, bitte. Es ist keine schöne Situation, aber was sollen wir tun? Es war Liebe auf den ersten Blick. Schon als ich ihn zum ersten Mal gesehen habe, da wusste ich, er wird mein Mann.«

Julia wird so schlecht, dass sie würgen muss. Jetzt hat Jennifer ihr nicht nur den Mann gestohlen, sondern auch noch ihre Worte! Sie selbst hat es ihrer Schwester anvertraut. *Ist es nicht merkwürdig, aber ich weiß, das wird mein Mann,* hatte sie Jennifer nach dem ersten Date mit Noah gestanden.

»Brauchen Sie Hilfe?«, hörte sie eine Stimme wie von ferne fragen. Julia schreckte aus ihren Gedanken hoch. Eine ältere Dame musterte sie besorgt.

»Nein, schon gut, ich glaube, ich muss dringend an die Luft«, erwiderte sie hektisch und stand auf.

Wie in Trance betrat sie den Fahrstuhl zum Abflugterminal. Als sie oben ausstieg, atmete sie ein paarmal tief durch. Jetzt gab es kein Zurück mehr. Es trennten sie nur noch einige wenige Minuten von dem Wiedersehen. Sie straffte die Schultern und überlegte kurz, ob sie noch einen Blick in ihren Schminkspiegel werfen sollte. Lieber nicht, dachte sie, ich ahne, dass ich wie der Tod auf Latschen aussehe. Aber ist es nicht völlig egal, in welchem Zustand ich meinem Schwager begegne?

Tief durchatmend verließ sie das Gebäude und sah sich nach allen Seiten um. Als sie ihn erblickte, schlug ihr das Herz bis zum Hals. Er stand ein ganzes Stück weg bei der anderen Tür, aber allein der Blick auf sein Profil ließ ihre Knie weich werden. Sein Profil, das war es auch, was sie damals im Stadtpark zuerst fasziniert hatte, bevor sie auch nur ein einziges Wort miteinander gewechselt hatten. Die gebogene Nase, das markante Kinn … aber etwas an ihm hatte sich eklatant verändert: Sein damals strohblondes Haar war grau. Eigentlich ist er mit seinen vierzig Jahren doch noch viel zu jung dafür, dachte Julia, aber dann fiel ihr ein, dass Menschen, die herbe Schicksalsschläge erleiden mussten, quasi über Nacht ergrauen konnten. Ob es bei ihm passiert war, als er begriffen hatte, dass Jennifer niemals zurückkehren würde? Seiner magischen Anziehung auf Julia tat seine neue Haarfarbe allerdings keinen Abbruch. Im Gegenteil, es machte ihn in ihren Augen noch interessanter. Und wie melancholisch er in die Ferne blickte, in eine Richtung, aus der sie ganz bestimmt nicht kommen würde. Ob er wohl auch daran denkt, wie unser Wiedersehen nach so vielen Jahren ablaufen wird?, fragte sie sich.

In diesem Augenblick spürte Julia mit einer ungeahnten Heftigkeit, wie sie diese Begegnung in den Tiefen ihrer Seele aufwühlte. Noch hatte er sie nicht gesehen, noch konnte sie die Flucht antreten. Sie machte vorsichtig ein paar Schritte rückwärts, fest entschlossen, den nächsten Flieger nach Berlin zu nehmen, denn ihr Mut hatte sie auf der ganzen Linie verlassen. Ausgerechnet in diesem Moment wandte er sich wie in Zeitlupe zu ihr um, und sie blieb wie angewurzelt stehen. Ihre Blicke trafen sich. Julia erschrak, als sie sah, wie sich seine Augen mit Tränen füllten.

7.

Julia blickte stumm aus dem Fenster des Wagens. Sie hatte es geschafft, das Wiedersehen mit Noah zu überstehen, ohne in Tränen auszubrechen oder sich anmerken zu lassen, wie tief sie diese Begegnung berührte.

Noah hatte sie immer wieder in seine Arme gerissen. So intensiv, dass ihr die Luft weggeblieben war. Sie hatte sein aufgeregtes Herz in seiner Brust gespürt.

»Dass ich dich jemals wiedersehe! Ich habe es nicht mehr zu hoffen gewagt! Lass dich anschauen!« Ein paarmal hatte er sie von sich geschoben, um sie von Kopf bis Fuß zu betrachten. »Wie schön du geworden bist«, hatte er wiederholt ausgerufen. Als er ihr betroffenes Gesicht wahrgenommen hatte, hatte er sich sofort überschwänglich für seinen Fauxpas entschuldigt. »Sorry, du bist damals schon wunderschön gewesen. Aber jetzt bist du eine richtige Frau, wenn ich das so salopp sagen darf. Und glaube mir, ich meine es aus vollem Herzen.«

Julia hatte seine Euphorie stoisch über sich ergehen lassen. Mit versteinerter Miene und angespannter Körperhaltung. Ja, sie hatte sich steif wie ein Brett gemacht, weil sie befürchtete, dass ihre ganze Beherrschung, sobald sie auch nur das kleinste Fünkchen Weichheit zuließ, wie ein Kartenhaus zusammenfallen würde.

Und außerdem war auch das nicht gerade ein Kompliment, das ihr besonders schmeichelte, hieß das doch, dass er damals gar keine richtige Frau in ihr gesehen hatte.

Er hatte schließlich gemerkt, dass sie seine Begeisterung über das Wiedersehen nicht teilte. »Ich überfalle dich ja regelrecht. Hattest du einen guten Flug?«

Julia hatte genickt und war erleichtert gewesen, dass sie die ersten Minuten des Wiedersehens einigermaßen heil überstanden hatte.

»Ja, ich bin nur furchtbar müde. Das Ganze war doch eine sehr spontane Entscheidung, sodass ich die ganze Nacht nicht schlafen konnte«, hatte sie ihm in unverfänglichem Plauderton zu erklären versucht, warum sie nicht so euphorisch war wie er.

»Das kann man wohl sagen. Ich hätte nie damit gerechnet, dass du das Angebot annimmst. Konntest du denn so schnell aus deinem Arbeitsvertrag aussteigen?«

»Mir war gerade gekündigt worden, und so hatte ich gar keine Wahl, als zuzuschlagen.« Sie fand, diesen Teil der Wahrheit sollte er ruhig erfahren, damit er eine Ahnung davon bekam, dass sie aus einer gewissen Not so spontan nach New York gekommen war. Sie rang sich zu einem Lächeln durch.

»Ach so, sonst hättest du es also nicht getan?« Das hatte enttäuscht geklungen. »Aber nun komm, lass uns schnell in mein Haus fahren. Meine Perle hat ein gigantisches Willkommensessen für uns vorbereitet.« Er hatte die ganze Zeit Deutsch mit ihr gesprochen, was er immer noch fast fehlerfrei beherrschte.

»Deine Perle? Wer hat dir denn dieses Wort beigebracht?«, hatte sie nachgefragt und die Frage in demselben Augenblick schon bereut, weil sie doch genau wusste, wer Hausangestellte als »Perlen« zu bezeichnen pflegte.

»Jennifer hat sie immer so genannt.«

Womit wir beim Thema wären, hatte Julia bekümmert gedacht, aber Noah hatte entschlossen ihren Koffer genommen und sie mit dem freien Arm eingehakt. »Komm, wir wollen endlich fahren.«

Julia staunte, dass Noah sie zu einem japanischen Kleinwagen führte. Sie hatte vermutet, er würde einen imposanten Geländewagen fahren.

»Das hat deine Schwester stets zur Weißglut gebracht, dass ich unter meinen finanziellen Möglichkeiten lebe«, hatte er halb im Scherz bemerkt, als er ihren Blick auf das bescheidene Fahrzeug registriert hatte.

Julia hatte es vorgezogen zu schweigen. Sie wusste, dass Noah kein Angeber war und dass ihm der Reichtum, den seine Eltern ihm damals hinterlassen hatten, manchmal eher als Bürde erschienen war. Sie hatten oft darüber gesprochen, wie Noah sich als reicher Erbe fühlte. Seine Eltern waren einst tödlich verunglückt und hatten ihrem einzigen Kind dieses sagenhafte Vermögen hinterlassen. Der Unfall seiner Eltern war einer der Gründe gewesen, warum er sich damals entschieden hatte, ein Jahr in Deutschland zu arbeiten. Die jüdische Familie seiner Mutter stammte aus Hamburg, und es war ihnen gelungen, nach der Machtergreifung Hitlers nach New York auszuwandern und dort Fuß zu fassen. Noahs Großvater war bereits Mediziner gewesen, sodass ihm sein Berufswunsch als Junge bereits klar vor Augen gestanden hatte, ungeachtet der Tatsache, dass sein Vater ein Mann des Geldes gewesen war.

Im Wagen war das Gespräch zwischen ihnen dann zum Erliegen gekommen. Julia wusste genau, dass es an ihr lag, weil sie, seitdem sie losgefahren waren, abweisend aus dem Fenster starrte.

»Julia, darf ich dich etwas fragen?«, erkundigte sich Noah in diesem Moment leise.

Sie wandte sich ihm zu.

»Natürlich. Entschuldige, dass ich so langweilig bin, aber ich bin wirklich total übermüdet und erschöpft.«

»In dem Prinzessinnenzimmer, wie Jennifer unser schönstes Gästezimmer immer genannt hat, wirst du blendend schlafen. Aber ich hoffe natürlich, dass wir vorher noch gemeinsam essen.«

»Das schaffe ich noch. Hunger habe ich nämlich auch. Und nun frag schon.«

Julia betrachtete sein Profil. Obwohl sie es immer noch über die Maßen anziehend fand, merkte sie, wie die Anspannung langsam von ihr abfiel. Es hätte schlimmer kommen können, dachte sie.

»Hast du einen festen Freund in Berlin?«

Julia schluckte, aber aus der Fassung brachte sie diese direkte Frage nicht.

»Nein, ich habe gerade eine unschöne Trennung hinter mir. Sonst wäre ich wohl kaum nach New York gekommen, oder?«

»Also es gibt keinen Mann deines Herzens?«, hakte er nach.

»Nein, den gibt es nicht«, schwindelte sie. Es war wohl kaum der richtige Augenblick, ihm zu offenbaren, dass sie niemals über die Geschichte mit ihm hinweggekommen war. Im Leben nicht würde sie ihm verraten, wie sehr sie noch immer an ihm hing. Daran hatten siebzehn Jahre, sein graues Haar und der Tod ihrer Schwester nichts geändert!

»Ich möchte mich unbedingt bei dir entschuldigen, bevor wir zu meinem Haus kommen«, sagte Noah entschieden.

»Wofür?«, fragte Julia, obwohl sie genau wusste, dass er auf ihre unschöne Trennung anspielte.

Noah stöhnte laut auf. »Ich finde, wir sollten das Alte abschließen, bevor wir ein neues Kapitel aufschlagen.«

In Julias Kopf arbeitete es fieberhaft. Wie meinte er das denn? Er hatte sie doch nicht etwa in die USA geholt, um mit ihr eine neue Beziehung zu beginnen. Wenn dem wirklich so war, würde sie nie im Leben darauf eingehen. Niemals würde sie bei ihm die zweite Geige nach ihrer Schwester spielen …

Noah warf ihr einen prüfenden Seitenblick zu. »Nein, nicht, was du denkst. Natürlich kann ich jetzt nicht einfach zu dir zurückkehren, als wenn nichts geschehen wäre. Ich möchte mich nur in aller Form dafür entschuldigen, für alles, was ich dir damals angetan habe. Glaubst du, ich weiß nicht, warum du meine Einladungen immer wieder ausgeschlagen hast? Natürlich bin ich für dich weiter ein rotes Tuch. Ich möchte, dass du weißt, wie leid es mir tut.«

Julia atmete ein paarmal leise durch, bevor sie scheinbar ungerührt mit den Achseln zuckte.

»Was tut dir leid?«, hakte sie nach. »Dass du mit meiner Schwester unter dem Dach meiner Mutter gevögelt hast? Dass ihr dann drei Tage später ohne Abschied in den Flieger gestiegen seid. Oder dass ihr meiner Mutter und mir kurz darauf eine Hochzeitseinladung geschickt und ernsthaft geglaubt habt, dass wir in die Hamptons reisen, um dem Ereignis beizuwohnen?«

»Nein, es tut mir leid, dass ich mich an dem Abend, nachdem wir im ›Jakob‹ waren, nicht getraut habe, dir ehrlich zu sagen, dass deine Schwester mich restlos verzaubert hat.«

»Ach, Noah, lass stecken! Ich habe daran schon lange nicht mehr gedacht. Das ist siebzehn Jahre her«, log Julia und wirkte offenbar überzeugend, denn Noah machte einen sichtlich irritierten Eindruck.

»Egal, ich wollte es dir schon so lange gesagt haben. Aber ich habe mich nicht getraut, es dir zu schreiben. Und glaube mir, ich habe die ganzen Jahre an dich gedacht. An deine Art, Probleme anzugehen, an dein Lachen, an deine schönen Augen …«

»Aber doch nicht, während du mit Schneewittchen verheiratet gewesen warst?«, rutschte Julia in bissigem Ton heraus.

»Doch, auch während der Ehe mit deiner Schwester habe ich mich manchmal gefragt, ob ich nicht einen großen Fehler gemacht habe.«

»Warum solltest du? Du hast deine Traumfrau bekommen! Wer kann das schon von sich behaupten?«

»Ich habe sie geliebt, und trotzdem habe ich mich insgeheim manchmal mit der Frage herumgeschlagen, ob ich mit dir nicht glücklicher geworden wäre, weil wir beide unbeschwerter miteinander gewesen sind.«

»Und unverbindlicher!«, entgegnete Julia in scharfem Ton, obwohl seine Worte sie völlig verunsicherten. Sie hatte mit allem gerechnet, aber nicht mit seinem Bekenntnis, dass er manchmal an seiner Entscheidung für Jennifer gezweifelt hatte. Ihre Unsicherheit trieb sie dazu, sich noch abgegrenzter zu geben. Sonst würde sie ihm womöglich noch um den Hals fallen und sich ihm anbieten nach dem Motto: Lass mich dein Trostpflaster sein! *Jennifer ist tot! Nimm mich!*

Doch ihr Stolz siegte.

»Ich kann verstehen, dass du nicht mehr darüber reden möchtest, aber ich musste es dir sagen, bevor wir in Zukunft vielleicht wieder mehr miteinander zu tun haben«, sagte er gequält.

Julia straffte ihre Schultern, während sie nach den richtigen Worten suchte. Nicht zu kühl und nicht zu emotional.

»Können wir uns darauf einigen, dass es damals für mich keine schöne Erfahrung war, als du mich von heute auf morgen für meine Schwester hast sitzen lassen?«

»In Ordnung, ich wollte es doch nur mal erwähnt haben, bevor wir im Haus sind. Sonst denkst du noch, mir wäre das gleichgültig oder ich hätte vergessen, wie mies ich mich damals verhalten habe.«

»Okay, okay«, entgegnete sie. »Aber es ist siebzehn Jahre her. Meine Schwester ist tot. Ich glaube kaum, dass wir uns noch länger mit der alten Geschichte beschäftigen sollten.«

»Du hast recht, ich dachte einfach, das wäre der wahre Grund, warum du meine Einladungen immer abgelehnt hast.«

»Nein, ich hatte zu viel Arbeit«, schwindelte Julia, und sie zuckte zusammen, als Noah in diesem Moment nach ihrer Hand griff und sie fest drückte.

»Gut, dann höre ich damit auf«, seufzte er, aber seine Hand zog er nicht weg.

»Ich glaube, ich schlafe ein wenig, oder lohnt es sich nicht mehr?«, sagte sie. »Wie weit ist es noch?«

»Wir sind bald in Southampton, und dann sind es noch circa fünfzig Minuten nach Montauk. Du kannst also noch ein wenig schlafen.«

Julia war allerdings innerlich so aufgedreht, dass sie mit Sicherheit kein Auge zutun würde, doch konnte sie auf diese Weise vermeiden, dass Noah noch weiter in sie drang, was die Vergangenheit anging. Sie schloss die Augen und dachte nach. Sie hätte niemals erwartet, dass er ihre Trennung thematisieren und sich gar für sein rüdes Verhalten entschuldigen würde. Obwohl ihr das einerseits ganz guttat, hatte sie zugleich Sorge, dass womöglich die Emotionen mit ihr durchgehen könnten. Wenn er nur annähernd ahnen würde, auf was für einem schmalen Grad ich balanciere, seit ich in New York gelandet bin, ging ihr durch den Kopf. Warum muss er aber auch immer noch so eine magische Anziehung auf mich besitzen? Warum ist er kein dickbäuchiger Glatzkopf geworden, bei dessen Anblick ich mich frage, wie ich mich jemals in so einen Typen habe verlieben können? Leider machte ihn das graue Haar nur noch eine Spur attraktiver. Wenn sie überlegte, dass Jan nicht annähernd so betörend auf sie gewirkt hatte. Nein, er hatte sie für gute vier Jahre nur ein wenig von ihrer Fixierung auf ihre erste und bislang letzte große Liebe abgelenkt. Vier Jahre, dachte sie, eine lange Zeit. Dass Jan dazu neigte, vor Schwierigkeiten zu flüchten, hatte sie gewusst, aber dass er eines Tages mit ihrem Geld abhauen würde, das hätte sie ihm niemals zugetraut. Vier Jahre waren schließlich eine lange Zeit gewesen, und sie hatten ihre gesamte Freizeit miteinander verbracht. Ja, sie waren sogar ein paarmal gemeinsam auf La Gomera gewesen und hatten Susanne auf ihrer spirituellen Finca besucht. Susanne hatte Jan auf Anhieb gemocht. Kein Wunder, er hatte schon rein äußerlich etwas von einem unkonventionellen Aussteiger. Allein sein langes lockiges Haar und sein alternativer Kleidungsstil.

Noah war seinem klassischen Geschmack treu geblieben. So hatte sie ihn kennengelernt. Er trug schwarze Jeans und dezent gestreifte Hemden, deren Ärmel er wegen der Hitze aufgekrempelt hatte, was einen Blick auf seine muskulösen Unterarme freigab, wie sie jetzt mit einem vorsichtigen Blinzeln feststellte.

»Bist du wach?«, fragte Noah.

Julia öffnete die Augen und nickte.

»Schau, das ist mein Arbeitsplatz. Ich müsste mal eben eine Krankenakte aus meinem Büro holen. Ich habe mir zwar den Rest der Woche freigenommen, um dir die Hamptons zu zeigen, aber die muss ich noch lesen. Möchtest du mich begleiten oder lieber warten?«

»Ich bleib im Wagen.« Sie sah ihm hinterher, während er zum Klinikeingang eilte. Dann lehnte sie sich seufzend in den Sitz zurück. Ihre Hoffnungen, dass sie Noah nicht mehr anziehend fand, hatten sich endgültig zerschlagen. Allein der dezente Duft seines Rasierwassers, der in der Luft lag, sprach ihre Sinne in einer Intensität an, die kein anderer Mann je bei ihr hervorgerufen hatte. Sie wusste nicht mehr, wie der Duft hieß, aber auch dem war er treu geblieben. Sie hatte diese konservative Seite an ihm von Anfang an gemocht, weil er sie nur bei bestimmten Geschmacks- und Stilfragen lebte. Ansonsten besaß er eine sehr kritische Haltung, vor allem, wenn es um seine Herkunft ging. Mit den Werten der Wall Street hatte Noah nichts gemein. Im Gegenteil, er hatte nach dem Tod seiner Eltern erst einmal die Hälfte des Erbes gespendet. Es war immer noch mehr übrig geblieben, als Noah in diesem Leben würde ausgeben können. Selbst bei dem luxuriösen Lebensstil, den Jennifer so geliebt hatte.

Julia war so in Gedanken versunken, dass sie Noah erst wahrnahm, als er die Autotür öffnete und in den Wagen stieg. Er reichte ihr die Krankenakte mit der Bitte, sie auf den Schoß zu nehmen. Sie warf einen Blick auf das Deckblatt. Der Stempel verriet, dass er seinem Spezialgebiet, der Kardiologie, treu geblieben war.

»Nun sind es nur noch fünfzig Minuten«, sagte Noah, nachdem er von der Hauptstraße abgebogen und in Richtung Meer gefahren war. An der rechten Seite zum Wasser hin reihten sich Riesenanwesen aneinander, die sich auf seltsame Art und Weise ähnelten. Es waren der pompöse Baustil und die gigantischen Rasenflächen vor den Häusern, die diese Prachtbauten austauschbar machten, obwohl man ihnen natürlich ansah, dass sie nur Superreichen gehören konnten.

»Weißt du, wie man diese Häuser im Volksmund nennt?«, fragte Noah.

»Nein, aber eins finde ich bemerkenswert. Obwohl sie alle unterschiedlich sind, hat man das Gefühl, sie wären von der Stange. Quasi alle von demselben Luxusdesigner.«

»Genau. Deshalb nennen wir sie auch McMansions, weil sie ein bisschen an die Beliebigkeit einen Big Macs erinnern. Hauptsache groß und luxuriös! In den Hamptons hat sich in den letzten Jahrzehnten die Wall Street breitgemacht. Und wenn du dir vorstellst, dass die meisten Leute nur im Sommer in den Hamptons sind.«

»Ich habe mal einen Bericht über die Hamptons auf Arte gesehen. Da hieß es, die Aufnahmegebühr bei den Golfclubs dort würde über eine halbe Million Euro betragen. Ist das ein Gerücht?«

Noah lachte. »Nein, das stimmt, und obwohl man mich sogar gefragt hat, ob ich Mitglied im Sebonack Club werden will, denn bewerben kann man sich da nicht, habe ich dankend abgelehnt. Ich spiele in einem anderen, nicht ganz so teuren Club. Hast du eigentlich deine einstige Aversion gegen Golfen inzwischen abgelegt? Ich erinnere noch gut, wie du damals gelästert hast, dass Golf der Sex-Ersatz älterer Herren wäre.«

Julia konnte sich ein Lächeln nicht verkneifen. »Du wirst lachen. Ich habe inzwischen tatsächlich die Platzreife gemacht. Aber das hat der Verlag bezahlt. Ich habe nämlich einen Artikel über die Golfplätze in und um Berlin gemacht. Und ich muss gestehen: Der Sport hat mich begeistert, das ganze Drumherum schreckt mich eher ab.«

»Dann nehme ich dich auf jeden Fall demnächst mit auf den Platz«, entgegnete Noah sichtlich begeistert, doch dann verfinsterte sich seine Miene. »Deine Schwester war ganz versessen auf eine Mitgliedschaft bei Sebonack und hat mir in den Ohren gelegen, dass wir doch in den exklusiven Club wechseln sollten.«

»Tja, Jennifer war dem Luxus gegenüber nie abgeneigt. Die Hamptons müssen ja das reinste Paradies für sie gewesen sein.«

»Ja, und noch herrlicher wäre es für sie gewesen, wenn sie einen typischen Millionär zum Ehemann gehabt hätte. Sie hatte bald jede Menge Freundinnen in den Hamptons, von deren Männern sie mir gern vorgeschwärmt hat. Dass sie ihren Frauen wieder ein Schmuckstück gekauft hätten oder ein Cabrio als Drittwagen. Sie hat mir sehr übel genommen, dass ich mir keinen Geländewagen gekauft habe, sondern mit dem Kleinwagen vorliebgenommen habe. Sie fand einfach, dass wir nicht standesgemäß genug leben.«

Julia wusste nicht so recht, was sie dazu sagen sollte. Wenn Sie es richtig verstand, übte Noah doch tatsächlich Kritik an Jennifers Hang zum Luxus. Natürlich war sie versucht, in dasselbe Horn zu tuten, aber sie hielt sich zurück.

»Warum habt ihr eigentlich keine Kinder?« Julia hatte diesen Gedanken ausgesprochen, ohne darüber nachzudenken, dass sie ihm eigentlich gar keine derart intime Frage stellen wollte.

Er stieß einen tiefen Seufzer aus. »Wir hätten sehr gern Kinder gehabt. Als es im ersten Jahr nicht geklappt hat, haben wir sämtliche Kinderwunschkliniken der USA bereist. Eigentlich hatten wir den Plan, es noch einmal in Ruhe zu versuchen, aber deine Schwester war die letzten Monate vor ihrem Tod so sehr mit ihrer Arbeit beschäftigt, dass wir kaum dazu gekommen sind …« Er stockte. »Na ja, vielleicht besser so, sonst hätte ich womöglich auch noch mein Kind verloren«, fügte er leise hinzu.

Julia nickte. Eigentlich hatte sie es so genau gar nicht wissen wollen, und sie bedauerte inzwischen, dass sie ihn überhaupt danach gefragt hatte.

Nach diesem heiklen Thema verebbte das Gespräch erneut, denn Julia hatte Noah den Rücken zugedreht und sah wieder gebannt aus dem Fenster. Die Natur, die dort draußen vorbeirauschte, war bestechend schön. Schlicht, flach, grün und mit ganz viel Wasser durchzogen.

»Montauk wird von den Einheimischen auch ›the living end‹ genannt, weil es wirklich der Ort am hintersten Zipfel von Long Island ist.«

»Es gibt doch eine Erzählung von Max Frisch, die Montauk heißt und in der er von seinen Frauen schreibt«, sinnierte Julia und merkte, wie sie sich zunehmend entspannte. Die Naturschönheiten dieses landschaftlichen Paradieses wirkten beruhigend auf ihre angegriffenen Nerven.

8.

Als sie den Ort Montauk erreichten, war Julia ein wenig enttäuscht. Die Hauptstraße des Ortes wirkte eher trist. Aber dafür war der Weg, den Noah jetzt in Richtung des Leuchtturms einschlug, von atemberaubender Schönheit. Im Gegensatz zu den wie auf einer Perlenkette aufgereihten sich ähnlich sehenden Strandhäusern in Southampton waren hier die Häuser etwas weiter verstreut und bestachen durch ihre Unterschiedlichkeit.

Julia ließ ihren Blick schweifen und suchte sich insgeheim das Haus aus, das sie am schönsten fand, in der Hoffnung, dass Noah es ansteuern würde. Es besaß einen auffälligen Turm und eine für diese Strandhäuser typische Holzveranda.

Ihr Herzschlag beschleunigte sich, als Noah nun tatsächlich die Einfahrt zu diesem Grundstück wählte.

»Es ist bezaubernd«, schwärmte sie. »Und es liegt so schön einsam. Das gefällt mir viel besser als die bombastischen Angebervillen, die so dicht nebeneinanderliegen.«

»Deine Schwester hat oft über dieses Haus geflucht und mich bekniet, dass wir doch lieber ein Haus in Southampton kaufen sollten, damit ich nicht so weit zur Klinik fahren muss. Überhaupt hat Jennifer es nicht verstanden, dass ich bis weit in den Herbst und manchmal sogar in den Winter hinein in diesem Haus leben wollte. Zu diesem Zeitpunkt waren die anderen schon längst wieder in ihren Wohnungen in New York. Im Jahr 2001 war Jennifer bereits Mitte August in die Stadt zurückgegangen …« Noah stockte. Offenbar ging ihm die Erinnerung an das Schicksalsjahr 2001 ziemlich nahe.

»Sobald du deine Stelle antrittst, wirst du während der Woche natürlich auch in New York wohnen. Die Wohnung steht nämlich sonst leer.«

»Es ist total nett von dir, was du alles für mich tust«, bekannte Julia aus vollem Herzen. In diesem Augenblick war sie Noah wirklich zutiefst dankbar, und der Schmerz über die alten Verletzungen ging merklich zurück, zumal sie befürchtet hatte, dass Noah rund um die Uhr von der unvergleichlichen Jennifer schwärmen würde. Stattdessen wurden erstaunlich kritische Töne aus seinem Mund laut. Offenbar war ihm ihr Charakter keinesfalls verborgen geblieben. Jennifer war schon immer durch und durch ein Luxusgeschöpf gewesen. Das hätte sie ihm schon damals sagen können, als er sich in ihre Schwester verliebt hatte. Wahrscheinlich hatte Jennifer gehofft, dass Noah ein typischer Millionär aus den Hamptons sein würde. Sie hatte ihm und sich ja aber auch nicht die geringste Chance gegeben, einander näher kennenzulernen. Nein, wie im Wahn hatte sie sich diesen Mann gegriffen und war mit ihm in die USA gegangen. Julia konnte sich vorstellen, was für ein Erwachen das für sie gewesen war, als sie feststellen musste, dass der megareiche Noah im Herzen ein ziemlich bescheidener und sozial denkender Mann war.

Julia stieg aus dem Wagen und atmete ein paarmal tief durch. Die Luft hier am östlichen Ende Long Islands war so salzig, dass sie das Gefühl hatte, einen erfrischenden Pfefferminzbonbon zu lutschen. »Oh, ist das herrlich hier!«, rief sie begeistert aus und drehte sich einmal um die eigene Achse.

»Das habe ich schon damals so an dir gemocht«, bemerkte Noah nachdenklich, »deine kindliche Freude und deine Begeisterungsfähigkeit.«

Julia hatte diese Worte sehr wohl wahrgenommen, aber sie tat so, als hätte sie das überhört. Es verursachte ihr ein merkwürdiges Gefühl, wenn er so von ihr schwärmte.

»Was meinst du? Sollen wir erst einmal zur Begrüßung einen Aperitif auf der Veranda trinken, bevor Nancy uns den Tisch für das Dinner deckt? Oder willst du vielleicht vorher dein Zimmer sehen?«

Julia überlegte kurz. Eigentlich wollte sie alles auf einmal: an der schönen frischen Luft bleiben, das Haus von innen sehen, ihr Gästezimmer aufsuchen und vor allem etwas Warmes essen.

»Ich glaube, du zeigst mir erst einmal mein Gästezimmer, damit ich meinen Koffer dort abstellen und mir ein dünneres Kleid aussuchen kann. Es ist hier zwar wesentlich frischer als noch am Flughafen, aber ich habe das Bedürfnis, mich erst einmal kurz unter die Dusche zu stellen und umzuziehen.«

Noah nickte und holte ihren Koffer aus dem Wagen. Dann öffnete er mit einladender Geste die Haustür. Julia blieb auf der Stelle stehen und blickte sich entzückt um. Alles im Haus war lichtdurchflutet und hell. Eine offene Treppe führte in die obere Etage. Der untere Raum war riesengroß und besaß eine eingebaute Küchenzeile. Hinter dem Tresen stand eine rothaarige Frau, die sie auf höchstens vierzig schätzte und die eifrig mit Kochen beschäftigt war. Sie sah kurz auf und winkte Julia und Noah zu.

»Ich denke, ich brauche noch eine Stunde, bis das Essen fertig ist.«

»Keine Eile«, gab Noah zurück. »Julia wird sich erst mal frisch machen, und dann nehmen wir einen Begrüßungsschluck auf der Veranda. Das ist Nancy, das ist Julia.«

Julia trat auf den Tresen zu und reichte der Haushaltshilfe die Hand. »Es riecht köstlich, was Sie hier zubereiten. Darf ich fragen, was es gibt?«

Nancy hatte ein offenes, hübsches Gesicht voller Sommersprossen. Sie lachte verschwörerisch. »Nein, lieber nicht. Das soll doch eine Überraschung werden.« Sie musterte Julia interessiert von Kopf bis Fuß. Ob sie schon hier gearbeitet hat, als meine Schwester noch gelebt hat?, fragte sich Julia, denn sie hatte den Eindruck, dass die Hausangestellte nach Ähnlichkeiten zwischen Jennifer und ihr suchte.

»Da bin ich mal gespannt«, lachte Julia und folgte Noah die Treppe hinauf bis ins obere Stockwerk. Auch in der ersten Etage war alles hell und freundlich. Sie hoffte insgeheim, dass das Prinzessinnenzimmer, wie Noah dieses Gästezimmer vorhin genannt hatte, einen Meerblick haben würde.

»Hier ist deine Suite«, verkündete Noah und öffnete ihr die Tür zu einem geräumigen Zimmer, das zur Seeseite eine ganze Fensterfront mit bis zum Boden reichenden Fenstern besaß und davor einen hölzernen Balkon, auf dem geschmackvolle Korbmöbel platziert waren.

»Wahnsinn!«, stieß Julia begeistert aus.

Noah stellte den Koffer auf dem Dielenboden ab und lächelte ihr zu. »Das Bad findest du am Ende des kleinen Flures. Wenn du das Zimmer am anderen Ende verlässt, schließt sich ein Flur an, von dem das Schlafzimmer und das Badezimmer abgehen. Wir sehen uns gleich auf der Veranda. Ich werde uns schon mal etwas mixen.«

Julia riss als Erstes eine der Balkontüren weit auf und atmete die würzige Seeluft ein. Sie fühlte sich ein wenig wie im Paradies. Wenn sie bedachte, dass sie gestern Nacht in einem heruntergekommenen WG-Zimmer auf einem ungemachten Bett geschlafen hatte. Und nun wohnte sie in einer Suite, die jedem Fünfsternehotel Konkurrenz machen konnte. Die Möbel waren alle in Weiß gehalten, wirkten aber dennoch kein bisschen steril. Julia vermutete, dass ihre Schwester sie ausgesucht hatte, denn sie hatte immer schon einen Hang zu weißen Möbeln besessen. Vielleicht liegt es auch an dem dunkel gebeizten Fußboden, dass die hellen Möbelstücke eine gewisse Gemütlichkeit ausstrahlten. Oder es liegt an den Materialien, mutmaßte Julia, denn es handelte sich keinesfalls um seelenlose weiße Schleiflackmöbel, sondern die Sitzmöbel waren aus Korb, während die Schränke offenbar aufgearbeitete Antikmöbel waren.

Es ist doch alles gar nicht so dramatisch, wie ich es befürchtet habe, ging es ihr erleichtert durch den Kopf, und sie nahm sich vor, dieses Paradies in vollen Zügen zu genießen.

Das Bad, das zu Julias Zimmer gehörte, war mindestens doppelt so groß wie das Bad, das Heike und sie in der WG hatten. Es war geschmackvoll eingerichtet; alles in Schwarz und Weiß. Sogar Handtücher lagen für sie bereit und sonst alles, was man in einem guten Hotel zum Empfang erwarten durfte. Haarshampoo, Fön, Duschgel, Körperlotion, sogar Zahnpasta und eine Gästezahnbürste, die noch in ihrer Verpackung steckte.

Julia war heilfroh, dass sie ihre durchgeschwitzten Reiseklamotten ausziehen konnte, und genoss die Regendusche in vollen Zügen. Das Shampoo duftete nach Sandelholz, und Julia spürte, wie ihre Lebensgeister zurückkehrten. Nicht einmal mehr die Tatsache, dass sie gleich mit Noah einen Drink nehmen würde, konnte ihre gute Laune beeinträchtigen. Wenn sie es sich recht überlegte, war das Wiedersehen mit ihnen beiden doch gar nicht so schlimm gewesen, wie sie es sich vorgestellt hatte. Gut, die kleinen emotionalen Irritationen waren nicht gänzlich ausgeblieben, aber in diesem Moment war sie sehr froh darüber, dass sie ihrem Fluchtimpuls nicht gefolgt war. Hier hatte sie ein Dach über dem Kopf, und was für ein prachtvolles. Außerdem würde sie bald einen Job antreten und sich das Geld verdienen, um wieder nach Berlin zurückkehren zu können. Und sprach es nicht für Noah, dass er sie so unbedingt um Verzeihung für die einstige Verletzung hatte bitten wollen? Solange ich es schaffe zu verbergen, dass er mir immer noch so viel bedeutet, bin ich auf der sicheren Seite. Julia nahm sich vor, in Zukunft so locker, wie es ihr nur möglich war, auf ihren Schwager zuzugehen.

Das nasse Haar band sie zu einem Pferdeschwanz zusammen

und warf einen prüfenden Blick in den Badezimmerspiegel. Sie fand sich zwar ein wenig blass, aber sie war sicher, dass sich das binnen der nächsten Tage in der salzhaltigen Luft von Montauk geben würde. In der Sonne wurde sie nämlich schnell braun, obwohl sie helles Haar besaß.

9.

Als Julia die Veranda betrat, wunderte sie sich, denn von Noah fehlte jede Spur, und es standen auch keine Gläser auf dem Tisch.

»Noah wartet auf der anderen Terrasse auf Sie!«, sagte Nancy plötzlich hinter ihr. Julia fuhr herum. »Kommen Sie!« Nancy führte sie auf eine riesige Veranda auf der anderen Seite des Hauses.

Julia hielt vor Begeisterung die Luft an. Von hier aus hatte man einen einzigartigen Blick bis zum Strand hinunter. Noah saß unter einem Schirm und hielt versonnen ein Glas Campari mit Orangensaft in der Hand. Kaum hatte er sie erblickt, prostete er ihr zu.

»Setz dich zu mir. Ich bin schrecklich durstig.«

Julia griff nach dem Glas, das für sie schon fertig zubereitet auf dem Tisch stand, und ließ sich auf den Korbstuhl neben ihn fallen.

»Du weißt schon, dass du hier in einem Paradies lebst, oder?«

Julia erhob ihr Glas und stieß mit ihm an.

»Oh ja, das weiß ich wohl. Und ich bin über die Maßen glücklich darüber, dass meine Eltern damals keinen Bauplatz in Southampton bekommen haben. Zu dem Zeitpunkt, als mein Vater das Sommerhaus gekauft hat, war die gesamte Wall Street damit beschäftigt, in den Hamptons Häuser zu erwerben. Meine Mutter hat dieses Haus auch sehr geliebt, aber mein Vater schimpfte ständig über diese Hütte.«

Noah musterte Julia nun aufmerksam von Kopf bis Fuß. »Du siehst sehr erfrischt aus. Herzlich willkommen in Montauk!«, verkündete er mit ernster Stimme.

Julia trank ihren Campari hastig aus und protestierte nicht, als Noah ihr nun gleich einen zweiten zubereitete.

Erst jetzt sah Julia, dass der Esstisch bereits eingedeckt war. Auch dieses Arrangement kann mit jedem guten Hotel mithalten, ging es ihr durch den Kopf, doch dann stutzte sie. Es war für drei Personen gedeckt.

Sie wandte sich fragend an Noah. Doch dann fiel ihr ein, für wen das dritte Gedeck wohl bestimmt war. Wahrscheinlich würde Nancy mit ihnen gemeinsam essen.

In derselben Sekunde klingelte es an der Haustür. Noah stand umgehend auf.

»Entschuldigung, ich hab dich gar nicht gefragt, ob es dir lieb ist, dass eine Kollegin von mir mit uns isst. Barbra möchte dich gern kennenlernen.«

Julias Miene versteinerte. Was hatte er sich nur dabei gedacht? Gerade eben war sie so weit, sich mit der Situation abzufinden und sich wohlzufühlen, da servierte er ihr seine Freundin, denn, dass Barbra keine Kollegin war, das merkte sie ihm an. Dazu war er zu nervös geworden.

Noah bemerkte den Stimmungsumschwung seiner Schwägerin.

»Glaub mir, ich hätte sie niemals für heute Abend eingeladen. Sie hat mir einfach eine Nachricht auf meine Mailbox gesprochen, dass sie kurz vorbeikommen möchte, um dich kennenzulernen. Am Flughafen habe ich ihre Nachricht entdeckt. Ich habe natürlich sofort versucht, sie zurückzurufen, aber Barbra war nicht mehr zu erreichen. Da habe ich Nancy gebeten, etwas mehr zu kochen. Ich kann sie ja schlecht vor der Haustür stehen lassen.«

»Wieso nicht? Wenn sich mir ein Besucher derart aufdrängt,

habe ich sehr wohl das Recht, ihm zu sagen, dass es mir nicht passt«, erwiderte Julia in scharfem Ton.

»Noah, Darling, ich wollte auf keinen Fall stören«, flötete nun eine zierliche, sehr attraktive Frau, während sie die Terrasse betrat und Noah mit Küsschen auf die rechte und linke Wange begrüßte.

Julia konnte sich nicht helfen. Es war Abneigung auf den ersten Blick. Schon ihre hohe, schrille Stimme missfiel ihr außerordentlich. Doch selbst, wenn sie eine tiefe, wohlklingende Stimme besessen hätte, Julia hätte sie trotzdem nicht leiden können. Wie demonstrativ sie zur Schau stellte, dass sie Noah näher kannte, ging ihr mächtig gegen den Strich. Ihm schien das äußerst unangenehm zu sein.

»Das ist Julia, meine Schwägerin, das ist meine Kollegin Barbra«, stellte er die beiden Frauen einander förmlich vor.

Barbra musterte Julia von oben bis unten. »Sie haben aber so gar keine Ähnlichkeit mit Jennifer«, bemerkte sie in einem abfälligen Ton, der Julia auf die Palme brachte.

»Sollte ich das?«, gab sie spitz zurück.

»Ich dachte nur, weil Noah immer behauptet hat, dass Sie Jennifer ähnlich sehen. Also, ich würde sagen, Sie sind ein völlig anderer Typ. Mehr das Mädchen zum Pferdestehlen als eine vollkommene Lady wie Ihre Schwester.«

»Danke, Miss, äh … ich nehme das jetzt mal als Kompliment«, sagte sie in bestem Englisch und wandte sich an Noah. »Sorry, ich bin doch sehr erschöpft vom langen Flug. Ich ziehe mich zurück.«

Noah sah sie entsetzt an. »Aber, Nancy hat extra für dich gekocht. Das wäre doch sehr schade.«

»Ich habe gar keinen Appetit mehr«, fügte Julia hinzu, während sie Barbra, die offensichtlich nicht wusste, wie sie adäquat zurückschlagen konnte, einen verächtlichen Blick zuwarf.

Ohne sich weiter um Noahs Protest zu kümmern, eilte sie die Treppe hinauf. Auf dem Flur begegnete ihr Nancy.

»Das Essen ist gleich fertig«, verkündete sie strahlend.

»Es tut mir leid, aber ich werde nicht mitessen.«

»Aber warum? Ich …« Plötzlich huschte ein wissendes Lächeln über ihr Gesicht. »Kann das sein, dass Ihnen die Gesellschaft von Miss Hunter nicht gefällt?«, flüsterte sie.

»Die Wahrheit?«, raunte Julia zurück. Nancy nickte. »Ich kann die Frau nicht ausstehen.«

»Da haben wir etwas gemeinsam. Seit sie hier ein und aus geht, habe ich schon mehrfach an Kündigung gedacht.«

»Ist sie seine Freundin?«

»Sagen wir so. Sie hat es schon lange auf Mister Goldstein abgesehen, und ich glaube, sie hat ihn endlich rumgekriegt und führt sich seitdem auf wie die Hausherrin.«

»Wenn ich das gewusst hätte«, stöhnte Julia.

»Vielleicht schaffen wir es ja gemeinsam, sie zu vergraulen«, lachte Nancy. »So, und nun serviere ich Ihnen Ihre Austern und den gegrillten Fisch auf Ihrem Balkon, bevor ich mich um das Essen der Herrschaften kümmere.«

»Das würden Sie wirklich tun?«

»Aber sicher. Ich habe doch für Sie gekocht und nicht für Madame Wer-ist-die-Schönste-im-ganzen-Land!«

»Sie sind ein Schatz. Wollen wir uns nicht duzen? Jetzt, wo wir einen gemeinsamen Plan verfolgen? Ich bin Julia.« Sie streckte Nancy die Hand entgegen.

»Super, aber jede Wette, Noah hätte bestimmt viel lieber mit dir gespeist. Seit gestern redet er von nichts anderem als deinem Besuch. Aber was hat die Lady denn angestellt, dass du dir sogar das Essen entgehen lassen wolltest?«

Seufzend berichtete ihr Julia von Barbras taktloser Bemerkung.

»Tja, zwischen Barbra und Jennifer ist die Ähnlichkeit auf jeden Fall größer, was ihren Hang zu Äußerlichkeiten angeht …« Nancy unterbrach sich hastig. »Sorry, ich wollte natürlich nicht über deine Schwester lästern.«

»Du hast sie also gekannt?«

»Kennen ist zu viel gesagt. Ich hatte die Stelle erst vier Monate, als sie dann am 11. September in den Türmen verschüttet wurde. Wir plaudern ein anderes Mal weiter. Ich muss mich jetzt um dein Essen kümmern«, stieß Nancy hervor. Julia hatte den Eindruck, sie wollte schnell weg, um nicht über Jennifer sprechen zu müssen, denn dass sie kein Fan ihrer Schwester gewesen war, das war ziemlich eindeutig.

Julia war froh, dass sie nicht mit dieser Barbra am Tisch sitzen musste. Natürlich tat es ihr leid, dass sie damit auch Noah versetzt hatte, aber wenn er es auch zuließ, dass sich diese Frau einfach selbst einlud … Julia bekam sofort schlechte Laune beim Gedanken an diese Person. Sie war ja inzwischen bestens darauf vorbereitet gewesen, heute Abend weinselig mit Noah Fotoalben ihrer toten Schwester anzusehen, aber mit einer quicklebendigen Konkurrenz hatte sie nun wirklich nicht gerechnet.

Gedankenverloren hob sie ihre Reisekleidung auf, die sie vorhin aus dem Bad mitgenommen und auf die Erde geworfen hatte. Sie legte sie ordentlich über einen Stuhl. Da fiel ihr der Führerschein ein, den sie vor den Waschräumen am Flughafen gefunden hatte, und sie kramte ihn aus ihrer Jeans hervor. Noch einmal betrachtete sie das Foto eingehend. Die fremde Frau besaß tatsächlich Jennifers Augen. Das war wirklich verblüffend. Vielleicht sollte ich ihr das Dokument zuschicken, dachte sie, und sie fand eine Adresse auf der Karte. Dann blieb ihr Blick an dem Geburtsdatum hängen, und sie erstarrte. Es war der 8. Mai, derselbe Tag, an dem Jennifer geboren war, aber nicht dasselbe Jahr. Die Kanadierin war auf den Tag genau vier Jahre jünger als ihre Schwester. Julia nahm sich fest vor, die Adresse von Misses

Alice Taylor herauszufinden und ihr den Führerschein mit einem kleinen Brief zuzuschicken, denn eines wollte ihr einfach nicht aus dem Kopf gehen: Warum war die Doppelgängerin ihrer Schwester am Flughafen förmlich vor ihr geflüchtet?

10.

Nancy hatte Julia, wie sie es ihr versprochen hatte, ein lecker schmeckendes Menü aufs Zimmer gebracht, das sie mit Heißhunger verschlungen hatte. Nun war Nancy gekommen, um das leere Geschirr abzuräumen.

»Es ist so gut, dass du gekommen bist. Noah hat mir erzählt, dass er mit dir gemeinsam endlich das Zimmer seiner Frau angehen will. Das ist eine gute Idee. Ich habe ihm schon so oft angeboten, ihm dabei zu helfen, aber er hatte stets Ausreden, warum wir die Sachen lieber doch nicht anrühren sollten. Ich glaube, er hat auf dich gewartet.«

Julia warf Nancy einen erstaunten Blick zu.» Er hat alles noch so belassen, wie es vor vierzehn Jahren war? Ob ich mir das mal anschauen dürfte?«

»Klar, komm, ich zeige dir das ›verbotene Zimmer‹. Ich darf dort nur einmal im Jahr sauber machen, aber nichts an einen anderen Platz stellen, geschweige denn, dass ich die Schränke ausräumen und ihre Kleidung entsorgen dürfte. Wenn man das in all diesen Jahren nicht geschafft hat, wird es mit der Zeit nicht leichter, überhaupt noch einen Zugang dazu zu finden. Ich hoffe, dass er es mit deiner Hilfe schaffen wird.«

»Das hoffe ich auch!«

Julia folgte Nancy, die das Tablett mit dem Geschirr aus dem Zimmer balancierte, auf den Flur. »Es hat übrigens hervorragend geschmeckt. Du bist eine fantastische Köchin.«

Nancy kicherte leise. »Das hat unsere Miss Barbra aber ganz

anders gesehen. Sie hat sich darüber beschwert, dass das Gemüse nicht ›al dente‹ war.«

»Die hat ja wohl einen Hackenschuss!«, schimpfte Julia. »Das Gemüse war hervorragend und so was von knackig.«

»Und sie hat mich gefragt, ob ich die Sachen denn auch auf dem Biomarkt eingekauft hätte.«

»Da kann einem Noah fast leidtun. Wie ist er nur an so eine zickige Person geraten?«, lachte Julia.

»Er machte jedenfalls keinen besonders glücklichen Eindruck. Ich glaube, er hat die gute Barbra eben eher zum Teufel gewünscht. Und ich denke, sie hat das gemerkt und ihre schlechte Laune an mir ausgelassen.«

Nancy blieb vor einer verschlossenen Tür am Ende des Flurs stehen.

»Ich bin mir zwar nicht ganz sicher, ob Noah möchte, dass du einen Blick hineinwirfst, aber andererseits, warum sollte er das vor dir verstecken wollen? Schließlich möchte er es mit dir zusammen ausräumen. Ist es nicht verrückt? Noah hat dieses Zimmer seit dem 11. September 2001 nicht mehr betreten.«

Nancy stellte das Tablett auf den Boden und öffnete die Tür. Auf den ersten Blick gewann Julia den Eindruck, dass auch dies ein helles und freundliches Zimmer sein könnte, wenn man die schweren Vorhänge öffnen und Licht hineinlassen würde. Ohne zu zögern, ging Julia zu den Fenstern und zog die Vorhänge auf. Wie sie vermutet hatte, war dieses Zimmer nicht düsterer als die anderen im Haus. Und es war unverkennbar der Raum ihrer Schwester. Der Schreibtisch war übersät mit Zetteln und anderem Kram. Und auf dem Boden verstreut lagen diverse Kleidungsstücke und Schuhe.

»Ich lass dich dann mal allein, weil ich die Küche noch sauber machen möchte. Und dann werde ich nach Hause fahren. Ich habe eine kleine Wohnung in Springs. Ein ganz entzückender Ort, den ich dir beizeiten auch einmal zeigen werde. Noah hat mir ein paar Tage freigegeben. Er ist davon ausgegangen, dass ihr beide sowieso ständig unterwegs sein werdet und er dich zum Essen in die Fischrestaurants einlädt.«

»Danke, dass du mir das ›verbotene Zimmer‹ gezeigt hast. Eine günstige Gelegenheit, ein wenig ungestört darin zu stöbern, weil Miss Barbra es sicherlich drauf anlegen wird, auch noch die Nacht mit ihm zu verbringen.«

»In dem Punkt kann ich dich beruhigen«, bemerkte Nancy verschwörerisch.» Er hat sie noch nie hier übernachten lassen. Er kommt ab und zu nachts nicht nach Hause, dann wird er wohl bei ihr schlafen, vermute ich mal. Aber dass er hier unter diesem Dach das Bett mit einer anderen Frau teilt, nein, das wird wohl nicht so schnell passieren.«

Julias Herzschlag beschleunigte sich merklich, nachdem Nancy die Tür zum Flur hinter sich geschlossen und sie in Jennifers Reich allein zurückgelassen hatte. Ein bisschen gespenstisch war die Atmosphäre in diesem Zimmer schon. Es sah alles so aus, als würde Jennifer jeden Augenblick wiederkommen. Allein das Chaos auf dem Schreibtisch! Julia klaubte die Sachen vom Boden und legte sie auf einen Haufen, bevor sie sich auf den Schreibtischstuhl setzte.

Erst traute sie sich kaum, einen intensiveren Blick auf all die über den Schreibtisch verstreuten vollgekritzelten Zettel zu werfen. Sie kam sich so schrecklich indiskret vor. Wenn sie sich allein vorstellte, jemand würde nach ihrem Tod ihre persönlichen Notizen durchforsten … Stattdessen stand sie noch einmal auf, ging zu den Fenstern, die auch in diesem Zimmer bis zum Boden reichten, und öffnete alle sperrangelweit, um frische Luft hineinzulassen, denn es roch recht muffig. So, als wenn hier auch lange nicht mehr gelüftet worden wäre. Und wollte sie Nancys Ausführungen Glauben schenken, dann geschah dies ja auch höchstens einmal im Jahr, wenn sie das Zimmer putzen durfte.

Auf dem Weg zurück zum Schreibtisch, kam Julia an einer Pinnwand vorbei, die voller Fotos war. Neugierig trat sie dichter heran. Als Erstes fielen ihr Kinderfotos ins Auge. Nicht nur Jennifer war auf diesen Fotos abgebildet, sondern auch Julia. Es war ganz merkwürdig, wie unterschiedlich die beiden Schwestern auf den Bildern wirkten. Jennifers Miene war sehr ernst, während Julia auf fast allen Bildern lachte.

Einen kleinen Stich gab Julia die Betrachtung von Fotos, die Noah und Jennifer bei ihrer Hochzeit zeigten. Wie verliebt Noah ihre Schwester ansah. Konnte sie das nur nicht mehr erinnern oder hatte er ihr niemals solche innigen Blicke geschenkt?

Dann zog ein Foto ihre ganze Aufmerksamkeit auf sich, das unverkennbar Jonas, den Bruder ihrer Flugzeugnachbarin Tine, zeigte.

Dieses Foto schien eher privater Natur zu sein zu sein, denn auf dem Bild trug Jonas Freizeitkleidung und lächelte gewinnend in die Kamera. Julia konnte nicht leugnen, dass der Mann wirklich ausgesprochen attraktiv war. Aber warum hängte sich Jennifer das Foto eines verliebt lächelnden Kollegen an die Pinnwand? Offenbar war Julias erster Eindruck richtig gewesen, dass zwischen den beiden mehr gewesen war.

Doch dann blieb ihr Blick an einem anderen Foto hängen, das sie anstarrte wie einen Geist. Auf dem Foto war kein geringerer als Jürgen abgebildet! Sie nahm es neugierig von der Pinnwand und entdeckte eine Widmung auf der Rückseite. Honey, 12.7.11. – Juli 2011? Julia erstarrte. Das würde ja bedeuten, dass die beiden in Kontakt miteinander gestanden hatten, nachdem sie Noah geheiratet hat, mutmaßte Julia und fragte sich, was das wohl zu bedeuten hatte. Jürgen war doch damals dermaßen ausgerastet, dass Jennifer vor ihm aus Deutschland geflüchtet war. Und auch auf diesem Foto strotzte er nur so vor Machtbesessenheit und Brutalität. Und welcher halbwegs kultivierte Mann ließ sein Hemd so weit auf, dass man sein Brusthaar sehen konnte? Julia schüttelte sich vor Abscheu. Sie konnte nicht genau erklären, warum sie das tat, aber sie zerriss das Foto entschlossen in tausend Schnipsel, bis von Jürgen nichts mehr übrig war, und ließ ihn im Papierkorb verschwinden.

Dann setzte sie sich auf den Schreibtischstuhl ihrer Schwester. Sogar der Deckel des Laptops war geöffnet. Julia schaltete ihn an und wunderte sich, dass er noch funktionierte. Allerdings konnte Julia nicht in die Tiefen des Rechners ihrer Schwester dringen, da der Computer nach einem Codewort verlangte.

So nahm sie wahllos die Zettel zur Hand, von denen der Schreibtisch übersät war, und las eifrig Jennifers Notizen. Sie kam sich ein wenig wie eine Schnüfflerin vor, die heimlich in fremder Leute Sachen kramte, doch das meiste waren ganz profane Einkaufszettel. Dann stutzte sie. Auf einem Zettel stand der Name »Jürgen«, versehen mit einer deutschen Telefonnummer. Julia wusste auch nicht genau, wieso sie sofort zum Hörer griff, aber es geschah irgendwie ganz automatisch, dass sie die Nummer wählte. Sie hatte nicht einmal Zweifel, ob der Festnetzanschluss, der in Jennifers Zimmer installiert war, noch funktionieren würde. Doch tatsächlich, nach ein paar Sekunden meldete sich im fernen Deutschland eine männliche Stimme mit »Meier!«.

Julia zögerte, aber dann fragte sie beherzt nach Jürgen Sandemann. Der Teilnehmer am anderen Ende der Leitung erwiderte kurz und knapp, dass sie offenbar falsch verbunden wäre. Hastig legte Julia auf.

Julias Herz klopfte bis zum Hals. Sie hatte plötzlich das Gefühl, ihrer Schwester so nahe zu sein, wie sie es selten gewesen war, seit sie beide erwachsen geworden waren. Als kleines Mädchen hatte sie ihre große Schwester rückhaltlos bewundert und war ihr auf Schritt und Tritt hinterhergelaufen. Und Jennifer war eine nette große Schwester gewesen, die von der Anhänglichkeit der Kleinen keinesfalls genervt gewesen war. Im Gegenteil, sie hatte es geschafft, die Liebe der Schwester geschickt zu ihrem Vorteil zu nutzen. Wie oft hatte Julia mit stolz geschwellter Brust Botengänge für die Große erledigt.

Julia war plötzlich ein wenig unheimlich zumute. Sie sprang vom Schreibtischstuhl auf und steuerte auf den begehbaren Kleiderschrank zu. Als sie die Tür öffnete, konnte sie den Luxus, der sich vor ihr ausbreitete, förmlich riechen: Markenschuhe und Dutzende Kleider, Hosen, Röcke, Blusen. Es wirkte fast wie die Auslage eines Modehauses. Wenn Julia da nur an ihren spärlichen Kleiderschrank in der WG dachte. Ganz vorsichtig strich sie über ein paar der edlen Kleider. Eines musste man Jennifer lassen: Sie hatte einen exquisiten und edlen Geschmack besessen. Trotzdem verspürte Julia das dringende Bedürfnis, die Sachen aus dem Schrank zu nehmen, zusammenzupacken und einer Altkleidersammlung zur Verfügung zu stellen, denn es war nicht gesund, vierzehn Jahre nach dem Tod ihrer Schwester ein volles Ankleidezimmer zu konservieren.

Das werde ich mit Noah gemeinsam erledigen, dachte sie, klappte die Türen energisch zu und wollte das »verbotene Zimmer« verlassen. Langsam schlugen ihr diese geballten Erinnerungsstücke auch auf das Gemüt. Für heute hatte sie genug gesehen. In der Tür stieß sie beinahe mit Noah zusammen. Erstaunt musterte sie ihn.

»Nancy hat mir erzählt, dass du das ›verbotene Zimmer‹ aufgesucht hast. Ich habe seit Jennifers Tod keinen Fuß mehr hier reingesetzt. Aber da ich dich sowieso bitten wollte, ob du mir hilfst, dieses Zimmer auszuräumen, hab ich gedacht: jetzt oder nie.«

»Und wo hast du deine reizende Kollegin gelassen?«, fragte Julia.

Noah rang sich zu einem leichten Lächeln durch.» Das war ja zwischen euch beiden Liebe auf den ersten Blick. Du wirst es nicht glauben, aber ich habe Barbra nach dem Essen gebeten zu gehen, weil ich mich gerne noch mit dir unter vier Augen unterhalten möchte.«

Julia legte den Kopf schief und sah ihn amüsiert an. »Aber das hast du ihr doch nicht so gesagt.«

»Doch, genau so hab ich ihr das mitgeteilt: Barbra ist eine begehrenswerte und darüber hinaus, auch wenn du das vielleicht nicht glauben magst, eine sehr kluge Frau. Trotzdem sind wir nicht mehr als gute Freunde, die nun hin und wieder mal das Bett miteinander teilen werden.«

»Wie bitte? Das hast du ihr aber nicht so gesagt, oder?«

»Nein, das habe ich ein wenig feinfühliger ausgedrückt. Ich soll dich übrigens von ihr grüßen. Sie hat sich quasi bei mir entschuldigt und ganz ehrlich gesagt, dass eure Begrüßung von ihrer Seite wohl schiefgelaufen ist. Und sie hat zugegeben, dass sie eifersüchtig auf dich war, weil sie weiß, dass wir beide einmal ein Paar gewesen sind und ich auch häufig schon sehr von dir geschwärmt habe.«

»Dann steht ja einer allerbesten Freundschaft zwischen ihr und mir nichts mehr im Wege. Und du willst es jetzt wirklich wagen, dich von Jennifers Sachen zu trennen?«

Noah nickte. »Allerdings nicht mehr heute Nacht. Ich denke, wir sollten jetzt schlafen gehen, morgen zusammen frühstücken, und wenn du dann Lust hast, würde ich gerne mit dir gemeinsam das Zimmer ausräumen. Zur Belohnung lade ich dich dann in das beste Fischrestaurant der Hamptons ein.«

»Ich glaube, das ist ein guter Plan«, seufzte Julia. Gerade überfiel sie die Müdigkeit mit solcher Heftigkeit, dass sie kaum mehr die Augen offen halten konnte, doch als sie Noah auf die Pinnwand zusteuern sah, war sie sofort wieder hellwach. Sie konnte in seinem Gesicht die Anspannung erkennen, als sein Blick an dem Foto von Jonas hängen blieb. Julia fragte sich in diesem Augenblick, ob Noah ahnte, dass der attraktive Kerl auf dem

Foto sicher nicht nur ein Kollege ihrer Schwester gewesen war, doch so eine intime Frage würde sie ihm auf keinen Fall stellen. Und auch, dass sie diesen Jonas auf dem Flughafen kennengelernt hatte, würde sie ihm nicht verraten, zumindest nicht mehr zu dieser späten Stunde. Stattdessen drehte sie sich auf dem Absatz um, murmelte »Gute Nacht!« und verließ hastig das »verbotene Zimmer«.

Wenig später kuschelte sie sich in die blütenweißen Laken des Gästebetts. Trotz aller Müdigkeit konnte sie nicht sofort einschlafen. Zu viele Gedanken gingen ihr im Kopf umher. Zum Beispiel die dringende Frage, ob sie Noah etwas von der Doppelgängerin erzählen sollte.

11.

Frisch und ausgeruht erwachte Julia am nächsten Morgen. Sie hatte intensiv geträumt, soweit sie sich erinnerte, aber sie wusste nicht genau was. Es waren jedenfalls keine Albträume gewesen, denn sie befand sich in einer recht ausgeglichenen Stimmung. Das morgendliche Erwachen war bei ihr häufig von den nächtlichen Träumen beeinflusst. Wenn sie schlimme Träume gehabt hatte, konnte es sein, dass sie morgens wie gerädert aufwachte, selbst wenn sie sich nicht mehr genau an die Inhalte erinnerte, oder umgekehrt wie heute.

Nackt wie sie war, trat sie auf den Balkon und ließ den Blick bis zum Meer schweifen. Ich sollte unbedingt schwimmen gehen, dachte sie, als sie unten im Garten einen einladenden Pool erspähte, den sie gestern völlig übersehen hatte. Offenbar schwamm Noah gerade seine Morgenrunden, wie Julia an seinem ergrauten Schopf erkennen konnte.

In diesem Augenblick drehte er sich auf den Rücken und erblickte sie. Er winkte aufgeregt. »Komm runter. Es ist herrlich!«

Das ließ sich Julia nicht zweimal sagen. Sie sprintete los, doch an der Tür fiel ihr ein, dass sie nackt war. Hastig öffnete sie ihren Koffer und zog ihren Badeanzug hervor, den sie nun überstreifte, bevor sie in ihre Flipflops schlüpfte und in den Garten eilte.

»Ist es tief genug, dass ich einen Köpper vom Rand machen kann?«, erkundigte sie sich bei Noah, der am Beckenrand eine Schwimmpause eingelegt hatte.

»Du darfst«, lachte er. Julia sprang mit einem eleganten Kopfsprung ins Wasser und tauchte einmal durchs Becken.

Als sie wieder an die Oberfläche kam, schwamm Noah neben ihr. »Weißt du noch, wie du mir im Freibad den Kopfsprung beigebracht hast?«

Natürlich wusste sie das noch, aber sie wunderte sich, dass auch er sich daran erinnerte.

»Und? Kannst du ihn noch?«, fragte sie verschmitzt.

»Und ob!« Er kletterte ziemlich sportlich aus dem Becken. Julia starrte gebannt auf seinen Körper. Er war noch genauso durchtrainiert wie damals und besaß nirgends auch nur ein Gramm Fett. Obwohl sie sich im kühlen Wasser befand, wurde ihr ganz heiß bei der Erinnerung an ihr erstes Mal.

Noah stellte sich in seiner ganzen Attraktivität am Beckenrand auf und glitt mit einem gekonnten Kopfsprung ins Wasser.

Ein Wettschwimmen folgte, wie sie es früher gemacht hatten, bevor sie das Becken atemlos verließen und er ihr aus einem Korbregal ein flauschiges weißes Handtuch reichte.

»Ich versuche mich schon mal am Frühstück«, lachte er, während er sich ebenfalls abtrocknete. »Es wird zwar nicht so lecker wie bei Nancy, aber ich gebe mir alle Mühe.«

Julia hüllte sich in das große Badetuch und kehrte ins Haus zurück, um zu duschen und sich anzuziehen. Sie konnte gar nichts dagegen tun, aber Noahs Gegenwart fühlte sich an diesem Morgen sehr vertraut an. All ihre Vorbehalte und düsteren Gedanken schienen sich in der Schönheit dieses verträumten Ortes verflüchtigt zu haben. Auch der Gedanke an die sogenannte Kollegin konnte ihre Stimmung nicht trüben. Es ist doch alles halb so schlimm, dachte sie, und genoss den weichen Strahl der Dusche. Auch dass sie körperlich ein wenig erregt war, konnte sie so annehmen, ohne dagegen anzukämpfen. Im Gegenteil, sie beschloss, dieses Gefühl auszuleben, denn diese Sinnlichkeit hatte ihr bei Jan völlig gefehlt. Er hatte sie körperlich nicht wirklich angesprochen, aber in dieser Hinsicht war sie auch durch die Beziehung mit Noah äußerst verwöhnt gewesen. Bei ihm hatte manchmal ein Blick auf seine nackten kräftigen Unterarme genügt, um sie in Wallung zu versetzen. Je mehr Julia an die enorme Wirkung dachte, die Noah nicht nur auf ihr Herz besaß, desto erregter wurde sie. Es pochte zwischen ihren Schenkeln, sodass sie ihm in diesem Zustand ungern begegnen würde. Also legte sie sich auf ihr Bett, schloss die Augen und begann, sich selbst anzufassen.

In ihrer Fantasie war sie bei der ersten sexuellen Begegnung mit Noah: Es ist im Haus ihrer Mutter. Noah will mit ihr in ihrem Zimmer schlafen, aber Julia mag das nicht unter dem Dach ihrer Mutter tun. Sie verabreden sich für den nächsten Tag bei ihm. Sie möchten es doch beide so sehr. Er küsst sie zum Abschied. Julia spürt seine Küsse überall, seine Finger, wie sie sich zärtlich unter ihr Sommerkleid schieben bis zum Slip, da hört er auf. Julia macht nun da weiter, wo er aufgehört hat. Sie streicht sich den Slip ab und berührt sich an der pochenden Stelle, die sie kennt, seit sie vierzehn ist, aber das ist etwas anderes. Sie ist nicht allein, Noah ist bei ihr, er fasst sie an. Kurz vor dem Höhepunkt steht er plötzlich tatsächlich in der Tür, bittet sie mit belegter Stimme weiterzumachen. Er schließt die Tür, lehnt sich dagegen und fasst sich an, während er den Blick nicht von ihr lässt. Sie geben nicht einen Laut von sich, als sie gemeinsam kommen.

Kurz vor dem Höhepunkt aber war der Mann, vor dem sich Julia selbst befriedigte, gar nicht mehr Noah, sondern Jonas. Sie hielt kurz irritiert inne, aber dann ließ sie dieses Bild zu und kam mit lautem Stöhnen.

Als sie die Augen öffnete, erschrak sie. In der Tür stand Noah und starrte sie an. Hastig zog sie die Bettdecke über ihren nackten Körper, doch er trat wie in Trance auf sie zu und küsste sie. In der nächsten Sekunde drehte Julia den Kopf zur Seite.

»Entschuldigung, das war dumm von mir, dass ich mich nicht beherrschen konnte, aber es hat mich an damals erinnert, es war wie ein Déjà-vu …, ich weiß auch nicht, was in mich gefahren ist.« Noah hatte es nun sehr eilig, das Zimmer zu verlassen. »Wir sehen uns gleich beim Frühstück. Tee oder …«

»Kaffee!«, entgegnete Julia, während ihr Herz bis zum Hals klopfte. Es war nicht nur die Tatsache, dass Noah ihr zugesehen hatte, die sie verunsicherte, sondern auch Jonas, der sich ohne Vorwarnung in ihre sexuellen Fantasien geschlichen hatte.

12.

Julia war so durcheinander, dass sie beim Frühstück kaum einen Bissen hinunterbekam. Sie trank nur ihren Kaffee und kaute lustlos auf einem trockenen Stück Brot herum. Auch Noah schien überhaupt keinen Appetit zu haben. Als Julia vom Frühstückstisch aufstehen wollte, fasste sich Noah ein Herz, um mit ihr über den Vorfall zu sprechen. »Julia, du musst mir wirklich glauben, es tut mir leid, dass ich dir zugesehen und dich geküsst habe. Ich dachte an unser erstes Mal. Das kann und will ich einfach nicht vergessen. Meinst du, wir könnten es trotzdem schaffen, freundschaftlich miteinander umzugehen?«

Julia stieß einen tiefen Seufzer aus. Sie wusste doch auch nicht mehr, was sie denken sollte.

»So was darf nicht wieder vorkommen. Noah, das musst du mir versprechen«, entgegnete sie schließlich.

»Ich habe zwar gewusst, dass ich dich immer noch von Herzen mag, aber dass ein Teil der Liebesgefühle, die ich damals für dich empfunden habe, wieder aufflammen könnte, das habe ich nicht in Erwägung gezogen. Und du kannst sicher sein, dass ich mich in Zukunft beherrschen werde. Ich möchte dich nie wieder so verletzen. Und das würde ich unabsichtlich tun, denn, was für eine Frau in meinem Leben auch noch einmal unter Umständen eine Rolle spielen wird, sie muss mit der Hypothek Jennifer leben.«

Julia schluckte und sah ein, dass sie das Thema Jennifer nicht weiter würde aussparen können. Dann sollte ich nicht länger davor weglaufen, sagte sie sich.

»Ich glaube, es wird Zeit, dass wir über Jennifer sprechen«, seufzte sie. »Wir haben das Thema ja gestern weitgehend umschifft, aber du hast mich doch auch deshalb eingeladen, weil du endlich einmal mit einem Menschen über sie reden möchtest, der Jenny so gut gekannt hat wie ich.«

Noah nickte, doch schien er mit den Gedanken ganz woanders zu sein. »Ich werde nie den 11. September vergessen, als ich die Kollegen im Ärztezimmer vor dem Fernsehgerät vorgefunden habe. Es war kurz bevor das zweite Flugzeug in den Südturm flog. Das haben wir dann auf dem Bildschirm gesehen. Ich wusste, dass Jenny oben im Nordturm arbeitete, aber ich war mir damals ganz sicher, dass sie sich hat retten können. Es war ganz merkwürdig, ich hatte nicht das Gefühl, sie könnte tot sein. Es waren meine Kollegen, die mir Angst machten, die nachfragten, in welchem Stockwerk sie denn arbeiten würde. Ich versuchte, sie anzurufen, aber weder in ihrem Büro noch auf dem Handy ging jemand ran. Am liebsten wäre ich sofort nach New York gefahren, aber ich hatte eine OP, die nur ich machen konnte. Es ging um Leben und Tod. Und am nächsten Tag hätte es zu spät sein können!«

Julia hörte ihm angespannt zu. Als er eine kleine Verschnaufpause machte, nahm sie seine Hand und drückte sie fest.

»Erst gegen Abend fuhr ich nach New York, aber es herrschte ein wahnsinniges Verkehrschaos. Ich brauchte doppelt so lange wie sonst, um nach Manhattan zu gelangen. In die Nähe des World Trade Centers kam ich überhaupt nicht mit dem Wagen. Es war alles abgesperrt. Ich wusste nicht recht, was ich machen sollte. Ich hatte von Jenny kein Lebenszeichen erhalten. In meiner Verzweiflung fuhr ich diverse Krankenhäuser ab, keine Spur von Jenny. Da fiel mir Jennys Chef ein, Daniel Bates. Wir waren bei dem Ehepaar erst kurz zuvor eingeladen gewesen. Es war am Central Park. Ich bin gleich direkt zu der Wohnung von Daniel Bates gefahren, ohne mich vorher telefonisch anzumelden. Misses Bates machte persönlich die Tür auf. An ihren feuchten Augen konnte ich unschwer erkennen, dass sie keine guten Nachrichten erhalten hatte. Sie überfiel mich regelrecht mit Fragen. ›Haben Sie eine Nachricht von Ihrer Frau?‹, erkundigte sie sich hektisch. Ihre Gesichtszüge entgleisten, als ich mit dem Kopf schütteln musste. Sie bat mich in ihre Wohnung. Sie hatte von ihrem Mann aus dessen Büro eine letzte Nachricht erhalten. Er hatte ihr versichert, dass die gesamte Belegschaft und er versuchen würden, über das Treppenhaus in die Lobby zu gelangen und den Turm zu verlassen, weil keiner genau sagen konnte, was geschehen war. Keiner wusste von dem Terroranschlag.«

Julia hörte ihm gebannt zu. Noah sprach ganz sachlich, fast im Ton eines Nachrichtenreporters. Offenbar schaffte er es, die Emotionen in diesem Augenblick, so gut es ging, zu verdrängen.

»Misses Bates hat dann in meiner Gegenwart bei sämtlichen Architekten aus dem Büro angerufen und von allen Familien erfahren, dass sie keine Lebenszeichen mehr von ihren Lieben erhalten hatten. Bis auf kurze Anrufe direkt nach dem Einschlag. Ich habe mich schließlich zu Fuß auf den Weg nach Manhattan gemacht und versucht, so nah wie möglich an den Tatort zu gelangen. Es rannten immer noch Menschen, verletzt und mit grauer Asche überzogen, völlig verwirrt durch Manhattan. Ach Julia, du glaubst gar nicht, wie oft ich in dem Gewusel glaubte, Jennifer zu erkennen. Ich konnte es fast ein ganzes Jahr nicht glauben, dass sie tot ist. Ich hab sie immer und überall gesehen. Wie oft habe ich wildfremde Frauen angesprochen und böse Blicke geerntet. Das passiert mir selbst heute noch.«

Noah war von seiner Schilderung sichtlich erschöpft.

»Das ist völlig normal, dass du glaubst, meine Schwester wiederzuerkennen. Das geht ja selbst mir so. Stell dir vor, am Flughafen habe ich eine Frau gesehen, die ich in meiner Verwirrung auch kurzfristig für Jenny hielt. Dabei handelte sich um eine Kanadierin, die auf dem Flughafen ihren Führerschein verloren hat. Ich habe ihn gefunden, und wenn ich mir das Foto ansehe, dann schaut mich Jenny mit ihren Husky-Augen an. Es gibt nun mal so was wie Doppelgänger auf dieser Welt.«

Noah hob interessiert den Kopf.

»Kannst du mir das Foto auf dem Führerschein zeigen?«, bat er aufgeregt. »Vielleicht ist sie es.«

»Unsinn«, widersprach Julia unwirsch.

»Natürlich weiß ich, dass es nur wieder eine falsche Spur, ein großer Irrtum ist, weil sich mein Herz zu weigern glaubt, was mein Verstand längst akzeptiert hat. Glaube mir, ich habe in jedem möglichen Krankenhaus der Stadt gefragt. Eine Jennifer Goldstein war nirgendwo eingeliefert worden. Und trotzdem, ich werde dieses gewisse Gefühl nicht los, dass sie noch lebt.«

Julia musterte ihn missbilligend und bedauerte, dass sie diese Begegnung der dritten Art Noah gegenüber erwähnt hatte. »Ich glaube, es ist besser, du wirfst keinen Blick darauf. Nicht dass du nachher noch an den Spuk glaubst, dass Tote wiederauferstehen.«

Das klang unfreundlicher, als sie es beabsichtigt hatte. Dabei hatte sie doch nur keinen Nerv, ihm dabei zuzusehen, wie er das Foto der Doppelgängerin mit seinen Blicken verschlang.

»Ich werde ihn sowieso der Kanadierin schicken. Sie war übrigens blond und kurzhaarig.«

Doch Noah hörte ihr gar nicht zu. Er schien mit seinen Gedanken woanders zu sein, und sie ahnte auch wo. Bei dem Foto.

»Gut, ich kann es dir auch zeigen«, brummte sie, aber er reagierte überhaupt nicht und merkte nicht einmal, dass sie aufstand und den Raum verließ.

Im Zimmer angekommen, warf sie einen flüchtigen Blick auf das verwühlte Laken in ihrem Bett. Es war alles so verwirrend. Er sprach auf der einen Seite vom Aufflammen alter Liebesgefühle und gab ihr im nächsten Augenblick zu verstehen, dass er nie aufhören würde, Jennifer zu lieben. Sie war völlig durcheinander und befürchtete, doch noch die Beherrschung zu verlieren. Nein, diese Intimität hätte sie niemals zulassen dürfen, denn sie half ihr überhaupt nicht, ihre Gefühle für Noah in den Griff zu bekommen. Im Gegenteil, die Sehnsucht, ihm ganz nahe zu sein, war nur noch stärker geworden.

Den Führerschein der Kanadierin hatte sie auf dem Schreibtisch abgelegt. Sie nahm ihn zur Hand und betrachtete das Foto noch einmal eindringlich. Und je intensiver sie es ansah, umso deutlicher wurde die Ähnlichkeit mit Jennifer. Es waren ja nicht nur die unverkennbar hellen Augen, sondern auch die Nase, das Kinn, die Gesichtsform. Diese Frau sah ihrer Schwester schon verdammt ähnlich.

Sie kehrte auf die Terrasse zurück und hielt ihm das Dokument hin.

»Entschuldige bitte, ich war eben mit den Gedanken abgedriftet und habe gar nicht mitbekommen, was du mir sagen wolltest«, sagte er.

»Ich habe gesagt, dass du gern einen Blick auf das Foto werfen kannst, wenn es dich denn glücklich macht. Hier ist es!«

Noah machte eine abwehrende Handbewegung. »Nein, nein, du hast recht, nicht, dass mein Wahn noch Futter bekommt. Ich weiß doch, dass es verrückt ist. Und wie oft habe ich mich schon in peinliche Situationen gebracht, wenn ich fremde Frauen angequatscht habe, weil ich sie für Jennifer gehalten habe. Aber es ist in den letzten Jahren wesentlich besser geworden. Manchmal träume ich noch von ihr, und dann ist sie immer ganz lebendig. Und dann muss ich immer wieder an ein Theaterstück von Neil la Bute denken, das ich etwa ein Jahr nach dem Anschlag am Broadway gesehen habe …«

»Was hat denn Jennys Tod mit einem Theaterstück zu tun?«

»Tja, es handelte von einem Mann, der am 11. September

nicht zur Arbeit in die Türme ging, weil er mit seiner Geliebten zusammen war. Und der mit den Gedanken spielt, ein neues Leben mit ihr anzufangen, weil seine Familie ihn für tot halten muss.«

Ein Beben ging durch Julias Körper. Sie musste plötzlich an Jonas denken. Er war damals an jenem Tag auch nicht im Büro gewesen und hatte überlebt. Was, wenn er sich mit Jenny …? Blödsinn!, unterbrach sie ihren absurden Gedanken.

»So ein Blödsinn! Erstens hatte Jenny keinen Lover, und zweitens, nenn mir einen vernünftigen Grund, warum meine Schwester das paradiesische Leben an deiner Seite aufgeben sollte? Ich glaube, du spinnst!«

»Ich weiß, ich spinne, aber …« Noah klang verzweifelt.

»Das ist nur ein doofes Passfoto. Das kann täuschen. Vielleicht sollte ich das Dokument einfach wegschmeißen und die Sache vergessen.«

»Jetzt spinnst du aber. Schick es dieser Frau. Ich bin ja schon wieder ganz vernünftig.«

»Und du willst wirklich keinen Blick darauf werfen?«

»Nein, ganz bestimmt nicht«, seufzte er.

Das Telefon klingelte, und Noah verschwand im Haus. Julia setzte sich mit klopfendem Herzen auf ihren Korbstuhl zurück. Er scheint ja regelrecht von dem Gedanken besessen zu sein, dass sie tatsächlich noch leben könnte, dachte sie bekümmert, ich hätte ihm die Sache besser verschweigen sollen.

»Für dich. Es ist mein Freund von der Zeitung. Der würde dich gern kennenlernen«, sagte Noah und reichte ihr das Telefon.

Julia meldete sich mit Namen. Eine freundliche männliche Stimme stellte sich als Walter Miller, Verleger des »German New Yorker«, vor und fragte sie, ob sie sich vorstellen könnte, Anfang der nächsten Woche mal in seinem Büro vorbeizuschauen und mit ihm zu lunchen. »Nicht, dass wir ein Vorstellungsgespräch bräuchten. Noah hat Sie mir so warmherzig empfohlen, aber ich würde Sie natürlich gern persönlich kennenlernen«, fügte er hinzu.

»Aber sicher, ich möchte Sie ja auch kennenlernen. Kann ich Sie zurückrufen? Ich werde mit meinem Schwager besprechen, was er die nächsten Tage geplant hat, und dann melde ich mich.« Sie verabschiedeten sich herzlich, und Julia gab Noah das Telefon zurück.

»Mister Miller hat mich nächste Woche zum Lunch eingeladen. Wie sieht deine Zeitplanung aus?«

»Nächste Woche muss ich wieder arbeiten, aber ich kann dir meinen Wagen leihen. Wenn du gut durchkommst, bist du in zweieinhalb Stunden in Manhattan. Und du kannst dann auch in der Wohnung übernachten, wenn es dir zu stressig ist, an einem Tag hin- und zurückzufahren.«

»Geht denn kein Zug?«

»Doch, aber besser ist der Luxusbus, der Jitney.«

»Gut, dann rufe ich Mister Miller gleich zurück und sage ihm, dass ich am Montag in New York bin. Ich kann dann ja schon am Sonntag hinfahren.«

»Ich würde dich natürlich gern begleiten, aber länger konnte ich mir leider nicht freinehmen.«

Noah wählte Mister Millers Nummer und reichte ihr das Telefon. Der Verleger war hocherfreut, dass sie sich so prompt bei ihm meldete und ihm für den kommenden Montag zusagte. Die Aussicht, dass sie, sobald sie den Job angetreten hatte, vorwiegend in New York und nicht mehr ständig mit Noah unter einem Dach leben würde, hob ihre Laune etwas an.

Noah musterte sie prüfend. »Und was machen wir mit dem angebrochenen Tag? Ich würde dir ja gern den Leuchtturm zeigen und mit dir zu den magischen Orten der Hamptons fahren.«

»Gern, aber wollten wir nicht erst einmal das ›verbotene Zimmer‹ ausräumen?«

»Tja, ich dachte, ich könnte mich davor drücken«, entgegnete er grinsend. »Aber gut, packen wir es an. Ich hole schon mal ein paar Kisten.«

»Und ich räume den Frühstückstisch ab.«

»Aber du hast doch gar nichts angerührt.«

»Du auch nicht.« Eilig machte sie sich daran, den Tisch abzuräumen, sie wollte vermeiden, dass er noch einmal auf ihre morgendliche intime Annäherung zu sprechen kam.

Als sie mit dem Tablett ins Haus ging, drehte sie sich an der Verandatür noch einmal um. »Noah, ich habe auch schon mehr als einmal geglaubt, irgendeine Frau auf der Straße mit Schneewittchen-Haar sei Jenny. Ich glaube, das ist völlig normal, weil man tief im Unterbewusstsein den Tod eines nahestehenden Menschen nie ganz akzeptieren möchte.«

Noah schenkte ihr einen warmherzigen Blick. »Ach, es ist so schön, dass du gekommen bist. Ich wusste doch, dann wird alles gut.«

Dieses Geständnis berührte Julia tief, aber es machte ihr gleichzeitig deutlich, dass ihre Nähe zu Noah immer wie ein Seiltanzakt bleiben würde, verbunden mit der Gefahr, dass sie bei einem unachtsamen Schritt in die Tiefe stürzen könnte. Und so ein falscher Tritt war der intime Moment heute Morgen allemal gewesen, aber sie hatte immerhin ihren Absturz verhindern können.

Julia stellte die unberührten Köstlichkeiten zurück in den Kühlschrank und ging auf dem direkten Weg zu dem »verbotenen Zimmer«. Plötzlich musste sie an das Broadway-Stück denken, das Noah vorhin erwähnt hatte, und an ihren abstrusen Gedanken, dass Jonas an jenem 11. September nicht allein dem Büro ferngeblieben war ... Sie beschloss, ihn einfach darauf anzusprechen, ob er an jenem Morgen ein Date mit Jennifer gehabt hatte, und sie hoffte, dass sich anlässlich ihres Besuchs bei Tine die Gelegenheit bot, mit ihrem Bruder unter vier Augen zu sprechen. Sie war sich eigentlich ziemlich sicher, seine Antwort bereits zu kennen: Natürlich hatte er den Tag nicht mit Jenny verbracht! Wahrscheinlich würde er sie für verrückt erklären, aber das Risiko musste sie eingehen. Julia nahm sich überdies vor, Noah gegenüber den Führerschein nicht mehr zu erwähnen. Und ihm vor allem zu verheimlichen, dass die Kanadierin auf dem Flughafen regelrecht vor ihr geflüchtet war.

»So, da bin ich. Dann sehen wir mal dem Tiger ins Auge«, sagte Noah, als er das Zimmer zögernd betrat und sein Blick an Jonas' Foto an der Pinnwand hängen blieb. Julia konnte dabei zusehen, wie sich seine Miene merklich verdüsterte.

»Ich würde vorschlagen, dass wir mit dem Kleiderschrank beginnen.«

»Ja, das ist gut, die Sachen müssen wir einfach nur in Kisten packen, denn die möchte Barbra haben.«

»Wie bitte?« Julias Stimme überschlug sich fast. »Deine Affäre möchte die Kleider deiner Frau tragen? Ich glaube, es hakt!«

Noah sah sie verdattert an. »Ich, ich habe jetzt nicht daran gedacht, dass sie die tragen möchte. Ich habe gedacht, sie möchte sie für einen Wohltätigkeitsbasar haben.«

»Hat sie das gesagt?«

»Nein, sie hat mich nur gebeten, ihr Jennifers Kleider zu geben.«

»Und das findest du in Ordnung?« Julias Augen glühten vor Zorn. Sie hatte wirklich ihre eigenen Probleme mit ihrer Schwester gehabt, aber dass diese Barbra jetzt ihre Klamotten tragen wollte, während sie versuchte, Noah zu bezirzen, am besten noch in Jennifers Lieblingskleid, das fand sie absolut geschmacklos.

»Ich habe nur gedacht, das wäre doch praktisch, wenn sie sich als Frau darum kümmert«, entgegnete er verunsichert.

»Ich denke, dafür scheint mir Nancy wesentlich geeigneter

zu sein. Sie lebt ja auch hier und wird wissen, für welchen guten Zweck man die Kleidung weggeben kann.«

»Hm, ich weiß nicht so recht, wie ich Barbra das schonend beibringen kann. Sie war ganz scharf auf die Sachen …«

»Warum wohl? Sie hat dieselbe Kleidergröße wie Jenny und verspricht sich davon, dich in einem Kleid deiner Frau erobern zu können!« Julia erschrak selbst über die Heftigkeit, mit der sie ihre Verdächtigungen von sich gab, aber in diesem Punkt dachte sie wirklich an ihre Schwester, und die Vorstellung, ihre Nachfolgerin bei Noah würde in ihren Kleidern rumrennen, widerte sie an.

»Gut, dann geben wir die Sachen Nancy«, seufzte er, während er die Türen zum Ankleidezimmer öffnete. »Mein Gott, das ist ja eine halbe Boutique«, stieß er fassungslos aus, bevor er gedankenverloren ein paar Kleider von der Stange nahm und kopfschüttelnd betrachtete. Beim Anblick eines roten Sommerkleids wurde er blass. »Das habe ich ihr auf unserer Hochzeitsreise nach L.A. geschenkt«, sagte er sichtlich berührt. »Sie hatte es in einem Geschäft anprobiert, und ich habe gesagt, das sei das Geld nicht wert. Ich fand dreitausend Dollar für so ein bisschen Stoff wirklich arg übertrieben. Jenny war total enttäuscht, aber ich habe das Kleid dann heimlich gekauft und ins Hotel liefern lassen. Die Freude war groß, kann ich dir sagen.« Noahs Augen leuchteten, während er ihr die Geschichte dieses Luxus-Stücks schilderte.

»Also, wenn du jetzt zu jedem Fummel eine Arie erzählen willst, dann werden wir Wochen brauchen«, stieß Julia genervt hervor, was ihr, kaum dass sie das ausgesprochen hatte, furchtbar leidtat. Natürlich ging es Noah nahe. Schließlich hatte er es vierzehn Jahre vor sich hergeschoben.

»Sorry, ich wollte dich nicht anfahren. Natürlich kannst du über deine Erinnerungen sprechen.«

»Schon gut. Ich halte mich zurück«, brummte Noah.

Schweigend legten sie die vielen teuren Kleider zusammen und verstauten sie in die Kisten. Dasselbe taten sie mit den Schuhen und den Taschen.

»Willst du dir nicht wenigstens ein paar schöne Taschen aussuchen?«, fragte Noah schließlich.

Julia schüttelte heftig den Kopf. »Wenn ich etwas behalte, dann sind es Erinnerungsfotos, aber nicht ihre Handtaschen, zumal wir ganz sicher nicht denselben Geschmack hatten.« Mit diesen Worten ließ sie mit Todesverachtung einen Louis-Vuitton-Shopper in der Kiste verschwinden. »Aber vielleicht solltest du Nancy ermutigen, sich die eine oder andere Tasche zu nehmen, wenn sie die mag.«

Noah hielt einen weißen High Heel in der Hand und betrachtete ihn wie einen seltenen Schatz.

»Ihr Hochzeitsschuh?«, fragte Julia, um ihre Zickerei von vorhin wiedergutzumachen.

Noah nickte. »Aber das Hochzeitskleid ist nicht dabei, das kann vielleicht in New York sein.«

»Oh nein! Gibt es da auch noch so ein Luxus-Boudoir?«, entfuhr es Julia.

»Na ja, sie hat ja viel mehr in New York gewohnt, weil sie die Hamptons spätestens ab August in der Regel satthatte.«

»Hast du etwas dagegen, wenn ich mich um das Zimmer in New York allein kümmere?«

»Nein, du würdest mir einen großen Gefallen tun. Ich, also, ich, mir geht das doch zu nahe.« Noah kämpfte mit den Tränen.

Julia wollte denselben Fehler von vorhin nicht wiederholen und sich etwas einfühlsamer geben. Komischerweise ließ sie dieses Ausmisten ziemlich kalt, aber sie vermutete, dass sie Jennifer als Ehefrau eines so reichen Mannes nicht wirklich gekannt hatte. Jenny hatte zwar auch, bevor sie Noah kennengelernt hatte, stets einen Hang zu teurer Kleidung besessen, aber diesen unverschämten Überfluss, wie Julia insgeheim fand, hätte sie sich natürlich nicht annähernd leisten können. Julia brauchte solche Statussymbole nicht. Wahrscheinlich würde ich mich selbst dann nicht mit so einem Luxus eindecken, wenn ich das Geld hätte, dachte sie, bevor sie Noah ein verständnisvolles Lächeln schenkte.

»Das verstehe ich doch gut. Indem du dich von ihrer Kleidung trennst, setzt du ja quasi einen Schlusspunkt. Und auch wenn du es begriffen hast, dass sie nicht wiederkommen wird, ist das natürlich schrecklich endgültig.«

Noah rang sich zu einem traurigen Lächeln durch. »Andererseits sind es nur materielle Dinge, und glaube mir, sie hat es nicht einfach mit mir gehabt. Ich mag es, wenn eine Frau sich elegant kleidet, aber ich fand, Jennifer hat maßlos übertrieben, wenn es ums Geldausgeben ging. Wir hatten nachher eine Regelung, dass sie alles, was sie für Luxus ausgegeben hat, in gleicher Höhe spenden sollte. Dafür durfte sie ohne Absprache an mein Konto. Und ich habe erst nach ihrem Tod die Tragweite begriffen, wie verschwenderisch sie gewesen ist …« Er stockte. »Sorry, ich möchte nicht schlecht über sie reden, schon gar nicht bei dir.«

»Ach, Noah, wir müssen uns nichts vormachen. Jennifers Hang zu Luxus war schon zu Schulzeiten bekannt. Sie hat einmal in den Ferien in der Eisdiele gejobbt, um sich eine Gucci-Handtasche zu kaufen. Die Mädchen aus meiner Klasse haben sie abwechselnd Miss Gucci oder Schwarze …« Julia unterbrach sich hastig. Es ist hässlich von mir, über Jennifer zu lästern, jetzt, wo sie sich nicht mehr wehren kann, dachte sie beschämt.

»Schwarze was?«, hakte Noah nach.

»Ach, das ist nicht wichtig.«

»Komm, nun sag schon, wie nannten sie Jenny?«

»›Schwarze Witwe‹, aber das sagten die kleinen Mädchen aus

meiner Klasse, die sie insgeheim bewundert haben«, beeilte sich Julia zu erklären.

»Meines Wissens fressen Schwarze Witwen ihre Männchen nach der Paarung auf. Warum wurde sie so genannt?«, insistierte Noah.

»Sie waren eben alle in sie verknallt. Lehrer wie Schüler.«

»Wem sagst du das? Als ich Jennifer hier auf den Hamptons als meine Frau vorgestellt habe, da haben die anderen Gattinnen ihre Männer aber ab sofort unter Kuratel gestellt. Ich glaube, es gab keinen Heteromann, der mich nicht glühend beneidet hat. Und Jenny liebte es zu flirten.« In Noahs Ton klang eine gewisse Wehmut durch.

Julia musste an Jonas denken, verbunden mit der Frage, ob ihre Schwester beim heißen Flirt haltgemacht oder Noah tatsächlich betrogen hatte. Jedenfalls musste das Foto des lächelnden Jonas möglichst unauffällig verschwinden.

»Ich kümmere mich mal um die Pinnwand. Vielleicht machst du mit dem Bücherregal weiter«, schlug sie vor.

»Bücher?« Noah lachte. »Es sind wohl eher Bildbände und Zeitschriften. Jenny hat immer gesagt, mehr als Architekturbücher und Einrichtungszeitschriften schafft sie nicht.«

Julia zeigte keine Reaktion. So gut es ihr auch tat, allmählich zu erfahren, dass Jennifer und Noah nicht das Traumpaar gewesen waren, das sie sich damals im fernen Deutschland ausgemalt hatte, wollte sie dennoch lieber gar nichts Näheres mehr über die unterschiedlichen Wertvorstellungen der beiden erfahren. Nicht, dass sie dann doch noch Anstalten machte, Noah davon zu überzeugen, dass sie damals die richtige Frau für ihn gewesen wäre und auch immer bleiben würde! Blitzschnell nahm sie Jonas' Foto von der Pinnwand und ließ es in der Tasche ihrer Jeans verschwinden.

Als Julia schließlich gen Abend das Zimmer fegte, wollte Noah sie zum Essengehen einladen, aber sie war viel zu erschöpft, und außerdem hatte sie das dringende Bedürfnis, allein zu sein. Sie merkte, dass es doch eine Menge an Reizen war, die sie seit ihrer Ankunft in New York regelrecht überflutet hatte. Wenn sie nur an heute Morgen dachte … Dann die Sache mit der merkwürdigen Frau am Flughafen und nicht zuletzt ihre Begegnung mit Jonas. Sie konnte sich nicht helfen. Der Mann spukte doch sehr intensiv durch ihre Gedanken. Noah machte aus seiner Enttäuschung keinen Hehl, dass sie diesen für ihn bedeutenden Schritt, mit ihr Jennifers Zimmer ausgeräumt zu haben, nicht noch gemeinsam feiern wollte. Er versuchte, sie mit allen Mitteln zu überreden, aber Julia sehnte sich nach Ruhe.

»Du musst wenigstens was essen«, bemerkte er, nachdem er eingesehen hatte, dass sie bei ihrer Entscheidung blieb.

In diesem Punkt hatte Noah recht, denn sie hatte den ganzen Tag über noch nichts gegessen, sodass sie sich einen Teller mit Broten und einen Tee machte und beides mit auf ihr Zimmer nahm.

Als sie wenig später ihre Jeans auszog, fiel ihr das Foto von Jonas in die Hände. Sie betrachtete es versonnen, bevor sie sich nur im T-Shirt unter die Bettdecke kuschelte.

Obwohl es draußen noch hell war, versuchte Julia zu schlafen, doch so müde sie auch war, ihre Gedanken begannen derart wild durch ihren Kopf zu kreiseln, dass sie sich, statt Ruhe zu finden, genervt von einer Seite auf die andere warf. An Schlaf war jedenfalls vorerst nicht zu denken.

13.

Noah hatte nicht zu viel versprochen. Der Jitney nach Manhattan war ein Luxusgefährt. Nicht nur die Sitze waren superbequem, sondern auch der Service an Bord war besser als in manchem Flieger.

Julia konnte den Blick gar nicht von den Schönheiten der Hamptons lassen, die draußen bei strahlendem Sonnenschein vorbeizogen. Noah hatte sie erst am frühen Montagmorgen nach dem Frühstück mit nach Southampton genommen und dort in den Bus gesetzt, weil er am Sonntagabend noch einen Tisch für sie beide reserviert hatte.

»Was willst du denn schon am Sonntagabend mutterseelenallein in New York?«, hatte er sie gefragt. »Es ist doch mein letzter Urlaubstag. Wenn du in der Frühe fährst, bist du allemal pünktlich zum Lunch im Büro.«

Sie hatte seinem Bitten schließlich nachgegeben.

Obwohl sie wunderschöne Tage miteinander verbracht hatten, war Julia ganz froh, zwei Tage nicht mit ihm unter einem Dach zu leben. Er hatte ihr jeden Tag etwas von den Hamptons gezeigt, und Julia hatte ihr Herz an diesen bezaubernden Flecken Erde verloren. Sie waren barfuß kilometerweit an weißen Stränden entlanggegangen, hatten von Leuchttürmen schwindelerregende Ausblicke übers Meer genossen, in einer Weinkellerei einen fantastischen Merlot aus den Hamptons genossen, waren auf dem Golfplatz gewesen, wo Julia Noah mit ihrem Können in Erstaunen versetzt hatte, und Noah hatte ihr auch etwas von dem ländlichen Landesinneren gezeigt. Durch die

Touristenorte waren sie nur kurz geschlendert, weil Noah ihr zeigen wollte, wie sich die typischen Bewohner der McMansions zu amüsieren pflegten. Und er hatte sie jeden Abend in ein anderes Fischrestaurant ausgeführt, eines romantischer als das andere. Julia hatte sehr darauf geachtet, dass sie zu diesem Dinner nicht aus Versehen zu viel Wein trank, denn diese Restaurants am Meer waren die idealen Plätze für Verliebte. Und genau diese Gefühle wollte Julia nicht aufkommen lassen. Noah aber hatte auch keinerlei Anstalten gemacht, ihr in romantischer Weise näherzukommen. Bis auf gestern … Seufzend dachte sie an den vergangenen Abend. Da wäre sie beinahe schwach geworden. Es war das eine kleine Glas Chardonnay zu viel gewesen, das sie in eine zärtliche Stimmung versetzt hatte. Die Atmosphäre auf der Terrasse des Fischlokals war aber auch besonders verführerisch gewesen. Überall hatten Windlichter gebrannt, und sie hatten an einem Tisch fast auf dem Strand gesessen. Zu allem Überfluss war der Besitzer überschwänglich zu ihnen gekommen und hatte ihnen einen köstlichen Aperitif spendiert, nachdem er in Noah den Arzt seiner Mutter erkannt hatte. Er betonte, wie dankbar er ihm wäre. Und dann hatte er ständig aus der Küche Speisen kommen lassen, die nicht auf der Karte standen und den Neid der links und rechts von ihnen sitzenden Wall-Street-Millionäre erweckten.

Julia hatte sich wie im Märchen gefühlt, obwohl sie im Gegensatz zu den anderen Damen im Designerlook wie ein Hippiemädchen ausgesehen hatte. Noah hatte das gefallen, und er hatte ihr ein Kompliment gemacht. Die Art, wie er das getan hatte, verbunden mit seinem umwerfenden Lächeln, hatte sie etwas aus dem Tritt gebracht. Am liebsten hätte sie seine Hand genommen und wäre für diesen Abend gern wirklich die Frau an seiner Seite gewesen. Dieses Gefühl hatte der Besitzer des Lokals noch geschürt, als er Noah verschwörerisch zugeflüstert hatte: »Und zum Dessert habe ich für Ihre Frau und Sie etwas ganz Besonderes.« Die Crème Caramel, die er ihnen wenig später mit frischen Früchten servierte, war sensationell gewesen.

Julia musste sich anstrengen, um sich nicht in den schönen Erinnerungen zu verlieren. Um sich davon abzulenken, holte sie ihr Handy hervor und wählte Tines Nummer. Sie hatte Glück. Tine freute sich sehr, von ihr zu hören, und sie verabredeten sich für den Abend. Ganz beiläufig fragte sie, ob ihr Bruder auch zu Hause wäre, sie müsste mal kurz unter vier Augen mit ihm sprechen, es ginge um ihre Schwester. Tine sagte ihr, dass sich Jonas' Büro in demselben Haus befände und er nach der Arbeit eigentlich immer zu Hause wäre.

Jetzt muss ich noch den Mut aufbringen, ihn ganz direkt auf sein Verhältnis zu Jennifer anzusprechen, dachte Julia beklommen.

Als Julia in Greenwich Village am Washington Square Park den Bus verließ, zeigte sich New York von seiner besten Seite. Der Himmel war wolkenlos, und es war in der Stadt ein wenig heißer als in den Hamptons, aber Julia trug ein leichtes Sommerkleid, was die Hitze einigermaßen erträglich machte. Sie war sehr gespannt auf die Wohnung, die in der Nähe des Parks in einem charmant wirkenden doppelstöckigen Stadthaus aus rotem Backstein in der oberen Etage lag. Das äußere Ambiente gefiel ihr schon mal sehr gut.

Als sie die Wohnungstür aufschloss und den ersten Blick riskierte, war sie fasziniert von der Großzügigkeit des hellen Eingangsbereichs des Apartments. Er bestand aus einem offenen riesigen Raum, der Wohnzimmer und Küche zugleich war. Sie stellte ihren Koffer ab und inspizierte den Rest der Wohnung. Außer dem großen Zimmer gab es fünf kleinere, davon war eins unverkennbar Jennifers. Auch hier stand noch ein Laptop auf dem Schreibtisch. Wie im Haus in Montauk ging von diesem Raum ein geräumiges Ankleidezimmer ab, das in ein großes Bad führte.

Doch Julia verließ den Raum schnell wieder, denn sie wollte nicht in Jennifers Bett schlafen, sondern entschied sich für ein Gästezimmer, von dessen großen Fenstern sie einen Blick auf den Park hatte. Auch dieses besaß ein eigenes Bad, in dem sie erst einmal ausgiebig duschte. Sie fühlte sich verschwitzt, und selbst das dünne Kleid hatte ihr nach den paar Schritten in der prallen Sonne am Körper geklebt. Mit einem Blick in ihren Koffer stellte sie fest, dass sie überhaupt nur ein Kleid eingepackt hatte, das sich bei den New Yorker Temperaturen tragen ließ. Es war ein schwarzer Neckholder, den sie ein bisschen zu gestylt fand für ein Lunch mit ihrem zukünftigen Chef, aber eine Jeans konnte sie unmöglich anziehen.

Julia drehte sich vor dem Spiegel einmal um die eigene Achse, steckte sich schließlich das lange blonde Haar auf und schminkte sich dezent. Während sie sich wohlwollend betrachtete, fragte sie sich, warum sie sich gestern nicht so zurechtgemacht hatte, aber die Antwort lag auf der Hand. Sie wollte vermeiden, dass Noah sich einbildete, sie würde sich eigens für ihn reizvoll kleiden. Denn sie konnte sich lebhaft vorstellen, was er erst zu diesem Look gesagt hätte, hatte er ihr doch sogar schon für das geblümte Hippiekleid so viele Komplimente gemacht.

Es ist gut, dass ich jetzt ein wenig Abstand zu ihm bekomme, dachte sie, während sie wenig später das Haus verließ, ich frage mich zu viel, wie er das und jenes findet.

Das Büro des Verlegers war zu Fuß zu erreichen. Mr Miller war ein untersetzter, gemütlich wirkender Mann, den sie auf Mitte fünfzig schätzte und der eine sehr sympathische Ausstrahlung besaß. Er stellte ihr in einem Schnelldurchlauf seine Sekretärin und ein paar der in einem Großraumbüro sitzenden Redakteure der kleinen Zeitung vor, besonders Leonard Keller, den noch amtierenden Kulturredakteur, einen Deutschen, der demnächst nach München zurückkehren würde, um dort für eine Zeitung zu arbeiten.

»Miss Bender, haben Sie etwas dagegen, wenn Mr Keller uns zum Lunch begleitet?«, fragte er sie auf Deutsch.

Leonard Keller war ein schlaksiger, mittelgroßer, blonder jungenhafter Typ, den sie auf höchstens vierzig schätzte. Seine Gesellschaft beim Lunch in dem stilvoll eingerichteten Bistro, in das Mister Miller sie nun einlud, stellte sich als echte Bereicherung heraus. Er war ein äußerst charmanter und unterhaltsamer Gesprächspartner, der sie eindeutig mit dem Blick eines interessierten Mannes betrachtete. Ja, er flirtete regelrecht mit ihr, was der Verleger mit einem amüsierten Lächeln zur Kenntnis nahm. Leonard Keller betonte, er würde sie sehr gerne in seinen Arbeitsbereich persönlich einführen und ihr ein wenig vom Nachtleben der Stadt zeigen. Er schien sichtlich enttäuscht, als Julia ihm mitteilte, dass sie höchstens noch ein bis zwei Tage in der Stadt bleiben würde, um dann zu ihrem Schwager in sein Haus in den Hamptons zurückzukehren.

»Aber einen Abend müssen Sie mir schenken. Ich sollte Sie noch bei einem schönen Glas Wein wenigstens ein kleines bisschen darauf vorbereiten, was Sie in unserer Redaktion an Arbeit erwartet«, erklärte er mit einem verschwörerischen Lächeln.

Julia gab seinem Drängen nach und verabredete sich für den folgenden Abend mit ihm. Es tat ihr wirklich gut, wie sich dieser Mann ganz offensichtlich um sie bemühte. Und ein kleiner Flirt, bevor sie wieder in Noahs Haus zurückkehrte, kam ihr sehr gelegen.

Als die drei sich nach einem ausgiebigen Lunch vor dem Lokal verabschiedeten, war die Stimmung locker und ausgelassen.

»Ich befürchte, unser Freund Leonard Keller bereut es zutiefst, dass er nach Deutschland zurückkehren wird, während Sie in New York leben«, raunte der Verleger Julia verschmitzt zu.

»Ich habe genau gehört, was Sie meiner Nachfolgerin da soeben zugeflüstert haben«, lachte Leonard Keller. »Und Sie haben gar nicht so unrecht, ich denke, ich werde bald zu Besuch nach New York kommen und nach dem Rechten schauen müssen.«

Beschwingt machte sich Julia auf den Weg zur nächsten Subway-Station, der West Fourth Street. Von dort fuhr sie zum Central Park, um sich noch ein wenig im Schatten der Pappeln auf einer Bank an einem der Teiche auszuruhen.

Sie holte sich in einem kleinen Laden eine Flasche Wasser und eine New York Times und suchte sich ein schönes Plätzchen. Obwohl sie ganz froh war, für zwei Tage allein in New York zu sein, schweiften ihre Gedanken doch wieder zu Noah ab. Sie wurde nicht ganz schlau aus ihm. Er behandelte sie nicht wie die bloße Schwester seiner Frau, sondern es spielte immer noch eine andere Ebene mit, die mal mehr, mal weniger intensiv durchblitzte. Über ihr intimes Zwischenspiel hatten sie beide den Mantel des Schweigens gebreitet, und doch entgingen ihr seine gelegentlich begehrlichen Blicke nicht. Ich sollte mich nicht von seinem Charme einwickeln lassen, sagte sie sich, während sie versuchte, sich in die Lektüre ihrer Zeitung zu vertiefen.

Als sie die Times durchgeblättert hatte, zeigte ihr ein Blick auf ihre Armbanduhr, dass es Zeit war aufzubrechen. Sie musste unwillkürlich daran denken, wie Noah vergeblich versucht hatte, sie dazu zu überreden, sich wenigstens ein schönes Schmuckstück ihrer Schwester auszusuchen, aber ihre innere Abwehr gegen all diesen Luxus-Flitter hatte sie davon abgehalten, nicht einmal die wirklich schöne schlichte schwarze Chanel-Uhr zu nehmen, obwohl das Armband ihrer Swatch mit den Jahren schon recht unansehnlich geworden war. Ihr Widerstand, die Sachen ihrer Schwester zu tragen, war weitaus größer als die Versuchung, sich mit einer nagelneuen Designeruhr zu schmücken. Selbst Noahs Einwand, dass sie als Schwester doch auch das Recht hatte, das eine oder andere Stück zu erben, ließ sie nicht gelten. Das Einzige, was sie von ihm angenommen hatte, waren tausend Dollar in bar, damit sie in New York ein bisschen shoppen gehen konnte. Sie hatte ihm aber versichert, das würde sie ihm von ihrem ersten Gehalt zurückgeben.

Natürlich fragte sie sich zwischendurch auch immer wieder, ob es nicht an der Zeit wäre, ihr verkrampftes Verhalten zu allen Dingen, die mit ihrer Schwester zusammenhingen, etwas zu lockern. Was wäre denn schon dabei, wenigstens ein Schmuckstück ihrer Schwester anzunehmen?

Julia war völlig klar, dass sie in diesem Punkt neurotische Züge an den Tag legte, aber sie konnte nicht anders. Ob das irgendwann mal aufhört?, fragte sie sich, während sie nachdenklich zum Ausgang des Central Parks schlenderte.

14.

Tine winkte Julia bereits überschwänglich zu, als sie sich dem Eingang des Kaufhauses Macy's näherte.

»Bloß rein!«, lachte Tine zur Begrüßung. »Da läuft wenigstens die Klimaanlage.«

Arm in Arm betraten sie das Kaufhaus.

»Und wie ist deine Fortbildung?«, erkundigte sich Julia.

»Faszinierend, obwohl ich manchmal an meine Grenzen komme, wenn sie schildert, wie sie im Institut fieberhaft daran gearbeitet haben, so viele Tote wie nur möglich anhand ihrer DNA zu identifizieren, weil manchmal nur ein Knochen oder kleine Faserteile von den Opfern übrig geblieben sind.«

»Besser als gar nichts«, stöhnte Julia.

»Da magst du recht haben, aber nun erzähl. Wie lebt es sich in den Hamptons?«

»Vornehm geht die Welt zugrunde«, erwiderte Julia schmunzelnd. »Aber in Montauk, wo Noah sein Haus hat, ist alles ein wenig gemütlicher als in den anderen Orten. Da kann man am Hafen tatsächlich noch echte Fischer bei der Arbeit sehen. Und auch die Häuser sind irgendwie individueller und nicht nur klotzig riesig mit noch riesigeren Rasenflächen davor, die alle aussehen wie persönliche Golfplätze.«

»Und wie verstehst du dich mit deinem Schwager?«

Julia runzelte die Stirn. »Gut, er ist der beste Reiseführer in den Hamptons, den man sich nur vorstellen kann, aber heute würde ich gern zur Abwechslung mal keinen Fisch essen.«

»Du hast Glück. Ich habe für Jonas und dich heute Abend

einen Platz in ›Keens Steakhaus‹ bei uns um die Ecke bestellt.«

Julia musterte Tine irritiert. »Wieso für Jonas und mich? Kommst du nicht mit?«

Tine lächelte verlegen. »Ich will meinen Bruder nicht in die Pfanne hauen, aber als ich ihm vorhin sagte, dass du kommst, hat er mich gebeten, den Abend mit dir allein verbringen zu dürfen, und ich hatte den Eindruck, dass du ihn auch gern unter vier Augen sprechen möchtest, weil er deine Schwester gekannt hat. Ich dachte, du wolltest vielleicht mit ihm über sie reden.«

Julia wusste nicht, ob sie sich über die Aussicht, mit Jonas allein Essen zu gehen, freuen sollte. Nicht, dass sie beim Steak daran denken musste, wie er plötzlich in ihrer sexuellen Fantasie aufgetaucht war.

»Ich würde gern schauen, ob es ein paar heruntergesetzte Sommerfummel gibt«, wich sie aus.

»Super Idee, ich könnte auch ein paar Kleider gebrauchen, die luftig genug sind, um die Hitze zu ertragen und seriös genug für die Fortbildung, denn wenn wir in die Pathologie gehen, möchte ich das nicht im Supermini machen.«

»Das verstehe ich, obwohl es die Herrschaften dort sicher nicht mehr aufregen würde«, entgegnete Julia grinsend. Sie fühlte sich in der Gegenwart der Forensikerin wohl. Das hatte sie ja bereits im Flieger so empfunden. Eigentlich schade, dass sie nach der Fortbildung zurück nach Berlin geht, ich könnte gut eine Freundin in New York gebrauchen, ging es ihr bedauernd durch den Kopf.

Zu ihrem Vergnügen entdeckten sie gleich vorn in der Abteilung einen Ständer mit Sommerkleidern im Sonderangebot. Kichernd schleppten sie alles, was ihnen gefiel, in eine große Umkleidekabine und machten sich daran, die Schätze anzuprobieren. Sie hatten die gleiche Größe, aber nicht den gleichen

Geschmack, sodass sie sich schließlich für unterschiedliche Kleider entschieden. Julia strahlte, als sie mit drei Kleidern unter dem Arm zur Kasse ging. Noch nie hatte sie sich an einem Tag so viel zum Anziehen gekauft. Obwohl sie bei der Zeitung nicht schlecht verdient hatte, hatte sie selten die Muße gehabt, im Überfluss shoppen zu gehen.

Sie fand ein Kleid schöner als das andere: Eines war schwarz mit weißen Punkten, oben eng anliegend, schmal in der Taille und besaß einen weit schwingenden Rock. Es erinnerte sie verblüffend an das Kleid, das sie damals im »Jakob« getragen hatte. Das andere war ein wild gemusterter langer Neckholder, und dann hatte sie sich auf Tines Zuraten für ein schlichtes rotes Etuikleid entscheiden, das sie erst nicht hatte nehmen wollen, weil es sie entfernt an den Kleidungsstil ihrer Schwester erinnerte. Doch Tine war so begeistert davon gewesen, dass sie in ihrem Übermut doch zugegriffen hatte.

Nach ihrem Shoppingbummel durch das Macy's, wo sie auf Tines Rat noch einen Lippenstift erstanden hatte, der genau zu dem Rot des Kleides passte, und ein Paar rote Sandalen, setzten sich die beiden Frauen erschöpft in den Schatten auf der Terrasse eines Coffeeshops, tranken einen Cappuccino und erzählten sich ein wenig aus ihrem Leben. Julia erfuhr, dass Tine seit dem Tod ihres Freundes mehr oder minder als Single gelebt hatte, weil Ben ihre große Liebe gewesen war. Julia war versucht, Tine anzuvertrauen, dass es ihr ähnlich gegangen war, weil sie immer noch an Noah hing, aber stattdessen erzählte sie ihr von Jan und seinem unrühmlichen Abgang aus ihrem Leben.

Sie lachten viel und unterhielten sich so angeregt, dass sie beinahe die Zeit vergaßen.

»Ich glaube, wir müssen los, wenn du um 19 Uhr im ›Keens‹ sein willst. Jonas hat noch was zu erledigen und kommt direkt dorthin, soll ich dir bestellen, aber du kannst dich nicht verirren. Es ist ganz in der Nähe von der Subway-Station.«

Julia winkte ab. »Ich kenne mich zwar nicht in New York aus, aber ich habe eigentlich einen guten Orientierungssinn und das hier …« Sie zog aus ihrer Handtasche einen Stadtplan. »Den hat mir mein Schwager mitgegeben, weil er in der Hinsicht schrecklich altmodisch ist. Er benutzt noch Papier und Füllfederhalter, statt E-Mails zu schreiben, sein Handy benutzt er nur zum Telefonieren und, wenn es hochkommt, zum Verfassen von Kurznachrichten. Ich habe ihn neulich gefragt, ob er seine Berichte für die Klinik noch mit der Hand schreibt, da hat er herzlich gelacht und mir versichert, nein, im Krankenhaus würde er sich modernster Technik bedienen, besonders bei den OPs.«

»Dein Schwager ist Arzt?«, hakte Tine verwundert nach. »Ich habe mir einen stinkreichen Wall-Street-Mann vorgestellt.«

»Nein, das war sein Vater. Noah ist reicher Erbe und ein sehr sozial denkender Mensch. Er ist ein sehr engagierter Kardiologe, der offenbar wahre Wunder vollbringt.« Begeistert schilderte sie ihrer Freundin das gestrige Erlebnis in dem Fischrestaurant und was der Chef ihnen aus lauter Dankbarkeit kredenzt hatte.

Über Tines Gesicht huschte ein wissendes Lächeln. »Sag mal, ist er wirklich nur dein Schwager?«

Julias Miene versteinerte.

»Sorry, ich wollte dir nicht zu nahetreten, aber du schwärmst regelrecht von ihm.«

»Blödsinn, er war der Mann meiner Schwester. Mehr nicht.«

»Entschuldigung, ich dachte nur. Mir ist es ja auch lieber so, denn ich möchte nicht, dass sich der liebe Jonas vergebliche Hoffnungen macht«, erklärte sie beschwichtigend.

»Wie kommst du denn auf so was?« Julia sah sie immer noch ziemlich erbost an.

»Oje, schon wieder ein Fettnapf. Ich kenne meinen Bruder und weiß, wann er Interesse an einer Frau hat. Und so, wie er dich am Flughafen mit seinen Blicken verschlungen hat, habe ich mir meinen Teil gedacht. Aber ich kann mich auch irren.«

»Ich glaube, du irrst dich wirklich. Er möchte mich nur treffen, um mit mir über meine Schwester zu sprechen. Schließlich waren die beiden Kollegen.« Julia war versucht, Tine von Jonas' Foto an Jennifers Pinnwand zu erzählen, aber sie hatte Sorge, dass sie damit zu viel verriet. Schließlich war das Ganze lediglich ein vager Verdacht, für den Julia keinerlei Beweis hatte – außer dem Foto, aber das könnte ja auch ein Schnappschuss von einem lustigen Betriebsausflug sein, dachte Julia. Ihre Aktion, das Foto bei der Aufräumaktion im »verbotenen Zimmer« unbemerkt von der Pinnwand zu entfernen, war Noah nämlich nicht entgangen.

»Gib dir keine Mühe. Ich habe es doch gestern Abend schon gesehen. Ich weiß um die Vorliebe deiner Schwester für gut gebaute Adonisse.« Julia hatte das so stehen gelassen und nicht nachgefragt.

»Wie auch immer, aber ich glaube, er hat ein konkretes Interesse an dir, und ich bin ganz froh, dass du ihm nicht gleich das Herz brechen wirst. Man sieht es ihm zwar nicht an, aber er ist schon oft enttäuscht worden. Näheres weiß ich nicht, er ist sehr diskret in solchen Dingen, aber er ist ein echt guter Typ …«

»Sag mal, willst du mich verkuppeln?« Jetzt musste Julia lachen.

»Sagen wir mal so. Ich könnte mir gut vorstellen, dass ihr zusammenpasst. Und ich fände es sehr beruhigend, wenn er nicht länger von Affäre zu Affäre schliddern würde.«

»Was für eine fürsorgliche Schwester. Aber wenn ich ihn schon dir zuliebe bezirzen soll, dann könnte ich mich doch vielleicht in das neue rote Kleid werfen.«

»Das würdest du für mich tun?«, jubelte Tine. »Ja, dann nur zu. Auf zu den Waschräumen!«

Kichernd zahlten sie und verschwanden im Inneren des Coffee-Shops.

Wenig später gingen die beiden Frauen, immer noch lachend, in Richtung Subway.

»Du siehst so klasse aus«, schwärmte Tine zum wiederholten Mal.

»Aber ich fühle mich fremd«, entgegnete Julia und zupfte ihr rotes Etuikleid zurecht. »Als wenn ich mich verkleidet hätte, um meiner Schwester ähnlich zu sehen.«

»Und? Macht dir das ein Problem?«

Julia stieß einen tiefen Seufzer aus. »Ich wollte nie so sein wie sie. Und doch habe ich sie stets glühend beneidet. Sie war so schön, dass die Männer auf der Straße stehen geblieben sind und ihr hinterhergestarrt haben.«

»Nun sag bloß, du weißt nicht, wie gut du aussiehst?«

»Ach, ich glaube, ich habe eine echte Macke, was meine Schwester angeht.« Julia schilderte ihrer neuen Freundin, welche Komplexe ihr der Vergleich mit Jennifer stets bereitet hatte. Sie war fast versucht, Tine die Geschichte mit Noah anzuvertrauen, aber sie konnte sich gerade noch beherrschen, ihr größtes Geheimnis auszuplaudern.

Tine musterte Julia durchdringend. »Da kann ich ja froh sein, dass ich nur einen gut aussehenden älteren Bruder habe. Mit einem Jungen konkurriert man ja nicht als kleine Schwester. Da ist man nur wahnsinnig stolz auf den tollen Typen, der von allen Mädchen angeschwärmt wird. Ich hatte keine Freundin, die nicht insgeheim verknallt in Jonas war. Nervig war nur, dass ich manchmal nicht wusste, ob die mich jetzt um meinetwillen besuchen kommen oder nur, um meinem Bruder einen schmachtenden Blick zuzuwerfen.«

»Ich wünschte, ich könnte diese alten Komplexe endlich mal hinter mir lassen. Es ist doch schräg, dass ich immer noch damit zu tun habe, nachdem sie schon lange tot ist. Du wirst es nicht glauben, aber das ist mein erstes Etuikleid. Diese Art von Klamotte habe ich stets vermieden, weil sich Jennifer so gekleidet hat.«

»Dann ist das doch ein Anfang. Dir steht das Kleid jedenfalls hervorragend.«

»Achtung, ich werde gleich rot. So schöne Komplimente hat mir ja lange keiner mehr …« Sie stockte. Das stimmt ja gar nicht, fiel ihr ein, hatte nicht gerade gestern noch Noah Komplimente über ihr Outfit gemacht? »Also, Jan war nicht besonders gut darin, mir nette Dinge zu sagen«, fügte sie rasch hinzu. »Wenn ich mich dann mal richtig schön für ihn gemacht habe und ihn schließlich, nachdem er so gar keine Reaktion darauf gezeigt hat, direkt angesprochen habe, hat er gemurmelt: ›Hübsch.‹ Mehr nicht. Nur: ›Hübsch.‹«

Tine lachte. »Das kenne ich allerdings auch von Ben. So aufmerksam er sonst gewesen ist, bei neuen Klamotten war er blind.« Ihr Lachen erstarb beim Sprechen, und Julia konnte ihr regelrecht ansehen, dass ihr die Erwähnung seines Namens auch nach so vielen Jahren noch naheging. Sie strich Tine mitfühlend über die Hand.

15.

Mit gemischten Gefühlen betrat Julia das Steakhaus. Suchend blickte sie sich um, doch da fragte sie bereits der Mann, der am Empfang saß, ob sie reserviert hätte. Sie nickte und nannte Jonas' Namen. Daraufhin deutete der Mann auf einen Tisch am Fenster, an dem Jonas bereits mit dem Rücken zu ihr saß.

Julia bedankte sich freundlich und steuerte auf den Tisch zu. In dem Moment, in dem sie sich vorsichtig bemerkbar machen wollte, drehte sich Jonas um. Sie erinnerte zwar noch, dass er sehr attraktiv war, aber dass er so gut aussah, überraschte sie doch.

Er erhob sich von seinem Stuhl und begrüßte sie mit einem Lächeln. »Sie sehen bezaubernd aus.«

»Danke.« Julia hoffte, er würde jetzt keinen Vergleich mit Jennifer nachschieben. An seinem Blick konnte sie unschwer erkennen, dass er genau das innerlich tat, aber er äußerte es nicht.

Julia setzte sich ihm gegenüber und fühlte sich merkwürdig befangen. Warum er wohl so darauf erpicht war, mit mir allein Essen zu gehen, fragte sie sich. Ob er mir von sich aus die Wahrheit über sein Verhältnis zwischen Jennifer und ihm sagen möchte?

Zunächst aber betrachtete er sie schweigend und nachdenklich.

»Ich habe gerade einen reizenden Nachmittag mit Ihrer Schwester verbracht«, bemerkte Julia schließlich, um das unerträglich angespannte Schweigen zu durchbrechen.

»Das kann ich mir denken. Zwei so quirlige, attraktive und interessante Frauen, das kann nur erbaulich gewesen sein«, erklärte er lächelnd und versuchte, ihr in die Augen zu sehen, doch Julia wandte den Blick hastig ab. Sie wollte nicht mit ihm flirten, bevor sie nicht wusste, wozu dieser Abend zu zweit dienen sollte. Einen unverbindlichen Flirt wollte sie sich lieber für den morgigen Abend mit Leonard Keller aufheben, statt mit einem Mann, der Jennifer wohl irgendwie nähergestanden hatte, als es ihrer Situation als junger Ehefrau angemessen gewesen wäre. Wenn er nicht bald auf das Thema Jennifer kommt, dann bleibt mir nichts anderes übrig, als ihn direkt zu fragen, wie nahe die beiden sich gestanden haben. Aber dazu musste sie sich erst einmal ein wenig Mut antrinken. Entsprechend hastig probierte sie den Aperitif, den der Kellner ihnen brachte, ohne dass sie ihn bestellt hatten.

»Da bin ich ja froh, dass Sie Crémant auf Eis mögen, denn ich habe mir erlaubt, den Drink zu ordern, ohne Sie vorher zu fragen.«

»Doch, das war eine gute Idee. Ich kann jetzt gut einen Schluck vertragen«, erwiderte sie und verspürte das dringende Bedürfnis, das prickelnde Getränk in einem Zug zu leeren.

»Ihre Schwester hat den so gemocht.«

»Tja, irgendetwas müssen wir ja gemeinsam haben.« Julia merkte sofort, dass das ein bisschen zickig klang.

»Ich denke, dass Sie beide weit mehr verbindet als die Vorliebe für Crémant«, erwiderte er, während er sie durchdringend musterte.

»Das stimmt. Wir haben dieselben Eltern.«

»Sie mögen es nicht, mit Ihrer Schwester verglichen zu werden, oder?«

Julia wurde rot. Es kam für sie völlig überraschend, dass dieser Mann den Nagel auf den Punkt traf. Aber das würde sie ihm auf keinen Fall verraten.

»Nein, das stört mich nicht. Ich finde nur, wir sind, ich meine, wir waren immer schon extrem unterschiedlich.«

»Ich finde, dass rein optisch eine gewisse Ähnlichkeit zwischen Ihnen beiden besteht.«

Julia holte tief Luft. Sie verspürte nicht die geringste Lust auf ein derartiges Geplänkel mit ihm, und so gern sie ihrer Freundin den Gefallen tun würde, ein bisschen netter zu ihrem Bruder zu sein, allein die Tatsache, dass er sie mit Jennifer verglich, hielt sie davon ab. Im Gegenteil, sie wollte endlich Klarheit über Jennifer und ihn.

»Haben Sie mit meiner Schwester geschlafen?«, hörte sie sich da bereits fragen.

In diesem Augenblick fiel die Fassade des kühlen Beobachters von Jonas ab und machte einer großen Verunsicherung Platz.

»Vielleicht sollten wir erst einmal wählen«, sagte er in einem betont sachlichen Ton, der gar nicht zu seiner sichtlich irritierten Mimik passen wollte.

»Gern doch«, entgegnete sie spöttisch. »Wir sollten erst mal in die Speisekarte sehen, bevor wir zum Schwerverdaulichen kommen.« Sie vertiefte sich in die Speisekarte und wählte ein Hüftsteak mit Salat.

»Rot oder weiß?«, fragte Jonas, nachdem sie wieder von der Speisekarte aufgeblickt hatte.

»Ich trinke lieber Weißwein, gerade bei dieser Hitze. Und Sie?«

»Ich schließe mich Ihrem Wunsch an. Haben Sie eine gewisse Vorliebe?«

»Ja, einen Chardonnay von den Hamptons.«

Jonas sah sie erstaunt an. »Sie kennen sich ja gut aus. Oder hat Ihnen Ihr Schwager zu den hiesigen Weinen geraten?«

»Ich habe ihn neulich mit ihm gemeinsam getrunken und war auf Anhieb begeistert.«

Nachdem der Kellner die Bestellung aufgenommen hatte, musterte sie Jonas provozierend.

»Und? Mögen Sie mir jetzt meine Frage beantworten oder wollen Sie lieber bis nach dem Essen warten?« Julia wunderte sich selbst über ihren spitzen Ton, aber es ärgerte sie maßlos, dass es bei dieser Verabredung wieder einmal ausschließlich um Jennifer ging, obwohl sie das doch eigentlich selbst so gewollt hatte.

»Ich habe sie geliebt«, entgegnete Jonas und suchte erneut ihren Blick. Dieses Mal wich sie ihm nicht aus.

»Und was heißt das? Hat Jenny Ihre Gefühle erwidert?«

Julia nahm nun überrascht zur Kenntnis, dass seine Lider nervös zu zucken begannen.

»Nein, hat sie nicht!« Das klang trotzig aus seinem Mund.

Eigentlich sollte ich nicht weiterfragen, ging Julia durch den Kopf, ihm scheint das wirklich nahezugehen, aber andererseits hatte er ihre Neugier geweckt.

»Entschuldigen Sie, aber ich muss Sie so direkt fragen. Hatten Sie beide ein richtiges Verhältnis? Ich habe an Jennifers Pinnwand nämlich ein nettes Foto von Ihnen gefunden. Ich meine, vielleicht waren Sie ganz unverfänglich auf einem Betriebsausflug.«

»Bei Spencer & Bates gab es keine Betriebsausflüge«, konterte er knapp.

»Dann war es wohl eher ein privater Strandausflug, oder?«

Jonas kniff seine Augen zu gefährlichen Schlitzen zusammen.

»Wir waren am Orchard Beach, und zwar ein ganzes Wochenende, wenn Sie es genau wissen wollen.«

Julia lag auf der Zunge, ihm frech zu antworten: So genau auch nicht, aber dazu war sie doch zu geschockt über sein offenes Bekenntnis.

»Sie hatten also eine Affäre?«

»Das ist es wohl für Ihre Schwester gewesen, für mich nicht.«

Auch wenn Julia noch nicht genau einschätzen konnte, was das alles zu bedeuten hatte, ihr war unwohl zumute. Sie bedauerte schon ein wenig, dass sie so gnadenlos nachgefragt hatte, und zögerte, ihm die entscheidende Frage zu stellen, ob Jennifer an jenem Schicksalstag womöglich mit ihm zusammen gewesen war. Doch nun fuhr er mit gesenktem Kopf fort, ihr weitere Details zu verraten.

»Für mich war Jennifer eine wirklich große Liebe, und ich hätte nicht gezögert, sie aus dieser schrecklichen Ehe zu befreien ...«

»Was soll das heißen? Dieser schrecklichen Ehe? Mein Schwager hat meine Schwester auf Händen getragen und sie abgöttisch geliebt.«

Seine Antwort war ein hämisches Lachen. »Ich weiß, Sie wohnen bei dem Kerl, aber er ist der personifizierte Teufel.«

Julia tippte sich an die Stirn. »Haben Sie getrunken oder warum reden Sie so einen Unsinn?«, schimpfte sie und sprang empört auf. »Ich glaube, ich gehe jetzt lieber. Sie haben ja einen gepflegten Knall. So einen Scheiß muss ich mir wirklich nicht anhören.«

Julia stand kämpferisch vor ihm, bereit, auf der Stelle das Lokal zu verlassen, aber sie tat es nicht.

»Ihr Schwager war krankhaft besessen von ihr, man kann auch sagen, regelrecht obsessiv. Er hat Jenny als sein Eigentum betrachtet und sie auf Schritt und Tritt bewacht. Das ist die dreckige Wahrheit. Ich hätte sie gern aus diesem Sumpf befreit, aber sie war zu schwach«, sagte er mit ruhiger Stimme. »Und nun setzen Sie sich bitte wieder. Abzuhauen, wenn es unangenehm wird, ist albern!«

Julia atmete ein paarmal tief durch, bevor sie sich auf ihren Stuhl zurückfallen ließ. Es war so ungeheuerlich, was ihr dieser Mann da gerade als Wahrheit verkaufen wollte. Durch ihren

Körper lief ein unangenehmes Kribbeln, als würde in ihr ein aufgescheuchter Ameisenhaufen toben. Sie verspürte erneut den Impuls, aufzustehen und ihn allein sitzen zu lassen, aber nicht, ohne ihm die alles entscheidende Frage zu stellen.

»Waren Sie am 11. September 2001 mit meiner Schwester zusammen?«

Jonas musterte sie entgeistert.

»Am 11. September 2001?«, wiederholte er ungläubig. »Jetzt müsste ich Ihnen Ihre Frage von vorhin aber zurückgeben: Haben Sie getrunken?«

»Nein, aber ich wäre Ihnen dankbar, wenn Sie mir einfach die Frage beantworten? Waren Sie am 11. September 2001 mit Jennifer verabredet?«

»Nein, sie war im Büro, während ich den Tag mit einer anderen Frau verbracht habe, um mich von meinem Kummer über das abrupte Ende meiner Affäre mit Jenny abzulenken. Aber nun verraten Sie mir um Himmels willen, warum Sie mich so einen Schwachsinn fragen?«

Julia spürte, wie ihr die Schamesröte ins Gesicht stieg. Er muss mich ja für komplett bescheuert halten, ging ihr peinlich berührt durch den Kopf, wenn er wirklich wüsste, dass Jenny am 11. September nicht im Büro gewesen wäre, er hätte doch niemals so irritiert auf ihre blonde Doppelgängerin auf dem Flughafen reagiert. Warum hatte sie nicht gleich daran gedacht?

»Ich, äh, ich weiß auch nicht, was in mich gefahren ist, mich hat diese Kanadierin am JFK völlig verwirrt. Sie sah meiner Schwester wirklich so verdammt ähnlich, dass ich mich in Hirngespinste geflüchtet habe, sie könnte vielleicht doch noch leben.«

»Das ist ausgeschlossen. Alle, die an jenem Tag im Büro gearbeitet haben, sind tot! Ich bin der einzige Mitarbeiter von Spencer & Bates, der noch am Leben ist.«

»Ich weiß es doch«, entgegnete Julia kleinlaut. In ihrem Kopf ging alles durcheinander. Plötzlich fiel ihr wieder ein, was Jonas über Noah gesagt hatte.

»Es ist genauso ein hanebüchener Unsinn wie der, den Sie über meinen Schwager verbreiten.«

»Da muss ich Sie enttäuschen. Es ist die Wahrheit. Der Mann hat eine gefährliche Macke. Nehmen Sie sich also bloß vor ihm in Acht!«

Julia straffte kurz die Schultern und blickte ihn dann provozierend an.

»Ich glaube, ich kenne Noah besser als Sie. Ich war nämlich mit ihm liiert, bevor er meine Schwester geheiratet hat!«

Jonas entgleisten die Gesichtszüge.

»Ach, das hat Ihnen meine Schwester also verschwiegen, dass sie mir den Freund ausgespannt hat, oder?«

»Ich wusste doch bis zu unserer Begegnung am Flughafen überhaupt nicht, dass Jennifer eine Schwester hatte.«

»Hat sie Ihnen den Quatsch über Noah erzählt?«

»Nein, ich habe den Mann auf unserer Weihnachtsfeier höchstpersönlich in Aktion erlebt.«

Wieder spürte Julia dieses unangenehme Kribbeln in den Eingeweiden, und sie kämpfte mit sich, ob sie wirklich wissen wollte, was hinter dieser Andeutung steckte.

»Nun erzählen Sie schon. Was haben Sie gesehen?«, forderte sie ihn unwirsch auf zu reden.

In diesem Augenblick kam das Essen. Julia war allerdings der Appetit vergangen, aber sie riss sich zusammen und aß wenigstens den Salat und die Hälfte des Hüftsteaks.

Aus dem Augenwinkel beobachtete sie, wie sich eine steile Falte zwischen Jonas' Augen gebildet hatte. Auch er stocherte eher lustlos im Essen herum.

Julia schob seufzend den Teller zur Seite und blickte ihr Gegenüber herausfordernd an.

»Wollen Sie mir nun endlich erzählen, wie Sie zu so einem vernichtenden Urteil über meinen Schwager gelangt sind?«

»Sie wollen es wirklich wissen? Sie glauben mir doch ohnehin kein Wort und wollen in Ihrem Schwager einen wunderbaren Menschen sehen!«

»Bleiben Sie doch bitte bei den Fakten.« Ihre Verunsicherung war einem gewissen Kampfgeist gewichen.

»Gut, Sie haben es so gewollt. Es war kurz vor Weihnachten 2000. Unsere Feier fand im ›Windows of the World‹ im 106. Stock des World Trade Centers statt. Jennifer hatte ein bisschen zu viel getrunken. Und wir haben sehr eng getanzt. Und da platzte plötzlich Mister Superreich auf die Tanzfläche, riss Jenny von mir weg und zerrte sie förmlich nach draußen. Wir hatten ihn gar nicht kommen sehen, weil die Party ohne Partner stattfand.«

»Was heißt, er zerrte sie weg?«, fragte Julia skeptisch.

»Er hat sie am Arm gepackt und vor sich her nach draußen geschoben, besser gesagt, grob geschubst. Sie konnte gerade noch ihre Handtasche greifen.«

»Wie eng haben Sie denn getanzt?«, hakte sie nach.

Jonas machte eine abwehrende Handbewegung. »Was weiß ich? Ich war auch nicht mehr ganz nüchtern. Vielleicht sehr nahe. Mein Gott, das war eine Feier, und wir hatten da ja auch schon …« Er stockte.

»Sie wollten sagen, dass sie zu dem Zeitpunkt bereits eine Affäre hatten?«

Jonas nickte.

»Kann es nicht vielleicht so gewesen sein, dass Noah davon gewusst hat? Und deshalb ausgerastet ist?«

Er musterte sie spöttisch. »Hab ich's doch geahnt, dass Sie sich zu seiner Anwältin aufspielen würden.«

»Finden Sie das etwa normal, dass meine Schwester, die zu dem Zeitpunkt noch keine drei Jahre mit Noah verheiratet war, eine Affäre mit einem Kollegen eingeht und auf der Weihnachtsfeier mit ihm öffentlich knutscht?«

»Wenn sich der Ehemann kurz nach der Hochzeit als krankhaft eifersüchtiger Kontrollfreak entpuppt, der seine Frau misshandelt, dann schon.«

Julia rieselte es eiskalt den Nacken hinunter. Misshandlung? Das war harter Tobak, aber sie versuchte, nicht darauf einzugehen, weil es einfach unfassbar war, was er da gerade von sich gegeben hatte.

»Wann hat Ihre Affäre mit meiner Schwester denn überhaupt begonnen, und wie lange ging sie?«

Er musterte sie skeptisch. »Ich weiß nicht so recht, ob ich das ausgerechnet Ihnen mitteilen sollte. Sie bekommen es fertig und geben das Ihrem Schwager weiter.«

Julia gab einen verächtlichen Zischlaut von sich. »Das werde ich gewiss nicht tun. Wem nützt das heute noch?«

»Im Sommer 2000 fing es an. Sie wusste, dass ich mich in sie verguckt hatte. Dazu muss ich sagen, dass alle Kollegen latent in sie verknallt waren. Aber ich hätte mir nie Chancen bei ihr ausgerechnet, denn es war ja bekannt, dass sie mit einem Hampton-Fuzzie verheiratet ist. Deshalb bin ich aus allen Wolken gefallen, als sie mich eines Tages, als die Luft in New York regelrecht kochte, fragte, ob ich Lust hätte, nach der Arbeit noch mit ihr zum Orchard Beach zu kommen. Da habe ich natürlich nicht gezögert, und als sie mich nach unserem Ausflug mit in ihre New Yorker Wohnung genommen hat, habe ich nicht ›Nein‹ gesagt, zumal die Luft zwischen uns brannte.«

»Da war sie gerade mal zwei Jahre mit Noah verheiratet.« Julia schüttelte angewidert den Kopf.

»Natürlich habe ich sie auf ihren Mann angesprochen. Sie hat mir gestanden, dass sie sich in Montauk wie im goldenen Käfig fühlt. Und dass er nur auf ganz bestimmte Weise mit ihr schlafen kann … und hat mir angeboten, ich dürfte sie ruhig etwas härter anpacken, weil sie das gewohnt wäre.«

»Stopp! Das geht zu weit! Ich möchte keine sexuellen Details erfahren! Nur noch eines: Wie lange ging diese Affäre?«

»Bis Januar 2001. Sie hat von einem Tag zum anderen gesagt, nein, nicht mal gesagt, ich bekam eine WhatsApp, obwohl wir in demselben Büro arbeiteten, dass wir uns nicht mehr sehen können, weil ihr Mann einen Verdacht hat und sonst ausrastet. Außerdem hätte sie körperliche Repressalien zu befürchten. Ich habe daraufhin versucht, sie persönlich anzusprechen, aber sie hat mir die kalte Schulter gezeigt.«

»Soll ich Sie jetzt bemitleiden?«, fragte Julia spöttisch.

»Nein danke, das ist nicht nötig«, gab er zurück. »Ist außerdem bereits verjährt!«

»Und nun habe ich noch eine Frage. Wie kommen Sie nur darauf zu behaupten, dass mein Schwager meine Schwester körperlich misshandelt hat? Noah ist ganz und gar nicht der Typ Mann, der Frauen schlägt.«

»Na, Sie müssen es ja wissen. Sie haben Ihre Schwester damals nicht gesehen und sich über die Hämatome erschrocken, die ihren Körper verunstaltet haben.«

Julia fühlte sich zunehmend unwohl in ihrer Haut. Auf was hatte sie sich nur eingelassen? Sie sehnte sich doch so sehr nach Abstand zu Jennifer und wollte nicht mehr an ihre sagenhafte Ausstrahlung auf Männer erinnert werden, und nun fand sie sich inmitten einer unfassbaren Geschichte aus der Vergangenheit ihrer Schwester wieder. Dass sie eine Affäre mit ihrem attraktiven Kollegen gehabt hatte, musste sie Jonas wohl glauben, aber sie weigerte sich, ihm abzunehmen, was er über Noah behauptete, besonders die Geschichte, dass er Jennifer geschlagen haben sollte.

Ihre Blicke trafen sich. Täuschte sich Julia oder waren seine Züge plötzlich sehr viel weicher als zuvor?

»Ach, Julia«, seufzte er. »Sie werden es mir kaum glauben, aber ich wollte gar nicht mit Ihnen so ausführlich über Jenny reden.«

»Nein? Und warum haben Sie es dann getan?«

»Weil Sie mich gnadenlos ausgefragt haben. Ich kam mir vor wie bei einem Verhör.«

»Ich hatte den Eindruck, dass Sie mir diese Schauergeschichten über meinen Schwager mit einem gewissen Vergnügen aufgetischt haben.«

Jonas rang sich zu einem Lächeln durch und streckte ihr seine Hand entgegen.

»Frieden oder wenigstens Waffenstillstand?« Seine Stimme hatte einen schmeichelnden Ton angenommen.

Julia zögerte, aber dann schlug sie ein. Sein Händedruck war angenehm. Nicht zu hart, aber auch nicht zu weich.

»Aber nur, wenn Sie zurücknehmen, was Sie da für Räuberpistolen über Noah verbreiten!«

Er zuckte mit den Achseln. »Wenn es Sie glücklich macht. Ich kann nur das bestätigen, was ich mit eigenen Augen gesehen habe. Seinen Auftritt auf der Weihnachtsfeier.«

»Was aber auch nicht beweist, dass er ein obsessiver Spinner ist. Wenn ich mir vorstelle, ich will meinen Mann, mit dem ich gerade mal zwei Jahre verheiratet bin, von einer Feier abholen und finde ihn knutschend mit einer attraktiven Kollegin auf der Tanzfläche vor, ich kann nicht garantieren, dass ich bei dem Anblick nicht auch ausgerastet wäre.«

»Ich werde Ihnen jetzt aus Rücksicht auf unseren soeben geschlossenen Friedenspakt nicht widersprechen. Vielleicht war es nur ein verständlicher Ausrutscher aus berechtigter Eifersucht.« Jonas legte den Kopf schief und lächelte Julia gewinnend an.

»Nun fangen Sie aber nicht an zu schleimen. Das steht Ihnen überhaupt nicht«, entgegnete sie und lächelte zurück.

»Und können wir jetzt endlich über das sprechen, was mich eigentlich viel mehr interessiert als eine Vergangenheit, die fünfzehn Jahre zurückliegt?«

»Und was wäre das?« Julia spürte die Wirkung des Weins, denn sie hatten in rasantem Tempo die Flasche geleert.

»Das wären Sie, Julia.«

»Ich offenbare mich nur, wenn ich noch einen Schluck von dem köstlichen Tropfen bekomme.« Julia deutete auf die leere Flasche, die mit dem Hals nach unten in dem Kühlkübel steckte.

»Na, da sind wir beide doch endlich mal einer Meinung.«

Jonas orderte beim Kellner einen weiteren Chardonnay aus den Hamptons, bevor er sich ihr wieder zuwandte.

»Was treibt Sie nach New York? Doch wohl nicht allein Ihr Bedürfnis, mit meiner Schwester das Memorial zu besuchen, oder?«

»Nein, die Not«, erwiderte sie lachend. »Job weg, Freund weg, Wohnung weg, und da hat mein Schwager mich mit einer Stelle bei dem ›German New Yorker‹ geködert.«

Jonas rümpfte die Nase. »Ein ziemlich altmodisches Blatt, aber, wenn Sie das aufpeppen, gar keine schlechte Adresse.«

»Vielen Dank, dass mein neuer Job Gnade vor Ihren Augen findet«, konterte Julia und stürzte das erste Glas der neuen Flasche ziemlich hastig hinunter.

»Sie sind mir aber auch eine Mimose«, lachte Jonas. »Fast so wie …«

»Kommen Sie mir jetzt bloß nicht wieder mit Jenny.«

»Nein, das hatte ich gar nicht vor. Ich spreche von meiner Schwester. Die kann auch so schrecklich empfindlich sein …«

»Okay, was Sie auch immer sagen wollen, wenn Sie mich mit Tine vergleichen, nehme ich das als Kompliment.«

»Es hat Sie wohl sehr verletzt, dass dieser Noah Sie verlassen hat, oder? Und hoffen Sie jetzt, dass Sie die alte Liebe noch mal recyceln können?«

Julias Lächeln erstarb. »Reden Sie immer so einen Unsinn? Wie kommen Sie auf so was Dummes?«, fauchte sie ihn an. Sie fühlte sich so entsetzlich durchschaut von ihm, und das behagte ihr ganz und gar nicht.

»Ihr verklärter Blick, wenn Sie von ihm sprechen, verrät mir, dass Sie immer noch Gefühle für ihn haben.«

»Nein, habe ich nicht. Jenny hat ihn mir damals gnadenlos ausgespannt! Zielstrebig und ohne Gefangene zu machen, wie es ihre Art war. Und er ist ihr wie ein Hündchen gefolgt. Wobei das wohl die Frage beantwortet, ob dieser Mann eine Frau schlagen könnte. Und Sie denken doch nicht ernsthaft, dass ich für so einen Mann noch mehr als Freundschaft empfinden könnte? Aber ich verteidige meine Freunde, wenn jemand, der keine Ahnung hat, Gerüchte über sie verbreitet.« Julia war so laut geworden, dass sich die Gäste an den anderen Tischen zu ihnen umwandten.

Statt pikiert auf ihren Ton zu reagieren, bemerkte Jonas mit einem Schmunzeln: »Sie hätten wirklich Anwältin werden sollen!«

»Und ich würde wirklich gern das Thema wechseln.«

»Ich finde auch, dass heute ausgesprochen gutes Wetter ist«, entgegnete Jonas in spöttischem Ton.

Julia funkelte ihn wütend an.

»Okay, einen letzten Versuch, mit Ihnen über andere Dinge zu plaudern, mache ich noch: Warum sind Sie als deutscher Architekt nach New York gegangen?«

»Wissen Sie, dass Sie eine unglaubliche Gabe haben, die Finger in meine Wunden zu legen?«, fragte er immer noch lächelnd.

»Nein, das war mir nicht klar. Ich dachte bis eben, das wäre Ihre Spezialität«, konterte sie und nahm einen kräftigen Schluck des süffigen Weißweins.

»Es war die Liebe, die mich nach New York gebracht hat.«

»Sie haben sich also in eine Lady aus New York verliebt?«

»Nein, ich bin geflüchtet, weil meine erste Liebe in Berlin mir mein Herz gebrochen hat. Und da kam das Jobangebot aus New York. Und inzwischen liebe ich diese Stadt.«

Julia konnte sich nicht helfen. Die entwaffnende Ehrlichkeit war ihr sympathisch. Warum bin ich bloß so stur und verrate ihm nicht einfach, dass ich tatsächlich nie über Noah hinweggekommen bin, er spürt das doch ohnehin, ging es ihr durch den Kopf.

»Wir wollten heiraten«, fuhr er versonnen fort. »Und dann habe ich rausbekommen, dass sie bereits eine Affäre mit dem blödesten Schnösel weit und breit hatte. Der Kerl war damals schon ein erfolgreicher Architekt, während ich noch Examen machte und in der Studentenbude wohnte. Ich weiß nicht, wie lange ich ihr hinterhergetrauert habe. Also, ich weiß, wovon ich spreche.« Er lächelte sie gewinnend an.

Jonas wurde Julia mit jedem Satz sympathischer, obwohl er sie mit seinen Verdächtigungen über Noah zunächst völlig aus der Fassung gebracht hatte. Liegt es am Alkohol oder fühle ich mich nur geborgen in seiner Gegenwart, weil er genauso wie ich einer alten Liebe hinterhertrauert?, fragte sie sich, aber ein weiterer Schluck von dem süffigen Weißwein ließ sie auch diesen Gedanken vergessen. Sie gab sich mit allen Sinnen dem Genuss der angenehmen Gesellschaft hin. Meine Güte, er hat vielleicht schöne Augen und einen sinnlichen Mund, dachte sie, und es hätte nicht viel gefehlt und sie hätte losgekichert bei dem Gedanken, wie es wohl wäre, von ihm geküsst zu werden.

»Wissen Sie, dass Sie mich schon am Flughafen auf den ersten Blick fasziniert haben?«, hörte sie ihn wie von Ferne fragen.

»Kein Wunder, ich bin schließlich die Schwester einer Ihrer unglücklichen Lieben. Da bringen Männer im Kopf schon mal was durcheinander.«

»Vorher! Da wusste ich überhaupt noch nicht, wer Sie sind.« Er war plötzlich ganz ernst geworden, was Julia ein wenig ernüchterte.

»Und Sie haben wirklich nicht gedacht. Die Frau erinnert mich aber an Jennifer?«

»Nein, eine gewisse Ähnlichkeit habe ich erst heute Abend festgestellt«, widersprach er. »Es sind Ihre Nase und die Mundform, an der man bei näherem Betrachten eine gewisse Familienähnlichkeit erkennen könnte.«

Julia kniff die Lippen zusammen, als hätte sie auf eine Zitrone gebissen. »Okay, ich weiß ja, dass ich eine Riesenmacke habe, was meine Schwester und potenzielle Ähnlichkeiten zwischen uns beiden angeht.« Sie schilderte ihm nun ausführlich, wie sie sich früher jedes Mal im Vergleich mit Jennifer gefühlt hatte. Der Alkohol hatte ihre Zunge gelockert, sodass sie ihm sogar die Szene schilderte, wie Jenny damals ins »Jakob« gestöckelt kam und wie ihr Selbstbewusstsein binnen Sekunden auf Erbsengröße geschrumpft war.

Jonas lachte aus voller Kehle.

»Sie lachen mich nicht aus, oder?«, fragte Julia scherzhaft.

»Nein, ich finde Sie entzückend, wenn Sie so offen über Ihr Problem reden. Und ich kann es mir lebhaft vorstellen, wie Sie dann vor Ihrem inneren Auge plötzlich zur Tonne mutiert sind.«

»Sie finden mich in meinem Jenny-Wahn also nicht bekloppt?«

»Gar nicht«, lachte Jonas. »Sie sind reizend, wenn Sie mich nicht gerade ins Kreuzverhör nehmen.«

»Und Sie sind ein Charmeur, wenn Sie nicht gerade Horrorgeschichten über meinen Schwager verbreiten.«

Jonas wurde ernst. »Tja, damit muss ich mich wohl abfinden, dass er Ihr Herz gnadenlos erobert hat, wenngleich er es eigentlich nicht verdient hat, dass Sie ihm immer noch die

Treue halten, nachdem er Sie einfach gegen Jenny ausgetauscht hat.«

»Das müssen Sie gerade sagen. Meine Schwester hat Ihnen doch auch den Kopf verdreht. Sie müssten meinen Schwager eigentlich verstehen.«

»Tue ich nicht, denn ich hatte nicht das Vergnügen, Sie vor Jenny kennenzulernen, aber ich vermute, ich hätte Sie nicht ausgetauscht. Nun sagen Sie schon, was finden Sie denn immer noch an dem Kerl?«

»Noah ist ein wunderbarer Gastgeber und bettet mich regelrecht auf Rosen. Ich komme mir vor wie eine Prinzessin. Noah ist klug, unterhaltsam. Einen besseren Schwager könnte ich mir gar nicht wünschen.«

»Ich meine, nicht als Schwager, sondern als Mann für Sie. Warum lieben Sie ihn noch immer?«

Julia spürte, wie ihre Wangen heiß wurden. Hoffentlich bin ich nicht rot geworden, ging es ihr durch den Kopf. Aber so betrunken, ihm ihre wahren Gefühle zu offenbaren, war sie denn doch noch nicht.

»Ich mag ihn. Mehr nicht!«, knurrte sie. »Und jetzt will ich nicht mehr darüber reden. Sonst stehe ich wirklich auf und gehe!«

»Das will ich natürlich nicht riskieren. Es geht mich ja auch gar nichts an«, erwiderte er rasch und rang sich zu einem Lächeln durch. »Nicht, dass wir jetzt noch einen Rollentausch vornehmen und Sie mich als Großinquisitor wahrnehmen.«

»Wenn Sie jetzt aufhören, solche dämlichen Fragen zu stellen, werde ich davon absehen«, versuchte Julia zu scherzen.

»Ich werde Sie nicht weiter mit solchen Fragen belästigen. Versprochen!«, entgegnete Jonas mit ernster Miene, die sich etwas auflockerte, als er hinzufügte: »Dann könnte ich Sie ja ganz direkt fragen, ob Sie morgen Abend schon etwas vorhaben.«

Julia wollte gerade ehrlich sagen, dass sie bereits eine Verabredung mit dem netten Kulturredakteur hatte, doch etwas in seinen Blick hielt sie davon ab.

»Hätten Sie Lust, mich morgen in das Konzert von Taylor Swift zu begleiten? Ich habe zwei Karten, aber meine Schwester, mit der ich das Konzert besuchen wollte, muss morgen Abend zu einer Veranstaltung in die Pathologie.«

Julia überlegte kurz. Taylor Swift war nun nicht gerade ihre erklärte Lieblingssängerin, aber die Aussicht, mit Jonas ein Konzert zu besuchen, schien ihr in diesem Augenblick sehr verlockend.

»Darf ich Sie morgen anrufen. Ich müsste tatsächlich eine Verabredung verschieben«, erklärte Julia nach einigem Zögern.

»Gern, aber ich finde, wir sollten uns endlich duzen.«

»Ja, das ist eine gute Idee. Gibst du mir deine Nummer?«

Jonas holte sein Handy hervor und nannte Julia seine diversen Telefonnummern, die sie in ihr Telefon eintippte. Gerade in dem Augenblick klingelte es bei ihr. Julia wurde hektisch, als sie die Nummer auf dem Display erkannte, und sie ärgerte sich darüber, dass sie das Telefon nicht ausgestellt hatte, wie sie es üblicherweise handhabte, bevor sie in ein Restaurant ging.

»Nun geh schon ran«, riet ihr Jonas, als sie das Klingeln ignorieren wollte.

Es war Noah, der ihr freudig berichtete, dass er am morgigen Tag einen Termin in New York hätte. Er wollte abends mit ihr ausgehen und erst am folgenden Morgen mit ihr gemeinsam in die Hamptons zurückfahren. Offenbar war er sich so sicher, dass sie keine anderweitige Verabredung hatte, dass er sie nicht einmal fragte, ob sie Zeit hätte.

Das kam so überraschend, dass sie ihm nicht widersprach, als er sein Kommen für 18 Uhr ankündigte.

»Und wo bist du gerade? Das hört sich nach Restaurant an«, fragte er gut gelaunt.

»Ja, ich bin in einem Steakhaus«, entgegnete sie und sah mit einem flüchtigen Blick auf Jonas, dass er sie aufmerksam beobachtete, statt diskret wegzusehen.

»Allein?«

»Nein, mit, mit, mit Leuten von der Zeitung«, schwindelte sie und lief knallrot an, denn Jonas verzog nun übertrieben sein Gesicht. So sehr, dass sie beinahe laut losgelacht hätte.

»Ist Walter auch dabei? Dann gib ihn mir doch mal kurz.«

»Nein, nur die Leute aus der Redaktion. Du, ich muss jetzt aufhören. Das Essen kommt gerade. Bis morgen dann.«

Sie beendete hektisch das Gespräch, bevor sich Noah überhaupt von ihr verabschieden konnte. Jonas grinste breit. »Vor wem hast du mich denn da gerade verleugnet? Du weißt, was Lügen für die Beine bedeutet. Und das wäre bei deinen ziemlich schade.«

»Sollte ich meinem Schwager vielleicht sagen: Ich sitze gerade mit dem Kerl beim Essen, der mit meiner Schwester auf der Weihnachtsfeier ihres Büros rumgeknutscht hat und von dem sie ein Star-Foto an der Pinnwand hängen hatte?«

»Meinetwegen!«, lachte Jonas.

In diesem Augenblick klingelte Julias Telefon erneut, und sie wollte es gerade in der Tasche verschwinden lassen, da griff Jonas danach und nahm das Gespräch einfach an.

»Die Sammelkasse der Broadway-Shows, was kann ich für Sie tun?«

Julia brach in lautes Gelächter aus, was sie dem Alkohol zuschrieb. Wenn der Anrufer allerdings noch einmal Noah war, konnte das wirklich peinlich werden.

»Nein, Sir, Sie sind falsch verbunden, eine Julia Bender gibt es hier nicht. Bye!«

Julia riss ihm das Telefon aus der Hand. »Du Spinner!«, schimpfte sie und schaltete das Telefon aus.

»Und wer war es?«

»Dein Schwagerherz«, entgegnete er mit einem süffisanten Unterton.

»Ich glaube, wir sollten mal zahlen. Nicht dass wir noch richtig betrunken werden«, seufzte Julia.

»Gut, mit der Aussicht, dass wir uns morgen Abend wiedersehen, kann ich damit leben«, erwiderte er und schenkte ihr einen warmherzigen Blick.

Julia zuckte zusammen. Es fiel ihr nicht leicht, ihm die Vorfreude auf einen gemeinsamen Abend zu nehmen, aber sie hatte keine Wahl. Sie konnte Noah morgen unmöglich sagen, dass sie keine Zeit für ihn hatte, weil sie mit dem Exlover seiner Frau ein Konzert besuchen würde, zumal er noch nicht einmal ahnte, dass sie einander begegnet waren.

»Jonas, ich kann morgen nicht.«

»Wieso jetzt so plötzlich?«

»Noah kommt morgen nach New York und möchte den Abend mit mir verbringen.«

Alles Liebevolle war aus Jonas' Augen verschwunden. Im Gegenteil, er funkelte sie wütend an.

»Und du musst spuren, oder wie darf ich das verstehen?«

»Jonas, ich will Noah nicht belügen, und das müsste ich, wenn ich morgen mit dir ins Konzert ginge. Er weiß doch nicht einmal, dass wir beide uns kennen. Und wenn ich ganz ehrlich bin, ich möchte es ihm auch nicht unbedingt verraten, vor allem, nachdem ich nun die Wahrheit über Jenny und dich kenne.«

»Und was, wenn wir uns in Zukunft häufiger treffen? Willst du mich dann auch noch verschweigen?«

»Mach es mir doch nicht so schwer. Wir holen das nach. Ich kann doch demnächst mal wieder nach New York kommen.«

»Heißt das, du fährst zu ihm in die Hamptons zurück?«

Julia nickte. »Noah nimmt mich übermorgen im Wagen mit.«

Jonas winkte den Kellner herbei, um die Rechnung zu erbitten, die er prompt brachte. Er zahlte die ganze Zeche. Julia wollte protestieren, dass er für alles aufkam, aber sie hatte das Gefühl, das würde ihn nur noch mehr gegen sie aufbringen.

Schweigend verließen sie das Restaurant.

»Ich bringe dich noch mit dem Taxi«, sagte er in einem Ton, der keinen Widerspruch duldete.

Schweigend ließen sie sich durch das nächtliche New York kutschieren. Die Stimmung zwischen ihnen war zum Zerreißen gespannt, doch Julia fiel beim besten Willen nicht ein, wie sie ihn wieder aufheitern sollte. Er wirkte so schrecklich abweisend. Natürlich konnte sie verstehen, dass ihm ihre Absage missfallen hatte, aber was sie viel mehr erstaunte als das, war die Tatsache, dass sie den morgigen Abend tatsächlich lieber mit ihm als mit Noah verbringen würde. So anstrengend, wie der Abend auch begonnen hatte, waren sie sich im weiteren Verlauf doch sehr nahegekommen. Und sosehr sie auch immer noch an Noah hing, war sie doch fest entschlossen, dass es zwischen ihnen beiden in Zukunft niemals mehr als Freundschaft geben konnte. Aber wie sollte sie das Jonas jetzt alles auf die Schnelle erklären?

In ihrer Verzweiflung griff sie vorsichtig nach seiner Hand. Er kann ja nicht mehr, als sie mir entziehen, dachte sie, aber er ließ ihre Berührung nicht nur zu, sondern drückte ihre Hand zart, während er sich ihr zuwandte.

Julia erschrak über sich selbst, als sie sich bei dem Wunsch ertappte, er möge sie endlich küssen. Doch er lächelte nur gequält.

Als der Taxifahrer vor Noahs Wohnung hielt, zog er seine Hand zurück und strich ihr flüchtig über die Wange.

»Mach's gut, Julia«, sagte er leise.

Sollte das etwa ein Abschied für immer sein?, dachte Julia bekümmert.

»Ich melde mich, sobald ich wieder in New York bin.« Sie gab ihm hastig einen Kuss auf die Wange, bevor sie übereilt den Wagen verließ und, ohne sich noch einmal umzudrehen, im Hauseingang verschwand. Dort lehnte sie sich mit zitternden Knien gegen die Wand und fragte sich verwundert, was mit ihr geschehen war, denn sie verspürte den starken Drang, Jonas' Nummer zu wählen und ihm mitzuteilen, dass sie doch mit ihm ins Konzert gehen würde. Stattdessen atmete sie ein paarmal tief durch, bevor sie sich von der Wand löste und wie in Trance die Wohnungstür aufschloss. In der Wohnung schaltete sie als Erstes ihr Telefon wieder an. Falls Noah ihr noch eine Nachricht geschickt hatte, nachdem Jonas ihn so verschaukelt und sie es daraufhin vorsichtshalber ganz ausgestellt hatte. Und tatsächlich, sie hatte eine WhatsApp, doch die kam nicht von Noah, sondern von Jonas.

> Vielleicht interessiert es dich noch zu erfahren, dass dein Schwager als einziger Angehöriger nicht zu der Trauerfeier für die Opfer bei Spencer & Bates gekommen ist. Miss Bates hatte ihn persönlich eingeladen, aber er ist nicht gekommen. Und kann es sein, dass du doch mehr mit deiner Schwester gemeinsam hast, als dir lieb ist? Mit dem einen Mann flirten, während du von dem anderen Mann nicht loskommst? Aber das Rezept hat schon bei Jennifer nicht zum Erfolg geführt und mich klüger werden lassen. Ich bin kein Spielball für vergebene Frauen!

Julia vibrierte vor Zorn. Wütend legte sie das Telefon aus der Hand. Eine freundliche Nachricht nach dem Motto: War ein schöner Abend mit dir, wäre ihr wesentlich lieber gewesen.

Aber hatte sie nicht selbst schuld? Warum sagte sie nicht, wie es wirklich war? Ja, ich habe noch Gefühle für meinen Schwager, und nein, wir werden niemals mehr ein Paar, und: Ich wäre heute Abend gern geküsst worden, und zwar von dir, du Hornochse!

Sie spielte kurz mit dem Gedanken, ihm eine fiese Nachricht zurückzuschreiben, nach dem Motto: Und ich bin nicht die Ersatzfrau, weil es mit meiner Schwester nicht geklappt hat!, stattdessen löschte sie seine Nachricht und nahm sich fest vor, sich vorerst nicht mehr bei ihm zu melden. In der Hoffnung, dass sie morgen früh aufwachen und feststellen würde, dass der Wunsch nach einem Kuss nur eine Folge des vielen Weins gewesen war.

16.

In dieser Nacht hatte Julia schlecht geschlafen und sich in aller Frühe im Nachthemd mit einem Becker Kaffee in Jennifers Zimmer gesetzt, obwohl sie überhaupt keine Lust hatte, sich in die Sphäre ihrer Schwester zu begeben, aber sie hatte es Noah schließlich versprochen, ihre Sachen zusammenzupacken. Der erste Gedanke am Morgen hatte allerdings Jonas gegolten, und leider musste sie feststellen, dass sich auch im nüchternen Zustand noch ein gewisses Prickeln in ihrem Bauch ausbreitete bei der Vorstellung, ihn zu küssen. Aber sie schob diesen Gedanken mit aller Macht beiseite.

Auf Jennifers Schreibtisch sah es ähnlich chaotisch aus wie auf dem in Montauk. Jenny war schon als Kind nicht die Ordentlichste gewesen. Ihr Zimmer hatte stets in völligem Kontrast zu ihrer gepflegten äußeren Erscheinung gestanden. Selbst Susanne, die auch eher zum Chaos neigte, war manchmal an dem Zimmer ihrer älteren Tochter schier verzweifelt.

Julia überlegte, ob sie vielleicht mit dem Kleiderschrank beginnen sollte, der nicht so durcheinander war. Bei ihrer Kleidung war Jennifer immer schon penibel gewesen, doch da fiel ihr eine Visitenkarte ins Auge. Julia nahm sie zur Hand und stellte fest, dass es die Adresse eines Psychiaters war. Ob Jennifer wohl einen Shrink hatte wie jede gute New Yorkerin, die etwas auf sich hielt?, dachte sie amüsiert. Das konnte sie sich bei ihrer Schwester so ganz und gar nicht vorstellen, denn Jennifer war eigentlich so gut wie beratungsresistent gewesen. Gut gemeinte Ratschläge waren bei ihr stets in das eine Ohr hinein-

und ungehört zum anderen wieder herausgegangen. Sie hatte immer das getan, was sie wollte. Selbst vom größten Unsinn hatte man Jennifer nicht abbringen können. Wenn sie sich etwas in den Kopf gesetzt hatte, zog sie das durch. Julia fielen gleich mehrere Situationen ein, in denen Jennifer Blödsinn verzapft hatte. Sie musste da nur an die Klassenreise denken, die Jennifer einfach mittels gefälschter Entschuldigung ihrer Mutter geschwänzt hatte und stattdessen mit ihrem damaligen Freund verreist war. Sie hatte Julia vorher eingeweiht, die versucht hatte, ihr das mit Engelszungen auszureden. Vergeblich. Mit dem Ergebnis, dass Jennifers Freund mit dem Wagen seines Vaters in einen Unfall verwickelt gewesen war und die Polizei anhand ihrer Personalien festgestellt hatte, dass sie erst vierzehn Jahre alt war. Susanne hatte ihre Tochter dann in Genua abholen müssen …

Und dann die Sache mit Jürgen. Wie oft hatte sie ihre Schwester förmlich angefleht, Jürgen zum Mond zu schießen, und auch kein Blatt vor den Mund genommen, um ihre abgrundtiefe Verachtung für den Kerl auf den Punkt zu bringen. Bei ihr hatte er immer nur »das arrogante Arschloch« geheißen. Jennifer hatte sich diese Tiraden zwar angehört, aber stets durchblicken lassen, dass Julia seine wunderbare Seite eben nicht kenne. »Welche wunderbare Seite? Meinst du seinen Knackarsch?«, hatte Julia öfter mal entgegnet. »Aber für keinen Arsch der Welt würde ich mich so runtermachen lassen wie du!« Mit dem Ergebnis, dass Jennifer am nächsten Tag nur noch demonstrativer in Susannes Küche vor aller Augen mit Jürgen geknutscht hatte. Selbst als Jennifers einzige Freundin, die Julia nicht besonders gemocht hatte, weil sie ähnlich eingebildet wie Jenny gewesen war, Jenny vor Jürgens Hang zu kriminellen Machenschaften eindringlich gewarnt und den Verdacht geäußert hatte, dass Jürgen eine wertvolle Bronzefigur aus dem Haus ihres Vaters geklaut hätte, hatte Jennifer den Kontakt zur Freundin abgebrochen, nicht den zu Jürgen. Nein, der Rat anderer hatte ihre Schwester noch nie tangiert!

Julia konnte sich beim besten Willen nicht vorstellen, dass Jennifer sich ihren Problemen überhaupt stellte, geschweige denn damit an einen völlig Fremden wandte, um ihm freiwillig und gegen Bezahlung Einblicke in ihr Seelenleben zu gewähren. Doktor Frank Wayne hieß der Mann, wie sie bei einem wiederholten Blick auf die Karte feststellte. Sie legte die Karte in eine große leere Kiste, die sie unter Jennys Schreibtisch gefunden hatte und in die sie die Papiere tun wollte. Eigentlich müsste man die Sachen gleich wegwerfen, dachte sie, aber dagegen hatte Noah in Montauk heftig protestiert.

»Lass uns erst mal alles in Kisten packen, und dann kann man die doch später komplett entsorgen«, hatte er vorgeschlagen. Julia hatte nur mit den Augen gerollt. »Später? Wann ist später?« Noah hatte hilflos mit den Schultern gezuckt. Offenbar wusste er es auch nicht.

Als Nächstes griff Julia gedankenverloren nach einem Kalender, der, wie sie nun feststellte, mit Terminen vollgekritzelt war. Erstaunt stellte sie fest, dass Dr. Wayne seit dem Januar 2001 dreimal die Woche im Kalander eingetragen war. Der letzte Termin war für den 11. September notiert. Julia fröstelte bei dem Gedanken, dass ihre Schwester diesen Termin niemals wahrgenommen hatte. Seit gestern verschwendete sie keinen Gedanken mehr daran, dass Jennifer noch am Leben sein könnte. Ihr war es noch im Nachhinein schrecklich peinlich, dass sie Jonas mit dem verrückten Verdacht konfrontiert hatte, Jennifer könne am 11. September mit ihm zusammen gewesen sein und den Anschlag auf die Türme ebenfalls überlebt haben.

Nun war sie schon wieder mit den Gedanken beim gestrigen Abend und bei Jonas. Sie überlegte, ihm eine WhatsApp zu schreiben, doch ihr wollten partout nicht die richtigen Worte einfallen. Es sollte weder dramatisch noch zu flapsig klingen. Und auch nicht zu profan. Wie wäre es, wenn ich mich ganz schlicht für den netten Abend bedanken würde, fiel ihr ein, und auf seine Nachricht mit keinem Ton eingehe?

Sie holte ihr Telefon hervor und wollte die Nachricht gerade verfassen, als der Klingelton ertönte. Es war Tine. Julia zögerte kurz und fragte sich, ob es so günstig wäre, nach dem Abend mit Jonas' Schwester zu reden. Schließlich wohnte Tine bei ihm und hatte ihn bestimmt schon ausgefragt. Wer weiß, was er ihr erzählt hat, ging ihr durch den Kopf, aber dann nahm sie das Gespräch an.

»Ich wollte doch nur mal deine Version hören«, lachte Tine in den Hörer und nahm Julia alle Bedenken. Selbst, wenn sie von ihrem Bruder gehört haben sollte, Julia wäre eine ganz und gar unmögliche Person, Tine war kein Mensch, der sie deswegen weniger nett behandeln würde.

»Was hat er denn gesagt?«, erkundigte sie sich mutig, denn nach ihrem verunglückten Abschied ging sie davon aus, dass Jonas nicht besonders gut auf sie zu sprechen war.

»Wenig«, entgegnete Tine. »Deshalb rufe ich dich ja an. Wie war es?«

»Willst du das wirklich wissen?«

»Liebend gern«, seufzte Tine. »Du kannst mir alles sagen, und ich schwöre, ich werde schweigen wie ein Grab.«

»Gut, der Abend begann mit einem Haufen von Missverständnissen. Man kann sagen, wir waren eher wie Hund und Katze, aber im späteren Verlauf des Abends, mit der Hilfe von mehr Hampton Chardonnay, als uns guttat, wurde es noch sehr schön. Ja, und ich mag deinen Bruder. Mehr möchte ich am Telefon nicht sagen. Was hältst du davon, wenn ich nächste Woche noch mal nach New York komme, um mit dir essen zu gehen? Wie lange bleibst du überhaupt?«

»Ich hänge doch noch meinem Jahresurlaub für einen Trip

in die Neuenglandstaaten an. Das Seminar geht bis morgen. Übermorgen wollte ich losfahren.«

»Fährst du allein?«

»Nein, mein Bruder begleitet mich.«

Julia überlegte fieberhaft. Wenn ich Tine noch einmal sehen möchte, dann sollte ich vielleicht noch ein paar Tage länger in New York bleiben, dachte sie.

»Dann können wir uns auch morgen treffen«, schlug sie vor. »Musst du packen oder hast du Zeit?«

»Für dich doch immer. Wenn du magst, kannst du zu mir kommen. Ich koche uns was Schönes.«

Julia musste unwillkürlich grinsen, ahnte sie doch, was Tine damit bezweckte: Dass sie dort rein zufällig Jonas begegnete. Aber so abschreckend war der Gedanke eigentlich gar nicht. Im Gegenteil! Wenn sie ehrlich war, würde sie ihn auch gern vor seiner Reise wiedersehen in der Hoffnung, dass sie sich versöhnten.

»Ich freue mich«, erwiderte Julia, und das kam aus vollem Herzen. Wie verwirrend ihre Begegnungen mit den Männern auch waren, seit sie in New York angekommen war, in Tine hatte sie eine wirkliche Freundin gewonnen.

Männer, dachte sie, kaum, dass sie aufgelegt hatte, und ihr fiel der nette Redakteur ein, dem sie immer noch nicht für diesen Abend abgesagt hatte. Hastig wählte sie die Nummer der Zeitung und ließ sich mit ihm verbinden. Leonard Keller schien sichtlich enttäuscht, dass sie ihre Verabredung so kurzfristig absagte, aber sie versprach ihm hoch und heilig, sich übermorgen mit ihm zu treffen.

»Gut, denn ich muss Sie ja schließlich noch einarbeiten«, lachte er.

»Dann hole ich Sie einfach gegen 18 Uhr in der Redaktion ab«, schlug sie ihm vor und war sehr zufrieden mit ihrer Entscheidung, noch in New York zu bleiben. So schön das Haus in den Hamptons auch war, sie brauchte jetzt ein bisschen Zeit für sich. Und auch die Vorstellung, dort wieder mit Noah unter einem Dach zu leben, missfiel ihr, denn natürlich spukten Jonas' Worte ihr immer wieder im Kopf herum. Am liebsten wäre es ihr sogar, wenn er heute gar nicht nach New York kommen würde, aber sie konnte ihn ja schlecht bitten, von einem Besuch in seiner eigenen Wohnung abzusehen.

Erneut fiel ihr Blick auf den Kalender ihrer Schwester, und sie spürte, dass die Tatsache, Jennifer könne tatsächlich in therapeutischer Behandlung gewesen sein, sie zutiefst verunsicherte, so sehr, dass sie versucht war, ganz unverbindlich bei dem Arzt anzurufen. Aber einmal abgesehen davon, dass er ihr am Telefon keine Auskunft und wegen seiner Schweigepflicht sicher überhaupt keine geben würde, gefiel ihr diese Neugier, die sie gerade an Jennys Seelenleben entwickelte, ganz und gar nicht. Eigentlich suchte sie doch einen größtmöglichen Abstand von der Vergangenheit, was allerdings nicht gerade einfach war, während sie sich gerade in der sehr privaten Atmosphäre ihrer Schwester befand und sogar in ihrem Terminkalender geschnüffelt hatte. Plötzlich wurde ihr sonnenklar, warum sie sich entgegen ihrer Vorsätze so brennend für den Grund interessierte, weshalb sich Jennifer in psychotherapeutischer Behandlung befunden hatte. Es waren Jonas' Bemerkungen über Noahs angeblich obsessiver Beziehung zu ihrer Schwester, die ihr nicht aus dem Kopf gingen. Natürlich weigerte sie sich mit Händen und Füßen, diesen Gedanken überhaupt an sich heranzulassen, doch das war gar nicht so einfach. Sie hatte schon gestern Nacht vor dem Einschlafen kurz darüber nachgedacht, was wäre, wenn zumindest ein Körnchen Wahrheit an der Sache dran sein sollte, dass Jennifers Ehe mit Noah sich tatsächlich schnell zu einer kleinen Hölle entwickelt hatte und sie sich aus lauter Verzweiflung in Jonas' schützende Arme geworfen hatte. Das wollte allerdings so ganz und gar nicht zu dem Bild passen, das Julia von ihrer Schwester hatte. Jennifer war doch nicht der Mensch, der sich von einem Mann so behandeln ließ … andererseits fiel ihr die kaputte Beziehung ein, die sie mit Jürgen verbunden hatte. Wie oft hatte er sie vor allen Anwesenden herb und taktlos kritisiert, und sie hatte ihn nicht verlassen. Julia schwirrte der Kopf. Sie versuchte, sich an die unschönen Situationen im Haus ihrer Mutter zu erinnern, wenn Jürgen ihre Schwester mal wieder herablassend gemustert und solche Sätze von sich gegeben hatte wie: *Das Kleid ist doch jetzt nicht dein Ernst. Du siehst aus wie eine Tonne. Damit willst du doch nicht auf die Straße, oder?* Julia würde nie seine überheblich hochgezogene Augenbraue bei derartigen Gelegenheiten vergessen sowie Jennifers waidwunden Blick. Widersprochen hatte sie ihm nie, sondern war stumm und mit hängenden Schultern in ihr Zimmer gegangen, um sich umzuziehen. Und dann waren Susanne und Julia jedes Mal wie ein Heuschreckenschwarm über den arroganten Mistkerl hergefallen. *Du brauchst wohl eine Brille?* oder *Noch einmal solche dummen Sprüche, mein Lieber, und du kannst in Zukunft vor der Haustür warten, wenn du meine Tochter abholen willst*, waren in solchen Situationen die harmlosesten Kommentare gewesen. Jürgen aber hatte daraufhin stets nur überheblich durchblicken lassen, dass er aus besseren Verhältnissen komme und ihn solche Reaktionen nicht anfechten könnten, weil er schon wisse, was Stil sei und was nicht. Und das jedes Mal mit einem abschätzigen Rundumblick über die unaufgeräumte Ikea-Küche, in der sie saßen. Daraufhin hatten sich Julia und Susanne meist genervte Blicke zugeworfen, denn sie kannten seine Familiengeschichte zur Genüge. Sein Vater war in der Tat einmal ein anerkannter Galerist gewesen, dessen Geschäft Jürgen nach dem Tod des Vaters in den Ruin getrieben hatte, weil er bei seinem Hang zum Luxus dessen Vermögen in rasantem Tempo durchgebracht hatte. Jennifer war jedes Mal, nachdem er sie beleidigt hatte, brav in einem neuen Kleid aufgetaucht und hatte über das ganze Gesicht gestrahlt, weil ihr Jürgen sie über den grünen Klee gelobt, sie überschwänglich *Meine Wunderschöne!* genannt und ihr voller Besitzerstolz an den Hintern gefasst hatte. Merkwürdigerweise hatte Julia eigentlich nie wirkliches Mitleid mit ihrer Schwester empfunden, sondern nur tiefe Abscheu vor dem widerlichen Kerl.

Und nun erzählte ihr Jonas, dass Jennifer angeblich wieder in einer Beziehungshölle gelandet war. Man kann doch den feinfühligen sensiblen Noah nicht mit diesem Arschloch vergleichen, ging es Julia mit einem Anflug von Empörung durch den Kopf. Dann müsste er ja so etwas wie Doktor Jekyll und Mister Hyde sein. Nein, das konnte sich Julia beim allerbesten Willen nicht vorstellen.

Und während sie noch darüber sinnierte, hatte sie gedankenverloren die Nummer der Praxis gewählt. Ihr Herz klopfte bis zum Hals, als sich eine höfliche Frauenstimme meldete.

»Ich würde gern mal mit Doktor Wayne sprechen«, sagte sie mit belegter Stimme und hätte am liebsten gleich wieder aufgelegt.

»Sind Sie schon Patientin bei Doktor Wayne oder wollen Sie einen Termin?«

»Ich möchte einen Termin«, schwindelte sie und war schon wieder kurz davor aufzulegen.

»Doktor Wayne hat erst wieder einen Termin im November.«

»Kann ich ihn trotzdem kurz sprechen?«

Es folgte ein kurzes Schweigen in der Leitung, als würde seine Mitarbeiterin schwer nachdenken.

»Gut, er hat gerade keinen Patienten, ich frage mal nach, ob er einen kurzen Augenblick für Sie erübrigen kann. Wie ist Ihr Name?«

»Julia, Julia Bender.«

»Ich stelle Sie durch.« Letzte Chance, aus der Nummer unbeschädigt rauszukommen, durchfuhr es sie eiskalt, aber sie hatte zu lange gezögert, denn nun meldete sich eine sympathische sonore Männerstimme und fragte sie nach ihrem Anliegen.

Julia atmete ein paarmal tief durch, bis sie in der Lage war, ein klares Wort herauszubringen. »Ich möchte gar keinen Termin mit Ihnen. Es geht um meine Schwester. Sie war einmal Patientin bei Ihnen. Ihr Name ist Jennifer Goldstein.«

Seine Reaktion war ein leises Schnaufen.

»Selbst, wenn ich mich an diese Patientin erinnern könnte, Sie werden verstehen, dass ich mit Ihnen nicht über diesen Fall sprechen kann. Ich würde Ihnen dringend empfehlen, Ihre Schwester persönlich auf die Behandlung bei mir anzusprechen.«

»Sie war also bei Ihnen?«

»Ja, ich denke, ich kann verantworten, Ihnen das positiv zu beantworten. Aber wie Sie selber sagten, war sie vor vielen Jahren bei mir in Behandlung, und sie hat die Behandlung damals von einem Tag zum anderen abgebrochen. Mehr kann ich Ihnen nicht dazu sagen. Und das ist schon mehr, als ich es normalerweise tun sollte.«

»Sie ist am 11. September 2001 nicht zu dem Termin mit Ihnen gekommen, weil sie beim Anschlag auf das World Trade Center umgekommen ist. Ich kann sie also nicht mehr befragen, warum sie bei Ihnen in Behandlung gewesen ist.«

»So gern ich Ihnen helfen würde, aber auch nach dem Tod meiner Patienten unterliege ich der Schweigepflicht«, entgegnete er fast mitfühlend.

»Aber Sie können sich noch an meine Schwester erinnern, obwohl die Behandlung vierzehn Jahre zurückliegt? Haben Sie bei all Ihren Patienten ein solches Elefantengedächtnis?«

Zu ihrer Überraschung lachte er.

»Nein, es kann mir durchaus geschehen, dass ich selbst bei laufender Behandlung in der nächsten Stunde einen diskreten

Blick in mein Gesprächsprotokoll der letzten Sitzung werfen muss, um mich auf den aktuellen Stand zu bringen. Aber es gibt durchaus Fälle, die bei mir einen bleibenden Eindruck hinterlassen.«

»Und Jennifer hat so einen bleibenden Eindruck hinterlassen. Warum?«

Sein Lachen erstarb. »Ich verstehe Ihr Bedürfnis, der Sache auf den Grund zu gehen, aber das, was Sie da gerade versuchen, zieht bei mir nicht. Ich kann Ihnen nicht helfen, nur einen unverbindlichen Rat geben: Lassen Sie die Toten ruhen. Sie wird schon ihre Gründe gehabt haben, dass sie ihr Geheimnis mit ins Grab genommen und sich Ihnen nicht zu Lebzeiten anvertraut hat.«

»Und auch keinen klitzekleinen Hinweis? Ob sie womöglich unter ernsthaften psychischen Problemen gelitten oder nur in einer persönlichen Krise gesteckt hat?«

»Misses Bender, wenn ich jetzt Ihren Beruf erraten müsste, würde ich auf Staatsanwältin oder Polizistin tippen, aber auch das wird Ihnen nichts nützen.«

»Journalistin«, gab Julia belustigt zu, obgleich sie inzwischen jegliche Hoffnung aufgegeben hatte, den Psychiater mit einer Fangfrage nicht doch noch zu einer unüberlegten Antwort zu veranlassen.

»Oje, das sind die Allerschlimmsten, wenn es darum geht, verschwiegene Menschen dazu zu bringen, ihre Prinzipien zu verraten.«

»Okay, ich gebe es auf. Und was, wenn wir uns privat treffen würden? Gilt dann auch die Schweigepflicht?«

Er lachte wieder. Laut und herzlich.

»Selbst, wenn Sie es auf sich nehmen wollen, mit einem Mann von Mitte siebzig auszugehen, um dann zu versuchen, ihm bei einem guten Wein, dem er nicht abgeneigt ist, die Zunge zu lockern, die Schweigepflicht gilt auch außerhalb meiner Praxis. Aber wenn Sie ein paar professionelle Termine brauchen sollten, um an der Problematik zu arbeiten, dass Sie sich mit Händen und Füßen weigern, die Realität anzuerkennen, dann würde ich Sie zeitnah in meinem übervollen Terminkalender dazwischenschieben.«

Jetzt lachte auch Julia wider Willen. »Ich habe gar nicht gewusst, dass es Psychiater mit Humor gibt.«

»Ich würde es Altersweisheit nennen, Misses Bender, und es tut mir wirklich aufrichtig leid, dass ich Ihnen nicht weiterhelfen kann, damit Sie Ihre Schwester post mortem besser verstehen.«

»Darf ich Ihnen denn wenigstens noch eine letzte Frage stellen?«

»Fragen dürfen Sie, aber ich kann Ihnen nicht versprechen, dass ich Ihnen auch eine Antwort gebe.«

»Dann muss ich mich ja besonders geschickt anstellen. Lassen Sie mich überlegen, ob das mit Ihrem Berufsethos vereinbar ist.«

»Darf ich Ihnen nun meinerseits eine Frage stellen?«, fragte Doktor Wayne.

»Sie dürfen.«

»Ich höre an Ihrer Sprachfärbung, dass Sie Deutsche sind …«

»Sie mauern. Das wissen Sie, weil Jennifer mit Sicherheit ihre Mutter und ihre Schwester in Deutschland erwähnt hat.«

»Nun überschätzen Sie aber meine Gedächtnisleistung doch ein wenig. Ich erinnere mich an einiges, was den Fall Jennifer Goldstein betrifft, aber diese Details habe selbst ich mir in vierzehn Jahren nicht merken können.«

»Bingo, Punktevorteil für Sie, ja, ich komme aus Berlin und bin gerade dabei, in der New Yorker Wohnung das Zimmer meiner Schwester auszuräumen, weil mein Schwager dazu binnen der vergangenen Jahre mental nicht in der Lage gewesen ist. Und dort fand ich Ihre Visitenkarte und die Termine bei Ihnen in Jennys Kalender. Und da meine Schwester Ratschläge Dritter stets in den Wind geschlagen hat, konnte ich mir partout nicht erklären, wieso sie einen Psychiater kontaktiert und den über längere Zeit auch noch drei Mal die Woche aufgesucht hat. Und nun kommt meine Frage: Wenn sie nicht beim Anschlag ums Leben gekommen wäre, glauben Sie, die Behandlung bei Ihnen hätte noch länger gedauert?«

»Misses Bender, das tut mir ja beinahe leid für Sie, dass Sie Ihre letzte Chance so verspielt haben, denn was soll ich Ihnen wohl dazu sagen, ohne meine Schweigepflicht zu brechen?«

»Bitte, nur einen letzten kleinen Hinweis durch die Blume. Bitte!«, flehte Julia.

»Hören Sie, Miss Bender, mein nächster Termin wartet«, stöhnte er.

»Hätten Sie meine Schwester weiterhin behandelt, wenn sie zu dem Termin mit Ihnen gekommen wäre?«

»Ja, das hätte ich. Zufrieden?«

»Gut, ich danke Ihnen, Doktor Wayne, und ich komme auf Ihr Angebot zurück, mich von Ihnen behandeln zu lassen, bevor ich in den Wahn verfallen sollte, die Geheimnisse meiner Schwester unbedingt ergründen zu müssen. Und bevor ich bei Ihnen einbreche und die Krankenakte entwende.«

»Da würden Sie keinen Erfolg haben, denn Akten, die älter als zehn Jahre sind, bewahren wir woanders auf – und zwar sicher. Sollten Sie jedoch selber psychische Hilfe brauchen, dann wissen Sie, wo Sie mich finden. Aber ohne mich zu erdreisten, Ihnen eine Ferndiagnose zu stellen, ich halte Sie für ziemlich normal, eingeschlossen Ihres Bedürfnisses, herauszufinden, warum Ihre Schwester einen Psychiater aufgesucht hat, nur kann ich Ihnen dabei leider nicht helfen«, sagte er in väterlich zugewandtem Ton.

»Sie haben mir sehr geholfen, denn ich dachte schon, ich würde vielleicht unter einem amtlichen Knall leiden.«

Sie beendeten das Gespräch lachend.

Nachdem Julia auflegt hatte, hatte sich ihr Bedürfnis, noch weiter in Jennifers Privatsachen zu wühlen, in das ganze Gegenteil verkehrt, wenngleich die Sache mit dem Psychiater weiter in ihrem Kopf herumspukte, aber nur, weil es sie brennend interessierte, ob Jennifer ihn wegen ihrer Beziehung zu Noah konsultiert hatte. Sie schob nun wahllos und ungelesen sämtliche Zettel und Notizen, Terminkalender und andere persönliche Unterlagen in die Kiste. So lange, bis der Schreibtisch leer war. Das Einzige, was sie wohl nicht aus der Hand gelegt hätte, ohne es zu studieren, wäre ein Tagebuch Jennifers gewesen, aber so etwas fand sich nicht bei den Sachen, auch nicht in den Schubladen.

Als sie ein Bündel Kontoauszüge in der Kiste verschwinden lassen wollte, stutzte sie plötzlich. Sie gehörten zu einem Konto, das auf Jennifers Namen ausgestellt war und auf das ganz offensichtlich ihr eigenes Gehalt eingegangen war. Ihr fiel eine große Summe über eine Million Dollar ins Auge. Dann ist Noah doch wirklich spendabel gewesen, dachte sie noch, als sie beim näheren Hinsehen erkannte, dass das überweisende Bankinstitut die Cayman National Bank auf den Kaimaninseln gewesen war. Dieser Betrag war dann wenige Tage später in bar abgehoben worden. Julia hatte ein merkwürdiges Gefühl in der Magengrube. Sie spürte in jeder Pore, dass sie womöglich einem weiteren Geheimnis ihrer Schwester auf die Spur kommen würde. Aber wollte sie das wirklich? Jennifer war tot, und wem nützte es etwas, wenn sie nachträglich mysteriöse Dinge aufdeckte, die daran nichts mehr ändern konnten?

17.

Trotz der Klimaanlage, die auf Hochtouren lief, musste sich Julia ständig den Schweiß von der Stirn wischen. Das Zimmer auszumisten grenzte an Schwerstarbeit.

Sie hatte mittlerweile alle Sachen aus dem Schreibtisch in Kisten gestopft – auch die mysteriösen Kontoauszüge – und sie vor dem Ankleidezimmer deponiert.

Dort wollte sie Jennifers Sachen zwischenlagern, bis ihr Schwager so weit war, sie endgültig zu entsorgen. Dann machte sie sich an die Kleider und Schuhe. Da sie keine Kisten mehr hatte, suchte sie die Küchenschränke nach großen Beuteln ab. Sie hatte Glück und fand in einem Fach einen ganzen Stapel Müllsäcke, die 120 Liter fassten. So stopfte sie Designerkleid um Designerkleid lieblos in die Beutel, in einen anderen die Handtaschen. Es ließ sie völlig kalt, was sie da soeben an Werten in den Müll stopfte. Aber sie fand es unsozial, diese Klamotten im Ankleidezimmer verrotten zu lassen, und rief kurz entschlossen die Telefonnummer der Heilsarmee an. Dort war man nicht erfreut darüber, die Sachen abzuholen, aber als Julia der Dame erklärte, dass es sich um Dutzende von kaum getragenen Markenkleidern handelte und sie sonst nicht zögern würde, die Sachen jemand anderem zu spenden, versprach sie, eine Mitarbeiterin zu Noahs Adresse zu schicken. Julia war zwar nicht sicher, wie Noah ihre Spendenfreude aufnehmen würde, aber sie war nicht gewillt, die Sachen aus der New Yorker Wohnung vergammeln zu lassen. Wobei sie sich bei ihrer Eigeninitiative nicht einmal auf das Argument zurückziehen konnte, dass dies sicher in Jennys Sinn gewesen wäre. Wahrscheinlich hätte sie laut aufgekreischt bei dem Gedanken, dass nun die Ärmsten der Armen in ihren Designerkleidern durch die Bronx stolzieren würden. Aber auch die junge Frau von der Heilsarmee, die wenig später bei ihr klingelte, zog mit skeptischer Miene und spitzen Fingern ein paar der Kleider aus dem Müllsack.

»Das ist allenfalls Größe 6«, knurrte sie enttäuscht. »Unsere Bedürftigen tragen meist eher so 14 bis 16.«

»Tja, das kann ich auch nicht ändern. Ich habe mir keine Gedanken gemacht, was Sie für Größen benötigen würden. Die Schuhe sind auch 5 ½. Wollen Sie die Sachen dann doch nicht? Soll ich lieber Flohmarkt an der Wall Street machen?«

»Nein, um Himmels willen«, lachte die füllige Frau in der für Julia befremdlich wirkenden Uniform der Heilsarmee. »Wir haben inzwischen ja auch etliche Asiatinnen zu versorgen. Und denken Sie bloß an die Junkies. Die sind ja auch oft spindeldürr. Nein, nein, geben Sie bloß alles her, und ich wollte ja auch nicht unverschämt sein. Ich sehe sogar mit meinem Blick, dass das alles keine Billigware ist.«

Julia lachte. »Sie wollen bestimmt lieber gar nicht wissen, was meine Schwester pro Kleid gezahlt hat.«

»Ihre Schwester? Und die gibt ihre Sachen freiwillig her. Sehr sozial.«

»Nein, meine Schwester ist beim Anschlag auf die Türme gestorben, und ich räume nun nach vierzehn Jahren ihre Sachen aus, weil mein Schwager sich bislang nicht davon trennen konnte.«

»Und darf ich mal fragen, warum Sie das nicht in den Edel-Secondhand-Läden verkaufen oder einen Teil selbst behalten?«

»Ich mag diese Art von Luxus nicht besonders, und deshalb sollen die Sachen einem guten Zweck zukommen.«

»Misses, Sie haben ein großes Herz. Das habe ich übrigens gleich gesehen.«

Seufzend deutete Julia auf eine aufgezogene Schublade voller Schmuck.

Die Frau zuckte zurück. »Nein, das kann ich nicht mitnehmen. Das weckt Begehrlichkeiten, die wir gar nicht erst bei den Hilfsbedürftigen erwecken wollen, aber ich an Ihrer Stelle würde das einem Juwelier anbieten.«

Julia stieß einen tiefen Seufzer aus. »Gut, aber ich möchte kein Geld mit den Sachen meiner Schwester machen.«

»Dann spenden Sie eben das, was Sie dafür bekommen«, erwiderte die Frau mit einem Blick auf eine ganze Stange voller Gürtel und Tücher. »Und was ist damit?«

Julia zuckte die Schultern. »Es wäre schön, wenn Sie das auch alles mitnehmen könnten.«

Die Frau zog mit spitzen Fingern ein edles Halstuch hervor und begutachtete es kritisch. »Ich weiß nicht, ob wir Hermès-Tücher verteilen sollten, aber es würde dem Sortiment unserer zugegebenermaßen ziemlich schlichten Thrift-Shops sicher etwas Glanz verleihen. Oder wollen Sie es nicht lieber an edlere Secondhand-Läden geben als an unseren?«

»Wow, Sie scheinen sich ja doch in Sachen Marken auszukennen«, bemerkte Julia belustigt. »Und nein, ich möchte, dass Sie alles mitnehmen.«

»Wenn Sie es genau wissen wollen, ich bin nicht mit dieser Uniform zur Welt gekommen, sondern mit dem berühmten goldenen Löffel im Mund geboren. Aber die Wege des Herrn sind eben unergründlich. Meine Familie kommt aus Deutschland wie Sie.«

»Spreche ich wirklich mit einem so auffälligen Akzent?«

»Es ist jedenfalls nicht zu überhören.«

Julia musterte die Frau neugierig. »Kann ich Sie vielleicht später mal interviewen? Ab September arbeite ich für den ›German New Yorker‹. Und Sie hören sich spannend an.«

»Ich denke, das wird eher langweilig, weil ich gern über meinen Glauben und meine Arbeit spreche, aber nicht über mein Elternhaus und meine eigene Geschichte, aber Sie können mich gern mal im Hauptquartier besuchen. Ich bin Heilsarmee-Kapitänin Mary Suter. Sie können mich aber einfach Mary nennen.«

Sie sprach jetzt Deutsch und reichte Julia die Hand.

»Und ich bin Julia.«

»Vielleicht kriegen wir da doch einen Artikel zusammen hin, den die Leute auch wirklich lesen wollen«, fügte Mary hinzu. »Aber nun muss ich erst einmal diese Luxusschätze abschleppen, bevor Sie es sich noch anders überlegen.«

Julia half Mary, die Müllsäcke zum Auto zu tragen und die Sachen einzuladen. Als der Wagen um eine Ecke bog, fühlte sich Julia seltsam beschwingt. Ja, sie stand dazu, dass sie die Luxusklamotten weggegeben hatte. Sie konnte sich auch schwerlich vorstellen, dass Noah ihr Vorwürfe machen würde, es sei denn, der Grund, warum er sich nicht von Jennys Sachen trennen konnte, war tatsächlich krankhafterer Natur, als sie es sich zu diesem Zeitpunkt vorstellen wollte.

Erst als Julia in die Wohnung zurückgekehrt war, stellte sie mit einem flüchtigen Blick in den Flurspiegel amüsiert fest, dass sie immer noch im Nachthemd war, aber offensichtlich ging das weinrote Hemd mit den Spaghetti-Trägern bei dieser mörderischen Hitze, die in den Schluchten der New Yorker Hochhäuser brütete, ohne Weiteres als Sommerkleid durch.

Julia kehrte noch einmal in das Ankleidezimmer zurück, um die letzten Dinge zu entsorgen. Das waren die Dessous. Die diversen Spitzenhöschen und BHs stopfte sie, ohne sie näher anzusehen, in eine Tüte, um sie später im Müll zu entsorgen. Es war ihr zutiefst unangenehm, in diesen intimen Sachen ihrer Schwester zu wühlen. Aber schließlich hatte sie auch das geschafft, verließ das Zimmer und duschte ausgiebig. Es war nicht gerade ein erhebendes Gefühl, mit dieser Aufräumaktion einen Teil des Lebens ihrer Schwester quasi ausgelöscht zu haben, aber es war eine notwendige Maßnahme. Nun war sie allerdings sehr gespannt, wie Noah darauf reagieren würde, dass sie gründliche Arbeit geleistet hatte und die Klamotten ihrer Schwester nicht in den begehbaren Kleiderschrank verfrachtet hatte, in dem sie vor sich hin gammeln würden, sondern sie einem guten Zweck zugeführt hatte. Ob ich ihm von Doktor Wayne erzählen soll?, fragte sie sich, während sie sich das Shampoo aus dem Haar spülte. Sie empfand fast ein schlechtes Gewissen bei der Vorstellung, dass sie dafür, dass sie noch nicht einmal eine Woche in den USA war, eine Menge Geheimnisse vor Noah hatte, und sie war sich nicht ganz sicher, was ihn mehr treffen würde: dass sie ihm ihre Bekanntschaft zu Jonas verschwieg oder die Tatsache, dass Jennifer vor ihrem Tod dreimal die Woche einen Psychiater aufgesucht und einen großen Geldbetrag von einer dubiosen Bank erhalten hatte.

Als Julia frisch geduscht und nur mit einem Handtuch bekleidet in ihr Zimmer zurückkehrte, klingelte ihr Telefon. An der Nummer konnte sie sofort erkennen, dass es eine spanische Vorwahl war. Sofort überfiel sie ein schlechtes Gewissen, denn sie hatte sich bei Susanne nicht mehr gemeldet, seit sie in Berlin Job, Freund und Wohnung verloren hatte. Normalerweise telefonierten sie jede Woche einmal kurz miteinander. Sie zögerte, ob sie das Gespräch überhaupt annehmen sollte. Ihre Mutter war zwar selbst eine Meisterin der spontanen Entschlüsse, aber wenn Julia ihr jetzt nur einen Bruchteil von dem berichtete, was bei ihr los war, und vor allem, wo sie sich gerade befand, würde das selbst eine flippige Person wie ihre Mutter schocken. Doch wenn sie sich jetzt nicht meldete, würde Susanne es so lange versuchen, bis sie endlich ranging. Bei aller Lockerheit legte sie Wert darauf, über das Befinden ihrer Tochter auf dem aktuellen Stand zu sein. Sie hatte einmal gesagt, seit Jennifers Tod müsse sie einmal die Woche Julias Stimme hören für die Gewissheit, dass sie noch lebte.

Seufzend nahm Julia das Gespräch an, versuchte möglichst »normal« zu klingen und war fest entschlossen, ihrer Mutter vorzugaukeln, sie wäre in Berlin.

»Wo steckst du?«, fragte Susanne vorwurfsvoll, ohne sich lange mit Begrüßungen aufzuhalten.

»Ich, äh, bin in meiner Wohnung, ich hatte viel zu tun, weißt du, in der Redaktion ist gerade der Teufel los«, schwindelte Julia und fühlte sich nicht besonders gut dabei.

Außer einem leisen Schnaufen herrschte jetzt Stille in der Leitung.

»Susanne, bist du noch dran?«, erkundigte sich Julia besorgt.

»Sag mal, bin ich etwa eine schreckliche Mutter, ein Kontrollfreak, eine ekelhafte Besserwisserin, eine Übermutter, die sich in alles einmischt?« Das klang ehrlich betroffen.

»Nein, du doch nicht. Du bist cool und locker. Warum sagst du so was Abwegiges?«

»Es muss doch einen Grund haben, dass du mich belügst!«

Julia wurde abwechselnd heiß und kalt. Ahnte Susanne, dass sie nicht in Berlin war? Aber woher sollte sie das im fernen La Gomera erfahren haben?

»Ich, ich, nein, nichts liegt mir ferner, ich …«

»Wo steckst du wirklich?«, hakte Susanne streng nach.

»Wie kommst du darauf, dass ich nicht in meiner Wohnung bin?«

»Weil ich mir Sorgen gemacht habe, dass ich gar nichts mehr von dir gehört habe, da habe ich Heike auf ihrem Handy angerufen.«

»Ach, du Scheiße«, entfuhr es Julia.

»Das kann man wohl so sagen. Sie ist übrigens stinkesauer auf dich und spielt mit dem Gedanken, sich einen Anwalt zu nehmen. Du bist ausgezogen und hast deinen ganzen Kram dagelassen. Und auf ihre Mails antwortest du nicht.«

Das stimmt, dachte Julia schuldbewusst. Sie hatte sämtliche Nachrichten ihrer ehemaligen Mitbewohnerin hartnäckig ignoriert.

»Also, sie hat mich von einem Tag zum anderen rausgeworfen, weil sie das Zimmer für ihren Lover brauchte«, stöhnte Julia. Es war ein merkwürdiges Gefühl, durch ihre Mutter wieder daran erinnert zu werden, dass sie kürzlich noch ein völlig anderes Leben in Berlin gehabt hatte.

»Und wann wolltest du mir beichten, dass du deinen Job verloren hast?«, setzte Susanne nach.

»Hast du da etwa auch angerufen?«

»Ja, ich bin umgekommen vor Sorge. Max war übrigens auch sehr besorgt. Er hat sich beklagt, dass du den Job als freie Redakteurin nicht angenommen hast. Ich meine, wovon lebst du? Hast du woanders einen Job? Nun lass dir doch nicht alles aus der Nase ziehen!«

Julia holte einmal tief Luft. Sie sah ein, dass es keinen Zweck hatte, Susanne zu verschweigen, wo sie sich gerade befand.

»Ja, ich habe ab September einen Job bei einer deutschen Zeitung in New York.«

»New York? Sag bloß, du bist in den USA.«

»Ja, das ging alles so schnell. Ich wusste nicht mehr, wohin ohne Job und ohne Wohnung, da kam der Brief von Noah mit dem Angebot …«

Weiter kam sie nicht, weil Susanne jetzt ins Telefon schrie: »Noah? *Der* Noah?«

»Ja, welcher sonst. Er hat mich doch jedes Jahr nach New York eingeladen.«

»Ich weiß«, entgegnete Susanne spitz. »Mich auch, aber wir waren uns doch einig, dass wir keinen Fuß in das Haus dieses Kerls setzen. Hast du vergessen, wie er dich abserviert hat?«

»Susanne, das ist siebzehn Jahre her! Und ich denke, in eurem Spiri-Zentrum wird das alles wegmeditiert.«

»Julia, das gefällt mir nicht. Dass du in New York bist. Wohnst du etwa bei ihm in den Hamptons?«

»Zurzeit bin ich in seiner New Yorker Wohnung.«

»Aber ihr seid kein Paar, oder?«

»Natürlich nicht. Glaubst du, ich vergesse, wie er damals mit Jenny abgehauen ist. Außerdem wird er auch nie über ihren Tod wegkommen.«

Zu ihrem Entsetzen schluchzte ihre Mutter laut auf.

»Natürlich hat er sie geliebt, aber mir gefällt der Gedanke nicht, dass du in dieser verdammten Stadt bist. Ich habe dort schon mal ein Kind verloren.«

»Aber dafür kann doch die Stadt nichts, und ich werde auch nicht in den neuen Türmen arbeiten«, versuchte Julia, ihre Mutter zu beruhigen.

»Ich weiß nicht, ich habe ein ganz merkwürdiges Gefühl. Die Stadt ist nicht gut für dich. Das spüre ich.«

»Ach, Mama, das ist doch Unsinn. Ich fühle mich hier ganz sicher.«

»Spricht er über sie?«

»Ja, klar, wir haben sogar zusammen ihr Zimmer ausgeräumt.«

»Wie bitte? Er hatte ihre Sachen noch?«, fragte ihre Mutter aufgeregt nach.

»Er konnte sich nicht davon trennen, und da habe ich ihm geholfen. Und eben habe ich alle ihre Kleider, die sie in dieser Wohnung hatte, der Heilsarmee gegeben.«

Zu ihrer großen Erleichterung kicherte Susanne jetzt.

»Oh weh, das hätte ihr aber gar nicht gefallen!«

»Ich weiß, aber glaubst du, ich wollte die Sachen haben, zumal ich nicht in eine 34 passe? Nein, ich finde das in Ordnung. Ich weiß nur nicht, wie Noah reagieren wird, wenn er heute kommt.«

»Also doch, zwischen euch läuft was! Sonst würde er dich

doch nicht besuchen. Du kannst es ruhig zugeben. Ich werde mich jeglichen Kommentares enthalten.«

»Nein, ich schwöre, wir sind nur Freunde«, versicherte Julia ihrer Mutter.

»Und wie lange wirst du in New York bleiben?«

»Bis ich wieder genügend Geld angespart habe, um mir in Berlin eine akzeptable Wohnung zu nehmen, und einen neuen Job habe.«

»Und was ist mit deinem Freund? Wo ist Jan? Kommt er nach?«

Julia kam es vor, als wäre das alles in einem anderen Leben geschehen. So fern war ihr Jan.

»Nein, er ist abgetaucht mitsamt meinem Ersparten«, antwortete sie kühl.

»O meine Kleine, da hast du ja einiges durchgemacht. Warst du denn schon bei diesen furchtbaren Türmen, da gibt es doch jetzt ein Museum?«

»Nein, noch nicht, aber ich habe es fest vor.«

»Weißt du was? Ich werde heute in der Meditation mal für mich klären, ob ich meine Blockade, nach New York zu reisen, nicht doch überwinden kann. Und dann besuche ich dich.«

»Das wäre doch super«, erwiderte Julia und mochte sich gar nicht vorstellen, ihre Mutter würde das wirklich in die Tat umsetzen. Nein, dazu war noch so vieles vor Ort ungeklärt. Und wenn Susanne erst erfuhr, dass sie in den letzten Tagen so verwirrt gewesen war, dass sie allen Ernstes in Erwägung gezogen hatte, ihre Schwester könnte noch leben … Überhaupt durfte sie nie erfahren, dass Julia am Flughafen eine Doppelgängerin ihrer Schwester gesehen hatte, deren Führerschein sie jetzt besaß. Wie sie ihre Mutter kannte, würde die keine Sekunde zögern, nach Nova Scotia zu reisen und bei der Fremden vor der Tür zu stehen, weil sie so ein Bauchgefühl hätte, das wäre in Wirklichkeit Jennifer.

»Stell dir vor«, sagte Susanne in diesem Augenblick verschwörerisch. »Ich hatte neulich in der Meditation so ein Bild von Jennifer. Ganz lebendig. Ich war ganz beschwingt danach. Wenn ich es nicht besser wüsste, ich würde wirklich glauben …«

»Mutter, bitte verschon mich einfach mit dem Spinnkram!«, fauchte sie.

»Gut, meine Süße, ich weiß, du willst nichts davon hören, aber ich habe daraufhin versucht, bei einer Séance Kontakt mit Jenny im Jenseits aufzunehmen. Das klappte nicht, und das ist doch merkwürdig, oder?«

Julia rollte genervt mit den Augen. Nein, ihre Mutter konnte sie wirklich nicht in New York gebrauchen!

Sie wollte das Gespräch nun rasch beenden, aber Susanne war offenbar in Plauderstimmung. »Weißt du, wen ich neulich in Vueltas am Hafen getroffen habe? Das rätst du nicht.«

»Du wirst es mir sicher gleich sagen«, knurrte Julia.

»Jürgens Schwester!«

»Von welchem Jürgen?«, hakte sie lustlos nach, obwohl es sie in diesem Moment herzlich wenig interessierte, wen ihre Mutter auf Gomera getroffen hatte.

»Sag bloß, du erinnerst dich nicht mehr an Jürgen Sandemann, den Freund deiner Schwester?«

Julia musste an seine Telefonnummer denken, die sie in Jennifers Zimmer in Montauk gefunden hatte.

»Wie könnte man den vergessen! Und ich erinnere mich auch noch daran, dass er eine sehr nette Schwester hatte, mit der Jenny damals befreundet war.«

»Genau, Marion, ich hätte sie gar nicht wiedererkannt, aber sie hat mich angesprochen. Sie hat gesagt, ich hätte mich gar nicht verändert.«

»Und hat sie was über ihren Bruder gesagt?«

»Ja, stell dir vor, der war in einen Riesenbetrug verwickelt, wurde zu sechs Jahren Freiheitsstrafe verurteilt, konnte sich aber ins Ausland absetzen, keiner weiß, wohin. Er wird mit internationalem Haftbefehl gesucht, aber er ist wie vom Erdboden verschluckt. Jedenfalls hat die Familie seit damals kein Lebenszeichen mehr von ihm.«

Julia hörte ihrer Mutter nur mit halbem Ohr zu. Nach Klatsch und Tratsch stand ihr gar nicht der Sinn, und der letzte Mensch, dessen Schicksal sie interessierte, war Jürgen Sandemann.

»Ja, du, dann muss ich mal Schluss machen. Ich sitze hier nämlich nur in ein Handtuch gewickelt und bekomme gleich Besuch.«

»Ach, ja, der liebe Noah …«

»Mutti! Jetzt hör aber auf damit!«

Susanne stieß einen tiefen Seufzer aus. »Okay, okay, wenn du mich Mutti nennst, meinst du es wirklich ernst. Es ist doch auch schön, wenn ihr euch wieder versöhnt habt. Ich meine, energetisch bindet man sich ja auch an Menschen, mit denen man unerledigte Geschichten laufen hat. Und wenn du ihm das verziehen hast und er nett zu dir ist, ist doch alles gut.«

Julia musste wider Willen schmunzeln. Wenn ihre Mutter bei ihren esoterischen Lieblingsthemen angelangt war, bekam sie immer so was Missionarisches. Und doch klang ihre Abneigung gegen Noah durch.

»Susanne, mir gefiel es wesentlich besser, als du vorhin auf Noah geschimpft hast. Und ja, es hat mich einige Überwindung gekostet, seiner Einladung zu folgen, weil ich ihm die Schweinerei nicht verzeihen konnte. Aber inzwischen habe ich ihn wirklich noch mal von einer anderen Seite kennengelernt, und er ist ein exzellenter Gastgeber. Und keiner verlangt von dir, dass du ihn in dein Herz schließt. So, und jetzt muss ich wirklich aufhören. Tschüss, bis bald.«

»Tschüss, meine Kleine, und ich werde dir dann mitteilen, was bei meiner Meditation über New York rauskommt. Vielleicht kann ich meine Blockaden ja tatsächlich auflösen und dich bald besuchen.«

Bevor Julia in Versuchung kam, Freude zu heucheln bei der Aussicht, dass auch noch ihre Mutter in New York aufkreuzte, wo doch alles schon verworren genug war, beendete sie das Gespräch.

18.

Er sieht schlecht aus, so schrecklich erschöpft und müde, war Julias erster Gedanke, nachdem Noah am frühen Abend rücksichtsvoll an der Tür geklingelt hatte, um sie nicht zu erschrecken, wenn er mit seinem Schlüssel die Wohnung betrat. Über seine auffallende Blässe konnte sie auch nicht der große Blumenstrauß hinwegtäuschen, den er ihr mitgebracht hatte.

»Oh, danke, aber wofür denn? Ich habe zwar Jennifers Zimmer ausgeräumt, aber vielleicht solltest du besser erst mal schauen, ob dir das Ergebnis zusagt«, erklärte sie beinahe entschuldigend.

»Nein, die Blumen sind einfach Ausdruck meiner Freude, dass wir beide heute Abend in New York ausgehen«, entgegnete er, und über sein blasses Gesicht huschte ein warmherziges Lächeln.

»Nun komm schon rein«, bat Julia ihn. Sie wusste auch nicht, warum, aber sie war ein wenig verlegen und befangen in seiner Gegenwart. Und zwar war dies ein völlig anderes Gefühl als vor ihrem Wiedersehen. Da hatte sie so etwas wie Panik verspürt und einen inneren Widerstand, ihm zu begegnen. In diesem Augenblick war es ein bisschen wie bei seinem ersten Besuch bei Susanne. Julia versuchte, diese Gedanken abzuschütteln, und verschwand rasch in der Küche, um die Blumen in eine Vase zu stellen.

Als sie auf den Flur zurückkehrte, fand sie Noah am Türrahmen von Jennifers Zimmer lehnend vor. Er schien völlig in Gedanken versunken, sodass sie sich hinter ihm vorbeischleichen wollte, aber in dem Augenblick wandte er sich zu ihr um.

»Wahnsinn, dass du das schon fertig hast. Und wo hast du die Sachen hingetan?«

Julia räusperte sich kurz, bevor sie ihm die Wahrheit sagte. Während sie ihm von der Heilsarmee-Spende berichtete, entgleisten Noahs Gesichtszüge merklich. Seine blasse Gesichtsfarbe wechselte in Kirschrot, so als würde sein Blutdruck ins Unermessliche steigen.

»Du hast was?«, schrie er sie an. Julia zuckte zurück und konnte gar nichts dagegen tun, dass ihr die Tränen kamen. Gut, vielleicht hätte ich das nicht eigenmächtig tun dürfen, dachte sie zerknirscht, aber dass er sich so aufregt, habe ich nicht verdient.

»Entschuldige bitte, ich wollte dich nicht verletzen«, entgegnete Noah und trat einen Schritt auf sie zu. Julia war wie versteinert, als Noah sie nun ungestüm in seine Arme riss. »Ich habe kein Recht, dich so anzufahren. Du hast alles richtig gemacht. Es ist nur so, dass ich das Gefühl habe, dass sie nun wirklich nicht mehr zurückkommt.«

Julia befreite sich sanft aus der Umarmung und blickte ihn zweifelnd an. »Noah, Jennifer kommt nicht zurück. Daran würde auch nichts ändern, wenn du ihre Sachen in der Abstellkammer aufbewahrst.«

»Ich weiß es doch, aber es fällt mir immer noch so verdammt schwer, mich damit abzufinden.«

»Weißt du eigentlich, dass sie regelmäßig einen Psychiater aufgesucht hat?«, fragte sie nun und bereute in demselben Moment, dass ihr das herausgerutscht war. Es war mit Sicherheit nicht der richtige Augenblick, wie sie unschwer an Noahs entsetzter Miene erkennen konnte.

»Wie kommst du denn auf so einen Unsinn?« Das klang wieder sehr unwirsch.

»Ich habe es in ihrem Kalender gesehen«, erwiderte Julia und hoffte, er würde nicht weiter nachhaken. Sie hatte wenig

Lust, ihm zu beichten, dass sie den behandelnden Psychiater ihrer Schwester angerufen und versucht hatte, etwas über Jennifers Behandlung herauszubekommen.

»Das würde ich gerne mal mit eigenen Augen sehen. Wo ist denn der Kalender?«

»Der Kalender ist bei den anderen Sachen in einer Kiste. Aber ich wüsste nicht, warum du dich davon überzeugen musst. Ich hab es doch gesehen. Und das sollte dir eigentlich reichen.«

Noah fuhr sich nervös durch das Haar. »Ja, ja, du hast recht. Aber der Gedanke daran, dass Jennifer, die sich von keinem etwas sagen ließ, ausgerechnet zu einem Psychiater gegangen sein soll … das kann ich mir nicht vorstellen«, entgegnete er. »Und, um deine Frage zu beantworten, nein, ich hatte keine Ahnung.«

Dann weiß er bestimmt auch nicht, dass vor ihrem Tod eine Million Dollar von einer dubiosen Bank auf ihrem Konto eingegangen ist, die sie wenig später von dem Konto wieder abgehoben hatte, dachte sie bekümmert, doch diese Information würde sie ihm lieber vorenthalten.

»Ich habe für 19 Uhr einen Tisch in meinem Lieblingsrestaurant bestellt«, bemerkte er jetzt übergangslos. »Wir sollten uns gleich aufmachen, wenn wir pünktlich dort sein wollen.«

»Ja, ich bin fertig«, entgegnete sie ebenfalls so sachlich wie möglich.

Er musterte sie wohlwollend. »Tolles Kleid, das steht dir ausgezeichnet.«

»Danke«, erwiderte sie förmlich, und es war ganz merkwürdig. Sein Kompliment berührte sie nicht wirklich. Und überhaupt, wo waren das Herzklopfen und die weichen Knie bei seinem Anblick geblieben? Julia schob das auf ihre nagenden Zweifel, ob nicht doch ein Körnchen Wahrheit dran war, dass Noah Jennifer allzu obsessiv geliebt hatte. Sein spontaner Ausraster, als er von der Kleiderspende erfahren hatte, hatte sie verunsichert. Allein sein Blick und dieser Ton. So hatte sie Noah noch nie zuvor erlebt. Ob er wirklich zwei Gesichter hatte?

»Du wirkst so nachdenklich. Wahrscheinlich hat dich meine aufbrausende Reaktion erschreckt, nicht wahr? Mir ist heute ein Patient unter den Händen weggestorben, um dessen Leben ich seit Tagen gekämpft habe. Und nun habe ich den Kampf verloren. Ich weiß, dass man so etwas in meinem Beruf nicht persönlich nehmen sollte, aber du siehst …«

Noah sah Julia mit traurigen Augen an. Das ist nicht gespielt, durchfuhr es sie, das ist die Wahrheit, und es tat ihr unendlich leid, dass sie auch nur einen Gedanken daran verschwendet hatte, Jonas könnte mit seinen kruden Vermutungen über Noah richtigliegen.

»Das tut mir leid. Du bist doch kein Roboter. Ich kann dich sehr gut verstehen, und nein, ich nehme es dir nicht übel, dass du auf meine Eigenmächtigkeit etwas heftiger reagiert hast. Ich hätte ja wenigstens vorher anrufen und fragen können«, seufzte sie.

Noah machte eine abwehrende Handbewegung. »Ich bin dir sehr dankbar, dass du es nicht getan hast, denn ich hätte dich garantiert davon abgehalten. Dabei finde ich es sogar richtig gut, dass du die Sachen an Bedürftige gegeben hast.« Er musterte sie noch einmal wohlwollend. »Ich muss mein Kompliment leider wiederholen, auch wenn es dir langweilig wird. Du kannst Schwarz wirklich gut tragen, und es betont deine schönen Schultern, wenn das Kleid im Nacken gebunden ist. Und jede Wette, es hat keine dreitausend Dollar gekostet.«

Julia musste wider Willen lachen. »Nein, ich hatte ja nur die geliehenen tausend Dollar von dir, und stell dir vor, ich habe noch mehr als die Hälfte und insgesamt drei neue Kleider!«

»Ach, wie schön, dass du wieder lachst«, stieß er erleichtert hervor und reichte ihr seinen Arm. Sie hakte sich bei Noah ein und war froh, dass nun nichts mehr zwischen ihnen stand.

19.

Das Lokal, das Noah ausgesucht hatte, war ein kleiner Italiener mit rustikalen karierten Tischdecken. Der Wirt begrüßte ihn wie einen alten Freund und warf Julia verstohlene Blicke zu. Offenbar hielt er sie für Noahs neue Freundin.

Als Julia den ersten Schluck Wein getrunken hatte, fiel die Anspannung langsam von ihr ab.

»Und wie ist es dir in New York ergangen? Offenbar kommst du gut mit deinen neuen Kollegen aus, denn ihr hattet gestern wohl schon reichlich getrunken, sonst wäre wohl kaum so ein Witzbold an dein Handy gegangen und hätte mich einfach abgehängt.«

Julia lief rot an. An diese Peinlichkeit hatte sie gar nicht mehr gedacht. Was sollte sie Noah darauf erwidern? Sich weiter in irgendwelche Notlügen verstricken? Ihm verheimlichen, dass sie Jonas kennengelernt hatte und inzwischen wusste, wie nahe er Jennifer gestanden hatte? Nein, sie würde ihm jetzt die Wahrheit sagen, jedenfalls insoweit, als sie einen ehemaligen Kollegen Jennifers kennengelernt hatte. Natürlich würde sie ihm nicht verraten, was Jonas über seine Ehe mit ihrer Schwester behauptet hatte.

Julia senkte den Blick, denn Noah musterte sie nun durchdringend. »Ich war gestern nicht mit den neuen Kollegen aus. Ich habe einen Mann getroffen, den ich am Flughafen kennengelernt habe …«

»Und warum sagst du das nicht gleich, dass du ein Date hattest?«, unterbrach er sie.

Julia hob den Kopf und sah ihn direkt an. Ihm war seine Verärgerung deutlich anzusehen.

»Weil es nicht so einfach ist, wie du denkst. Im Flugzeug hat eine Forensikerin aus Hamburg neben mir gesessen, die in New York eine Fortbildung macht und während der Zeit bei ihrem Bruder lebt.«

Noah rollte genervt mit den Augen. »Nun mach es nicht so spannend. Und du hast dich in den Bruder verliebt. Ist doch nichts dabei!«, erklärte er, und es war ihm anzusehen, dass ihn das absolut nicht kaltließ.

»Nein, so ist es nicht, Noah. Wir haben uns kennengelernt, weil er seine Schwester in der Ankunftshalle abgeholt hat, und es stellte sich nach wenigen Momenten heraus, dass er auch bei Spencer & Bates gearbeitet hat.«

»Wie bitte? Sie sind alle am 11. September im Nordturm umgekommen!«

»Bis auf Jonas. Der war an dem Tag nicht im Büro«, widersprach sie ihm.

Noah sah sie mit schreckensweiten Augen an. »Sag bloß, der Mistkerl hat als Einziger überlebt?«

»Noah! Spinnst du?«, entfuhr es ihr entsetzt. »Wie kannst du so etwas sagen?«

»Du kennst die Hintergründe nicht!«, bellte er zurück.

Julias Herz klopfte bis zum Hals.

»Dann kläre mich bitte auf!«, gab sie nicht minder schroff zurück.

»Dieser Jonas hat mit Jennifer gevögelt. Das ist die nackte Wahrheit. Und sorry, dass es mir an Empathie für diesen Kerl fehlt und ich keine Freudensprünge mache, weil er die Scheiße überlebt hat!«

Julias Herz pochte nun so laut, dass sie befürchtete, kein klares Wort mehr herauszubringen. Einmal abgesehen von dem vulgären Ton, der ihr an Noah bislang völlig fremd gewesen war,

war damit ihre bange Frage beantwortet, ob Noah Bescheid gewusst hatte. Sie spielte mit dem Gedanken, ihm zu gestehen, dass Jonas ihr gegenüber ganz offen zugegeben hatte, dass er mit Jennifer geschlafen hatte, aber etwas in Noahs Blick hielt sie davon ab. Aus seinen Augen funkelte der nackte Hass.

»Woher weißt du, dass die beiden eine Affäre hatten?«, fragte sie vorsichtig und bemüht, ihre innere Erregung zu verbergen.

»Ich habe es geahnt. Deine Schwester brauchte die Bewunderung anderer Männer wie die Luft zum Atmen. Außerdem suchte sie die Abwechslung beim Sex. Und ich bin nicht der Typ, der ihr alle ihre Wünsche im Bett erfüllen konnte. Ich hätte aber niemals gedacht, dass sie so dreist wäre, das auszuleben. Doch dann musste sie angeblich mehrere Sommerwochenenden hintereinander wegen angeblicher Arbeitsüberlastung in New York bleiben. Als ich sie mal unter der Woche in New York besucht habe, habe ich ein mobiles Telefon in ihrem Zimmer gesucht und ein Foto von dem Typen auf ihrem Schreibtisch entdeckt. In dem Augenblick war mir ziemlich klar, dass ihr manischer Bestätigungswahn über das Bewundertwerden weit hinausgeht. Da habe ich etwas getan, worauf ich nicht stolz bin: Ich habe in ihren Mails geschnüffelt.«

Julia verzog das Gesicht. Nein, das war in der Tat kein guter Zug, aber sie konnte es aus vollem Herzen nachvollziehen.

»Hatte sie denn kein Passwort?«

»Doch, aber es war nicht so schwer. *Juliabender* war ihr Passwort.«

Julia zuckte zusammen. Dass ihre Schwester ihren Namen als Passwort benutzt hatte, war ihr eher unheimlich.

»Und was hast du gefunden?«, fragte Julia, obwohl sie bereits ahnte, auf was Noah bei seinem Nachspionieren gestoßen war.

»Ich fand diverse glühende Liebesmails eines gewissen Jonas, in denen er auch nicht aussparte, über ihren schönen Körper zu schwadronieren. Und ich brauchte nicht viel Fantasie, um zu begreifen, dass es dieser Architektenkollege war, den sie auf ihrem Schreibtisch hatte und der ja später sogar bei uns im Haus an ihrer Pinnwand hing. Und dass er ihr das gab, was ich ihr verweigert habe. Das erklärte auch die zunehmenden Hämatome an ihrem Körper. Ich hoffte anfangs sogar, sie ginge heimlich in solche einschlägigen Clubs und ließe sich es da auf ihre Art besorgen, aber eine Affäre … das hat mich doch sehr getroffen.«

»Und was hast du da unternommen?«

»Ich habe geschwiegen.«

»Wie bitte? Du hast sie nicht damit konfrontiert?«

»Nein, ich wollte sie nicht verlieren. Und sie hätte es ohnehin geleugnet. Im Lügen war deine Schwester eine Meisterin. Sie hätte die Mails als schwülstige Fantasien eines Verehrers abgetan.«

»Sorry, das verstehe ich nicht. Du hast kein Wort gesagt. Nicht mal eine Andeutung?«

Noah schüttelte heftig den Kopf. »Ich habe gehofft, das geht vorüber … bis zu dieser Weihnachtsfeier. Sie hat mir erzählt, sie würde im Büro übernachten. Da habe ich mich in der Wohnung betrunken und bin gegen Mitternacht mit einem Taxi zu den Türmen gefahren. Dort bin ich ausgerastet, als ich sie mit dem Kerl auf der Tanzfläche gesehen habe. Sie haben so intensiv geknutscht, als würden sie es gleich vor allen auf dem Boden treiben …«

Noah unterbrach seine Schilderung, weil der Kellner an den Tisch trat und sie nach ihren Wünschen fragte. Sie hatten noch keinen einzigen Blick in die Karte geworfen, sondern Noah hatte lediglich seinen Lieblingswein geordert, den sie während ihres Gesprächs bereits über die Hälfte geleert hatten. Ich werde hier noch zur heillosen Trinkerin, ging Julia durch den Kopf.

»Wir sind gleich so weit.« Noah vertiefte sich in die Speisekarte. Julia war der Appetit gründlich vergangen, sodass sie sich nur Tomaten mit Mozzarella bestellte.

Nachdem der Kellner ihre Bestellung aufgenommen hatte, blickte sie ihren Schwager herausfordernd an.

»Und dann?«, fragte sie.

»Tja, da ist mir der Kragen geplatzt, und ich habe sie von der Tanzfläche gezerrt. Ich kann mich nicht mehr ganz genau erinnern, weil ich wirklich viel getrunken hatte, aber ich glaube, das war ein ziemlicher Skandal. Jedenfalls habe ich sie, als sie mir Vorwürfe wegen meines Auftritts machen wollte, vor die Wahl gestellt: Affäre beenden, sonst Scheidung. Da hat sie eingelenkt und mir geschworen, dass sie die Affäre mit ihm sofort beendet, weil der Mann ihr auch gar nichts bedeuten würde. Jetzt verstehst du vielleicht, dass ich auf den Herrn nicht gut zu sprechen bin.«

»Das kann ich ja verstehen, aber zu so einer Affäre gehören immer noch zwei. Ich glaube nicht, dass Jonas Jennifer genötigt hat, mit ihr ins Bett zu gehen. Er hat sie offenbar geliebt ...« Julia unterbrach sich erschrocken. Jetzt hatte sie sich verplappert und konnte nur hoffen, dass Noah es nicht bemerkt hatte.

Sein Blick bewies ihr das Gegenteil. Er hatte seine Augen zu kleinen Schlitzen zusammengekniffen. »Du hast von der Geschichte gewusst?«

Julia nickte betreten.

»Und warum spielst du mir das große Theater vor und fragst mich über Dinge aus, die du längst weißt? Das hätte ich dir nicht zugetraut, dass du so taktisch bist!«

»Ich wollte dich nicht verletzen«, seufzte Julia.

»Das ist dir ja hervorragend gelungen«, bemerkte er spöttisch. »Erzählst mir erst jetzt, dass du den Typen kennst, und verschweigst mir in demselben Atemzug, dass du von der Affäre deiner Schwester mit ihm weißt? Haben dieser Jonas und du, also, habt ihr euch denn auch entsprechend amüsiert, als er gestern Abend an dein Handy gegangen ist und mich, den gehörnten Ehemann, abgehängt hat?«

»Nein, ich fand das gar nicht lustig! Und ich glaube auch, er war nicht besonders stolz auf diesen Streich. Ich befürchte, wir waren beide etwas betrunken.«

»Gut, dann beweise es mir, dass du auf meiner Seite stehst. Triff den Kerl nicht mehr!«

»Aber Noah, das Ganze ist über vierzehn Jahre her. Ich verstehe ja, dass du auf Jonas nicht gut zu sprechen bist, aber lass doch die alte Geschichte ruhen«, versuchte sie abzuwiegeln. So aufgebracht, wie Noah war, konnte sie ihm unmöglich erzählen, was Jonas alles über ihn und seine krankhafte Besessenheit von sich gegeben hatte.

Er funkelte sie an. »Was soll das heißen? Dass du ihn unbedingt wiedersehen musst?«

»Noah, er ist ein wirklich sympathischer Mann und überdies der Bruder von Tine, mit der ich mich gerade ernsthaft anfreunde. Ich kann ihn doch nicht dafür strafen, dass er dich vor einer halben Ewigkeit mit meiner Schwester betrogen hat.«

»Auch nicht, wenn ich dich ausdrücklich darum bitte?« Das klang aus seinem Mund wie eine Drohung.

Julia wand sich. Sie wollte Noah auf keinen Fall unnötig provozieren, aber warum sollte sie darauf verzichten, Jonas wiederzusehen? *Sie* hatte Noah doch nicht mit Jonas betrogen. Immerhin hatte Noah sie einst eiskalt für ihre Schwester abserviert. Nein, das ist zu viel verlangt, dachte sie entschlossen, und in diesem Augenblick wurde ihr bewusst, dass sie Jonas wirklich mochte. Sonst würde es sie doch nur ein müdes Lächeln kosten, ihrem Schwager diesen Gefallen zu tun, aber das würde sie ihm gewiss nicht verraten. Stattdessen ging sie zum Angriff über.

»Vorsicht! Du hast mit meiner Schwester im Haus meiner Mutter geschlafen, während ich unten in der Küche saß und noch geglaubt habe, wir würden gemeinsam nach New York gehen! Ich wollte dir die alte Geschichte wirklich nicht vorwerfen, aber bist du in der Position, mir vorzuschreiben, dass ich mich nicht mehr mit dem Mann treffen darf, mit dem Jennifer dich einst betrogen hat?«, fragte sie in scharfem Ton.

Noah schien verblüfft, dass sie ihn derart schonungslos mit der Vergangenheit konfrontierte.

»Nein, ich meine, nein, natürlich kann ich das nicht von dir verlangen. Verzeih, es hat nur alles in mir wieder aufgewühlt. Was meinst du, wie oft ich mich damals gefragt habe, ob ich nicht einen großen Fehler gemacht habe. Manchmal war ich so weit, Jennifer zu verlassen und dich zu bitten, mir noch eine Chance zu geben«, sagte er zerknirscht.

»Und warum hast du das nicht getan?« Sie blickte ihn provozierend an.

»Weil ich mir ein Leben ohne Jenny nicht vorstellen konnte. Deshalb! Ich hatte Sorge, dass sie dann wieder um mich kämpfen würde und ich dich noch einmal so verletzen würde«, erklärte er betrübt.

Julia konnte sich nicht helfen. Sie zweifelte nicht an seiner Aufrichtigkeit und war sich beinahe sicher, dass sich Jonas wegen Noahs Ausraster auf der Weihnachtsfeier ein völlig falsches Bild von ihrem Schwager gemacht hatte.

»Was hältst du davon, wenn wir die alte Sache mit uns beiden endlich vergessen?«, schlug sie ihm versöhnlich vor, und sie wunderte sich selbst, dass ihr das so leicht über die Lippen kam, wenn sie bedachte, dass die »alte Sache«, wie sie es eben genannt hatte, bis vor ein paar Tagen noch ihr gesamtes Denken dominiert hatte. Es fühlte sich in ihrem Inneren tatsächlich so an und ihr war mit einem Mal so, als würde sich der ganze Ballast, der ihr auf der Seele gelegen hatte, einfach in Luft auflösen.

Plötzlich sah sie auch Noah mit ganz anderen Augen. Nicht dass sie ihn jetzt als Opfer betrachtete, den die böse Jennifer so verzaubert hatte, dass er Wachs unter ihren Händen geworden war und der gar nichts dafür konnte, dass er sie damals bis ins Mark getroffen hatte. Nein, natürlich hatte er sie einfach für Jennifer sitzen lassen, aber sie spürte nicht mehr jene tiefe Verletzung, die sich all die Jahre wie ein Stachel immer tiefer in ihre Seele gebohrt hatte. Es war tatsächlich vorüber, und sie hatte bereits eine vage Ahnung, wer dieses kleine Wunder in ihr ausgelöst hatte. Kein Geringerer als Jonas. Julia stieß einen tiefen Seufzer aus bei der Erkenntnis, dass er der einzige Mann außer Noah war, der sie tatsächlich jemals wirklich berührt hatte.

»Woran denkst du? Du strahlst plötzlich so«, hörte sie Noah wie von Ferne fragen.

»Ich dachte daran, wie schön es wäre, wenn wir beide wirklich Freunde sein könnten, ohne uns länger mit der Vergangenheit herumzuschlagen.«

»Freunde?«, wiederholte er zweifelnd.

»Ja, das hast du doch selbst neulich gesagt, dass du dir wünschen würdest, wir wären Freunde. Und du hast recht.« Sie staunte selbst am meisten darüber, wie leicht ihr diese Worte über die Lippen gingen. Kann es wirklich wahr sein, dass sich eine Last, die vierzehn lange Jahre über mir geschwebt ist wie eine dunkle Wolke, die jeden Augenblick ein emotionales Gewitter in mir auslösen kann, plötzlich auflöst?, fragte sie sich ungläubig.

»Und was war das neulich? Ich meine, das mit uns beiden?«

»Wir sind uns doch einig. Es darf nie wieder passieren«, entgegnete sie rasch.

»Gut, dann sollten wir mal das Thema wechseln«, seufzte er. »Wie war es in der Redaktion?«

»Die sind alle supernett zu mir. Offenbar hast du erfolgreich Werbung für mich gemacht«, entgegnete sie erleichtert, weil sich nun auch Noah wieder sichtlich zu entspannen schien.

Plötzlich verspürte Julia wieder Appetit, und nachdem sie die Vorspeise mit Genuss verzehrt hatte, bestellte sie sich noch Pasta.

»Das mag ich an dir«, lachte Noah.

»Was meinst du damit?«

»Dass du lustvoll isst, wenn du Appetit hast.«

»Ja, aber das ist doch völlig normal. Warum sollte ich nicht essen, wenn mir danach ist?« Sie ahnte schon im selben Augenblick, worauf Noah anspielte.

»Na ja, das machen eben nicht alle Frauen.«

Julia sah nun vor ihrem inneren Auge, wie Jennifer oft nur auf drei Salatblättern herumgekaut hatte, während Susanne und sie ein ganzes Mittagessen vertilgt hatten. Und sie hörte die Stimme ihrer Mutter genervt mahnen. »Jenny, das ist krank, was du da veranstaltest.« Jennifer hatte sich aber auch bei diesem Thema nie wirklich reinreden lassen. Einmal, als es Senfeier, das Lieblingsessen ihrer Schwester, gegeben und sie die zweite Portion genommen hatte, hatte Jürgen sie so strafend angesehen, dass Jennifer den Teller einfach nur noch wortlos zur Seite geschoben hatte. Sie konnte sich noch wie heute an die Empörung ihrer Mutter erinnern. »Du hast doch die Pfanne heiß«, hatte sie zu Jürgen gesagt. »Willst du, dass sie magersüchtig wird?«, doch Jennifer hatte ihn dann auf der Stelle verteidigt. »Du, ich habe mich einfach verschätzt, die Augen waren hungriger als mein Magen.« Nach diesem Vorfall hatte sich Susanne geweigert, Jürgen noch einmal zum Essen einzuladen.

»Dabei hätte sie es gar nicht nötig gehabt. Sie war doch von Natur aus schon so schlank«, seufzte Julia, ohne den Namen ihrer Schwester auszusprechen.

Noah stieß ebenfalls einen tiefen Seufzer aus.

»Wir hatten mal Besuch zum Dinner von einem Kollegen und seiner Frau. Es gab ein wirklich herrliches Menü aus einem der besten Restaurants der Hamptons, weil, wie du vielleicht weißt, Kochen ein Gräuel für deine Schwester war. Jenny hat den gesamten Abend nur am Beilagensalat geknabbert. Die Frau meines Kollegen war eine eher vollschlanke, aber sehr schöne

Frau und zu später Stunde leicht angetrunken. Ich werde es nie vergessen, wie sie plötzlich zu kichern anfing und Jenny fragte, ob ihre Eltern Kaninchen gewesen wären. Da hättest du mal deine Schwester sehen sollen. Sie ist weinend vom Tisch aufgesprungen und nach draußen gerannt. Natürlich wollte ich ihr hinterher, aber mein Kollege war schneller. Er hatte Jenny schon den ganzen Abend mit seinen Blicken verschlungen. Mir tat seine Frau leid, weil er so offensichtlich scharf auf Jenny war. Und weißt du, was Meg, ja, so hieß sie, gesagt hat? Sie hat gefragt, ob sie Jennys Dessert bekommen könnte. Und als ich ihr zu verstehen gab, dass das nicht gerade charmant gewesen wäre, hat sie gesagt, dass ich lieber aufpassen solle, dass ihr Mann den Hungerhaken nicht auf der Veranda zum Dessert verspeisen würde. Ich bin dann nach draußen geeilt und habe die beiden tatsächlich in inniger Umarmung vorgefunden.«

Julia blickte Noah ungläubig an.

»Willst du damit sagen, dass es öfter vorkam? Ich meine, dass Jenny mit anderen Männern rumgemacht hat?«

»Vielleicht war sie eine Nymphomanin …«

»Nymphomanin?«, wiederholte Julia ungläubig. »Hast du ihr das etwa gesagt?«

»Natürlich nicht! Ich habe bis auf das eine Mal mit diesem Jonas still vor mich hin gelitten und gehofft, es würde endlich aufhören und dass meine Liebe ihr endlich genügen würde. Ich habe doch damals, als sie im Restaurant an unseren Tisch kam, gedacht, sie hat sich unsterblich in mich verliebt.«

Vielleicht auch nur in deinen unermesslichen Reichtum, ging es Julia durch den Kopf, und als der Kellner ihr die Pasta servierte, war sie so bedient, dass sie keinen Bissen mehr essen konnte. Das alles, was er an diesem Abend preisgab, widersprach so völlig dem, was Jonas über ihn behauptet hatte. Entweder Noah lügt oder er ist ein Masochist, dachte sie, während sie den Teller mit den Nudeln weit weg von sich schob.

»Du magst nicht mehr essen?«, fragte er erstaunt.

Julia schüttelte den Kopf.

»Was hältst du davon, wenn wir nach dem Essen aufbrechen und in die Hamptons zurückfahren?«, fragte er nun, während er auf die fast leere Flasche Wein deutete. »Noch haben wir ja nicht so viel getrunken, dass ich nicht mehr fahren kann.«

Julia schluckte, denn das kam für sie völlig überraschend.

»Noah, ich, äh, ich habe beschlossen, dass ich noch ein paar Tage in New York bleiben werde. Ich möchte, ja, ich möchte morgen noch einmal meine neue Freundin treffen«, stammelte sie verlegen.

Seine Gesichtszüge entgleisten, während er wie in Zeitlupe aufstand.

»Du bist in diesen Jonas verliebt, oder? Dann viel Spaß! Ich gucke es mir nicht noch einmal an, wenn mir dieser Kerl die Frau angräbt, die ich liebe.«

»Aber Noah, ich, ich, nein, ich …«

Mehr brachte Julia nicht heraus, aber da hatte Noah das Lokal bereits verlassen, nicht ohne vorher mit Todesverachtung einen Hundertdollarschein auf den Tisch geknallt zu haben.

20.

Wie betäubt war Julia am gestrigen Abend ins Taxi gestiegen. Auch beim Aufwachen hatte ihr erster Gedanke Noah und seinem emotionalen Abgang gegolten. Sie wusste selber nicht genau, wie sie unbeschadet über diesen Tag gekommen war. Die meiste Zeit hatte sie grübelnd auf dem Bett gelegen und die Decke angestarrt. Sollte sie sich nicht eigentlich darüber freuen, dass Noah ihr eine Liebeserklärung gemacht hatte? Wie kam es nur, dass sie seinen Worten nicht wirklich traute? Schließlich hatte Julia eine halbwegs befriedigende Antwort gefunden: weil seine Worte eher etwas Verzweifeltes als etwas Liebevolles ausgedrückt hatten. Wer erklärt einer Frau seine Liebe schon im Zorn? Nein, sie befürchtete, seine Wut auf Jonas war so groß, dass er das einfach so dahingesagt hatte. Und wenn nicht, was würde das ändern? Sie würde um keinen Preis noch einmal eine Beziehung zu ihm eingehen. Außerdem waren ihre Emotionen ihm gegenüber im Augenblick auch eher gedämpft. Sein Benehmen hatte sie zu sehr befremdet, wenngleich sie natürlich auch verstehen konnte, dass Noah keine Luftsprünge bei dem Gedanken machte, dass sie einen privaten Kontakt zum Lover ihrer Schwester unterhielt. Überdies war sie erneut ins Zweifeln gekommen, was Noahs Charakter betraf. Ob er tatsächlich zu unkontrollierten Gefühlsausbrüchen neigte? Und sogar zur Gewalt? Oder hatte Jonas ihr Denken mit Verleumdungen vergiftet?

So war sie am frühen Abend mit gemischten Gefühlen zu Jonas' Wohnung gefahren. Sie war schwer enttäuscht, dass er nicht zu Hause gewesen war.

»Mein Bruder musste überraschend zu einem wichtigen geschäftlichen Termin«, hatte ihr Tine eingangs entschuldigend erklärt.

Trotzdem oder gerade deshalb war es ein äußerst entspannter und überdies feuchtfröhlicher Abend geworden. Die beiden Frauen hatten sich aus ihrem Leben erzählt, wobei Julia die jüngsten Ereignisse, die Noah betrafen, ihr gegenüber unerwähnt gelassen hatte. Nein, den gestrigen Abend hatte sie vorsichtshalber mit keinem Wort erwähnt. Julia hielt Tine zwar nicht für eine Tratschtante, aber wenn ihr aus Versehen Jonas gegenüber doch ein Wort herausrutschen würde, wäre ihr das sehr unangenehm.

Ich trinke schon wieder zu viel, dachte Julia erschrocken, während Tine gerade unbeschwert die dritte Flasche Sekt öffnete. In diesem Augenblick klappte die Wohnungstür, und Jonas betrat den großen Raum, der das Herzstück seiner individuell eingerichteten Wohnung war.

Julia hatte gleich zu Beginn ihres Besuchs die stilvolle Einrichtung des Apartments bewundert. »Mein Bruder hat wirklich einen exquisiten Geschmack«, hatte ihr Tine nicht ohne Stolz erklärt. Das hatte Julia nach der Besichtigung der gesamten Wohnung nur bestätigen können. Jonas schien ein gutes Händchen dafür zu haben, alte Möbel mit modernen zu kombinieren.

Tine blickte ihren Bruder erfreut an. »Super, dass du es doch noch geschafft hast. Ich habe meine Freundin nach meinen Möglichkeiten bekocht. Sie war zufrieden, obwohl du natürlich ein wesentlich exquisiteres Menü gezaubert hättest als ich.«

Jonas lächelte verkrampft. »Na ja, ich bin eher ein mittelmäßiger Hobbykoch, aber meine Schwester hat sicher ihr Bestes gegeben«, entgegnete er verlegen.

»Stell ja nicht dein Licht unter den Scheffel, Bruder, du bist genial! Jedenfalls am Herd, und speziell, wenn es um indische

Spezialitäten geht.« Tine forderte ihn auf, am geräumigen Esstisch Platz zu nehmen.

Jonas setzte sich, aber er wirkte sehr nachdenklich.

»Was war das denn für ein wichtiger beruflicher Termin, dass er dir diese steile Grübelfalte wie einen Krater in die Stirn gebohrt hat?«, neckte ihn Tine.

Jonas machte eine abwehrende Handbewegung. »Ach, das ist eine alte Geschichte. Wir haben sie nun endlich zu den Akten legen müssen. Es geht um die Konten von Spencer & Bates. Offenbar hat es damals vor dem Anschlag eine Unregelmäßigkeit in der Firma gegeben. Es ist nur müßig, nach so vielen Jahren zu klären, wer der Übeltäter gewesen ist. Irgendwer muss damals Geld veruntreut haben. Und das Unangenehme ist, dass es Schwarzgeld gewesen ist, wie mir Misses Bates heute Abend im Vertrauen mitgeteilt hat.«

Julias Gesichtszüge gefroren zu Eis. Es war verrückt, aber sie musste sofort an die Überweisung ihrer Schwester von dem Konto der Cayman-Bank denken.

»Um wie viel Geld handelt es sich denn?«, fragte sie zögernd.

Jonas musterte Julia erstaunt. Offenbar wunderte er sich, dass sie so eine konkrete Frage zu diesem Thema stellte.

»Es handelt sich um etwa eine Million Dollar. Mein Chef hatte damals, kurz bevor der Anschlag verübt worden ist, seiner Frau gestanden, dass sämtliches Schwarzgeld verschwunden war. Sie hat mich gebeten, zu recherchieren, wohin dieser Betrag gegangen sein könnte. Ich habe allerdings keinerlei Anhaltspunkte, wer dieses Geld abgehoben hat. Außerdem finde ich es müßig, im Nachhinein herauszufinden, wer sich von den Toten an der Firmenkasse vergriffen haben könnte.«

Julia schwitzte Blut und Wasser. Ihr war in diesem Augenblick völlig klar, wer der Übeltäter gewesen war. Aber sollte sie ihre Schwester post mortem ans Messer liefern? Allerdings fragte sie sich in demselben Augenblick, warum ihre Schwester so etwas Illegales getan haben sollte. Jennifer hatte doch wirklich einen der vermögendsten Männer der Hamptons ergattert. Und Noah war – wenngleich auch sicher manchmal gegen seine Überzeugung, massenweise Geld für Luxus auszugeben – der großzügigste Mann gewesen, den sich ihre Schwester hätte wünschen können. Aber sollte sie Jonas wirklich verheimlichen, was sie über diese Überweisung herausgefunden hatte? Sie hatte gar keine Wahl, als ihren Mund zu halten, wenn sie Jennifer nichts unterstellen wollte, was sie womöglich niemals getan hatte. Einen Beweis hatte sie doch nicht. Das Geld konnte auch aus einer anderen Quelle auf Jennifers Konto gelangt sein. Und außerdem spürte sie einen unbändigen Widerwillen dagegen, weiterhin die Geheimnisse ihrer Schwester ans Tageslicht zu zerren. Sie hatte schließlich gerade gestern erst erlebt, wie Noah auf ihr Wissen reagiert hatte. Nun wollte sie nicht auch noch Jonas gegen sich aufbringen. Denn sie war sich ziemlich sicher, dass er den Verdacht, dass ausgerechnet seine große Liebe Geld veruntreut haben sollte, weit von sich weisen würde.

Jonas verhielt sich, seit er die Küche betreten hatte, sehr distanziert ihr gegenüber. Er wich ihren Blicken aus und hatte sie nur mit einem kurzen Kopfnicken begrüßt. Julia war das mehr als recht, weil sie auch nicht gewusst hätte, wie sie mit mehr Nähe hätte umgehen sollen.

Ihr war sogar seine Anwesenheit zu viel, nachdem er die Sache mit der Unterschlagung angesprochen hatte. Um etwas Distanz zu schaffen, sprang sie von ihrem Stuhl auf und wollte ins Bad gehen, um sich etwas zu erfrischen. Während sie aufstand, merkte sie nicht, dass ihr der Führerschein der Kanadierin aus der Jackentasche fiel. Sie hatte dieses Dokument in der Tasche ihrer Jeansjacke deponiert, weil sie ihn eigentlich vorhin noch zur Post hatte bringen wollen. Und nur, weil es an diesem Tag in New York regnete, hatte sie diese Jacke überhaupt angezogen. Julia entfernte sich hastig in Richtung Badezimmer. Dort sah sie sich prüfend im Spiegel an und fand, dass sie sehr angespannt wirkte. Hatte sie es der Tatsache zu verdanken, dass Jonas nun doch noch aufgetaucht war und schon wieder etwas ansprach, das möglicherweise Jenny betreffen könnte? Oder hatte es vielmehr damit zu tun, dass ihr Noahs gestrige Worte nicht aus dem Sinn gingen?

Als Julia in die Küche zurückkehrte, hatte Jonas den Führerschein vor sich liegen und starrte angespannt auf das Dokument. Es schien ihn regelrecht zu schocken.

»Das ist ein Ding. Das gibt es doch wohl nicht«, murmelte er entgeistert. »Julia, schau mal her.«

Julia blickte ihm über die Schulter und sah auf das Foto der Kanadierin. Sie hatte das Thema gründlich satt und wollte weder noch mehr über die vermeintliche Vergangenheit ihrer Schwester erfahren noch etwas über dubiose Doppelgängerinnen. Ohne zu zögern, griff Julia nach dem Führerschein und nahm ihn an sich.

»Ich wollte ihn ihr eigentlich heute schicken«, bemerkte sie scheinbar ungerührt.

Jonas aber schien immer noch wie erstarrt. »Die Frau ist Jennifer«, murmelte er.

Julia stöhnte laut auf. »Nun fang du nicht auch noch an mit dem Unsinn. Erst hab ich dich verdächtigt, dass du mit meiner Schwester im Bett das Unglück überlebt hast. Und nun fängst du an, Gespenster zu sehen!«

Jonas aber ließ sich von ihren Bedenken nicht verunsichern. Er sah sie mit bleicher Miene an. »Julia, ich habe diese Frau sehr gut gekannt. Das ist Jennifer!«

Julia reagiert unwirsch. Wie kam dieser Mann dazu zu behaupten, dass er ihre Schwester erkennt, wenn sie es selber nicht konnte? Sie, die Jennifer besser kennen musste als so ein hergelaufener Lover!

»Hör auf mit dem Quatsch! Diese Frau sieht meiner Schwester ähnlich, aber sie ist es nicht! Wie du mir selber glaubhaft versichert hast, sind alle Angestellten der Firma Spencer & Bates beim Anschlag auf die Türme umgekommen. Jetzt fang doch nicht an zu fantasieren!«

»Ich fantasiere nicht!«, entgegnete Jonas mit Nachdruck. »Es ist der Leberfleck!«

Jonas deutete auf einen kleinen, fast unscheinbaren Punkt im Gesicht der Kanadierin. Julia betrachtete das Foto intensiv und weigerte sich, es zu glauben, aber dadurch ließ sich das unverkennbare Merkmal auch nicht entfernen. Genau dort in der Mitte des Kinns hatte Jennifer einen kleinen, eher unscheinbaren Leberfleck. Julias Atem ging unregelmäßig. Wie oft hatte Jenny sich darüber beklagt, dass ihr schönes Gesicht einen solchen Makel aufwies? Wie oft hatte sie davon gesprochen, sich diesen Fleck entfernen zu lassen? Und er befand sich wirklich ganz exakt an der Stelle, wo er bei Jennifer gewesen war!

Julias Herzschlag raste. Sosehr sie sich auch weigerte zu glauben, dass dies kein Zufall sein konnte, desto klarer wurde ihr, dass es solche Zufälle auf der Welt nicht geben konnte.

Sie befand sich in einem Ausnahmezustand, versuchte zu verdrängen, was sich mit aller Macht in ihr Bewusstsein schob, und kam erst zu sich, als Tine sanft nach ihrer Hand griff. »Stimmt das? Hat deine Schwester einen Leberfleck auf dem Kinn gehabt?«

Julia stieß einen tiefen Seufzer aus. »Ja, Jennifer hatte einen Leberfleck auf dem Kinn. Das hat doch aber trotzdem nichts zu bedeuten. Vielleicht haben mehrere Frauen so einen Leberfleck im Gesicht!«

»Glaubst du das wirklich?«, hakte Tine mit sanfter Stimme nach.

Julia war völlig durcheinander. Sie wusste überhaupt nicht mehr, was sie glauben sollte. In ihrem Kopf ging alles durcheinander. Natürlich wäre es ein fast an Unwahrscheinlichkeit grenzender Zufall, dass die Doppelgängerin ihrer Schwester ausgerechnet an derselben Stelle einen Leberfleck besitzen sollte.

»Warum habe ich den denn am Flughafen nicht gleich gesehen?«, seufzte Julia.

»Ich doch auch nicht«, stöhnte Jonas.

Ihre Blicke trafen sich. Jonas stand immer noch das blanke Entsetzen ins Gesicht geschrieben.

»Aber das heißt doch noch lange nicht, dass sie wirklich meine Schwester ist!«, stieß Julia verzweifelt hervor.

»Natürlich ist das kein Beweis«, bemerkte Tine beschwichtigend. »Aber vielleicht sollten wir der Sache einmal auf den Grund gehen.«

»Aber wie?«, stieß Julia erregt hervor.

»Vielleicht sollten wir diese … wie heißt sie noch mal …« Tine beugte sich über das Dokument, »… ach ja, hier steht es ja, diese Alice Taylor mal aufsuchen und sie uns aus der Nähe angucken?«

»Ja, ich glaube, genau das sollten wir tun«, mischte sich Jonas ein.

Julia warf ihm einen fragenden Blick zu. »Und wie sollten wir das bewerkstelligen?«

Jonas hatte seine Stirn in Falten gelegt. »Wir könnten ja in den ersten Tagen unseres Urlaubs einen kleinen Ausflug nach Kanada machen.«

»Ich bin dabei«, warf Tine mit leuchtenden Augen ein.

Julia sah fassungslos zwischen den beiden Geschwistern hin und her. Für Tine und Jonas schien das Ganze ein großer Spaß zu sein. Sie hatten offenbar keine Ahnung, was das Ganze für sie bedeutete. Der Leberfleck hatte ihr schmerzhaft bewusst gemacht, dass sie vielleicht am Flughafen doch keine Doppelgängerin ihrer Schwester gesehen hatte. Und erklärte dies nicht auch das auffällige Verhalten dieser Frau? Warum war sie denn quasi vor ihr geflüchtet? Wenn sie eine völlig Fremde gewesen wäre, hätte sie das doch niemals tun müssen! Ja, Julia erinnerte sich in aller Deutlichkeit, mit was für einem entsetzten Blick die blonde Frau sie angestarrt hatte. Doch wie war das möglich, dass Jennifer diesen Anschlag überlebt hatte? Trotzdem hielt es Julia doch eher für unwahrscheinlich, dass sich zwei Menschen bis auf den Leberfleck ähnelten. So etwas kam in Filmen hin und wieder vor, wenn sich eines Tages die bei ihrer Geburt getrennten eineiigen Zwillinge später zufällig wiedertrafen. Aber Julia wusste mit Sicherheit, dass Jenny keine Zwillingsschwester gehabt hatte. Nein, das war unmöglich. Jedenfalls unmöglicher als die verwirrende Erkenntnis, dass die blonde Frau am Flughafen tatsächlich Jennifer gewesen war!

Als Julia den Kopf hob, nahm sie wahr, dass sowohl Tine als auch Jonas sie mit fragenden Blicken maßen.

»Willst du uns nicht begleiten?«, fragte Jonas.

Julia tippte sich an die Stirn. »Ich bin doch nicht bescheuert und reise einem Phantom hinterher!«

Jonas nahm sanft ihre Hand. »Julia, glaubst du, ich fände es toll, wenn sich hinter dieser Alice Taylor womöglich tatsächlich Jennifer verbergen sollte? Das würde ja bedeuten, dass sie ihren Tod vorgetäuscht und ein neues Leben unter einer falschen Identität angenommen hätte.«

Julia musterte ihn durchdringend. »Wieso, für dich müsste es doch toll sein, die Frau wiederzutreffen, die du einst so geliebt hast!« Das klang so bissig, dass sogar Tine ihr einen missbilligenden Blick zuwarf.

»Du sagst es. Die Frau, die ich einst so geliebt habe«, entgegnete er erstaunlich ruhig. »Das ist lange her. Und ich bin kein Masochist, aber vielleicht hast du ganz recht. Was haben wir davon, wenn wir die Wahrheit herausbekommen? Wenn es nicht Jennifer ist, haben wir den Umweg in den Norden ganz umsonst gemacht …«

»Das gilt es erst einmal herauszufinden«, widersprach Tine energisch. »Wenn diese Frau, wie ich sie mal nenne, in Yukon lebt, haben wir in der Tat ein Problem, weil das im äußersten Norden liegt, aber würde sie mehr in Richtung Quebec wohnen, könnten wir über die Niagarafälle reisen.«

Julia musterte die Freundin mit einer Spur von Neid. Für Tine war das tatsächlich nicht mehr als ein lustiges Abenteuer, für Julia barg das ein unkalkulierbares Risiko. Und zwar scheute sie dabei weniger die Erkenntnis, dass sich die Doppelgängerinnen tatsächlich bis auf den Leberfleck ähnelten, als vielmehr die Gefahr, dass es sich bei dieser Alice tatsächlich um Jennifer handelte. Dann hatte Julia das größere Problem. Dessen war sie sich sicher, denn dann würde sich ein menschlicher Abgrund auftun … Plötzlich fiel ihr das Geld wieder ein. Sie kämpfte mit sich, ob sie ihr Wissen unter diesen veränderten Umständen nicht doch lieber preisgeben sollte oder nicht.

»Es gibt da noch etwas, das ich dir vielleicht verraten sollte«, stieß sie schließlich hervor und suchte Jonas' Blick.

»Du hast doch vorhin gesagt, dass vom Firmenkonto eine Million Dollar verschwunden sind und keiner weiß, wohin.«

Jonas nickte.

»Also gut, ich bin beim Ausräumen von Jennys Schreibtisch auf ihre Kontoauszüge gestoßen. Sie hatte kurz vor dem Anschlag einen Eingang von einer Million von einer Bank auf den Kaimaninseln auf ihrem Konto.«

Jonas stieß einen Pfiff aus. »Jennifer hatte als Einzige neben unseren Chefs Kontovollmacht, und die Firma besaß ein Konto auf den Kaimans. Meinst du, ich kann mir die Auszüge mal ansehen?«

»Ich denke schon, ich habe sie in eine Kiste gestopft.«

»Darf ich dich nachher nach Hause bringen und sie gleich bei dir anschauen?«

»Auch das. Und du glaubst, sie war das?«

Jonas zuckte die Schultern. »Glauben ist nicht Wissen, aber wenn es unser Konto ist, dann scheint sie sich an einem Geschäftskonto vergriffen zu haben.« Er fuhr sich nachdenklich mit den Fingern durch das Haar. »Wenn es sich bewahrheiten sollte, dass Jenny es gewesen ist, dann würde ich den Umweg erst recht riskieren, um diese Misses Taylor aufzusuchen.«

»Dann brauchen wir ihre Adresse«, sagte Tine voller Tatendrang.

»Hier steht doch ihre Anschrift, und dort oben steht die Provinz.« Jonas deutete auf den Führerschein. »Das liegt in Nova Scotia!«

»Und da ist noch etwas«, mischte sich Julia aufgeregt ein. »Ihre Sitznachbarin im Flieger hat mir erzählt, dass sie sich über Strandhäuser unterhalten haben. Das deutet darauf hin, dass sie Architektin sein könnte.«

Jonas musterte sie prüfend.

»Wenn das stimmt, hast du dann immer noch Zweifel? Wenn sie auch noch Architektin ist …«

Julia schüttelte den Kopf, während sie Jonas nach einem Rechner fragte. Er brachte ihr einen Laptop. Julia gab bei Google Kanada an und tippte dort den Namen Alice Taylor ein. Es gab viele dieses Namens, aber nur eine Architektin.

»Ob sie das ist?«, fragte Julia und deutete aufgeregt auf eine sehr schön gestaltete Website. »Schaut, sie wohnt in Nova Scotia, um genauer zu sagen, in Yarmouth, wo das auch immer liegen mag.«

»Gibt es Fotos?«

»Tja, viele, aber nur von Häusern, die sie entworfen hat. Kein einziges Foto der Kanadierin. Dann ist sie es vielleicht doch nicht.«

»Im Gegenteil, was wird ein Mensch, der unter einer fremden Identität lebt, meiden?«, widersprach Jonas entschieden.

»Fotos von sich ins Netz zu stellen!«, rief Tine triumphierend aus.

»Und wie bekommen wir heraus, ob es sich um unsere Alice Taylor handelt, bevor wir uns auf diese Reise machen?«

»Intuition«, sagte Julia. »Ich habe das Bauchgefühl, es ist der Volltreffer.«

»Dann wollen wir mal hören, ob sie es wirklich ist«, verkündete Jonas energisch und holte ein Telefon.

Während er die Nummer eintippte, warf Julia einen flüchtigen Blick auf ihre Uhr.

»Jonas, es ist elf Uhr nachts! Da ist keiner mehr im Büro!«

»Aber ich nehme doch ihre Handynummer. Die ist hier nämlich auch angegeben.« Als er fertig gewählt hatte, drückte er Julia überraschend das Telefon in die Hand. Ihr Herz klopfte bis zum Hals, als eine weibliche Stimme ertönte, die der von Jennifer jedenfalls erstaunlich ähnelte. Die Frau hatte sich mit »Alice Taylor« gemeldet.

»Entschuldigen Sie bitte die späte Störung, aber ich beabsichtige, morgen in den Urlaub nach Nova Scotia zu reisen, und habe am JFK vor neun Tagen einen Führerschein, der auf Ihren Namen ausgestellt worden ist, in den dortigen Waschräumen gefunden. Und ich dachte, ich könnte Ihnen den persönlich vorbeibringen«, erklärte Julia mit fast normaler Stimme, obwohl sie so etwas wie einen Riesenkloß im Hals spürte.

»Nein, machen Sie sich keine Mühe! Ich bin beruflich gerade sehr eingespannt. Ich könnte Sie zum Dank nicht mal auf einen Kaffee einladen«, erwiderte Alice Taylor energisch.

»Soll ich Ihnen das Dokument dann lieber an die Adresse auf Ihrer Website schicken?«

»Auf keinen Fall. Es ist nicht nötig. Ich habe inzwischen einen neuen beantragt. Werfen Sie ihn weg. Und jetzt entschuldigen Sie mich bitte. Es ist wirklich schon sehr spät!« Und schon hatte sie das Gespräch beendet. Julia war abwechselnd blass und knallrot im Gesicht geworden. Fassungslos blieb sie eine ganze Weile mit dem Telefon in der Hand stehen.

»Nun sag doch was«, forderte Tine sie zum Reden auf.

Julia aber fehlten die Worte. Sie schaffte es gerade einmal, kräftig zu nicken.

Jonas schob ihr einen Stuhl hin und half ihr, sich dorthin zu setzen. »Ich glaube, du brauchst noch einen Schluck.« Und schon hatte er Sekt aus dem Kühler genommen und Julia das Glas gefüllt und gereicht. Wie in Trance stürzte sie den Inhalt hinunter.

»Es war eine Mischung aus einer fremden und Jennifers Stimme, aber sie wurde ganz hektisch und wollte auf keinen Fall, dass ich ihr den Führerschein bringe oder schicke«, stieß sie heiser hervor.

»Und was denkst du?«, hakte Tine nach.

»Ich denke, ich begleite euch. Ich kann doch nicht mehr ruhig schlafen, solange ich nicht ganz sicher bin, dass das alles nur dumme Zufälle sind«, seufzte sie.

»Tja, dann bring ich dich mal nach Hause, und mein Schwesterherz bucht noch einen weiteren Flug nach Portland.«

Die beiden Frauen sahen ihn gleichermaßen erstaunt an. »Portland? Aber ich denke, unsere Reisepläne haben sich geändert«, gab Tine zu bedenken.

»Richtig, aber deshalb müssen wir unsere Flüge nicht verfallen lassen. Von Portland aus geht jeden Abend eine Fähre nach Nova Scotia. Und zwar über Nacht. Das wollt ich immer schon mal machen. Kannst du Fährtickets buchen und einen Mietwagen?«

Tines Augen leuchteten vor Begeisterung bei dem Gedanken an das große Abenteuer, das sie erwartete. Julia musste wider Willen lächeln und wünschte sich von Herzen, dass das Ganze für sie auch nur ein Spiel sein könnte. Jonas hingegen sah aus, als hätte er in eine Zitrone gebissen.

»Na, willst du einen Rückzieher machen?«, fragte sie ihn provozierend.

»Nein, ich stelle mir nur gerade vor, sie ist es wirklich. Dann beginnt der Scheiß eigentlich erst richtig, weil es doch keinen vernünftigen Grund geben kann, sein Leben hinter sich zu lassen, es sei denn, man macht es, weil man bedroht wird und …« Er musterte Julia durchdringend.

»Jetzt komm mir nicht wieder mit dem Märchen vom prügelnden Noah. Überhaupt, muss ich ihn jetzt nicht einweihen?«

»Bist du wahnsinnig?«, fauchte Jonas sie an. »Was, wenn sie es wirklich ist und aus lauter Angst vor ihm ihre Identität geändert hat und er sie dann aufsuchen wird? Ich kann mir gut vorstellen, dass der Mann dann richtig in Brass ist und ihr wer weiß was antut.«

Julia tippte ihm an die Stirn. »Jonas, hör auf mit deinem Verfolgungswahn. Aber gut, ich werde ihn nicht in unseren Plan einweihen.«

»Danke«, stöhnte er erleichtert auf.

»Gut, bevor ihr beiden euch noch die Köpfe einschlagt, werft einen Blick in die Kontoauszüge und …« Tine musterte ihren Bruder belustigt. »Und komm nicht zu spät nach Hause. Du musst noch packen.«

Jonas zwickte ihr grinsend in die Wange. »Ich lasse euch mal kurz allein, und dann können wir los.« Mit diesen Worten verließ er die Küche.

Tine blickte ihrem Bruder kopfschüttelnd nach. »Er mag dich wirklich«, raunte sie Julia verschwörerisch zu.

»Ach, was du gleich denkst.«

»Und was hat das mit deinem Schwager auf sich? Was sind das für Andeutungen? Das ist ja ganz schön heftig.«

»Ich weiß nicht, wie er auf diesen Unsinn kommt. Noah ist ein eher ausgeglichener …« Sie stockte, weil sie an seinen cholerischen Abgang von gestern denken musste. »… er ist ein friedlicher Mensch und hätte meine Schwester niemals bedrohen oder misshandeln können! Ich lege meine Hand für ihn ins Feuer.«

»Und wie kommt Jonas darauf, so etwas zu behaupten?«

»Weil ich ihre Hämatome mit eigenen Augen gesehen habe, als ich eine Affäre mit ihr hatte«, sagte Jonas laut und vernehmlich. Tine und Julia fuhren herum. Jonas zuckte mit den Schultern. »Ich stehe dazu, und nun würde ich gern aufbrechen. Meine herzallerliebste Schwester hat nämlich recht, ich muss noch packen.«

Julia überlegte, ob sie ihm von ihrem gestrigen Gespräch mit Noah berichten sollte und der Tatsache, dass er auch von Hämatomen gesprochen hatte, die er ihr nicht zugefügt hatte. Doch das schien ihr in diesem Moment alles nur noch unnötig zu verkomplizieren. Vielleicht findet sich auf der Reise eine passende Gelegenheit, ihm davon zu erzählen, sagte sich Julia.

Seufzend zog sie ihre Jacke an, denn gegen das große Küchenfenster klatschte der Regen. Jonas schnappte sich einen Riesenregenschirm, und sie eilten eingehakt und schweigend zur nächsten Subway-Station. Bevor der Zug in den Bahnhof einlief, fiel ihr ein, dass sie schon wieder dem netten Kulturredakteur Leonard Keller absagen musste. Dieses Mal traute sie sich das nur per SMS. Hastig tippte sie ihre Entschuldigung ein und versprach ihm, sich nach ihrem Urlaub zu melden.

»Na, eine Nachricht an deinen Schwager?«, fragte Jonas süffisant.

Julia zog es vor, diese Bemerkung zu überhören. Sonst würden sie sich wahrscheinlich gleich wieder wegen Noah streiten, und danach stand Julia gerade so gar nicht der Sinn. Im Gegenteil, sie freute sich sogar ein bisschen darauf, die nächsten Tage in Jonas' Gesellschaft zu verbringen, wenngleich ihr die Mission ihrer gemeinsamen Reise nicht wirklich behagte. Aber habe ich denn eine andere Wahl, als die Wahrheit herauszufinden, fragte sie sich seufzend, und sie gab sich auch gleich die passende Antwort: Eher nicht!

21.

Nachdem sie halbwegs trocken in Noahs Wohnung angekommen waren, bot Julia ihrem künftigen Reisegefährten noch ein Glas Wein an.

»Auf den Schrecken sage ich nicht Nein«, seufzte er.

»Mir geht es genauso. Eigentlich habe ich schon genug, aber ich kann kaum fassen, was das heißen würde, wenn diese Alice tatsächlich Jenny sein sollte. Dann hätte sie nicht nur Noah großen Schmerz zugefügt, sondern auch meiner Mutter und mir. Verdammt, wir haben eine Trauerfeier für sie veranstaltet. Susanne, meine Mutter, und Jenny hatten es nicht immer leicht miteinander, aber Susanne war am Boden zerstört, als sie erfahren musste, dass sie ihre Tochter nie wieder im Arm halten würde.«

Julia warf ihm einen verzweifelten Blick zu und hoffte inständig, dass er ihr nicht schon wieder mit dem bösen Noah kommen würde. Offenbar hatte er ihre stumme Botschaft verstanden und bemerkte nur lakonisch: »Es wäre unfassbar!«

Julia holte die eisgekühlte Flasche aus dem Kühlschrank und zwei Gläser und bat ihn nun, ihr in das ausgeräumte Zimmer zu folgen.

»Eine Wahnsinnswohnung«, bemerkte Jonas. »Ich war nur ein einziges Mal mit Jennifer hier. Sonst waren wir in Hotels oder bei mir.«

Julia ignorierte dieses intime Geständnis, kramte stattdessen die Kiste aus dem begehbaren Kleiderschrank hervor und stellte sie ihm vor die Nase, denn er hatte sich inzwischen auf Jennifers Schreibtischstuhl gesetzt.

Sie holte sich einen Hocker, und als sie die Auszüge gefunden hatte und ihm reichte, berührten sich ihre Hände. Julia zuckte erschrocken zurück, es war fast wie ein elektrischer Schlag. Jonas suchte den Augenkontakt mit ihr, legte den Kopf ein wenig schief, und sein Mund näherte sich ihrem. Der Widerstand, den sie für Sekunden empfunden hatte, schmolz so schnell wie Eiscreme in der glühenden Sonne. Ehe sie sich versah, küssten sie sich. Es fühlt sich verdammt gut an, ging es ihr gerade durch den Kopf, als sie ein Poltern vernahm und erschrocken die Augen aufschlug. Sie sah nur noch, wie Noah im Schlafanzug und mit wutverzerrter Miene Jonas von seinem Stuhl zog.

»So, mein Freundchen, noch einmal gucke ich mir das nicht an, wie du dir Frauen nimmst, die dir nicht gehören!«, schrie er.

Jonas wehrte sich gegen die eiserne Umklammerung seines Widersachers, doch er hatte ihn derart überrascht, dass Jonas in der strategisch ungünstigeren Position war. Noah hatte ihm inzwischen den Arm auf den Rücken gedreht, sodass Jonas vor Schmerz aufschrie. In dieser Haltung bugsierte Noah ihn in Richtung Ausgang.

Julia brauchte ein paar Sekunden, um aus ihrer Erstarrung zu erwachen. Sie sprang auf und trommelte auf Noahs Rücken herum. Sie herrschte ihn an, er solle Jonas sofort loslassen. Vergebens. Erst an der Haustür befreite sich Jonas aus diesem eisernen Griff und baute sich kämpferisch vor Noah auf. Er überragte ihn um einen halben Kopf.

»Sind Sie verrückt geworden? Und wagen Sie es ja nicht noch einmal, mich anzufassen!«, brüllte Jonas.

»Und wagen Sie es ja nicht, noch einmal einen Fuß in meine Wohnung zu setzen.«

»Er ist mein Besuch!«, protestierte Julia. »Und wo kommst du überhaupt her mitten in der Nacht?«

»Ich brauchte die Gewissheit, dass du es wirklich mit diesem Ehebrecher treibst!« Noah musterte sie mit einem vernichtenden Blick. Genauso verächtlich hatte er sie auch gestern Abend angesehen. Sie fröstelte.

»Noah, ich bin eine erwachsene Frau, und du kannst mir nicht vorschreiben, wen ich treffe. Das habe ich dir schon gestern recht deutlich gemacht!«

Er lachte bitter auf. »Und ich habe dir gesagt, dass ich mir von diesem Kerl nicht zum zweiten Mal die Frau wegnehmen lasse!«

Jonas' Gesichtszüge entgleisten bei Noahs Worten. »Ach, so ist das. Also doch. Du hast was mit ihm. Tja, da hast du doch wohl mehr mit deiner Schwester gemeinsam, als man auf den ersten Blick sieht!«

»Arschloch!«, entfuhr es ihr.

»Bravo!« Noah applaudierte ihr und wandte sich übertrieben höflich an Jonas. »Ich darf Sie jetzt bitten zu gehen!« Demonstrativ hielt er die Wohnungstür auf.

»Julia, ich warte unten. Bis du gepackt hast.« Das klang wie ein Befehl.

Julia überlegte kurz. Nein, sie würde es unter diesen Bedingungen auf kein endgültiges Zerwürfnis mit Noah ankommen lassen. Natürlich lehnte sie seine Art der Auseinandersetzung auf der ganzen Linie ab, aber dass er Jonas nicht in seiner Wohnung duldete, dafür hatte sie sogar Verständnis. Und sie hätte ihn auch niemals in die Wohnung gelassen, wenn sie gewusst hätte, dass ihr Schwager auf sie gewartet hatte.

Julia musterte Jonas durchdringend. »Nein, wir sehen uns morgen. Kannst du mir bitte mailen, wann wir uns am JFK treffen?«

»Wie du willst«, entgegnete er, ohne die Miene zu verziehen. »Tine mailt dich an. Und du willst also wirklich mit dem Kerl allein in der Wohnung bleiben?«

Julia nickte. »Bitte, geh jetzt. Ich glaube, Noah und ich müssen uns noch ein bisschen unterhalten.«

Jonas stieß einen verächtlichen Zischlaut aus. »Genau, was der Herr Doktor so unter Unterhaltung versteht.« Ohne sie auch nur noch eines Blickes zu würdigen, drehte sich Jonas um und verschwand.

Julia schloss die Tür hinter ihm und musterte Noah durchdringend. »Hast du Jennifer während eurer Ehe geschlagen und misshandelt?«, fragte sie übergangslos.

»Wie bitte?« Noah starrte Julia an, als würde er an ihrem Verstand zweifeln.

»Jonas hat ihre blauen Flecken gesehen. Hast du sie ihr beigebracht und mich belogen, als du gestern behauptet hast, die wären nicht von dir?«, hakte sie nach.

»Sie hat immer behauptet, wenn ich was bemerkt habe, dass sie sich selbst verletzt hat.«

»Sich selbst verletzt? Warum?«

Noah zuckte die Achseln. »Wenn ich das wüsste, hätte ich eine Antwort auf Fragen, die sich hochkarätige Experten stellen. Die Ursachen von selbstverletzendem Verhalten können vielfältig sein. Was meinst du, was ich für Bücher gewälzt habe, um ihr zu helfen, aus dem Teufelskreis rauszukommen.«

»Aber Hämatome? Beschränkt sich so etwas nicht auf das Ritzen und Kratzen?«, fragte Julia nach und musste plötzlich daran denken, dass sie bei ihrer Schwester schon in der Jugend Wunden am Unterarm bemerkt hatte. Jennifer hatte sie durch langärmelige Kleidung zu kaschieren versucht, aber manchmal, wenn der Ärmel hochgerutscht war …

»O nein, das kann bis hin zu schweren Verletzungen gehen. Bis hin zu Brüchen und Quetschungen! Ich habe ihr damals tatsächlich mal geraten, einen Psychiater aufzusuchen, aber sie hat mich angebrüllt, dass sie nicht verrückt wäre und Schmerz brauchen würde, um sich zu spüren.«

»Und warum hast du mir das nicht gestern erzählt, als ich dich gefragt habe, ob du weißt, warum Jennifer einen Psychiater aufgesucht hat. Darauf hast du ganz unwirsch reagiert!« Das klang vorwurfsvoll.

»Sag mal, bin ich hier im Kreuzverhör?«, fauchte er zurück. »Ich habe doch nicht geahnt, dass sie wirklich einen Profi aufgesucht hatte. Und außerdem hätte ich es ziemlich daneben gefunden, dir auf die Nase zu binden, dass deine Schwester mich angefleht hat, sie beim Sex zu schlagen, und mir, nachdem ich das einfach nicht konnte, vorgeworfen hat, ich sei ein spießiger Langweiler. Und wenn wir schon bei der Wahrheit sind: Sie hatte dann keine Lust mehr, mit mir ins Bett zu gehen.« Er musterte sie durchdringend. Julia aber konnte ihn nicht ansehen, das war ihr alles viel zu intim.

»Frag doch mal deinen neuen Freund, ob der ihr diese Wünsche womöglich erfüllt hat!«

Verdammt, ich glaube ihm jedes Wort, ging Julia durch den Kopf, und sie hätte die Hand dafür ins Feuer gelegt, dass Noah der friedfertigste Mann war, den sie kannte, bis sie ihn eben gerade mit Jonas erlebt hatte … »Ich glaube kaum, dass Jonas Jennifer vertrimmt hat«, zischte sie. »Ich meine, wer von euch beiden ist denn eben auf wen losgegangen?«

»Das tut mir auch leid, dass ich ihn angegriffen habe«, erklärte er zerknirscht, als würde er es ernsthaft bereuen.

»Ich werde ihn nicht noch mal in die Wohnung mitbringen, und du wirst ihn nicht noch einmal angreifen, wenn du ihn mit mir zusammen siehst«, verkündete Julia streng. »Und tu bitte nicht plötzlich so vor anderen, als wären wir beide ein Paar. Ich bin nicht deine neue Freundin, höchstens deine Ex! Du hast in Montauk letzte Woche gesagt, dass wir Freunde bleiben sollten. Und danach richte ich mich!«

»Julia, seit du in New York bist, habe ich keine Nacht mehr geschlafen. Die Wahrheit ist: Ich sehne mich nach dir.«

Julia wollte protestieren, doch Noah verschloss ihr den Mund mit einem Kuss. Oh ja, küssen konnte Noah, das hat er damals schon gekonnt, ging es ihr durch den Kopf, während sie seinen Kuss leidenschaftlich erwiderte. Plötzlich spürte sie seine kundigen Hände, die überall auf ihrem Körper zugleich zu sein schienen. Julia konnte nichts dagegen tun, obwohl ihr Verstand ihr klare Signale sendete, dieser Annäherung sofort Einhalt zu gebieten.

Sie gab sich seinen Zärtlichkeiten blind hin. Noah schob sie nun sanft in Richtung Schlafzimmer, und sie ließ es sich gefallen, während ihre Münder auf dem ganzen Weg aufeinandergepresst blieben. Auf seinem Bett zog er sie aus und stellte sich vor sie hin, um sich seine Schlafanzughose herunterzustreifen. Er wollte sie, das war nicht zu übersehen. Julia stöhnte erregt auf. Er legte sich neben sie und streichelte sie am Bauch, an der Brust und zwischen den Schenkeln. Er hat in den Jahren kein bisschen von dem verlernt, womit er mich schon damals wild gemacht hat, besann sie sich, während die Hitze in ihrem Körper loderte. Noch immer spielt er gekonnt auf mir wie ein Konzertpianist auf dem Flügel, dachte sie, bevor in ihrem Kopf nur noch Watte war. Immer wenn sie kurz vor dem Höhepunkt stand, zog er seine Hände fort und küsste sie. Mit diesem raffinierten Spiel hatte er sie auch damals schon schier in den Wahnsinn getrieben.

»Bitte, nicht aufhören«, stöhnte sie. Dieses Mal hielt er nicht inne, sondern streichelte sie mit dem richtigen Druck, bis sie regelrecht explodierte. Genau wie früher zog sie ihn in rasender Lust an sich. Noch während alles in ihrem Unterleib bebte, zog sie ihn zu sich heran, damit er in sie eindrang. Beide stöhnten in demselben Augenblick auf, und sie bäumte sich ihm entgegen, bis sie es heiß ihn ihrem Bauch spürte. Er hatte keinen Laut von sich gegeben, aber sie blickte ihm ganz offen in sein von Lust verzerrtes Gesicht.

Schließlich ließ er sich seufzend neben sie fallen und zog fürsorglich die Bettdecke über ihre erhitzten Körper.

»Bitte bleib bei mir heute Nacht«, bat er sie.

Statt zu widersprechen, kuschelte sich Julia ganz tief in seine Armbeuge. Früher hatte sie dann die ganze Nacht nicht einschlafen können, weil ihr Herz so sehr gepocht hatte, aber nun schlug es ganz regelmäßig. Das Glück, das Julia in diesem Augenblick empfand, fühlte sich nicht wie ein rauschender Wasserfall an, sondern wie ein ruhiger Fluss. So, als wäre ihr Herz endlich dort angekommen, wo es zu Hause war. Der einzige Gedanke, der ihren Puls beschleunigte, war der an den Kuss mit Jonas, und sosehr sie ihn auch zu verdrängen versuchte, er schlich sich immer wieder für den Bruchteil von Sekunden ein. Verbunden mit einem heißen Schauer, der ihr durch den Körper rieselte. Julia hatte ein wahnsinnig schlechtes Gewissen, dass sie Jonas nicht ganz aus dem Kopf bekam, und der Gedanke, dass sie die nächsten Tage mit ihm verbringen würde, machte das Ganze nicht besser. Allerdings war sie sich ziemlich sicher, dass sich Jonas nach der Auseinandersetzung mit Noah von ihr zurückziehen würde.

»Woran denkst du, mein Liebling?«, fragte Noah.

»Ich finde es schade, dass wir die nächsten Tage getrennt sind«, schwindelte Julia.

»Ich erst! Kannst du deinen Freunden den Urlaub nicht doch noch absagen?« Er warf ihr einen bittenden Blick zu.

»Nein, ich habe es Tine versprochen, und sie fährt doch danach zurück nach Deutschland.« Julia war unwohl, dass sie Noah gleich zu Beginn ihrer wiederaufkeimenden Romanze so belog. Wie gern würde sie ihm anvertrauen, warum Tine, Jonas und sie sich nach Nova Scotia aufmachten, aber das wäre zu diesem Zeitpunkt hochgradig unklug. Entweder würde er sie für verrückt erklären, oder aber, was sie für noch wahrscheinlicher hielt, er würde mitkommen wollen auf diese Reise. Und das ist zu diesem Zeitpunkt aus den unterschiedlichen Gründen nicht angebracht, sagte sich Julia, bevor sie die Augen schloss und dem Herzschlag in seiner Brust lauschte, worüber sie schließlich einschlief.

Zweiter Teil

ALICE

22.

Alice Taylors Büro lag direkt am Sportboothafen der kleinen Stadt Yarmouth im Süden von Nova Scotia. Das Gebäude gehörte ihr, sie hatte es als heruntergekommenes Hafengebäude gekauft, den Umbau in ein modernes Bürohaus geplant, die restlichen Einheiten vermietet und sich das Sahnestück in der oberen Etage nach eigenen Wünschen ausbauen lassen. Wichtig waren ihr dabei die bodentiefen Fenster gewesen, aus denen man zur Seeseite einen atemberaubenden Hafenblick genoss. Auch an ein Schlafzimmer hatte sie gedacht, denn manchmal war das Wetter zu schlecht, um abends noch mit dem eigenen Motorboot zu ihrem Strandhaus nach Cape Forchu zu fahren. Und nach einem Geschäftsessen mit dem Wagen nach Haus zu fahren barg ein großes Risiko, galt in Nova Scotia zwar am Steuer die Promillegrenze von 0,8, doch wenn man in einen Unfall unterhalb dieser Grenze verwickelt war, konnte das den Fahrer zweitausend Dollar und sechs Monate Gefängnis kosten. Ohne Führerschein wäre Alice völlig aufgeschmissen. Ihre Kunden verteilten sich über Nova Scotia bis hin nach Halifax, und sogar oben am Cape Breton hatte sie für einen reichen Kunden ein exquisites Strandhaus geplant. Und Alice Taylor durfte auf keinen Fall mit dem Gesetz in Konflikt geraten, weil ihr selbst Falschparken zum Verhängnis werden konnte, wenn es ganz dumm lief.

Ein vorwitziger Sonnenstrahl, der sie an der Nase kitzelte, weckte sie, denn sie hatte am Abend in ihrer Aufregung über den Anruf vergessen, die Jalousien herunterzulassen. Sie fuhr erschrocken auf und sah auf die Uhr. Es war bereits kurz vor neun. Gleich würde ihre Sekretärin auftauchen und die sollte sie auf keinen Fall in diesem Zustand vorfinden. Alice sprang aus dem Bett und griff nervös nach der halb leeren Flasche Whisky. Sie verspürte einen leichten Kater, obwohl sie eigentlich eine außergewöhnlich trinkfeste Person war, was ihr bei ihrer Größe und ihrem Gewicht die Geschäftspartner nicht zutrauten und dann verblüfft erkennen mussten, dass sie auch noch bei nächtlichen Verhandlungen einen relativ guten Durchblick hatte. Doch in den vergangenen vierzehn Tagen hatte sie aus gutem Grund keinen Schluck mehr angerührt.

Nur gestern nach dem Telefonat hatte sie ein wenig die Kontrolle über die Menge und die Folgen für ihren Körper und ihre Seele verloren. Sie hatte sich entsetzlich gefühlt, nachdem sie aufgelegt hatte. Die Stimme war so verdammt vertraut gewesen, hörte sie diese doch häufig in ihren Träumen. Auch in der vergangenen Nacht war sie wieder einmal schweißgebadet aus diesem Albtraum erwacht: Sie steht plötzlich vor ihr, sieht sie mit waidwundem Blick an und fragt: Warum? Alice will weglaufen, aber sie ist eingefroren, kann sich nicht mehr bewegen. Es erinnert sie an das Kinderspiel, in dem sie immer die Beste gewesen war. Erst wird zu Musik getanzt, und wenn sie aufhört, muss man in der Position verharren, in der man gerade ist.

Das konnte ich damals perfekt, dachte Alice, doch in ihren Albträumen blieb sie eingefroren, sosehr sie sich auch bemühte, die Statue aufzulösen. Ihr Blick blieb an dem Schulheft hängen, in das sie in der vergangenen Nacht unter dem Einfluss des vielen Alkohols einen Brief an ihre Schwester geschrieben hatte. Sie würde ihn in den nächsten Tagen zu ihrem Notar Mister Lenfield bringen und dem dort hinterlegten Testament beifügen lassen. Schon vor Jahren hatte sie festgelegt, dass ihre Schwester im Fall ihres Todes einhunderttausend Dollar erben sollte. Damit hatte Alice ihr schlechtes Gewissen beruhigt und bislang stets gedacht, es wäre ihr gleichgültig, dass eines Tages so ein Gruß aus dem Jenseits ein schwerer Schock für ihre Schwester sein würde. Natürlich hatte sie sich gestern nach dem Anruf wiederholt mit der Frage gequält, ob ihre Schwester sie wohl am Flughafen erkannt hatte und der Anruf nur ein Trick gewesen war, um sie anhand ihrer Stimme endgültig zu identifizieren. Aber sie verwarf diesen Verdacht jedes Mal aufs Neue. Wenn ihre Schwester wirklich von ihrer wahren Identität überzeugt gewesen sein sollte, dann hätte sie unangemeldet vor ihrer Bürotür gestanden und sie nicht mittels dieses Telefonats quasi davor gewarnt, dass sie ihr auf die Schliche gekommen war. Nein, sie spürte keinerlei Gefahr drohen und trotzdem zerrte es an ihren Nerven, nach so vielen Jahren ihre Stimme zu hören.

Schließlich hatte gestern Abend ihr Bedürfnis, sich ihr zu erklären und wenigstens nach ihrem Tod in den Augen der Schwester gut dazustehen, gesiegt, sodass sie wie eine Wahnsinnige »ihre Geschichte« aufgeschrieben hatte.

Sie liebte ihre Schwester doch, auch wenn sie es ihr niemals mehr würde sagen können! Deshalb war es ganz richtig, dass ich mir die Mühe gemacht habe, meine Geschichte zu Papier zu bringen, dachte sie entschlossen, denn sie war ganz sicher, dass ihre Schwester sie reichlich lange überleben würde. Ihre Hände zitterten, als sie das Heft berührte, denn da war sie wieder, diese Angst, die ihr förmlich den Boden unter den Füßen wegziehen wollte. Die Panik, dass sie bald sterben würde! Wie absurd, dachte sie, dass ausgerechnet ich mich immer noch mit solchen Angstattacken quäle. Ich, die ich schon längst gestorben bin. Hastig griff sie in die Nachttischschublade und nahm sich eine ihrer Tabletten, ohne die sie schnell zu einem zitternden Bündel Mensch werden konnte. Doch zu ihrer großen Erleichterung weitete sich der kleine Panikanflug nicht zu einer ausgewachsenen Attacke aus. Hastig ließ sie das Heft in der Schublade verschwinden und eilte ins Bad, um sich in Form zu bringen, bevor Misses Granby ins Büro kam. Alice beschäftigte zwei Architekten, einen Bauingenieur und eine Sekretärin, doch heute würde nur die gute Misses Granby zur Arbeit kommen. Die drei Männer waren für ein paar Tage auf einer Baustelle im Norden. Dort wurde eine kleine Ferienanlage nach ihren Plänen gebaut.

Ich muss mein Haar wieder wachsen lassen, dachte Alice, während sie einen kritischen Blick in den Spiegel warf. Der Blick blieb an ihrem blonden zerzausten Schopf hängen, und sie verdrehte genervt die Augen. Energisch bürstete sie das kinnlange Haar, so glatt sie konnte, was ihr schon ein wenig besser gefiel.

Als Misses Granby um Punkt neun die Bürotür aufschloss, saß Alice bereits geschminkt und in einem eleganten Hosenanzug an ihrem Schreibtisch.

»Guten Morgen, Misses Taylor«, begrüßte sie ihre Chefin freundlich. Misses Granby war eine untersetzte Dame, die Alice mittlerweile auf Mitte fünfzig schätzte. Sie war ihre erste Mitarbeiterin geworden, als sie das Architekturbüro im Jahr 2002 eröffnet hatte. Sie hatte damals eine persönliche Mitarbeiterin gesucht, und Misses Granby, die gerade erst Witwe geworden war, hatte ihr beim ersten Vorstellungsgespräch sofort zugesagt. Misses Granby stammte aus Yarmouth und kannte fast jeden vor Ort, war aber überhaupt nicht schwatzhaft und stellte keine neugierigen Fragen. Noch nicht ein einziges Mal, seit Misses Granby für Alice arbeitete, hatte sie ihrer Chefin auch nur eine indiskrete private Frage gestellt. Nicht einmal ihre Privatadresse kannte Misses Granby. Sie wusste nur, dass ihre Chefin bei gutem Wetter mit dem Boot nach Cape Forchu übersetzte. Und natürlich wusste man, dass es auch einen Mister Taylor gab, der aber nur selten in Erscheinung trat, weil er beruflich ständig unterwegs war. Misses Granby hatte ihn so wenig zu Gesicht bekommen, dass sie ihn wahrscheinlich nicht erkennen würde, wenn sie ihm zufällig begegnen würde. Das jedenfalls glaubte Alice.

»Guten Morgen, Misses Granby«, erwiderte sie freundlich. »Habe ich heute irgendwelche Besprechungen?«

Misses Granby warf einen prüfenden Blick in den Kalender. »Nein, diese Woche ist ganz ruhig. John, Walter und Chris sind gerade bei der Baustelle in Cape Breton. Und während der Sommerferien ist es doch immer etwas ruhiger, nicht wahr?«

»Vielleicht sollte ich auch mal eine Woche ausspannen«, seufzte Alice.

»Aber unbedingt, Misses Taylor, Sie schuften wirklich wie ein Tier, wenn ich das mal so profan ausdrücken darf. Sie werden diese Woche jedenfalls nicht mehr gebraucht. Alle Projekte sind auf einem guten Weg. Seit Sie von Ihrer Tagung aus L.A. zurückgekommen sind, hatten Sie keinen Tag Ruhe.«

»Vielleicht haben Sie recht, und ich spanne einfach ein bisschen aus.«

»Ganz sicher, denn in zwei Wochen könnte die Bauerlaubnis für dieses Hotelprojekt in Bridgewater durch sein, und dann sind Sie doch wieder Tag und Nacht eingespannt.«

Ja, jetzt wäre tatsächlich der geeignete Zeitpunkt, endlich eine klärende Aussprache mit Steven zu führen, dachte Alice.

»Ich muss mal eben die Zwischentür schließen, denn ich habe noch ein dringendes Telefonat zu erledigen«, erklärte sie hastig und atmete ein paarmal tief durch, als sie allein im Raum war. Mit pochendem Herzen wählte sie seine Nummer.

»Steven Taylor«, meldete sich eine verschlafene Männerstimme.

»Ich bin es, bist du zu Hause?«

»Sag mal, weißt du, wie spät es ist? Es ist nachtschlafende Zeit!«, brummte er.

Alice schluckte die Widerworte, die ihr auf der Zunge lagen, herunter. Es stand ihr in diesem Augenblick nicht der Sinn nach einem lautstarken Streit. Sie wollte endlich ein friedliches klärendes Gespräch, für das sie ihre Nerven noch brauchte. Deshalb rief sie ihn doch an.

»Entschuldigung, aber ich habe heute Nacht im Büro geschlafen und möchte die nächsten Tage freimachen. Und da dachte ich …«

»Was dachtest du?«

»Dass wir uns vielleicht ein paar schöne gemeinsame Tage im Haus machen könnten. Deswegen wollte ich ja fragen, ob du schon zurück bist von deiner Geschäftsreise?« Plötzlich hörte sie im Hintergrund ein genervtes Aufstöhnen, das nicht aus seinem Mund kam. Es ist eine Frau bei ihm, durchfuhr es sie, und ein Beben erschütterte ihren Körper.

»Wer ist bei dir?«, fragte sie mit belegter Stimme.

»Keiner, wer soll denn bei mir sein? Jetzt komm mir bloß nicht wieder mit deiner krankhaften Eifersucht! Ich bin noch in Lunenburg, aber wenn du unbedingt willst, dann kann ich heute Abend zurück sein. Was gibt es denn so Dringendes?«

Es kostete Alice große Überwindung, ihm nicht zu verraten, dass es triftige Gründe gab, warum sie ihn in Ruhe sprechen musste.

»Ach, nichts Besonderes, ich dachte, wir machen es uns einfach mal schön und genießen Strand und Meer vor der Haustür.«

Seine Antwort war eher ein unwirsches Brummen als eine freudige Zustimmung, aber mehr konnte sie auch nicht von ihm erwarten. Natürlich hegte sie die leise Hoffnung, dass sich das in Zukunft ändern würde.

Nachdem sie das Gespräch beendet hatte, öffnete sie die Zwischentür wieder und verkündete Misses Granby, dass sie sich gleich auf den Weg machen würde, wenn nichts mehr anlag.

Die Sekretärin reichte ihr rasch eine Mappe, damit sie noch ein paar Schriftsätze unterschreiben konnte.

Während Alice im Schlafzimmer ein paar persönliche Dinge zusammenpackte, holte sie noch einmal der Gedanke an das gestrige Telefonat ein, und wieder überkam sie ein unangenehmes Kribbeln am ganzen Körper. Gestern Abend war sie völlig sicher gewesen, dass die Anruferin nicht den geringsten Verdacht geschöpft hatte. Sonst hätte sie doch zumindest versucht, sie mit diesem Namen anzusprechen, den Alice seit vierzehn Jahren nicht mehr gehört hatte. Aber sie hatte keinerlei Anstalten gemacht, sie in eine Falle zu locken oder mit ihrem bescheuerten Verhalten am JFK zu konfrontieren. Sie könnte sich noch immer dafür ohrfeigen, dass sie sich am Flughafen so dämlich benommen hatte. Warum war sie nicht einfach in der Schlange stehen geblieben und stattdessen panisch davongerannt? Nur weil sie zu den Waschräumen regelrecht geflüchtet war, war ihr doch die Handtasche ausgekippt, und sie hatte beim Zusammenraffen ihrer Sachen den Führerschein übersehen, bevor sie völlig kopflos in die Herrentoilette gestürzt war. Aber was hatte ihre Schwester überhaupt in New York zu suchen? Natürlich ärgerte sie sich auch über ihre eigene Leichtsinnigkeit. Es hätte von L.A. auch einen Flug bis Boston gegeben, von wo aus sie dann nach Halifax hätte weiterfliegen können. New York war doch eigentlich eine verbotene Stadt für sie. Aber wer konnte schon mit so einem verflixten Zufall rechnen?

Aber was, wenn ihre Schwester nur die Naive gespielt und sie bereits am Flughafen definitiv erkannt und nicht nur für ihre eigene Doppelgängerin gehalten hatte? So wie sie sie kannte, würde sie die Sache niemals auf sich beruhen lassen. Julia … Alice unterbrach unwirsch ihren Gedanken … nein, sie wollte nicht einmal in Gedanken den Namen aussprechen, den es in ihrem Leben nicht gab. Sie besaß keine Schwester, nein, sie war die gebürtige Deutsche Alice Taylor, die mit ihrem Mann, dem

Kanadier Steven Taylor, auf einer Urlaubsreise in New York gewesen war, einen Kaffee im Restaurant »Windows of the World« hatte trinken wollen und deren Aufzug irgendwo zwischen dem 75. und 80. Stockwerk stecken geblieben war, als das Flugzeug in den Turm gerast war. Und die es dann schließlich geschafft hatte, die Lobby vor dem Einsturz der Türme zu verlassen, in dem Chaos aber ihre Handtasche mit sämtlichen Papieren verloren hatte. In den Wirren dieser Tage hatte man ihr selbstverständlich im kanadischen Generalkonsulat ohne großen bürokratischen Aufwand neue Papiere erstellt.

Steven und sie hatten sich damals geschworen, sich niemals wieder mit dem anderen Namen anzureden. Ein einziges Mal war es ihr passiert, dass sie ihn falsch angesprochen hatte. Zu Hause unter vier Augen, was er trotzdem mit einer schallenden Ohrfeige quittiert hatte. »Tu das nie wieder!«, hatte er gebrüllt. Wenn er wüsste, was sie jetzt verbockt hatte, er würde sie sicherlich grün und blau schlagen, doch das würde sie ihm mit Sicherheit niemals verraten. Sie konnte nur beten, dass ihre Schwester keinen Verdacht geschöpft hatte und hier womöglich auftauchen würde. Zuzutrauen wäre es ihr! Alices Puls raste.

Hektisch wollte sie mit ihrem Rollkoffer das Schlafzimmer verlassen, da fielen ihr die Tabletten ein. Sie eilte zurück und zog die Schublade auf. Als Erstes sah Alice das Schulheft mit dem Brief an ihre Schwester, den sie nach ihrem Tod bekommen sollte, und ihr war unwohl bei dem Gedanken, es in der Schublade liegen zu lassen.

Sie nahm das Heft an sich und brachte es ins Büro. Dort bat sie Misses Granby um zwei Umschläge. Alice stopfte das Heft in den einen hinein und verschloss ihn, dann steckte sie ihn in den zweiten Umschlag. Obwohl sie keinerlei Arg gegen ihre Sekretärin hegte, wollte sie ganz sichergehen, dass sie ihre Nase nicht in das Heft steckte.

»Seien Sie so lieb, und machen Sie bitte ein Anschreiben

an meinen Anwalt und Notar Mister Lenfield fertig. Schreiben Sie nur, dass dies mit zu meinem Nachlass gehört, und bitten Sie darum, dass es entsprechend sicher dort aufbewahrt werden soll. Und geben Sie es dann in die Post … ach nein, mir wäre es lieb, Sie würden es persönlich vorbeibringen. Sagen Sie ihm, ich käme in den nächsten Wochen vorbei, um mit ihm zu besprechen, an wen das im Fall der Fälle gehen soll.« Ja, ich muss ihn ohnehin aufsuchen, weil ich unter den aktuellen Gegebenheiten mein Testament in einem entscheidenden Punkt ändern werde, ging es ihr durch den Kopf.

Alice bemerkte das Erstaunen in den Augen ihrer Mitarbeiterin.

»Man kann nie früh genug für den Fall der Fälle vorsorgen«, erklärte Alice betont locker.

»Da haben Sie auch wieder recht. Mein Mann hatte damals gar nichts geregelt, und er hatte doch schon zwei Kinder aus der ersten Ehe«, seufzte Misses Granby.

»Gut, dann erledigen Sie das doch bitte. Am besten noch heute«, sagte Alice. In der Tür drehte sie sich noch einmal um. »Sollten während meiner Abwesenheit fremde Leute nach mir fragen, dann bitte keinerlei Auskünfte.«

»Aber Sie kennen mich doch, Misses Taylor«, entgegnete die Sekretärin empört. »Ich lasse mich doch nicht ausfragen.«

»Entschuldigen Sie, ich weiß doch, dass Sie die Diskretion in Person sind. Vielleicht spannen Sie auch mal ein paar Tage aus, sobald Sie alles in die Post gebracht haben, und sprechen einfach auf unser Band, dass wir bis nächsten Montag im Urlaub sind.«

»Ich werde darüber nachdenken, Misses Taylor.« Misses Granby schenkte Alice ein warmherziges Lächeln, das in dem Augenblick erstarb, als die Tür hinter ihrer Chefin ins Schloss fiel. Mit zusammengekniffenen Lippen nahm Misses Granby den Brief zur Hand, der an den Notar gehen sollte, holte den verschlossenen Umschlag hervor und versuchte, den Inhalt zu ertasten, bevor sie zum Hörer griff.

Als sich der Teilnehmer meldete, senkte die Sekretärin die Stimme. »Ich weiß nicht, ob das wichtig ist für Sie, aber hier liegt ein Brief von ihr, den ich ihrem Notar persönlich vorbeibringen soll. Dort hat sie wohl ihr Testament deponiert.«

Misses Granby zuckte erschrocken zurück, als der Gesprächspartner ihr in etwas lauterem Ton befahl, das Kuvert zu öffnen. Sie teilte ihm hektisch mit, dass sie das auf keinen Fall tun werde, weil Misses Taylor jeden Augenblick noch einmal zurückkehren könnte, falls sie etwas vergessen hätte.

Er schärfte ihr ein, den Umschlag in der Schublade ihres Schreibtisches zu verwahren, wo er ihn sich bei der nächsten Gelegenheit herausholen würde.

Nachdem das Telefonat beendet war, sprang Misses Granby hektisch von ihrem Sessel auf und blickte suchend aus dem Fenster, doch da entdeckte sie Misses Taylor, wie sie gerade auf ihre schnittige Jacht kletterte. Es tat ihr in der Seele weh, ihr Vertrauen derart zu missbrauchen, aber es war doch nur zu ihrem eigenen Schutz. Misses Taylor war krank, sehr krank sogar. Eine seltene Geisteskrankheit, hatte ihr Mister Taylor kürzlich anvertraut und sie inständig gebeten, ihm ungewöhnliche Anordnungen seiner Frau sofort zu melden. Und dem Notar Unterlagen für ein Testament zu bringen fand Misses Granby äußerst suspekt, zumal ihre Chefin noch keine vierzig war. Und Lucie Granby wollte alles tun, damit kein Unglück geschah, das die Firma in den Ruin treiben könnte, denn ebendiese Gefahr hatte Mister Taylor beschworen. »Wenn Sie mir keine Informationen geben, können hier jeden Tag die Lichter ausgehen.« Damit hatte er ihre Angst geschürt und versprochen, im Hintergrund dafür zu sorgen, dass seine Frau keinen Unsinn machte. Lucie Granby fürchtete nichts mehr, als dass Misses Taylor etwas Unvernünftiges tat, die Krankheit sich auch nicht mehr vor den Kunden verbergen ließ und ihr Wahnsinn offen ausbrach, denn dann wäre sie die längste Zeit ihre Sekretärin gewesen. Nur deshalb teilte sie dem Mann alles mit, was ihr seltsam vorkam, weil sie sich immer wieder darüber wunderte, dass Misses Taylor im Büro einen völlig normalen Eindruck machte.

23.

Die Überfahrt von Yarmouth nach Cape Forchu beruhigte Alices aufgewühlte Gedanken ein wenig. Ihr Boot war der einzige Ort, an dem sie sich wirklich entspannen konnte. Wenn sie auf dem Meer war, fühlte sie sich seltsam frei und unbeschwert. So, als würde sie alles Beschwerende einfach an Land zurücklassen. Der Himmel war strahlend blau, die Sonne schien warm vom Himmel, und es herrschte ein mäßiger Wind. Das war in dieser Gegend keine Selbstverständlichkeit im Sommer. Oft wechselte das Wetter an einem Tag zwischen herrlichstem Sonnenschein und Regen, doch an diesem Tag schien die Wetterlage stabil. Manchmal hing auch den halben Tag eine Nebelwand über dem Meer, sodass man von Yarmouth gar nicht bis Cape Forchu sehen konnte. Im Gegenteil, die Suppe war häufig so dicht, dass man die eigene Hand nicht vor Augen erkennen konnte.

Doch als sich Alice dem Anlegesteg näherte, der beinahe die Ausmaße einer kleinen Pier besaß und den sie selbst konstruiert hatte, kam die Aufregung zurück. Sie spürte die Angst, Steven ihr kleines Geheimnis anzuvertrauen, in jeder Pore. Könnte er sich wirklich freuen und dieses Ereignis als Anlass nehmen, seinen Lebenswandel den neuen Bedingungen anzupassen?

Alice fuhr ein perfektes Anlegemanöver mit ihrer Doral 360 SE. Sie hatte sich das Boot besorgt, kurz nachdem sie das Haus gebaut hatten, weil sie so in der Abgeschiedenheit der Insel mobiler war. Steven weigerte sich allerdings, auch nur einen Fuß auf ihr Schiff zu setzen. Er fühlte sich auf dem Meer nicht besonders wohl. Bei dem Gedanken an ihren Mann und seine

Launen stieß Alice einen tiefen Seufzer aus. Steven konnte so entsetzlich aufbrausend sein. Wie sehr sie doch hoffte, dass er sich in Zukunft ändern würde.

Geschickt sprang sie mit der Vorleine in der Hand auf die Leiter, die zum Steg hinaufging. Wegen der Gezeiten musste der Steg sehr hoch gebaut werden, bei Ebbe konnte man nur am hinteren Ende anlegen. Alice machte das Schiff fest und kletterte zurück auf das Boot, um ihre Tasche zu holen. Zur Überfahrt hatte sie ihre Bürokleidung gegen eine sportliche blaue Cargohose und ein Ringelshirt getauscht. So etwas hätte sie in ihrem früheren Leben niemals angezogen, doch seit sie in der Einsamkeit von Cape Forchu lebte, bevorzugte sie privat legere Kleidung. Zunächst war sie wenig begeistert gewesen, ausgerechnet auf der felsigen Insel, die nur ein paar wenige steinige Strände besaß und deren einzige Sehenswürdigkeit der Leuchtturm war, sesshaft zu werden, aber Steven hatte diesen Ort ausgesucht und ein Baugrundstück direkt am Meer gefunden.

Im Sommer war es auch recht angenehm, die Abende und die freien Wochenenden auf der kargen Insel zu verbringen, nur im Winter konnte es manchmal recht trostlos sein, zumal Alice viel Zeit ganz allein in dem Haus verbrachte, wenn Steven sich auf seinen angeblichen Geschäftsreisen herumtrieb. Insgeheim hielt Alice diese Reisen für ziemlich überflüssig, denn von dem Geld, was er verdiente, hatte sie noch nie einen Cent gesehen. Nicht dass sie sein Geld brauchen würde, war sie doch inzwischen eine äußerst vermögende Frau, aber es war doch merkwürdig, dass er niemals auch nur einen Cent zu ihrem Leben beitrug. Im Gegenteil, er verlangte mit großer Selbstverständlichkeit eine Kontovollmacht zu ihrem Konto, an dem er sich stets reichlich bediente. Denn natürlich brauchte er einen protzigen Geländewagen und ein schnittiges Sportcabrio. Früher hätte Alice dieser Hang zum Luxus nicht nur imponiert, sondern er hätte exakt ihrem Lebensstil entsprochen. Ihr bedeutete das inzwischen längst nicht mehr so viel. Wo sollte sie auch hochwertige Designerkleidung ausführen? Um auf dem Steg zu tanzen? Nein, außer ein paar teuren Outfits fürs Büro besaß sie nur noch einen Bruchteil dessen, womit sie einst ihre Ankleidezimmer gefüllt hatte. Das Leben auf einer abgelegenen Insel hatte sie doch verändert. Sie hatten keine Nachbarn und auch keine Freunde. Außer den üblichen Geschäftsessen mit Kunden pflegte Alice kein gesellschaftliches Leben. Manchmal lud sie ihre Mitarbeiter zu einem Hummer-Dinner in eines der besseren Restaurants in Yarmouth ein, damit man sie nicht für eine egozentrische Einsiedlerin hielt.

Alice wusste ja nicht einmal, womit Steven sein Geld überhaupt verdiente. Wenn sie gelegentlich einmal nachfragte, reagierte er sehr unwirsch und behauptete, das würde sie eh nicht verstehen. Sie hatte es längst aufgegeben, ihrem Mann entsprechende Fragen zu stellen.

Sie verließ das Schiff, kletterte die Leiter hoch und ging über den Steg bis zum hauseigenen Steinstrand. Von dort hatte man den schönsten Blick auf das Haus, den man sich vorstellen konnte. Was Steven nicht ahnte und was ihr manchmal eine klammheimliche Freude bereitete, war die Tatsache, dass dies Haus eine gut gemachte Kopie des Hampton-Hauses war und damit das einzige Erinnerungsstück an ihr altes Leben. Wenn Steven das spitzkriegen würde, er würde sie umbringen, aber merkwürdigerweise mochte er das Haus auch ohne dieses Wissen nicht besonders und flüchtete von der Insel, sooft er konnte.

Sein Felino, mit dem er unterwegs war, stand noch nicht vor dem Haus, wie sie erleichtert feststellte, denn sie hätte gern noch ein wenig Ruhe, um sich zu sammeln und noch eine Tablette zu nehmen.

Nachdem sie das Haus betreten hatte, riss sie erst einmal die Verandatüren weit auf, um die salzige Luft hereinzulassen.

Dann suchte sie ihr Schlafzimmer auf, um sich umzuziehen, denn Steven konnte es gar nicht leiden, wenn sie ihre Bootskleidung im Haus trug. Auf der linken Seite in ihrem begehbaren Ankleidezimmer hatte sie die Sachen aufgehängt, die Gnade vor seinem kritischen Auge fanden. Zu Hause trug sie diese im Wechsel. Selten kaufte sie sich etwas Neues, weil er die Sachen ohnehin nicht leiden konnte, die sie sich allein kaufte, und weil sie, wenn sie in Halifax war, meist keine Zeit zum Shoppen hatte.

Sie entschied sich für ein schneeweißes Etuikleid, weil er es am liebsten von allen mochte. Um ihn heute zufriedenzustellen, würde sie alles tun. Schließlich nahm sie noch eine Tablette, bevor sie in die Küche ging und sich einen Weißwein eingoss. Sie hatte dabei ein schlechtes Gewissen, denn eigentlich sollte sie keinen Alkohol mehr trinken, aber die Verbindung von Ativan und Alkohol, vor der eigentlich dringend gewarnt wurde, versetzte sie in einen angenehmen Zustand der Entspannung. Und für das Gespräch mit Steven brauchte sie unbedingt eine stabile Verfassung.

Sie nahm das Glas mit auf die Terrasse und ließ sich auf einen der weißen Korbsessel fallen. Sofort überfielen sie die Gedanken und Zweifel wie ein Bienenschwarm. Noch wirkte die Wunderpille nicht, und das gestrige Telefongespräch begann sie erneut zu quälen. Vor allem kam nun die Frage auf, was ihre Schwester in New York zu suchen hatte. Ob sie ihn besuchte? Ja, dachte Alice, was sollte sie sonst ihn New York wollen? Gegen die erneut aufkeimende Angst, sie könnte sie an der Stimme erkannt haben, obwohl sie intensiv daran gearbeitet hatte, auch diese zu verändern, nahm sie schnell einen großen Schluck aus ihrem Glas.

Doch dann konzentrierte sie sich ganz und gar auf ihre Hoffnung, dass nun alles anders werden würde. Sie würde endlich ein normales Leben führen, ohne diese ständigen Ängste und ohne den ständigen Druck, noch erfolgreicher werden zu müssen, als sie es ohnehin schon war. Manchmal hatte sie das Gefühl, Steven trieb sie wie ein Sklavenhalter zu diesen Höchstleistungen an, weil er vom Luxus nie genug kriegen konnte. Und nun würde sie sich endlich einmal von den Strapazen der vergangenen Jahre ausruhen können. Sie hatte in den letzten dreizehn Jahren so viel Geld gescheffelt, dass es für ein geruhsames Leben in Wohlstand reichte. Ja, plötzlich war das, was ihr früher einmal wie ein Albtraum vorgekommen war, ihr größtes Ziel. Dann würden sie natürlich auch in einen ganz normalen Ort ziehen müssen mit Nachbarn, Geschäften und einer Schule … Sie lächelte bei dem Gedanken an diese Zukunft, die ihr früher einmal wie der blanke Horror erschienen war, aber jetzt, da sie wusste, dass dieses Leben sie retten würde aus all ihren Ängsten und Zwängen, schien es ihr wie der Himmel auf Erden.

»Was gibt es denn so Dringendes?«, hörte sie plötzlich Stevens Stimme in scharfem Ton hinter sich fragen. Alice hatte ihn gar nicht kommen hören, so sehr war sie in ihre Gedanken versunken. Sie wandte sich erschrocken um. Er sah verdammt gut aus in seinen hellen Hosen und seinem gestreiften Sommerhemd, bei dem er die Ärmel hochgekrempelt hatte, was einen Blick auf seine muskulösen Unterarme freigab. Sie konnte sich nicht helfen, sie liebte diesen Mann mit jeder Faser ihres Herzens, obwohl er manchmal so ein verdammtes Arschloch sein konnte. Sein strohblondes Haar, das er akribisch färben ließ, weil er ein graues Härchen in seinem Schopf nicht ertragen hätte, stand ihm besser als seine Naturfarbe, sein Gesicht war braun gebrannt, was sie sofort an ihren vagen Verdacht erinnerte, dass seine Geschäftsreisen nichts anderes als Vergnügungstrips und faule Strandtage waren, die er mit anderen Frauen teilte.

»Wer war die Frau in deinem Bett?«, hörte sie sich in diesem Augenblick bereits fragen und bedauerte schon in demselben, dass sie ihren Mund nicht hatte halten können, denn seine ohnehin unfreundliche Miene verdüsterte sich nur noch mehr.

»Habe ich dir nicht schon am Telefon gesagt, dass du den Scheiß lassen sollst? Du bist wirklich eine selten blöde Kuh. Deine Eifersucht geht mir, gelinde gesagt, auf den Sack. Wenn es das war, dann gehe ich jetzt lieber mal eine Runde in den Pool.«

»Nein, bitte bleib.« Alice senkte schuldbewusst den Blick.

Stöhnend fläzte er sich in einen Korbstuhl. »Das halte ich aber nur mit einem Wein aus«, knurrte er.

Sofort sprang Alice auf und kehrte mit einem Glas und der Weinflasche zurück, die sie in einen Kühler gestellt hatte. Beflissen schenkte sie ihm Wein ein.

»Und, was gibt es so Wichtiges, dass du mich aus meiner Besprechung in Lunenburg nach Hause zitierst?«, fragte er unwirsch. »Und ich habe tatsächlich eine Frau dort getroffen«, fügte er genüsslich hinzu und weidete sich an ihrem entsetzten Blick. »Gott, bist du dämlich! Da ackere ich mich für dich ab, und du denkst so einen Mist!«

»Ich verstehe nicht, was du meinst. Ich habe mich doch schon entschuldigt.«

»Mensch, das ist eine potenzielle Kundin, die eine ganz besondere Hütte haben möchte. Die Frau ist bereit, Millionen zu investieren, und ist besoffen von der Idee, ihr Haus von Alice Taylor persönlich planen zu lassen.«

»Danke, das ist ja sehr nett von dir«, stieß sie verunsichert hervor.

»Ein bisschen mehr Begeisterung könntest du schon zeigen! Ich meine, das ist nicht mein Geschäft.« Er musterte sie mit diesem gewissen Blick, den er immer aufsetzte, wenn er mit ihr nach oben ins Schlafzimmer gehen wollte.

»Ich finde, du hast dir eine kleine Strafe verdient.«

»Bitte nicht, jetzt nicht«, flehte sie.

»Ja, das gefällt mir, dann werde ich wohl ein bisschen nachhelfen müssen.« Und schon war er aufgesprungen, packte sie am Arm und wollte sie vom Stuhl ziehen, doch sie wehrte sich.

»Ich sagte, ich will nicht!«

»Seit wann geht es danach, was du willst?«, fragte er verächtlich und ließ sich zurück auf seinen Stuhl fallen. »Aber, wenn ich dich so ansehe, habe ich nicht mal dazu Lust. Du siehst beschissen aus. Wie ausgekotzt!«

Alice atmete ein paarmal tief durch. Sie war erleichtert, dass ihr seine Bestrafung erspart geblieben war. Jetzt oder nie, dachte sie, bevor er es sich anders überlegt.

»Steven, ich bekomme ein Kind.«

»Du bekommst was?«

»Das hast du genau verstanden. Ich bin schwanger.«

»Na und? Warum erzählst du mir das? Du weiß doch, dass mich das nicht interessiert. Warum lässt du es nicht einfach wegmachen wie die anderen Male?«

»Weil es dieses Mal zu spät ist. Ich hatte so viel zu tun, da habe ich auf meine Blutungen gar nicht geachtet. Und als ich es dann gemerkt habe, war ich schon im vierten Monat.«

»Ach, deshalb bist du so fett geworden.« Steven goss sich das Glas bis zum Rand mit Wein voll.

»Steven, kapierst denn nicht? Es ist zu spät für einen Abbruch.«

Seine Antwort war ein dreckiges Lachen.

»Du willst mich wohl verarschen. Wir haben hier in Kanada kein Abtreibungsgesetz, und deshalb wirst du das Ding schnellstens entfernen. Basta!«

Alice straffte die Schultern. »Nein, das werde ich nicht tun. Ich möchte dieses Kind!«

Steven sah sie an wie einen Alien. »Was heißt, du willst das Kind? Waren wir uns nicht einig, dass wir kein Kind bekommen können?«

»Ich weiß, was wir besprochen haben, aber ich will dieses Kind unbedingt, und dann können wir endlich eine richtige Familie sein.«

Er lachte erneut auf. »Genau, die Bilderbuchfamilie Taylor. Dass ich nicht lache. Sag mal, bist du meschugge? Ich gefährde uns doch wegen so einem Scheiß nicht!«

»Sprich nicht so von unserem Kind!«, entgegnete sie.

»Also, noch ein Wort, und ich vergesse mich.« Er war aufgesprungen und hatte sich breitbeinig und mit erhobenen Fäusten vor sie hingestellt.

»Das wagst du nicht. Du schlägst keine schwangeren Frauen!«

Seine Antwort war eine schallende Ohrfeige. Alice kamen die Tränen, doch sie versuchte, sie zu unterdrücken, denn immer, wenn sie weinte, regte ihn das dazu an, sie noch weiter zu quälen.

»So, und nun sei ein braves Mädchen, und versprich mir, dass du morgen zu deinem Arzt gehst. Und wenn es dir schwerfällt, dann begleite ich dich, und wir fahren danach nach Halifax, damit wir dir mal ein paar neue Kleider kaufen können.« Er strich ihr mit der Hand, die er eben noch gegen sie erhoben hatte, übers Haar.

»Und vielleicht kannst du ja auch mal wieder dein Haar dunkel tragen.«

»Aber du hast doch gesagt, das ist zu gefährlich, ich muss mich äußerlich verändern«, erwiderte sie heiser, weil sie immer noch gegen die Tränen ankämpfte.

»Ach, mein Liebling, ich glaube, die Gefahr, dass sich auf diesen Flecken Erde jemand verirrt, der dich kennt, ist nach der langen Zeit gering.« Seine Stimme hatte jetzt den einschmeichelnden Ton bekommen, der sie sonst stets weich werden ließ, aber in diesem Augenblick ließ sie sich nicht so einfach dadurch einlullen.

Er musterte sie mit gespieltem Bedauern. »Du schmollst,

mein Schatz? Es tut mir leid. Ich weiß, ich sollte dich nicht schlagen, wenn es dir keine Lust bereitet. Mir ist einfach die Hand ausgerutscht, und ich entschuldige mich in aller Form bei meiner Prinzessin.«

Steven ging theatralisch vor ihr auf die Knie. »Bitte verzeih mir. Ich werde es nie wieder tun.«

Spätestens in Momenten wie diesen verzieh sie ihm in der Regel und klammerte sich dann an die Hoffnung, er würde sein Versprechen halten. Doch dieses Gefühl wollte sich an diesem Tag nicht einstellen.

»Nein, ich werde mein Haar vorerst blond lassen«, entgegnete sie entschlossen.

Sein Blick verfinsterte sich, und er erhob sich rasch. »Du hast schon gehört, was ich gesagt habe, oder? Ich habe dieses Blond satt. Ich will mein Schneewittchen zurück. Du sollst es auch wieder genauso wachsen lassen. Hörst du?«

Selbst wenn Alice auch lieber so wie früher ausgesehen hätte, sie spürte in jeder Pore, dass es gerade nicht der richtige Zeitpunkt war, seinem Wunsch zu entsprechen. Solange die Gefahr bestand, dass ihre Schwester Verdacht geschöpft hatte, würde sie mit Sicherheit nichts an ihrem Äußeren verändern.

Sie suchte seinen Blick, obwohl er sie finster anfunkelte. »Lass mir doch ein wenig Zeit. Es passt gerade nicht, und über das Kind möchte ich auch noch einmal in Ruhe nachdenken.«

Steven wurde so rot im Gesicht, dass Alice befürchtete, er würde ohne Vorwarnung erneut zuschlagen. Sie wusste aus bitterer Erfahrung: Wenn er so aussah, dann war sein tatsächlich erhöhter Blutdruck in schwindelnde Höhen gestiegen, und er hatte sich meist gar nicht mehr unter Kontrolle. Doch offenbar konnte er sich gerade noch zusammenreißen, denn er setzte sich zurück auf seinen Sessel.

»Spreche ich Chinesisch? Ich habe dich um einen Gefallen gebeten, und ich finde, du könntest ein bisschen netter sein.

Und, was das Ding da angeht, halte dich bitte an unsere Vereinbarungen!«

Alice schluckte und überlegte, ob sie es für heute genug sein lassen und morgen, wenn Steven sich abgeregt hatte, einen neuen Vorstoß wagen sollte.

Er musterte sie so durchdringend, als könnte er in ihren Gedanken lesen. »Sag mal, mein Liebling, hast du etwa Geheimnisse vor mir?«

Alice zuckte zusammen. Ahnt er womöglich etwas?, dachte sie erschrocken, aber das ist ja unmöglich. Vom Anruf meiner Schwester weiß ja kein Mensch außer mir.

»Nein, natürlich nicht, ich weiß doch, dass wir einander unbedingt vertrauen müssen«, stammelte sie.

»Und warum habe ich den Eindruck, dass du mir etwas verheimlichst? Eine kleine Dummheit, und alles kann wie ein Kartenhaus zusammenfallen. Das willst du doch nicht, oder? Ich muss dich doch beschützen. Mir kannst du alles sagen.« Sein Ton war jetzt sanft und zugewandt. Auch sein Blick war weicher geworden. Alice kannte auch diese Facette ihres Mannes zur Genüge. Wenn er so war, schmolz sie einfach dahin, aber nichts dergleichen geschah. In ihr herrschte eine Eiseskälte, und sie war um keinen Preis auf der Welt bereit, sich dieses Kind von ihm nehmen zu lassen.

»Es ist nichts«, erwiderte sie leise.

»Und warum werde ich den Eindruck trotzdem nicht los, dass du mir etwas verheimlichst?« Das klang schon wieder eine Spur bedrohlicher.

Alice senkte den Blick. Sie war fest entschlossen, Zeit zu gewinnen. Alles hätte sie für ihn getan, seine Demütigungen ertragen, seinen Sadismus im Bett, den sie früher so sehr gebraucht hatte und der sie schon lange nicht mehr erregte, sogar seine brutalen Ausraster im Alltag, aber nun gab es etwas, für das es sich lohnte, das alles hinter sich zu lassen. Alice zählte innerlich bis zehn. Wenn er jetzt lockerließ, war die Gefahr vorüber, jedenfalls für die nächsten Stunden, hoffte sie.

Da spürte sie die Hand unter ihrem Kinn, die sie zwang, ihn anzusehen. Alice versuchte, den Blickkontakt zu vermeiden, aber er ließ es nicht zu. »Sieh mich an«, befahl er.

Sie tat, was er verlangte und spürte, wie ihr ganzer Körper zu zittern begann. Verdammt, warum wirken die Tabletten nicht?, dachte sie. Im Gegenteil, ihr Herz raste, ihre Gedanken stürzten in düstere Abgründe und wurden zu dem einen, der sich wie ein dunkler Tunnel über ihre Seele legte und sie in die Tiefe riss: *Ich werde jetzt sterben, ich werde sterben, ich werde sterben.*

Alice versuchte mit aller Kraft, ihre aufkeimende Panikattacke vor ihm zu verbergen, aber das gelang ihr nicht wirklich. Sie wollte aufstehen und ins Haus gehen, um im Haus abzuwarten, bis die Attacke vorüber war, doch er hielt sie grob am Arm fest.

Sie hatte ihm zwar nie anvertraut, dass sie solche Anfälle in aller Regelmäßigkeit ereilten, seit sie zu Alice Taylor geworden war, aber er schien ihre Angst zu riechen. Normalerweise überfielen diese Attacken sie ohne äußeren Anlass. Dass sie die Panik in diesem Augenblick verspürte, in dem sie sich tatsächlich von ihm bedroht fühlte, war ungewohnt. Sie betete, dass die Todesangst bitte verschwinden möge, bevor er erkannte, dass sie der Panik in diesem Moment völlig hilflos ausgeliefert war.

»Ich möchte mich ein wenig hinlegen, mir ist schwindlig«, brachte sie mit letzter Kraft hervor und versuchte, sich aus seinem eisernen Griff zu befreien, aber er ließ sie nicht gehen.

»Nein, du bleibst jetzt hier, bis du mir gesagt hast, was du mir verheimlichst.«

Alices Herz raste wie ein Hochgeschwindigkeitszug, vor ihren Augen flimmerte es gefährlich, alles verschwamm, und ein Fels legte sich auf ihre Brust.

»Bitte, ich muss mich hinlegen«, keuchte sie.

Wie in Trance nahm sie wahr, dass Steven sie unter den

Achseln packte und zu der Gartenliege führte, auf die er sie sanft legte. Seine Stimme war plötzlich völlig verändert. »Du hast einen kleinen Zusammenbruch, mein Liebling. Ich hole dir jetzt ein Glas Wasser. Und wenn alles vorüber ist, sagst du mir, was dich quält. Ja?«

Alice hörte seine Stimme nur wie durch einen Nebel und versuchte, die würzige salzige Meeresluft einzuatmen. Sie spürte, wie Steven ihr ein Glas Wasser in die Hand drückte, das sie in einem Zug austrank. Er sah sie mitfühlend an, doch sie schloss die Augen. Sie hatte nur noch einen Gedanken: dass das bitte aufhören möge.

Langsam, ganz langsam beruhigte sich ihr Körper. Der Druck auf der Brust ließ nach, und sie konnte wieder normale Gedanken fassen.

»Siehst du, du kriegst schon wieder Farbe. Du sahst ja aus wie der Tod. Ich habe mir Sorgen um dich gemacht«, säuselte Steven. Alice blieb noch eine Weile reglos und mit geschlossenen Augen liegen. Dort, wo eben noch die Angst vor der Angst ihre Seele in Besitz genommen hatte, fühlte sie plötzlich eine unbekannte Kraft in sich. Noch war sie wie ein Sandkorn so klein, doch mit jedem Augenblick, den sie ruhig atmete, wuchs sie. Alice legte ihre Hände auf den Bauch, dort, wo das neue Leben in ihr pulsierte, und mit einem Mal wusste sie, dass es nur eine Möglichkeit gab, der drohenden Gefahr zu entfliehen. Sie öffnete die Augen und blickte ihn offen an. In ihr war alles so klar, wie schon lange nicht mehr.

»Steven, hör mir gut zu. Wir müssen von hier fort. Wir haben doch genug Geld, dass wir woanders neu anfangen können und richtig gut davon leben könnten. Vielleicht gehen wir nach Australien oder Neuseeland. Dort ist es schön, und unser Kind wird behütet aufwachsen. Und da findet uns kein Mensch.«

Er tippte sich an die Stirn.

»Bist du jetzt völlig durchgedreht? Wir haben uns in Nova

Scotia ein tolles Leben aufgebaut. Warum sollten wir das aufgeben?«

Alice deutete auf ihren Bauch. »Weil jetzt alles anders werden muss. Und weil wir hier nicht mehr sicher sind.«

»Was soll das denn heißen?«

Alice setzte sich mit einem Ruck auf, fest entschlossen, die Zügel selbst in die Hand zu nehmen und sich nicht länger zum Spielball seiner Willkür zu machen. Allein hätte sie nie den Mut aufgebracht, aber nun gab es etwas, wofür es sich lohnte, noch einmal ganz neu anzufangen. Und sie wollte es immer noch mit ihm zusammen, aber zum ersten Mal seit vielen Jahren ließ sie den Gedanken zu, dass sie es vielleicht auch ohne ihn schaffen könnte. Ein einziges Mal in ihrem Leben hatte sie schon geglaubt, dass sie ihm würde entrinnen können, aber er hatte sie sich wiedergeholt. Und sie war ihm blind gefolgt. Doch zum ersten Mal gab es etwas in ihrem Leben, das ihr wichtiger war als er! Das hatte sie bei ihren vorherigen Schwangerschaften nie mit dieser Intensität empfunden, aber ihr war so, als hätte er seine Macht über sie verloren. Ja, sie konnte den Gedanken an ein Leben ohne ihn zulassen, wenngleich diese Vorstellung noch vage und schwammig war.

»Ich habe dich was gefragt!«, bellte er.

Alice setzte sich auf.

»Wir sind hier nicht mehr sicher. Das ist die Wahrheit«, erklärte sie mit ruhiger Stimme.

»Du sprichst in Rätseln«, stieß er hervor. Obwohl Alice körperlich fühlte, wie Steven vor Anspannung vibrierte und in diesem Moment einem Vulkan glich, in dessen Innerem die brodelnde Lava bereits aufstieg, um sich mit einer gewalttätigen Explosion zu entladen, fürchtete sie sich nicht.

»Ich hatte gestern einen Anruf von ...« Sie stockte. Nein, ihren Namen würde sie vorsichtshalber nicht nennen. Damit würde sie ihn nur unnötig provozieren. »... von meiner Schwester.«

Steven starrte sie fassungslos an.

»Einen Anruf von deiner Schwester?«

Alice nickte und holte noch einmal Luft, bevor sie ihm die Wahrheit beichtete. »Sie hat mir mitgeteilt, dass sie den Führerschein einer gewissen Alice Taylor vor einer Flughafentoilette gefunden hat, und wollte nun wissen, ob sie ihn mir schicken solle.«

»Ich verstehe kein Wort. Sie hat deinen Führerschein gefunden?«

Alice nickte eifrig. Offenbar dreht er nicht gleich durch, ging es ihr erleichtert durch den Kopf, das ist doch schon mal ein Anfang.

»Ja, aber am Telefon hat sie nicht durchblicken lassen, dass sie mich erkannt hat. Und trotzdem habe ich so ein merkwürdiges Gefühl. Du hättest mal sehen sollen, wie sie mich am Flughafen angestarrt hat!«

»An welchem Flughafen?«

Alice berichtete zögerlich, dass sie von ihrer Tagung über den JFK zurückgeflogen war und wie sie ihre Schwester in der anderen Warteschlange entdeckt hatte. Sie ließ nichts aus, auch nicht, dass sie vor ihrer Schwester geflüchtet war und ihr auf dieser Flucht im Waschraum ihre Handtasche ausgekippt war und sie in ihrer Panik den Führerschein nicht gesehen hatte.

Sein Faustschlag auf die Brust traf sie so unvorbereitet, dass sie nicht einmal den Schmerz fühlte. Wortlos verpasste er ihr einen zweiten Schlag gegen die Brust.

»Bitte hör auf, dieses Mal wirst du mich nicht kleinkriegen«, keuchte sie, während sie gegen die Tränen ankämpfte, denn der körperliche Schmerz durchzuckte sie mit Verzögerung.

»Steh auf!«, schrie er. Als Alice nicht auf seinen Befehl reagierte, riss er sie von der Gartenliege hoch. Sie kam ins Schwanken, weil die Knie ihr den Dienst verweigerten, doch er packte ihr Haar und hielt sie am Schopf fest.

»Das tut weh!«, protestierte sie.

»Ach was?«, spottete er und schlug ihr mit voller Wucht in den Unterleib. Alice ging sofort zu Boden und krümmte sich vor Schmerzen. Jetzt konnte sie auch ihre Tränen nicht länger zurückhalten.

»Du bist wirklich die dümmste Kuh auf der ganzen Welt«. Hasserfüllt blickte Steven auf seine am Boden liegende Frau hinunter.

Sie hielt sich wimmernd den Bauch, doch trotz der höllischen Schmerzen loderte noch ein Rest von Widerstandsgeist in ihr. Sie blickte flehend zu ihm auf.

»Ich weiß, ich habe Mist gebaut, ich hätte nicht über New York fliegen sollen, aber bitte denk an das Kind. Schlag mir das Gesicht zu Brei, aber bitte, bitte, nicht in den Bauch. Ich tue alles. Ich überschreibe dir mein Vermögen, du kannst alles haben, aber bitte tu dem Kind nichts!«

»Du wagst es, an so einen Scheiß zu denken, nachdem du unsere Existenz einfach aufs Spiel gesetzt hast? Schon vergessen, was ich für dich getan habe?«

»Aber du hast mich doch gezwungen, das …« Weiter kam sie nicht, weil er ihr jetzt einige wuchtige Tritte in den Unterleib versetzte, woraufhin sie sich in Krämpfen wand. Sie spürte noch, wie es zwischen ihren Beinen nass wurde. Blut schoss in einem Schwall aus ihrem Inneren.

Das Kind, war ihr letzter Gedanke, bevor ihr die Sinne schwanden.

24.

Als Alice wieder zu sich kam, lag sie im Schlafzimmer auf dem Bett. Von Ferne hörte sie Steven mit gedämpfter Stimme sagen: »Ich komme später vorbei, um es mir anzusehen. Im Moment schaffe ich es leider nicht. Meine Frau hat wieder einen psychotischen Schub. Es ist ein Trauerspiel.«

Was redet er da, und vor allem, mit wem?, fragte sich Alice, bevor sie vorsichtig die Augen aufschlug.

Steven legte hastig auf, näherte sich dem Bett und musterte sie mitleidig. »Und wer macht die ganze Sauerei wieder weg?«

Alice stemmte sich mühsam hoch und blickte sich um. Überall auf dem weißen Holzfußboden war Blut. Sie versuchte, sich zu erinnern. Was war geschehen? Hatte er sie wieder einmal in einem cholerischen Anfall sinnlos zusammengeprügelt? Doch dann setzte die Erinnerung wieder ein, und sie stieß einen verzweifelten Schrei aus.

»Wo ist mein Kind?«

Er lachte gehässig auf. »Welches Kind? Wenn du den ekelhaften Schleimberg meinst, würde ich mal sagen, auf dem Terrassenboden!«

Alice ließ sich wie betäubt in die Kissen zurückfallen, denn sie wusste nun, was geschehen war. Steven hatte ihr das aufkeimende Leben aus dem Leib getreten. Sie schloss die Augen. Warum bin ich nicht einfach in der Lobby der Türme gestorben?, dachte sie verzweifelt.

»Wir müssen reden«, hörte sie Steven wie von Ferne in einem geschäftsmäßigen Ton sagen.

Alice blieb stumm, obwohl der Schmerz in ihrem Unterleib sie förmlich zu zerreißen drohte.

»Schatz, wir müssen reden«, wiederholte er.

»Ich brauche einen Arzt«, entgegnete sie schwach.

»Keine gute Idee. Wie willst du ihm erklären, dass du wie ein Preisboxer aussiehst?«

Alice kniff die Augen fest zusammen. Von ihm konnte sie keine Hilfe erwarten. Das war das Einzige, was ihr in diesem Augenblick klar war. Er würde sie lieber wie ein abgestochenes Schwein verbluten lassen, als Hilfe zu holen. Am besten, ich schlafe jetzt ein und wache niemals mehr auf. Es ist verrückt, dachte sie, ich habe ständig Angst vor dem Sterben, aber wenn ich dem Tod ins Auge sehe, sehne ich ihn herbei.

Steven schüttelte sie unsanft. »Du musst dich gar nicht ohnmächtig stellen. Ich weiß, dass du mich hörst. Also wärst du bitte so freundlich und würdest endlich mal vernünftig mit mir reden? Du hast uns die Scheiße eingebrockt, und es ist unfair, wenn du dich jetzt aus der Verantwortung stiehlst.«

Alice blieb stocksteif liegen und hoffte, er würde sie in Ruhe lassen, damit sie entweder sterben konnte oder eine Lösung fand, diesem Teufel zu entkommen. Wie oft hatte sie sich in den vergangenen Jahren gewünscht, sie könnte ihn hassen, statt hündisch an ihm zu hängen. Nun war es so weit! Sie hasste diesen Mörder abgrundtief. Wenn ich überlebe, bringe ich ihn um, dachte sie, als sie einen Stoß verspürte, der sie aus dem Bett katapultierte, sodass sie sich unsanft auf dem Holzfußboden wiederfand. Sie schlug die Augen auf und schrie entsetzt auf, als sie feststellte, dass sie in einer Blutlache lag. Ihr Blick fiel auf ihre nackten Schenkel, die blutüberströmt waren. Sie trug immer noch das weiße Etuikleid, das ebenfalls voller Blut war. Alice hörte nicht auf zu schreien. Jeden Augenblick erwartete sie, dass er sie gewaltsam zum Schweigen brachte, aber er musterte sie nur mit angewidertem Blick. Sie schrie so lange, bis sie heiser war und sich kein Laut mehr ihrer Kehle entrang.

»Ist dein hysterischer Anfall vorbei? Können wir endlich reden?«, fragte er in einem Ton, als wäre dies kein nicht enden wollender Albtraum, sondern völlig normale Realität.

Alice blickte Steven mit stummem Vorwurf an.

»Süße, nun guck doch nicht so. Ich habe uns den Mist doch nicht eingebrockt. Ich finde, wir sollten jetzt ganz vernünftig überlegen, wie wir verhindern, dass deine Schwester unsere Existenz zerstört.«

Er griff sie grob am Handgelenk und zerrte sie auf das Bett zurück.

»Du solltest dich noch ein bisschen ausruhen.« Mit diesen Worten legte er ihr die Bettdecke über den geschundenen Körper und sah sie dabei an wie eine Mutter, die ihr Kind liebevoll zudeckt. So hat das Susanne immer gemacht, ging ihr durch den Kopf, und sie verspürte eine beinahe schmerzhafte Sehnsucht nach ihrer Mutter und nach Julia.

»Ich möchte jetzt schlafen. Bitte geh«, flüsterte sie kaum hörbar.

»Natürlich, mein Liebling, aber erst mal klären wir, was jetzt zu tun ist. Du bist doch nicht etwa so blöd zu denken, dass sie dich nur angerufen hat, weil sie einer unbekannten Frau den Führerschein hinterherschicken will, oder?«

»Ich weiß es doch nicht«, erwiderte sie schwach.

»Es reicht, dass ich es weiß! Natürlich hat sie dich erkannt und sich längst einen perfiden Plan ausgedacht, dich auffliegen zu lassen. Und jede Wette, da steckt dieser Loser dahinter. Oder was treibt sie sonst nach New York?«

»Steven, ich weiß es wirklich nicht. Vielleicht ist es wirklich nur ein dummer Zufall. Wenn sie den Verdacht gehabt hätte, dass ich die Frau bin, dann hätte sie sich am Telefon doch auf jeden Fall zu erkennen gegeben. Sie hat mit mir geredet wie mit einer Fremden. Aber trotzdem wäre es besser, wir würden unsere Zelte hier abbrechen.«

»Halt doch bloß den Mund, wenn nur Müll rauskommt. Ich lasse mich nicht von der Schlampe austricksen. Da hat sie aber die Rechnung ohne mich gemacht!«

»Was hast du vor?«, fragte sie heiser.

»Lass mich mal machen. Nicht, dass du noch mehr Scheiß fabrizierst. Du wirst dich jetzt erst einmal für ein paar Wochen in diesem Haus verstecken.«

»Aber ich habe nächste Woche dringende Termine.«

»Hast du nicht, denn du bist vorerst krank und musst das Bett hüten! Ich werde dich schon vertreten.«

»Ich weiß nicht, ich … dann müsste ich wenigstens Misses Granby anrufen und ihr Bescheid sagen. Kannst du mir bitte mal mein Telefon bringen?«

Er rollte genervt mit den Augen. »Du rufst in diesem Zustand gar keinen an! Ich werde jetzt sofort nach Yarmouth fahren und die Gefahr bannen.«

»Aber du kannst mich doch nicht allein lassen. Ich brauche Hilfe«, flehte sie.

»Du wirst es schon schaffen, in die Küche zu kommen, und wenn du kriechst. Du hast ja jetzt genug Zeit.« Er lachte über seinen eigenen Scherz.

Alice war wie erstarrt, als er zur Tür ging, ohne sie auch nur noch eines Blickes zu würdigen.

»Aber das kannst du nicht tun!«, schrie sie mit letzter Kraft.

Steven drehte sich um und warf ihr einen verächtlichen Blick zu. »Und noch etwas: Sollte unsere Hobbydetektivin herausbekommen, wo wir wohnen, und hier aufkreuzen, stell dich tot. Sie wird ja nicht gleich in das Haus einbrechen!«

»Du glaubst, sie könnte auf die Insel kommen?«

»Nein, ich denke eher nicht, aber du wärst im Fall der Fälle doch so dämlich und würdest ihr noch die Tür öffnen. Wage es nicht, dich auch nur in der Nähe der Haustür aufzuhalten. Sonst lernst du mich mal richtig kennen!«

Alice wunderte sich selbst darüber, dass ihr diese Drohung nicht die Spur von Angst bereitete. Schlimmeres konnte ihr dieser Teufel doch gar nicht mehr antun.

»Du bist ein Schwein!«, hörte sich Alice da plötzlich völlig emotionslos sagen.

»Ach, Süße, du traust dich was. Du weißt, ich habe ein Elefantengedächtnis, wenn es um deine Vergehen geht. Und da kommt gut was zusammen. Also freu dich darauf, dass du dir deine gerechte Strafe abholen kannst, sobald du da unten wieder in Ordnung bist. Und wenn ich zurück bin, dann ist die Sauerei weg. Verstanden?«

Alice schloss die Augen und fühlte nichts mehr. Alles in ihr war leer. Ihr Widerstandsgeist war so schnell gebrochen, wie er sie vorhin in ein paar trügerischen Momenten gestärkt hatte. Den Kampf gegen ihn werde ich immer verlieren, dachte sie, doch dann fiel ihr plötzlich ein, wie sie sich für das rächen konnte, was er ihr genommen hatte. Der Gedanke elektrisierte sie förmlich. Sie setzte sich auf und spürte beinahe euphorisch, dass der Hass sie durchflutete wie ein heißer Strahl. Ja, dachte sie, ja, ja, ich werde ihm das nehmen, was er wie die Luft zum Atmen braucht, denn wenn das, was er mir antut, auch nicht den Namen Liebe verdient hat, so bin ich doch das unverzichtbare Objekt seiner krankhaften Liebe. Aber vorher werde ich mithilfe von Mister Lenfield dafür sorgen, dass er nichts von alledem erben wird, was ich erarbeitet habe. Alice lächelte teuflisch in sich hinein. Ja, das war die Lösung, denn was wäre der Sadist ohne sein Opfer? Und ein fauler Drecksack ohne einen Cent?

25.

»Du machst das schon!«, ermunterte Jonas Julia, als sie vor dem Bürohaus am Hafen von Yarmouth angekommen waren. Sie hatten sich darauf geeinigt, dass sie allein nach oben gehen sollte, während Tine und Jonas unten vor dem Haus warteten.

Julias Herz klopfte bis zum Hals, doch als Jonas ihre Hand nahm und ermunternd drückte, spürte sie, wie die Anspannung ein wenig von ihr abfiel. Sie warf ihm einen dankbaren Blick zu. Endlich zeigte er wieder Gefühl. Er war während der ganzen Reise furchtbar kühl ihr gegenüber gewesen, immer höflich, aber bemüht, seine Emotion zu verbergen. Julia konnte ihm das natürlich nicht verübeln nach der Szene, die sich am Abend vor ihrer Abreise Richtung Nova Scotia in Noahs Apartment abgespielt hatte. Er musste ja schließlich glauben, sie wäre Noahs neue Freundin. Und so war es ja auch nach allem, was in jener Nacht zwischen Noah und ihr vorgefallen war.

Er hatte ihr am nächsten Morgen liebevoll den Kaffee ans Bett gebracht und ihr versichert, dass er sie wirklich liebte und niemals mehr auf den Gedanken kommen würde, sie wegen einer anderen Frau zu verlassen. Dann war er noch einmal zu ihr ins Bett gekommen, und sie hatten einander erneut leidenschaftlich geliebt. Er war ein wenig verschnupft darüber gewesen, als sie wenig später zum Flughafen gefahren war, um mit Tine und Jonas ein paar Tage in Maine Urlaub zu machen, aber er hatte ihr keine Szene gemacht. Im Gegenteil, er hatte ihr versichert, dass er das jetzt akzeptieren könnte, nachdem die Sache zwischen ihnen beiden klar war. »Du siehst das doch genauso?

Dass wir trotz aller Anlaufschwierigkeiten zusammengehören, oder?«, hatte er sie mit einem Lächeln gefragt. »Ich denke, wir können nichts dagegen tun, dass wir verrückt genug sind, es miteinander zu versuchen, nach allem, was seit unserer ersten Begegnung geschehen ist«, hatte sie seufzend erwidert. »Aber was ist mit deiner Kollegin Barbra?« Noah hatte mit den Augen gerollt. »Sie weiß es noch nicht. Wie auch? Ich weiß es ja auch erst seit gestern Nacht …« Er hatte sie zärtlich geküsst, bevor er ihr verraten hatte, dass Barbra ihm bereits auf den Kopf zugesagt hatte, dass seine Schwägerin wohl schwer verliebt in ihn wäre. Nach diesem Geständnis hatte Julia die letzten Bedenken hinter sich gelassen und war bereit, Noah eine zweite Chance zu geben. Es gab nur einen Wermutstropfen, der ihr neues und unfassbares Glück trübte. Warum machte es ihr bloß so schwer zu schaffen, dass Jonas auf Abstand zu ihr ging? Im Grunde genommen kannte sie die Antwort: Wenn Noah nicht gewesen wäre, sie hätte sich in Tines Bruder verlieben können. Jonas war ein Mann, der mehr in ihr ausgelöst hatte als bloße freundschaftliche Gefühle. Das zeigte sich in diesem Moment mehr als deutlich, weil diese kleine Geste der Zuneigung von seiner Seite genügte, um ihre angeschlagenen Nerven ein wenig zu beruhigen.

Tine lächelte ihr aufmunternd zu. »Du machst das schon. Und wenn du nicht mehr weiterweißt, wir sind ja in Rufweite.« Sie umarmte die Freundin überschwänglich.

Julia drückte daraufhin beherzt auf den Klingelknopf des Architektenbüros Taylor. Als der Summer ertönte und ihr in demselben Augenblick die gläserne Eingangstür geöffnet wurde, stieß sie einen tiefen Seufzer aus und warf den Geschwistern noch einen letzten Blick zu, bevor sie das Treppenhaus betrat. Sie entschied sich, den Fahrstuhl zu nehmen, und fuhr mit pochendem Herzen in das obere Stockwerk. Dort fand sie die Bürotür angelehnt vor.

Sie atmete noch einmal tief durch. Zögernd betrat sie die modernen Büroräume. Sie war ein wenig enttäuscht, als sie keine weißen Möbel vorfand, was sie eigentlich von ihrer Schwester erwartet hatte. Alles war in dunklem Holz gehalten, auch der Fußboden, doch trotzdem wirkte es licht und freundlich, weil der Raum viele bis zum Boden reichende Fenster besaß.

Sie wollte sich gerade bemerkbar machen, als ihr eine kleine untersetzte Frau mittleren Alters entgegenkam.

»Was kann ich für Sie tun? Haben Sie einen Termin?«, fragte sie höflich, während sie Julia mit unverhohlener Neugier von Kopf bis Fuß musterte.

»Nein, ich bin nicht angemeldet. Ich würde gern Misses Taylor sprechen, denn ich habe ihren Führerschein gefunden und möchte ihn ihr gern persönlich zurückgeben.« Täuschte sich Julia, oder wurde die Dame nun sichtlich nervös?

»Dann kommen Sie bitte mit. Ich bin Misses Granby, Misses Taylors Sekretärin, ja, und Sie können bei mir, ich meine, in meinem Büro erst mal warten«, stammelte die Frau und hielt ihr die Tür zu einem großen Büroraum auf.

»Nehmen Sie doch Platz.« Sie deutete mit einer fahrigen Handbewegung auf einen Besucherstuhl. Julia tat, was sie verlangte. Ihr Herzschlag beschleunigte sich bei dem Gedanken, womöglich in wenigen Minuten ihrer tot geglaubten Schwester gegenüberzustehen, aber dann zog das befremdliche Verhalten von Misses Granby ihre ganze Aufmerksamkeit auf sich.

Die Sekretärin setzte sich nämlich umständlich an ihren Schreibtisch zurück und machte keinerlei Anstalten, ihre Chefin über das Haustelefon von ihrem Besuch in Kenntnis zu setzen. Stattdessen wühlte sie hektisch in irgendwelchen Unterlagen. Sie hat die Order, mich abzuwimmeln, mutmaßte sie.

»Könnten Sie ihr jetzt wohl mitteilen, dass ich ihr den Führerschein gern persönlich übergeben möchte?«, bemerkte Julia energisch.

Die Sekretärin sah hektisch von ihren Unterlagen auf. »Entschuldigen Sie bitte, ich bin mit meinen Gedanken ganz woanders«, murmelte sie, stand auf und eilte zu der Tür, die in Misses Taylors Zimmer führte. Dabei öffnete sie die Tür nur einen Spaltbreit, um der Besucherin keinen Einblick zu gewähren, während sie in das leere Büro schlüpfte. Schwer atmend blieb sie stehen. Sie konnte sich nicht helfen. Dieser Mister Taylor war ihr alles andere als sympathisch, aber sie war gezwungen, seinen Anordnungen zu folgen, wenn sie weiterhin ihre Miete pünktlich zahlen wollte. Denn er hatte ihr gerade gestern bei seinem Überraschungsbesuch im Büro hoch und heilig versprochen, dass sie sich um ihre Zukunft nicht sorgen müsste, weil er sie im Büro bräuchte und sogar ihr Gehalt aufbessern würde. »Ich schätze Ihre Diskretion«, hatte er wörtlich erklärt und gönnerhaft hinzugefügt: »Das würde ich gern honorieren, wenn ich in Zukunft die Geschäfte führe.« Der Mann ist doch gar kein Architekt, hatte sie in dem Augenblick gedacht, aber auch das zu beurteilen lag außerhalb ihrer Kompetenz. Vielleicht genügte es, wenn er die Arbeit der angestellten Architekten koordinierte, wenngleich ihrer Meinung nach doch gerade die zauberhaften Entwürfe von Misses Taylor den Erfolg der Firma ausmachten. Das war vielleicht ein Schock gewesen, als Mister Taylor ihr im Vertrauen berichtet hatte, dass seine Frau bis auf Weiteres im Büro ausfallen würde, weil er sie wohl in eine Klinik bringen müsste. Lucie Granby verstand zwar nicht viel von Geisteskrankheiten, aber sie wunderte sich zunehmend, dass man im Büro so wenig davon bemerkt hatte – bis auf das eine Mal. Da war sie in das Büro gekommen und hatte ihre Chefin schweißgebadet und zitternd auf dem Boden kauernd vorgefunden. Misses Taylor hatte sie unsanft gebeten, ihr Zimmer zu verlassen, und ihr dann später erklärt, sie wäre etwas überarbeitet. Das hatte Lucie Granby ihr natürlich abgenommen, aber dass dies offenbar die Anzeichen einer schweren

Krankheit gewesen waren, das hatte sie ja nicht ahnen können. Mister Taylor wollte nicht so recht mit der Sprache heraus, an welcher Geisteskrankheit seine Frau litt, aber es musste schlimm sein, wenn ihr jetzt eine Klinik drohte. Das alles ging Lucie Granby durch den Kopf, während sie der Besucherin genügend Zeit gab, den Umschlag zu entdecken und zu stehlen. Dennoch bleibt der plötzliche Ausfall der Chefin irgendwie mysteriös. Mister Taylor hatte den Umschlag, den sie eigentlich zum Notar hatte bringen sollen, gestern jedenfalls an sich genommen, nicht ohne sich für ihre Mithilfe zu bedanken, um ihn im Büro seiner Frau zu öffnen. Lucie Granby war ein paarmal regelrecht zusammengezuckt, als sie aus dem Inneren des Raums selbst durch die verschlossene Tür ein meckerndes Lachen vernommen hatte. Mister Taylor war wenig später sichtlich belustigt mit einem Schulheft in der Hand aus dem Zimmer seiner Frau getreten und hatte einen Umschlag verlangt, in den er es gesteckt, ihn dann beschriftet und ihr den verschlossenen Umschlag überreicht hatte. »Hören Sie mir genau zu, Misses Granby«, hatte er ihr verschwörerisch erklärt. »Sollte in den nächsten Tagen oder Wochen eine Frau nach Misses Taylor fragen und behaupten, sie wolle ihr persönlich einen verlorenen Führerschein übergeben, dann lassen Sie die Dame in Ihr Büro und legen den Umschlag ganz auffällig hin. Verlassen Sie dann Ihr Büro und tun so, als wenn Sie meine Frau holen, und wundern Sie sich nicht, dass der Umschlag weg ist, wenn sie zurückkommen, um der Dame die bedauerliche Auskunft zu geben, sie hätten ganz vergessen, dass sie ganz spontan zu einer Baustelle in den Norden gefahren wäre, eine Baustelle, deren Adresse Sie leider nicht kennen. Und was die Fremde auch immer von sich gibt, geben Sie nichts darauf. Sie ist genauso krank wie meine Frau.«

Lucie Granby hatte seine Worte akustisch sehr wohl verstanden, während sich ihr der Sinn ganz und gar nicht hatte erschließen wollen, aber es war nicht ihr Job, dumme Fragen zu stellen, zumal ihre Zukunft nun wohl eher in seinen Händen lag. Sie hatte nur schwach genickt.

Lucie Granby fragte sich in diesem Augenblick, ob sie nun wohl lange genug gewartet hatte, um der Frau mit dem eindeutig deutschen Akzent ausreichend Gelegenheit zu geben, den Umschlag an sich zu nehmen. Und auch, wenn sie keine andere Wahl hatte, als die Anordnungen von Mister Taylor auszuführen, wurde ihr zunehmend unwohl bei der ganzen Sache. Ihr Bauchgefühl, auf das Lucie Granby in der Regel vertrauen konnte, signalisierte ihr, dass an der Sache etwas faul war, und wenn sie ehrlich war, war ihr Mister Taylor mittlerweile mehr als suspekt. Wenn sie allein an sein irres Lachen dachte, das gestern durch die geschlossene Tür gedrungen war, nachdem sie ihm den Brief ausgehändigt hatte. Und dann diese Anmaßung, dass er glaubte, eine so kreative Architektin wie Misses Taylor einfach ersetzen zu können, obwohl er ganz offensichtlich nicht mal vom Fach war … Nein, wenn sie ehrlich war, hielt sie ihn inzwischen für einen ziemlichen Aufschneider und bereute es fast ein wenig, dass sie den Umschlag nicht, wie ihr Misses Taylor aufgetragen hatte, gleich zum Notar gebracht hatte. Wie dem auch immer sei, dachte sie resigniert, er ist für die nächste Zeit mein Arbeitgeber, und mir steht es nicht zu, mir Gedanken über seinen Charakter zu machen.

Zutiefst verunsichert kehrte sie schließlich in ihr Büro zurück. Mit einem prüfenden Blick stellte sie fest, dass sie lange genug draußen geblieben war. Der Brief war fort, aber was war das? Die junge Frau war weiß wie eine Wand, und ihre Hände zitterten. Was das wohl alles zu bedeuten hat, ging es Lucie Granby durch den Kopf, während sie sich bedauernd an die junge Frau wandte.

»Es tut mir so leid, dass ich Sie habe warten lassen, aber ich hatte völlig vergessen, dass Misses Taylor heute zu einer unserer

Baustellen im Norden wollte. Ich habe noch versucht, in ihren Unterlagen die Adresse herauszufinden, aber ich weiß beim besten Willen nicht, zu welchem unserer zahlreichen Projekte sie gefahren ist«, erklärte sie nervös und spürte, wie sie beim Lügen rot wurde.

Julia aber hörte der Frau nur mit halbem Ohr zu. Sie ahnte, dass das nicht der Wahrheit entsprach. Außerdem war sie so geschockt über die Erkenntnis, dass der letzte Zweifel behoben war: Alice Taylor war definitiv ihre Schwester! Der Umschlag mit der Aufschrift: *Für Julia*, der auf dem Schreibtisch der Sekretärin gelegen hatte, war der letzte Beweis gewesen. Sie hatte in ihrem grenzenlosen Entsetzen keine andere Chance gesehen, als ihn an sich zunehmen. Ihr schwante bereits, dass ihre Schwester vor ihr geflüchtet war und die Sekretärin sie nur hatte hinhalten sollen. Anscheinend hatte Jennifer es vorgezogen, ihr einen Brief zu schreiben, statt sich ihr Auge in Auge zu stellen. Julias Hände zitterten immer noch bei der Erkenntnis, dass es wahr war, was eigentlich nicht wahr sein konnte. Sie musterte Misses Granby durchdringend, die jetzt so nervös war, dass ihre Augenlider zu flattern begannen.

»Die Geschichte können Sie Ihrer Großmutter erzählen«, sagte sie barsch. »Sagen Sie meiner Schwester bitte einen schönen Gruß. Und bitte bestellen Sie ihr auch, dass ich wiederkomme. So lange, bis ich sie persönlich antreffe.«

Als Misses Granby bei ihren Worten sämtliche Farbe aus dem Gesicht wich, tat es Julia ein wenig leid, dass sie ihren Zorn an dieser armen Frau ausließ.

»Schwester?«, murmelte die Sekretärin ungläubig und hatte zugleich Mister Stevens mahnende Stimme im Kopf. *Und was die Fremde auch immer von sich gibt, geben Sie nichts darauf. Sie ist genauso krank wie meine Frau.*

»Ja, ich bin ihre Schwester«, wiederholte Julia. »Aber warten Sie. Ich habe ja ihre Handynummer. Ich werde sie mal fragen, wo sie gerade steckt.« Julia nahm ihr Handy und wählte die Nummer, die sie neulich Abend schon einmal angerufen hatte, doch jetzt war alles anders. Es gab nicht mehr den geringsten Zweifel daran, dass sich am anderen Ende gleich ihre Schwester melden würde, doch es war nur die Mailbox von Alice Taylor dran. Offenbar hat sie vorübergehend alle Verbindungen gekappt, unter denen ich sie erreichen könnte, mutmaßte Julia. Unser Telefonat wird den Fluchtimpuls bei ihr ausgelöst haben. Sie bedauerte ein wenig, dass sie ihre Schwester mit dem Anruf gewarnt hatte. An diese Gefahr hatten weder Jonas noch sie gedacht. Nun war sie klüger, aber nun war es vielleicht zu spät für eine persönliche Konfrontation. Wer weiß, vielleicht hat sie sich schon längst ganz aus dem Staub gemacht, dachte Julia.

Die Sekretärin blickte sie immer noch wie einen Geist an. »Und Sie sind wirklich ihre Schwester?«

»Nennen Sie mir einen vernünftigen Grund, warum ich das entgegen der Realität behaupten sollte«, erwiderte Julia genervt.

»Entschuldigen Sie, aber ich hatte keine Ahnung, dass Misses Taylor eine Schwester hat, aber ich muss zugeben, eine gewisse Ähnlichkeit zwischen Ihnen beiden ist durchaus vorhanden«, murmelte Lucie Granby irritiert. »Dann wissen Sie wahrscheinlich von ihrer Krankheit und dass sie erst mal nicht wieder ins Büro kommen wird, weil sie in eine Klinik gebracht wird. Vielleicht könnten Sie mir einen Hinweis geben, unter was sie leidet und ob sie jemals wieder an ihren Schreibtisch zurückkehrt.« Lucie Granby sprach so schnell, dass Julia ihren Worten nur mit Mühe folgen konnte. Die Sekretärin schien sehr aufgeregt zu sein, denn Julia konnte dabei zusehen, wie sich hektische rote Flecken an ihrem Hals bildeten.

»Nein, ich kann Ihnen leider nicht sagen, worunter meine Schwester leidet. Jedenfalls noch nicht. Aber wenn Sie mir verraten würden, in welchem Krankenhaus sie liegt, dann werde ich sie unverzüglich besuchen und Sie dann über Je…, ich meine

Alices Zustand aufklären«, säuselte sie in der Hoffnung, endlich zu erfahren, wo sie ihre Schwester finden konnte.

»Ich nicht, aber ihr Mann kann Ihnen dazu sicher mehr sagen.«

Jetzt war es an Julia, perplex zu sein.

»Mann?«

Lucie Granby musterte Julia skeptisch.

»Wissen Sie etwa nicht, dass Ihre Schwester verheiratet ist?«

Julia schaltete blitzschnell. Sie wollte keinesfalls den Argwohn der Sekretärin erregen mit der Folge, dass sie ihr nun gar keine Hinweise mehr auf Jennifers Aufenthaltsort geben würde.

»Doch, doch, natürlich«, log sie. »Ich wunderte mich nur, dass Sie nicht mehr über ihren Zustand wissen. Ich meine, Sie arbeiten ja schließlich für sie. Und wenn ich ganz ehrlich bin, mein Draht zu meinem Schwager ist nicht so gut. Ich kann ihn leider nicht fragen. Also, vielleicht könnten Sie mir doch weiterhelfen. Ich bin ja nur ein paar Tage in Nova Scotia, und da würde ich meine Schwester gern besuchen, vor allem, wenn sie jetzt krank ist. Und da wir das letzte Mal im Streit auseinandergegangen sind, wäre mir das ein großes Anliegen, mich bei ihr zu entschuldigen.«

»Ich würde Ihnen wirklich gern helfen, aber ich weiß nicht, in welches Krankenhaus er sie bringen wird, aber vielleicht versuchen Sie es mal bei ihr zu Hause. Vielleicht ist sie noch dort. Mister Taylor sagte so etwas wie, er würde sie demnächst in die Klinik bringen.«

»Gute Idee, dann schreiben Sie mir doch mal ihre Adresse auf. Ich habe sie nicht bei mir.«

Lucie Granby musterte Julia voller Skepsis. »Jetzt lügen Sie aber, Sie kennen die Privatadresse Ihrer Schwester gar nicht!«

Julia wand sich. »Gut, ja, Sie haben mich erwischt. Unser Kontakt ist schon seit Längerem sehr sporadisch. Aber ich glaube, sie freut sich, wenn ich sie überrasche und jetzt für sie da bin. Haben Sie tatsächlich keinerlei Ahnung, was meiner Schwester fehlt? Verstehen Sie nicht, dass ich mir große Sorgen um sie mache?«

»Sicher verstehe ich das. Ich weiß zwar nicht, ob ich Ihnen das sagen darf …«

»Bitte!«

»Gut, aber nur ein kleiner Hinweis. Sie ist da oben …« Lucie Granby tippte sich an die Stirn. »Also, sie ist im Kopf nicht mehr ganz richtig.«

»Um Gottes willen, hat sie was angestellt?«

»Das ist ja das Sonderbare. Hier im Büro war sie eigentlich immer völlig normal. Gut, manchmal war sie eben ein wenig überarbeitet, aber keiner von uns hat ihr irgendetwas angemerkt. Erst Mister Taylor hat mir anvertraut, dass sie unter schlimmen Verwirrungszuständen leidet und nicht mehr ganz zurechnungsfähig ist. Darum hat er mich ja auch schon vor Wochen beauftragt, immer darauf zu achten, ob sie etwas Ungewöhnliches macht, und es ihm dann mitzuteilen.«

Julia fröstelte. Es schockte sie weniger, dass Jennifer eine Bigamistin war, sondern dass sie offensichtlich an einer schwerwiegenden psychischen Erkrankung litt. Hatte Jennifer deshalb Hilfe bei Dr. Wayne gesucht? Weil sie schon damals ernsthaft krank gewesen war? War die Krankheit vielleicht der Grund, dass sie zu dem Wahnsinn fähig gewesen war, in den Wirren des Anschlags auf das World Trade Center unterzutauchen und woanders ein neues Leben anzufangen? Das wäre zumindest eine halbwegs erträgliche Erklärung, dachte Julia. Aber sie konnte unmöglich allein aufgrund der vagen Aussagen dieser Sekretärin zu einem befriedigenden Urteil gelangen. Nein, sie musste Jennifer Aug in Aug gegenüberstehen, musste die Erklärung aus ihrem Mund hören. Wenn sie dann den Eindruck gewann, Jennifer wäre nicht zurechnungsfähig, dann erst hätte sie die

Gewissheit, dass das Ganze die Tat einer Wahnsinnigen gewesen war.

»Ich meine, wenn Sie mir vielleicht nun ihre Adresse geben könnten, dann würde ich dort liebend gern mal nach dem Rechten schauen.«

Es kostete Julia unendlich viel Kraft, der Sekretärin das Schaudern über die Abgründe zu verbergen, die sich während der letzten Viertelstunde vor ihr aufgetan hatten. Nicht nur, dass Jennifer noch lebte, musste erst einmal wirklich in ihr Bewusstsein gelangen, sondern auch, dass sie mit einem anderen Mann verheiratet und womöglich psychisch krank war. Es war alles so unfassbar, dass sie am liebsten laut geschrien hätte. In ihrem Kopf wirbelte alles durcheinander. Einerseits brannte sie darauf, die Wahrheit zu erfahren, auf der anderen Seite verspürte sie einen Fluchtimpuls. In Gedanken spielte sie durch, wie es wäre, wenn sie jetzt den Umschlag einfach auf den Tisch legen, das Büro verlassen und die unglaubliche Wahrheit vergessen würde. Aber was würde sie Tine und Jonas sagen? Dass Alice Taylor nicht mit Jennifer Goldstein identisch wäre? Nein, das wäre, selbst wenn sie es wollte, keine Option. Die Freunde würden ihr ansehen, dass etwas mit ihr nicht stimmte. Und wenn sie ihnen die Wahrheit sagte, konnte sie sicher sein, dass zumindest Jonas Yarmouth nicht verlassen würde, bevor er nicht wusste, warum Jennifer das getan hatte und ob sie wirklich unter einer schweren psychischen Erkrankung litt. Und würde sie noch eine Nacht ruhig schlafen können mit dem Wissen, dass ihre womöglich geisteskranke Schwester am Leben war und sie nie erfahren würde, warum sie abgetaucht war? Es gehörte in Julias Augen einiges dazu, den eigenen Tod vorzutäuschen, sogar der eigenen Mutter gegenüber. Wie sie es auch drehte und wendete, sie musste Jennifer diese Fragen persönlich stellen, wenn sie ihre innere Ruhe zurückerlangen wollte. Sonst würde der Gedanke an Jennifer mit Sicherheit ihre gesamte Zukunft überschatten. Plötzlich dachte sie an Noah. Wie er das wohl aufnehmen würde, dass sich seine Frau aus dem Staub gemacht und einen anderen Mann geheiratet hatte? Wie würde er darauf reagieren, dass sie womöglich unter einer ernsthaften psychischen Erkrankung litt? Und was wäre, wenn sie es ihm verheimlichte? Nein, das wäre unmöglich! Sie würde keinen einzigen Tag ihrer neuen frischen Liebe genießen können mit dem Wissen, dass Jennifer noch lebte, zumal er nach dem Gesetz sogar noch ihr Ehemann war … Ob Mister Taylor wohl weiß, dass seine Frau eine Totgeglaubte ist, die in Wahrheit mit einem anderen Mann als ihm verheiratet ist?, fragte sie sich.

Julia straffte die Schultern und musterte Misses Granby prüfend, denn die fingerte nun nervös an einem Kugelschreiber herum und schien mit sich zu kämpfen, ob sie ihr Jennifers Privatadresse geben sollte oder nicht.

»Sie dürfen mir nichts sagen, oder? Hat Ihnen Misses Taylors Ehemann verboten, über die Krankheit seiner Frau zu sprechen?«, fragte Julia die Sekretärin jetzt ganz direkt.

»Nein, doch, ach, es ist alles so verwirrend. Ich habe das Gefühl, da stimmt etwas nicht. Ich weiß auch nicht, aber wie kann es sein, dass Misses Taylor ihren Job so erfolgreich macht, obwohl sie schwer krank ist? Das passt doch alles nicht zusammen«, entgegnete sie verunsichert.

Julia sah die Frau fassungslos an. Nein, ihr war keine ernst zu nehmende psychische Erkrankung bekannt, die es dem Patienten ermöglichte, sie dauerhaft bei der Arbeit zu verbergen, aber ich bin keine Expertin, fügte sie in Gedanken bedauernd hinzu. Vielleicht kennt sich Tine da besser aus. Ich werde sie sofort fragen. Expertin, das ist die Idee, durchfuhr es sie blitzartig.

»Gerade, weil es sich so merkwürdig anhört, was Sie da über den Zustand meiner Schwester sagen, würde ich mir gern selbst einen Eindruck von ihr machen. Ich bin nämlich Therapeutin«, log sie, ohne rot zu werden.

Misses Granby warf ihr einen respektvollen Blick zu.

»Ach so, das ändert die Situation natürlich. Dann gebietet mir mein Gewissen, Ihnen ein Treffen mit Ihrer Schwester zu ermöglichen, selbst auf die Gefahr hin, dass es mir eine Menge Ärger einbringt.« Sie senkte ihre Stimme, so als habe sie Sorge, die Wände könnten Ohren haben. »Eigentlich dürfte ich nicht wissen, wo Misses Taylor wohnt, denn sie hat ihre Privatadresse auch mir gegenüber immer geheim gehalten. Natürlich fand ich das befremdlich, aber ich habe niemals auch nur einen Ton deswegen verlauten lassen.«

Julia hielt vor lauter Anspannung den Atem an.

»Aber die Leute, die reden ja, wie Sie wissen, und da …« Sie stockte. »Ach, ich weiß nicht, ob das richtig ist, aber wenn Sie doch vom Fach sind, dann werden Sie sicher herausbekommen, warum Misses Taylor noch bei klarem Verstand das Büro verlassen hat und Stunden später so schwer erkrankt sein soll, oder?«

Julia spürte, dass sie kurz vor dem Ziel war und ihr die loyale Mitarbeiterin ihrer Schwester endlich deren Adresse verraten würde. Diese Erkenntnis versetzte ihr Inneres erneut in Aufruhr. Es ist meine letzte Chance, aufzustehen und zu gehen, dachte sie seufzend. Dann kann ich den beiden da unten sagen, dass Alice Jennifer ist und dass sie sich offenbar in einer Klinik befindet, deren Adresse ich nicht habe herausfinden können. Doch wenn ich erst ihre Privatadresse habe, gibt es keinen Weg mehr zurück!

Misses Granby beugte sich verschwörerisch über den Schreibtisch. »Ich habe ein ungutes Gefühl, was Mister Taylor betrifft. Man hat da ja schon Filme gesehen, wo der Ehemann seine reiche Ehefrau in die geschlossene Anstalt gesteckt hat, um an ihr Geld zu kommen.«

Obwohl Julias Nerven zum Zerreißen gespannt waren, verzog sich ihr Mund für den Bruchteil einer Sekunde zu einem Schmunzeln. Ja, solche Filme kannte sie auch, aber wenn die gute Frau ahnen würde, dass ihre Schwester bereits die Hauptrolle in einem anderen nicht minder perfiden Horror-Streifen spielte, die Arme würde wahrscheinlich in Ohnmacht fallen. Aber jetzt wollte sie endlich wissen, wo sie Jennifer finden konnte, um sich vor Ort sowohl ein Bild von ihr als auch von dem Mann zu machen, der sich für ihren rechtmäßigen Ehemann hielt.

»Wollen Sie mir die Adresse vielleicht lieber aufschreiben? Vielleicht fällt es Ihnen dann leichter, Ihre Schweigepflicht zu brechen«, flötete Julia und schob der Sekretärin, die sich inzwischen wieder an ihren Schreibtisch gesetzt hatte, einen Zettel hin, den diese ignorierte.

»Ich kann Ihnen keine genaue Adresse geben«, flüsterte sie.

Julia hätte am liebsten aufgeschrien, doch bevor sie die Beherrschung verlieren konnte, fuhr Misses Granby fort.

»Die Adresse kennt niemand, weil das Haus ganz einsam am Strand liegen soll, dort gibt es nicht einmal mehr Straßennamen. Aber Freunde von mir haben geschworen, sie hätten Misses Taylor mit ihrem Wagen eine einsame Schotterpiste auf der Insel Cape Forchu entlangfahren sehen. Meine Freunde hatten dort in dem großen Seafoodladen eingekauft und sind spaßeshalber die Straße noch ein wenig gen Süden gefahren.«

»Wo ist die Insel Cape Forchu?«

»Die Insel liegt dort drüben.« Die Sekretärin stand auf und führte Julia zu einem der riesigen Panoramafenster. Sie deutete mit dem Finger auf eine Küste in der Ferne. »Es liegt genau gegenüber. Misses Taylor hat im Sommer auch immer das Boot genommen, um dort rüberzufahren, was darauf hindeutet, dass meine Freunde richtiglagen.«

Julia stöhnte vernehmbar auf.

»Es ist mir auch peinlich.« Misses Granby blickte zu Boden.

»Aber meine Freunde haben den Wagen geparkt und sind zu Fuß bis zum Ende der Piste gegangen. Ja, das haben sie für mich getan, weil ich dummerweise mal bei einem Hummeressen, bei dem ich zu tief ins Weißweinglas geschaut habe, verlauten ließ, dass ich nicht einmal die Adresse meiner Chefin kennen würde. Ich wurde gefragt, wo sie eigentlich lebt. So eine Geheimniskrämerei führt in einem kleinen Ort wie diesem immer wieder zu Spekulationen, müssen Sie wissen. Schließlich ist Ihre Schwester eine der erfolgreichsten Architektinnen weit und breit und … « Wieder unterbrach sie sich und atmete schwer. Es kostet die Arme offenbar viel Überwindung, ihre Schweigepflicht zu brechen, dachte Julia.

»Ich weiß, das ist bestimmt nicht einfach für Sie, mir diese Auskunft zu geben, aber denken Sie daran, es ist nur zum Besten meiner Schwester. Wenn ihr jemand helfen kann, dann bin ich es«, flötete sie und ballte insgeheim die Fäuste. Lange würde sie sich nicht mehr beherrschen können, wenn die Dame nicht endlich auf den Punkt kam.

»Sie standen plötzlich vor einem wunderschönen Haus und konnten sehen, wie Misses Taylor auf eine Veranda trat. Das Haus soll wirklich besonders sein …«

Misses Granby fing nun an, das Haus in allen Einzelheiten zu beschreiben. Julia wollte sie gerade unterbrechen, als es ihr wie Schuppen von den Augen fiel. Sie kannte das Haus, das die Sekretärin beschrieb, aber es stand in den Hamptons. Oh mein Gott, durchfuhr es Julia, sie hat Noahs Haus nachgebaut. Ihr wurde übel. Das war nicht nur ein Abgrund, in den sie gerade blickte, sondern ein riesiger Höllenschlund!

Doch immerhin wusste sie nun, wo und was sie suchen musste. Sie reichte Misses Granby die Hand.

»Danke, Sie haben mir sehr geholfen. Und machen Sie sich keine Sorgen. Ich werde meiner Schwester nicht verraten, wer mir den Tipp gegeben hat, wo ich sie finden kann«, versicherte sie der Sekretärin. Kurz spielte sie mit dem Gedanken, den Umschlag zurückzulegen, aber was, wenn sie ihre Schwester nicht in ihrem Haus vorfand? Dann war diese Nachricht womöglich der einzige Hinweis auf Jennifers Motive, ihr altes Leben auszulöschen und eine neue Identität anzunehmen. Außerdem war er ganz eindeutig an sie gerichtet!

»Und falls Sie in Erfahrung bringen sollten, dass Misses Taylor wirklich nicht mehr ins Büro zurückkehrt, könnten Sie mir das vielleicht mitteilen?«, bat Misses Granby sie. »Dann würde ich nämlich kündigen. Ich kann mir nicht helfen, aber für ihren Mann möchte ich nicht arbeiten. Dann geh ich lieber putzen«, fügte sie entschieden hinzu.

Julia versprach es ihr, obwohl sie nicht ganz sicher war, ob sie im Ernstfall noch an ihr Versprechen denken würde, denn wer wusste schon, was sie nun erwartete. Eine psychisch kranke Jennifer, der keiner ihre Wahnsinnstat verübeln konnte, oder eine eiskalte Frau, die im Hintergrund die Fäden zog, um eine persönliche Begegnung mit ihr zu vermeiden? Oder war Mister Taylor der böse Bube in diesem Spiel? Nur eines war klar: Dass Misses Granby wusste, wo sie wohnte, damit hatte mit Sicherheit niemand gerechnet.

Misses Granby begleitete Julia zur Tür.

»Ob Sie Misses Taylor von mir grüßen könnten?«, fragte sie schüchtern.

»Aber selbstverständlich.« Wie in Trance stieg Julia in den Fahrstuhl.

Als sie ins Freie trat, atmete sie gierig die würzige Seeluft ein. Tine konnte ihre Neugier nur schwerlich zügeln, während Jonas sich vornehm zurückhielt.

»Und?«, fragte Tine aufgeregt.

»Alice Taylor ist Jennifer Goldstein«, erwiderte sie lakonisch, während sie spürte, wie ihr die Knie weich wurden. Sie kam ins Wanken. Jonas konnte sie gerade noch rechtzeitig auffangen.

»Willst du dich erst mal im Hotel hinlegen?« Sein Blick war mitfühlend und wissend. Offenbar stand ihr der Schock ins Gesicht geschrieben. Im Büro hatte sie es gar nicht so bemerkt, weil sie sich derart intensiv darauf konzentriert hatte, Jennifers Adresse herauszubekommen, aber jetzt in seinem Arm schmolz ihre ganze Selbstbeherrschung dahin. Sie warf sich an seine Brust und brach in lautes Schluchzen aus.

Als sie sich nach einer halben Ewigkeit aus seiner tröstenden Umarmung löste, trafen sich ihre Blicke.

»Du musst nichts erzählen, wenn es dir zu viel ist«, sagte er mitfühlend.

»Aber ich will es doch mit euch teilen«, entgegnete sie und verspürte zugleich eine tiefe Dankbarkeit, dass Jonas sie nicht mit bohrenden Fragen löcherte.

Stockend berichtete sie, was sie dort oben im Büro von Misses Granby hatte erfahren müssen. Sie ließ nichts aus. Weder Jennifers Ehemann und sein dubioses Verhalten noch Jennifers vermeintliche psychische Krankheit. Zum Schluss verriet sie den Freunden, dass Jennifer sich an einem einsamen Strand auf Cape Forchu ein Haus gebaut hatte, das dem in den Hamptons verblüffend ähnelte.

»Das klingt allerdings nach Wahnsinn! Kein Wunder nach der Psycho-Ehe!«, stieß Jonas hervor.

Julia warf ihm einen warnenden Blick zu. »Hast du schon mal darüber nachgedacht, dass sie dir vielleicht Unsinn über Noah erzählt hat?«

»Ich glaube, über den Kerl kann ich mir nach der letzten Begegnung selbst ein Urteil bilden. Wenn das kein Choleriker ist …«

»Kannst du das nicht verstehen? Das war der Schock, den Exlover seiner Frau in seiner Wohnung vorzufinden«, versuchte Julia, Noah zu verteidigen.

»Moment mal«, mischte sich Tine ein. »Wenn ihr euch schon

in meiner Gegenwart streitet, dann wäre es nett, wenn ihr mich einweihen würdet.« Sie wandte sich an ihren Bruder. »Hattest du tatsächlich was mit Julias Schwester?«

»Das ist doch schon verjährt und noch lange kein Grund für den Kerl, mich körperlich anzugreifen«, knurrte er.

Tine sah zwischen Julia und Jonas hin und her.

»Wenn ihr mich fragt, solltet ihr eure Auseinandersetzung auf später verschieben. Ich finde, jetzt gibt es weitaus Wichtigeres zu tun, nämlich einen Wagen zu mieten und Jennifers Schwester zur Rede zu stellen«, schlug Tine energisch vor.

»Du hast recht, Schwesterherz, und außerdem sollten wir Julia noch von dem komischen Typen erzählen.«

»Unbedingt«, pflichtete sie ihm bei.

»Was für ein Typ?«

»Er war groß, sonnenblond, braun gebrannt. Sah nicht schlecht aus, der Kerl. Der kam auf den Eingang zu, guckte nicht links und rechts, wollte gerade aufschließen, als er uns wahrnahm. Ich müsste mich sehr täuschen, wenn dem nicht seine Miene entgleist wäre. Er fragte jedenfalls ziemlich unhöflich, ob er uns helfen könnte. Und wenn du mich fragst, hatte der einen deutschen Akzent. Jedenfalls habe ich ihm gesagt, dass wir auf eine Freundin warten. Da hat sich der Typ grußlos auf dem Absatz umgedreht und regelrecht die Flucht ergriffen.«

»Ich schätze mal, das wird Mister Taylor gewesen sein«, mutmaßte Julia, und tief in ihrem Inneren keimte ein diffuser Verdacht auf, der aber in diesem Augenblick noch nicht wirklich in ihr Bewusstsein drang.

26.

In Alices Unterleib stach es wie tausend Nadeln. Sie war sich sicher, dass sie dringend in ein Krankenhaus gemusst hätte. Sie hoffte nur, dass der gnädige Schlaf schnell wieder einsetzen und sie für ein paar Stunden von den quälenden Schmerzen befreien würde. Sie hatte den Verdacht, dass Steven ihr etwas ins Essen mischte, das sie sedierte. Er war, wenn er im Haus war, ganz besonders zugewandt und versorgte sie wie eine Mutter ihr Kind. Seit seiner gestrigen Rückkehr war kein einziges böses Wort mehr aus seinem Mund gedrungen. Im Gegenteil, er hatte für sie einen Hummer gekocht und ihn ihr mit einem leckeren Zitronendip und frischem Weißbrot ans Bett gebracht. Dabei hatte sie überhaupt keinen Appetit gehabt, doch Steven hatte darauf bestanden, dass sie etwas aß. Und ständig strich er ihr über die Wangen. Wie oft hatte er sie sich in der Vergangenheit mit solchen fürsorglichen Gesten wieder gefügig gemacht, aber dieses Mal verspürte sie sogar einen körperlichen Widerwillen gegen den Mann, den sie bis gestern mehr geliebt hatte als ihr Leben. Doch sie tröstete sich damit, dass ein Ende ihrer Qual abzusehen war. Am liebsten hätte sie ihren Plan bereits gestern in die Tat umgesetzt, aber sie hatte es vor lauter Schmerzen nur bis zur Toilette geschafft und war dort zusammengebrochen. Auf den nackten Fliesen liegend hatte Steven sie vorgefunden, ins Bett getragen und sichtlich erleichtert reagiert, als sie wieder bei sich war. Seine aufrichtige Erleichterung hatte ihr die Bestätigung geliefert, dass sie ihm, wenn sie sich umbrachte, das Schlimmste antun und ihn in die Hölle schicken würde. Er sollte spüren, wie man sich fühlte, wenn einem das Liebste genommen wurde …

Um ihren Plan in die Tat umzusetzen, musste sie unbedingt Mister Lenfield anrufen und nach Cape Forchu bitten, denn sie wollte vorher ihr Testament ändern, ihrer Schwester das gesamte Vermögen vererben sowie den Mitarbeitern die Firma und das Bürohaus. Steven hatte ihr, als sie um ihr Telefon gebeten hatte, unmissverständlich verboten, in diesem Zustand zu telefonieren.

Bevor er vorhin in die Stadt gefahren war, hatte er ihr noch ein üppiges Frühstück serviert. Sie befürchtete, dass er ihr auch etwas ins Müsli getan hatte. Offenbar spürte er, dass sich etwas verändert hatte, obwohl Alice sich nach Kräften bemühte, ihm vorzugaukeln, es wäre alles beim Alten. Sie hatte das Frühstück jedenfalls nicht angerührt und stattdessen, kaum dass er das Haus verlassen hatte, ihr mobiles Telefon gesucht. Aber es war spurlos verschwunden, genau wie ihre Handtasche samt Brieftasche, in der sie alle ihre Papiere aufbewahrte. Offenbar wollte er verhindern, dass sie Kontakt zur Außenwelt aufnahm. Danach war sie wieder ins Bett gegangen, weil sie sich wacklig auf den Beinen fühlte. Der Tee … dachte sie. Sie hatte den Tee getrunken.

Und während sie vor sich hin grübelte, legte sich eine bleierne Müdigkeit über Alice wie ein dunkles Tuch. Sie hatte Schwierigkeiten, die Augen offen zu halten, und gab sich schließlich dem erlösenden Schlaf hin.

Die Fahrt vom Hafen nach Cape Forchu hatte Jonas, Tine und Julia über eine Küstenstraße geführt, doch für die Schönheiten der Natur hatten die drei Freunde kaum ein Auge. Julia saß hinten im Wagen und ließ ihren Besuch im Büro in Gedanken noch einmal Revue passieren. Und sie wunderte sich ein wenig über Jonas' entspannte Reaktion angesichts der ungeheuerlichen Wahrheit. Wenn sie sich vorstellte, sie hätte Noah gesagt, dass Jennifer ihren Tod nur vorgetäuscht hatte und ein neues Leben mit einem anderen Mann führte, ob er auch so ruhig darauf reagiert hätte? Sie vermutete, dass er ausrasten würde, wenn er davon erfuhr, und das würde sich über kurz oder lang gar nicht vermeiden lassen. Davor, ihm die ganze brutale Wahrheit zu offenbaren, graute ihr schon jetzt. Und noch eine bange Frage quälte sie: Was würde Jennifer zu ihrer Verteidigung vorbringen, wenn sie das Ganze doch nicht in einem Zustand von geistiger Umnachtung getan hatte?

Sie passierten jetzt den großen Seafood-Laden. Julias Herzschlag beschleunigte sich merklich, als sie die Straße weiter in Richtung Süden fuhren. Als eine Schotterpiste nach links zum Meer führte, hielt Jonas an.

»Meint ihr, das ist es schon?«, fragte er zweifelnd.

»Wir müssen es versuchen. Es kann jeder Weg sein«, erwiderte Julia.

Nach etwa hundert Metern tauchte in der Ferne ein imposantes Gebäude auf. Julia stockte der Atem. Wie eine Fata Morgana kam es näher. Es gab keinen Zweifel mehr. Es war Noahs Haus.

»Das kann doch nicht wahr sein«, murmelte sie fassungslos. »Sie hat tatsächlich sein Haus nachgebaut. Sie kann nur verrückt sein.«

Ein paar Minuten später hielten sie vor der Kopie des Hampton-Hauses. Julia stieg aus und schüttelte ungläubig den Kopf. »Das ist irre!«

»Gleich wissen wir hoffentlich mehr«, sagte Jonas, der inzwischen auch reichlich blass geworden war.

Zögernd näherten sich die drei der Eingangstür.

»Ich glaube, es ist besser, wenn ihr euch erst einmal im Hintergrund haltet«, schlug Julia mit belegter Stimme vor.

»Du hast recht, wir sollten lieber im Wagen warten«, erwiderte Jonas. Nachdem sich die Geschwister zurückgezogen hatten, drückte Julia auf den Klingelknopf. Ihr Herz klopfte bis zum Hals, doch es blieb alles still. Julia wiederholte es ein paarmal, doch im Haus rührte sich nichts. Eine tiefe Enttäuschung machte sich in ihr breit. Aber wie hatte sie auch erwarten können, ihre Schwester im Haus anzutreffen? Wahrscheinlich ist sie tatsächlich schon in einer Klinik oder vor dieser Konfrontation geflüchtet, mutmaßte sie, bevor sie sich umdrehte und Jonas und Tine heranwinkte. Die beiden kamen herbeigeeilt.

»Sie ist nicht da.«

»Und nun? Sollen wir warten?«, fragte Tine aufgeregt.

»Ich befürchte, da kommt so schnell keiner. Vielleicht versuchen wir es morgen noch einmal.«

»Ich würde mir den Kasten wenigstens mal in seiner ganzen Pracht ansehen wollen«, bemerkte Jonas. »Also, die Lage ist der Traum. Kommt ihr mit?«

Tine und Julia folgten ihm. Als der breite Bootssteg mit dem Boot, das am Ende im schwachen Wind dahindümpelte, vor ihnen auftauchte, stieß Jonas einen anerkennenden Pfiff aus.

»Ich finde das auch traumhaft«, pflichtete Julia ihm bei. »Nur passt es so überhaupt nicht zu Jennifer. Sie war immer eine Stadtpflanze und mehr Natur geht ja wirklich nicht.«

»Stimmt, wenn wir in unserem Strandhotel ein Wochenende verbracht haben, war es Jennifer dort oft viel zu ruhig, und sie sehnte sich nach dem Lärm Manhattans zurück«, seufzte Jonas.

Julia warf ihm einen prüfenden Blick zu. »Du bist erstaunlich entspannt dafür, dass du vor gerade mal einer Stunde erfahren hast, dass deine tot geglaubte Ex-Affäre noch am Leben ist.«

Jonas lächelte. »Du vergisst, Julia, dass diese Affäre mehr als vierzehn Jahre zurückliegt. Ich hatte, bevor ich dich am Flughafen kennengelernt habe, schon länger nicht mehr an sie gedacht. Ich habe sie zwar sehr geliebt damals, aber ich hatte nach ihr doch die ein oder andere Beziehung, die mir mindestens genauso wichtig war wie sie.«

Julia spürte, wie ihr seine Worte einen kleinen Stich versetzten. Sie wollte gar nicht wissen, wie viele Frauen Jonas bereits geliebt hatte. Julia, das geht dich gar nichts an, ermahnte sie sich.

Sie waren jetzt auf einer geräumigen Terrasse angekommen, von der man einen einmaligen und zauberhaften Blick über das Meer hatte und die mit wunderschönen großen Kübeln voller exotischer Pflanzen gesäumt war. Weiße Möbel standen um einen großen Glastisch herum, dessen Gestell ebenfalls aus Korb war. Das ist ganz typisch für Jennys Einrichtungsstil, ging es Julia durch den Kopf.

Plötzlich schrie Tine auf. »Seht mal da!« Sie deutete auf eine Blutlache, diverse kleinere Blutflecken und eine Schleifspur, die zum Haus führte.

»Ein Mord?«, Julia schnappte nach Luft.

Schon hatte sich Tine über die Blutflecken gebeugt und begutachtete sie mit Kennermiene. »Also, wenn ihr mich fragt, das ist …« Ehe die anderen beiden sich versahen, hatte sie etwas Undefinierbares, das mitten in dem Blut klebte, losgelöst und auf den Glastisch gelegt, um es gründlich zu untersuchen. Julia und Jonas wandten sich gleichermaßen angeekelt ab.

»Nun stellt euch mal nicht so an, ihr Mimosen. In meinem Job fasse ich ganz andere Sachen an. Gut, Handschuhe wären gar nicht übel, aber die habe ich leider nicht dabei«, scherzte sie, während sie den Blick nicht von dem Objekt ihrer Neugier ließ.

Nach einer Weile stieß sie in einen Pfiff aus. »Hier hat eine Frau eine Fehlgeburt erlitten«, erklärte Tine in sachlichem Ton, als wäre es das Normalste auf der Welt. Julia und Jonas sahen einander entgeistert an.

»Wie kommst du zu diesem Schluss, Schwesterherz?«

»Das sehe ich an diesem Gewebe hier. Schau, es ist ein Stück von der Gebärmutterhaut.« Sie hielt ihm den Gewebefetzen förmlich unter die Nase, woraufhin Jonas noch blasser wurde.

Julia atmete tief durch und ging zur Verandatür. Vorsichtig spähte sie in das Innere des Hauses. Auch der riesige Wohnraum mit der eingebauten Küchenzeile entsprach unverkennbar Jennifers Handschrift. Alles war in Weiß eingerichtet. Doch was überhaupt nicht zu ihrer Schwester passte, war die Tatsache, wie akkurat und aufgeräumt alles war, sodass es beinahe steril wirkte. Entweder, sie hat einen total peniblen Ehemann oder eine geniale Putzhilfe, mutmaßte Julia. Plötzlich fiel ihr der Umschlag in ihrer Tasche ein. Sie holte ihn hervor und ging mit dem Umschlag in der Hand zu Tine und Jonas.

»Das habe ich auf dem Schreibtisch von Jennifers Sekretärin gefunden.« Sie riss den Umschlag hektisch auf, entnahm ihm ein Schulheft und warf einen flüchtigen Blick hinein. *Liebe Julia*, stand dort in der unverkennbaren Schrift ihrer Schwester. Wie sie es vermutet hatte, war es ein persönlicher Brief an sie.

»Ich denke, wir sollten jetzt ins Hotel zurückfahren. Ich werde dort in Ruhe lesen, was Jennifer mir geschrieben hat. Vielleicht finden wir in dem Brief die Antworten, nach denen wir so fieberhaft suchen.«

Doch nun hatte sich Tine dem Haus genähert und deutete auf ein Fenster, das sich in der Kippstellung befand. »Ich hätte ja nicht übel Lust, ins Haus einzusteigen und mich mal ein wenig umzusehen«, erklärte sie verschwörerisch, was Julia und Jonas vehement ablehnten.

»Lasst uns fahren und es vielleicht morgen noch einmal versuchen«, seufzte Julia, steckte das Heft zurück in den Umschlag und ließ ihn in ihre Tasche gleiten.

27.

Alice war von dem Klingeln aufgewacht. Erst hatte sie vermutet, sie würde träumen, aber dann hatte sie begriffen, dass tatsächlich jemand an der Haustür läutete. Wer kann das sein?, dachte sie befremdet. Sie bekamen niemals Besuch, und ihre gesamte Post ging an das Büro. Kein Mensch hatte sich je bis zu ihrem Haus verirrt, außer ein paar Touristen, die nach Cape Forchu gekommen waren, um den Leuchtturm zu besichtigen. Vorsichtig setzte sie sich auf. Ein dröhnender Schmerz wütete in ihrem Schädel, so als hätte sie zu viel Alkohol getrunken. Sie war sich nun ganz sicher, dass Steven ihr etwas in den Tee getan hatte. Trotzdem schaffte sie es aufzustehen, ohne dass ihre Knie sich wie Pudding anfühlten. Sie schlich auf Zehenspitzen zum Fenster und sah einen fremden parkenden Wagen. Es handelte sich unverkennbar um ein Mietauto. Ihr Herzschlag beschleunigte sich bei dem Gedanken, dass es nur Julia sein konnte, die da vor ihrer Haustür stand, obwohl sie sich energisch sagte, dass das eigentlich nicht sein konnte, weil keiner ihre Privatadresse kannte.

Sie wäre gern noch näher an das Fenster getreten, um bis zur Haustür sehen können, aber das schien ihr zu gefährlich. Also wartete sie in einer sicheren Distanz und beobachtete, was dort vor ihrem Haus geschah. Jetzt stiegen eine Frau und ein Mann aus dem Wagen und kamen auf das Haus zu. Sie erstarrte, als sie den Mann erkannte. Es war kein Geringerer als Jonas, ihr Kollege, mit dem sie einst eine heftige Affäre gehabt hatte. Ihr wurde so heiß, dass ihr der Schweiß in Strömen in den Nacken lief. Wie kam Jonas hierher? Und wer ist die Person, die eben an der Tür geklingelt hat?, fragte sie sich fieberhaft, als die Frau aus dem Schatten des Hauses trat. Ihr wurde übel. Es war tatsächlich ihre Schwester. Sie ist älter geworden, ging es ihr durch den Kopf, aber sie ist immer noch das uneitle sportliche Naturmädchen, das Jeans und Turnschuhe trägt. Früher hatte sie Julia manchmal glühend darum beneidet, dass sie offenbar nicht von solchen Selbstzweifeln gequält wurde wie sie. Nein, sie hatte schon in der Jugend so stabil gewirkt, als würde sie mit beiden Beinen auf der Erde stehen. Sie ist stark, sie wird den Verlust von Noah überstehen, hatte sie sich damals immer wieder gesagt, wenn sie einen Anflug von schlechtem Gewissen gespürt hatte, weil sie ihr skrupellos den Mann ausgespannt hatte. Doch für sie war die Flucht nach New York der einzige Weg gewesen, der Vorhölle zu entkommen und die Macht zu brechen, die der Mann, dessen Namen sie nicht einmal mehr denken durfte, über sie besaß. Nur dass es umsonst gewesen war und sie schließlich doch mitten im Fegefeuer gelandet war und sich ihm vollständig ausgeliefert hatte. Alice musste sich an einem Stuhl abstützen, weil ihre Knie nun doch bedenklich weich wurden. Was hatte Julia mit Jonas zu tun? Woher kannten die beiden sich?

Sie verfolgte die drei mit Blicken, als sie zielstrebig in Richtung Terrasse strebten. Alice war völlig durcheinander und konnte keinen klaren Gedanken fassen. Vielleicht hätte sie Julia, wäre sie allein gekommen, sogar ins Haus gelassen und ihr die ganze schreckliche Wahrheit gestanden, aber dazu war es zu spät. Sie konnte ihrer Schwester unmöglich zumuten, sie lebend vorzufinden, um sie dann kurz darauf endgültig zu begraben. Und in derselben Sekunde, in der sie an ihren geplanten Selbstmord dachte, kamen ihr plötzlich erhebliche Zweifel daran, ob sie tatsächlich so weit gehen wollte, aus Rache ihr Leben zu geben. Gab es nicht vielleicht eine andere Möglichkeit, um ihn noch härter zu treffen? Indem sie woanders weiterlebte?

Erst waren es diffuse Gedankensplitter, die in ihrem Kopf tobten, aber ganz langsam setzten sie sich zu einem bis in das letzte Detail ausgeklügelten Plan zusammen. Nun musste nur noch ihr geschwächter Körper mitspielen, denn bevor sie Halifax erreichte, um sich dort im Krankenhaus behandeln zu lassen, um noch einmal schwanger werden zu können, musste sie Mister Lenfield einen Besuch abstatten. Und das wäre in diesem desolaten Zustand wohl kaum möglich.

Es dauerte über eine Stunde, bis sie frisch geduscht und fertig angezogen vor dem Spiegel stand. Zufrieden war sie mit ihrem Äußeren nicht, denn die dunklen Schatten unter den Augen ließen sich mit keinem Trick dieser Welt kaschieren. Immerhin konnte sie so aus dem Haus gehen, ohne Aufsehen zu erregen. Aber dazu musste sie erst einmal ihre Handtasche finden, denn ohne Geld und die Scheckkarten würde sie nicht einmal die Mittel haben, um ihren Wagen aufzutanken. Bevor sie sich wahllos auf die Suche machte, die sie nur unnötig viel Kraft kosten würde, überlegte sie fieberhaft. Wo würde er ihre Sachen verstecken? Wahrscheinlich in seinem Zimmer, mutmaßte sie. Es lag ganz am Ende des Flurs.

Er hatte ihr unter Androhung von Strafe verboten, es jemals zu betreten, doch nun steuerte sie zielstrebig auf die Tür zu. Als sie die Klinke hinunterdrückte, ließ sie sich nicht öffnen. Er hatte das Zimmer abgeschlossen. Sie befürchtete im ersten Augenblick, dass er den Schlüssel mitgenommen hatte, doch sie wollte nicht aufgeben. Noch nicht! Ihr Blick fiel auf die zum Flur halb geöffnete Tür seines persönlichen Badezimmers, und ihr fiel ein, dass sie bei der Planung darauf geachtet hatte, dass alle Bäder einen direkten Zugang zu den Schlafzimmern besaßen. Mit klopfendem Herzen betrat sie das Bad und ging auf die Durchgangstür zu. Während sie die Klinke hinunterdrückte, betete sie, dass er die Tür nicht verschlossen haben möge.

Sie hätte schreien können vor Glück, als sie sich öffnete und ihr den Zutritt zu seinem Zimmer gewährte. Mit einem Blick entdeckte sie ihre Tasche, die er auf seinem Schreibtisch abgestellt hatte. Offenbar hatte er nicht damit gerechnet, dass sie es wagen würde, seine Räume trotz des ausdrücklichen Verbots zu betreten. Sie näherte sich zügig dem Schreibtisch und griff nach ihrer Tasche. Dabei fiel ihr flüchtiger Blick auf das Foto einer fremden Frau, die sich nackt und lasziv auf einem Diwan rekelte, aber sie empfand nicht das Geringste. Noch vor wenigen Tagen hätte ihr dieser Zufallsfund das Herz gebrochen, aber da, wo ihr Herz verzweifelt für ihn geschlagen hatte, war nichts als eisige Kälte.

Sie warf einen hektischen Blick in die Tasche und atmete erleichtert auf, als sie alles vorfand, was sie brauchte: ihren Ausweis, ihr Portemonnaie mit genügend Bargeld und ihren Autoschlüssel. Das Handy war allerdings nirgends zu finden. Hektisch durchsuchte sie sämtliche Schubladen danach, aber ihr Telefon war nicht da. Ihr war ganz schwindlig, nachdem sie alles durchwühlt hatte, und eigentlich war ihr danach, sich kurz auszuruhen, doch sie wollte keine unnötige Zeit mehr verlieren.

Gerade als sie sein Zimmer verlassen hatte und durch sein Badezimmer auf den Flur eilen wollte, überrollte sie eine derart heftige Welle von Schmerzen im Unterleib, dass sie schon befürchtete, es nicht zu schaffen, das Haus zu verlassen. Ihr blieb nichts anderes übrig, als sich stöhnend auf die Fliesen zu hocken. Allein der Gedanke, er könnte jeden Augenblick vor ihr stehen und ihren Plan vereiteln, verursachte ihr ein Gefühl im Brustkorb, als würde eine Riesenkrake sie mit ihrem Fangarm umschlingen und ihr langsam die Luft abdrücken. Doch sie schaffte es, nicht in den Abgrund der grausamen Angst vor der Angst gezogen zu werden, sondern atmete dagegen an, so wie sie es einmal in einem Buch gelesen hatte, nachdem die ersten Attacken sie aus der Bahn geworfen hatten. Manchmal half es, manchmal nicht. Nach ein paar Minuten war alles vorüber, und sie zog sich am Badewannenrand in die Höhe. Ungeachtet der Schmerzen setzte sie langsam einen Fuß vor den anderen und verließ das Bad.

Unten angekommen, warf sie noch einen Blick in den Spiegel. Bedauernd stellte sie fest, dass sie zum Fürchten aussah. Zu den verräterischen schwarzen Ringen kamen nun ihr von der Anstrengung knallrot gewordenes Gesicht und das Haar, das ihr wirr in die Stirn hing. Schließlich schaffte sie es, mit einem deckenden Make-up einigermaßen passabel auszusehen.

Sie hatte nun nur noch den einen Gedanken: Raus aus diesem Haus! Entsetzt stellte sie fest, dass er die Haustür abgeschlossen hatte. Für den Bruchteil einer Sekunde schien sie ratlos, doch dann durchquerte sie schnellen Schrittes den Wohnraum und verließ das Haus durch die Terrassentür. Sie wunderte sich selbst darüber, wie leicht es ihr fiel zu wissen, dass sie nie mehr hierher zurückkehren würde. Nein, ihr war nicht die Spur sentimental zumute. Nur der Abschied von ihrem Boot, das gerade majestätisch in der Sonne lag, gab ihr einen kleinen Stich.

Doch das Gefühl war nicht zu vergleichen mit den Qualen, die sie damals erlitten hatte, als sie Jennifer hatte sterben lassen. Monatelang war sie jede Nacht schweißgebadet aufgewacht, weil sie davon geträumt hatte, wie Susanne und Julia an ihrem Grab weinten. Und auch an Noah hatte sie manchmal denken müssen. Sie war sicher, dass ihr Tod ihm das Herz brechen würde, denn dass er sie über alles liebte, daran hatte sie nie den geringsten Zweifel gehegt. Und auch nicht daran, dass er sie immer lieben würde!

Der Gedanke, dass sie Alice spurlos verschwinden ließ, verschaffte ihr hingegen eine Art tiefer Befriedigung. Und vor allem, wenn sie sich vorstellte, dass er im Leben nicht darauf kommen würde, dass sie wieder zu Jennifer geworden war, und dass er, selbst, wenn er sie finden würde, gar nichts dagegen tun konnte. Denn er war dazu verdammt, auch ohne sie auf immer und ewig Steven zu bleiben! Es sei denn, er wollte geradewegs ins Gefängnis wandern.

28.

Cape Forchu, Juli 2015

Meine liebe kleine Schwester, die ich in meinem Leben keinen Tag vergessen habe, geliebte Julia,

dies liest du, wenn ich tot bin, zum zweiten, dritten oder vierten Mal gestorben bin, aber dieses Mal endgültig. Ich denke, du wirst mit den hunderttausend Euro, die ich dir vererbe, noch etwas anfangen können, denn ich wusste schon als Jugendliche, dass ich früh sterben werde. Nun also ist es geschehen.

Ich schreibe dir diese Zeilen, kurz nachdem ich deine Stimme am Telefon gehört habe. Glaube mir, es hat mich viel Überwindung gekostet, dich geschäftsmäßig abzufertigen. Wie gern hätte ich mich zu erkennen gegeben, nachdem wir uns am Flughafen beinahe in die Arme gelaufen sind. Ich habe gedacht, ich sehe einen Geist, als ich dich in der Warteschlange entdeckt habe. Wie entsetzt du in meine Richtung geguckt hast! Ich wusste, wenn wir auch nur ein persönliches Wort wechseln, kann ich mich nicht länger vor dir verstecken. So hast du mich wahrscheinlich für meine Doppelgängerin gehalten. Sonst hättest du mich bestimmt nicht angerufen und mich gefragt, ob du mir den Führerschein schicken sollst. Was für ein erbärmliches Theater, das ich dir da vorgespielt habe. Vielleicht wirst du es mir nicht glauben, mir wollte es schier das Herz brechen, als ich vor einer Begegnung mit dir kopflos in die Herrenwaschräume geflüchtet bin. Und ich schwöre dir, hätte ich keine triftigen Gründe gehabt, vor dir wegzulaufen, ich hätte es nicht getan. Aber ich konnte nicht anders.

Und damit du verstehst, was es zu bedeuten hat, wenn du eines hoffentlich noch fernen Tages plötzlich die Nachricht bekommst, dass du von einer gewissen Alice Taylor hunderttausend Dollar erbst, schreibe ich dir diese Zeilen. Und das, was ich jetzt zu Papier bringe, ist die volle Wahrheit. Ich möchte nur eines: dass du deine große Schwester in guter Erinnerung behältst. Nicht als die Frau, die dir einst den Mann ausgespannt hat. Sicher, das habe ich getan, aber glaube mir, ich habe es bitter bereut. Wie sollte ich damals in Hamburg ahnen, was für ein Teufel der sanftmütig scheinende Noah doch sein kann? Aber nun der Reihe nach.

Julia legte das Heft erschrocken aus der Hand. Ihr Herz klopfte bis zum Hals. Was Jennifer da über Noahs wahres Wesen andeutete, deckte sich mit dem, was Jonas behauptet hatte. Wollte sie das wirklich wissen? Was, wenn sich tatsächlich Abgründe auftaten, die ihr frisches Glück mit Noah zerstören würden, bevor es richtig begonnen hatte? Doch hatte sie eine Wahl? Sollte sie das Heft ungelesen vernichten? Nein, denn selbst, wenn sie das tatsächlich über das Herz brachte, waren diese knappen Worte nicht schon geeignet, ein tiefes Misstrauen gegen den Mann, den sie seit siebzehn Jahren liebte, zu säen? Mit zitternden Fingern griff sie erneut nach dem Heft und fuhr mit dem Lesen fort.

Es fing ein paar Monate nach unserer Hochzeit an. Noah wollte eine Feier im kleinsten Kreis, aber ich hatte doch schon seit meiner Kindheit von einem märchenhaften Fest geträumt. Erinnerst du dich, dass ich immer Hochzeit spielen wollte und du es langweilig fandst, der Bräutigam zu sein?

Susanne hatte mir einen weißen Tüllstoff geschenkt, den ich mir als Brautkleid um den Körper drapiert habe. Ach, es fällt mir schwer, Mutter zu erwähnen. Du wunderst dich sicher, dass ich nicht auch an sie schreibe, aber das kann ich nicht. Ich habe schon dir gegenüber ein schlechtes Gewissen, aber die eigene Mutter im Glauben zu lassen, dass ihr Kind von den Trümmern der Türme zu Staub zermahlen wurde, das werde ich mir nie verzeihen. Dabei hatten Mutter und ich immer ein eher schwieriges Verhältnis zueinander. Ich glaube, sie konnte mit dir einfach mehr anfangen. Du warst so fröhlich, so unkompliziert und hast ihr nie so viel Kummer gemacht. Ich gebe es zu, ich war oft sehr eifersüchtig auf dich. Du warst so mutig, während ich immer schon als Kind vor allem und jedem Angst hatte. Angst vor der Dunkelheit, Angst vor dem Wasser (aber die habe ich heilen können. Stell dir vor, ich hab ein eigenes Boot und liebe es, damit allein über die Wellen zu fliegen), Angst davor, einen Fleck auf dem Kleid zu haben … Ich könnte die Liste unendlich fortsetzen. Ach, wie oft kamst du mit blutigen Knien und einem Riss im Kleid nach Hause, weil du mit den Nachbarjungen herumgetobt bist. Und dann wurdest du immer vernünftiger, hattest gute Noten, ohne ein Streber zu sein, während ich keine Regel akzeptieren wollte. Erinnerst du dich noch, als ich, statt auf Klassenreise zu gehen, mit meinem Freund – mir ist sein Name entfallen – im Wagen seines Vaters nach Italien gefahren bin und er einen schlimmen Unfall gebaut hat? Ich habe heute noch deine Worte im Ohr, wie du mich davor gewarnt hast, mit ihm zu fahren. »Jenny, denk daran, das kann ganz blöd rauskommen. Dein Lehrer muss doch nur bei Susanne anrufen, um dir gute Besserung zu wünschen. Und dann hast du den Salat, dann ist klar, dass du die Entschuldigung gefälscht hast, dann kannst du von der Schule fliegen.« Ja, so hast du auf mich eingeredet, aber ich habe nicht auf dich gehört. Hätte ich doch bloß! Ich habe so viele Fehler gemacht, wie den, dir den Mann auszuspannen, aber wer weiß, vielleicht war es auch dein Glück, dass dir mein Leiden erspart geblieben ist …

Aber nun will ich dir endlich anvertrauen, warum ich eine neue Identität angenommen habe, nachdem ich den Anschlag auf das World Trade Center nur knapp überlebt hatte. Ganz einfach, ich hatte mein Gedächtnis verloren. Sonst hätte ich mich niemals so feige davongestohlen und Susanne und dir diesen Kummer erspart.

Ich bin in einem Krankenhaus aufgewacht und konnte mich an nichts mehr erinnern. Die Ärzte versicherten mir, das rühre von dem Schädelhirntrauma her, das ich erlitten hätte, als ich durch die Wucht der Explosion durch die Luft und dann gegen eine Wand geschleudert worden sei. So hatten es die Sanitäter den Ärzten berichtet, und auch, dass man mich Minuten vor dem Einsturz des zweiten Turmes ins Freie gezogen hatte. Ich konnte mich zunächst überhaupt nicht daran erinnern, dass ich je in den Türmen des World Trade Centers gewesen war. Nein, es war alles ausgelöscht, was ich je erlebt hatte und was mich ausmachte. Ich war quasi eine Frau ohne Vergangenheit. Das Erste, was mir wieder ins Gedächtnis drang, war mein stundenlanger quälender Abstieg durch die Treppenhäuser bis runter in die Lobby. Ich konnte mich aber weder daran erinnern, in welchem Stockwerk ich gearbeitet, noch, was ich genau beruflich gemacht hatte. Und auch sonst fehlte mir jegliche Erinnerung an mein Vorleben. Ich konnte den Ärzten weder sagen, ob ich verheiratet war oder ob ich sonst Familie besaß. Ich war die namenlose Patientin, die weder Besuch bekam noch von ihren Angehörigen gesucht wurde. Die Ärzte waren ratlos, vor allem, als ich dann auf dem Weg der Besserung war. Wohin sollten sie mich entlassen? Und dann kam ein Kanadier auf unsere Station, der auf der verzweifelten Suche nach seiner Ehefrau war, die ebenfalls in den Türmen gearbeitet hatte. Wir beide kamen miteinander ins Gespräch und schütteten uns gegenseitig unser Herz aus. Er hieß Steven und stammte aus der Gegend von Vancouver. Irgendwann gab er die Hoffnung auf, seine Ehefrau noch lebend zu finden. Er hatte alle Krankenhäuser der Stadt abgesucht, aber sie blieb spurlos verschwunden. Und auch alle anderen Mitarbeiter der Bank, für die sie gearbeitet hatte, waren tot. Steven tat mein Schicksal sehr leid, und ich denke, er hatte sich ein wenig in mich verliebt. Immerhin machte er mir, als meine Entlassung näher rückte, den Vorschlag, mit ihm zusammen nach Kanada zu gehen. Mir war das recht, denn da ich keinen Schimmer hatte, wohin ich gehörte, war die Gesellschaft des attraktiven Kanadiers meine einzige Alternative. Steven wollte auf keinen Fall zurück nach Vancouver, weil ihn dort alles an seine Frau erinnerte. Stattdessen schlug er vor, doch nach Nova Scotia zu gehen. Diesen bezaubernden Flecken kannte er nur aus diversen Urlauben, aber er hatte eine Affinität zu diesem Teil Kanadas. Wir mieteten eine kleine Wohnung im Hafenort Yarmouth und verliebten uns ganz heftig ineinander. Unsere Liebe wuchs so rasch und gewaltig, dass wir keinen Grund sahen, nicht zu heiraten. So wurde ich zu Alice Taylor, einer Kanadierin. Steven besaß die finanziellen Mittel, dass wir uns auf der Insel Cape Forchu ein Grundstück kaufen und dort ein Haus bauen lassen konnten. Wir baten einen örtlichen Architekten, uns einen Entwurf zu machen, doch dann passierte das Unglaubliche: Ich setzte mich eines Abends an meinen Schreibtisch und brachte ein traumhaftes Haus zu Papier. Steven war begeistert und fest davon überzeugt, ich müsse in meinem früheren Leben Architektin gewesen sein, weil es unmöglich wäre, so etwas ohne Ausbildung bis ins letzte Detail zu zeichnen. Es brauchte noch eine ganze Zeit, bis es in mein Bewusstsein drang, dass ich in einem Architektenbüro im 82. Stock im Nordturm gearbeitet hatte. Und dann riss der Vorhang, und die schöne Zeit des gnädigen Vergessens war vorüber. Mir fiel wieder ein, was geschehen war. Und ich wusste wieder, wer ich gewesen war. Julia Goldstein. Mit dieser Erinnerung kroch aber auch das Schreckliche aus den schwarzen Löchern empor und vergiftete mein Bewusstsein. Ich würde dir gern ersparen, Details über meine Qualen zu erfahren, aber nur so wirst du verstehen, dass mein Mann und ich entschieden haben, dass niemals auch nur ein Mensch auf dieser Welt erfahren darf, dass ich das Grauen überlebt hatte, nachdem ich ihm all das anvertraut habe, was du jetzt erfahren sollst. Wenn du nicht mehr solche starken Nerven wie früher haben solltest, dann lege dieses Heft zur Seite und vernichte es. Dann genügt dir vielleicht mein Schwur, dass ich so handeln musste, weil ich Todesangst hatte.

Fröstelnd hielt Julia inne. Sie war hin- und hergerissen. Natürlich wollte sie erfahren, was ihrer Schwester zugestoßen war, wenngleich sie wahnsinnige Angst davor hatte, denn sie hegte nicht den geringsten Zweifel daran, dass derjenige, der Jennifer das angetan hatte, Noah gewesen war. Vor ihm hatte sie Todesangst gehabt, solche Angst, dass sie geglaubt hatte, nie wieder in ihr altes Leben zurückkehren zu können.

Es kann doch nicht sein, dachte Julia verzweifelt, es kann doch nicht angehen, dass ich mich in einem Menschen dermaßen getäuscht haben sollte. Angewidert fuhr sie mit ihrer Lektüre fort.

Wie ich anfangs schon erwähnte, begann das Drama nach unserer Hochzeit. Ich war beseelt von diesem wunderschönen Fest, als wir uns nach einer durchtanzten Nacht am Morgen in unser Schlafzimmer zurückzogen. Wir hatten das Fest in seinem Haus in den Hamptons ausgerichtet. Die Gäste kamen zum großen Teil aus der Gegend, und für die, die aus New York angereist waren, hatte er in den umliegenden Hotels Zimmer gebucht. Ich war untröstlich, dass Susanne und du, dass ihr mir abgesagt hattet, aber natürlich konnte ich das auch verstehen. Wer möchte schon gerne Gast auf der Hochzeit sein, die eigentlich seine eigene gewesen wäre?

Jedenfalls passierte es in dieser Nacht, dass er mir mehr als deutlich zeigte, wer im Bett das Sagen hatte, und nicht nur das, er ließ keinen Zweifel daran, dass er mich auch bestrafen müsste, wenn ich nicht brav sein sollte.

Julia ließ den Brief sinken. Das ist doch Irrsinn, dachte sie, hatte Noah ihr nicht gerade das Gegenteil offenbart? Dass Jennifer nach Schmerz beim Sex verlangt und sich sogar selbst verletzt hatte? Und es hatte alles so glaubwürdig geklungen. Sie sah Noahs gequältes Gesicht, während er ihr das anvertraut hatte, noch vor sich. Und das sollte alles Lüge gewesen sein? Oder ist Jennifer die Fantasie durchgegangen, und sie ist die Lügnerin? Aber warum sollte sie mir so etwas schreiben, wenn sie davon ausgehen muss, dass ich es erst nach ihrem Tod lesen werde?, dachte Julia und hielt Letzteres für zu absurd. Oder sie ist wirklich komplett verrückt. Zögernd fuhr sie mit dem Lesen fort.

Ich weiß noch heute, wie in mir eine Welt zusammengebrochen ist. Aber ich habe das alles mitgemacht, weil ich ihn noch liebte. Glaube mir, liebe Julia, niemals hätte ich dir den Mann ausgespannt, wenn ich ihn nicht so unendlich geliebt hätte. Jedenfalls wurden seine nächtlichen Bestrafungen von Mal zu Mal eine Spur härter, sodass ich es schließlich kaum mehr ertragen konnte. Es hat mich so belastet, dass ich sogar einen

Therapeuten aufgesucht habe, um mit ihm zu klären, woher ich die Kraft nehmen könnte, mich von ihm zu trennen.

Wieder hielt Julia inne, weil sich das, was Jennifer schrieb und was Noah ihr anvertraut hatte, komplett widersprach. Nach Noahs Schilderungen hatte er sie gebeten, wegen ihres Hangs zur Selbstverstümmelung einen Psychiater aufzusuchen, was Jennifer abgelehnt hatte.

»Oh mein Gott, was für ein Abgrund«, stöhnte sie laut, bevor sie sich regelrecht zwang weiterzulesen.

Außerdem litt ich zu dem Zeitpunkt schon unter Schlafstörungen und schweren Depressionen, oftmals verbunden mit dem Bedürfnis, nie mehr aufzuwachen. Ich wurde immer dünner und litt unter chronischen Erschöpfungszuständen. Mein einziges Bestreben bestand darin, so wenig sexuellen Kontakt wie nur möglich mit ihm zu haben. Ich habe mich dann – was sicherlich keine besonders gute Lösung für mein Problem war – in ein paar kleine Affären gestürzt. Sie hatten keinerlei Bedeutung für mich, außer dass sie mich für kurze Augenblicke vergessen ließen, in was für einer Hölle ich gelandet war. Ganz dunkel erinnere ich nur noch einen dieser Männer. Jonas, ein Kollege aus dem Büro. Der war sehr in mich verliebt und bemüht, mir alle Wünsche von den Augen abzulesen. Und er war so zärtlich und liebevoll und gab mir das Vertrauen in die Männer, das ich völlig verloren hatte, zurück. Er war auch der Einzige, dem ich anvertraut habe, dass mein Mann mich misshandelt, denn mittlerweile schlug Noah auch schon aus nichtigen Gründen im Alltag einfach zu. Jonas war ein Deutscher, der sicherlich mit mir irgendwo anders hingegangen wäre, aber das hätte ich ihm doch nicht zumuten können. Noah hatte seine Kontakte überall. Es wäre egal gewesen, wohin ich auf dieser Welt flüchte, Noah hätte mich immer aufgespürt, und dann, wer weiß, dann hätte er mich vielleicht umgebracht. Und meinen damaligen Freund gleich mit. Das hatte er mir auf jeden Fall angedroht an einem schicksalhaften Abend, an dem er mich ohne Ankündigung von einer Weihnachtsfeier der Firma abgeholt hatte. Ich tanzte gerade mit Jonas und war so versunken, dass ich Noah nicht kommen sah. Wie ein Wahnsinniger zerrte er mich von der Tanzfläche, schubste mich vor sich her bis in den Fahrstuhl. Im Wagen schlug er mir die Faust ins Gesicht und drohte mir, sollte er mich noch einmal mit einem anderen Mann erwischen, dann würde ich das bitter bereuen. Und der Mistkerl ebenso!

Hast du vor diesem Hintergrund wenigstens ein klein bisschen Verständnis dafür, dass ich mich bis in alle Ewigkeit tot stellen musste? Er hätte mich bis ans Ende der Welt verfolgt, und glaube mir, er ist so geschickt, er hätte die Wahrheit herausgefunden, wenn Susanne oder du eingeweiht gewesen wäret. Das wollte ich nicht riskieren. Und natürlich konnte ich mir denken, wen du in New York besuchst. Wahrscheinlich heult er dir die Ohren voll über meinen Tod, oder schlimmer noch, er macht dir den Hof. Ich kann nur beten, dass du nicht so dumm bist, auf ihn reinzufallen, denn dann findest du dich schneller in der Hölle wieder, als du es dir in deinen schlimmsten Albträumen vorstellen kannst. Aber du musst verstehen, dass ich dich nicht jetzt warnen kann, denn dann bringe ich mich in Gefahr, und nicht nur mich, ich erwarte endlich das Kind, das ich mir so sehnlichst gewünscht habe. Und ich bete, dass mir noch viele Jahre im Schoß meiner glücklichen Familie bleiben.

Ich hoffe, du bist im fernen Deutschland in Sicherheit, wenn dich eines Tages die Nachricht meines Notars erreicht, dass ich dir wenigstens ein bisschen Geld vererbt habe. Das ist meine Art der Wiedergutmachung. Bitte hasse mich nicht. Ich konnte nicht anders.

Deine Schwester Jennifer, die dich immer geliebt hat, auch wenn sie es dir zu Lebzeiten nicht zeigen konnte.

Julia ließ das Heft erneut sinken und starrte wie in Trance die Wand ihres Hotelzimmers an. Kind? Das schien die Wahrheit zu sein, aber offenbar hatte sie es verloren, wie die Spuren auf der Terrasse bewiesen. Sie spürte, wie ihr übel wurde, und sie beschloss, an die frische Luft zu gehen. Das Heft steckte sie in ihre Tasche, bevor sie eilig das Zimmer verließ. Sie wollte es noch einmal lesen, sobald sich ihre angeschlagenen Nerven etwas beruhigt hatten, um dann zu überlegen, was sie tun sollte: Jennifer so lange auflauern, bis sie sie endlich zur Rede stellen konnte, oder ihrem Flehen nachkommen und sie in Ruhe lassen? Und wie sollte sie sich Noah gegenüber verhalten? Wenn das alles Unsinn war, der Jennifers krankem Hirn entsprungen war, hatte er doch ein Recht zu erfahren, dass seine Frau noch lebte, aber wenn auch nur ein Quäntchen Wahrheit in dieser Gruselgeschichte steckte, dann würde sie ihre Schwester in Gefahr bringen, wenn sie Noah einweihte.

29.

Julia schlenderte völlig verwirrt hinunter zum Hafen. Als sie an dem Gebäude vorbeikam, in dem »Alice Taylor« ihr Büro hatte, zögerte sie einen winzigen Augenblick. Was, wenn ihre Schwester gerade dort oben am Fenster stand und sie dort unten vorbeigehen sah? War es wirklich richtig, nicht alles zu unternehmen, um sich Aug in Aug zu begegnen? Und wenn dieser Moment, in dem sie sich Auge in Auge gegenüberstanden, nur dazu diente, dass sie Jennifer schwor, Noah nicht zu verraten, dass sie noch lebte.

Julia hob den Blick, aber hinter den großen Fenstern im oberen Stockwerk rührte sich nichts. Sie war ratlos und viel zu durcheinander, um an der Tür zu klingeln.

Unten am Hafen setzte sie sich auf eine Bank und ließ ihren Blick eine Weile über das in der Sonne glitzernde Wasser und die Boote schweifen, die an den Stegen leise im Wind dümpelten, bis sie sich noch einmal in Jennifers Abschiedsworte vertiefte. Als sie fertig war, starrte sie geistesabwesend vor sich hin.

Sie hatte selbst Jonas nicht kommen hören. Erst als sie ihn erschrocken fragen hörte: »Oh Gott, was ist geschehen? Du kauerst ja hier wie ein Häufchen Elend«, wandte sie sich um.

»Du könntest doch recht haben«, stieß sie heiser hervor.

Jonas setzte sich neben sie auf die Bank und legte fürsorglich den Arm um sie.

»Womit könnte ich recht haben?«

»Womöglich ist sie aus Angst vor meinem Schwager in ein neues Leben geflüchtet. Alles in mir weigert sich, es zu glauben, aber warum sollte sie lügen, wenn ich diesen Brief doch eigentlich erst nach ihrem Tod zu Gesicht hätte bekommen sollen? Oder ist sie doch komplett verrückt?« Julia reichte ihm das Schulheft, das Jonas aber gar nicht annehmen wollte.

»Ich weiß nicht, ob ich es wirklich lesen möchte«, bemerkte er.

»Doch, lies es. Bitte! Ich weiß sonst nicht, was ich tun soll, wenn ich mit keinem darüber sprechen kann.«

»Vielleicht lässt du es lieber Tine lesen. Sie macht nur einen kleinen Bummel durch die Geschäfte und wird bald im Hotel zurück sein.«

»Lies du es zuerst! Bitte!« Sie sah ihn flehend an. Schließlich hatte er sie gekannt und würde sich vielleicht ein besseres Urteil über diese ungeheuerliche Geschichte bilden können als seine Schwester, wenngleich sie befürchtete, dass dies für ihn nur der Beweis war, dass er Noah richtig eingeschätzt hatte.

Zögernd nahm Jonas das Heft in die Hand und begann zu lesen. Julia traute sich nicht einmal, in seine Richtung zu blicken, denn sie konnte an seinem Atem hören, dass es ihn nicht kaltließ.

Nach einer gefühlten Ewigkeit ließ er das Heft mit einem lauten Aufstöhnen sinken.

»Harter Tobak«, murmelte er.

»Wie du vermutet hast«, pflichtete sie ihm bei, während sie das Heft zurück in ihre Handtasche stopfte.

Jonas suchte ihren Blick. In seinen Augen war neben dem blanken Entsetzen auch eine gewisse Skepsis zu lesen.

»Du weißt, dass ich deinem Schwager so einiges zutraue und dass das da eigentlich Wasser auf meine Mühlen sein müsste, aber ich weiß nicht … ich finde diesen Brief irgendwie befremdlich. Das ist alles so dick aufgetragen. Was, wenn sie wirklich richtig krank ist? Ich habe ein komisches Gefühl. Das klingt wie ein Plädoyer. Nach der Kenntnis dieses Schreibens kannst du ja gar nichts anderes tun, als ihr zu verzeihen und sie in Ruhe zu lassen, aber wenn das alles so gewesen ist, warum scheut sie ein persönliches Gespräch mit dir? Sie konnte doch nicht wissen, dass du dir den Brief vom Schreibtisch klaust. Warum vertraut sie dir das nicht alles an und bittet dich, Noah nicht einzuweihen. Sie glaubt doch nicht allen Ernstes, dass du Noah unter diesen Bedingungen verraten würdest, dass sie noch lebt, oder?«

Julia zuckte die Achseln.

»Ich weiß doch auch nicht mehr, was ich denken soll. Und wenn ich ganz ehrlich bin, es kotzt mich an. Wäre ich doch bloß nicht nach New York gekommen!«, stieß sie verzweifelt aus.

Er legte den Arm um sie und musterte sie mitfühlend.

»Ich glaube, es hat einen Sinn, dass du diese Reise gemacht hast. Und wenn sie dazu dient, dich von den Gefühlen zu deinem Schwager zu kurieren, die dich seit damals gequält haben«, seufzte er.

Julia blickte ihn erschrocken an. Sie hatte ihm gegenüber doch bislang mit keinem Wort erwähnt, wie sehr sie all die Jahre Noah hinterhergetrauert hatte und dass sie sich niemals hätte vorstellen können, wieder in seine Arme zu sinken, nach allem, was er ihr angetan hatte. Und kaum hatte sie ihm eine zweite Chance gegeben, standen diese fürchterlichen Dinge im Raum. Sie zog es vor, seine Worte unkommentiert zu lassen.

»Was schlägst du vor? Bist du der Meinung, ich sollte alles daransetzen, dass sie mir in einem persönlichen Gespräch Rede und Antwort steht? Wenn selbst du daran zweifelst, dass Noah ein solches Monster ist.«

»Monster nein, aber das heißt ja nicht, dass ich ihn für einen normalen Kerl halte. Ich befürchte, der hat eine ausgemachte Macke. Sonst hätte er dich doch auch nie gegen deine Schwester eingetauscht!«

»Aber du bist doch auch auf sie abgefahren!«, protestierte sie.

Jonas stieß einen tiefen Seufzer aus. »Stimmt. Sie ist der

fleischgewordene Männertraum. Sie erweckt den Beschützerinstinkt, man glaubt, man müsse sie retten. Das habe ich jedenfalls damals gedacht. Aber ich glaube kaum, dass ich dich verlassen hätte, wenn sie mich dir so fies hätte ausspannen wollen. Und ich würde auch nicht beschwören wollen, dass sie mit dieser Story ordentlich auf die Sahne gehauen hat, um bei dir post mortem in gutem Licht dazustehen. Ich würde nur nicht ausschließen wollen, dass sie es perfekt versteht, Menschen in ihrem Sinn zu manipulieren. Wenn das alles so und nicht anders gewesen ist, dann würde jeder normale Mensch doch jetzt in die rettenden Arme der Schwester sinken und sie bitten, sie nicht zu verraten, oder?«

Bei all dem Durcheinander, das gerade in Julias Kopf herrschte, spürte sie, wie geborgen und sicher sie sich in Jonas' Arm fühlte.

»Aber was soll ich denn jetzt bloß tun? Ihr auflauern, bis ich sie zu fassen bekomme? Und was, wenn sie gerade wirklich ein Kind verloren hat und einfach nicht möchte, dass ich sie in diesem Zustand sehe?«

Jonas runzelte die Stirn. »Ich weiß auch nicht mehr, was ich denken soll. Vielleicht wäre es am besten, wir würden jetzt gemeinsam Urlaub machen, uns erholen, du kommst erst einmal zur Ruhe, und dann versuchen wir, sie auf dem Rückweg persönlich zu erwischen.«

Julia dachte kurz nach. Obwohl in ihrem Kopf immer noch alles mächtig durcheinanderging, kristallisierte sich ein Bedürfnis ganz deutlich heraus: diesen Ort fluchtartig zu verlassen. Und zwar für immer. Wie sehr hatte sie sich vor ihrer Abreise nach New York gefürchtet, dort mit der Vergangenheit ihrer Schwester konfrontiert zu werden, und nun befand sie sich inmitten eines mysteriösen Horrorfilms, in dem Jennifer die Hauptrolle spielte und sie entscheiden musste, ob sie ihn bis zum bitteren Ende ansehen und um jeden Preis verstehen oder einfach ausschalten wollte. Nein, sie wollte das Ganze einfach nur noch vergessen, nichts mehr wissen, nicht vor immer neuen Abgründen stehen.

»Das ist ein netter Vorschlag, Jonas, aber ich werde gleich morgen versuchen, mit der Fähre nach Portland zu fahren und …«

»Ach, hier seid ihr?«, ertönte Tines Stimme. »Ich hab euch schon überall gesucht. Stellt euch mal vor, ich hatte eben eine Erscheinung. Ich habe mir Geld von der Bank geholt, und da bin ich fast mit ihr zusammengestoßen.«

»Schwesterchen, hol mal eben Luft. Von wem redest du?«

»Na, von wem wohl? Von dieser Alice Taylor, ich meine natürlich, von deiner Schwester. Die Frau vom Foto! Die sah aus wie ausgekotzt, ich hätte sie glatt angesprochen, aber da kam schon so ein Bankmensch angewanzt und hat sie mit Beschlag belegt. Also, wenn ihr mich fragt, die ist wahrscheinlich wegen ihrer Fehlgeburt – denn ich meine, wer sollte das sonst gewesen sein auf der Terrasse – etwas geschwächt, aber sie hat sich völlig normal mit dem Mann unterhalten. Also, eine Irre ist das bestimmt nicht. Ich habe ganz große Ohren gemacht. Soviel ich verstanden habe, wollte sie alle ihre Konten auflösen. Aber dann hat der Banker sie in einen Nebenraum gebeten. Und da sitzt sie wohl immer noch. Kommt, wir müssen sofort hin und sie vor der Bank abpassen!«, stieß Tine hervor, wobei sich ihre Stimme vor Aufregung beinahe überschlug.

Julia räusperte sich ein paarmal, bevor sie zu Tines großem Bedauern verkündete, dass sie nichts mehr unternehmen würde, um ihre Schwester zu stellen.

»Ich verstehe das nicht. Ich meine, das ist die Chance!«, protestierte die Freundin.

»Du hörst doch, was Julia sagt. Und vielleicht hat sie sogar recht. Jennifer ist in den Trümmern gestorben. Was sie auch immer für Gründe gehabt haben mag, ihren Tod vorzutäuschen, wem nützen wir, wenn wir sie quasi zwingen, uns eine Erklärung abzugeben?«, seufzte Jonas. »Wenn ich ganz ehrlich bin, möchte ich persönlich nur von ihr wissen, warum sie damals die Million veruntreut hat. Doch meine Hoffnung, dass sie mir darauf eine ehrliche Antwort gibt, ist gleich null. Ich kann jedenfalls verstehen, wenn Julia an diesem Punkt entscheidet, sie will sie gar nicht mehr sehen. Wer weiß, was da noch alles ans Tageslicht kommt. Und wozu das alles? Wenn ihr mich fragt, ist und bleibt das eine dubiose Geschichte, von der Julia auch in einem persönlichen Gespräch mit ihrer Schwester nur Halbwahrheiten erfahren wird. Ich glaube ihr ja, dass sie vor ihrem Mann Angst hatte, aber dass der Kerl ein eiskalter Killer sein soll, das wage selbst ich zu bezweifeln, obwohl ich ihn für total cholerisch halte.«

Julia warf ihm einen dankbaren Blick zu. »Du sprichst mir aus der Seele. Ich will einfach mit der ganzen Sache nichts mehr zu tun haben. Weder mit Alice-Jennifer noch mit Noah!«

Tine sah zweifelnd zwischen ihrer Freundin und ihrem Bruder hin und her. »Es ist schon erstaunlich, wie ihr beiden euch in so wesentlichen Dingen wieder einig seid«, murmelte sie. »Aber was hat denn nun in dem Heft gestanden, das du dir von ihrem Schreibtisch gemopst hast? Ich höre nur Killer.«

Julia holte das Heft hervor und reichte es Tine.

»Lies selbst. Ich glaube, es ist ziemlich eindeutig, wer das Schwein in dem Spiel gewesen ist. Jedenfalls, wenn man ihren Worten Glauben schenken soll.«

Während Tine sich in den Text vertiefte, rückte Jonas noch näher an Julia heran. Er hatte immer noch den Arm um sie gelegt, und sie wünschte, dass er ihn in absehbarer Zeit nicht wegziehen möge.

»Ich habe mir nichts mehr gewünscht, als dass du endlich aufwachst, was diesen Noah angeht, aber jetzt finde es ehrlich gesagt zum Kotzen, dass du erst durch die Lektüre dieses dubiosen Briefs Zweifel daran zulassen kannst, dass dein Schwager, sagen wir es mal vorsichtig, ein Problem hat. Mir wäre es wesentlich lieber gewesen, du hättest aus ganz anderen Gründen gemerkt, dass sich deine Gefühle für ihn längst verändert haben …«, raunte er ihr zu.

»Wie meinst du das?«, fragte sie leise zurück, obwohl sie doch ahnte, was er ihr damit zu sagen versuchte. Dass er gehofft hatte, sie würde sich in ihn verlieben, statt sich nach so vielen Jahren wieder auf Noah einzulassen.

»Ich denke, du weißt, was ich damit sagen will.« In diesem Augenblick zog er seinen Arm weg. »Ich finde, du musst jetzt erst mal ganz gründlich für dich klären, ob und was du für diesen Mann empfindest, dich dabei aber nicht von diesem Brief leiten lassen, solange du nicht weißt, was ihn dazu getrieben hat, derart auszurasten wie auf unserer Weihnachtsfeier, denn …«

Er stockte und schien mit sich zu kämpfen, ob er weitersprechen sollte.

»Bitte verheimliche mir nichts, was ich wissen sollte«, bat sie ihn.

»In einem Punkt lügt deine Schwester auf jeden Fall.« Er zögerte, bevor er weitersprach. »Sie war diejenige, die im Bett härter angefasst werden wollte. Ich habe, soweit ich konnte, ihre Wünsche erfüllt, aber ich fand sie in dem Punkt manchmal eher zwanghaft und habe mir eingebildet, ihr durch meine Liebe zu zeigen, dass auch solche Spielarten ein lustvolles Vergnügen bleiben sollten. Sie hat mir mal gestanden, dass sie nicht mehr anders kann, seit ihre große Liebe gar nicht mit ihr schlafen konnte, ohne ihr Schmerz zuzufügen.«

Julia wurde allein bei dem Gedanken übel.

»Das war Jürgen, das Arschloch, von dem sie sich richtig mies hat behandeln lassen. Und ich habe gedacht, sie hätte darunter gelitten.«

»Du, ich möchte eigentlich auch gar nicht solche intimen Details ausplaudern, aber bislang habe ich geglaubt, dein Schwager liebte es, sie zu quälen. Was weiß ich. Vielleicht war er wirklich nur eifersüchtig, und sie hat einen amtlichen Knall.«

Julia warf einen prüfenden Seitenblick zu Tine, die so vertieft in ihre Lektüre war, dass sie nichts von ihrem Gespräch mitbekam.

»Danke, dass du es mir gesagt hast«, seufzte Julia. »Ich weiß nur noch eins: Ich will damit nichts mehr zu tun haben. Mit jedem Wort, das ich darüber verliere, tauche ich in das Leben meiner Schwester ein. Ich mag einfach nicht mehr. Es war immer schon so. Auch als wir klein waren. Immer hat sie meine Mutter und mich auf Trab gehalten. Immer drehte es sich um das, was sie wieder angestellt hatte. Soll sie damit leben, dass sie für uns gestorben ist. Ich werde sie in Frieden lassen!«

Jonas nahm ihre Hand. »Wenn es für dich besser ist, dann ziehen wir jetzt einen Schlussstrich unter unsere Suche nach der Wahrheit. Ich werde es schon verschmerzen, niemals herauszufinden, warum sie das Geld veruntreut hat. Und du nicht, warum sie eine neue Identität angenommen hat.«

In diesem Augenblick blickte Tine von ihrer Lektüre auf und musterte die beiden fassungslos. »Jetzt verstehe ich, dass euch die Lust vergangen ist, die Wahrheit herauszufinden. Also, ganz ehrlich, deine Schwester hat tatsächlich nicht alle Latten am Zaun, und dein Schwager scheint ein echtes Arschloch zu sein. Lasst uns bloß schnellstens aus Yarmouth verschwinden. Das sind ja Abgründe. Mein lieber Mann! Und wenn wir zurück sind, holst du deine Sachen von diesem Noah ab und ziehst erst mal zu uns, in Jonas Gästezimmer, sobald ich zurückgefahren bin, oder du kommst gleich mit mir zurück nach Berlin.«

Julia zuckte die Achseln. »Ich muss in New York bleiben wegen des Jobs. Aber ich fahre gleich morgen in die Hamptons, um mir meine persönlichen Sachen aus dem Haus zu holen. Und ich werde Noah auf keinen Fall etwas von Jennys Doppelleben verraten. Wenn er wirklich so ein Sadist ist, wie meine Schwester schreibt, werde ich nichts unternehmen, um womöglich ihr Leben in Gefahr zu bringen, obwohl ich ganz Jonas' Meinung bin. Ich suche mir dann ein WG-Zimmer in New York.«

»Ich finde deine Entscheidung richtig, bis auf das eine: Natürlich wohnst du bei mir«, sagte Jonas. »Ich spiele sowieso mit dem Gedanken, mir einen Untermieter zu nehmen, denn die Wohnung ist für mich allein doch recht groß. Selbstverständlich bist du meine erste Wahl. «

»Ich weiß nicht so recht«, entgegnete Julia skeptisch.

»Das ist ein rein freundschaftliches Angebot. Ich kann mir keine bessere Mitbewohnerin vorstellen als dich«, fügte er hinzu.

»Okay, wir können es ja einmal miteinander probieren.« Der Gedanke, mit Jonas zusammenzuleben, löste gemischte Gefühle in Julia aus, besonders jetzt, da sie einander eben doch noch recht nahegekommen waren. Schließlich hatte er ihr durch die Blume gestanden, dass er mehr für sie empfand als bloße Freundschaft, doch dann wanderten ihre Gedanken zu Noah, und sie spürte einen riesigen Klumpen im Magen. Es war doch wie verhext, dass sie sich jetzt von ihm verabschieden musste, nachdem sie sich noch einmal so unverhofft wiedergefunden hatten. Aber hatte sie eine Wahl? Auch wenn sie immer noch nicht glauben wollte, dass Jennifers angebliche Angst vor ihm der Grund für ihr Doppelleben gewesen war, wie sollte sie ihm jemals wieder offen in die Augen sehen können, nach allem, was sie inzwischen wusste? Eines war auf jeden Fall sonnenklar: Sie wollte Noah niemals mehr wiedersehen! Er würde sie nur an Jennifers Abgründe erinnern. Und was sie selbst am meisten wunderte: Der Gedanke daran warf sie innerlich keineswegs aus der Bahn. Im Gegenteil, sie spürte, dass sie zum ersten Mal in all den Jahren in der Tiefe ihrer Seele bereit war, ihn loszulassen, auch wenn die Vorstellung noch schmerzte, aber ihr war so, als gäbe es Licht am Horizont. Sie erschrak über ihre eigenen Gedanken. Hoffte sie etwa insgeheim doch darauf, dass sich mehr zwischen Jonas und ihr entwickeln würde?

»Wie soll ich Noah bloß erklären, dass wir uns niemals wiedersehen können?«, murmelte Julia mehr zu sich.

»Tja, dabei kann ich dir leider nicht helfen«, bemerkte Jonas.

»Ich würde mich an deiner Stelle auf keine Diskussion einlassen. Wenn du ihn wirklich nicht wiedersehen möchtest, dann verschwinde einfach aus seinem Leben. Denn stell dir nur vor, es ist etwas dran an dem, was deine Schwester schreibt. Nicht, dass er dann noch gegen dich gewalttätig wird. Also, wenn du mich fragst, ich würde kein Risiko eingehen.«

Das leuchtete Julia ein, und sie nahm sich vor, den Rat der Freundin zu befolgen und ihre Sachen aus dem Haus zu holen, wenn er in der Klinik war, und ihm einen kleinen Brief dortzulassen, in dem stand, dass sie zu dem Schluss gekommen war, dass Jennifer auf ewig zwischen ihnen stehen würde. Und das wäre ja nicht einmal gelogen!

Als die drei Freunde wenig später zurück zum Hotel gingen, mussten sie an einer Fußgängerampel warten. Jonas war der Erste, der die Fahrerin erkannte, die nun direkt auf dem Fußgängerüberweg hielt, weil die Wagen vor ihr bremsten. Er erschauderte bei dem Gedanken, dass er diese Frau einmal geliebt und ihretwegen so entsetzlich gelitten hatte. Sie blickte geradeaus, das Gesicht zu einer Maske erstarrt. Wie ein Zombie, ging ihm durch den Kopf, bevor er Julia in die Seite stieß und stumm auf die blonde Frau in dem Auto deutete.

»Schau, da ist sie ja«, bemerkte Tine aufgeregt, die sie unabhängig von Jonas in dem Auto entdeckt hatte. »Das ist unsere letzte Chance!«

Julias Herz pochte bis zum Hals. Nun war sie wirklich zum

Greifen nahe. So nahe, dass sie sogar den Leberfleck am Kinn ihrer Schwester erkennen konnte.

»Wenn sie uns den Blick zuwendet, dann renn ich hin und reiße die Autotür auf. Wenn sie uns nicht wahrnimmt, dann lassen wir sie fahren«, sagte Julia wie in Trance.

Julia starrte gebannt zu der Frau in dem Wagen, die weiterhin stur geradeaus blickte. Als sich der Stau auflöste und sie weiterfahren konnte, wandte sie sich für einen Augenblick um. Ihre Gesichtszüge entgleisten. Panisch gab sie Gas und wäre beinahe auf den Vordermann aufgefahren.

Julia rannte los. Nun gab es für sie kein Halten mehr. Jetzt wollte sie es wissen! Und zwar alles! Sie hatte plötzlich eine mörderische Wut im Bauch auf ihre Schwester, weil sie so wahnsinnig rücksichtslos und egozentrisch war. Die schlagartige Erinnerung an ein Erlebnis aus ihrer Kindheit trieb sie voran.

Sie ist sieben Jahre alt und spielt mit Jennifer und ein paar anderen Kindern Verstecken. Sie ist dran mit Suchen. Kaum hat sie bis fünfzig gezählt, nimmt sie die Hände vom Gesicht und ruft: »Eins-zwei-drei-vier-Eckstein, alles muss versteckt sein«, und blickt suchend in alle Richtungen. Die Absprache ist, dass sie sich nur im Garten verstecken dürfen. Julia vermutet sie hinter einer alten Eiche und nähert sich dem Baum in freudiger Erwartung, doch in dem Augenblick hört sie ein Kichern, das von der Veranda kommt. Julia dreht sich zornig um, denn das ist gegen die Regeln. Wütend läuft sie zurück, doch da sieht sie die Horde Kinder lärmend im Haus verschwinden. Das ist so gemein. Schließlich findet sie die anderen im Kinderzimmer. Jennifer ist die Anführerin. Sie hält sich den Bauch vor Lachen. »Du bist so fies!«, stößt Julia zornig aus. »Wir haben gesagt, nur im Garten.« Jennifer lacht immer noch, die anderen sind inzwischen verstummt. Julia bricht in Tränen aus. Susanne kommt hinzu: »Was ist denn hier los?« Es wäre ein Leichtes für Julia, ihre Schwester zu verpetzen. Ihre Mutter würde ihr sicher die Meinung sagen, aber Julia schweigt. Als ihre Mutter das Zimmer verlässt, sagt Jennifer: »Du bist aber auch eine Mimose. Das ist doch nur ein Spiel!« »Aber wir haben abgemacht, nur im Garten«, protestiert sie unter Tränen. »Ach, du kleines Dummchen, du musst doch nicht immer alles glauben, was ich sage«, lacht Jennifer. Julia ballt die Fäuste, aber sie sagt nichts. Es hat doch keinen Sinn! Jennifer hat immer eine Ausrede, warum sie Versprechungen nicht einhält.

An einer roten Ampel holte sie den Wagen keuchend ein. Sie versuchte, die Beifahrertür aufzureißen. Vergeblich. Jennifer würdigte sie keines Blickes. Wie eine Wahnsinnige hämmerte Julia gegen die Scheibe. »Los komm raus. Stell dich!«, schrie sie. In dem Augenblick wurde sie mit einem eisernen Griff von dem Wagen weggerissen. Von einem Polizisten, der sie anbrüllte, sie solle sofort damit aufhören. Das sei Sachbeschädigung!

»Verdammt, das ist meine Schwester, ich habe ein Recht, sie zu sprechen«, schrie sie, doch der Polizist kannte kein Erbarmen. Er hielt sie fest, obwohl sie alles daransetzte, sich zu befreien. Sie trat nach ihm, während sie den Wagen nicht aus den Augen ließ, doch in dem Moment sprang die Ampel von Rot auf Grün, und der Wagen fuhr weiter.

»Scheiße, Scheiße, du blöde Kuh«, schimpfte Julia und wandte sich dem Polizisten zu. »Sie können mich jetzt loslassen!«

»Ich denke nicht dran. Sie haben einen Polizisten tätlich angegriffen. Das steht unter Strafe«, gab er nicht minder erregt zurück.

Da sah sie, wie sich ihnen Tine und Jonas im Laufschritt näherten.

»Lassen Sie mich bitte los! Es war eine Notsituation«, bat sie jetzt in moderatem Ton, aber der Ordnungshüter dachte nicht daran. Erst, als Jonas ruhig auf ihn einredete, ließ er sie los und sah von einer Anzeige ab, aber nicht, ohne sie ausführlich zu verwarnen.

Sie zitterte am ganzen Körper. Ihre Freunde hakten sie an beiden Seiten unter.

»So eine blöde Kuh«, wiederholte sie.

»Schimpf ruhig!«, ermutigte Tine sie. »Sie ist wirklich eine selten blöde Kuh!«

»Und nun?«, fragte Jonas. »Deutlicher kann sie kaum zeigen, dass sie zu keinem Gespräch bereit ist. Ich glaube, es ist sinnlos.«

Julia blieb abrupt stehen. »Das war dumm von mir. Ich war plötzlich so sauer auf sie.« Sie blickte entschuldigend zwischen ihren Freunden hin und her, bevor sie in ihre Tasche griff, das Heft hervorholte und es Jonas gab.

»Bitte wirf es weg. Ich will es nicht mehr haben. Es ist vorbei! Soll sie bleiben, wo der Pfeffer wächst. Mir ist es egal, ob sie krank oder nur eine durchgeknallte Egozentrikerin ist. Für mich ist sie jetzt gestorben!«, erklärte sie mit Nachdruck.

»Tatsächlich?«, fragte er skeptisch.

Julia nickte. »Es wird sicher noch eine Zeit dauern, bis ich nicht mehr daran denken muss, aber ich mag nicht mehr. Beinahe hätte ich ihretwegen eine Anzeige bekommen. Nein! Ich denke, jetzt sollte ich mich ausschließlich um mein eigenes Leben kümmern. Ich habe das Gefühl, ich habe in letzter Zeit ein paar Weichen falsch gestellt.«

Jonas schenkte ihr ein leises Lächeln. »Manchmal fahren die Züge auf einem anderen Gleis viel besser.«

Julia spürte, wie seine Bemerkung sie mitten ins Herz traf, aber sie reagierte nicht darauf, weil sie nicht gewusst hätte, wie. Sie musste erst einmal begreifen, dass Jonas ihr gerade noch einmal in aller Deutlichkeit sein Interesse versichert hatte.

»Ihr habt ja recht, wir sollten wirklich aufhören mit dem Detektivspielen«, seufzte Tine. »Ich fürchte, ich habe das Ganze wie ein Riesenabenteuer betrachtet, aber du, Julia, kannst nur verlieren, wenn du dranbleibst. Du würdest sie niemals wirklich verstehen, was immer sie dir als Erklärung für ihr Abtauchen serviert hätte.«

»Wow, was habe ich nur für eine kluge Schwester«, grinste Jonas.

Ja, dachte Julia, das ist klug, denn ihr war klar geworden, dass Jennifer sie durch den Brief in eine bestimmte Richtung geführt hatte, nämlich die, dass sie gar keine andere Wahl gehabt hätte, als sich bis in alle Ewigkeit tot zu stellen. Das hat sie immer schon genial gekonnt, fiel es Julia siedend heiß ein, zu lügen und damit Menschen zu manipulieren. Nur Susanne und sie hatten stets Skepsis gegenüber Jennifers abenteuerlichen Geschichten walten lassen. Deshalb musste sie auch den Brief ihrer Schwester mit der entsprechenden Vorsicht betrachten. Es hätte doch eine Alternative gegeben, als Susanne und sie im Glauben zu lassen, sie wäre tot. Sie hätte einfach die Scheidung von Noah einreichen können. Oder hätte er sie tatsächlich überall aufgespürt und ihrem Mann und ihr womöglich etwas angetan? Obwohl Noah nahezu verrückt nach Jennifer gewesen war, das traute sie ihm nicht zu. Und wie sie soeben erfahren hatte, glaubte selbst Jonas nicht, dass Noah der Typ war, der über Leichen ging. Und mit ihrer Flucht hatte sich Jennifer eben gerade selbst ins Aus befördert. Warum sollte sie auch nur noch einen Gedanken an eine Frau verschwenden, die ihr so deutlich signalisierte, dass sie für ihre Schwester tot sein und bleiben wollte!

Nein, verstehen und im Herzen vertrauen würde Julia Jennifer nie mehr!

In diesem Augenblick klingelte ihr Telefon. Ohne auf das Display zu gucken, wusste sie, dass es Noah war. Er hatte gestern bereits mehrfach versucht, sie zu erreichen, aber sie hatte diese Anrufe ignoriert. Vor lauter schlechtem Gewissen, dass sie ihn nicht in ihren Plan, herauszufinden, ob sich hinter Alice Taylor wirklich Jennifer verbarg, eingeweiht hatte. Inzwischen hatte sie weitaus gravierendere Gründe, seinen Anruf nicht anzunehmen. Sekunden später erhielt sie eine WhatsApp-Nachricht, die sie mit hochrotem Kopf las.

> Ich kann dich nicht erreichen. Melde dich mal. Ich vermisse dich so! Wann bist du zurück? In Liebe Noah

Das war der Augenblick, in dem endlich der Schmerz ihr Herz erreichte. Der Schmerz darüber, dass sie Noah niemals wiedersehen würde. Auch nicht als Freund. Dass nun das eintrat, was sie sich so oft in Berlin herbeigesehnt hatte. Dass er endgültig aus ihrem Leben verschwinden würde. Und was für eine Ironie des Schicksals, dass es genau in dem Moment passierte, in dem sie beide bereit gewesen waren, trotz aller Widrigkeiten, einen Neuanfang zu wagen.

Julia brach in lautes Schluchzen aus. Tine nahm sie fest in den Arm. Als Julias Tränen versiegten und sie den Kopf hob, trafen sich Jonas' und ihr Blick. Sie wünschte sich von Herzen ein Zeichen von ihm, eine Ermutigung, aber er wirkte total abgegrenzt, und wenn sie überhaupt eine Botschaft in seinen Augen lesen konnte, dann hieß sie so viel wie: *Werde du dir erst einmal über deine Emotionen klar! Solange du um ihn weinst, bin ich der Letzte, der dir wirklich helfen kann!*

Und das konnte sie ihm nicht einmal übel nehmen!

30.

Julia war nicht nur erschöpft von der Reise, sondern auch von den Ereignissen in Yarmouth, als sie in Montauk aus dem Jitney-Bus stieg. Sie hatte am Bahnhof nur schnell ihren Koffer in einem Schließfach deponiert, war dann gleich weiter zur Busstation gefahren und hatte großes Glück gehabt, weil der Bus zu den Hamptons schon eine halbe Stunde später gestartet war. Ein Blick auf die Uhr zeigte ihr, dass sie, wenn alles gut ging, nicht Gefahr lief, Noah zu begegnen. Es war ein Montag und früher Nachmittag, und da würde er mit Sicherheit in der Klinik sein. Da sie einen Schlüssel für sein Haus besaß, konnte sie auf diese Weise ganz entspannt ihre Sachen herausholen, sich im Ort einen Mietwagen nehmen, gegen Abend in New York sein und dann ihre gesamten Sachen in Jonas' Wohnung bringen. Sie war inzwischen sehr zufrieden mit der Entscheidung, bei ihm zu wohnen. Seine Liebeserklärung ging ihr nicht mehr aus dem Kopf. Und sie war sich sicher, dass er ihr die nötige Zeit geben würde, die sie brauchte, um die Sache mit Noah zu verarbeiten.

Sie nahm sich ein Taxi und musste, als das Haus vor ihr auftauchte, an die Kopie auf Cape Forchu denken. Dass Jennifer Noahs Haus nachgebaut hatte, dazu hatte sie in dem Brief merkwürdigerweise kein Wort verloren. Und noch etwas fehlte in dem Brief. Zu dem veruntreuten Geld hatte sich Jennifer ebenfalls ausgeschwiegen. Diese Tat konnte sie mit Sicherheit nicht Noah in die Schuhe schieben.

Julia war unwohl zumute, als sie den Schlüssel ins Haustürschloss steckte, doch dann erschrak sie. Die Tür war gar nicht abgeschlossen. War er etwa doch da? Vorsichtig betrat sie das Haus und stieß beinahe mit Nancy zusammen, die sie mit großen erstaunten Augen ansah.

»Julia? Noah hat mir gar nicht gesagt, dass du heute zurückkommst, aber schön, dass wir uns sehen. Soll ich einen Tee machen? Möchtest du was essen? Ich habe Muffins gebacken. Ich wollte nämlich gerade gehen, aber was hältst du von einem kleinen Plausch?«

Julia kämpfte mit sich. Eigentlich würde sie die Sache gern zügig hinter sich bringen, aber die Aussicht, noch ein wenig mit Nancy zu plaudern und etwas in den Magen zu bekommen, war verlockend, denn sie hatte bis auf ein Sandwich im Zug von Portland nach New York noch gar nichts gegessen.

»Gern, aber Noah weiß auch gar nicht, dass ich heute vorbeikomme, ich brauche nur ein paar Sachen und fahre später wieder zurück in die Stadt.«

Julia folgte Nancy in die Küche und holte Teller und Tassen aus dem Schrank. »Auf der Veranda?«, erkundigte sie sich.

»Bei dem schönen Wetter auf jeden Fall.« Es war ein heißer Tag, die Sonne brannte vom Himmel, und Julia hätte einiges darum gegeben, sich in diesem Paradies ein paar Tage von den Strapazen der Reise nach Nova Scotia auszuruhen. Sie deckte den Tisch und wurde ganz traurig bei der Vorstellung, dass sie dieses Haus niemals wiedersehen würde. Und noch trauriger bei dem Gedanken, wie glücklich sie vielleicht mit Noah hätte werden können, wenn sich nicht schon wieder Jennifer zwischen ihn und sie gestellt hätte, wenn auch anders als damals, aber nicht minder dramatisch.

Doch es blieb ihr keine Zeit, sich in trüben Gedanken zu verlieren, weil Nancy mit einem Tablett herbeigeeilt kam.

Als sie sich gegenübersaßen, musterte Nancy Julia mit einem wissenden Lächeln.

»Noah ist wie ausgewechselt, seit ihr beide euch offenbar gefunden habt.«

»Woher weißt du das?«

»Er hat es mir anvertraut, nachdem ich den Streit zwischen Barbra und ihm mit angehört habe. Unfreiwillig, aber die Frau hat derart rumgebrüllt, dass ich nicht weghören konnte.«

Julia bedauerte in diesem Augenblick, dass sie sich auf ein privates Gespräch mit Nancy eingelassen hatte. Wenn sie wüsste, dass ich nur gekommen bin, um meine Sachen zu holen und Noah endgültig zu verlassen, dachte sie. Es missfiel ihr, dass sie Nancy nicht die Wahrheit sagen konnte. Diese Frau begegnete ihr so offenherzig, und sie ließ sich von ihr private Dinge erzählen, die sie gar nichts mehr angingen.

»Worum ging es denn in dem Streit?«, fragte Julia anstandshalber, um keinen Verdacht zu erregen, obwohl sie bereits ahnte, worum es gegangen war. Sicherlich hatte die resolute Lady ihm vorgeworfen, dass er ihr Hoffnungen gemacht hatte.

»Er hat ihr gesagt, dass er sich ernsthaft in dich verliebt hat. Und da brach das Inferno los. Sie hat ihn angebrüllt und sogar einen Teller nach ihm geworfen.«

»Wie hat er denn darauf reagiert?«

»Er ist ganz ruhig geblieben, aber das hat sie nur noch wütender gemacht. Zum Schluss hat sie ihm noch eine Ohrfeige gegeben und unter Absingen schmutziger Lieder das Weite gesucht.«

»Und das hat Noah sich gefallen lassen?«

»Du kennst ihn doch. Der würde im Leben keine Frau schlagen.«

Julia wurde abwechselnd heiß und kalt. Das hätte sie vor ihrer Reise so unterschrieben, aber jetzt? Zum x-ten Mal seit sie diesen verdammten Brief gelesen hatte, überkamen sie ganz erhebliche Zweifel am Wahrheitsgehalt von Jennifers Worten.

Konnte sich derselbe Mensch, der eine Frau angeblich so gequält hatte, so einfach von einer anderen Frau schlagen lassen? Oder wurde er nur zum Sadisten, wenn er eine Frau bis zum Wahnsinn liebte, wie ihm das mit Jenny einst passiert war? Gott, wie gern würde sie wenigstens darüber Klarheit erlangen, aber das war unter diesen Umständen utopisch. Sie konnte ihn ja nicht einmal direkt mit dem Inhalt des Briefes konfrontieren, ohne ihm damit zu verraten, dass Jennifer noch lebte und sie, Julia, davon wusste.

»Komisch, du scheinst gar nicht so glücklich über diese Entwicklung zu sein wie Noah. Der strahlt aus allen Knopflöchern«, bemerkte Nancy skeptisch.

Julia fühlte sich ertappt. »Das liegt an meiner anstrengenden Reise. Ich war mit Freunden im Urlaub und bin seit gestern unterwegs. Ich bin ziemlich alle«, entgegnete sie hastig.

»Ja, ich weiß. Noah ist fast geplatzt vor Eifersucht auf deine männliche Reisebegleitung.«

»Das hat er dir so gesagt?«

Nancy lachte. »Ja, wir haben den Abend, nachdem Miss Barbra ihren furiosen Abgang zelebriert hat, zusammen gegessen und ein bisschen Wein vernichtet. Da hat er mir gestanden, dass er gar nicht glücklich darüber ist, dass du mit diesem attraktiven Kerl unterwegs bist.«

Julia fühlte sich schrecklich unwohl in ihrer Haut und überlegte fieberhaft, wie sie dieses Gespräch über Noah und seine Befindlichkeiten mit Nancy abbrechen konnte, ohne sie zu beleidigen.

»Entschuldige, aber ich muss mich mal kurz hinlegen. Ich habe gestern einen Fisch gegessen, der mir wohl nicht bekommen ist. Mir ist schon die ganze Reise über so komisch zumute.« Etwas Besseres fiel ihr nicht ein.

Nancy musterte sie besorgt. »Hoffentlich keine Fischvergiftung. Komm, leg dich schnell hin. Ich mache dir einen Tee, und wenn Noah kommt, wird er dir bestimmt helfen können, oder sollen wir gleich zu einem Arzt fahren?«

»Nein, bloß nicht. So schlimm ist es auch wieder nicht, ich muss nur mal kurz ruhen«, entgegnete Julia rasch, sprang auf und verschwand im Inneren des Hauses. Diese verdammten Lügen, dachte sie bekümmert, seit ich hier bin, nur Lügen. Ich muss Nancy belügen, ich muss Noah belügen … nein, ich will endlich mein eigenes Leben zurück!

Sie legte sich im Gästezimmer auf das Bett und starrte die Decke an. Sobald Nancy gegangen war, nachdem sie ihr den Tee gebracht hatte, würde sie das Haus schnellstens verlassen.

Nur noch einen Augenblick ausruhen, dachte sie und schloss die Augen. Binnen Minuten war sie in einen tiefen Schlaf gefallen, denn sie hatte nicht daran gedacht, wie übermüdet sie war.

Als Julia wieder aufwachte, wusste sie zunächst nicht, wo sie sich befand, doch dann erkannte sie das Zimmer wieder. Erschrocken fuhr sie hoch, und ein Blick auf die Uhr ließ sie hektisch aus dem Bett springen. Es war bereits halb sieben. In Panik raffte sie ihre restlichen persönlichen Sachen zusammen, aber wie sollte sie das transportieren? Den Koffer hatte sie mit nach New York genommen. Wo war ihre Umhängetasche, in die sie die wenigen Dinge hätten stopfen können? Die hatte sie in der Küchenzeile abgestellt, bevor sie mit Nancy auf die Veranda gegangen war, fiel ihr ein. Ein kalter Becher Tee stand neben ihrem Bett. Offenbar war sie sofort eingeschlafen, sodass sie nicht einmal die fürsorgliche Nancy gehört hatte.

Julia sah im Vorbeieilen kurz in den Spiegel. Sie sah schrecklich aus. Das Haarband hatte sich gelöst, und ihr langes Haar hing ihr ins Gesicht. Sie fand das Band auf dem Bett und machte sich hastig einen Pferdeschwanz, bevor sie nach unten rannte, um ihre Tasche zu holen. Die Angst, Noah zu begegnen, saß ihr im Nacken. Sie würde es niemals schaffen, Noah ins Gesicht zu lügen. Und überhaupt, wie sollte sie ihm erklären, dass sie ihn verließ, ohne ihm den wahren Grund zu nennen? Und würde er ihr auch nur ein Wort glauben, wenn sie ihm jetzt so einen Unsinn auftischen würde wie: *Ich habe es mir überlegt, ich kann doch keine Beziehung mit dir eingehen nach allem, was zwischen uns vorgefallen ist.* Niemals, dessen war sie sicher, denn sie würde diese Worte vielleicht sogar über die Lippen bringen, aber ihre Augen würden eine andere Geschichte erzählen.

Sie schnappte sich ihre Tasche und eilte zurück nach oben, als wäre der Teufel hinter ihr her. Mehr recht als schlecht verstaute sie ihr Zeug darin.

Gerade als sie das Haus verlassen wollte, sah sie Noah aus seinem Wagen steigen. Sie fand keine andere Möglichkeit, als zurück ins Haus zu flüchten, in der Hoffnung, dass er sie noch nicht entdeckt hatte. Mit pochendem Herzen eilte sie in Richtung der Verandatür, um das Haus auf dem Weg zu verlassen, doch gerade als sie das Haus sicher umrundet hatte, stand Noah plötzlich vor ihr.

Julia schrie hysterisch auf, weil in diesem Augenblick alles durch ihren Kopf tobte, was Jennifer über ihn behauptet hatte.

»Julia, was ist los?« Noah trat einen Schritt auf sie zu und packte sie am Arm. Es schmerzte. Oh Gott, wenn doch was an Jennifers Story dran war!

»Bitte, lass mich gehen!« Sie hatte keinerlei Kontrolle mehr über ihre Ängste. Sie fürchtete nur noch, er würde jede Sekunde zuschlagen.

Noah starrte sie fassungslos an, während sich seine Finger in ihre Oberarme bohrten.

»Lass mich sofort los! Nimm sofort die Hände weg!«, schrie sie ihn an. Erschrocken ließ er sie los und musterte sie sichtlich erschüttert.

»Julia, was ist mit dir? Hast du getrunken? Hast du was genommen?«

»Ich, ich, möchte nur weg. Verstehst du? Ich will dich niemals wiedersehen. Und ich möchte nicht mit dir darüber reden. Hörst du? Lass mich nur gehen!«

Noah trat einen Schritt beiseite. Julia stürzte an ihm vorbei. In ihrem Kopf wirbelten die Gedanken wild durcheinander. Den großen Stein auf dem Weg bemerkte sie erst, als sie darüberstolperte und auf dem Boden aufschlug. Sie merkte sogar noch, dass ihr Kopf auf etwas Hartes traf. Dann verlor sie das Bewusstsein.

31.

Als Julia die Augen aufschlug, wusste sie nicht, wo sie war. Sie stellte fest, dass sie in einem Bett lag. Aber, wer der Mann war, der mit besorgter Miene in einem weißen Kittel neben ihr auf einem Stuhl saß, war ihr sofort klar.

»Noah, wo bin ich? Was ist passiert?«

Er sah sie erleichtert an.

»Oh Gott, du bist aufgewacht. Ich hatte schon Sorge, du fällst ins Koma oder Schlimmeres.«

»Nun sag schon, wo bin ich, wie komme ich hierher?«, fragte sie aufgeregt und versuchte, sich aufzusetzen, aber ihr Kopf schmerzte derart, dass sie sofort wieder in ihr Kissen zurücksank.

»Eins nach dem anderen. Du bist im Southampton Hospital, dem Krankenhaus, in dem ich arbeite, nur auf einer anderen Station.«

»Und warum? Was ist mit mir?«

»Du bist über einen Stein gestolpert und so blöd hingefallen, dass du mit dem Kopf auf einem anderen Stein aufgeschlagen bist. Aber die Kollegen haben dich bereits untersucht. Du hast mehr Glück als Verstand gehabt. Du hast wohl nicht mal ein Schädelhirntrauma erlitten, sondern nur eine schwere Gehirnerschütterung, aber ich habe für dich gleich einen Termin im MRT gemacht, damit wir schlimmere Schädelverletzungen ausschließen können.«

Julia erschrak und dachte fieberhaft nach. Ihr wollte beim besten Willen nicht einfallen, wie das geschehen sein konnte.

»Wo ist das denn passiert?«, hakte sie ungeduldig nach.

»An der Straße von meinem Haus«, erwiderte er, und sie konnte ihm förmlich ansehen, dass er etwas vor ihr verbarg.

»Aber was habe ich denn an der Straße gemacht? Und überhaupt, wieso war ich in Montauk? Das Letzte, was ich erinnere, ist der Hafen von Yarmouth. Ich war doch mit Tine und Jonas in Nova Scotia, um herauszufinden, ob diese Alice Taylor ...« Sie hielt erschrocken inne. Mit diesem Namen kam auch ein Teil der Erinnerung wieder. Sie war mit Tine und Jonas in Yarmouth vor dem Haus, in dem Alice Taylor ihr Architekturbüro hatte, weil sie alle drei glaubten, dass diese Frau identisch mit Jennifer sein könnte, aber alles Weitere blieb im Dunklen, sosehr sie ihren schmerzenden Kopf auch anstrengte.

Noah sah sie durchdringend an.

Julias Gefühl signalisierte ihr, Noah nichts davon zu verraten. Sie hätte in diesem Augenblick allerdings nicht erklären können, warum er davon nichts wissen sollte. Schließlich ging es ihn ja mindestens so viel an wie sie. Er war ihr Ehemann. Und wieso war sie jetzt in Southampton? Als er zärtlich nach ihrer Hand griff, fiel ihr auch wieder ein, dass sie jetzt ein Paar waren. Sie wusste es wieder, aber sie fühlte es nicht. Er war ihr irgendwie fremd.

»Sprich ruhig weiter«, ermunterte Noah sie. »Was wolltest du mir erzählen? Und wieso warst du in Nova Scotia? Ich denke, ihr wolltet in die Neuengland-Staaten und nicht nach Kanada. Und überhaupt, warum bist du wieder da? Du wolltest doch mindestens eine Woche verreisen. Und warum bist du ... « Er stockte und betrachtete sie besorgt. »... vor mir geflüchtet, als sei ich der leibhaftige Teufel?«

Tja, wenn ich das wüsste, dachte Julia betrübt, ich habe weder eine Ahnung, warum ich meinen Urlaub abgebrochen habe, noch, was wir über Alice Taylors wahre Identität herausgefunden haben, und auch nicht, warum ich vor Noah weggerannt sein sollte. Besonders Letzteres blieb ihr ein Rätsel. Julia drückte seine Hand und überlegte fieberhaft, wie sie möglichst diplomatisch auf seine Fragen antworten sollte, und plötzlich war da wieder diese warnende Stimme in ihr: Sage ihm nicht, dass du in Kanada warst und der Frau, die Jennifer so ähnlich sieht, den Führerschein persönlich bringen wolltest. Und dass Jonas den Leberfleck auf dem Foto erkannt hatte. Jonas. Ein warmes Gefühl der Vertrautheit durchflutete sie. Und sprich Noah gegenüber nicht von Jonas, fügte die Stimme hinzu.

»Entschuldige, ich rede kompletten Unsinn, ich bin etwas durcheinander. Ich kann mich wirklich nicht mehr daran erinnern, wo wir im Urlaub waren, und habe auch keine Ahnung, wie ich nach Montauk gekommen bin, und dass ich vor dir weggelaufen bin, musst du falsch verstanden haben«, erklärte sie mit Nachdruck.

»Du sollst dich jetzt auch erst einmal ausruhen. Ich werde dir keine neugierigen Fragen mehr stellen. Du musst erst einmal wieder gesund werden.«

»Oje«, stöhnte sie. »Und wann, meinst du, arbeitet mein Hirn wieder normal? Ich meine, wie kann das sein, dass ich solche Lücken habe?«

»Eine sogenannte retrograde Amnesie ist normal bei einer schweren Gehirnerschütterung, aber die dauert meist nicht lange. Ich denke mal, sobald du aus dem Krankenhaus kannst, wirst du dich an alles erinnern, aber da frag doch nachher noch mal Sam, das ist der Neurologe, der dich behandelt.«

Langsam begriff Julia, dass es sich bei diesem Sturz um eine ernstere Angelegenheit handelte. Umso dringlicher wurde ihr Bedürfnis, sich zu entsinnen, warum sie vor Noah weggerannt war. Sie hatte das Gefühl, wenn sie das wieder erinnerte, würde auch der Rest wieder in ihr Bewusstsein dringen.

»Schöner Mist«, fluchte sie und versuchte, sich erneut aufzusetzen. Trotz der Schmerzen schaffte sie es und blickte sich neugierig um. Sie war in einem geräumigen Einzelzimmer untergebracht.

»Wie komme ich zu dieser Luxusunterbringung? Ich glaube nicht, dass meine Auslandskrankenversicherung solche Extras übernimmt!«, versuchte sie zu scherzen.

»Da mach dir mal keine Gedanken. Für Familienangehörige der Chefärzte gilt im Haus VIP-Behandlung. Und ich habe natürlich einfließen lassen, dass du meine Freundin bist.«

Julia sah ihn dankbar an. Langsam stellte sich auch wieder ein intensiveres Gefühl für ihn ein, und sie erinnerte sich an die gemeinsam verbrachte Nacht.

»Du bist ein Schatz, und wie lange muss ich hier wohl bleiben?«

»Das hängt vom Ergebnis des MRT ab. Wenn da nichts Besorgniserregendes in deinem Kopf ist, was ich nicht glaube, dann kannst du vielleicht schon morgen in die Obhut eines persönlichen Pflegers entlassen werden«, erwiderte er lächelnd.

»Pfleger?«

»Na ja, also, mir würden die Kollegen einen solchen Fall schon anvertrauen, und am Tag wird Nancy im Haus sein, sodass du rundum versorgt bist.«

Die Aussicht, nicht wochenlang im Krankenhaus verbringen zu müssen, hob ihre Laune, auch wenn es sie nervte, dass sie diese grässlichen Gedächtnislücken hatte. Da fiel ihr ein, dass sie vielleicht ihre Freundin Tine anrufen sollte. Die wusste bestimmt, was geschehen war, nachdem sie gemeinsam vor dem Bürohaus in Yarmouth gestanden hatten. Waren sie gemeinsam bei Alice Taylor aufgelaufen? Und hatten sie die Architektin überhaupt dort angetroffen?

»Kannst du mir wohl mal meine Tasche geben?«

»Was brauchst du denn?«, fragte Noah skeptisch.

»Mein Handy. Ich müsste mal meine Freundin Tine anrufen,

die meinem Gedächtnis mit Sicherheit auf die Sprünge helfen kann.«

Noah schüttelte den Kopf. »Im ganzen Haus ist das Telefonieren mit einem Mobiltelefon untersagt. Und deine Tasche, die habe ich in meinem Zimmer deponiert. Sag mal, du erinnerst dich dann wahrscheinlich auch nicht daran, dass du all deine Sachen aus dem Gästezimmer geräumt und in deiner Tasche hast, oder?«

Julia sah ihn verunsichert an. Ihr fiel kein vernünftiger Grund ein, weshalb sie ihr Gästezimmer hätte ausräumen sollen. Nein, sie hatte wirklich keine Erklärung für ihr Verhalten. Umso dringlicher war ihr Bedürfnis, mit Tine darüber zu sprechen, wie ihre Recherche in Nova Scotia verlaufen war. Vielleicht konnte sie sich dann auch ihr merkwürdiges Verhalten Noah gegenüber erklären.

»Gibt es denn irgendwo im Haus ein öffentliches Telefon oder kann ich vielleicht ein Festnetzgerät ans Bett bekommen?«, erkundigte sich Julia aufgeregt. Als Noah daraufhin seine Stirn in Falten legte, befürchtete sie, sie hätte jetzt seine Hilfsbereitschaft ein wenig überstrapaziert, und ruderte sofort zurück. »Nein, das ist gar nicht nötig. Ich denke, ich werde es vielleicht nach der MRT-Untersuchung schaffen, einmal vor das Krankenhaus zu kommen.«

»Bitte übernimm dich nicht. Das Telefonieren hat Zeit bis morgen. Aber als ich die Tasche in meinem Zimmer abgestellt habe, hast du übrigens gerade eine Nachricht bekommen. Die habe ich gelesen, weil ich dachte, das würde vielleicht im Zusammenhang mit deiner verfrühten Rückkehr nach Montauk stehen, aber es war eine Nachricht deiner Mutter …« Noah verzog seinen Mund zu einem leisen Lächeln, bevor er fortfuhr. »Es ist typisch für Susanne, was sie da geschrieben hat. War nur ein Satz, aber ich hab ihn behalten. *Meditation erfolgreich abgeschlossen, Blockaden gelöst, gehe das Projekt Angst machende Großstadt zeitnah an. Melde dich zwecks Terminabsprache.«*

Julia musste lachen. »Dann wird sie demnächst in New York auftauchen. Sie hat mir neulich am Telefon bereits angedroht, dass sie zu diesem Thema eine Meditation machen wollte. Weil sie New York doch so Angst einflößend findet nach dem 11. September. Das scheint sie nun überwunden zu haben.«

Noah musterte sie nachdenklich. »Aber das wäre doch ideal. Sie könnte dich doch versorgen, solange du im Bett liegen musst. Ich meine, dann kann Nancy putzen und kochen, und deine Mutter unterstützt dich am Tag, wenn ich nicht da bin. Soll ich sie vielleicht lieber persönlich einladen? Ich weiß ja nicht, wie sie inzwischen drauf ist. Damals hat sie mich ja quasi an die Luft gesetzt.«

»Du kennst doch meine Mutter. Natürlich wäre sie nicht begeistert, wenn sie erführe, dass wir beide wieder zusammen sind. Aber sie ist ein Mensch, der sich schnell auf neue Verhältnisse einstellt. So schlecht finde ich die Idee gar nicht, sie kommen zu lassen. Nach dem 1. September hab ich sowieso keine Zeit mehr für sie. Rufst du sie an?«

»Wenn ich noch einmal wegen ihrer Nummer in dein Handy gucken darf. Ich will nämlich nicht indiskret sein. Dass ich überhaupt geschaut habe, wer das war, lag nur daran, dass du ohne Bewusstsein gewesen bist und ich jeden Strohhalm ergriffen hätte, herauszufinden, was mit dir los ist.«

Julia machte eine abwehrende Geste. »Das weiß ich doch, dass du nicht der Typ Mann bist, der ungefragt in meinen persönlichen Sachen herumwühlt. Ich würde mich sehr freuen, wenn du sie anrufen könntest.«

Ihre Unterhaltung wurde unterbrochen, als ein Pfleger hereinkam. Er teilte Julia mit, dass er sie nun zum MRT bringen würde. Noah bot an, sie zu begleiten, aber Julia fand es etwas übertrieben. Sie wusste schließlich, was sie erwartete, denn sie war schon einmal wegen undefinierbarer Kopfschmerzen in so einer Röhre gelandet. Die Beschwerden hatten sich dann allerdings wenig später als psychosomatisch herausgestellt, weil Julia zu dem Zeitpunkt Tag und Nacht an einer Artikelserie gearbeitet hatte.

»Das ist lieb von dir, Noah. Aber ich bin schon groß. Du siehst erschöpft aus. Wenn du heute nicht mehr arbeiten musst, dann fahr doch noch Montauk. Ich schaffe das hier schon alleine, und ich denke, dass ich in guten Händen bin.«

Er strich ihr zärtlich durchs Haar. »Gut, dann lass ich dich jetzt allein. Allerdings werde ich nicht ins Haus zurückfahren, weil ich lieber in deiner Nähe sein möchte. Es gibt hier in der Klinik ein kleines Schlafzimmer für Ärzte. Ich hoffe, dass es heute nicht anderweitig belegt ist. Und wenn du erlaubst, werde ich nachher mit meinem Kollegen darüber sprechen, ob ich dich nicht morgen nach meiner Arbeit mit nach Montauk nehmen kann. Wenn ich ihm versichere, dass du dort gut aufgehoben bist.«

Der Pfleger rollte bereits genervt mit den Augen, weil er endlich seine Arbeit machen und sie in die Röntgenabteilung bringen wollte. Noah aber ließ es sich nicht nehmen, den ganzen Flur entlang bis zum Fahrstuhl neben ihrem Bett herzugehen und ihre Hand zu halten. Erst am Fahrstuhl gab er ihr einen Kuss auf die Wange und verabschiedete sich von ihr. »Ich schau nachher noch mal bei dir vorbei, um dir die hoffentlich gute Nachricht zu überbringen, dass du morgen entlassen werden kannst.«

Nachdem sich die Fahrstuhltür hinter dem Pfleger geschlossen hatte, rollte er erneut mit den Augen. »Weißkittel sind die schlimmsten Angehörigen«, brummte er.

Julia schenkte ihm ein Lächeln. Es war also im ganzen Krankenhaus bekannt, dass sie die Freundin von Doktor Goldstein war.

Die nun folgende Prozedur war für sie keinesfalls angenehm, aber da sie schon wusste, was auf sie zukommen würde, ging sie es relativ gelassen an. Die Assistentin reichte ihr, bevor sie sich mit dem Kopf zuerst in die Röhre schieben ließ, einen Kopfhörer, damit das Brummen des Geräts nicht ganz so enervierend sein würde.

Julia fand am unangenehmsten, dass sie sich nicht bewegen durfte. Um sich von den auch durch die Kopfhörer dringenden Geräuschen abzulenken, die sich anhörten, als würde neben einem eine ganze Straße mit dem Schlaghammer aufgebrochen werden, versuchte sie sich auf das zu konzentrieren, was aus ihrem Gedächtnis verschwunden war. Vor ihrem inneren Auge sah sie in aller Deutlichkeit, wie sie mit Tine und Jonas vor dem Bürogebäude stand, und besonders erinnerte sie eine aufmunternde Geste von ihm. Und des Weiteren konnte sie entsinnen, dass Tine und Jonas unten gewartet hatten, während sie den Fahrstuhl in die obere Etage genommen und das Büro mit klopfendem Herzen betreten hatte, weil die Tür nur angelehnt gewesen war.

Und plötzlich wusste sie wieder, dass Alice Taylor und ihre Schwester tatsächlich ein und dieselbe Person waren. Was sich genau im Büro abgespielt hatte, blieb allerdings noch im Dunkeln. Sie meinte, sich an eine Sekretärin zu erinnern, aber so richtig wollten die Bilder in ihrem Kopf nicht entstehen. Dafür sah sie in aller Deutlichkeit ein Haus am Meer vor sich auftauchen. Julia erschrak und wäre beinahe mit dem Kopf hochgekommen, was sie in dieser Röhre nicht tun durfte. So atmete sie gegen ihre Aufregung an und ließ erneut das Bild zu, was sich ihr sofort wieder erschloss. Und sie wusste nun auch wieder, wessen Haus das war. Es gehörte ihrer Schwester, lag an einem einsamen Strand und war Noahs Haus in den Hamptons fast originalgetreu nachgebaut worden. Wieder zuckte sie zusammen, aber sie blieb trotz des Schreckens reglos liegen. Sie sah mit einem Mal das viele Blut auf der Terrasse und ihre Freundin Tine, wie sie etwas fachmännisch untersucht hatte und zu dem Ergebnis gekommen war, dass an dieser Stelle kurz zuvor jemand eine Fehlgeburt erlitten haben musste. Sie bemühte sich krampfhaft, konkrete Bilder zwischen diesen Ereignissen zu bekommen, um im Kopf eine Chronologie erzeugen zu können, aber das wollte ihr nicht gelingen. Es waren Fragmente, die sich ihr nach und nach offenbarten. Sosehr sie auch fieberhaft darüber nachgrübelte, was sie denn letztendlich zu der sicheren Erkenntnis geführt hatte, dass diese Frau wirklich ihre Schwester war, der Grund wollte sich ihr beim besten Willen nicht erschließen. Das nächste Bild, das sie sah, war eine Abschiedsszene vor dem Hotel in Yarmouth. Sie sah sich mit einem gepackten Koffer, den ein Taxifahrer bereits in den Kofferraum eines Wagens hievte. Tine und Jonas machten betretene Mienen, und sie wusste noch ganz genau, dass Jonas zum Abschied sagte: »Pass auf dich auf! Bitte!« Sie war zunächst Jonas um den Hals gefallen, hatte ihn mit einer innigen Umarmung verabschiedet und dann ihrer Freundin Tine. »Wir sehen uns auf jeden Fall, wenn wir von der Reise zurück sind. Ich bleibe ja noch ein paar Tage. Dann feiern wir deinen Einzug!«, hatte sie ihr mit auf den Weg gegeben. Julia zermarterte sich regelrecht das Hirn, um herauszubekommen, was das wohl heißen mochte, aber es wollte ihr partout nicht einfallen. Was für einen Einzug hatte sie gemeint? In diesem Augenblick hörte das martialische Hämmern auf, und alles wurde ganz still. Julia hatte vor lauter Grübeln überhaupt nicht mehr gemerkt, welchem Lärm sie in der Röhre ausgesetzt gewesen war.

Aus dem Nebenraum ertönte über Mikrofon eine Stimme. »Ich komme jetzt zurück. Sie haben es überstanden. Ich hole Sie jetzt raus.« Sekunden später kam die Assistentin herbeigeeilt und ließ sie aus der Röhre ins Freie fahren. »Sie waren klasse«, lobte sie Julia. »Sie haben sich bis auf ein einziges Mal kaum bewegt.« Julia konnte sich sehr wohl denken, welchen Augenblick die Assistentin gemeint hatte. »Sie können sich jetzt wieder anziehen und dann einen Augenblick ins Wartezimmer gehen. Dr. Richard, unser Neurologe, wird Ihnen dann gleich das Ergebnis anhand der Bilder erläutern.«

Julia hatte keinerlei Angst davor, dass in Ihrem Kopf etwas Schlimmeres verletzt worden sein konnte. Dazu fühlte sie sich einfach zu gut und sicher auf den Beinen. Der Pfleger hatte sie eigentlich in dem Krankenbett bis zur Röhre fahren wollen, aber Julia hatte darauf bestanden, auf eigenen Beinen in das Behandlungszimmer zu humpeln. Ja, sie hatte den Pfleger sogar gebeten, das Bett ohne sie auf die Station zurückzubringen, weil sie sicher war, es nach der Untersuchung allein zu schaffen.

Dementsprechend verwundert musterte Dr. Richard sie von Kopf bis Fuß, als sie wenig später in sein Untersuchungszimmer trat.

»Oh, Miss Bender, Sie sind ja schon wieder ganz munter. Nach Noahs Schilderungen Ihres Zustands wären Sie bestimmt noch nicht in der Lage, auf Ihren eigenen Füßen zu stehen. Aber es wundert mich nicht bei dem Befund.« Er winkte sie näher heran. »Kommen Sie, setzen Sie sich neben mich. Das Gebilde, das Sie dort auf dem Bildschirm sehen, ist Ihr Gehirn. Was Sie vielleicht nicht erkennen können, was ich Ihnen aber versichern darf, es ist außer einem Schädelhirntrauma ersten Grades, also einer Gehirnerschütterung, nichts weiter geschehen. Wenn ich sage, nichts weiter, heißt das nur, dass Sie keine schlimmeren Verletzungen erlitten haben. Aber auch bei dieser Diagnose heißt es: strenge Bettruhe. Meinen Sie, dass Sie diese auch einhalten werden, wenn ich Sie morgen schon in die Obhut meines geschätzten Kollegen Noah übergebe, der sich mir gegenüber dafür verbürgt, dass Sie in seinem Haus genauso gut und schnell genesen wie hier in unserer Klinik?«

Um diese Frage zu beantworten, musste Julia nicht lange

nachdenken. Natürlich wäre es ihr tausendmal lieber, in Noahs schönem Haus die verordnete Bettruhe einzuhalten als in einer Klinik. In dieser Klinik war zwar alles sehr patientengerecht, aber allein der Geruch der Desinfektionsmittel, der in den Fluren waberte, erinnerte Julia auf Schritt und Tritt daran, dass dies ein Krankenhaus war.

»Ich verspreche Ihnen hoch und heilig, dass ich Ihren Anordnungen sowie den Anordnungen von Dr. Goldstein unbedingt Folge leisten werde.« Feierlich streckte Julia zwei Finger empor.

»Gut, dann werde ich Ihrem Freund grünes Licht geben.« Er betrachtete Julia versonnen. In seinem Blick war jetzt weniger das professionelle Interesse eines Mediziners zu lesen als vielmehr eine Neugier, die mehr privater Natur zu sein schien.

»Entschuldigen Sie bitte, dass ich Sie so neugierig anstarre«, bemerkte der Neurologe jetzt hastig. »Aber wir freuen uns doch alle so sehr für unseren geschätzten Kollegen, dass er wieder eine Partnerin an seiner Seite hat. Die Sache mit seiner Frau war ein schlimmes Drama ...« Er stockte und blickte sie verlegen an. »Bitte verzeihen Sie mir meine Indiskretion.«

»Nein, Sie müssen sich nicht entschuldigen. Ich kenne seine Vergangenheit und kannte auch seine Frau. Sie ist meine Schwester gewesen.«

Der Neurologe lächelte versonnen. »Sehen Sie, und ich habe gleich gedacht, dass es zwischen Jennifer Goldstein und Ihnen eine gewisse Ähnlichkeit gibt. Sie war eine bezaubernde und so schöne Frau. Ich glaube, wir waren alle ein wenig verliebt in sie ...«

Julia merkte erst an Dr. Richards erschrockener Reaktion, dass ihr bei dieser Lobhudelei auf ihre Schwester offenbar die Gesichtszüge entglitten waren.

»Oh, bitte verzeihen Sie mir, ich lasse aber auch keinen Fettnapf aus. Das ist natürlich nicht so gemeint, wie Sie das jetzt denken könnten. Wir haben uns damals einfach für Noah gefreut, dass er eine so reizende Frau hatte. «

Julia aber hörte gar nicht mehr richtig hin. Was wusste der Mann schon von Jennifer?

Der Neurologe, der wohl merkte, dass er mit seiner unverhohlenen Schwärmerei für die Ehefrau seines Kollegen ein bisschen zu weit gegangen war, erhob sich nun rasch und reichte ihr förmlich die Hand.

»Wenn Sie noch Beschwerden haben sollten, dann lassen Sie mich das über meinen Kollegen wissen.«

»Und wie schätzen Sie das mit meinem Gedächtnis ein? Ich habe da leider ein paar Lücken, die ich gern schließen möchte.«

»Das ist völlig im Rahmen, dass die Zeit direkt vor dem Unfall ausgelöscht sein kann, aber normalerweise dauert das bei einer Commotio nicht länger als ein paar Tage. Ich bin ganz zuversichtlich, dass Sie die Lücken bald schließen können.«

Julia hoffte sehr, dass er mit seiner optimistischen Prognose recht behalten würde. In zwei Punkten schien es ihr besonders wichtig, das Gedächtnis wiederzuerlangen. Es interessierte sie brennend, woher sie wusste, dass Alice und ihre Schwester ein und dieselbe Person waren, und warum sie vor Noah ganz offensichtlich geflüchtet war. Er hatte sie zwar auf diesen Vorfall nur kurz angesprochen, aber sie hatte es keineswegs vergessen.

»Ob Sie mir vielleicht noch die Nummer der Station nennen könnten, auf der ich liege? Ich habe nämlich den Pfleger, der mich mit dem Bett zurücktransportieren wollte, nach Hause geschickt.«

Doktor Richard rang sich zu einem Lächeln durch. »Es ist die Neurologie drei. Sie gehen nach rechts, steigen in den Fahrstuhl und fahren nach unten in die erste Etage. Dort steigen Sie aus, gehen den Flur entlang nach rechts und kommen dann auf Ihre Station, aber es wäre doch vernünftiger, wenn der Pfleger Sie abholt.«

»Nein, das mache ich schon allein«, erklärte Julia entschieden und humpelte aus dem Besprechungszimmer. Sie war bereits auf dem Flur ihrer Station angekommen, da hörte sie hinter sich eine erboste Stimme. »Julia, bist du wahnsinnig? Du darfst doch nicht durch die Klinik geistern!«

Julia drehte sich um und blickte in Noahs besorgtes Gesicht. »Alles gut«, versuchte sie ihn zu beruhigen. »Es ist wirklich nur eine kleine Gehirnerschütterung, und ich wollte mich nur nicht im Krankenbett über die Flure rollern lassen.«

»Ich weiß, ich war eben bei Sam Richard, um mich nach deinem Zustand zu erkundigen, und er hat mir gesagt, dass ich dich morgen nach meinem Dienst mitnehmen kann nach Montauk.«

»Und hast du schon mit meiner Mutter telefoniert?«

»Nein, dazu bin ich noch nicht gekommen. Ich denke, wir warten ab, bis du selber in der Lage bist, mit ihr zu sprechen.«

»Ja, das bin ich, dann müsstest du mir jetzt mein Telefon geben.«

Noah blickte sie an, als hätte sie etwas Ungeheuerliches von ihm verlangt.

»Julia, noch einmal: Du bist gerade aus einer Ohnmacht erwacht und leidest unter einer retrograden Amnesie.«

»Mein Kopf ist doch schon fast wieder in Ordnung. Ich weiß genau, dass diese …« Sie stockte. Da war sie wieder, diese warnende innere Stimme, die sie davon abhielt, ihre wiedererlangten Erinnerungsfetzen mit Noah zu teilen.

»Ich höre.«

»Na ja, ich kann mich wieder daran erinnern, warum ich den Urlaub abgebrochen habe. Mir war nicht wohl. Ich glaube, ich habe verdorbenen Fisch gegessen«, schwindelte Julia.

Noah schien erleichtert. »Das deckt sich mit Nancys Angaben. Sie hat mich nämlich vorhin ganz besorgt angerufen. Also, du hast womöglich obendrein noch eine Fischvergiftung. Nein, es ist unklug, wenn du heute etwas anderes machst, als dich auszuruhen. Das mit dem Telefonieren hat wirklich Zeit!« Das klang energisch.

Julia sah ein, dass es keinen Sinn hatte, mit Noah zu diskutieren. Und es war ja auch gar nicht das dringende Bedürfnis nach einem Gespräch mit ihrer Mutter, das sie nach dem Telefon fragen ließ, sondern vielmehr der Wunsch, mit Tine zu reden. Aber das hat wirklich Zeit bis morgen, dachte sie, als sie vor ihrer Zimmertür angekommen waren und Julia in diesem Augenblick eine Ärztin wie eine Furie auf sich zuschießen sah. Erst im allerletzten Moment erkannte sie Barbra, die sie wütend anfunkelte.

»Das haben Sie ja ganz geschickt angestellt, meine Liebe«, zischte sie. »Sich meinen Freund abgegriffen.«

Noah legte schützend den Arm um Julia.

»Lass sie in Ruhe!«, gab er in scharfem Ton zurück. »Sie kann doch nichts dafür.«

»Keine Sorge, ich tue deinem Unschuldsengel schon nichts«, giftete sie, bevor sie sich auf dem Absatz umdrehte und mit fliegendem weißen Kittel davoneilte.

»Die kann einem ja richtig Angst machen. Ich hoffe, sie sucht mich heute Nacht nicht als Gespenst auf«, versuchte Julia zu scherzen.

»Ich habe sie ziemlich verletzt«, seufzte er. »Aber jetzt Marsch ins Bett!«

Julia merkte erst, wie erschöpft sie war, als sie sich schließlich zurück in ihr Bett gelegt hatte.

»Braves Mädchen«, lobte Noah sie, deckte sie zu und gab ihr einen zärtlichen Kuss auf die Wange.

Er sah sie dabei so liebevoll an, dass Julia bei diesem Blick sonst sicher förmlich dahingeschmolzen wäre, aber in ihr herrschte immer noch eine große Leere. Sie konnte sich nicht wirklich freuen und spürte auch ihm gegenüber eher eine gewisse Gleichgültigkeit. Wahrscheinlich bin ich einfach nur müde, redete sie sich gut zu.

»Ich lass dir gleich einen Tee und ein wenig Schonkost bringen«, kündete Noah ihr an.

»Ja, gut, aber ich weiß nicht, ob ich etwas essen werde. Ich glaube, ich möchte einfach nur schlafen«, stöhnte sie.

»Dann gute Nacht. Ich schaue morgen früh nach dir. Und hier ist die Klingel, falls etwas ist. Die Nachtschwester weiß Bescheid, dass sie mich dann holen soll.« Erneut gab er ihr einen Kuss. Dieses Mal auf den Mund. Julia gefiel diese Annäherung überhaupt nicht, und sie konnte sich beim besten Willen nicht erklären, woher plötzlich diese Abwehr kam. Was hätte sie all die Jahre, die sie ihm hinterhergetrauert hatte, darum gegeben, dass er sich ihr gegenüber so fürsorglich und liebevoll verhalten würde. Und nun stand so etwas wie eine unsichtbare Mauer zwischen ihnen. Julia wurde den Verdacht nicht los, dass es für ihre Aversion gegen seine Fürsorge einen Grund gab, aber der wollte nicht einmal annähernd in ihr Bewusstsein dringen.

Weil er es von ihr erwartete, gab sie ihm zum Abschied einen flüchtigen Kuss auf die Wange. Als er gegangen war, kuschelte sie sich ganz tief unter die Decke. Ihr war ein wenig kalt, obwohl es im Zimmer wohltemperiert war. Wahrscheinlich ist es die innere Kälte, die mich frösteln lässt, dachte Julia und versuchte, sich nun noch einmal ganz systematisch zu erinnern, aber mehr als das, was ihr bereits beim MRT eingefallen war, drang auch jetzt nicht in ihr Bewusstsein. Über dieses Grübeln schlief sie schließlich ein.

Sie wachte von ihrem eigenen Schrei auf und schreckte hoch. Sie hatte von dem Haus am Meer geträumt, dem Haus, das Jennifer gehört: Dort sitzen sie alle zusammen auf der Terrasse. Tine, Jonas und sie. Aber auch Noah ist mit von der Partie. Plötzlich taucht Jennifer auf, sie liegt am Boden in einer riesigen Blutlache. »So hilf ihr doch«, bittet Julia Noah, doch er lacht teuflisch und kommt drohend auf sie zu. »Jetzt bist du dran!«, zischt er. Sie schreit laut auf.

Julias Herz klopfte bis zum Hals. In dem Augenblick wurde die Tür aufgerissen, und die Nachtschwester eilte an ihr Bett.

»Soll ich Dr. Goldstein holen?«, fragte sie besorgt.

Nein, bloß nicht, nicht Noah!, hätte sie am liebsten gebrüllt, aber sie sagte nur leise. »Nicht nötig, ich habe nur schlecht geträumt.« Dankbar nahm sie die Schlaftablette an, die ihr die Schwester reichte.

32.

Julia fühlte sich wieder fit, bis auf die Gedächtnislücken, die sie beim besten Willen noch immer nicht hatte schließen können. Noah hatte sie gestern nach seinem Dienst im Krankenhaus mit nach Montauk genommen. Dort hatte Nancy das Gästezimmer bereits in ein anheimelndes Krankenzimmer verwandelt mit Blumen, Obst, Keksen, und sogar ein Fernsehgerät hatte sie ihr ins Zimmer gestellt. Nur ihre Handtasche samt dem Handy war nirgends zu finden. So hatte sie gestern Abend Tine nicht mehr anrufen können.

Aber das würde sie nachholen, sobald Noah das Haus verlassen hatte. Er brachte ihr das Frühstück höchstpersönlich ans Bett und legte sich danach neben sie, damit sie sich ein bisschen in seinen Arm kuscheln konnte. Dabei war ihr gar nicht nach körperlicher Annäherung. Es gab weiterhin diese unsichtbare Mauer zwischen ihnen beiden. Ihr Verstand gab ihr klare Signale, dass sie Noah endlich sagen musste, dass Jennifer noch lebte, aber ihr Bauchgefühl warnte sie davor.

»Ach, ich bin so glücklich, dass dir nichts Schlimmeres geschehen ist, und ich habe mir überlegt, wir könnten doch einen kleinen Trip nach Kalifornien machen. Vielleicht im August, kurz bevor du deinen Job anfängst.«

Eigentlich müsste ich Luftsprünge machen, dachte Julia bekümmert, aber ihre Grundstimmung war unverändert bedeckt. Das missfiel ihr außerordentlich. Was sie jedoch ein wenig beruhigte, war die Einschätzung von Dr. Richard, der gestern noch einmal nach ihr gesehen hatte, auf ihre Frage, ob eine Gehirnerschütterung auch auf die Stimmung schlagen könnte.

»Und wie!«, hatte er ihr erklärt. »Folgeerscheinungen selbst einer retrograden Amnesie sind Depressionen oder auch Angststörungen. Aber auch umgekehrt ist das möglich. Es gibt auch schwer depressive Patienten, die dann als Folge davon eine Amnesie erleiden. Also, dass Sie nicht auf dem Tisch tanzen, ist völlig normal!«

Obwohl diese Auskunft Julia ein wenig beruhigte, litt sie unter diesen Zustand. Sie fand es keineswegs normal, dass sie auf die fürsorglichen und ehrlichen Gefühle Noahs wie ein kalter Fisch reagierte. Umso wichtiger war es ihr, heute unbedingt mit Tine zu telefonieren, um herauszubekommen, warum sie den Urlaub abgebrochen und nach Montauk zurückgekehrt war. Und natürlich, ob sie eine Erklärung dafür hätte, warum sie vor Noah weggelaufen sein sollte. Kaum hatte Julia den Gedanken daran, was sie von Tine alles wissen wollte, zu Ende geführt, hörte sie sich bereits fragen: »Noah, du hast im Krankenhaus erwähnt, dass ich quasi vor dir geflüchtet bin. Ich kann mich daran nicht mehr erinnern und wüsste zu gerne, was da vorgefallen ist. Und nimm bitte kein Blatt vor den Mund. Du musst mich nicht schonen. Ich zerbreche mir schließlich unentwegt den Kopf darüber, was mich zu so einem merkwürdigen Verhalten geführt haben könnte.«

»Ach, willst du dich jetzt wirklich damit belasten? Ich vermute mal, dass du nicht ganz bei dir warst. Wahrscheinlich die Lebensmittelvergiftung …« Julia konnte ihm regelrecht ansehen, dass er das nur sagte, um sie nicht aufzuregen, und selbst kein einziges Wort von dem glaubte. Nicht als Mediziner, dachte Julia, und auch nicht als Betroffener. Natürlich zerbricht auch er sich permanent den Kopf darüber, was in mich gefahren sein könnte. Und dass eine Lebensmittelvergiftung nicht unbedingt auf das Hirn schlug, war selbst ihr bekannt.

Sie sah ihn herausfordernd an. »Nun rede bitte nicht drum herum. Du musst mir doch nur sagen, was genau zwischen uns vorgefallen ist. Dafür wäre ich dir sehr dankbar.«

Noah räusperte sich ein paarmal, bevor er Anstalten machte, auf ihre Frage zu antworten. »Ich bin vorgestern Nachmittag mit dem Wagen vor das Haus gefahren und habe dich dort in der Tür stehen sehen. Natürlich war ich verwundert, dich in Montauk vorzufinden, weil ich davon ausgegangen bin, dass du mindestens eine Woche Urlaub machen wirst. Doch als ich aus dem Wagen stieg, warst du wie vom Erdboden verschwunden. Ich war verwirrt und habe mich nach allen Seiten umgesehen. In dem Moment kamst du um die Hausecke gesaust, und zwar mit einer Miene, als wäre der Teufel hinter dir her. Du hast einen spitzen Schrei ausgestoßen, als du mich gesehen hast. Ich habe versucht, dich anzusprechen, aber du wolltest einfach nur weg. Da habe ich dich festgehalten, woraufhin du völlig ausgerastet bist. Du hast sinngemäß etwas gestammelt wie: Ich solle dich in Ruhe lassen und du wolltest mich niemals wiedersehen. Ich habe vermutet, dass du vielleicht zu viel Alkohol getrunken hast. Das kannte ich von Jennifer, dass sie manchmal nicht mehr Herrin ihrer Sinne war, wenn sie zu viel intus hatte. Du bist dann, kaum dass ich dich losgelassen hatte, weggerannt, als würde es um dein Leben gehen. Ich war im ersten Moment wie betäubt, doch dann habe ich mich entschieden, dir hinterherzulaufen, denn mir war klar, dass irgendetwas mit dir nicht stimmte. Doch als ich dich eingeholt hatte, war es bereits zu spät. Du musst so durcheinander gewesen sein, dass du den Stein übersehen hast. Ich habe natürlich einen Riesenschreck bekommen, weil du so heftig geblutet hast. Außerdem warst du nicht bei Bewusstsein. Weil ich es nicht verantworten wollte, dich in meinem Auto zu transportieren, habe ich einen Krankenwagen gerufen. Der Notarzt hat gemeint, wir sollten dich lieber nach Southampton bringen. Ich habe den Kollegen natürlich gesagt, dass ich befürchte, du könntest betrunken gewesen sein, aber merkwürdigerweise hattest du null Promille im Blut.«

Noah hielt inne und betrachtete Julia mit einem fragenden Blick, so als erwartete er jetzt eine Erklärung für das alles.

Julia hatte seinen Worten mit wachsender Fassungslosigkeit zugehört. Das hörte sich alles so fremd an, so unwahrscheinlich, als wäre es nur ein böser Traum gewesen. Aber die bedachte Art, wie Noah diese Ereignisse geschildert hatte, ließ keinen Zweifel offen, dass er dies genau so und nicht anders erlebt hatte. Die Frage war nur, was sie zu diesem Verhalten veranlasst hatte. Julia nahm noch einmal alle Kraft zusammen, um sich daran zu erinnern, was sie dazu gebracht haben könnte, vor Noah zu flüchten. Ihr war es unangenehm, dass Noah sie in diesem Augenblick ganz fest an sich drückte. Wie sollte sie Klarheit darüber bekommen, warum sie vor ihm weggelaufen war, wenn er sie jetzt wie ein Liebender in seinem Arm hielt? Julia befreite sich abrupt aus dieser Umarmung und setzte sich senkrecht im Bett auf.

»Wird es nicht Zeit, dass du zur Arbeit gehst? Ich brauche jetzt Ruhe, um mir klar darüber zu werden, warum ich das getan habe. Dass ich nicht verrückt bin, darüber sind wir uns doch hoffentlich einig, oder? Betrunken war ich auch nicht, und selbst wenn ich eine Lebensmittelvergiftung gehabt haben sollte, hätte ich doch niemals solche Symptome gezeigt. Wir wissen doch beide, dass so etwas nicht aufs Hirn schlägt. Ich hätte mir allenfalls die Seele aus dem Leib gekotzt.«

»Komm, entspann dich«, seufzte Noah und zog sie sanft zurück in seinen Arm. »Ich habe mir heute freigenommen. Mich hat das ja auch alles ziemlich mitgenommen.«

Julia zuckte zusammen. Sie hatte sich so darauf gefreut, endlich allein im Haus zu sein, um ein ausführliches Telefonat mit Tine zu führen. Sie wusste auch nicht, warum, aber es machte ihr kein gutes Gefühl, dass er sie womöglich dabei würde belauschen können. Nein, die Tatsache, dass er diesen Tag in Montauk verbringen wollte, passte ihr überhaupt nicht. Doch sie konnte sich gerade noch beherrschen, ihm ihren Unmut zu zeigen. Sie kam sich so entsetzlich ungerecht und gemein vor. Sie konnte es immer noch nicht fassen, dass der Mann ihrer Träume sich die Beine ausriss, um es ihr recht zu machen und sie zu pflegen, während sie das mit innerer Gereiztheit über sich ergehen ließ und überhaupt nichts empfand. Julia hoffte sehr, dass ihre Gefühle wieder erwachen würden, sobald sie ihre Erinnerung zurückerlangt hatte.

»Ich dachte, ich könnte dir vielleicht ein Bett auf der Veranda unter der Markise herrichten«, schlug Noah vor.

»Gute Idee.« Julia versuchte, einigermaßen begeistert zu klingen, denn im Grunde genommen war es ihr gerade völlig egal, wo sich ihr Bett befand, da ihr einziges Interesse allein der Tatsache galt, dass sie dringend ihr Gedächtnis zurückerlangen musste.

Noah erhob sich seufzend von dem Bett.

»Tja, dann kümmere ich mich mal darum, dass wir das Krankenlager an die frische Luft transportieren. Ich sage dir Bescheid, wenn alles bereit ist.«

Julia hörte nur mit halbem Ohr zu, eigentlich wollte sie nur noch eines: endlich mit Tine telefonieren.

»Gute Idee, aber vielleicht bringst du mir vorher mein Telefon. Ich müsste dringend ein paar Anrufe machen.«

Noah überlegte einen Augenblick, dann fasste er sich erschrocken an den Kopf. »Ach du meine Güte, in der Hektik gestern Abend habe ich deine Tasche in meinem Zimmer im Krankenhaus gelassen. Die bringe ich dir übermorgen mit. Ich kann dir nachher eines meiner Telefone auf die Terrasse bringen.«

Julias Antwort war ein Aufstöhnen. »Ich habe die Nummer

meiner Freundin nur in meinem Telefon eingespeichert, und es nervt mich einfach, dass ich keinen Schimmer habe, was in mich gefahren sein könnte! Ich meine, für dich ist das doch auch eine Belastung, obwohl du alles tust, es mich nicht spüren zu lassen«, stieß sie unwirsch hervor.

Noah warf ihr einen verständnisvollen Blick zu.

»Ich versteh doch, dass du es eilig hast, deine Freundin zu fragen, ob sie etwas über deine Motive weiß. Natürlich muss es einen Auslöser haben, dass du dich mir gegenüber so merkwürdig verhältst. Ich möchte aber Rücksicht auf deinen angeschlagenen Zustand nehmen. Deshalb halte ich mich etwas zurück, über potenzielle Gründe zu spekulieren. Dennoch verletzt es mich natürlich, wie abweisend du mir gegenüber bist. Es ist doch auch in meinem eigenen Interesse, zu erfahren, was eigentlich los ist mit dir. Ich hoffe, dass dies nichts mit dem Bruder deiner Freundin zu tun hat.« Er musterte sie durchdringend. »Aber wenn, Julia, dann würdest du es mir doch sagen, oder? Bitte mach keine krummen Sachen hinter meinem Rücken. In der Hinsicht bin ich ein gebranntes Kind. Ich habe mich wirklich ernsthaft in dich verliebt. Trotzdem befremdet es mich natürlich, dass von der Stimmung unserer gemeinsamen Nacht so gut wie nichts mehr übrig geblieben ist. Ich meine, vielleicht liegt es auch nur an deiner Gehirnerschütterung, aber was immer du auch herausfindest, bitte teile es mit mir.«

Julia spürte, dass sie rot wurde. Was, wenn sie tatsächlich etwas mit Jonas angefangen hatte, das sie schlichtweg vergessen hatte? Die eine Situation, die ihr in der Röhre wieder eingefallen war, würde auf jeden Fall für so eine These sprechen. Julia erinnerte sich genau, wie tröstend und aufmunternd seine Worte auf sie gewirkt hatten, als sie zu dritt unten vor Alices Haus gestanden hatten. Wie soll ich das bloß noch aushalten bis übermorgen?, fragte sie sich seufzend.

Noah suchte ihren Blick. »Versprichst du mir, dass du mir die

Wahrheit sagen wirst, wie sie auch immer geartet sein mag? Selbst auf die Gefahr hin, dass du mir damit wehtun könntest. Ich finde, das Wichtigste zwischen uns beiden ist, dass wir offen und ehrlich miteinander sind.«

»Natürlich, Noah! Das sehe ich doch genauso wie du. Wir haben so vieles miteinander durchgemacht, dass ich dich niemals belügen würde …« Julia stockte. Während sie ihm ihre Aufrichtigkeit versicherte, log sie ihn ungeniert an. Schließlich verheimlichte sie ihm, dass Jennifer noch lebte. Das missfiel ihr sehr, aber sie wusste nicht, wie sie das in diesem Augenblick ändern konnte. Ihre innere Stimme, ihm auf keinen Fall die Wahrheit über Jennifer zu verraten, war so dominant, dass sie ihr nichts entgegensetzen konnte.

Noah war ein hochsensibler Mann, der sofort merkte, dass sie mit sich haderte.

»Wenn es etwas zu sagen gibt, dann verschweige es mir bitte nicht. Glaube mir, ich kann viel besser mit der Wahrheit umgehen als damit, belogen zu werden.« Das klang flehend.

Julia zuckte mit den Achseln. »Noah, wenn ich etwas Konkretes wüsste, was unser Verhältnis beträfe, dann würde ich es dir natürlich zu diesem Zeitpunkt mitteilen.«

Zur Bekräftigung ihrer Worte nahm sie Noahs Hand und drückte sie zärtlich.

»Und wenn es dich ein bisschen versöhnt: Doktor Richard hat mir versichert, dass depressive Verstimmungen in meinem Zustand keine Seltenheit sind. Vielleicht ist das der Grund, dass ich so komisch bin.«

Noah warf ihr einen liebevollen Blick zu, in dem sie aber auch den Rest von Zweifeln lesen konnte.

33.

Nachdem Noah das Zimmer verlassen hatte, atmete Julia ein paarmal tief durch. Es tat ihr so unendlich leid, dass sie ihn mit ihrem merkwürdigen und unerklärlichen Verhalten verletzte. Sie versuchte erneut, sich daran zu erinnern, ob sie Jonas auf der Reise in irgendeiner Weise nähergekommen war, als dies ihrem Verhältnis entsprochen hätte. Plötzlich kam ihr ein anderes Bild in den Sinn: Jonas und sie sitzen auf einer Bank. Er rückt näher an sie heran und legt den Arm um ihre Schulter. Er flüstert ihr etwas zu, gibt ihr durch die Blume zu verstehen, dass er gehofft hatte, sie würde sich in ihn verlieben. Und dass sie sich erst einmal über ihre Gefühle zu Noah klar werden solle, nachdem sie jetzt wusste, was Jennifer über ihn behauptete. Julia wurde bei dieser Erinnerung heiß und kalt. Was sollte das heißen: was Jennifer über ihn behauptete? Julia versuchte, das Bild auf der Bank noch einmal in ihre Erinnerung zurückzuholen.

Auf ihrer anderen Seite sitzt Tine neben ihr und ist in einen Brief vertieft …

Julia fuhr hoch, alles in ihr vibrierte. Der Brief! Den Brief hatte sie vom Schreibtisch der Sekretärin genommen, als diese sie allein gelassen hatte, um angeblich Alice Taylor Bescheid zu sagen, dass sie sie zu sprechen wünschte. Jetzt war alles wieder präsent. Es war Jennys Brief, in dem sie ihr geschildert hatte, was sie dazu bewogen hatte, sich auch noch tot zu stellen, nachdem sie ihr Gedächtnis zurückerlangt hatte. Julia wurde übel … Ihr fielen all die hässlichen Dinge wieder ein, die Jennifer über Noah geschrieben hatte. Sie erinnerte sich auch daran, dass Jonas, dem diese grausamen Enthüllungen über Noah doch mehr als recht hätten sein müssen, den Inhalt des Briefes mit Skepsis betrachtet hatte. Wenn sie aber Jennifers Schilderung Glauben schenkte, dann hatte sie sich aus lauter Angst vor Noah als Alice Taylor ausgegeben. Dann hatte sie in Panik gehandelt, um zu vermeiden, dass Noah eines Tages vor ihrem kanadischen Haus stehen und sowohl ihr als auch ihrem neuen Ehemann etwas Schlimmes antun würde. Jonas hatte zu bedenken gegeben, er halte Noah zwar für einen Mann, der Jennifer mit seiner krankhaften Liebe erstickt, verfolgt und verletzt hätte, aber nicht für eine Gefahr für Leib und Leben ihrer Schwester … Und ihr fiel wieder ein, dass sie nur einen Weg aus diesem Wirrwarr gesehen hatte: den Kontakt zu Noah abzubrechen.

In Julias Kopf wirbelte alles durcheinander. Was sollte sie jetzt bloß tun? Weglaufen wäre unter den gegebenen Umständen wohl keine Lösung. Nun war auch völlig klar, warum sie sich Noah gegenüber so merkwürdig verhalten hatte. Sie war nur nach Montauk gekommen, um ihre persönlichen Sachen abzuholen. Danach hatte sie zu Jonas' Wohnung fahren wollen. Doch dann, gerade als sie die Haustür geöffnet hatte, war er mit seinem Wagen gekommen. Sie wusste wieder, dass sie panikartig ins Haus zurückgehuscht war und versucht hatte, durch die Verandatür zu entkommen, um ein Zusammentreffen zu vermeiden. Doch dann waren sie vor dem Haus quasi zusammengestoßen. Sie hatte ihm dort stammelnd versichert, dass sie ihn nicht mehr sehen wolle, und war dann blindlings fortgerannt. Wie sie allerdings über den Stein gestolpert war, daran konnte sie sich nicht mehr entsinnen. Was soll ich bloß tun?, fragte sich Julia zum wiederholten Mal. Schließlich entschied sie, sich ja nichts anmerken zu lassen. Das hielt sie momentan für die sicherste Methode, seinen Argwohn nicht zu erwecken. Und sie musste schleunigst ihren beiden Freunden ein Zeichen geben, dass sie mit einer Gehirnerschütterung in den Hamptons festsaß, und sie bitten, ihr aus dieser Lage herauszuhelfen … Nein, das war keine optimale Lösung, weil Jonas und Tine mit Sicherheit unter diesen Umständen sofort ihren Urlaub abbrechen würden. Das wollte sie natürlich nicht. Also musste sie wohl oder übel darauf verzichten, die Freunde zu kontaktieren, und ohne deren Hilfe früher oder später heimlich das Haus verlassen, um nach New York zu gelangen. Da Noah übermorgen wieder in die Klinik geht, dürfte das eigentlich kein Problem sein, dachte sie. Das einzige Problem, das auf sie zukommen würde, war die Tatsache, dass sie nicht mehr über allzu viel Geld verfügte. Es würde für die Rückfahrt reichen, und dann würde sie vielleicht einigermaßen über die nächsten Tage kommen. Sie war sich sicher, dass Jonas und Tine ihr ausgeholfen hätten, wenn sie sich ihnen offenbart hätte. Doch um die Freunde anzubetteln, war sie viel zu stolz. Und Noah konnte sie unter diesen Umständen ganz gewiss nicht um Geld bitten.

Mit einem Mal fiel ihr wieder ein, dass Noah ihr die Tasche samt Telefon abgenommen hatte. Das ist doch merkwürdig, dass er die Sachen angeblich in der Klinik vergessen haben will, ging es ihr erschrocken durch den Kopf. Was, wenn er das absichtlich getan hat? Was, wenn er verhindern will, dass ich mit meinen Freunden Kontakt aufnehme? Ihr Herzschlag hatte sich merklich beschleunigt. Dennoch empfand sie nicht die Spur von Angst, er könnte ihr etwas antun wollen. Wenn sie sich ruhig verhielt, würde er ja auch keinerlei Anlass haben, sich ihr gegenüber womöglich von seiner brutalen Seite zu zeigen. Trotzdem zuckte sie zusammen, als in diesem Augenblick Noah seinen Kopf zur Tür hereinsteckte.

»Mylady, Ihr Freiluft-Eldorado ist hergerichtet«, lachte er, während er sich ihrem Bett näherte und ihr die Hand reichte. Zögernd ergriff Julia sie und ließ sich von ihm hochhelfen. Sie war bereits heute Morgen im Badezimmer gewesen, hatte sich gewaschen und ein leichtes Sommerkleid angezogen.

»Steht dir gut, das Kleid.« Noah zog sie dicht zu sich heran, um sie zu küssen. Das kam so überraschend, dass sie sich dieser Annäherung nicht mehr rechtzeitig entziehen konnte. Sosehr sie sich auch innerlich dagegen wehrte, Noah küsste einfach so gut, dass sie seinem leidenschaftlichen Drängen nachgab. Was für eine absurde Situation, dachte sie, nachdem sich ihre Lippen voneinander gelöst hatten. Was auch immer geschehen war und was Jennifer auch immer über Noah behauptete, er war doch ein Mann, mit dem man vernünftig reden konnte. Eigentlich müsste es doch möglich sein, dass ich ihm hier und jetzt die ganze Wahrheit sage. Plötzlich dachte Julia wieder an ihre Tasche. Was, wenn er ihr absichtlich das Telefon vorenthielt? Ihr Herz klopfte bis zum Hals, und sie beschloss, Noah auf den Zahn zu fühlen.

»Bist du sicher, dass du übermorgen an meine Tasche denkst? Könnte ich Tines Nummer nicht mal googeln, damit ich sie heute schon anrufen kann?«

Julia legte eine kleine Pause ein, um seine Reaktion zu beobachten, aber Noah verzog keine Miene.

»Fühl dich frei. Du kannst jederzeit an meinen Computer und auch an mein Telefon. Ich werde mir übermorgen früh auf jeden Fall einen Zettel machen, damit ich es nicht vergesse. Falls du noch etwas anderes benötigst als das, was in der Tasche ist, sag mir Bescheid. Du sollst alles bekommen, was dein Herz begehrt.« Er reichte ihr den Arm und lächelte sie an.

Das klang alles so aufrichtig und ehrlich. Er müsste schon ein perfekter Schauspieler sein, wenn er mir etwas vormachen würde und in Wahrheit verhindern will, dass ich Kontakt zur Außenwelt aufnehme, dachte Julia und hakte sich bei ihm unter.

Im Wohnraum begegnete ihnen Nancy, die Julia voller Mitgefühl musterte. »Ich hätte dich einfach nicht alleine lassen dürfen. Ich mache mir richtig Vorwürfe.«

»Aber nein, dafür kannst du doch nichts. Ich denke, dass ich einen kurzen Aussetzer hatte. Noah hat mich auch aufhalten wollen, aber ich bin einfach losgerannt. Ich habe keine Ahnung mehr, warum und weshalb. Offenbar ist mir das schlechte Essen unterwegs tatsächlich aufs Hirn geschlagen«, versuchte Julia zu scherzen.

»Sobald ich fertig geputzt habe, setze ich mich noch einen Augenblick zu euch«, versprach Nancy. »Und hast du einen besonderen Wunsch, was ich zum Mittagessen machen könnte?«

»Da lass ich mich gerne überraschen«, erwiderte Julia und humpelte an Noahs Arm hinaus auf die Terrasse.

»Dass eine Lebensmittelvergiftung nicht zu solchen Ausfällen führt, wissen wir ja im Grunde beide«, bemerkte Noah nachdenklich. »Du hast in dem Augenblick den Eindruck gemacht, als hättest du entsetzliche Angst vor mir. Wenn ich ganz ehrlich bin, dann hast du mich angesehen, als wäre ich der Teufel in Menschengestalt. Vielleicht hast du etwas Schreckliches geträumt und warst noch gar nicht wieder bei dir. Das wäre die einzige Erklärung, die mir dazu einfällt.«

»Das könnte sein«, schwindelte Julia und ließ sich von Noah dabei helfen, sich auf die Gartenliege zu legen. Noah setzte sich auf einen Stuhl neben sie. »Hättest du Lust, eine Partie Schach zu spielen?« Julia musste lächeln, weil ihr einfiel, wie sie beide damals miteinander gespielt hatten. Noah hatte Julia Schach beigebracht und war ihr natürlich weit voraus. Sie erinnerte ihren ersten Sieg über ihn noch, als wäre es gestern gewesen. Ein großer Triumph für sie, weil Noah wirklich ein raffinierter Spieler war.

»Warum nicht, aber leider habe ich in den letzten Jahren überhaupt nicht mehr gespielt«, gab sie zu bedenken. »Wenn ich ehrlich bin, dann habe ich das letzte Mal gegen dich gespielt. Ich mochte das Schachspiel nicht mehr und …« Julia unterbrach sich hastig, denn sie wollte nicht, dass er heraushörte, warum sie kein Schachspiel mehr angefasst habe. Das Spiel hatte sie einfach zu sehr an ihn erinnert, aber das wollte sie ihm zu diesem Zeitpunkt ganz sicher nicht offenbaren.

Doch Noah musterte sie wissend.

»Ach, Julia, ich kann das sehr gut verstehen, dass du kein Schachbrett mehr angucken konntest. Aber vielleicht ist gerade das eine gute Gelegenheit, unseren Neustart auch mit einem neuen Spiel zu beginnen. Und keine Sorge, ich habe auch sehr lange nicht mehr gespielt. Du darfst nicht vergessen, du warst damals schon ein Naturtalent. Und wenn du darauf bestehst, lasse ich dich in jedem Fall gewinnen.«

Julia stieß einen Seufzer aus. »Okay, dann werden wir unser Glück mal versuchen. Aber du wirst mich auf keinen Fall gewinnen lassen. Entweder besiege ich dich ehrlich oder ich verliere ehrlich.«

Als Noah aufstand und ins Haus ging, um das Schachspiel zu holen, dachte Julia noch einmal über ihre Situation nach. Es fühlte sich alles so verdammt normal an. Eigentlich müsste sie doch jetzt vor Sorge schier vergehen, dass er ihr, die sie ihm so hilflos ausgeliefert war, etwas antun könnte, aber es wollte sich noch immer nicht die geringste Spur von Angst bei ihr einstellen. Und wenn er überhaupt jemals die Hand gegen ihre Schwester erhoben haben sollte, hatte Jennifer es mit ihren offensichtlichen Seitensprüngen nicht geradezu provoziert? Hatte seine Angst, sie zu verlieren, ihn zu diesem Wahnsinn getrieben? War seine Eifersucht, zu der Jennifer ihm ja auch genügend Anlass geliefert hatte, ins Krankhafte entgleist? Oder hatte ihre Schwester in dem Brief schlichtweg nur gelogen, um ihr, Julia, so plausibel wie nur möglich zu machen, dass sie gar keine andere Wahl gehabt hätte, als sich bis ans Ende ihrer Tage tot zu stellen? Wie Julia das Ganze auch drehte und wendete, es ergab sich kein schlüssiges Bild. Irgendetwas passte nicht zusammen. Wenn sie allein an ihren Besuch in dem Architekturbüro dachte, der ihr inzwischen wieder in jedem noch so kleinsten Detail präsent war. Was war das für eine merkwürdige Geschichte gewesen, als ihr die Sekretärin im Vertrauen gesteckt hatte, dass Alice Taylor angeblich an einer schweren psychischen Krankheit litt. Und dann das Blut auf der Terrasse. In diesem Augenblick fiel ihr auch wieder ein, dass sie wie eine Wahnsinnige dem Wagen ihrer Schwester hinterhergerannt war. Warum war Jennifer vor ihr geflüchtet? Es war alles so schrecklich verwirrend!

Julia bedauerte zutiefst, dass ihre Freunde so weit weg waren und sie sich in diesem Augenblick nicht mit ihnen austauschen konnte. Doch vielleicht war es auch besser so, dass sie nicht ahnten, in was für einer absurden Lage sie sich gerade befand. Sie konnte sich jedenfalls lebhaft vorstellen, wie Jonas darauf reagieren würde, wenn er erfuhr, dass sie immer noch in Noahs Haus war.

In diesem Augenblick kam Noah mit dem Schachspiel zurück. Es hatte Figuren aus Marmor, die besonders schön und klar zugleich gestaltet waren.»Das ist ein Erbstück meiner Familie. Ich habe die meisten Möbel und sonstigen Einrichtungsgegenstände meiner Eltern gespendet und verkauft, aber von diesem Spiel konnte ich mich nicht trennen. Was möchtest du: Weiß oder Schwarz?« Da brauchte Julia nicht lange zu überlegen. Wenn sie die Wahl hatte beim Schachspiel, dann nahm sie immer Weiß, weil Weiß in der Regel das Spiel eröffnete.

»Meinst du, du kannst dich aufsetzen?«

Julia musste wider Willen schmunzeln. »Ja, lieber Noah, ich habe es im Kopf, aber das hindert mich nicht daran, dass wir uns am Tisch gegenübersitzen.« Mit diesen Worten erhob sie sich von der Gartenliege.

Noah musterte sie mit schuldbewusster Miene. »Oje, hoffentlich mache ich jetzt keinen Fehler und verführe dich zu einer Dummheit, die deiner Genesung hinderlich ist. Hat dir mein Kollege nicht strengste Bettruhe verordnet? Und ich verführe dich dazu, dass du jetzt deinen Kopf anstrengst. Vielleicht ist es doch nicht das Richtige.«

»Noah, das hättest du dir früher überlegen müssen, jetzt spielen wir zumindest eine Partie. Und wenn ich, nachdem ich dich schachmatt gesetzt habe, Kopfschmerzen bekomme, dann gebe ich dir die Schuld«, lachte Julia und fragte sich in demselben Augenblick, was sie da eigentlich trieb. Ich kann doch nicht mit ihm scherzen und spielen, als wäre nichts gewesen, dachte sie mit einem Anflug von schlechtem Gewissen. Wenn nur ein Bruchteil von dem stimmt, was Jennifer behauptet, dann wäre er ein Mensch, mit dem ich mich niemals mehr an einen Tisch setzen und unbeschwert Schach spielen könnte.

»Na, du guckst schon so verbissen, als würdest du deinen Sieg bereits taktisch durchplanen«, lachte Noah.

Nein, ich frage mich gerade, ob ich nicht aufstehen, in mein Zimmer gehen, die Tür hinter mir abschließen und dort den geeigneten Zeitpunkt abwarten sollte, mich aus dem Staub zu machen, ging es Julia durch den Kopf. Aber warum sollte ich das tun, wenn ich ihn nur von dieser Seite kenne und mich, verdammt noch mal, gerade wieder wohlzufühlen beginne in seiner Gegenwart? Und wäre es vielleicht eine Alternative, wenn ich ihm jetzt überraschend die Frage stellen würde, die ich ihm schon einmal gestellt habe: Hast du meine Schwester geschlagen? Das letzte Mal hatte er das derart glaubwürdig bestritten, dass bei ihr nicht die geringsten Zweifel an seiner Aufrichtigkeit geblieben waren. Ob er wieder so reagieren würde? Oder ob er mal zur Abwechslung ausrasten und sein wahres Gesicht zeigen würde? Plötzlich hatte sie eine geniale Idee, wie sie ihn an die Grenzen bringen und damit austesten könnte. Da Nancy in der Nähe war, würde sie auch keinerlei Risiko eingehen für den Fall, dass er die Kontrolle verlor.

Julia wusste nur nicht genau, wie sie es anfangen sollte. Sie räusperte sich ein paarmal, während sie nach den richtigen Worten suchte. Doch dann redete sie einfach drauflos.

»Bevor wir diese Partie spielen, sollte ich dir noch etwas Wichtiges mitteilen.«

»Kann das nicht bis nach dem Spiel warten? Ich bin jetzt ganz und gar darauf eingestellt, wie ich dich schachmatt setzen könnte«, gab er belustigt zurück.

»Nein, ich glaube, ich sollte das nicht auf die lange Bank schieben. Also, sobald mein Kopf wieder in Ordnung ist, werde ich nach New York ziehen. Ich möchte aber deine Gastfreundschaft nicht überstrapazieren und würde in die Wohnung von Jonas ziehen. Er will ohnehin ein Zimmer untervermieten. Und das würde auch eher in mein Budget passen. Bei dir lebe ich eigentlich über meine Verhältnisse.« Julia musterte ihn angespannt. Doch seine Miene verfinsterte sich nicht, so wie sie es befürchtet hatte, sondern er legte nur seine Stirn in Falten.

»Vielleicht ist es gar nicht so verkehrt, dass wir uns genügend Raum geben, um unsere Beziehung wachsen zu lassen. Ich will dich auf keinen Fall einengen, und das würde ich vielleicht tun, wenn du gleich bei mir einziehst. Also, wenn du nichts mit diesem Jonas anfängst, kann ich sehr gut damit leben, dass wir zunächst getrennt wohnen. Allerdings würde ich dir auch meine Wohnung zur alleinigen Verfügung stellen und nur nach Absprache zu Besuch kommen. Das wäre mir eigentlich wesentlich lieber.«

»Aber ich könnte doch gar nicht die Miete für so ein Luxusapartment aufbringen.« Julia wunderte sich sehr darüber, wie entspannt er auf diese sogenannte Neuigkeit reagierte. Wenn er auch nur annähernd eine solch gestörte Persönlichkeit war, wie Jennifer es behauptete, könnte er doch niemals so ruhig bleiben. Schließlich war Jonas der Mann, der mit seiner Frau geschlafen hatte und den er neulich fast am Kragen aus der Wohnung katapultiert hatte.

Julia musste Noah ziemlich entgeistert angestarrt haben, denn nun fügte er hinzu: »Okay, du erwartest jetzt, dass ich vor Eifersucht platze. Und ja, der Kerl ist und bleibt mir ein Dorn im Auge, aber ich vertraue dir. Du bist ein völlig anderer Typ Mensch als Jennifer. Ich kann mir kaum vorstellen, dass du mich mit ihm betrügen würdest. Und das versuche ich, mir schon den ganzen Tag über klarzumachen. Ich habe dir Dinge unterstellt, die noch aus den alten Verletzungen herrühren, die ich mit Jenny habe erfahren müssen. Du bist anders, das weiß ich. Bei dir kann ich mich auf mein Bauchgefühl verlassen.«

Noah strich ihr zur Bestätigung seiner Worte zärtlich über die Wange.

»Allerdings würde ich mit dem Typen gern vorher mal sprechen und mich für den Rausschmiss entschuldigen. Wir müssen uns ja wohl in Zukunft arrangieren. Stell dir vor, ich will in deiner neuen WG übernachten, und dieser Jonas erlaubt es mir nicht … Vielleicht können wir mal mit ihm essen gehen.«

Julia starrte Noah immer noch ungläubig an. Zu dem Gefühl der Überraschung gesellte sich ein Anflug von schlechtem Gewissen. Er offenbarte ihr, dass er ihr blind vertraute, während sie eher bereit war, den Worten ihrer durchgeknallten Schwester zu trauen, die ihre Mutter und sie in dem Glauben gelassen hatte, sie wäre tot, und die in ihrem Leben schon so viel gelogen hatte … Statt sich auf ihr eigenes Gefühl zu verlassen, nahm sie diesen verdammten Brief für bare Münze. Sie fühlte sich in diesem Augenblick so mies, dass sie ihm nicht mehr in die Augen schauen konnte. Sie senkte den Blick.

Warum zweifelte sie überhaupt noch daran, dass dieser Brief, genau wie das ganze übrige Leben ihrer Schwester, das auf Lügen aufgebaut war, nicht auch nur ein einziges Märchen war?

»Julia, was ist mit dir? Hab ich irgendetwas Falsches gesagt?«, erkundigte sich Noah besorgt.

»Nein, du hast gar nichts falsch gemacht.« Julia hob den Blick und sah ihm in die Augen. Würde sie ihrem Bauchgefühl vertrauen, dann hätte sie in diesem Augenblick die absolute Sicherheit, dass nichts von dem wahr sein konnte, was Jennifer über Noah geschrieben hatte.

»Es tut mir leid, dass ich mich so merkwürdig verhalten habe. Ich muss mich bei dir entschuldigen.« In Julias Kopf arbeitete es fieberhaft. Sie kämpfte mit sich, ob sie in diesem Augenblick nicht einfach reinen Tisch machen sollte. Wenn sie ihm wirklich vertraute, dann stellte er keine Gefahr für ihre Schwester da. Und sie konnte sich auch nicht vorstellen, dass er, wenn er die Wahrheit erfuhr, nach Nova Scotia fahren und sie zur Rede stellen würde. Doch die innere Stimme hielt sie noch immer davon ab, ihm alles anzuvertrauen. Auch wenn sie Jennifers Geschichte für ein Lügengebilde hielt, sicher konnte sie sich auch in diesem Moment nicht sein. Und solange sie nicht die hundertprozentige Gewissheit hatte, durfte sie nichts riskieren, womit sie ihre Schwester womöglich gefährden würde.

Noah musterte Julia durchdringend. »Ist dir irgendetwas wieder ins Gedächtnis gedrungen, womit du dir dein abweisendes Verhalten mir gegenüber erklären kannst?«

»Nein, es gibt immer noch keine Erklärung dafür, warum ich vor dir weglaufen wollte, aber ich sehe inzwischen ein, dass ich dich damit wohl sehr verletzt haben könnte. Und das tut mir leid.«

Noah beugte sich zu Julia hinüber und küsste sie. Sie zögerte, aber dann erwiderte sie seinen Kuss. Sie hatte immer noch ein schrecklich schlechtes Gewissen und das dringende Bedürfnis, ihren Fehler wiedergutzumachen.

»Und was würdest du sagen, wenn ich von meinem Plan, in Jonas' Wohnung zu ziehen, Abstand nehme und doch bei dir bleibe?«, fragte sie ihn, nachdem sich ihre Lippen voneinander gelöst hatten.

»Damit würdest du mir eine riesige Freude machen. Und ich

verspreche dir, dass ich dir nicht zu sehr auf die Pelle rücke. Schau, unter der Woche werden wir ja dann ab September sowieso getrennt sein, weil du in New York arbeitest und ich hier. Und über die Kosten mach dir bitte keine Sorgen. Du bist schließlich meine Freundin. Ich möchte keine Miete von dir nehmen. Ich bin doch glücklich, wenn sich alles wieder einrenkt. Ich hatte schon Sorge, dass wir uns entfremdet haben könnten, bevor unsere Beziehung überhaupt richtig begonnen hat. Und jetzt komm, lass uns endlich gegeneinander spielen.« In dem Augenblick klingelte sein Mobiltelefon. Sie konnte heraushören, dass es Doktor Richard, ihr Neurologe, war, der am Abend kurz nach ihr schauen wollte, weil er ebenfalls in Montauk wohnte.

Als Noah ihn zum Abschluss des Gesprächs bat, ihre Tasche mitzubringen, fühlte sich Julia endgültig schlecht. Was hatte sie Noah da nur zugetraut? Dass er versuchte, sie von der Außenwelt abzuschotten?

In diesem Augenblick beschloss Julia, Noah nicht zu verlassen. Denn es gab nicht mehr den geringsten Grund, vor ihm wegzulaufen.

»Ich hoffe, es ist dir recht, dass Sam dir heute Abend einen kurzen Besuch abstattet«, bemerkte Noah, nachdem er das Gespräch beendet hatte.

»Was sollte ich wohl dagegen haben, dass mein Arzt nach dem Rechten schaut?«, entgegnete Julia, bevor sie sich auf das Schachspiel konzentrierte. Es wurde eine spannende Partie, bei der sie einander bis aufs Messer bekämpften. Und die zum Schluss nur durch ein Schachmatt beendet werden konnte, weil Noah einen Bauern durchbekommen hatte und dadurch seine Dame zurückgewinnen konnte.

»Du hast aber gar nichts verlernt«, lobte Noah die Verliererin. Julia verlangte sofort eine Revanche, und so spielten sie gleich noch einmal. Auch diese Partie dauerte sehr lange und war bis kurz vor dem Ende unentschieden, doch dann machte Noah einen Fehler, und Julia konnte ihn schachmatt setzen.

Gerade als sie mit dem Spielen fertig waren, kündigte Nancy an, dass das Mittagessen fertig war, und bat darum, den Tisch frei zu machen. Wenig später kehrte sie mit einer Platte köstlicher Meeresfrüchte und mehreren selbst gemachten Dips zurück.

Während des Essens wanderten Julias Gedanken immer wieder zurück zu dem Brief ihrer Schwester und der Frage, was sie wohl dazu bewogen haben mochte, solche Lügen über Noah zu verbreiten. Außerdem fragte sie sich, wie Jonas wohl auf diese Neuigkeit reagieren würde? Würde er sie nicht für verrückt erklären, wenn sie freiwillig bei Noah blieb? Und kaum war sie mit dem Gedanken bei Jonas, beschleunigte sich ihr Puls. Das war wie verhext. Sie konnte nicht an ihn denken, ohne dass ihr Körper auf ihn reagierte. Vielleicht ist es unter diesen Umständen sogar besser, wenn wir nicht unter einem Dach wohnen, redete sie sich ein.

Und was wäre, wenn ihr Bauchgefühl bezüglich Noah sie getäuscht haben sollte? Was, wenn er doch eine dunkle Seite besaß, die er ausgezeichnet verbergen konnte? Julia schüttelte diesen Gedanken rasch ab. Selbst wenn, dachte sie, dann würde ich ihn bei dem ersten Übergriff sofort verlassen. Das wäre dann das Lehrgeld, das ich zu zahlen habe für mein Vertrauen, das ich ihm schenken möchte. Sie nahm sich fest vor, gleich heute Abend, sobald sie ihr Telefon zurückhatte, bei Tine anzurufen und ihr zu gestehen, welche Entscheidung sie inzwischen getroffen hatte.

34.

Nach dem Essen fragte Noah, ob sie mit ihm gemeinsam eine Mittagsstunde machen wolle. Ihr stand der Sinn zwar wesentlich mehr nach dem Alleinsein, aber in seinem Blick lag fast ein Flehen, sodass sie ihn nicht schon wieder enttäuschen wollte. Sie zogen sich in sein Schlafzimmer zurück, und Julia ahnte sofort, wohin das führen würde.

Als sie bereits eine ganze Weile eng aneinandergekuschelt im Bett gelegen und sich geküsst hatten, blickte Noah Julia begehrlich an. »Glaubst du, das kann ich deinen Kopf zumuten?«

»Wir können ja Dr. Richard fragen, ob er damit einverstanden ist, dass wir Sex haben.«

»Gut, aber du bleibst ganz ruhig liegen und lässt mich alles machen. Du sollst dich schließlich nicht anstrengen«, gab Noah schmunzelnd zurück.

»Ja, ich werde absolut meine Bettruhe genießen.« Julia ließ sich von ihm ausziehen. Er war sehr zärtlich und vorsichtig. Erst streichelte er sie überall, und jedes Mal, wenn sie Anstalten machte, ihn zu berühren, hielt er ihre Hand fest.

»Du sollst dich nicht anstrengen«, bemerkte er lächelnd. Diese Spielart war durchaus reizvoll, denn Julia merkte, wie sie immer erregter wurde und dem Augenblick entgegenfieberte, in dem er sie zwischen den Schenkeln berührte. Schließlich streichelte er sie dort, und es dauerte nur einen kurzen Augenblick, bis sie zum Höhepunkt kam. Dann drang er sanft in sie ein. Als sie sich ihm entgegenwand, flüsterte er voller Erregung: »Nicht bewegen.«

Sekunden später keuchte er vor Lust.

»Was soll bloß Nancy denken?«, raunte Julia, als sie erschöpft nebeneinanderlagen.

»Sie wird denken, dass ich als Arzt bestimmt genau weiß, welche Medizin deiner Genesung förderlich ist«, erwiderte er grinsend.

So glücklich Julia auch in diesem Augenblick war, so nagten doch gewisse Zweifel an ihr. Konnte sie wirklich eine aufrichtige Beziehung mit Noah eingehen, während sie ihm verschwieg, dass seine Ehefrau noch lebte und mit einem anderen Mann verheiratet war? Sie malte sich in allen Einzelheiten aus, wie es wohl wäre, wenn Noah Kenntnis von Alice Taylors Existenz hatte. Würde er nicht doch das Bedürfnis haben, diese Frau zur Rede zu stellen? Selbst, wenn er ihr nichts antun würde, er würde sich doch entsetzlich betrogen fühlen. Julia würde es verstehen, wenn er nicht ruhen würde, bis sie ihm Rede und Antwort stand. Aber was würde das für sie beide bedeuten? Würde dann nicht alles wieder von vorne anfangen? Würde Jennifer dann nicht wieder zwischen ihnen stehen? Dieses Mal nicht als Verführerin, sondern als Zerstörerin? Würde Noah den Schock jemals überwinden? Nein, wenn sie tatsächlich eine Beziehung mit ihm eingehen wollte, dann hatte sie gar keine andere Wahl, als ihm Alice Taylors Existenz zu verschweigen. Und das bedeutete, dass Alice Taylor endlich aus ihren Gedanken verschwinden musste!

Das Klingeln von Noahs Mobiltelefon riss sie aus ihren Gedanken. Er stöhnte auf. »Ich muss rangehen. Es könnte ein Kollege sein wegen des Herzkatheters morgen.«

Unwirsch nahm er das Gespräch entgegen. Julia beobachtete ihn liebevoll von der Seite. Sie liebte sein Haar, wenn es so verwuschelt war. Und sie genoss die neu entstandene Nähe zu ihm in vollen Zügen. Ja, ich will diese Beziehung, und daran kann auch der Gedanke an Jonas nichts ändern, sagte sie sich entschieden. Dass ich doch noch mit Noah zusammengekommen bin, hat etwas Märchenhaftes. Siebzehn lange Jahre habe ich Noah hinterhergetrauert, nun ist er bei mir. Ganz und gar! Und so soll es auch bleiben!

Sie lächelte in sich hinein, doch dann erstarb ihr Lächeln, denn Noah war weiß wie eine Wand geworden, und das Telefon war ihm aus der Hand geglitten.

»Noah, um Himmels willen, was ist geschehen?«

Noah stierte abwesend ins Leere, so als würde er sie gar nicht wahrnehmen.

Da hörte sie eine männliche Stimme aus dem Hörer brüllen. Als Noah nicht reagierte, nahm sie das Telefon zur Hand.

»Ich habe dich was gefragt, Doktor! Ist die Schlampe bei dir? Hast du sie wieder aufgenommen?«, lallte ein Mann unter dem Einfluss von reichlich Alkohol in den Hörer. Julia wurde abwechselnd heiß und kalt. Die Stimme kam ihr entfernt bekannt vor. Sie weigerte sich zu glauben, an wen sie in diesem Augenblick denken musste.

»Hallo?« Ihre Stimme bebte.

Der Mann am anderen Ende beendete abrupt das Gespräch.

Julia blickte wie in Trance auf das Telefon. Sie wäre jede Wette eingegangen, dass der Anrufer Jürgen gewesen war, doch was hatte das zu bedeuteten? Hatte er ebenfalls herausgefunden, dass ihre Schwester noch lebte? Und war jetzt auf der Suche nach ihr?

Julia warf Noah, der immer noch vor sich hin starrte, als stände er unter Schock, einen zweifelnden Blick zu.

»Noah, jetzt sag doch was. Bitte! Was wollte der betrunkene Kerl von dir?«

»Er verlangte Jennifer zu sprechen und hat mir angedroht, falls ich sie vor ihm verstecke, würde ich das bitter bereuen!«

In diesem Augenblick riss ein Vorhang, und dahinter erschloss sich Julia die ganze Wahrheit. So, als hätte sie das entscheidende Teil eines Puzzles gefunden, und nun ergab all das, was sie bisher herausgefunden hatte, einen Sinn, der sie nach Luft schnappen ließ. Ihr wurde so schwindlig, dass sie ihren Kopf in die Hände stützen musste: Jennifers Ehemann Steven war kein geringerer als Jürgen! Seinetwegen hatte sie ein neues Leben angefangen. Mit ihm! Und *er* hatte sie so gequält, wie ihre Schwester ihr das in dem Brief geschildert hatte … Oh Gott, das Blut auf der Terrasse, dachte Julia, was war da bloß vorgefallen? Sie ist auf jeden Fall verrückter, als ich es jemals für möglich gehalten habe.

Entschlossen stand sie auf, nicht ohne Noah, der immer noch wie betäubt auf dem Bett saß, übers Haar zu streichen, doch er nahm diese Berührung gar nicht wahr, sondern starrte ins Leere.

Julia aber brauchte Klarheit. Sie beschloss, nicht länger herumzurätseln, was für ein Scheißspiel ihre Schwester trieb, sondern Jennifer jetzt zur Rede zu stellen und sie aufzufordern, ihr die ganze dreckige Wahrheit zu bestätigen. Und dann würde sie ihr schwören, dass sie sie nie wieder kontaktieren würde. Als wäre der Teufel hinter ihr her, rannte sie in Noahs Zimmer, setzte sich an seinen Rechner und rief die Website von Alice Taylor auf. Mit zitternden Fingern tippte sie die Büronummer ein. Es meldete sich eine ihr bekannte Stimme.

»Granby?«

»Misses Granby, hier ist die Schwester von Misses Taylor. Können Sie sich noch an mich erinnern? Aber dieses Mal lasse ich mich nicht abwimmeln. Ich möchte sofort meine Schwester sprechen!«

In der Leitung war Schweigen. Bis auf ein schweres Atmen.

»Miss Granby, hallo, hören Sie mich? Ich möchte meine Schwester sprechen – und zwar sofort!«

»Ich weiß nicht, mit wem ich spreche. Ich kann mich nicht

an Sie erinnern. Hier ist das Architekturbüro Miller & Craig. Eine Misses Taylor gibt es hier nicht.«

Julia glaubte, sich verhört zu haben.

»Misses Granby, ich möchte Misses Taylor sprechen, die Chefin dieses Büros«, wiederholte sie in scharfem Ton.

»Hier gibt es keine Misses Taylor. Sorry, ich lege jetzt auf«, erwiderte die Sekretärin mit bebender Stimme.

»Das würde ich Ihnen nicht raten!«, bellte Julia in den Hörer. »Dann nämlich stehe ich in den nächsten Tagen in Begleitung der Polizei vor Ihrem Schreibtisch, und dann können Sie Ihre Lüge ja gern noch einmal wiederholen!«

»Oh Gott, oh Gott, in was bin ich da nur reingeraten?«, jammerte Misses Granby. »Bitte, lassen Sie mich in Ruhe. Ich darf Ihnen nichts anderes sagen!«

»Tja, dann sehen wir uns in den nächsten Tagen persönlich.«

»Nein, bitte, kommen Sie nicht her. Sie werden Misses Taylor hier nicht mehr finden. Mehr weiß ich doch auch nicht.« Die Stimme der Sekretärin klang so verzweifelt, dass Julia fast Mitleid mit ihr hatte, aber darauf konnte sie nun wenig Rücksicht nehmen.

»Misses Granby, wo ist meine Schwester?«

»Sie lügen doch. Sie sind nicht Misses Taylors Schwester. Sie hat gar keine Schwester, sagt ihr Anwalt.«

Julia lachte laut auf.

»Das wird ja immer kruder.«

»Hören Sie doch endlich auf, mich zu quälen!«

»Ja, das werde ich, wenn Sie mich mit Misses Taylor verbinden!«

»Sie können gar nicht Ihre Schwester sein. Dann wüssten Sie nämlich, was geschehen ist!«

»Ich weiß nur, dass ich sie sofort sprechen möchte. Sonst stehe ich wirklich in ein paar Tagen vor Ihrem Schreibtisch.

Nur mit dem Unterschied, dass ich mich nicht noch einmal abwimmeln lasse, sondern so lange warte, bis ich sie zu fassen bekomme! Das können Sie ihr gern ausrichten!«

»Hören Sie, ich, ich darf Ihnen das eigentlich nicht sagen, aber Misses Taylor hat hier in Yarmouth alle Zelte abgebrochen und ist mit unbekanntem Ziel verschwunden.«

»Ich verstehe nicht. Was ist mit dem Büro, was ist mit dem Haus, mit ihrem Mann?«

Misses Granby stieß einen tiefen Seufzer aus. »Ich habe Miss Taylor niemals mehr wiedergesehen. Das letzte Mal, bevor Sie im Büro aufgekreuzt sind. Sie wollte eigentlich nur ein paar Tage Urlaub machen. Ich habe sie nur noch ein einziges Mal am Telefon gesprochen. Sie hat sich für meine Treue bedankt und mir verkündet, dass wir uns niemals wiedersehen würden und es triftige Gründe gebe, warum sie sich nicht persönlich von mir verabschieden könnte. Aber dass ich von ihrem Anwalt und Notar hören würde. Und tatsächlich, er hat mich kurz darauf angerufen …« Sie hielt inne. Julia kaute vor lauter Anspannung an ihrem Fingernagel.

»Und weiter?«, hakte sie ungeduldig nach.

»Sie hat das Büro samt Haus an ihre Kollegen verkauft. Sie hat alle Konten aufgelöst und … ihren Mann mittellos zurückgelassen. Er darf das Büro nicht einmal mehr betreten. Das hört sich zwar verrückt an, aber Misses Taylor hat alles haarklein bei ihrem Notar schriftlich niedergelegt. Ich meine, ich habe Mister Taylor nicht besonders gut leiden können, aber der Mann ist in einem erbarmungswürdigen Zustand.«

Julias Herz klopfte bis zum Hals. Das erklärt seinen Anruf, dachte sie, Jennifer hat ihn verlassen. Aber was bedeutet das für Noah und mich? Ihre Schwester war eine vermögende Frau und hatte schon einmal ein neues Leben angefangen. Sie würde auch dieses Mal auf Nimmerwiedersehen verschwinden. Niemals mehr würde sie etwas von ihr hören oder sehen. Dessen war sie sich sicher! Und der letzte Mensch, den sie aufsuchen würde, wäre Noah. Ja, sie wäre vollkommen verrückt, wenn sie zu Noah gehen würde. Einmal abgesehen davon, dass er sie für tot hielt und ihr diesen Verrat sicher nie verzeihen würde, konnte sie doch sicher sein, dass Jürgen sie zuallererst hier vermuten würde, wie sein Anruf eben bewiesen hatte.

»Misses Taylor hat übrigens erfahren, dass ich den Brief nicht bei dem Notar abgegeben habe.«

»Und? Haben Sie ihr verraten, dass ich ihn eingesteckt habe, was Ihnen sicher nicht entgangen sein dürfte. Ich hatte übrigens eher den Eindruck, dass er wie ein Köder für mich auf Ihren Schreibtisch gelegt worden war.«

»Nein, sie war so aufgeregt wegen des Briefes, dass ich ihr vorgeschwindelt habe, er wäre noch in meinem Besitz …« Misses Granby stockte.

»Und weiter?«

»Ich musste Misses Taylor versprechen, dass ich ihn vernichte.«

»Dann war es gar nicht sie, die wollte, dass er mir in die Hände fällt?«

»Nein, das war Mister Taylor, der hat angeordnet, dass ich den Brief offen liegen lasse, falls eine Dame kommt, die behauptet, Misses Taylor ihren Führerschein zurückbringen zu wollen.«

In Julias Kopf arbeitete es fieberhaft. Wenn sie auch nur noch einen Zweifel daran gehegt hätte, dass Jürgen Mister Taylor war, wäre dies der Beweis. Er hatte gehofft, dass ihr dieses Münchhausen-Stück in die Hände fallen würde und sie daraufhin ihre Recherche abbrechen würde, um Jennifer nicht zu gefährden. Ja, dachte Julia bitter, er hat mich für treudoof gehalten und nicht damit gerechnet, dass ich inzwischen eine erfahrene Journalistin bin, die nicht alles glaubt, was der erste Anschein vermuten lässt. Einmal Arschloch, immer Arschloch, fügte sie in Gedanken hinzu und spürte eine gewisse Schadenfreude bei dem Gedanken, dass Jennifer es dieses Mal offenbar geschafft hatte, den Kerl loszuwerden. Doch in demselben Augenblick fiel ihr bitter ein, dass sie ihren ersten Befreiungsschlag von diesem Kerl auf ihre Kosten durchgeführt hatte, indem sie mit Noah in die USA gegangen war. Was Jürgen offenbar nicht davon abgehalten hatte, sie dort ausfindig zu machen.

»Aber bitte verraten Sie Ihrer Schwester nicht, dass Sie den Brief haben«, bat Misses Granby.

Julia stieß einen tiefen Seufzer aus. »Ich denke, ich kann Sie beruhigen, denn der Brief ist inzwischen tatsächlich vernichtet, und außerdem gehe ich nicht davon aus, dass ich meine Schwester jemals wiedersehen werde.«

Julia wunderte sich, dass ihr dieser Satz so leicht über die Lippen ging. »Wiedersehen, Misses Granby«, murmelte Julia und beendete das Gespräch. Sie versuchte, ihre Gedanken zu ordnen. Sollte sie Noah nun nicht schnellstens alles gestehen? Aber würde es ihn nicht für sein Leben traumatisieren, wenn er erfuhr, dass Jennifer sich tot gestellt hatte, um in Nova Scotia mit Jürgen ein neues Leben zu beginnen? Und würde das nicht tausend neue Fragen aufwerfen, auf die sie niemals eine befriedigende Antwort erhalten würden? Hatte Jürgen Jennifer dazu gezwungen, ihren Tod vorzutäuschen, oder war es sogar ihre Idee gewesen? Wie war der Kerl wieder in ihr Leben getreten, wann hatte er sie in New York aufgespürt? Hatten sie womöglich schon länger ein heimliches Verhältnis? War sein Auftauchen der Grund gewesen, dass Jennifer ihre Affäre mit Jonas so plötzlich beendet hatte? Und warum hatte sie jetzt, nach so vielen Jahren, den Mut gefunden, diesen Kerl endgültig zu verlassen?

Wem nützte es, wenn ich Noah das alles schonungslos offenbaren würde?, fragte sie sich schließlich, nachdem sie in Gedanken durchgespielt hatte, wie Noah wohl auf diese ungeheuerliche Wahrheit reagieren würde. Die Gefahr, dass er niemals darüber hinwegkommen würde, dass Jennifer noch lebte, war sehr groß. Würde er je wieder auch nur einen winzigen Augenblick mit ihr zusammen verbringen können, ohne daran zu denken, dass dort draußen irgendwo Jennifer lebte? Ihr lief ein kalter Schauer über den Rücken bei der Vorstellung, die Botin zu sein, die ihm diese Wahrheit überbrachte. Aber wie sollte sie mit Noah jemals eine entspannte Beziehung eingehen, ohne ihm die Wahrheit zu sagen? Nein, dachte sie traurig, das konnte einfach nicht gut gehen. Dann würde sie jede erdenkliche Sekunde daran erinnert werden, dass sie ihm etwas Entscheidendes verschwieg. Ihre Beziehung wäre quasi auf einer Lüge aufgebaut. Selbst wenn es unwahrscheinlich war, dass er jemals davon erfuhr. Wenn aber das Schicksal doch andere Wege ging und er es erfahren würde, könnte er ihr das bestimmt im Leben nicht verzeihen. Julia stellte sich vor, es wäre umgekehrt. Nein, sie würde lieber auf eine Beziehung verzichten, als sie mit einem Mann einzugehen, der so ein Geheimnis vor ihr hütete.

Julia wurde abwechselnd heiß und kalt. Sie wusste beim besten Willen nicht, was sie nun mit all ihrem Wissen anfangen sollte, zumal sie plötzlich ganz intensiv an Jonas denken musste.

In dem Augenblick kam ihr eine Lösung in den Sinn, an die sie zuvor noch keinen Gedanken verschwendet hatte: Wie wäre es, sie würde Noah alles gestehen, ihre Sachen packen und ihn seinem Schicksal überlassen? Denn dass sie mit ihm glücklich werden konnte, nachdem sie ihm die Wahrheit anvertraut hatte, hielt sie ebenfalls für unmöglich. Aber hatte sie nicht das Recht, ein unbeschwertes Leben zu führen, ein Leben, in dem ihre Schwester keine Rolle mehr spielte? Sie würde jedenfalls gut damit leben können, dass Jennifer für sie gestorben war.

Wie sie es drehte und wendete, sie fühlte sich wie in einer Sackgasse, aus der es kein Entkommen gab. Gott, wenn ich geahnt hätte, was für ein Albtraum mich hier erwartet, ich wäre in Berlin geblieben, hätte in Bars gejobbt, unter Brücken geschlafen, ging ihr verzweifelt durch den Kopf, aber nun war sie mitten in diesem absurden Film gefangen.

Ich habe keine Wahl, redete sie sich gut zu, ich muss ihm alles sagen und ihn anschließend verlassen, dann wird alles wieder gut.

»Ach, hier bist du? Ich habe dich überall gesucht!«

Julia zuckte zusammen, als sie Noah bleich wie der Tod in der Tür auftauchen sah.

Jetzt oder nie, dachte sie entschlossen.

»Noah, der Anrufer eben, das war …«

Weiter kam sie nicht, weil Noah sie ohne Vorwarnung in seine Arme riss und in ein verzweifeltes Schluchzen ausbrach.

»Wie kann ein Mensch nur derart böse sein, einen so üblen Scherz auf meine Kosten zu machen?«, stieß er hervor.

Julia befreite sich hastig aus seiner Umarmung.

»Noah, hör mir zu. Ich verstehe, dass dich das mitgenommen hat. Aber ich glaube, dass …«

Noah verschloss ihren Mund mit einem Kuss, bevor sie die Wahrheit sagen konnte, die ihr so sehr auf der Seele brannte. Julia ließ es kurz geschehen, obwohl es sich so falsch anfühlte, und sie erwiderte seinen Kuss auch nicht, sondern trat energisch einen Schritt zurück.

»Noah, es tut mir so leid, aber ich kann nicht mehr. Es ist nicht richtig, dass wir so tun, als könnten wir eine Beziehung anfangen. Es wird nicht funktionieren, weil …«

»Bitte, Julia, tu mir das nicht an. Verlass mich nicht! Ich liebe dich. Ich möchte von Herzen nur noch eines: ein neues Leben mit dir anfangen, ohne die Gespenster der Vergangenheit. Lass uns nie wieder von Jennifer reden.« Wieder nahm er sie in den Arm und drückte sie so fest an sich, dass sie kaum noch Luft bekam.

Julia nahm noch einmal all ihre Kraft zusammen, räusperte sich, doch beim Anblick seiner Tränen verließ sie der Mut. Nein, ich kann es ihm nicht sagen. Nicht jetzt, nicht in diesem Augenblick, dachte sie verzagt und klammerte sich an ihn wie eine Ertrinkende.

Dritter Teil

JENNIFER

35.

Die Palmerston Klinik war von außen betrachtet keine Augenweide, musste die Patientin von Zimmer 6 immer wieder feststellen, wenn sie von ihren Ausflügen nach Darwin zurückkehrte, doch das störte sie herzlich wenig. Sie hielt sich ohnehin am liebsten in ihrem Zimmer auf. Das stand optisch im totalen Kontrast zu der schmucklosen Fassade des Gebäudes, das mehr an eine Lagerhalle als eine renommierte Schönheitsklinik erinnerte. Bei der Inneneinrichtung hatte man sich allerdings jede Mühe gegeben, den Ansprüchen der wohlhabenden Patienten zu genügen.

Nora Lang, wie sie laut ihres neuen Ausweises hieß, war das Ambiente allerdings nicht so wichtig. Im Vordergrund stand das Ergebnis, und mit dem war sie bislang mehr als zufrieden, wie ihr ein erneuter Blick in den Spiegel bewies, nachdem sie ihr Zimmer betreten und die Tüten abgestellt hatte.

Ihr Gesicht war nahezu faltenfrei, und wenn sie es nicht besser wüsste, würde sie sich selber für zehn Jahre jünger halten. Und das Haar war dank kunstvoller Verlängerungen so schön, wie es einst gewesen war. Auch das glänzende Schwarz reichte an das heran, wie es damals gewesen war.

Ja, sie war hochzufrieden, doch sie musste noch etwas Geduld haben, bis sie es wagen konnte, in dieser Gestalt ins Leben zurückzukehren. Ihr Blick fiel auf die Einkaufstüten, und ein Lächeln umspielte ihre Lippen. Die Ausbeute ihres Einkaufsbummels in Darwin schaffte ihr ein Gefühl äußerster Zufriedenheit. Mit schlafwandlerischer Sicherheit hatte sie die edleren Geschäfte der Stadt aufgespürt und sich von Kopf bis Fuß neu eingekleidet.

Sie holte sich aus dem Kühlschrank eine Flasche Champagner, um sich für diesen gelungenen Tag zu belohnen. Mit dem Glas in der Hand setzte sie sich auf einen modernen Sessel und hing ihren Gedanken nach. Sie schweifte in die Zukunft ab, genauer gesagt, zu dem Augenblick, in dem sie den letzten und entscheidenden Schritt wagen und sich in den Flieger nach New York setzen würde. Dann wurde es ernst, und sie hatte wenig Sorge, dass ihr Plan scheitern könnte, denn sie hatte an alles gedacht.

Sie lächelte bei dem Gedanken, dass sie seit ihrer Entlassung aus der Klinik in Halifax keine einzige Panikattacke mehr erlitten hatte. Vielleicht lag es an der ermutigenden Prognose des Chefarztes der dortigen Gynäkologie, der keinerlei Hindernisse sah, die einer weiteren Schwangerschaft im Weg stehen könnten. Ihre Fehlgeburt hatte wider Erwarten nichts Schlimmes in ihrem Körper anrichten können. Und das war für sie das Wichtigste.

Sie prostete sich selbstzufrieden zu, bevor sie das Glas fast in einem Zug leerte. Die letzten Wochen rauschten noch einmal wie ein Film, der mit schnellerer Geschwindigkeit lief, vor ihrem inneren Auge vorüber, und sie dachte voller Dankbarkeit an den guten Mister Lenfield, ihren treuen Anwalt und Notar. Ihm hatte sie nicht nur die neuen Papiere zu verdanken, sondern auch die Abwicklung ihrer finanziellen Angelegenheiten. Sie hatte ihn natürlich nicht in die ganze Wahrheit über die Beziehung zu ihrem Mann eingeweiht, aber dass er gewalttätig war, sie überdies betrog und an ihr Geld wollte, das hatte sie ihm ausführlich geschildert. Und ihren treuen Anwalt davon überzeugt, dass sie gar keine andere Wahl hatte, als woanders ein neues Leben anzufangen, weil er sie niemals in Ruhe lassen würde, was ja immerhin der Wahrheit entsprach. Nur, was sie für Anteile an dieser gestörten Beziehung hatte, das hatte sie dem gutmütigen Mann natürlich verschwiegen. Da der Notar Mister Taylor – ganz den Schilderungen seiner Mandantin vertrauend – zutiefst verabscheute, ohne ihn zu dem Zeitpunkt überhaupt jemals persönlich zu Gesicht bekommen zu haben, war er nur allzu bereit gewesen, ihr dabei behilflich zu sein, ihn gänzlich zu ruinieren. Außerdem war er ihr ewig dankbar, dass sie ihm für schmales Geld das schönste Sommerhaus entworfen hatte, das es am Pembroke Beach überhaupt gab. Ja, Mister Lenfield würde alles für sie tun, ob es mit dem kanadischen Recht vereinbar war oder nicht. Sogar lügen würde er für sie. Sie telefonierten beinahe täglich. Er war der einzige Mensch, der wusste, wo sie sich zurzeit aufhielt. Er hatte ihr sogar dazu geraten, eine optische Generalüberholung möglichst außerhalb Kanadas vornehmen zu lassen, und ihr schließlich diese australische Klinik empfohlen. Natürlich gab es noch einen Grund, warum er ihr so ergeben war. Er himmelte sie regelrecht an, war aber schwer verheiratet und so erzkatholisch, dass er sich nicht traute, seine Frau jemals zu betrügen. So konnte sie nach allen Regeln der Kunst mit dem beleibten Mittfünfziger flirten, ohne dass sie ernsthafte Konsequenzen befürchten musste. Mit sichtlicher Schadenfreude hatte sie bei ihrem letzten Telefonat die Nachricht aufgenommen, dass ihr Mann wutschnaubend bei Mister Lenfield im Büro aufgekreuzt war und dieser ihm ziemlich deutlich gemacht hatte, dass er sofort die Polizei holen würde, weil Mister Taylor ja in Wahrheit ein über internationalen Haftbefehl gesuchter deutscher Wirtschaftsverbrecher sei. Jennifer hatte Tränen gelacht, als der Notar beschrieben hatte, wie schnell der Mann das Weite gesucht hatte. Es war ihr nicht leichtgefallen, einen Dritten in ihre Geschichte einzuweihen, aber sie hatte das Ganze so dargestellt, dass sie ausschließlich das arme Opfer eines gewalttätigen und kriminellen Psychopathen war. Mister Lenfield hatte vor Empörung geschnauft, als sie ihm anvertraut hatte, wie Jürgen im Januar 2001 plötzlich wie aus dem Nichts vor den Türmen aufgetaucht war und sie sich ihm nicht hatte entziehen können. Und wie er sie dann gezwungen hatte, Geld zu unterschlagen. Und wie er sie nach den Anschlägen im Krankenhaus wiedergefunden und mit dem Plan überrascht hatte, ihren Tod vorzutäuschen und mit ihm nach Kanada zu gehen.

Sie hatte keine andere Wahl gehabt, als ihn einzuweihen, weil sie eine Person benötigte, der sie bedingungslos vertrauen konnte und die ihren Plan vorbehaltlos unterstützte. Ohne ihn wäre sie nicht der Lage gewesen, so spurlos aus Yarmouth zu verschwinden und vorher dafür gesorgt zu haben, Jürgen gründlich zu ruinieren. Sie war nicht ein einziges Mal persönlich bei den Verkaufsverhandlungen aufgetaucht, weil sie vom Büro des Notars direkt von einem Krankenwagen nach Halifax gebracht worden war. Mister Lenfield hatte ihr nicht erlaubt, mit dem Wagen zu fahren. Drei Tage später hatte er sie im Krankenhaus besucht, sie hatten Fotos von ihr mit schwarzer Langhaarperücke gemacht, und der Notar hatte ihr die neuen Papiere und die Flugtickets nach Darwin auf den Namen Nora Lang besorgt. Über seine Konten liefen alle finanziellen Transaktionen. Das war in der Tat ein Risiko, dessen sie sich durchaus bewusst war, aber sie hatte noch nie einem Menschen so vertraut wie Mister Lenfield. Und einmal davon abgesehen, dass er sie abgöttisch verehrte, wurde er geradezu fürstlich entlohnt.

Als Jennifer in der Frauenklinik in Halifax gelegen hatte, hatte sie sich immer und immer wieder Jürgens dummes Gesicht vorgestellt, als er sie am Abend jenes schicksalhaften Tages nach seiner Rückkehr aus Yarmouth nicht mehr im Haus vorgefunden hatte. Die größte Angst, dass er sie noch an ihrem Vorhaben hätte hindern können, hatte sie in den bangen Stunden verspürt, die sie noch in Yarmouth hatte verbringen müssen. Auf dem Weg von der Bank zum Notar hatte sie Blut und

Wasser geschwitzt und ständig befürchtet, er könnte ihr doch noch unterwegs begegnen. Und dann war sie tatsächlich verfolgt worden, aber nicht von ihm … Jennifer schenkte sich hastig ein neues Glas ein und stürzte den Inhalt fast in einem Zug herunter. Der Gedanke an Julia war dazu angetan, ihr die gute Laune zu verderben. Das waren entsetzliche Sekunden gewesen, als ihre Schwester gegen das Fenster ihres Autos gehämmert hatte. Es hatte sie wahnsinnige Selbstüberwindung gekostet, cool zu bleiben, aber sie hatte keine andere Wahl. Und sie würde, sollte es einmal zum Schwur kommen, stets leugnen, dass sie Julia erkannt hatte. Wenn überhaupt von irgendwo eine Gefahr lauerte, die ihren schönen Plan durchkreuzen könnte, dann ging sie von ihrer Schwester aus. Dessen war sich Jennifer sicher. Das war vielleicht ein Schreck gewesen, als sie ihren Notar gebeten hatte, ihr den Brief an Julia auszuhändigen, den Misses Granby ihm in ihrem Auftrag vorbeigebracht hatte, und er ihr bedauernd versichert hatte, dass er keinen Brief bekommen hatte. Daraufhin hatte Jennifer noch aus dem Büro des Notars bei Misses Granby angerufen und sie gebeten, den Brief zu vernichten. Wie erleichtert war sie gewesen, als Misses Granby ihr hoch und heilig versprochen hatte, das sofort zu erledigen, hatte sie doch insgeheim befürchtet, dass sich Julia den Brief längst angeeignet haben könnte. Und das wäre fatal, nachdem sich ihre Zukunftspläne inzwischen derart dramatisch geändert hatten. Sie hoffte inständig, dass Julia bereits abgereist sein würde, wenn sie auf den Plan trat. In dem Punkt war Jennifer ganz zuversichtlich, ging sie doch fest davon aus, dass Julia nur zu Besuch bei Noah war. Plötzlich hielt sie erschrocken inne. Was, wenn ihre Schwester sich als Witwer-Trösterin betätigt hatte und die beiden …? Nein, das wollte sich Jennifer in diesem Augenblick gar nicht erst ausmalen, und wenn, dann würde es auch für dieses Problem eine geeignete Lösung geben. Denn einer Sache war sich Jennifer ganz sicher: Wenn Noah die Wahl zwischen Julia und ihr hatte, er würde sich immer für sie entscheiden! Er hatte sie so unfassbar geliebt, nur dass sie das damals noch nicht hatte würdigen können. Jetzt war es genau diese bedingungslose Liebe, die sie dringend brauchte … Noch einmal erhob Jennifer das Glas Champagner und prostete sich siegesgewiss zu.

36.

Vor diesem Augenblick hatte sich Julia seit Wochen gefürchtet: dass sie Jonas zufällig begegnen würde. Aber sie hatte sich stets mit der Tatsache zu beruhigen versucht, dass New York kein Dorf war, in dem man sich einfach so über den Weg lief. Deshalb zweifelte sie zunächst daran, dass es ein Zufall war, als er ihr unweit von Noahs Wohnung auf ihrer Straßenseite entgegenkam, und zwar so frontal, dass sie nicht ausweichen konnte. Ihr war das derart unangenehm, dass sie gleich zum Angriff überging. »Was hat dich denn in diese Straße verschlagen? Wolltest du mir persönlich die Meinung sagen?«, fragte sie, während sie nicht verhehlen konnte, dass er immer noch eine geradezu magische Ausstrahlung auf sie besaß.

»Dir auch einen schönen Tag«, entgegnete er mit spöttischem Blick.

»Und? Nun sag schon, was du denkst!«

Er zuckte die Schultern. »Was soll ich denken? Du hast Tine doch eine Mail geschrieben, in der du ausreichend erklärt hast, warum du doch nicht bei mir einziehen wirst, sondern bei Noah bleibst mit der Gewissheit, dass Jennifer die Lügnerin ist«, entgegnete er kühl. »Meine Schwester war etwas enttäuscht, dass du offenbar nicht mal den Mut aufgebracht hast, sie noch einmal vor ihrer Abreise zu treffen, um ihr zu erzählen, wie du zu diesem Sinneswandel gekommen bist. Und, seid ihr nun ein glückliches Paar?«

Julia fühlte sich von ihm in die Enge getrieben und hatte überhaupt keine Lust, ausgerechnet mit ihm über ihre Beziehung zu Noah zu sprechen. Denn es war genau das eingetreten, was sie insgeheim befürchtet hatte. Sie stand unter enormem Druck, und es verging kaum ein Augenblick, in dem sie nicht mit sich haderte, ob das richtig war, was sie tat. Wie sollte sie wohl von Herzen glücklich mit ihm sein, wenn sie ihm seit Wochen die Wahrheit über Jennifer verschwieg? Und es wurde mit jedem Tag, der verging, schwerer, den Mut aufzubringen, ihm die Wahrheit zu sagen. Er schien so glücklich darüber, dass sie sich entschieden hatte, bei ihm zu bleiben. Nach außen führten sie ein ganz normales Leben als Paar, und wenn sie sich liebten, konnte Julia ihre Gewissensbisse auch kurzfristig in Schach halten. Aber nachts überfiel sie das schlechte Gewissen so intensiv, dass sie kaum Ruhe fand. Seit Wochen hatte sie keine Nacht mehr richtig geschlafen. Und wenn sie doch mal übermüdet einnickte, wachte sie mitten in der Nacht schweißgebadet auf und warf sich bis zum Morgengrauen von einer Seite auf die andere, weil die quälerischen Gedanken sie nicht losließen. Wenn sie dann in sein friedlich schlafendes Gesicht blickte, erschienen die Dämonen mit Macht, und sie nahm sich jedes Mal erneut vor, es am folgenden Tag endlich hinter sich zu bringen. Doch immer kam etwas dazwischen, zumal sie ohnehin nur die Wochenenden gemeinsam verbrachten, weil Julias Job in New York begonnen hatte, der sich als sehr interessant entpuppte. Man ließ ihr große Freiheiten, die Kulturseite neu zu beleben, hatte zugleich aber hohe Ansprüche, die sie auch erfüllen wollte, sodass sie sich oftmals wie in ihrem alten Berliner Trott fühlte. Es war keine Seltenheit, dass sie bis 23 Uhr in der Redaktion blieb und dann nur noch müde ins Bett fiel. Unter der Woche vergaß sie manchmal, was für ein mieses Spiel sie da mit Noah trieb.

»Wenn ich gewusst hätte, was für eine Workaholic du bist, ich glaube, ich hätte dir den Job nicht vermittelt«, hatte er am letzten Wochenende gescherzt und ihr das Versprechen abgenommen kürzerzutreten.

»Du siehst erschöpft aus«, bemerkte Jonas, nachdem er sie eine Zeit lang schweigend gemustert hatte.

»Ich habe viel Arbeit.«

»Und was sagt dein Schwager dazu, dass seine Frau noch lebt?«, hakte er lauernd nach.

Julia lief rot an. Was sollte sie tun? Zugeben, dass sie noch immer nicht den Mut gefunden hatte, ihm die Wahrheit zu sagen, oder auch Jonas belügen? Wie sie diese Lügen hasste! Aber er kam ihr zuvor. Offenbar hatte ihr Zögern sie verraten.

»Sag bloß, er weiß es noch nicht?« Er warf ihr einen zweifelnden Blick zu. »Oder hast du etwa doch Bedenken, er könne ihr was antun, wenn er davon erfährt?«

»Blödsinn, das würde er niemals tun!«, fauchte sie zurück.

»Gut, es geht mich ja auch nichts an. Wenn du eine Beziehung mit Geheimnissen vorziehst, ist das allein deine Sache. Ich weiß nur nicht, wie ich reagieren würde, wenn mir die Frau meines Herzens so eine wichtige Sache verheimlichen würde.«

Julia kämpfte mit sich. Wie recht er doch hatte! Wie oft hatte sie sich vorgestellt, wie Noah wohl reagieren würde, wenn er erfuhr, was sie vor ihm verheimlichte. Am liebsten würde sie Jonas ganz offen von ihren schrecklichen Gewissensbissen erzählen, aber er war so abgegrenzt, dass ihr der Mut fehlte. Aber was hatte sie denn erwartet? Dass er ihr freudig um den Hals fallen und zu ihrem Glück mit Noah gratulieren würde? Nein, das konnte sie wirklich nicht verlangen. Schließlich waren sie in Kanada mit gänzlich anderen Plänen auseinandergegangen. Und natürlich hatte sie bei ihrem Abschied auch eher damit gerechnet, Jonas näherzukommen, als sich in eine verlogene Beziehung mit Noah zu stürzen.

»Jonas, das muss dir alles sehr merkwürdig vorkommen, aber ich weiß jetzt, dass ich mich unnötig durch Jennifers Lügen habe verunsichern lassen. Ich …« Sie sah ihn flehend an. »Möchtest du die ganze Geschichte hören?«

Jonas runzelte kurz die Stirn. Julia befürchtete schon, er würde darauf keinen Wert legen, doch dann nickte er.

»Gut, dann lass uns zu dem Inder am Ende der Straße gehen. Dort bin ich eh verabredet«, sagte er und entschuldigte sich kurz, um sich ein paar Schritte von ihr zu entfernen und sein Telefon hervorzuholen. Sosehr Julia auch in seine Richtung stierte, sie konnte kein Wort verstehen. Nur an seinem herzlichen Lachen erkannte sie, dass er mit einer Person sprach, der er ausgesprochen zugewandt war. Warum gibt mir das bloß einen solchen Stich?, dachte Julia verärgert, als sie merkte, wie sehr sie das störte.

Schweigend schlenderten sie nebeneinander die Straße hinunter.

»Wie geht es Tine?«, erkundigte sich Julia höflich, um das Schweigen zu durchbrechen.

»Stell dir vor, sie wird im Oktober wieder nach New York kommen. Sie hat am John Jay College einen Lehrauftrag bekommen, und man stellt sie solange in Berlin frei.«

»Und? Wohnt sie bei dir?«

Er lächelte gequält. »Ich denke schon.«

Julia seufzte tief. »Ich weiß, das war nicht so toll von mir, mich nach unserem gemeinsamen Erlebnis in Yarmouth gar nicht mehr bei dir zu melden. Ich hätte dir wenigstens persönlich absagen können.«

»Stimmt, das wäre nett gewesen«, entgegnete er ungerührt, während er die Tür zum Lokal öffnete und ihr den Vortritt ließ. Der Kellner führte sie zu einem freien Tisch.

Julia fühlte sich unwohl in ihrer Haut. Ich sollte wenigstens den Mut aufbringen, Jonas die näheren Umstände meiner Entscheidung zu erläutern, dachte sie angespannt, aber ein tiefer Blick in seine Augen lieferte ihr die Erklärung für ihre Feigheit. Er übte eine ungebrochene Anziehung auf sie aus.

Sie stieß einen tiefen Seufzer aus. »Entschuldige, ich weiß, dass es nicht korrekt war, aber ich hatte Sorge, dass du es mir womöglich ausreden würdest, bei Noah zu bleiben«, gab sie zögernd, aber immerhin ganz ehrlich zu.

Jonas zuckte die Achseln. »Warum sollte ich das? Ich finde, man darf Reisende nicht aufhalten. Wenn du ihm vertraust und er dein Glück ist, was soll ich dagegen sagen?«

»Glaubst du, ich habe mir die Entscheidung leicht gemacht?«

»Was weiß ich. Das Letzte, was ich von dir gehört habe, war die Ankündigung, dass du in das Zimmer bei mir einziehen willst! Ich glaube, du hast auch noch den Schlüssel.«

Julia schluckte. Seit Wochen trug sie ihn in ihrer Tasche mit sich herum mit dem Vorsatz, ihn ihm zu schicken. Hektisch zog sie den Schlüssel aus ihrer Handtasche hervor und händigte ihn ihm aus. »Ich habe ihn dir längst schicken wollen, aber ich hätte gern einen kleinen Brief dazu geschrieben, und das habe ich einfach nicht geschafft. Der neue Job, die Wochenendbeziehung mit Noah …«

»Sprich ruhig weiter«, ermutigte er sie mit spöttischem Unterton.

»Willst du nun hören, was geschehen ist oder lieber weiter beleidigt reagieren?«, giftete Julia, die sich in die Enge getrieben fühlte. Denn für die Tatsache, dass sie sich bei ihm, nach allem, was sie zusammen erlebt hatten, nicht einmal mehr persönlich gemeldet hatte, gab es keine Entschuldigung. Bis auf die eine, die sie nun in jeder Pore spürte, die sie ihm gegenüber aber nicht mit einem Ton erwähnen würde. Seine Nähe löste in ihr wieder das gewisse Kribbeln aus. Da konnte er noch so abgegrenzt und cool sein, sie spürte, dass es ihm ähnlich ging und dass er genauso wie sie versuchte, seine Gefühle im Zaum zu halten.

»Ich höre«, sagte er ungerührt.

Julia räusperte sich ein paarmal, bevor sie ihm die ganze Geschichte erzählte. Von ihrer Ankunft in Montauk, der Flucht vor Noah, ihrem Sturz, der Amnesie und Noahs großartigem Verhalten. Ja, sie verheimlichte ihm auch nicht, dass sie Noah getestet und derart provoziert hatte, dass er, wenn er auch nur annähernd zur Gewalt gegenüber Frauen neigte, mit Sicherheit anders reagiert hätte.

Jonas lauschte ihr mit unbewegter Miene. »Aber einen Beweis hat du nicht, oder?«

»Nein, aber den brauche ich auch nicht. Wir sind jetzt seit meiner Rückkehr ein Paar, und es hat nicht eine Situation gegeben, in der ich an seinem sanftmütigen Wesen hätte zweifeln müssen.«

»Dann ist das doch alles bestens. Du hast nun den Mann, den du liebst, für dich, und deine Schwester wird dir sicher keinen Strich mehr durch die Rechnung machen. Sie hat mehr als deutlich gezeigt, dass sie in Ruhe gelassen werden möchte und keinen Wert auf eine Aussprache mit dir legt«, erwiderte er in einem Ton, als ob ihm das alles gar nichts ausmachte. Er musterte sie durchdringend. »Allerdings solltest du ihm endlich die Wahrheit sagen!«

»Ich habe den richtigen Zeitpunkt verpasst«, stöhnte sie. »Ich wollte es ja, aber …« Sie stockte.

»Kann es sein, dass du Angst hast, er würde sich in den nächsten Flieger nach Halifax setzen oder eher, dass er dich verlässt, weil er dir dein Schweigen verdammt übel nimmt?«

»Musst du unbedingt den Finger in die Wunde legen?«, schnauzte sie ihn an, was sie sofort bereute. »Sorry, aber mich regt diese ganze Geschichte maßlos auf. Ich schlafe keine Nacht mehr richtig. Ich habe die Schnauze voll! Ich würde am liebsten nie mehr daran denken, wie brutal Jennifer mit den Gefühlen ihrer Familie gespielt hat. Noah hat ihren Tod kaum verkraftet, meine Mutter hat der Verlust tief getroffen und was meinst du, wie sehr ich daran zu knacken hatte, als ich meine Schwester für tot halten musste … Und ich habe Angst, dass Noah über diesen Verrat meiner Schwester niemals hinwegkommen wird. Vielleicht wird er sich nie mehr von dem Schock erholen. Das kann ich ihm doch nicht antun.«

»Ach, dann sind es also rein selbstlose Gründe, warum du es ihm verschweigst. Und das hat alles gar nichts damit tun, dass du seine ungeteilte Liebe zu dir genießen möchtest, ohne dass das Gespenst der Frau im Hintergrund lauert, die ihn dir schon einmal ausgespannt hat«, spottete er.

»Jonas, das ist gemein! Noah ist ein empfindsamer Mann, er könnte an der Scheißwahrheit zerbrechen, zumal …« Julia unterbrach sich hastig. Sie war sich nicht sicher, ob sie Jonas in ihren berechtigten Verdacht einweihen sollte. Sie kam sich ziemlich schäbig vor, Noah völlig im Dunklen tappen zu lassen, während sie Jonas anvertraute, was sie inzwischen über die Identität von Jennifers Ehemann erfahren hatte.

Jonas machte eine abwehrende Handbewegung. »Du musst mir keine Details verraten. Ich kann mir vorstellen, wie mies du dich ohnehin schon damit fühlst, dass ich Dinge weiß, die du deinem Freund verheimlichst.«

»Wie du das sagst!«, schnaubte sie. »Glaubst du, ich finde das toll? Aber was soll ich bloß tun?«

»Willst du meinen ehrlichen Rat?« Er sah sie in diesem Augenblick wesentlich zugewandter an.

»Natürlich!«

»Ich befürchte, du hast keine Wahl. Ich glaube zwar nicht, dass Misses Taylor Noah jemals in diesem Leben freiwillig über den Weg laufen wird, aber wenn es aus irgendeinem dummen Grund doch rauskommt, dann möchte ich nicht in deiner Haut stecken. Denk doch mal an die Basis eurer Beziehung. Meinst du, du kannst damit leben, wenn du ihm das auf immer und ewig verschweigst?«

»Natürlich kann ich das nicht! Und es wird mit jedem Tag

schwerer. Ich verspreche dir, ich sage es ihm am Wochenende, wenn ich zu ihm in die Hamptons fahre. Und zwar in aller Schonungslosigkeit. Ich werde auch nicht verschweigen, was für einen verlogenen Brief ich bei Jennys Tod bekommen sollte. Und auch nicht, wer sich hinter Mister Taylor verbirgt.«

Jonas musterte sie fragend.

Julia holte tief Luft, bevor sie ihm anvertraute, dass sie Steven für Jennifers große Liebe Jürgen hielt und sicher war, dass er ihr das alles angetan hatte, was sie in ihrem Brief Noah zugeschrieben hatte.

»Das wird ja immer unterirdischer. Noch ein triftiger Grund, Noah die Wahrheit zu sagen. Allein die rechtliche Seite. Überleg doch mal. Ich kann dir nur dazu raten, dir diesen ganzen Mist am Wochenende von der Seele zu reden«, erklärte er mit Nachdruck.

»Aber glaubst du denn im Ernst, dass ich dann eine glückliche Beziehung mit ihm führen kann? Meinst du, er wird sagen: ›Oh, das ist ja eine dumme Geschichte, aber was interessiert es uns beide, dass meine Frau sich tot gestellt hat, um ihren Ex zu heiraten? Komm, Schatz, lass uns keinen Gedanken mehr darauf verschwenden und gemeinsam in den Sonnenuntergang reiten‹?«, ereiferte sich Julia.

Jonas konnte sich ein Grinsen nicht verkneifen.

»Darüber, wie Noah reagiert, will ich keine Prognosen abgeben, aber ich denke, in diesem Fall ist alles besser, als mit einer Lüge zu leben. Vielleicht ist er gar nicht so ein Weichei, wie du glaubst …«

»Das habe ich nie gesagt!«, empörte sich Julia.

»Stimmt, aber ich würde niemals wollen, dass mir eine Frau, die ich liebe, so etwas Entscheidendes verheimlicht, weil sie annimmt, das würde mich bis ans Lebensende traumatisieren. Deshalb kann ich meinen Rat nur wiederholen: Rede endlich mit ihm! Und gib ihm eine Chance, darauf ehrlich zu reagieren! Und wenn er daran zerbrechen sollte, ist es nicht deine Schuld. Das hat dann deine bescheuerte Schwester zu verantworten!«

»Du sprichst von der Frau, die du mal geliebt hast«, sagte Julia, die zutiefst erleichtert war, dass in diesem Augenblick wieder etwas von der alten Vertrautheit aufblitzte, die Jonas und sie verbunden hatte.

»Und ich habe unter der Trennung verdammt gelitten, aber du solltest nicht entscheiden, ob jemand daran zerbricht oder nicht. Es kann auch das Gegenteil eintreten. Ich würde diese Person jedenfalls abgrundtief verabscheuen, ja, für mich wäre eine Frau, die mir das angetan hätte, tatsächlich gestorben! Und ich würde alles tun, damit sie mit ihrem Wahnsinn keinen Keil zwischen mich und die Frau treibt, die es wert ist, von mir geliebt zu werden.«

Julia konnte gar nichts dagegen tun. Ihr traten Tränen in die Augen. »Ach, du bist wunderbar. Wie du das gesagt hast«, seufzte sie, was sie in demselben Augenblick bitter bereute. Diese beinahe zärtlichen Worte waren zwischen ihnen in dieser Lage bestimmt nicht angebracht, aber er schien sie sowieso überhört zu haben.

»Glaube mir, du wirst danach erleichtert sein.« Er klopfte ihr freundschaftlich auf die Schulter.

»Das werde ich tun! Und eigentlich ist es ein guter Zeitpunkt, denn selbst wenn er nach Yarmouth reisen würde, wird er Jennifer dort gar nicht mehr vorfinden.«

Jonas musterte sie voller Erstaunen. »Das verstehe ich nicht. Wieso findet er sie nicht in Yarmouth? Wir haben doch ihre Adresse.«

Julia tippte sich an die Stirn. »Ach, das Wichtigste hab ich vergessen. Ich habe noch einmal bei Misses Granby angerufen, nachdem mir klar geworden ist, dass Steven kein Geringerer als das Arschloch Jürgen ist.«

Jonas nickte schmunzelnd. Ihm schien ihre Wortwahl zu gefallen.

»Wenn ich dir sage, wie er sie schon damals in Hamburg behandelt hat, du würdest mir sogar applaudieren.« Und Julia berichtete ihm nun ohne Punkt und Komma von seinen sämtlichen Schweinereien.

Er hörte ihr voller Ungeduld zu. Als sie zwischendurch Luft holte, fragte er hastig: »Ja, dieser Kerl ist ein großes Arschloch, aber das erklärt noch nicht, warum dein Schwager Jennifer nicht in Yarmouth finden sollte?«

»Weil sie, wenn man Misses Granbys Worten Glauben schenkt, alles verkauft hat, spurlos verschwunden ist und Jürgen mittellos in Yarmouth zurückgelassen hat.«

»Mich überrascht bei der Frau gar nichts mehr. Ich glaube, Jenny ist psychisch wirklich hochgradig gestört.«

»Immerhin hat sie es geschafft, den Typ auszutricksen, bevor sie verschwunden ist. Und so krank sie im Kopf auch immer sein mag, das hat sie wohl ziemlich klar durchgezogen.«

Jonas atmete tief durch. »Na gut, dann ist sie ein krankes Genie. Am besten vergisst du sie. Und das sollte dein Freund auch tun.«

Wie recht er hat, dachte Julia, und plötzlich wurde ihr ganz schwer ums Herz bei dem Gedanken, wie nahe ihr Jonas war. Am liebsten würde sie ihn jetzt zum Dank für seine verständnisvolle Art in den Arm nehmen, aber das wäre das Verkehrteste, was sie tun könnte.

Der Kellner unterbrach ihre Gedanken und fragte nach den Essenswünschen, aber Julia hatte überhaupt keinen Appetit und bestellte nur ein Wasser und ein Mango-Lassi. Auch Jonas gab die Karte zurück. »Wenn Sie mir die Karte vielleicht noch einmal bringen könnten, sobald meine Begleitung kommt. Das wäre nett.«

Julia konnte gar nichts dagegen tun. Sie spürte sofort eine

stechende Eifersucht, denn sie hegte keinen Zweifel, dass es sich um eine weibliche Person handelte. Da nützte der Gedanke, dass sie das herzlich wenig anging, gar nichts.

Prüfend musterte sie ihn. »Glaube mir, ich wäre gern bei dir eingezogen«, seufzte sie.

»Tja, nun ist es eben anders gekommen«, entgegnete er ungerührt.

Seine Reaktion enttäuschte Julia zutiefst, obwohl es durchaus verständlich war, dass er sich mit möglichen Restgefühlen ihr gegenüber bedeckt hielt. Ich habe ihn wohl sehr verletzt, weil ich mich feige zurückgezogen habe, vermutete Julia.

Schweigend nippten sie an dem Wasser, das ihnen der Kellner gebracht hatte.

Plötzlich sah er sie wissend an. Jedenfalls hatte Julia das Gefühl, er könnte ihre Gedanken lesen.

»Vielleicht sehen wir uns mal, wenn Tine wieder in der Stadt ist«, sagte er schließlich, und er hatte es sicher in bester Absicht getan, doch Julias Augen füllten sich erneut mit Tränen.

Er griff nach ihrer Hand. »Julia, was willst du wirklich? Du schaust mich an wie ein waidwundes Reh, nachdem du mir quasi einen Korb gegeben hast. Ich versuche, angemessen zu reagieren und dich nicht mit meiner Enttäuschung zu nerven, und du siehst mich an, als würdest du von mir erwarten, dass ich dir eine Szene mache. Du hast dich entschieden, und ich akzeptiere das. Okay?«

Julia nickte, während sie gegen die Tränen ankämpfte.

In diesem Augenblick näherte sich eine mittelgroße hübsche Frau mit dunkel gewelltem, schulterlangem Haar dem Tisch. Als Julia sie wahrnahm, war ihr sofort klar, dass es sich um Jonas' Verabredung handelte. Er sprang von seinem Stuhl auf und begrüßte sie mit einer herzlichen Umarmung.

»Das ist Kim, und das ist Julia«, stellte er die beiden Frauen einander vor. Sie gaben sich höflich die Hand. Julia wusste, dass es kindisch war, aber sie wollte nur noch weg. Sie sprang überstürzt auf und griff sich ihre Handtasche. »Ich wollte sowieso gerade gehen. Einen schönen Abend noch«, stieß sie einigermaßen gefasst hervor und verließ das Restaurant, ohne sich noch einmal umzudrehen.

Draußen blieb sie mit klopfendem Herzen stehen und ärgerte sich maßlos über ihren peinlichen Abgang. Sie verstand sich selber nicht. Was soll das?, fragte sie sich, ich habe keinerlei Recht, so dumm zu reagieren, ermahnte sie sich, bevor sie schnellen Schrittes zur Subway-Station ging.

37.

Julia war an diesem Freitag mit gemischten Gefühlen in den Jitney-Bus gestiegen. Die Landschaft, die draußen an ihr vorbeirauschte, war im Indian Summer fast noch bezaubernder als im Hochsommer. Die Touristenorte, in denen der Bus hielt und in denen man sonst ständig in einem nie enden wollenden Stau gestanden hatte, waren erfreulich leer. Die Superreichen hatten ihre Häuser verlassen und waren mit ihren hochpreisigen Zweit- und Drittwagen zurück nach New York in ihre städtischen Luxusapartments gekehrt. Am Straßenrand sah man Farmer, die an ihren Ständen herbstliche Waren, allen voran die schönsten Kürbisse, verkauften.

Wenn Julia nicht dieser Kloß im Magen gelegen hätte bei der Vorstellung, Noah endlich die Wahrheit über Jennifers Doppelleben zu offenbaren, sie hätte sich riesig auf ein geruhsames Wochenende in einem Montauk ohne Scharen von Surfern und Touristen gefreut. Doch der Gedanke, was wohl in der Stunde der Wahrheit auf sie zukommen würde, verdüsterte ihre Stimmung mächtig. Je mehr sich der Bus der Endstation näherte, desto angespannter wurde sie. Noah hatte ihr angeboten, sie wie immer an der Haltestelle abzuholen, aber sie hatte ihm gesagt, dass sie lieber zu Fuß gehen würde, weil sie unter der Woche nur im klimatisierten Büro gesessen habe und auf dem Weg ein bisschen frische Luft schnappen wolle. »Aber beeil dich, ich habe eine Überraschung für dich«, hatte er geheimnisvoll angekündigt. Wahrscheinlich hätte sie sich über diese Ankündigung unter anderen Umständen gefreut, aber der Gedanke, Noah würde sie mit einem Geschenk empfangen, behagte ihr gerade nicht besonders. Er war ein Meister darin, ihr kleine Freuden zu machen. Jedes Wochenende hatte er irgendetwas Besonderes für sie vorbereitet. Manchmal war es ein romantisches Abendessen in einem der traumhaften Seafood-Restaurants am Hafen, mal war es ein kleines Schmuckstück, aber nie etwas übertrieben Teures, weil er wusste, dass sie das nicht mochte, wenn er ihr so wertvolle Dinge schenkte. Am letzten Wochenende hatte er sie mit Karten für alle großen Filmpremieren des Internationalen Filmfestivals überrascht, das im Oktober in Easthampton stattfand. Sogar eine Einladung zur Eröffnungsveranstaltung hatte er über eine Patientin besorgt, die in der Festivalleitung arbeitete.

Sosehr sie sich sonst über diese Aufmerksamkeiten freute, heute hatte die Ankündigung den Kloß in ihrem Magen nur noch schwerer werden lassen. Wollte sie Jonas' tröstenden Worten Glauben schenken, konnte es doch gar nicht so schlimm werden, wie sie es sich immer wieder ausmalte. Und erneut war sie in Gedanken bei Jonas und ihrem fluchtartigen Aufbruch aus dem indischen Lokal. Sie hatte den Rest der Woche mit sich gerungen, ob sie ihm nicht eine kleine Nachricht zukommen lassen sollte, wie leid ihr das tue. Das verwarf sie jedes Mal, weil sie fand, er hätte sich ja auch bei ihr melden können. Vom Verstand her wusste sie natürlich, dass das zu viel verlangt war. Schließlich hatte sie sich dumm benommen und nicht er. Sie nahm sich fest vor, ihm eine Nachricht zu schicken, sobald sie es hinter sich gebracht hatte, Noah die Wahrheit zu sagen.

Den Weg zum Haus legte sie im Schneckentempo zurück, als könnte sie das Unausweichliche so doch noch vermeiden, doch als sie das Haus auftauchen sah, wusste sie: Nun gab es kein Entrinnen mehr! Am liebsten wäre sie umgekehrt, hätte den Bus nach New York genommen und sich in der Wohnung verkrochen.

Sie blieb noch einmal stehen und betrachtete das Haus, wie es in der herbstlichen Abendsonne lag. Verwunschen und zauberhaft sah es aus. Kein Wunder, dass Jennifer es nachgebaut hat, ging ihr durch den Kopf. Womit ich bereits beim Thema wäre, fügte sie in Gedanken hinzu und stieß einen tiefen Seufzer aus, bevor sie in normalem Tempo auf den Eingang zusteuerte.

»Ist jemand zu Hause?«, rief sie, als sie den Eingangsbereich betrat, aber alles blieb still. Ob er noch nicht aus der Klinik zurück ist?, dachte sie und wollte sich gerade über diesen kleinen Aufschub freuen, als zwei Stimmen lauthals riefen: »Überraschung!«

In diesem Augenblick sprang nicht nur Noah aus der Deckung der Garderobe hervor, sondern eine weibliche, hochgewachsene Gestalt in einem weiten bunten Kleid.

Julia wollte ihren Augen nicht trauen.

»Susanne, du?«

Ihre Mutter flog ihr entgegen und riss sie in ihre Arme. »Ich habe doch gesagt, dass ich meine Blockaden gelöst habe. Und wie wunderbar, dass ich nicht in der schrecklichen Stadt sein muss. Hier ist es bezaubernd schön. Das Haus hat eine irre Energie. Fast etwas Magisches.«

Julia war wie erstarrt. Mit einem Blick über Susannes Schulter sah sie, wie ihr Noah verschmitzt eine Kusshand zuwarf.

»Freust du dich denn gar nicht? Du bist so verkrampft«, lachte Susanne, nachdem sich Julia aus der Umarmung befreit hatte.

»Nein, doch, nein, ich muss das erst mal begreifen. Wie kommst du hierher? Ich meine, warum hast du mir nicht Bescheid gesagt? Wir hätten uns doch in New York treffen können. Ich hätte dich doch vom Flughafen abgeholt, und dann wären wir zusammen hergefahren?« Sie musterte ihre Mutter immer noch wie einen Geist.

Noah antwortete für seine Schwiegermutter. Er grinste über beide Backen. »Sie wollte erst einmal abchecken, wie das mit mir so energetisch klappt. Schließlich hat sie mich bei unserer letzten Begegnung rausgeworfen.«

»Das habe ich eben gerade losgelassen. Wir haben bei einem Wein alles geklärt, und für mich ist das Wichtigste, dass du glücklich bist. Und das bist du doch, oder?« Susanne musterte ihre Tochter skeptisch. »Du bist doch glücklich, oder?«

Julia wusste überhaupt nicht, was sie denken sollte. Natürlich freute sie sich, ihre Mutter wiederzusehen, aber so überraschend und ausgerechnet an diesem Tag. Das war alles sehr verwirrend. Sie versuchte, sich zu einem Lächeln durchzuringen.

»Ja, doch, natürlich bin ich glücklich, aber das haut mich einfach um, dass du plötzlich hier bist. Wie, wie kamst du auf den Gedanken, mir nicht vorher Bescheid zu sagen?« Julia konnte nichts daran ändern, dass ein gewisser Vorwurf in ihrer Stimme mitschwang.

»Das ist meine Schuld«, mischte sich Noah ein und legte den Arm um Julias Schulter. »Deine Mutter hat hier angerufen, nachdem sie dich übers Handy nicht hat erreichen können. Und als sie mir sagte, sie würde uns gern spontan besuchen, hatte ich die Idee, dass ich mir heute freinehme, sie vom Flughafen abhole und wir dich überraschen.«

»Ach, es ist herrlich hier. Stell dir vor, wir waren schon Hummer essen. Und haben …« Susanne kicherte wie ein kleines Mädchen. »… auf der Terrasse ein ganzes Fläschchen Wein geleert.«

Das hatte Julia bereits an Noahs Atem gerochen, und sie war ja nun auch alles andere als eine Spielverderberin, die den beiden den Spaß nicht gönnte. Was hätte sie zu einem anderen Zeitpunkt darum gegeben, dass sich ihre Mutter und Noah wieder versöhnten, aber warum gerade an diesem Tag?

»Wir haben auch über Jennifer gesprochen.« Kaum hatte Susanne ihre ältere Tochter erwähnt, wurden ihre Augen feucht. »Und ich finde, der Tod ändert alles. Man muss jeden Groll loslassen, und ich finde es auch wunderbar, wie ihr beide damit umgeht.« Susanne trat auf Julia und Noah zu, nahm von jedem eine Hand, legte sie aufeinander und ihre eigene obendrauf.

Julia konnte diese Geste der Versöhnung nur schwer ertragen. Am liebsten würde sie die Wahrheit herausschreien. Allein bei dem Gedanken beschleunigte sich ihr Herzschlag. Vielleicht ist Susannes Besuch zu diesem Zeitpunkt wirklich ein Glücksfall, schoss es ihr mit einem Mal durch den Kopf. Ja, ich werde es ihnen heute noch sagen, allen beiden, beschloss sie in diesem Augenblick und löste sich aus Noahs Umarmung.

»Ich würde mich gern erst kurz frisch machen, bevor ich das Wiedersehen gebührend feiern kann«, erklärte sie hastig, griff nach ihrer Reisetasche und eilte ins Schlafzimmer. Dort ließ sie sich auf die schneeweiße Überdecke fallen und versuchte, ihren Herzschlag ein wenig zu beruhigen. Sie brauchte unbedingt ein bisschen Zeit für sich allein, um sich auf die veränderte Situation einzustellen. Doch in diesem Moment trat Noah ins Zimmer und warf ihr einen mitfühlenden Blick zu.

»Tut mir leid, ich habe es nur gut gemeint. Wenn ich gewusst hätte, dass dich der Überraschungsbesuch deiner Mutter so überfordern würde, hätte ich dir doch Bescheid gegeben, damit du dich seelisch darauf einstellen kannst«, sagte er schuldbewusst.

»Nein, nein, es ist alles gut«, wiegelte sie ab. »Ich bin nur etwas erschöpft und brauche ein paar Minuten für mich.«

»Gut, dann werde ich Susanne dabei helfen, das Abendessen vorzubereiten. Sie möchte unbedingt dein Lieblingsessen zaubern, oder wäre es dir lieber, wir würden zum Essen ausgehen?«

»Nein, es ist wunderbar, und wenn ich erst geduscht und umgezogen bin, dann bin ich auch entspannter. Natürlich freue ich mich, dass ihr beide euch ausgesöhnt habt, ohne dass ich den Friedensengel spielen musste.« Julia rang sich zu einem Lächeln durch. Noah beugte sich zu ihr hinunter und gab ihr einen zärtlichen Kuss auf die Wange.

»Und du bist wirklich nicht böse wegen dieses Überfalls?«

»Wirklich nicht. Es ist alles gut.« Julia sprang vom Bett auf und verschwand im Bad. Dort stellte sie sich unter die warme Regendusche und ließ sich eine ganze Weile einfach nur berieseln, während die Gedanken unablässig durch ihren Kopf wirbelten. Ja, es ist gut so, sagte sie sich entschieden, als sie sich schließlich eines der blütenweißen Handtücher nahm und sich trocken rubbelte. Vielleicht nimmt es sogar ein wenig von der Dramatik zwischen Noah und mir, wenn meine Mutter in der »Stunde der Wahrheit« dabei ist. Schließlich hätte ich ihr ja sowieso irgendwann sagen müssen, dass ihre tot geglaubte Tochter noch lebt. So sprach sich Julia Mut zu.

Sie zog sich eine frische Jeans und eine Bluse an und band ihr Haar zu einem Pferdeschwanz zusammen. Ihr war zwar ein wenig mulmig zumute bei dem Gedanken, es endlich hinter sich zu bringen, aber sie war so entschlossen wie nie zuvor, es dieses Mal auch wirklich zu tun.

»Du siehst ja wieder blendend aus, mein Schatz«, rief Susanne ihr gut gelaunt aus der Küchenzeile entgegen. Julia ging zu ihrer Mutter und umarmte sie. »Herzlich willkommen. Ich freue mich, dass du hier bist.«

»Und ich dachte schon, du findest das ganz schrecklich«, lachte Susanne. »Schau, ich habe Hähnchenschenkel gemacht, so wie du sie immer gern gegessen hast. Mit Knusperhaut.« Ihre Mutter schickte sie auf die Veranda. »Setz dich schon mal. Noah hilft mir. Wir wollen dich richtig verwöhnen. Du arbeitest ja schon wieder so wahnsinnig viel, wie ich gehört habe.«

Julia war gerührt über so viel Fürsorge, wenngleich sie seit

Jahren schon keine Hähnchenschenkel mehr gegessen hatte und ihr der Gedanke an die kross gebratene Haut nicht besonders behagte. Als Kind hatte sie sich tatsächlich darauf gestürzt, und deshalb würde sie ihrer Mutter auch den Gefallen tun und sogar die Haut mitessen. Und nach dem Essen …

»Susanne würde nachher gern zu dem Kürbisfest am Hafen gehen. Das wäre doch ein netter Ausflug, oder?«, sagte Noah, als er mit der Platte voller Hühnerbeine auf die Terrasse trat. »Wusste gar nicht, dass du so etwas magst. Das hätten wir doch längst schon mal machen können.«

»Als Kind war das mein Lieblingsessen, aber Geschmäcker ändern sich«, entgegnete Julia in lockerem Ton, obwohl es ihr schwerfiel, ihre Anspannung zu verbergen.

Noah setzte sich auf den Stuhl neben ihr und griff nach ihrer Hand. »Ich glaube, für deine Mutter war Jennifers Tod wirklich schlimm. Sie hat vorhin so entsetzlich geweint, als wir die alten Alben angeschaut haben.«

»Ihr habt euch die ollen Fotoalben angeguckt?«, stieß Julia in unwirschem Ton aus.

»Ja, ich, ja, die Idee kam nicht von mir. Susanne hat mich darum gebeten«, stammelte er verunsichert.

»Hört das denn nie auf?« Julia war durchaus klar, dass ihre Reaktion nicht angemessen war, aber sie konnte nicht anders. Wie würde Susanne nur verkraften, dass sie sich jede einzelne Träne um die tot geglaubte Tochter hätte sparen können? In diesem Augenblick wurde Julia regelrecht von einer Welle des Hasses überrollt. Was hatte Jennifer ihnen nur angetan? Wie gern würde sie an ihre Schwester voller Gleichmut denken, aber das funktionierte nicht. Es ließ sich einfach nicht ignorieren, dass sie skrupellos so einen Wahnsinn inszeniert hatte. Julia ballte die Fäuste. Ihr fiel der Brief ein, aus dem immerhin ein gewisses Bedauern gesprochen hatte. Aber hatte Jennifer wirklich geglaubt, dass sie ihr dann eines Tages bei Erhalt von hunderttausend Euro und einem verlogenen Brief verziehen hätte? Nein, das war unverzeihlich, und Julia ertappte sich dabei, wie sie sich wünschte, Jennifer wäre wirklich tot.

Wie von Ferne hörte sie Noahs besorgte Stimme. »Ist dir nicht gut? Ich meine, du musst die Hähnchenschenkel nicht essen. Wir können wirklich auch ausgehen.«

Julia machte eine abwehrende Handbewegung. »Nein, es ist alles gut. Ich musste gerade an meinen Job denken. Ich soll Interviews mit Überlebenden von 9/11 machen, und das geht mir doch sehr nahe.« Das war wenigstens nicht gänzlich gelogen. Mister Miller war tatsächlich mit dieser Aufgabe an sie herangetreten, und sie konnte nicht behaupten, dass sie davon besonders begeistert war, zumal sie dieses Thema schon einmal in Berlin abgelehnt hatte, mit allen Konsequenzen … So hatte sie sich auch diesmal Bedenkzeit ausgebeten.

»Also, wenn du das nicht möchtest, wird jeder vollstes Verständnis dafür haben. Walter weiß natürlich, dass du deine Schwester bei dem Anschlag verloren hast …«

»Genau, deshalb fand er ja, dass ich prädestiniert für diese Aufgabe sei«, seufzte Julia.

»Wenn du willst, rede ich mit ihm. Ich finde das, ehrlich gesagt, eher eine Zumutung, wenn du dich noch mal mit dem ganzen Szenario beschäftigen musst.«

»Na ja, es ist keine schöne Aufgabe, weil es sich vorwiegend um Helfer handelt, von denen etliche inzwischen todkrank sind, weil man vermutet, dass sich im Staub sehr wohl gefährliche Gifte befunden haben. Aber ich schaffe das schon, glaube ich.«

Noah zuckte die Achseln. »Gut, ich dachte nur. Du hättest ja einen triftigen Grund, den Auftrag abzulehnen.«

In diesem Moment kam Susanne mit einer Schüssel voller Pommes frites auf die Terrasse.

»Die dürfen ja nicht fehlen bei deinem Lieblingsessen.« Susanne setzte sich. Erst jetzt bemerkte Julia, dass ihre Mutter unter der Sonnenbräune erschöpft aussah. Doch bevor sie sich nach ihrer Gesundheit erkundigen konnte, umspielte ein Lächeln ihren Mund, das sie gleich wieder viel frischer aussehen ließ. »Kannst du dich noch daran entsinnen, wie Jenny an Hähnchenschenkeltagen an einer Karotte gekaut hat?«

Oh ja, und wie sich Julia an den missbilligenden Blick ihrer Schwester erinnern konnte, wenn sie sich mit Vergnügen auf dieses in Jennifers Augen ekelhaft fette Essen gestürzt hatte. Allein der Gedanke an ihre Schwester ließ ihren Appetit völlig schwinden, aber sie nahm sich vor, wenigstens so zu tun, als ob sie sich freute.

Und in der Tat, als sie in den Hähnchenschenkel biss, spürte sie gleich wieder etwas von dem kindlichen Vergnügen daran. Und auch die Pommes, die ihre Mutter ohne Fett im Ofen zubereitet hatte, schmeckten ihr. Wie lange hatte sie keine Pommes mehr gegessen. Die Henkersmahlzeit soll ja immer gut schmecken, dachte sie bitter bei der Vorstellung, was sie Noah und ihrer Mutter zum Dessert an Schwerverdaulichem servieren würde.

Susanne war sichtlich beglückt, dass sie ihrer Tochter mit dem Kinderessen eine Freude gemacht hatte.

Kaum hatte Julia den letzten Bissen verspeist, sah sie von ihrem Teller auf und holte ein paarmal tief Luft. Jetzt oder nie, sagte sie sich, doch bevor sie einen Ton herausbringen konnte, ergriff ihre Mutter das Wort. Ihre Fröhlichkeit schien plötzlich wie weggeblasen. Julia erschrak. Sie wirkte nun extrem erschöpft, als sie mit ernster Miene zwischen ihr und Noah hin- und herblickte.

»Ich muss euch etwas sagen. Es hat einen Grund, warum ich meine Blockaden, in die USA zu reisen, aufgelöst habe. Weil ich es besonders dir, meine liebe Julia, nicht am Telefon sagen oder in einem Brief schreiben wollte.«

Julias Herz klopfte bis zum Hals. Ihr erster Gedanke war, dass ihre Mutter inzwischen wusste, dass Jennifer noch lebte, aber den verwarf sie sogleich wieder. Dann hätte sie doch nicht mit Noah in alten Fotoalben gestöbert und um Jennifer geweint. Was war es also dann, was sie ihnen mit dieser betroffenen Miene mitteilen wollte?

»Also, ich möchte es kurz machen. Bei mir wurde im Juli Brustkrebs diagnostiziert …«

Julia war wie erstarrt. Nein, doch nicht ihre immer positiv denkende Mutter, für die das ganze Leben ein esoterischer Spielplatz war, die vor positiven Energien nur so strotzte und sich für unverletzlich hielt.

Susanne ergriff Julias Hand. »Es hört sich schlimmer an, als es ist, meine Süße. Ich bin sofort nach Deutschland gefahren und habe mich entgegen den Ratschlägen diverser Heilerinnen entschieden, mich sofort operieren zu lassen. Keine Chemo, und ich habe auch die Bestrahlung abgelehnt. Der Arzt fand das nicht so gut, aber ich bin dann zurück nach Gomera geflogen und habe mich erst einmal von allem erholt, aber jetzt möchte ich die Bestrahlung doch vornehmen lassen, und zwar hier bei euch. Ich schaffe das nicht allein.«

Julia schlug die Hände vors Gesicht, weil ihr die Tränen kamen.

»Nicht weinen, es wird alles gut. Ich hoffe nur, es ist in Ordnung, wenn ich diese sechs Wochen, die die Behandlung dauert, bei euch bleiben darf.«

»Aber selbstverständlich. Ich werde gleich morgen mit dir in die Klinik fahren und alles klären. Dann kannst du Montag beginnen. Wir haben eine hervorragende radiologische Abteilung«, versicherte ihr Noah.

»Ich weiß, das habe ich natürlich recherchiert, und ich wäre sehr froh, wenn ihr in meiner Nähe seid, denn es ist mir nicht leichtgefallen, den Weg der konventionellen Medizin auszuschöpfen.«

»Aber es ist vernünftig. Ich bin froh, dass du so entschieden hast, und natürlich unterstützen wir dich.«

Noah warf Julia einen Blick zu, in dem geschrieben stand, dass sie doch bitte auch etwas dazu sagen möge.

»Aber natürlich bleibst du bei uns. Ich unterstütze deine Entscheidung voll und ganz. Alles andere wäre ein Spiel mit dem Feuer«, bemerkte Julia gefasst, während ihr die Gedanken derart durch ihren Kopf kreiselten, dass ihr schwindlig wurde.

Susanne blickte strahlend von einem zum anderen, bevor sie sich mit schuldbewusster Miene an Julia wandte: »Und bitte sei nicht böse, dass ich dich nicht vorgewarnt habe, aber ich wollte dich nicht unnötig beunruhigen. Ich hatte einfach Bedenken, du würdest dir Sorgen machen. Und glaub mir, es wird alles gut, wenn ich mich nur in Frieden und unter eurer Obhut dieser Behandlung aussetze. Ich hatte doch solche Angst davor, meinen Körper mit Strahlen zu vergiften …«

»Susanne, das sind Strahlen, die dir helfen, nicht schaden.«

»Ich weiß, ich weiß, ich bin gut vorbereitet, dass sie mich nicht krank, sondern nur ganz gesund machen.«

Sie warf Julia einen besorgten Blick zu. »Es ist wirklich okay. Ich habe die Ursachen in einigen Sitzungen aufgearbeitet. Offenbar trage ich das schon länger im Körper. Meine Therapeutin meinte, der Auslöser könnte Jennys Tod gewesen sein und dass ich sie nicht loslassen konnte, aber das ist jetzt in mir endgültig geklärt.«

Julia hatte große Mühe, nicht laut aufzuschreien. Eine erneute Welle von Hass auf ihre Schwester überrollte sie. Und das Schlimme war, nun waren ihr die Hände gebunden. Sie durfte ihre Mutter zu diesem Zeitpunkt unmöglich mit der grausamen Wahrheit belasten. Jetzt musste sie warten, bis Susanne die Bestrahlung hinter sich gebracht hatte. Merkwürdigerweise hatte sie keine Angst, dass sie ihre Mutter verlieren würde, aber sie brauchte keine Medizinerin zu sein, um sich auszumalen, dass die Wahrheit ihrer Mutter einen solchen Schock versetzen würde, der auf ihr Immunsystem verheerende Auswirkungen haben könnte.

»Wir werden alles tun, damit du die Ruhe bekommst, die du brauchst, um diese Bestrahlung unbeschadet zu überstehen«, erklärte Julia gefasst.

»Dann lasst uns zum Kürbisfest fahren«, schlug Susanne unbeschwert vor, was ihr einen entgeisterten Blick ihrer Tochter einbrachte.

»Entschuldigung, aber mir ist jetzt gar nicht zum Feiern«, erwiderte sie und überlegte fieberhaft, wie sie sich für den Rest des Abends zurückziehen konnte, ohne Arg zu erwecken. Denn eines war ihr klar: Es war dünnes Eis, auf dem sie sich gerade befand, das jeden Augenblick unter ihr einbrechen konnte. Und dann würde sie nicht mehr dafür garantieren können, dass sie ihren Mund hielt.

Sie streichelte ihrer Mutter liebevoll über die Wange. »Ich bin sehr froh, dass du zu uns gekommen bist und nicht nur den Ratschlägen deiner Kräuterhexen gefolgt bist«, versuchte sie zu scherzen. »Aber wärt ihr böse, wenn ich nicht mitkäme? Ich habe seit Tagen schreckliche Kopfschmerzen.«

»Warum sagst du denn keinen Ton?«, bemerkte Noah besorgt. »Du solltest die Ursache mal in der Klinik abklären lassen. Das gefällt mir nicht.«

»Nein, ich habe das manchmal während meiner Regelblutung. Ich kenne das schon.«

»Aber das hattest du doch früher nicht. Du hattest doch nie Beschwerden«, mischte sich Susanne erschrocken ein.

Julia stand auf. »Wisst ihr was, ihr beiden? Macht euch keine Sorgen um mich. Ich glaube nur, dass ich mich einfach ins Bett legen und versuchen sollte zu schlafen. Ich habe ein leichtes Schlafdefizit. Und ihr beide geht jetzt zum Kürbisfest!«

»Nein, dann bleiben wir natürlich auch hier«, sagte Noah energisch.

»Ja, Noah hat recht. Wir können doch auch morgen zusammen gehen«, bekräftigte Susanne Noahs Meinung.

»Gut, aber ihr müsst mir versprechen, dass ihr euch einen schönen Abend macht. Und morgen bin ich wieder ganz fit.« Julia wartete keine Reaktion der beiden mehr ab, sondern verschwand schnellen Schrittes im Haus. Dort lehnte sie sich gegen eine Wand und versuchte, ruhig und gleichmäßig gegen den Hass auf ihre Schwester, der wie ein Gift durch ihren Körper floss, zu atmen. Dieses Miststück, dachte sie, dieses verdammte Miststück. Sie hat keinen Gedanken daran verschwendet, was ihr Tod in den Seelen und Körpern der Hinterbliebenen anrichten würde. Und daran änderte ihr heuchlerischer und überdies verlogener Brief gar nichts!, dachte Julia erbost, im Gegenteil, er war nichts anderes als ein verzweifelter Versuch gewesen, Jennifers eigenes schlechtes Gewissen, wenn sie denn überhaupt eines besaß, zu beruhigen.

Julia zitterte am ganzen Körper, als sie sich die Treppen nach oben schleppte. Im Schlafzimmer legte sie sich angezogen ins Bett und zog sich die Decke über den Kopf. Sie wollte nichts mehr hören und sehen, aber es half alles nichts. Unter ihrer Schädeldecke hämmerte es jetzt tatsächlich so sehr, dass sie die Hände ganz fest gegen die Schläfen pressen musste. Wenn doch nicht dieser verdammte Hass wäre, dachte sie verzweifelt, aber er ließ sich nicht mehr vertreiben. Sie dachte an ihre Mutter, an all jene Hinterbliebenen, die wirklich einen Menschen verloren hatten, an Tine, deren Geliebter unter den Trümmern der Türme zu einem Nichts zermahlen worden war, an ihre eigenen Tränen, die sie um Jenny vergossen hatte. Und da war er wieder, der Gedanke, dass sie sich wünschte, ihre Schwester wäre wirklich tot, natürlich verbunden mit einem grausam schlechten Gewissen. Und zuallerletzt dachte sie voller Zorn daran, in was für eine unmögliche Situation Jennifer sie gebracht hatte. Sie erstickte förmlich an diesem Wissen, aber nun durfte sie die Wahrheit auf keinen Fall aussprechen, solange ihre Mutter nicht wieder so stabil war, dass sie es verkrafteten konnte!

Irgendwann wurde Julias aufgewühlter Geist ruhiger, und die Kopfschmerzen ließen nach. Nur eine einzige Frage dominierte ihr Denken: Wie soll ich es schaffen, zumindest noch weitere sechs Wochen zu schweigen und ein ganz normales Leben zu führen?

Plötzlich fiel ihr Doktor Wayne ein.

38.

Die Praxis von Dr. Wayne befand sich in der Lexington Avenue, Ecke 50th Street in einem sechsstöckigen Backsteinhaus. Julia hatte die Redaktion bereits um 17 Uhr verlassen, um ihren Termin wahrzunehmen. Wenn sie ihn hinter sich hatte, wollte sie entscheiden, ob sie noch einmal zurück zur Arbeit ging, um eine Nachtschicht einzulegen. Das wollte sie davon abhängig machen, was in der Therapiestunde passierte, und vor allem davon, wie es ihr danach ging. Allerdings hatte ihr der Mut gefehlt, sich unter ihrem echten Namen anzumelden. Patricia Highsmith war jetzt auch nicht gerade ein originelles Pseudonym, aber ihr war auf die Schnelle nichts Besseres eingefallen. Eigentlich hätte der Doktor den nächsten freien Termin erst in zwei Monaten gehabt, aber sie hatte es am Telefon äußerst dringend gemacht. Und das war ja auch nicht nur übertrieben. Es hatte verdammt viel Kraft gekostet, das restliche vergangene Wochenende normal zu agieren. Sie waren auf Wunsch ihrer Mutter tatsächlich zum Kürbisfest gegangen, nachdem am Vormittag der Radiologe Susannes kranke Brust noch einmal gründlich durchgecheckt hatte. Er war zum Ergebnis gekommen, dass es wirklich alles sehr gut aussah und die Bestrahlung die letzte Sicherheit geben würde, dass es zu neunzig Prozent zu keinem Rezidiv kommen würde. Ihre Mutter war jedenfalls völlig euphorisch und in bester Stimmung. Julia hatte wirklich alles gegeben, sich nichts anmerken zu lassen, aber sie hatte in den beiden Nächten kaum ein Auge zugetan. Und so fühlte sie sich auch, aber nicht übermüdet, sondern völlig überdreht, sodass sie sich sich kaum auf ihre Arbeit konzentrieren konnte. Sie musste dringend mit jemandem sprechen. Natürlich hatte sie auch in Erwägung gezogen, Jonas in ihr Problem einzuweihen, aber den Plan hatte sie schnell wieder verworfen, weil sie einsah, dass sie ihm ständig doppelte Botschaften zumutete. Einerseits hatte sie sich für Noah entschieden, und trotzdem erwartete sie von Jonas, dass er ihr mit Rat und Tat zur Seite stand. Sie war sicher, dass er das sogar tun würde, aber sie wollte ihm ihre Ambivalenz nicht länger zumuten, vor allem, weil es immer schlimmer wurde. Jedenfalls in ihrem Inneren. Was würde sie darum geben, die Zelte in den Hamptons abzubrechen und zu Jonas zu flüchten … Dabei war Noah so bezaubernd und zuvorkommend, wie sie es sich in ihren kühnsten Träumen nicht schöner hätte ausmalen können. Selbst Susanne war hin und weg von ihm. »Was hast du nur für ein Glück, dass ihr beide euch wiederbegegnet seid«, pflegte sie zu schwärmen. »Ihr beide seid einfach füreinander bestimmt.«

Wenn ich das doch bloß auch so empfinden würde, dachte Julia bekümmert, als sie den Klingelknopf der Praxis drückte. Sie hatte das Gefühl, immer mehr abzustumpfen. Bis auf den Hass auf ihre Schwester, den sie immer noch in jeder Faser spürte, fühlte sie ansonsten wenig. Natürlich war sie erleichtert, dass Susanne wieder gesund werden würde, und sie nahm auch wahr, wie entzückend sich Noah um ihre Mutter kümmerte, aber sie empfand sich selbst, als wäre sie durch eine Mauer aus Watte von den beiden getrennt, weil nichts von dem, was um sie herum geschah, bis zu ihrem Herzen gelangte. Keine zärtliche Berührung, kein liebvolles Wort, weder von ihrer Mutter noch von Noah, konnten sie wirklich berühren. Julia war kreuzunglücklich mit diesem Zustand, der durch ihren permanenten Schlafmangel nicht besser wurde. Im Gegenteil, als sie am Sonntag ein paarmal das Gefühl hatte, nur noch wie ein Roboter zu agieren und wie unter einer Käseglocke gefangen zu sein, da hatte sie beschlossen, professionelle Hilfe in Anspruch zu nehmen, und gleich am Montagmorgen in der Praxis von Dr. Wayne angerufen. Einmal davon abgesehen, dass sie keinen anderen Psychiater in New York kannte, schien er ihr auch aus dem Grund die richtige Adresse zu sein, da sie ihn am Telefon sehr sympathisch gefunden hatte, auch wenn er ihr kein Wort über die Krankheit ihrer Schwester verraten hatte. Sie rechnete deshalb auch nicht damit, dass er seine Schweigepflicht brechen würde, wenn sie ihn in eigener Sache um Hilfe bat. Ihr Anliegen war ganz einfach: Wie sollte sie mit diesem Geheimnis leben, ohne dass sie unter ihrem schlechten Gewissen zusammenbrach? Worüber sie sich zumindest gedämpft freuen konnte, war die Tatsache, dass Nancy und Susanne sich auf Anhieb verstanden und ihr versichert hatten, dass sie unter der Woche prima allein zurechtkommen würden. Das entlastete Julia natürlich, hatte sie sich doch schon Gedanken gemacht, ob sie Urlaub nehmen sollte. Nur wäre das knapp drei Wochen nach ihrer Einstellung wohl etwas merkwürdig bei ihrem Chef angekommen.

Wie in Trance betrat sie die Praxis. Das Gefühl, sich nicht mehr wirklich zu spüren, hatte zu ihrem großen Kummer angehalten. Sie hatte natürlich gehofft, dass es weggehen würde, sobald sie im Bus zurück nach New York saß, aber leider war es nicht automatisch mit der Distanz zu Susanne und Noah verschwunden. Im Gegenteil, mittlerweile war noch die diffuse Angst hinzugekommen, sie könnte verrückt werden.

»Julia Bender, ich hatte einen Termin für 14 Uhr«, sagte Julia, als die Dame an der Rezeption sie fragend ansah. Schon während sich die junge Frau in den Terminkalender vertiefte, hatte Julia ihren Fehler bemerkt. Sie räusperte sich verlegen. »Ich, äh, ich, also, Sie finden mich wahrscheinlich unter dem Namen Highsmith«, stammelte sie, doch das schien die Praxisangestellte nicht zu irritieren. Julia vermutete, dass es des Öfteren passierte, dass sich jemand unter einem fremden Namen anmeldete. Wahrscheinlich hielt die Frau sie schlichtweg für eine multiple Persönlichkeit.

»Nehmen Sie doch einen Augenblick Platz. Der Doktor kommt gleich«, erklärte die Dame, ohne sie eines weiteren Blickes zu würdigen. Julia setzte sich in das Wartezimmer, dessen Wände in einer Kombination aus diversen Grüntönen gestrichen waren. Auf einem Glastisch lagen Fachzeitschriften, doch bevor sich Julia die aktuelle Ausgabe des American Journal of Psychiatry greifen konnte, stand ein älterer Herr mit einem Vollbart in der Tür.

»Misses Highsmith?«, fragte er. Täuschte sich Julia oder umspielte ein leichtes Lächeln seinen Mund. Offenbar hält er mich für auch für eine Person mit einer multiplen Persönlichkeitsstörung, ging es Julia belustigt durch den Kopf. Auf jeden Fall wirkte er sehr vertrauenerweckend. Ein bisschen wie Robin Williams in seiner Rolle als Psychologe Sean Maguire in »Good Will Hunting«, ging ihr durch den Kopf. Julia konnte sich förmlich vorstellen, wie ihre Schwester vergeblich versucht hatte, diesen gestandenen Mann mittels ihrer weiblichen Reize zu manipulieren. Dieser Mann ruhte dermaßen in sich, dass sich Julia kaum vorstellen konnte, dass er für die Erotikspielchen einer Jennifer empfänglich gewesen war. Er war eher eine Art Vaterfigur, die Geborgenheit ausstrahlte.

Julia stand auf und schüttelte die Hand, die er ihr zur Begrüßung entgegenstreckte. »Bender, Julia Bender, mir fiel auf die Schnelle nichts Klügeres ein, vielleicht, weil der letzte Film, den ich im Fernsehen angeguckt habe, ›Der talentierte Mr Ripley‹ war.«

»Aha, und warum dieses Pseudonym? Das werden Sie mir als Erstes erklären müssen. Kommen Sie. Folgen Sie mir.«

Mister Waynes Sprechzimmer hatte eine altmodische Ausstrahlung, wirkte wie aus einer anderen Zeit. Alles war aus dunklem Holz, sogar die Wände, und wo immer Julia hinsah, standen volle Bücherregale. Auf dem Boden stapelten sich die Zeitschriften. Eine Couch deutete daraufhin, dass er vorwiegend als Analytiker arbeitete. Ob Jennifer dort auch gelegen hat?, ging es ihr durch den Kopf. Das kam für Julia allerdings nicht infrage, und sie setzte sich zielstrebig auf den Besucherstuhl.

»Warum haben Sie sich unter dem Namen der werten Autorin einen Termin geholt?«

Julia lächelte. »Ich wollte nicht, dass Sie sich gleich an mich erinnern und womöglich als Patientin ablehnen.«

»Kennen wir uns denn? Sorry, aber mir sagt Ihr Name so gar nichts.« Er legte die Stirn in grüblerische Falten.

»Wir haben einmal ein längeres Telefonat geführt. Da ging es um meine Schwester, die Patientin bei Ihnen gewesen ist, und zwar bis 2011. Jennifer Goldstein.«

Seine Miene hellte sich wieder auf.

»Ach, Sie sind die Journalistin, die nichts unversucht gelassen hat, mich meine Schweigepflicht vergessen zu lassen, aber ich darf Ihnen versichern, auch wenn Sie eine sehr nett anzusehende Person sind, es ändert nichts an meiner Verschwiegenheit, dass Sie persönlich gekommen sind.«

Julia lächelte zurück. »Nein, keine Sorge, das habe ich auch nicht vor. Allerdings sagten Sie bei unserem Telefonat, dass ich Sie gern in eigener Sache aufsuchen dürfte.«

»Habe ich das?« Er lächelte verschmitzt. »Und darf ich fragen, was genau Sie herführt?«, fügte er ernst hinzu.

»Klar, deshalb bin ich ja hier. Weil ich ein Riesenproblem habe.« Julia holte noch einmal tief Luft, bevor sie die ganze Geschichte erzählte. Sie ließ nichts aus. Weder ihren Besuch in Yarmouth noch ihre merkwürdigen Zustände, die sie seit dem letzten Sonntag quälten. Ihr entging nicht, dass der Arzt ein paarmal schwer zu schlucken schien, und zwar, als Julia berichtete, dass Jennifer unter falschem Namen in Kanada lebte, und sie die Vermutung äußerte, dass ihr Ehemann kein Geringerer sein konnte als ihr einstiger Freund Jürgen.

Als Julia ihre Schilderung beendet hatte, nahm Dr. Wayne gedankenversunken seine Brille von der Nase und begann sie zu putzen. Sie musste keine Therapeutin sein, um zu schließen, dass das auch für einen hartgesottenen Seelendoktor wie ihn harter Tobak war.

»Und wie fühlen Sie sich damit, dass Ihre Schwester noch lebt?«, fragte er nach einer Weile.

Julia zuckte die Achseln. »Ich bin so wütend auf sie, dass ich mir manchmal wünsche, sie wäre wirklich tot!«, brach es ungefiltert aus ihr hervor.

»Und nun schildern Sie mir bitte noch einmal, wie sich das genau anfühlte, was Sie am Wochenende erlebt haben.«

»Ich fühlte mich wie ferngesteuert, wie ein Monster, das zu keinen Emotionen fähig ist, aber ich habe nicht darunter gelitten, weil ich gar keine Gefühle mehr hatte, sondern ich dachte nur immer: Jetzt werde ich verrückt.«

»Keine Sorge. Davon sind Sie weit entfernt. Es gibt sogar einen Ausdruck dafür: Depersonalisation, aber keine Sorge, ich vermute, dass es sich bei Ihnen nicht um ein beginnendes Krankheitsbild handelt. Haben Sie in letzter Zeit Drogen genommen, zu viel Alkohol getrunken oder zu wenig Schlaf bekommen?«

Julia nickte eifrig. »Seit ich in die USA gekommen bin, trinke ich wesentlich mehr als vorher. Das ist allerdings weniger geworden, seit ich einen Job habe. Aber wenn ich am Wochenende in den Hamptons bei meinem Schwager im Haus bin, kann ich kaum schlafen. In New York, wo ich unter der Woche lebe, geht es ein bisschen besser«, seufzte sie.

»Das kann durchaus ein Auslöser sein, verbunden mit Ihrem selbst verordneten Schweigegelübde.«

»Sie sind gut. Glauben Sie, mir macht das Spaß, aber was soll ich denn machen? Es meiner Mutter in ihrer Lage vielleicht sagen? Hey, deine Tochter ist gar nicht tot, sondern sie hat nur mit dem Arschloch Jürgen ein neues Leben angefangen?«

»Das habe ich nicht gesagt. Ich bin überhaupt nicht dazu da, Ihnen Ratschläge zu geben, sondern gemeinsam mit Ihnen herauszufinden, warum Sie sich so scheußlich fühlen, und vielleicht auch, warum Sie sich für das Schweigen entschieden haben.«

»Na ja, weil es der Genesung meiner Mutter sicher nicht besonders zuträglich ist«, erwiderte sie eine Spur zu unwirsch.

»Kennen Sie das aus der Vergangenheit? Dass Sie Ihrer Mutter Dinge verschwiegen haben, die sie unnötig aufgeregt hätten?«

Julia überlegte, doch dann fielen ihr Dutzende Beispiele ein. »Ja, allerdings, es gab immer irgendetwas, das meine Schwester ausgefressen hatte und worüber ich Bescheid wusste.«

»Wie darf ich mir das konkret vorstellen? Welche Dimensionen hatte das? Ich meine, das, was Ihre Schwester ausgefressen hatte, wie Sie es nennen?«

»Das waren schon heftige Geschichten. Meine Schwester hat die Klassenreise geschwänzt und ist mit ihrem Freund in Urlaub gefahren, oder sie ist in der Schule beim Dealen erwischt worden und sollte fliegen, oder sie hat mit einem unserer Lehrer geschlafen, und der Vater einer Freundin ...«

»Woher wussten Sie das? Waren Sie ihre Vertraute?«

»Unterschiedlich. Mal hat sie es mir gesagt, mal habe ich es einfach mitbekommen, weil in der Schule darüber geredet wurde.«

»Und Sie hatten Sorge, es würde der Gesundheit Ihrer Mutter schaden, wenn sie die Wahrheit erführe?«

Julia nickte eifrig. »Genau, und wenn was ohne mein Zutun ans Licht kam, war es ja auch jedes Mal so, dass meine Mutter sich für ein paar Tage ins Bett verkrochen hat und ich dann alles im Haus machen musste.«

»Hatten Sie manchmal das Gefühl, dass Sie die Mutter sind, die für alles die Verantwortung trägt?«

»So übertrieben vielleicht nicht, aber ich war manchmal mit all dem Scheiß, den meine Schwester verzapft hat, ganz schön überfordert. Das hörte erst auf, als sie ihr Studium begonnen hat. Dafür brannte sie regelrecht. Für die Architektur und für Jürgen. Das ist doch Wahnsinn, dass sie sich von diesem Schwein dazu hat überreden lassen, ihr Leben hinter sich zu lassen.«

»Woher wissen Sie denn, dass er es gewesen ist, der sie dazu angestiftet hat?«

»Das kann nur so gewesen sein. Jennifer ist zwar immer schon egozentrisch gewesen, aber ich traue ihr nicht zu, dass sie sich so eine Schweinerei allein ausgedacht hat. Da hat dieser Kerl ganz sicher seine Hände im Spiel.«

Julia musterte den Psychiater durchdringend, während sie das sagte, weil sie hoffte, er würde sich mit seiner Mimik verraten, falls er mehr wusste als sie. Schließlich war Jennifer seine Patientin gewesen, als Jürgen wohl bereits wieder in ihr Leben geschneit war. Aber Dr. Wayne hatte ein Pokerface aufgesetzt.

»Ich kann verstehen, dass Sie Ihrer Mutter das nicht jetzt sagen möchten, weil sie den Belastungen einer Bestrahlung ausgesetzt ist. Schließlich handelt sich das, was sich ihre Schwester in diesem Fall erlaubt hat, nicht um ein simples Schuleschwänzen, sondern sie hat ganz bewusst in Kauf genommen, dass sowohl Ihre Mutter als auch Sie und auch ihr Mann um sie trauern werden.«

»Sie sind also meiner Meinung, dass ich es ihr jetzt nicht sagen kann?«, bemerkte Julia, die sich immer noch insgeheim wünschte, Dr. Wayne würde die richtige Entscheidung für sie treffen.

»Nein, das habe ich nicht gemeint. Natürlich können Sie es ihr sagen, aber ich gebe Ihnen recht, dass es sich um einen ungünstigen Zeitpunkt handelt.«

»Also muss ich allein damit klarkommen …«

Dr. Wayne schenkte ihr ein hintergründiges Lächeln. »Nein, das ist nicht gesagt, aber ich glaube, Sie können nicht von heute auf morgen Ihre Verantwortung ablegen, die Sie auch für Ihre Mutter glauben tragen zu müssen. Doch es gäbe ein alternatives Szenario, in dem Sie nicht allein wären.«

Julia sah ihn fragend an.

»Warum können Sie Ihren Freund eigentlich nicht einweihen? Ich könnte mir vorstellen, dass Sie das entlasten würde. Oder fühlen Sie sich auch für ihn verantwortlich? Haben Sie Sorge, dass er unter der Last zusammenbricht, leidet, erkrankt?«

Julia lief rot an, denn sie fühlte sich durchschaut. Natürlich hatte sie Angst, Noah würde Jennifers Betrug nicht verkraften. Aber mehr noch fürchtete sie, dass Jennifer bis in alle Ewigkeit zwischen ihnen stehen würde, wenn Noah erfuhr, dass sie lebte.

»Ja, auch, aber ich möchte eigentlich im Grunde genommen, dass Jenny verschwindet. Denn sie hat mir damals …« Julia stockte. Dr. Wayne sah sie aufmunternd an. Offenbar wusste er, dass ihre Schwester ihr damals Noah ausgespannt hatte, und er wollte es aus ihrem Mund hören.

Stockend schilderte Julia ihm, wie das damals gewesen war im »Jakob« und dann im Haus ihrer Mutter.

»Und ich habe Angst, dass Noah, wenn er erfährt, dass Jennifer lebt, wieder auf sie abfährt, wenn auch wahrscheinlich nur in seiner Fantasie, aber ich möchte meinen Freund nicht mit meiner Schwester teilen. Auch nicht in Gedanken!«, stieß sie wütend hervor.

»Sie sagten vorhin, Sie wünschten manchmal, Ihre Schwester wäre wirklich tot. Haben Sie ein schlechtes Gewissen, dass Sie solche Gedanken hegen?«

»Natürlich, ich finde das ganz furchtbar, und manchmal denke ich auch, wenn ich mein Wissen verheimliche, dann bleibt alles beim Alten. Dann ist sie wirklich in den Türmen umgekommen und kann nicht noch mehr Leid anrichten.« Kaum hatte Julia das ausgesprochen, spürte sie sofort ihr schlechtes Gewissen, dass sie überhaupt so etwas zu denken in der Lage war. »Ich weiß, das ist schlimm, dass ich so etwas denke ...«

Zu ihrer Überraschung musterte der Therapeut sie mit großem Verständnis.

»Nein, ich finde diese Gedanken überhaupt nicht schlimm. Es zeigt im Grunde genommen, dass Sie es leid sind, Ihr Leben durch das, sagen wir mal, verantwortungslose Verhalten Ihrer Schwester bestimmen zu lassen. Und ich finde, das ist Ihr gutes Recht. Sie müssen einfach mal an sich denken, auch wenn Ihnen das schwerfällt. Wenn Sie jetzt ganz frei entscheiden könnten: Womit ginge es Ihnen besser? Mit dem Gedanken, dass Sie Jennifer sterben lassen und sie nicht erneut in den Mittelpunkt Ihres Lebens rücken, indem sie Ihrem Freund und Ihrer Mutter die Wahrheit sagen, oder bei der Vorstellung, dass Sie alles sagen, was Sie wissen, weil Sie glauben, das sei Ihre Pflicht?«

»Da muss ich nicht lange überlegen«, sagte Julia. »Am liebsten würde ich weder Noah noch meiner Mutter offenbaren, dass Jennifer ihren Tod nur vorgetäuscht und ein neues Leben angefangen hat!«

»Dann folgen Sie Ihrem Gefühl!«

»Ich soll es ihnen also verschweigen?«

Dr. Wayne lachte. »Bitte drehen Sie mir nicht das Wort im Mund um. Wenn Sie Ihrem Gefühl folgen, und das, ohne dass Ihr schlechtes Gewissen Sie innerlich zu einem Roboter werden lässt, würde es Ihnen sicher besser gehen. Ich bin der Meinung, dass sich diese Symptome einer Depersonalisierung dann ganz schnell verflüchtigen. Denn eines sollten Sie sich wirklich bewusst machen: Ihre Schwester hat etwas getan, was – ich möchte es mal vorsichtig ausdrücken – man als rücksichtslos, egoistisch und kaltherzig empfinden könnte. Sie wissen nur davon, haben es aber nicht zu verantworten. Es wäre schade, wenn Sie an dem schlechten Gewissen litten, das Ihrer Schwester zu fehlen scheint.«

Julia hatte vor Aufregung die Luft angehalten. Auch wenn er nichts von dem verriet, was er über Jennifer wusste, gab er ihr zu verstehen, dass sie sich mit der ganzen Geschichte entsetzlich belastete, während ihre Schwester, die Verursacherin, womöglich nicht einmal annähernd solche Gewissensbisse hatte wie sie. Und sie hatte verstanden, dass Dr. Wayne nicht für sie entscheiden wollte. Und schon fühlte sie sich besser und spürte, wie Emotionen in ihr aufstiegen. Bevor sie sich darüber freuen konnte, dass sie wieder fühlte, brach es aus ihr heraus. Sie begann laut zu schluchzen. »Ich hasse dich. Ich hasse dich!«, entlud sich ihre angestaute Wut.

Dr. Wayne ließ das alles mit stoischer Gelassenheit geschehen und reichte ihr, nachdem das Schluchzen verebbt war, eine Kleenexbox.

»Ist es nicht entsetzlich, dass ich Hass für meine Schwester empfinde?«, fragte sie zögernd, als alles vorüber war.

Dr. Wayne zuckte die Achseln. »Ich verurteile Sie nicht dafür. Und wenn Sie das in Zukunft auch unterließen, würden Sie sich selbst einen großen Gefallen tun.« Seufzend warf er einen Blick auf die Uhr.

»Ist die Stunde um?«

»Ja, der nächste Patient wartet schon.«

»Und wann kann ich wiederkommen?«

»Sie können natürlich regelmäßig einen wöchentlichen Termin wahrnehmen, wenn Sie unbedingt Geld versenken wollen, aber ehrlich gesagt, bei Ihnen komme ich nicht ganz auf meine Kosten.«

Julia warf ihm einen empörten Blick zu.

»Was soll das denn heißen?«

Dr. Waynes ernstes Gesicht hellte sich auf. »Ich bin Psychiater und brauche die menschlichen Störungen, wenn Sie verstehen, was ich meine. Und Sie sind psychisch vollkommen gesund. Dass Sie nicht angesichts dieser Wahnsinnsgeschichte, die Ihre Schwester inszeniert hat, noch stärkere Symptome entwickelt haben, zeugt von Ihrer Stärke. Lassen Sie uns Folgendes vereinbaren: Wenn Sie nach dem heutigen Termin noch mal irgendwelche Symptome an sich wahrnehmen, die Ihnen unheimlich sind, können Sie jederzeit einen spontanen Termin mit meiner Mitarbeiterin vereinbaren. Ich bin bereit, Ihnen akut zu helfen. Aber ich sehe keine Notwendigkeit, dass Sie nun Woche für Woche bei mir sitzen. Ich sage das ungern, aber das brauchen Sie nicht.«

»Ach, aber für meine Schwester hatten Sie mehrfach die Woche Zeit«, versuchte Julia zu scherzen.

»Wie ich schon sagte. Ich möchte auf meine Kosten kommen und brauche die echten Störungen«, lachte er.

»Und welche das waren, wollen Sie mir nicht verraten, oder?«

»Sie geben wohl nie auf, oder? Aber Sie können sich darauf verlassen, dass ich meine Schweigepflicht nicht breche. Aber ich halte Sie für so klug, dass Sie nur ein wenig recherchieren müssten, um selber herauszufinden, wie es wohl in der Psyche einer Frau aussieht, die in der Lage ist, ihren Tod vorzutäuschen, ein neues Leben anzufangen und vor Ihnen flüchtet, nachdem Sie sie entdeckt haben.«

Als er sich langsam von seinem Sessel erhob, stand Julia ebenfalls auf.

»Sie haben mir sehr geholfen.«

»Das ist mein Job.«

Er gab ihr zum Abschied die Hand.

»Danke«, seufzte sie.

»Jederzeit wieder«, entgegnete er und öffnete die Tür zum

Flur, ein deutliches Zeichen für Julia, dass die Sitzung nun wirklich vorüber war.

Sie bezahlte die Stunde mit ihrer Kreditkarte und schwebte fast nach draußen in die warme Septemberluft. Der Himmel war tiefblau und wolkenlos. Julia musste unwillkürlich an die Fernsehbilder vom 11. 9. 2001 denken. Solch ein zauberhaftes Wetter gab es damals auch.

Sie fühlte sich wesentlich leichter, wie befreit von einer schweren Last. Doktor Wayne hatte ihr ziemlich deutlich zu verstehen gegeben, dass sie zwar als Mitwisserin nicht zu beneiden war, aber dass sie nicht die Verursacherin dieser fatalen Geschichte war.

Jetzt hatte sie Lust, etwas besonders Schönes zu unternehmen. Sie hatte diesen Gedanken noch gar nicht zu Ende geführt, als sie das Bedürfnis verspürte, Jonas zu treffen. Du bist doch verrückt, lass endlich den Mann in Ruhe, ermahnte sie sich, aber da hatte sie bereits ihr Handy aus der Tasche gezogen und seine Nummer eingetippt.

Sie jubelte innerlich, als er sich sofort meldete. Wie immer, wenn sie seine Stimme hörte, ging ihr sein warmer wohlklingender Bass durch und durch.

»Ich bin es, Julia, ich, ich, also, ich wollte mich entschuldigen für den Kindergarten letzte Woche. Ich weiß auch nicht, was da in mich gefahren war. Wenn du magst, dann würde ich dich gern auf ein Stündchen treffen.«

»Das passt gut, ich habe heute Abend nichts vor. Was hältst du davon, wenn wir uns um 19 Uhr vor dem Memorial treffen. Du wolltest es doch unbedingt mal sehen.«

»Ja, als ich noch dachte, meine Schwester wäre unter den Opfern …«

»Also lieber nicht?«

»Doch, es interessiert mich schon, auch unabhängig von Jennifers Geschichte. Außerdem habe ich gehört, dass es am schönsten wirkt, wenn es dunkel ist, weil die Beleuchtung so besonders sein soll.«

»Na, dann treffen wir uns am Eingang. Wer zuerst dort ist, stellt sich in die Schlange, wenn man sich um diese Zeit überhaupt noch lange anstellen muss«, schlug Jonas vor.

Erst nachdem Julia das Gespräch beendet hatte, kamen ihr arge Bedenken. Wieso hatte ihr erster Gedanke, seit sie sich nicht mehr ganz so belastet fühlte, bloß Jonas gegolten? War es vernünftig, sich mit ihm zu treffen, kaum dass sie sich etwas besser fühlte?

Nein, dachte sie, vernünftig ist das nicht, und trotzdem spürte sie, wie die Vorfreude bei der Vorstellung, ihn gleich wiederzusehen, von Minute zu Minute wuchs. Um nicht ganz darin aufzugehen, rief sie auf dem Weg zur Subway ihre Mutter an. Die schwärmte in höchsten Tönen von Noah, der sie immer, wenn er die Zeit erübrigen konnte, nach ihrer Bestrahlung aus der Radiologie abholte und mit ihr einen Kaffee trinken ging. Außerdem hatte er ihr ein kleines Auto besorgt, sodass sie nicht mit dem Bus von Montauk nach Southampton fahren musste. Sie betonte, dass die Mitarbeiterinnen in der dortigen Radiologie nicht gerade besonders feinfühlig waren, sie aber wegen ihrer familiären Beziehungen zum Doc bevorzugt behandelt wurde. »Er geht gleich mit mir essen«, verkündete sie und fügte eifrig hinzu: »Er will dich auch kurz sprechen.« Das hätte Julia allerdings am liebsten vermieden, aber nun gab es kein Zurück. Noah erkundigte sich mitfühlend, ob es ihr wieder besser gehe, er habe sich ernsthaft Sorgen gemacht, weil sie so erschöpft ausgesehen hatte. Sie versicherte ihm, dass sie sich wesentlich besser fühle, was ja auch den Tatsachen entsprach. Ihr schlechtes Gewissen meldete sich wieder, dass sie sich, kaum dass ihre Lebensgeister zurückkehrten, erst einmal bei Jonas gemeldet hatte.

»Du wirst uns beim Essengehen fehlen«, sagte Noah bedauernd.

»Vielleicht könnten wir das am Samstag wiederholen«, schlug Julia vor.

»Das ist eine gute Idee. Dann reserviere ich gleich. Ich freue mich auf dich.«

»Ich mich auch auf euch.« Das entsprach durchaus der Wahrheit, verlief ihr Leben, einmal abgesehen von der Belastung, die das Wissen um Jennifers vorgetäuschten Tod bei ihr verursachte, wirklich gut. Das war ihr jetzt nach dem Besuch bei Dr. Wayne plötzlich ins Bewusstsein gelangt: Sie hatte einen spannenden Job, wohnte in einer Luxuswohnung, wurde von dem Mann geliebt, dem sie siebzehn lange Jahre hinterhergetrauert hatte, und ihre Mutter war auf dem Weg der Besserung und hatte Noah inzwischen alles verziehen. Besser kann es mir doch gar nicht gehen, sagte sie sich energisch, bevor ihre Gedanken zu Jonas schweiften, und sie bemerkte, dass sie vor lauter Aufregung feuchte Hände bekommen hatte.

39.

Julia sah Jonas ganz vorn in der kurzen Schlange stehen, nachdem sie den etwas versteckt liegenden Eingang zum Memorial gefunden hatte. Mittlerweile war es draußen dunkel und das Mahnmal festlich beleuchtet. Sie näherte sich ihm und zupfte ihn am Ärmel.

»Schön, dass du gekommen bist«, sagte sie aus vollem Herzen.

»Schön, dass du mich angerufen hast«, entgegnete er lächelnd.

Sie bekamen ihre Karten, die ausgegeben wurden, obwohl der Eintritt umsonst war, und betraten andächtig das Innere der Gedenkstätte. Dort, wo einst die Türme gestanden hatten, waren zwei Becken gebaut worden, in deren Kupferumrandung die Namen der Toten gefräst waren.

Sie traten, so nahe sie konnten, an das Nordbecken heran. Julia vermied es, ihren Blick auf die eingravierten Namen zu richten, aus lauter Sorge, sie würde den Namen ihrer Schwester finden, doch da stieß Jonas sie an und zeigte auf die Stelle, an der der Name »Jennifer Goldstein« eingraviert war.

»Ich mag das gar nicht sehen! Das kommt mir vor wie eine Verhöhnung der Opfer«, flüsterte sie ihm zu.

»Du hast recht. Das ist schon ein merkwürdiges Gefühl zu wissen, dass es eine Lüge ist. Vor allem, weil die Kollegen um sie herum wirklich alle tot sind.«

Julia fröstelte. Die Gedenkstätte war sehr beeindruckend gestaltet, aber sie konnte es kaum mehr aushalten, ohne sich wieder schlecht zu fühlen. »Jonas, ich warte draußen auf dich. Mir ist das zu viel.«

»Ich würde gern noch ein paar Minuten bleiben.«

Julia nickte ihm freundlich zu und eilte gen Ausgang. Nein, das konnte sie nicht ertragen. Jennifers eingravierter Name zwischen all den echten Opfern zeigte Julia noch einmal in aller Deutlichkeit, wie infam es war, eine solche Katastrophe dazu zu nutzen unterzutauchen.

Vor dem Ausgang setzte sie sich auf eine Bank und musste daran denken, was sie heute vor dem Termin bei Dr. Wayne schon erlebt hatte. An diesem Tag hatte sich irgendwie alles um 9/11 gedreht. Am Vormittag hatte sie drei Feuerwehrmänner interviewt. Sie hatten am Ground Zero gearbeitet und litten an tödlichen Krebserkrankungen. Dabei hatten sie keinerlei Zweifel, dass ihr Leiden durch den giftigen Staub der zusammengestürzten Türme verursacht worden war, dem sie tagelang ausgeliefert waren. Und jeder von ihnen konnte Geschichten von Kollegen erzählen, die bereits an den Folgen ihres Einsatzes am Anschlagsort gestorben waren. Julia wollte sich gleich an den Artikel machen. Doch kurz nach der Mittagspause hatte Mister Miller sie in sein Büro gebeten und sich dafür bedankt, dass sich Julia doch des Themas angenommen hatte. Und er hätte schon eine neue Idee für eine weitere Story. Mit diesen Worten hatte er ihr einen Zeitungsausschnitt aus dem Jahre 2010 gereicht, in dem beschrieben wurde, dass deutsche Behörden davon ausgingen, einige der beim Tsunami immer noch vermissten Deutschen seien gar nicht tot, sondern hätten die Katastrophe genutzt, um sich mit einer neuen Identität abzusetzen. In einem Nebensatz hieß es, dass dieses Phänomen auch bei 9/11 aufgetreten sei.

»Meinen Sie, Sie können dazu mal recherchieren? Das wäre doch eine spannende Geschichte«, hatte Mister Miller ihr begeistert angetragen.

»Selbst wenn es so wäre, haben sich die Spuren dieser Leute doch längst verwischt. Ich halte das für ein Gerücht!«, hatte Julia ihm schroff erwidert.

Ihr Chef schien enttäuscht über ihre Absage, aber dann hatte er ihr zögernd recht gegeben. »Vielleicht ist das wirklich zu abgedreht«, hatte er schließlich geseufzt.

»Ich habe es auch nicht mehr lange ausgehalten«, riss nun Jonas' Stimme Julia aus ihren Gedanken. »Es ist gut gemacht, auch abends mit dem Licht, aber ich finde es schon beklemmend, wenn da die Namen all der Leute stehen, mit denen ich tagtäglich zu tun hatte. Ich fühlte mich ein bisschen wie Will Smith in ›I Am Legend‹ als letzter Überlebender. Wollen wir noch was essen gehen? Magst du Sushi?«

»Heute ja«, lachte Julia. »Manchmal würde ich die Dinger kaum runterkriegen, und manchmal habe regelrecht Heißhunger darauf. Und das ist heute so ein Tag.«

»Da habe ich ja Glück gehabt. Dann auf in die Blue Ribbon Sushi Bar.«

Julia hakte sich spontan bei Jonas unter.

»Und, jetzt erzähl mal, wie ist es dir bei der Beichte ergangen?«, fragte er.

»Du möchtest wissen, wie Noah auf die Nachricht reagiert hat, dass Jenny noch lebt?«

»Genau, mich interessiert brennend, ob er gleich einen Flug gebucht hat, um der dummen Kuh die Hölle heißzumachen, oder ob er nichts unternommen hat?«

Julia wich seinem Blick aus. »Ich weiß es nicht, denn ich, ich ...«

»Sag bloß, du hast es ihm immer noch nicht gesagt?«

»Glaub mir, ich wollte das gleich am Wochenende nach unserem letzten Treffen erledigen.«

»Julia, guck mich nicht so schuldbewusst an. Vor mir musst du dich nicht rechtfertigen. Ich frage mich nur, wie du das schaffst, mit ihm eine Beziehung zu haben, ohne es ihm zu sagen. Aber vielleicht ist es ja auch besser so.«

»Nein, ist es nicht!«, widersprach sie. »Ich war fest entschlossen, aber dann kam alles anders.«

Sie hatten inzwischen die Sushibar erreicht. »Ich erzähl dir gleich alles, nicht, weil ich mich rechtfertigen möchte, sondern weil du mein Freund bist.« Julia wunderte sich selbst, wie leichtfertig ihr das über die Lippen gekommen war.

Sie setzten sich ans Ende eines langen Tisches, wo es etwas ruhiger war, denn im Lokal war es sehr laut, weil eine japanische Reisegruppe den Laden füllte.

Ohne lange Vorrede berichtete Julia, was am Wochenende geschehen war. Jonas musterte sie eine Zeit lang schweigend. Wenn Julia überhaupt etwas in seiner undurchdringlichen Miene lesen konnte, war es eine Spur von Mitgefühl.

»Das ist in der Tat keine einfache Situation, denn dass so ein Schock nicht gerade gut für das angeschlagene Immunsystem ist, kann man sich ja denken. Schwierig, schwierig.«

»So schwierig, dass ich psychosomatisch darauf reagiert habe.« Und nun erzählte Julia ihm ganz freimütig von ihrem Besuch bei Dr. Wayne. Sie hatte nicht eine Sekunde lang Bedenken, ihm alles ungefiltert anzuvertrauen. Im Gegenteil, sie fühlte eine tiefe Verbundenheit zu ihm.

Während sie erzählte, dass der Therapeut sie regelrecht wieder aufgebaut hatte, erhellte sich auch Jonas' Miene.

»Den sollte ich vielleicht auch mal aufsuchen«, bemerkte er fröhlich, nachdem Julia ihre Schilderung beendet hatte.

Julia sah ihn fragend an. Auch wenn er es in lustigem Ton gesagt hatte, schien ihn doch etwas stärker zu belasten, als er zugeben wollte.

»Was ist los?«, fragte sie ihn.

»Ach, es ist inzwischen bei meiner Recherche wegen des veruntreuten Geldes herausgekommen, dass es wirklich Jennifer gewesen ist, die sich am Firmenkonto bedient hat. Das konnte man bei der Bank in alten Unterlagen nachweisen. Die beiden Witwen unserer Chefarchitekten sind natürlich sehr aufgebracht über diese Gewissheit, und mich hat das Ganze in einen großen Konflikt gestürzt. Auf der einen Seite möchte ich den Damen am liebsten verraten, dass die Schuldige noch zur Rechenschaft gezogen werden kann, weil sie nämlich noch lebt, andererseits käme ich mir vor wie der letzte Denunziant. Kurz, ich bin stinkwütend auf deine egoistische und selbstgerechte Schwester.«

»Da haben wir ja was gemeinsam. Wie sagte ich zu Dr. Wayne: Ich könnte sie umbringen.«

»Ich werde sie nicht verraten, aber sollte sie mir noch jemals in meinem Leben über den Weg laufen, dann vergesse ich mich«, zischte Jonas.

Ach, wenn ich doch bloß so vertraut mit Noah reden könnte, ging es Julia in diesem Augenblick durch den Kopf.

Der Kellner unterbrach ihr vertrauliches Gespräch, und sie bestellten sich eine gemischte Sushi & Sashimi-Platte für zwei Personen und Bier.

»Das ist dir bestimmt auch nicht leichtgefallen, den Witwen nicht zu verraten, wo sie sich ihr Geld wiederholen könnten. Aber könnte die Unterschlagung nicht bereits verjährt sein?«

Jonas zuckte die Schultern. »Ich kenne mich nur im US-Baurecht aus. Sonst nicht, aber das ist auch müßig herauszufinden, denn ich kann das einfach nicht. Sie ans Messer liefern. Vor allem bin ich der Meinung, diese Unterschlagung hat sie überhaupt dazu gebracht abzutauchen. Sie musste doch damit rechnen, dass ihre Schuld früher oder später aufgedeckt wird.«

»Ich glaube, da hat auch Jürgen seine Hände im Spiel. Der konnte doch noch nie den Hals vollkriegen. Mich würde ja mal interessieren, wie die beiden an diesen Namen und an die Papiere gekommen sind.«

Jonas machte eine wegwerfende Geste. »Eine neue Identität kannst du hier an jeder Ecke kaufen, wenn du das nötige Kleingeld hast.«

»Ach«, stöhnte Julia. »Ich will das ja auch alles gar nicht mehr wissen, zumal meine Schwester nun offenbar gänzlich verschollen ist und mit Sicherheit nicht mehr auftauchen wird. Und ich werde das den beiden sagen, sobald meine Mutter die Bestrahlung gut überstanden hat. Und dann sollen sie damit machen, was sie wollen. Ich will danach nicht mehr daran denken.«

Als das Essen kam, stürzten sich die beiden mit großem Appetit auf die Maki. Julia ging es auch körperlich wesentlich besser, seit sie nicht mehr unter dem enormen Druck stand, weil sie Noah und Susanne immer noch nicht die Wahrheit gesagt hatte.

Nach dem Essen erzählte Jonas ganz unbeschwert von seiner Arbeit, und Julia berichtete ihm von den Interviews mit den Feuerwehrmännern.

»Sei froh, dass du keinen Artikel über die Verschwörungstheorien schreiben musst, die um 9/11 herumgeistern.«

Julia hatte davon gehört, dass es diverse Kreise gab, die im Netz die krudesten Theorien aufstellten, was am 11. September wirklich geschehen war. Es war nicht so, dass sie für die damalige Bush-Regierung Sympathien gehabt hätte. Im Gegenteil, die Tatsache, dass sie später dank gefälschter Beweise für das Vorhandensein von Giftgas den Irakkrieg begonnen hatten, zeigte deutlich, zu was die Regierenden fähig waren, aber dass sie hinter dem Anschlag auf das World Trade Center steckten, erschien Julia doch zu absurd.

»Da könnte ich dir nämlich gleich ein paar Kontakte zu Architektenkollegen machen, die behaupten, die Türme hätten wegen Flugzeugeinschlags nicht zusammenfallen können, sondern seien mittels des Nanothermits gezielt gesprengt worden.«

»Oh nein, bitte nicht, ich kann nur hoffen, dass mein Chef

mir so etwas nicht auch noch anträgt, wobei ich ja zu seinem heutigen Themenvorschlag: 9/11 als Chance für ein neues Leben, tatsächlich eine wilde Geschichte hätte schreiben können«, seufzte sie.

Jonas sah diskret auf seine Armbanduhr. »Es ist schon spät. Ich habe morgen früh einen wichtigen Termin.«

Schade, dachte Julia, sie hätte noch stundenlang mit ihm plaudern können, aber sie stimmte ihm zu.

Wenig später schlenderten sie zur nächsten Subway-Station.

»Ich muss nicht nur in deine Richtung, sondern sogar an derselben Station aussteigen«, bemerkte er beiläufig. Bei Julia kam das wie ein Messerstich an, natürlich wusste sie, was das im Klartext hieß: Er würde bei seiner Freundin übernachten.

»Ist es was Ernstes zwischen euch?«, fragte sie, ohne zu überlegen, was sie umgehend bedauerte. Sie wollte nicht neugierig wirken, und sie wollte das doch eigentlich auch gar nicht so genau wissen.

»Wir kennen uns schon länger, aber bislang habe ich mich sehr zurückgehalten. Kim war verheiratet, aber seit ich aus Kanada zurück bin und sie geschieden ist, treffen wir uns häufiger.«

»Also doch was Ernstes?«, wiederholte sie die Frage, die sie eigentlich gar nicht stellen wollte.

Jonas blieb abrupt stehen und warf ihr einen gequälten Blick zu. »Julia, das weiß ich noch nicht. Das wird sich entwickeln. Ich brauche noch ein bisschen. So beliebig sind meine Gefühle nicht, dass ich mich alle vierzehn Tage neu verliebe.«

Julia wurde abwechselnd heiß und kalt, wusste sie doch genau, was er damit sagen wollte.

»Und deshalb fände ich es besser, wenn wir unseren Kontakt einstellen«, fügte er bekümmert hinzu.

Julia fröstelte. »Warum? Es ist doch so nett mit uns. Wir sind doch Freunde.«

»Sind wir das?«, fragte er provozierend und näherte sich mit seinem Gesicht ihrem Mund. Statt sich wegzudrehen, beugte Julia sich ihm entgegen. Ihre Lippen trafen sich, und sie küssten sich leidenschaftlich, bis Jonas diese Annäherung unvermittelt beendete und sie durchdringend ansah. Nicht liebevoll oder zärtlich, sondern eher mit einer Spur von unterdrücktem Zorn.

»So weit zur Freundschaft. Julia, ich weiß nicht, was du für ein Spiel treibst, aber du hast dich nun mal für diesen Noah entschieden. Dann bleib auch dabei. Versuch nicht, mich im Hintergrund warmzuhalten. Ich bin kein Mann für die Ersatzbank.«

Julia sah ihn erschrocken an. Aber so war das doch gar nicht. Sie wollte nicht spielen, ihn nicht warmhalten, falls das mit Noah doch noch schiefging, sie wollte doch nur mit ihm zusammen sein, nur seine Nähe spüren, nur … verdammt, schoss es ihr wie ein Blitz durch den Kopf, ich liebe ihn … aber das kann doch nicht sein.

»Es ist wirklich besser, wenn wir uns nicht mehr sehen«, fügte er mit Nachdruck hinzu.

»Ja, vielleicht ist es besser.« Julia fühlte sich wie betäubt, seit ihr dieser ungeheuerliche Gedanke durch den Kopf geschossen war. Und erneut meldete sich die kritische Stimme des Verstandes: Das ist Unsinn, du kannst ihn gar nicht lieben, du liebst Noah. Oder? War die Beziehung nur noch die Erfüllung eines Traumes, den sie schon längst nicht mehr von Herzen träumte? Ihr wurde ganz schummrig, und sie konnte keinen klaren Gedanken mehr fassen. Sie wich Jonas' Blick aus. Nicht, dass er ihr ansehen konnte, was sie gerade dachte, doch als sie den Kopf hob, blickte sie nur in ein Paar trauriger Augen.

»Ich werde dir jedenfalls nie mit rein freundschaftlichen Gefühlen begegnen, und solange du so schrecklich ambivalent bist, bindet mich das auf eine unangenehme Weise«, erklärte er. »Aber unsere Geschichte soll keinen Einfluss auf deine Beziehung zu Tine haben. Sie mag dich wirklich und betrachtet dich als echte Freundin.«

»Das beruht auf Gegenseitigkeit«, erwiderte Julia leise.

»Genau, das dachte ich mir, und deshalb melde dich bei ihr. Wir sind beide erwachsen, und sie würde sich nie in unsere Angelegenheiten mischen. Du kannst sie auch gern in meiner Wohnung besuchen, nur erwarte nicht, dass ich dort sein werde. Ich hasse solche unklaren Zustände.«

Jonas trat einen Schritt auf sie zu und nahm sie in den Arm. Julia fühlte sich so geborgen an seiner Schulter, aber da ließ er sie auch schon wieder los.

»Mach's gut, Julia«, seufzte er.

Julias Mund war so trocken, dass sie keinen Ton hervorbrachte. Ungläubig starrte sie ihm hinterher, auch als er schon um eine Straßenecke gebogen und aus ihrem Blickfeld geraten war. Es ist richtig so, sagte sie sich, während sie wie betäubt das nächste freie Taxi heranwinkte.

40.

Als das Taxi vor Noahs Wohnung hielt, wischte sich Julia hastig mit dem Ärmel über das Gesicht. Die ganze Fahrt über hatte sie stumme Tränen geweint. Die Vorstellung, Jonas womöglich niemals wiederzusehen, wollte ihr schier das Herz brechen. Dagegen konnte auch die Stimme des Verstandes wenig ausrichten, die ihr in einem fort zuredete, dass es so das Beste für alle Beteiligten wäre.

Auch wenn sie in dieser trüben Stimmung kein Bedürfnis hatte, Noahs Stimme zu hören, beschloss sie, ihn von der Wohnung aus anzurufen. Sie gab dem indischen Taxifahrer ein sattes Trinkgeld, weil der ein paarmal besorgt in den Rückspiegel gesehen, aber höflich geschwiegen hatte.

Julia hatte gerade den Schlüssel in das Schloss gesteckt, als sie hinter sich im Vorgarten ein merkwürdiges Knacken hörte. Blitzartig fuhr sie herum und erstarrte.

»Wow! Du bist ja eine richtige Frau geworden«, bemerkte der durchtrainierte Mann mit dem hellblonden Haarschopf.

Julia verspürte im ganzen Körper ein unangenehmes Kribbeln, als würden Tausende Ameisen durch ihr Inneres kriechen.

»Was willst du hier? Hau ab!«, schnauzte sie ihn an.

»Das ist aber keine nette Begrüßung. Süße, wir haben uns seit siebzehn Jahren nicht mehr gesehen. Da hätte ich eigentlich eine Umarmung verdient.«

Er trat einen Schritt auf sie zu.

»Wage es ja nicht, mir näher zu kommen«, sagte sie bestimmt, obwohl sie ihre Angst aus allen Poren schwitzte.

»Du solltest mich freundlich einladen, dich nach oben zu begleiten.«

Sie konnte gar nicht so schnell gucken, wie Jürgen sie am Arm gepackt und gegen die Hauswand gedrückt hatte. Mit der einen Hand hielt er sie fest, mit der anderen drehte er den Schlüssel um, was mit einer Hand nicht so einfach war, ihm aber schließlich gelang.

Ohne weitere Worte schubste er sie in den Flur Richtung Fahrstuhl. Er hielt sie mit eisernem Griff umklammert. Julia war hin- und hergerissen. Sollte sie schreien? Dann würde sicher jemand kommen und die Polizei holen. Doch dieser Vorfall würde unweigerlich Noah zu Ohren kommen. Sie beschloss, sich ruhig zu verhalten, nachdem sie sich klargemacht hatte, dass Jürgen ihr nichts tun würde, weil gar kein Grund dazu bestand. Und für sie war das die einzigartige Chance, zu erfahren, wie er wieder in das Leben ihrer Schwester getreten und ob der vorgetäuschte Tod auf seinem Mist gewachsen war.

»Lass mich los!«, giftete sie, nachdem er sie grob in den Fahrstuhl geschoben hatte. »Ich schreie nicht. Versprochen. Und ich laufe auch nicht weg!«

Jürgen ließ von ihr ab und musterte sie unverschämt von oben bis unten. »Du hast dich wirklich rausgemacht. Damals warst du ein bisschen pummelig, aber jetzt? Alle Achtung! Du bist zwar nicht so ein extravaganter Frauentyp, wie es deine Schwester mal gewesen ist, aber jetzt siehst du besser aus als sie.«

»Diese dummen Sprüche kannst du dir schenken«, schnaubte Julia. »Ich möchte nicht mit Jennifer verglichen werden. Schon gar nicht von dir!«

Als sie aus dem Fahrstuhl ausgestiegen war, spielte sie kurz mit dem Gedanken, überraschend loszurennen und zu verhindern, dass er mit in die Wohnung kam, aber einmal davon abgesehen, dass sie dann womöglich nicht erfuhr, welche Rolle er in Jennys Schmierentheater spielte, würde er ihr sicher so lange auflauern, bis er sich Einlass zur Wohnung verschaffen konnte. Julia schwante natürlich, woher er dieses Apartment kannte. Sie vermutete, dass er Jennifer hier zu heimlichen Dates getroffen hatte.

»Willst du was trinken, lieber Steve?«, fragte sie ihn spöttisch und nicht ohne Hintergedanken. Sie kannte Jürgens maßlosen Umgang mit Alkohol von früher, und dann war er stets sehr redselig gewesen.

»Hast du einen Whisky? Früher stand immer eine teure Flasche im Wohnzimmer. Jenny musste sie fast jede zweite Woche neu kaufen, nachdem ich sie besucht hatte«, bemerkte er nicht ohne Stolz. Er ist immer noch derselbe eingebildete Macho, der stolz auf seine Trinkfestigkeit ist, ging es Julia angewidert durch den Kopf.

»Ja, komm, wir setzen uns ins Wohnzimmer.« Julia ging vor, Jürgen folgte ihr. Sie goss ihm ein Glas voll, nahm sich selbst ein Sodawasser.

»Trinkst du immer noch nichts?«, fragte er lauernd.

Julia blieb ihm eine Antwort schuldig, sondern musterte ihn durchdringend. »Was willst du hier?«

»Ich habe gehofft, meiner Herzallerliebsten zu begegnen, aber dass ich meine kleine Schwägerin wiedertreffe, hätte ich nicht geahnt. Obwohl ich es mir eigentlich hätte denken können. Schließlich schnüffelst du ja schon länger hinter deiner Schwester her. Bist du jetzt Misses Goldstein? Und weiß es das Weichei auch schon, dass seine Gattin noch lebt?«

Julia warf ihm einen herablassenden Blick zu. »Pass mal auf, du Arschloch, Noah weiß es nicht. Noch nicht, aber er wird es bald erfahren. Nein, ich bin nicht seine Frau, und ich schnüffle auch nicht meiner Schwester hinterher. Dass ich in Yarmouth war, habe ich bitter bereut. Aber wie in aller Welt kommst du darauf, dass sie ausgerechnet nach New York kommt und dann noch in Noahs Wohnung? Du spinnst doch!«

»Ich weiß nicht, was sie vorhat. Sie hat mich jedenfalls verlassen …« Er stockte und senkte seinen Kopf.

Beinahe hätte Julia verraten, dass sie das bereits wusste und auch, dass sie ihn ohne einen Cent zurückgelassen hatte, aber sie konnte ihre Worte gerade noch unterdrücken, weil sie auf keinen Fall verraten wollte, von wem sie diese Informationen hatte. Deshalb tat sie überrascht.

»Jenny hat dich verlassen? Aber wieso? Ihr hattet doch ein schönes Leben in Kanada, jedenfalls ein sehr nettes Haus.«

Jürgen starrte Julia wie einen Geist an.

»Woher kennst du unser Haus? Hat sie es dir verraten? Hast du etwa was mit ihrem Verschwinden zu tun?« Er sprang vom Sofa auf und kam drohend auf sie zu.

Julia hob abwehrend die Hände: »Nein, ich habe sie nicht einmal gesehen, doch, ganz kurz in ihrem Wagen, aber sie ist vor mir geflüchtet. Und bitte, warum sollte ich ihr behilflich sein, schon wieder zu flüchten? Ich glaube, du vergisst, was meine Mutter und ich durchgemacht haben, weil wir glauben mussten, Jennifer sei auf so tragische Weise ums Leben gekommen. War das deine Idee? Wie bist du überhaupt auf den Gedanken gekommen, dich wieder in ihr Leben zu drängen?«

Jürgen zog sich stöhnend auf das Sofa zurück. »Komisch, ich glaube dir, dass du nichts mit ihrem Abgang aus Yarmouth zu tun hast, aber ich werde sie finden. Glaube mir, das macht sie nicht mit mir!«

»Aber du wirst sie nicht bei Noah finden. Sie ist doch nicht so irre und geht zu ihm zurück nach allem, was sie ihm angetan hat!«

Jürgen musterte sie mit einem fiesen Blick. »Du hast wohl Panik, dass sie wieder auftauchen könnte? Sonst hättest du deinem Macker ja wohl die Wahrheit erzählt. Du bist doch mit ihm zusammen, oder?«

»Das geht dich einen feuchten Kehricht an. Und ich denke,

wir haben uns nichts mehr zu sagen, außer du willst mir freiwillig erzählen, was für eine Rolle du in diesem Scheißspiel spielst. Ich nehme mal an, eine Hauptrolle. Du hast sie doch sicher dazu gezwungen. Es war ja schon damals so, dass du nur zu schnipsen brauchtest, und meine Schwester ist gesprungen. Wie krank! Ich finde das Wort ›Hörigkeit‹ zwar entsetzlich, aber ich denke, das trifft auf meine Schwester im Verhältnis zu dir zu. Und insofern kann ich, was das angeht, nur wünschen, dass sie es dieses Mal schafft.«

»Du hast doch keine Ahnung!«, spuckte er verächtlich aus. »Sie brauchte meine harte Hand. Darauf kannst du dich verlassen. Und was in deinem Spießerhirn Hörigkeit ist, ist pure Lust.«

»Dann verstehe ich umso weniger, dass sie nun schon wieder versucht, vor dir zu flüchten. Warum hast du sie nicht in Ruhe gelassen? Mit Noah hatte sie endlich ein normales Leben. Vielleicht wären die beiden sogar noch glücklich geworden.« Julia wusste, kaum dass sie das ausgesprochen hatte, dass sie Blödsinn redete. Niemals wären die beiden glücklich geworden. Sonst hätte Jennifer Noah wohl kaum mit anderen Männern betrogen. Nein, ihre Schwester hatte mindestens ebenso einen Knall wie er!

»Wie kommst du darauf, dass ich den Kontakt wieder aufgenommen habe? Nee, Schätzchen, das war deine liebe Schwester, und zwar schon ein paar Monate nach der Hochzeit. Da hat sie mich mit Liebesnachrichten überschwemmt und mich angefleht, ich solle sie aus dieser gepflegten Langeweile retten. Sie würde lieber mit mir in einer Strandhütte ohne Kohle leben als mit diesem Langweiler in einem Schloss.«

»Und warum hat sie sich dann nicht von Noah getrennt und ist mir dir in die Strandhütte gezogen?«

»Weil ich noch nie der Typ gewesen bin, der ohne Kohle leben wollte. Ich habe für uns ein Projekt gestartet in der Hoffnung, das bringt Geld, aber das ging leider so in die Hose, dass ich Deutschland schnellstens verlassen musste.«

Julia lachte hämisch auf. »Sag doch gleich, dass du krumme Sachen gemacht hast und aufgeflogen bist!«

»Ich bin dann nach Kanada.«

»Ach, sieh mal einer an. Du hast dich also der Strafverfolgung entzogen und bist Mister Taylor geworden. Wie praktisch. Und dann hast du sie angestiftet, eine Million Dollar zu unterschlagen.«

»Das war Schwarzgeld, und ich fand, so wie die Jennifer für wenig Kohle haben schuften lassen, das war ausgleichende Gerechtigkeit. Und es wäre auch nicht weiter schlimm gewesen, wenn Jenny das nicht so schwergenommen hätte. Sie konnte kaum noch schlafen, und ja, dann passierte das mit dem Anschlag. Jennifer rief mich völlig aufgelöst an, sagte, sie sei lebend aus den Türmen gekommen und habe jetzt eine Lösung, wie sie unbeschadet aus der ganzen Nummer rauskomme und wir endlich zusammen sein könnten.«

»Du willst also wirklich behaupten, das war die Idee meiner Schwester?«, hakte Julia nach, obwohl sie geneigt war, es ihm sogar zu glauben. Wenn er sie hätte belügen wollen, hätte er sicher die Unterschlagung der Kohle nicht allein auf seine Kappe genommen. Warum erschreckt mich der Gedanke so, dass es nicht Jürgens Idee gewesen ist?, fragte sich Julia bekümmert, und die Antwort ließ sich nicht lange auf sich warten. Wenn Jürgen die treibende Kraft gewesen wäre, hätte das Jennifers Schuld gemindert, aber so? Was war sie nur für eine rücksichtslose Person!

»Sie war also gar nicht verletzt? Und sie hatte keine Amnesie?«

Jürgen zuckte die Achseln. »Klar, ein paar Schrammen hatte sie schon, und die Klamotten waren ruiniert, sie trug keine Schuhe und war dreckig im Gesicht, als wir uns getroffen haben. Aber nichts gegen die vielen Menschen, die in Panik runtergesprungen sind, die verschüttet wurden oder eingehüllt in graue Asche panisch durch die Straßen gerannt sind. Schürfwunden, würde ich sagen.«

Julia musste an den Brief denken, in dem Jennifer ihr so eindringlich beschrieben hatte, wie schwer verletzt sie im Krankenhaus gelegen habe. War auch dieses alles nur ihrer Fantasie entsprungen? Dann musste sie wirklich unter einer schweren psychischen Macke leiden. Plötzlich fielen ihr Misses Granbys Worte ein. Hatte die Sekretärin nicht erzählt, Mister Taylor würde behaupten, seine Frau leide an einer schweren psychischen Krankheit?

»Unter welcher Krankheit hat meine Schwester eigentlich gelitten?«

»Wie meinst du? Krankheit?«

»Ich meine das psychisch.«

»Gott, was weiß ich. Sie hatte Angstzustände, selbst die Spinne an der Wand konnte bei ihr hysterische Anfälle auslösen, sie war im Alltag einfach manchmal eine schreckliche Nervensäge. Aber ich bin kein Seelenklempner!«, entgegnete er in abfälligem Ton.

»Und warum hast du der armen Misses Granby erzählt, Jenny leide an einer Geisteskrankheit, und warum hast du die arme Frau dazu genötigt, Jennifer hinterherzuspionieren?«

Jürgen zuckte die Achseln. »Ich war es einfach leid, der Mann an ihrer Seite zu sein.«

Das hört sich ausgesprochen aufrichtig an, dachte Julia.

»Wusstest du eigentlich von ihrem Testament zu meinen Gunsten?«

»Davon habe ich erst erfahren, als du Jenny nah auf den Fersen warst.«

»Und kanntest du ihren verlogenen Brief, den sie mir im Erbfall hinterlassen wollte?«

Jürgen lachte hämisch auf. »Den habe ich dir doch selbst zum Fraß vorgeworfen. Ich kenne dich doch. Habe gewusst, dass du uns dann in Ruhe lassen würdest. Sie hat doch eine blühende Fantasie, meine kleine Schlampe, oder?«

»Ich glaube nicht, dass das ihrer Fantasie entspricht, sondern dass sie nur den Namen ihres Peinigers durch einen Unschuldigen ausgetauscht hat«, erwiderte Julia in scharfem Ton. »Hat sie dich verlassen, weil eure spezielle Art von Beziehung aus dem Ruder gelaufen ist? Hast du was mit der Fehlgeburt zu tun?«, fügte sie lauernd hinzu.

Julia konnte regelrecht dabei zusehen, wie Jürgen knallrot anlief.

»Wie kommst du denn auf den Scheiß? Woher weißt du das? Du hast sie doch gesprochen, oder? Lüg mich nicht an!«, brüllte er.

»Ich war bei eurem Haus, aber es hat keiner aufgemacht.«

»Woher wusstest du, wo unser Haus ist. Hat Jennifer dir den Weg beschrieben? Doch, du hast ihr geholfen, mich derart auszutricksen!«

»Nein, ich habe Jenny weder in Yarmouth gesprochen noch danach! Ich werde dir nicht sagen, wieso ich das Haus gefunden habe, aber ich schwöre, ich habe sie nicht gesehen, und ich war auch nicht im Haus, sondern nur draußen. Und auf der Terrasse, wo das viele Blut war.«

Julia zuckte zusammen, als Jürgen seine Faust auf den Sofatisch krachen ließ. »Verdammt, das, das war ein verletzter Hund …«

»Nein, es waren die Spuren einer Fehlgeburt. Meine Freundin, eine Forensikerin, hat die Gewebeteile ganz eindeutig zuordnen können. Ist das der Grund, warum sie sich abgesetzt hat?«

Von Jürgens Sonnenbräune war nun nur noch wenig zu erkennen. Sein Gesicht war eher grau, und er wirkte plötzlich um

Jahre gealtert. »Ach, halt doch endlich deine blöde Fresse. Aber so warst du schon immer. Hast alles hinterfragt. Konntest nie irgendetwas annehmen. Bist wahrscheinlich Anwältin geworden, weil du immer recht haben willst.«

»Nein, Journalistin, aber vielleicht sollte ich mal eine Story machen über Kriminelle, die sich das Unglück von 9/11 auf so widerwärtige Weise zunutze gemacht haben wie ihr!«

Julia überlegte kurz, ob sie noch einmal auf die Fehlgeburt zurückkommen sollte, aber das schien ihr doch ein wenig zu gefährlich. Bis jetzt hatte sie nicht wirklich Angst vor Jürgen gehabt, aber seine Reaktion auf die Fehlgeburt signalisierte ihr, doch etwas vorsichtiger zu sein. Außerdem verspürte sie das dringende Bedürfnis, den Kerl loszuwerden. Sie musste erst mal selbst verarbeiten, was dieser Überraschungsbesuch bei ihr ausgelöst hatte. Entschlossen stand sie auf.

»Ich würde jetzt gern schlafen und möchte dich bitten zu gehen.«

»Könnte ich eventuell hier in der Wohnung übernachten?«

Niemals, dachte Julia.

»Nein, das geht nicht. Ich möchte nicht mit dir unter einem Dach schlafen!«

»Gott, stell dich nicht so an. Ich habe keine Kohle für ein Hotel.«

»Tut mir leid, außerdem kommt Noah heute Nacht noch nach New York, und ich glaube kaum, dass du Lust hast, ihm die ganze Geschichte zu erzählen.«

»Wieso? Du kannst mich doch als alten Bekannten vorstellen. Er kennt mich doch gar nicht«, wandte Jürgen listig ein.

Julia tippte sich gegen die Stirn. »Oh, du kennst meinen eifersüchtigen Freund nicht. Das werde ich bestimmt nicht. Bitte geh jetzt!«

»Du versuchst aber nicht, mir eine Falle zu stellen?«, hakte er lauernd nach.

»Wenn ich das vorhätte, wäre längst die Polizei da«, entgegnete Julia. »Und jetzt bitte geh, und möglichst auf Nimmerwiedersehen.«

Jürgen stand in Zeitlupe auf und musterte sie spöttisch. »Da machst du mir aber Angst. Was willst du denen denn erzählen? Dass ich ein international gesuchter Schwerverbrecher bin, weil ich mit deiner Schwester unter falschem Namen ein neues Leben begonnen habe?«

»Nein, ich werde denen deinen Namen nennen und ihnen verraten, dass du in Deutschland Mist gebaut hast. Und jetzt verschwinde! Jennifer wirst du hier im Leben nicht finden, denn sie wird sich nicht an mich wenden, und ich will mit ihrem Scheiß nichts mehr zu tun haben. Für mich ist sie gestorben. Und stell dir vor, ich habe auf ihrer Trauerfeier bitterlich geweint«, fauchte Julia.

»Du glaubst mir kein Wort und ich dir auch nicht. Wetten, du stehst in Kontakt mit ihr? Du warst immer diejenige, die die große Schwester bis aufs Messer verteidigt hat. Und da soll ich dir glauben, dass du ihr die Hilfe verweigern würdest, wenn sie dich nun darum bitten würde? Nein, meine Liebe, ich behalte dich im Auge. Und ich bin mir ziemlich sicher, irgendwann fliegt mir das Vögelchen in die Falle.«

Julia erhob sich hastig und baute sich angriffslustig vor Jürgen auf. »So, mein Lieber, sollte ich dich noch ein einziges Mal in der Nähe dieser Wohnung sehen, hetze ich dir die Polizei auf den Hals!«

»Dann würde dein Goldschatz erfahren, dass sein Schneewittchen noch lebt, aber immer schon dem bösen Wolf gehört hat.«

Julia stieß einen Unmutslaut aus. »Na und? Dann erfährt er es eben! Ich meine es ernst!« Während Julia ihm gegenüber auftrat, als hätte sie keine Spur von Angst, bebte sie innerlich. Ihr war ganz und gar nicht wohl bei dem Gedanken, dass der

Kerl womöglich auch in den Hamptons auftauchen würde. Am liebsten würde sie Noah warnen, aber dazu musste sie ihm erst mal die ganze Wahrheit sagen. Sie konnte nur hoffen, dass der Mistkerl von Jürgen sich nicht noch einmal in ihre Nähe, geschweige denn die von Noah traute. Nicht auszudenken, er würde in Montauk aufkreuzen und der völlig ahnungslosen Susanne begegnen. Und wie sie Jürgen einschätzte, würde er ihrer Mutter eiskalt die Wahrheit ins Gesicht schleudern.

Jürgen musterte sie provozierend. »Vielleicht sollte ich dem Mann meiner Frau tatsächlich mal einen Besuch abstatten. Schließlich sitzen wir in einem Boot, sind beide mit derselben Frau verheiratet. Und sind beide von ihr verlassen worden! Was meinst du, wie er reagiert, wenn ich ihm zerknirscht meine Version der Geschichte offenbare?«

Julia bedachte ihn mit einem vernichtenden Blick. »So, mein Lieber, es reicht, ich sorge jetzt dafür, dass du so schnell im Knast landest, wie du gar nicht denken kannst.«

Jürgen lachte breit. »Noch nie was von Verjährung gehört?«

Das traf Julia hart. In der Tat hatte sie keinen Gedanken daran verschwendet, doch da fiel Julia ein Telefonat mit ihrer Mutter ein. Hatte sie nicht neulich erzählt, dass sie auf Gomera Jürgens Schwester begegnet war, die ihr das Leid über das »schwarze Schaf« der Familie geklagt hatte? Jürgen Sandemann war an einem riesigen Immobilienbetrug beteiligt gewesen und zu sechs Jahren Haft verurteilt worden. Da Julia in Berlin eine Zeit lang auch verstärkt Gerichtsreportagen geschrieben hatte, kannte sie den Unterschied zwischen der Verjährung bei der Strafverfolgung und der bei der Vollstreckung. Sie hatte damals über einen Betrüger berichtet, der nach dem Urteil ins Ausland abgetaucht war. Und wenn sie sich recht entsann, hatte die Frist zwanzig Jahre betragen, weil der Mann zu einer Haftstrafe von über fünf Jahren verurteilt worden war. Ein triumphierendes Grinsen erhellte ihr Gesicht.

»Hast du nie was von der Vollstreckungsverjährung gehört? In deinem Fall ist die Frist noch nicht abgelaufen.« Julia griff genüsslich nach ihrem Handy, doch bevor sie etwas eintippen konnte, hatte Jürgen ihr das Telefon aus der Hand gerissen.

Hasserfüllt funkelte er sie an. »Woher weißt du das? Du hast doch mit Jennifer gesprochen. Gib es endlich zu, und sag mir, wo die Schlampe ist. Dann wirst du nie wieder was von mir hören und sehen!«

»Meine Mutter hat deine Schwester auf Gomera getroffen, du Idiot«, zischte Julia und hielt fordernd die Hand hin, damit er ihr das Telefon zurückgeben konnte, was er fluchend tat. Er schien sichtlich angezählt zu sein, weil er nun wusste, dass sie nicht bluffte.

»Glaub nicht, dass ich mich von dir einschüchtern lasse!«, verkündete er in selbstbewusstem Ton, aber das nervöse Flattern seiner Lider sprach eine andere Sprache. »Ich habe dich im Auge. Und wenn ich diese Schlampe finde, dann kann sie sich auf was gefasst machen und alle, die ihr helfen.«

»Schluss jetzt! Schalte doch mal dein Hirn ein oder das, was noch davon übrig geblieben ist!«, schrie Julia ihn an. »Sie wird Noah sowie mich wie die Pest meiden!«

»Und was, wenn sie wieder ins gemachte Hampton-Nest zurückkriechen will? Dann bist du überflüssig! Ich würde mich an deiner Stelle nicht ganz so sicher fühlen. Ich fürchte, du könntest böse Überraschungen erleben.«

Julia stöhnte genervt auf. Sie hatte Jürgen als überheblichen Mistkerl in Erinnerung, aber dass der Mann ganz offensichtlich auf so absurde Gedanken kam, überraschte sie. Vielleicht ist das der Preis, wenn man sich unter falscher Identität verstecken muss, dachte Julia.

Jürgen machte eine abwehrende Handbewegung. »Ich geh schon von allein, aber solltest du die Schlampe sprechen und ihr brühwarm von meinem Besuch berichten, bestell ihr einen schönen Gruß: Verrat verjährt nie!«

Julia lief es bei diesen Worten eiskalt den Rücken hinunter. Was für ein kaputter Typ, ging ihr durch den Kopf. Aber Jennifer ist nicht minder gestört. Sonst hätte sie ihr Leben in Noahs Paradies niemals für diesen Loser aufgegeben.

Sie folgte Jürgen in den Flur, um hinter ihm die Tür zu verriegeln. Vor allem wollte sie sicher sein, dass er die Wohnung wirklich verließ.

In der Tür drehte er sich noch einmal um. »Weißt du was? Du bist immer noch so naiv wie damals. Du glaubst wirklich, du bist jetzt sicher mit deinem Kerl?« Er lachte dreckig auf. »Nicht, solange es Frauen wie deine Schwester gibt!«

Julia dröhnte sein hässliches Lachen noch immer im Ohr, als sie schon längst die Tür fest verschlossen hatte und ins Wohnzimmer zurückgegangen war, um auf diesen Schrecken ein Glas Whisky auf ex runterzukippen.

Es ärgerte sie maßlos, dass sie ein drängendes Bedürfnis verspürte, zum Telefonhörer zu greifen und Jonas von diesem Überfall zu berichten und ihn um einen Rat zu bitten. Nun hatte sie gerade Frieden geschlossen mit der Lösung, Noah und Susanne nach der letzten Bestrahlung die ganze Wahrheit zu offenbaren, doch wäre es nach Jürgens Auftauchen nicht zu riskant, vier weitere Wochen damit zu warten? Was, wenn dieser Verrückte tatsächlich in den Hamptons aufkreuzte und ungeachtet der Tatsache, dass er sich selbst in Gefahr brachte, Noah aus lauter Hass auf Jennifer die Wahrheit sagte?

Julias Herzschlag beschleunigte sich merklich. Was für ein Irrsinn, dachte sie verzweifelt. Jennifer dominiert mein Leben mehr denn je!

Sie versuchte, an die Worte des Therapeuten zu denken und sich klar zu machen, dass nicht sie für diesen ganzen Wahnsinn verantwortlich war, sondern einen klaren Kopf behalten musste, um zu entscheiden, wie sie mit ihrem Wissen umging. Wenn sie Jürgens Auftritt allein vom Verstand betrachtete, durfte sie so gut wie sicher sein, dass er es nicht noch einmal wagen würde, aus der Deckung zu kommen, wenn er nicht im Gefängnis landen wollte. Julia schenkte sich einen zweiten Whisky ein. Das sanfte Brennen in ihren Eingeweiden beruhigte sie ein wenig.

41.

Der Flug von Dubai nach New York war sehr ruhig verlaufen. In den ausziehbaren Sesseln der Businessklasse des Airbus 380 waren auch diese langen Strecken kein Problem. Jennifer hatte die meiste Zeit ihren Rausch ausgeschlafen, den sie sich auf der Etappe zwischen Perth und Dubai angetrunken hatte, aber als aus dem Cockpit die Ansage gekommen war, dass sie demnächst ihre Flughöhe verlassen würden, um mit dem Landeanflug auf den JFK zu beginnen, wurde sie nervös. So sehr, dass sie an ihren frisch manikürten Fingernägeln knibbelte und fast einen abgerissen hätte. Zum ersten Mal, seit sie ihren kühnen Plan gefasst hatte, kamen ihr Zweifel. Warum war sie nicht in Australien geblieben? Es wäre doch für sie ein Leichtes gewesen, den passenden Mann für ihr Vorhaben zu finden. Sie hatte doch die Blicke der Herren gesehen. Sogar einer ihrer Ärzte hatte ihr ziemlich unverblümt zu verstehen gegeben, dass er sich in sie verliebt hatte. Und er war durchaus attraktiv und wäre als potenzieller Vater ihrer Kinder sicher nicht die schlechteste Wahl gewesen. Doch das schien ihr zu riskant. Die Tatsache, dass Julia sie aufgespürt hatte, bewies ihr, dass es immer mal dumm kommen konnte. Und sie wollte sich gar nicht vorstellen, wie es wohl wäre, wenn ihre Kinder plötzlich erfahren mussten, dass ihre Mutter eine ganz andere war, als sie vorgab zu sein. Mister Lenfield hatte ihre Bedenken sehr ernst genommen, und er war unbedingt dafür, die Vergangenheit ins Reine zu bringen und den einfachen Weg zu gehen.

»Miss Lang, darf ich Ihnen noch einen Drink anbieten?« Die

bildhübsche Emirates-Stewardess riss sie aus ihren Gedanken, wenngleich sie sich nur ganz schlecht an diesen fremden Namen gewöhnen konnte. Zum Glück war es absehbar, bis sie wieder einen vertrauteren Namen tragen würde.

Jennifer nickte und wählte einen Champagner, der ihr in einem stilechten Glas serviert wurde. Das würde gegen ihren Kater helfen, hoffte sie.

Zwischen Perth und Dubai hatte sie wirklich zu viel getrunken, wie sie sich selbstkritisch eingestand. Ab dem vierten Fläschchen hatte sie nicht mehr mitgezählt. Das war inzwischen zu einer, wie sie fand, nicht besonders erstrebenswerten Angewohnheit geworden, dass sie Alkohol wie Wasser hinunterstürzte, aber sie tröstete sich damit, dass das bald wieder ein Ende haben würde. Natürlich nahm die ganze Aktion sie über die Maßen mit. Und sie hätte partout nicht gewusst, wie sie das alles ohne ihren treuen Anwalt hätte bewerkstelligen sollen. Sie war heilfroh, dass er sie vom Flughafen abholen würde, und es war sogar seine Idee gewesen, nach New York zu kommen. Ein genialer Einfall von ihm, wie sie fand. Zu zweit würden sie einen wesentlich glaubwürdigeren Auftritt hinlegen können. Der Mann ist wirklich jeden Cent wert, dachte sie.

Der prickelnde Champagner tat ihr sehr gut. Ihr wurde sofort besser, und sie orderte gleich noch einen, den ihr die Stewardess, ohne mit der Wimper zu zucken, brachte. Das war das Privileg der Businessklasse, dass keiner auch nur eine Miene verziehen würde, ganz gleich was sie trank, solange sie nicht unangenehm auffiel und den Flugbetrieb gefährdete. Jennifer wurde durch den frischen Alkoholgenuss auf jeden Fall ruhiger. Das Gute war, dass sie leicht berauscht ihre zweifelnden Gedanken besser in Schach halten konnte als im nüchternen Zustand.

Was sollte auch schon schiefgehen?, fragte sie unter dem Einfluss des Champagners. So wie ich aussehe, hat er gar keine andere Chance, als mir aus der Hand zu fressen. Die einzige Sorge, die sich weder durch Beaujolais noch durch Dom Perignon wegtrinken ließ, hieß Julia. Immer wieder marterte sich Jennifer mit der Frage, was sie tun würde, wenn ihre Schwester und Noah über die Trauer um sie wieder als Paar zusammengefunden hatten. Sie hoffte zwar immer noch, Julia wäre nur auf einer Stippvisite in New York gewesen, aber wissen konnte sie es nicht. Sie hatte, um das herauszubekommen, sogar schon bei Noah angerufen und nach Misses Goldstein gefragt. Zu ihrer großen Erleichterung hatte die Haushälterin ihr mitgeteilt, die sei seit vierzehn Jahren verstorben. Demnach gab es keine neue Misses Goldstein, was ihr Vorhaben erheblich vereinfachte. Am liebsten hätte sie noch nach Misses Bender gefragt, aber die Frau am Telefon hatte so skeptisch nachgehakt, mit wem sie denn sprechen würde, dass Jennifer vorsichtshalber schnell aufgelegt hatte.

Nachdem das Flugzeug sanft auf die Landebahn aufgesetzt hatte und sie endlich den heiß ersehnten New Yorker Boden unter den Füßen hatte, beschleunigte sich Jennifers Herzschlag merklich. Jetzt wurde es ernst. Sosehr sie sich in den letzten Wochen doch wieder nach dieser Stadt gesehnt hatte, sie setzte auch Erinnerungen frei. Erinnerungen an etwas, das sie am liebsten für alle Zeiten aus ihrem Gedächtnis gestrichen hätte, aber der Horror fand Wege, sich durch die Hintertür in ihr Bewusstsein zu schleichen. In den vergangenen Nächten hatte sie nämlich ausschließlich von ihrer Flucht aus den Türmen geträumt. Es war so lebensecht gewesen, dass sie selbst im Schlaf das Kerosin gerochen hatte. Und jedes Mal, wenn sie unversehrt in der Lobby angekommen war, hatte dort Jürgen auf sie gewartet. Wie ein Rächer mit hasserfülltem Blick. Natürlich hatte sie Sorge, er könnte sich auf den Weg nach New York gemacht haben, um sie zu finden. Doch sie tröstete sich damit, dass sie inzwischen länger in Australien gewesen war. Wenn, dann wäre er längst dort gewesen und unverrichteter Dinge wieder abgezogen. Und was sollte er auch in New York wollen? Es wäre doch in seinen Augen völlig absurd, wenn sie sich ausgerechnet zu Noah flüchten würde, nach allem, was sie ihm angetan hatte.

Als Jennifer auf dem Weg zur Gepäckaufbewahrung in eine Scheibe blickte, war sie hochzufrieden mit ihrer Silhouette. Sie hatte inzwischen eine Figur wie vor siebzehn Jahren. Auch ihr Haar war wieder dunkel, seidig und reichte ihr bis weit über die Schultern.

Da Nora Lang eine australische Staatsbürgerin war, musste Jennifer die Prozedur der strengen Einreisekontrollen über sich ergehen lassen. Mister Lenfield hatte ihr allerdings nicht verraten, wie er es geschafft hatte, ihr einen australischen Pass zu besorgen, aber er hatte sich auch etwas dabei gedacht. »Je weiter weg von New York Sie die letzten vierzehn Jahre gelebt haben, umso besser. Das kann keiner so leicht nachprüfen«, hatte er listig erklärt.

Als sie den Blick zur Nachbarschlange schweifen ließ, musste sie plötzlich an ihre Begegnung mit Julia am JFK denken und daran, wie unendlich dumm sie sich benommen hatte, aber nun war dieser Spuk vorbei. Und wenn sie Julia nun doch in den Hamptons treffen würde, würde sie leugnen, ihr jemals begegnet zu sein. Und natürlich auch, als Alice Taylor in Yarmouth gelebt zu haben.

Die Abfertigung lief an diesem Tag besonders zäh, und deshalb war Jennifer schon ziemlich schlecht gelaunt, als sie an der Reihe war. Es nervte sie, als der Einreisebeamte minutenlang prüfend zwischen dem Passbild und ihrem Gesicht hin- und herblickte. Am liebsten hätte sie ihrem Ärger Luft gemacht, aber sie konnte sich gerade noch zusammenreißen. Ein falsches Wort konnte gefährlich werden. Nicht auszudenken, wenn man ihre Papiere einer gesonderten Überprüfung unterzog …

Schließlich ließ man sie passieren. Erleichtert begab sie sich mit ihrem Gepäck zur Zollkontrolle. Es wurde zu einer quälenden Geduldsprobe für sie, als der Grenzbeamte den Inhalt ihrer Handtasche auskippte und ihn akribisch untersuchte.

»Wird das heute noch mal was?«, knurrte sie, was sie sogleich bereute, denn kaum hatte sie den Mann angepflaumt, musste sie ihren Koffer öffnen, den er ebenfalls gründlich durchsuchte. Es kostete Jennifer einige Selbstbeherrschung, diese Prozedur widerspruchslos über sich ergehen zu lassen.

Nachdem er sie endlich gehen ließ, atmete sie ein paarmal tief durch. Diese Hürde hatte sie genommen. Ihre Papiere waren offenbar so gut gemacht, dass man Nora Lang problemlos in die USA einreisen ließ.

Mister Lenfield erwartete sie bereits ungeduldig.

»Ich hatte schon Sorge, Sie kämen gar nicht mehr«, seufzte er erleichtert.

»Alles gut, ich hatte nur etwas Ärger mit dem Zollbeamten, der mich ein wenig schikaniert hat«, entgegnete sie genervt.

»Wenn es weiter nichts ist«, bemerkte der Anwalt und musterte sie bewundernd. »Sie sehen glatte zehn Jahre jünger aus, Misses Taylor.«

»Danke. Wir wollen ja auch nichts dem Zufall überlassen«, sagte sie lächelnd. Mister Lenfield nahm ihr den Koffer ab und bat sie, ihr zu dem Mietwagen zu folgen.

Im Auto verkündete er ihr eifrig, dass er ein schönes Hotelzimmer am Central Park reserviert hatte, wo sie sich erst einmal von dem langen Flug ausruhen sollte, damit sie dann am folgenden Tag erfrischt zur Tat schreiten konnte.

»Sie sind ein Schatz. Was würde ich bloß ohne Sie tun?« Jennifer strich dankbar über seine Hand.

»Ach, Sie wissen doch, dass ich das gern für Sie tue. Sie hätten Ihre helle Freude daran gehabt, wenn Sie Mister Taylors Gesicht gesehen hätten, als ich ihm mitgeteilt habe, dass er sich nicht noch einmal in meiner Kanzlei blicken lassen solle, weil ich sonst die Polizei holen würde.«

Jennifer lachte. »Ich denke, er wird uns in Ruhe lassen. Und ich glaube kaum, dass er ahnt, was ich vorhabe. Er hält mich doch für etwas beschränkt und wähnt mich bestimmt an einem paradiesischen Strand. Ich stelle mir gerade vor, dass er auf der Suche nach mir verzweifelt von einer Insel zur anderen reist. Allerdings wird ihm wohl bald sein Geld ausgehen für solche kostspieligen Fernreisen, und dann kann er nur noch dorthin gehen, wo er hingehört. Zum Teufel!«

Nachdem Mister Lenfield den Wagen vor dem »Mark Hotel« einem Pagen zum Parken übergeben hatte und sie die Lobby betraten, verspürte Jennifer große Lust auf einen Drink.

»Nach dem Einchecken würde ich gern erst einmal die Bar frequentieren«, flüsterte sie dem Anwalt zu.

Mister Lenfield warf einen verstohlenen Blick auf seine Uhr.

»Ja, es ist kurz nach sechs. Sie haben gerade geöffnet.« Eilfertig gab er einem Pagen Anweisung, auf welches Zimmer er den Koffer bringen sollte.

»Wow!«, entfuhr es Jennifer, als sie die noch komplett menschenleere Hotelbar betraten. Die Sitzmöbel sahen aus wie aus Kuhfellen gefertigt, was dem Ganzen eine besondere Ausstrahlung gab, und auch die übrige Einrichtung war perfekt durchgestylt. Ihre sämtlichen Lebensgeister kehrten beim Anblick dieses großstädtischen Ambientes zurück. Ach, wie habe ich mich nach dieser Stadt gesehnt, dachte Jennifer.

Gut gelaunt orderte sie sich einen Caipirinha und prostete Mister Lenfield, der ein Bier trank, zu. »Auf das Gelingen!«

»Auf unseren Erfolg!«, erwiderte Mister Lenfield, der Jennifer immer wieder bewundernd ansah. »So kann Ihnen kein Mann widerstehen, und schon gar nicht Ihr eigener.«

Während sie ihren Plan noch einmal in allen Einzelheiten durchsprachen, genehmigte sich Jennifer noch drei weitere Drinks, bis Mister Lenfield die Stirn runzelte.

Jennifer lachte, als sie das sah. »Wollten Sie etwas sagen, mein Freund?«

Mister Lenfield schien mit sich zu kämpfen, ob er wirklich seine Meinung offen kundtun sollte.

»Sie finden, ich trinke zu viel, oder?«, lachte Jennifer, während sie sich ungeachtet seiner stummen Kritik noch einen Caipirinha bestellte.

»Das zu beurteilen steht mir nicht zu, Misses Taylor, aber ich denke, Sie sollten morgen einen klaren Kopf haben.«

»Lassen wir doch das dumme förmliche Gerede, zumal Sie die Misses Taylor schnellstens vergessen sollten. Stellen Sie sich vor, Sie nennen mich morgen so. Das wäre eine Katastrophe. Ich bin Jennifer. Und Sie?«

»Joseph. Ich heiße Joseph«, sagte der Anwalt freudig erregt.

»Dann zum Wohl, Joseph. Und schauen Sie mich bitte nicht so an. Das ist der letzte Drink. Und dann ab ins Bettchen«, verkündete Jennifer lachend. Sie spürte ja selbst, dass sie schon ein wenig betrunken war, aber im Rausch konnte sie am besten vergessen, was Jürgen ihr angetan hatte. Dann schien plötzlich alles so leicht, und die Bilder aus Cape Forchu verschwammen, bis sie völlig verschwunden waren und erst zurückkehrten, sobald die Wirkung des Alkohols nachließ. Deshalb hatte sie sich in Darwin angewöhnt, schon morgens zum Frühstück ein wenig Champagner zu trinken, was sie über den Tag fortgesetzt hatte, aber da sie niemals richtig betrunken gewesen war, hatte es in der Klinik keiner bemerkt. Aber für den heutigen Tag war die Grenze erreicht. In dem Punkt musste sie ihrem Beschützer wohl oder übel recht geben. Deshalb stand sie, kaum dass sie den letzten Drink ziemlich hastig getrunken hatte, auf. Joseph, der noch ein halbes Bier vor sich stehen hatte, sprang ebenfalls hoch und unterzeichnete an der Bar die Rechnung für die Zeche.

»Aber das hätten Sie doch nicht übernehmen müssen«, bemerkte Jennifer leicht tadelnd.

»Habe ich gern getan. Wenn alles gut geht, dann wird es unser letztes gemeinsames Gelage gewesen sein«, erwiderte er, und es war ihm anzusehen, dass ihm der Gedanke daran nicht besonders behagte.

»Ach, Joseph, das ist doch gar nicht gesagt. Sie sind dann ganz offiziell mein Retter, schon vergessen? Da kann ich Sie jederzeit treffen, wenn Sie zufällig in New York sind. Das wird auch mein Göttergatte verstehen. Und Sie sind ja nun auch nicht gerade der Typ Mann …« Jennifer unterbrach sich hastig.

»Ich habe schon verstanden, auf einen wie mich wird Ihr Gatte sicher nicht eifersüchtig sein«, seufzte Joseph.

»Ach, das habe ich doch nicht so gemeint«, schwindelte Jennifer, während sie sich bei ihrem Vertrauten unterhakte und sie gemeinsam zum Fahrstuhl gingen.

Joseph hatte zwei nebeneinanderliegende Zimmer gebucht. Vor ihrer Tür blieben sie kurz stehen.

»Ich weiß gar nicht, wie ich Ihnen für alles danken soll«, sagte Jennifer rührselig und mit leicht verwaschener Stimme, bevor sie Joseph freundschaftlich in den Arm nahm und fest drückte.

Dann löste sie die Umarmung und verschwand in ihrem Zimmer. Ich habe wohl doch ein bisschen zu viel getrunken, dachte sie, als sich das stilvoll eingerichtete Zimmer leicht vor ihr zu drehen begann. Sie schaffte es dennoch, unbeschadet ins Bett zu gelangen, nicht ohne sich eine kleine Flasche Champagner aus der Minibar zu greifen. Einen winzigen Schluck noch, damit ich besser schlafen kann, sagte sich Jennifer und öffnete sie geräuschlos. Denn an diesem Abend suchten sie ganz andere Geister der Vergangenheit heim, die sich auch durch den Alkohol nicht verscheuchen ließen. Vor ihrem inneren Auge tauchte immer wieder Noah auf, wie er sie von der Weihnachtsfeier im »Windows of the World« gezerrt hatte. Wenn er nur geahnt hätte, wie anziehend sie ihn in dem Augenblick, als er wie ein rasender Stier auf die Tanzfläche gestoben war, gefunden hatte, niemals hätte er sie dann im Fahrstuhl so entsetzlich waidwund angesehen, und niemals hätte er sich dafür entschuldigt, dass er sie grob am Arm gepackt hatte …

»Prost, Noah!« Jennifer erhob ihr Glas. »Ich werde deine Weichheit und deine Schwäche schon lieben lernen. Versprochen! Denn du bist der beste Vater für meine Kinder, den ich mir überhaupt vorstellen kann. Du wolltest doch immer eine Familie! Jetzt erfülle ich dir deinen sehnlichsten Wunsch. Ich kann noch Kinder kriegen, sagt der Arzt, aber wir müssen uns beeilen, Schatz. Ich werde bald neununddreißig. Das Erste sollte ich vor meinem vierzigsten Geburtstag bekommen!«

Kaum hatte Jennifer diesen Trinkspruch vollendet, fielen ihr die Augen zu, und das Glas glitt ihr aus der Hand, während sie wie betäubt in die Kissen sank und zu schnarchen begann. Weder die Nässe auf ihrem Kopfkissen noch der Geruch nach Alkohol, der ihr in die Nase zog, konnten ihren berauschten Schlaf stören.

42.

An diesem herbstlichen Samstag machten Julia, Noah und Susanne einen ausgiebigen Spaziergang an einem der langen einsamen Sandstrände. Kein Wölkchen stand am Himmel, und der Wind wehte mäßig. Julia hatte sich bei Noah und ihrer Mutter untergehakt und genoss das herrliche Wetter und die Natur. Sie hatte den Entschluss gefasst, bei ihrem Zeitplan zu bleiben und das Ende von Susannes Bestrahlungen abzuwarten. Trotz der vielen anstrengenden Behandlungen war ihre Mutter guter Dinge. Ihr machte das Ganze körperlich wesentlich weniger zu schaffen, als man es ihr in der Vorbesprechung prophezeit hatte. Ihre Haut an der linken Brust war zwar etwas gerötet, und sie war direkt nach den Terminen etwas erschöpft, aber sie beklagte sich nicht, sondern strahlte Zufriedenheit aus. Natürlich hatte sie sich inzwischen mit sämtlichen Heilerinnen in Montauk angefreundet und ein brennendes Interesse an dem Montauk-Projekt entwickelt. Jedenfalls verschlang sie reihenweise die Bücher von Preston B. Nichols, in denen er beschrieb, wie die Regierung über die Radaranlage eines in Montauk befindlichen ehemaligen Militärcamps versucht habe, die Gedanken der Amerikaner fernzusteuern. Außerdem hatte sie eine Yoga- und eine Meditationsgruppe im Ort ausfindig gemacht.

Sie ging Julia jedenfalls überhaupt nicht auf die Nerven, wie sie es anfangs befürchtet hatte. Im Gegenteil, durch ihre Anwesenheit im Haus, verbunden mit ihrem unermüdlichen Unternehmergeist hatte Julia Montauk, das wegen seiner Lage am äußersten Zipfel von Long Island auch »The End« genannt wurde, noch einmal ganz anders kennen und lieben gelernt. Gerade jetzt im Herbst, wo die Strände nicht mehr von Surfern und Tagestouristen übervölkert waren, sondern überall Angler ihr Glück versuchten, übte dieser Flecken Erde eine geradezu magische Anziehungskraft aus. Besonders das Licht hatte es Julia angetan. Es war klar, und zugleich schienen die Farben seltsam gedämpft und keine eindeutigen Konturen zu besitzen. Wenn sie den Strand entlangblickte, konnte sie kein Ende sehen, weil alles vom Nebel der verdampfenden Gischt eingehüllt war. Und auch der Geruch nach Salz und Pinien schien Julia intensiver geworden zu sein.

Sie fühlte sich plötzlich an die Insel Sylt erinnert. Dort hatte sie mit ihrer Mutter und Jennifer oft den Sommerurlaub verbracht. Susanne hatte eine Schulfreundin, die in Rantum ein Haus besaß, in dem sie kostenlos wohnen durften, weil Susanne im Gegenzug den kleinen Garten zum Blühen brachte. Kaum waren Julias Gedanken an die Ferien auf Sylt abgeschweift, fiel ihr sofort wieder eine unangenehme Geschichte mit ihrer Schwester ein. Als ihre Mutter einmal für ein paar Tage beruflich nach Hamburg hatten fahren müssen, hatte Jennifer die Gelegenheit genutzt, eine wilde Party im Haus steigen zu lassen, in deren Verlauf jemand betrunken in die Vitrine mit dem teuren Geschirr geflogen war. Dabei hatte Julia ihre Schwester im Vorweg angefleht, doch lieber eine Strandparty zu machen, doch wie immer war sie bei ihr auf taube Ohren gestoßen. Als dann das Geschirr zu Bruch gegangen war, hatte Jennifer von ihr verlangt, den Mund zu halten. Ihre Schwester hatte der Mutter vorgeschwindelt, dass sie mit nackten Füßen ausgerutscht und in die Vitrine gestürzt wäre. Natürlich war auch diese Lüge rausgekommen, weil Nachbarn sich bei Susanne über den Lärm in jener Nacht beschwert hatten. Und wieder hatte ihre Mutter alles ausgebadet und sowohl eine neue Vitrine gekauft als auch sämtliches Geschirr ersetzt.

Julia versuchte energisch, die Erinnerung an diesen Vorfall abzuschütteln, denn sie hatte es in den letzten Tagen tatsächlich geschafft, nicht mehr an Jenny zu denken, und wehrte sich dagegen, dass sie erneut Besitz von ihren Gedanken ergriff.

»Ach Kinder, ist das paradiesisch hier. Und ich dachte immer, Gomera sei mein Zuhause, aber hier ist eine Energie, die mich geradezu fesselt.«

Noah warf Julia einen belustigten Blick zu, bevor er sagte: »Also, ich habe da einen Patienten, der Wohnungen direkt am Hafen vermietet, aber im Winter würde dir das bestimmt zu einsam werden.«

»Ach, das weiß ich gar nicht«, widersprach Susanne. »Ich stelle mir das vor wie Dänemark im Winter. Weißt du noch, wie wir immer über Weihnachten ein Häuschen in den Dünen hatten?«

Julia nickte. Natürlich erinnerte sie sich daran und auch an die Tatsache, wie sich Jennifer jedes Jahr erneut vor diesen Ferien in der idyllischen Natur der Nordseeküste gedrückt hatte, bis Susanne es schließlich aufgegeben hatte.

Komisch, dachte sie, die Vorstellung, dass meine Mutter mit dem Gedanken spielt, womöglich in Amerika zu bleiben, hätte mich vor wenigen Wochen noch total erschreckt. Aber inzwischen fand sie es gar nicht mehr so schlimm. Natürlich ahnte sie den tieferen Grund, weshalb sie dieser Idee nicht mehr so ablehnend gegenüberstand. Es war das Gespräch über die Zukunft, das sie am letzten Wochenende mit Noah geführt hatte. Er hatte ziemlich deutlich gemacht, dass er sich eine Familie wünschte. Zunächst hatte Julia mit Abwehr reagiert. Einmal davon abgesehen, dass eine Kleinfamilie nicht das war, was sie sich in ihren kühnsten Träumen vorstellte, fand sie solche Planungen etwas gewagt, angesichts dessen, was noch auf sie beide zukommen würde, sobald sie Noah die Wahrheit gesagt hatte. Doch dann hatte Noah seinem Wunsch so liebevoll und überzeugend Ausdruck verliehen, dass sich Julia fast ein wenig in seine Sehnsucht verliebt hatte. Das klang alles so friedlich und gesund, dass sie zumindest in Gedanken einmal durchgespielt hatte, wie ihr Leben dann aussehen könnte. Sich überhaupt damit zu beschäftigen hatte Julia ganz weich und entspannt werden lassen. Und wenn sich nicht urplötzlich Jonas als Störenfried in dieses Szenario eingeschlichen hätte, wäre sie am liebsten schon in jener Nacht zur Tat geschritten. Dass sie diesen Mann nicht aus dem Kopf bekam, war der Grund, warum sie Noah ein wenig vertröstet hatte. Ja, sie könnte sich das durchaus vorstellen, aber dazu sollten sie mindestens ein Jahr zusammen sein … Noah fand ihren Einwand, nichts zu überstürzen, sehr vernünftig. Aber nun, da diese Option überhaupt im Raum stand, beschäftigte sich Julia in Gedanken weiterhin damit. Und dann wäre eine Großmutter in der Nähe natürlich ein großer Luxus, zumal sie sich nicht vorstellen konnte, ihre Arbeit aufzugeben.

Julia fing einen verschwörerischen Blick von Noah auf. Er zwinkerte ihr zu. Offenbar hatte er gerade Ähnliches gedacht. Das kam häufig vor, dass sie zur selben Zeit denselben Gedanken hatten. Seit Julia sich nicht mehr mit ihrem schlechten Gewissen plagte, weil sie das Geheimnis vorerst für sich behielt, hatten sie sich wieder sehr angenähert. Ob er immer noch eine Familie mit mir möchte, wenn er erfährt, dass Jennifer noch lebt?, durchfuhr es sie in diesem Augenblick eiskalt.

Ach, wie sehr wünschte sich Julia, dass die Sache mit Jenny nichts zwischen ihnen zerstören würde. Wenn unsere Beziehung das unbeschadet übersteht, dann werde ich auch keinen Gedanken mehr an Jonas verschwenden. Das passiert doch nur, weil ich Angst habe, dass das mit Noah wegen des ganzen Drecks keine Zukunft hat, dachte sie entschlossen.

»Was haltet ihr davon, wenn wir jetzt diese wunderbaren Montauk-Muscheln mit Butter essen?«, schlug Susanne vor.

Seit sie diese Spezialität zum ersten Mal probiert hatte, konnte ihre Mutter nicht genug davon bekommen. Julia verstand das sehr gut, denn sie konnte diese herrlich frischen Muscheln auch immer wieder essen.

»Ich bin dabei«, entgegnete sie.

»Gut, Mädels, dann machen wir uns jetzt auf den Rückweg und fahren ins ›Gosman's steamers‹ essen«, pflichtete Noah den beiden Frauen bei, bevor er Julia ins Ohr flüsterte: »Ich liebe dich!«

»Ich dich auch«, raunte sie aus vollem Herzen zurück. Dies ist einer dieser Augenblicke im Leben, die man am liebsten anhalten und bis in die Ewigkeit auskosten möchte, dachte Julia mit einer Spur Wehmut, weil sie im Gegensatz zu Susanne und Noah wusste, was für eine harte Prüfung noch auf sie zukommen würde. Und das konnte sie leider auch in diesem wunderschönen Moment nicht vollständig vergessen.

43.

Zufrieden und satt kehrten Julia, Susanne und Noah nach dem Muschelessen zurück. Es war bereits später Nachmittag, und sie waren sich einig, noch eine verspätete Mittagsstunde einzulegen. Julia war zwar sehr müde, doch Noah hatte so ein Glitzern in den Augen, das ihr signalisierte, dass es vorerst mit Schlafen nichts werden würde.

Sie hatten sich gerade ins Bett gekuschelt, als es an der Haustür läutete.

»Wer stört denn an einem Samstagnachmittag?«, fragte Noah genervt und setzte sich auf.

Julia zuckte die Achseln.

»Keine Ahnung, ich erwarte jedenfalls keinen Besuch. Vielleicht stellen wir uns einfach tot«, lachte Julia und zog ihn zurück in die Kissen.

»Gute Idee«, raunte er und küsste sie, doch bevor der Kuss leidenschaftlicher werden konnte, klingelte es erneut, dieses Mal nachdrücklicher.

Seufzend löste sich Noah aus Julias Umarmung. »Ich fürchte, das ist ein Notfall. Ein Nachbar, der von der Leiter gefallen ist oder jemand, der sich an einer Hummerschere geschnitten hat«, scherzte er.

»Dann geh besser, aber wenn du zurückkommst, schlafe ich tief und fest.« Julia kuschelte sich unter die Decke.

Stöhnend suchte Noah seine Sachen zusammen und zog sich hastig an. Wieder klingelte es Sturm.

»Das muss aber wirklich ein Notfall sein«, bemerkte Julia und sah ihm verträumt hinterher. Sollte ich doch noch mein Glück mit Noah finden?, dachte Julia, denn so entspannt, wie es gerade zwischen ihnen lief, fühlte sich alles rundherum richtig an. Sie spürte, dass sie wirklich in ihn verliebt war, seit sie nicht mehr ständig an Jonas dachte.

Sie drehte sich zufrieden auf die Seite, da erklang ein mörderischer Schrei. Julia fuhr hoch. Es klang nach Noahs Stimme, wenngleich sie sich merkwürdig anhörte. Oh Gott, ein Überfall!, schoss es ihr durch den Kopf. Gerade neulich hatte sie eine Meldung auf dem Tisch über eine gewalttätige Bande, die auch am helllichten Tage bei Bewohnern abgelegener Villen klingelte und sie ausraubte.

Julias Herz klopfte bis zum Hals. Mit zitternden Knien zog sie sich ihre Jeans an und lauschte. Nun war alles still. Gespenstisch still sogar! Was sollte sie tun? Kein Telefon war greifbar. Ihr Handy hatte sie auf dem Esstisch liegen gelassen. Während sie fieberhaft überlegte, was sie tun könnte, zerriss ein weiterer Schrei die Stille. Das war Susanne! Julia rannte aus dem Zimmer die Treppe hinunter.

Als sie keinen Menschen sah, hielt sie den Atem an. Dann hörte sie aufgeregte Stimmen, die von der Sitzecke kamen. Auf Zehenspitzen schlich sie sich bis zu einem Pfeiler und riskierte einen Blick. Bei dem, was sie jetzt sah, drohte ihr Herzschlag auszusetzen. Dort auf dem Sofa saß Schneewittchen! Aber nicht im gläsernen Sarg, sondern quicklebendig. In Julias Kopf rasten die Gedanken wie in einem sich immer schneller drehenden Karussell. Sie zuckte zurück. Ihr Herz klopfte zum Zerbersten. Ihr erster Impuls war, zu flüchten, sich aus dem Staub zu machen.

Die Stimmen wurden lauter, besonders die ihrer Schwester. »Freut sich denn keiner, dass ich mein Gedächtnis zurückhabe?« Es klang theatralisch. Was treibt Jennifer für ein abgefeimtes Spiel?, fragte sich Julia angestrengt, was immer es war, sie befürchtete, dass es ein ganz teuflisches Spiel sein musste. Wieso war sie ausgerechnet bei Noah aufgetaucht? Julia zitterte vor Aufregung am ganzen Körper, während sie zwischen zwei Möglichkeiten – Flucht oder sich dem Unausweichlichen stellen – schwankte. Schließlich siegte ihr Verstand. Sie hatte gar keine Wahl, als sich der Situation zu stellen.

»Was ist denn hier los?«, fragte sie mit bebender Stimme, während sie aus der Deckung trat.

Noah drehte sich zu ihr um. Er war aschfahl und schien um Jahre gealtert. »Deine Schwester ist, ja, sie ist …« Sein Gestammel wurde durch das laute Gejammer ihrer Mutter unterbrochen. »Ich habe es doch gewusst, sonst hätte ich doch Kontakt mit ihr im Jenseits aufnehmen können.«

Der drohende Blick, den Jennifer Julia in diesem Augenblick zuwarf, ließ ihr förmlich das Blut in den Adern gefrieren. In den Augen ihrer Schwester stand geschrieben: Sag jetzt nichts Falsches! Du würdest es bitter bereuen!

Julia schaffte es, trotz ihrer zitternden Knie, zu der Sitzecke zu gelangen, wo sie sich in einen rettenden Sessel fallen ließ. Jetzt erst nahm sie einen rundlichen, gutmütig wirkenden älteren Herren wahr, der sie interessiert musterte.

»Das ist meine Schwester«, klärte Jennifer ihn auf.

»Was machst du hier?«, fragte Julia und bereute sogleich, so eine verräterische Frage gestellt zu haben, denn die Blicke der anderen signalisierten ihr, wie unangebracht sie in dieser Lage war. Klar, ich hätte fragen müssen. »Du lebst?«, und ihr wahrscheinlich noch um den Hals fallen müssen, dachte Julia bitter.

»Vielleicht könnten Sie ihr das erklären, Mister Lenfield. Sie sind emotional am wenigstens involviert«, schlug Jennifer vor, während sie weiterhin Julias Blick suchte. Immer noch sprach eine unverhohlene Drohung aus den Augen ihrer Schwester. Julia kämpfte mit sich. Vielleicht sollte sie das völlig ignorieren und jetzt die ganze Wahrheit sagen, ungeachtet der möglichen

Folgen für ihre Beziehung zu Noah, doch da hatte Jennifers Begleiter bereits das Wort ergriffen.

»Mein Name ist Lenfield. Ich bin zurzeit in einer beruflichen Angelegenheit in New York. Und als ich heute Mittag einen Spaziergang im Central Park machte …«

»Willst du deine Schwester nicht erst mal umarmen?«, mischte sich Susanne in beinahe hysterischem Tonfall ein.

»Ich würde gern erst einmal erfahren, wieso Jenny von den Toten wieder auferstanden ist. Bitte erzählen Sie weiter. Dann können wir immer noch Pieppieppiep-wir haben-uns-alle-lieb spielen«, bemerkte Julia bissig.

In diesem Augenblick spürte sie, wie sich eine eiskalte Hand auf ihre legte. Sie zuckte zusammen und wandte den Blick nach rechts. Es war Noahs Hand. Er blickte sie fassungslos an und schüttelte stumm den Kopf. »Ich kann das alles nicht glauben. Das kann doch nicht wahr sein …«, stammelte er.

»Ach so? Bist du jetzt … mit meinem Mann zusammen.« Jennifer wandte sich Hilfe suchend an Mister Lenfield. »Dann stören wir wohl. Ich denke, wir sollten gehen …«

Noah zog hastig seine Hand weg, als hätte man ihn bei einem Fehltritt ertappt.

»Nein, Kind, du bleibst. Versteh doch, dass wir das erst alle begreifen müssen«, warf Susanne verzweifelt ein.

Julia spürte, wie ihr übel wurde. Was die Hexe auch immer herführte, Julia würde ihr kein Wort glauben, was sie auch immer zum Besten geben würde. Sie hegte keinen Zweifel: Jennifer führte eine widerliche Schmierenkomödie auf. Erneut verspürte sie den drängenden Impuls, alles zu erzählen, was sie wusste, doch wieder war dieser Mister Lenfield schneller.

»Natürlich kann ich verstehen, dass Sie alle völlig außer sich sind, aber ich würde Sie gern auf den Stand der Dinge bringen. Damit Sie verstehen, dass auch Misses Goldstein nicht ganz bei sich ist, nach allem, was sie durchgemacht hat.«

Julia lehnte sich in ihrem Sessel zurück. Da bin ich ja mal gespannt, dachte sie und versuchte krampfhaft, gegen die aufkeimende Übelkeit anzuatmen. Sie wollte sich ungern vor allen erbrechen, obwohl das wenigstens eine ehrliche Reaktion wäre, fügte sie in Gedanken hinzu.

»Also, wie gesagt, Misses Goldstein also, deren Namen ich zu dem Zeitpunkt noch nicht kannte, saß zusammengesunken auf einer Bank: Erst dachte ich, sie sei betrunken, doch als ich näher kam, sah ich das Blut auf ihrem Kopf. Auf meine Nachfrage konnte sie sich an nichts erinnern. Sie stammelte etwas von Staub und Kerosin. Ich sah mir ihren Kopf näher an. Sie blutete aus einer Platzwunde …«

»Aha, und wo ist der Verband?«, unterbrach ihn Julia in scharfem Ton.

»Julia, was ist bloß in dich gefahren?«, warf Susanne entgeistert ein.

»Ich meine doch nur, wenn sie eine Platzwunde erlitten hat, wird sie ja versorgt worden sein.«

»Julia«, ermahnte sie nun auch Noah. »Das spielt doch jetzt keine Rolle.«

»Oh doch, schon. Darf ich mal sehen?« Julia stand abrupt auf und näherte sich ihrer Schwester.

»Julia!«, schimpfte Susanne, doch Julia musterte ihre Schwester durchdringend. »Darf ich?«

»Aber bitte. Ich versteh doch, dass du völlig durcheinander bist.« Jennifer wandte sich an Noah und ihre Mutter. »Nehmt ihr das bitte nicht übel. Das ist wohl wirklich der Schock.«

Julia zögerte, aber dann strich sie mit zitternden Fingern das Haar ihrer Schwester am Hinterkopf beiseite und erstarrte. Das hatte sie nicht erwartet. Es gab tatsächlich eine Wunde.

In diesem Augenblick konnte sie ihre Übelkeit nicht länger zurückhalten. Der Brechreiz überfiel sie derart eruptiv, dass sie sich einem Strahl erbrach, und zwar auf Jennifers rotes Etuikleid und den Boden. Ihre Schwester schrie auf, bevor sie aufsprang und ins Bad rannte.

Susanne eilte in die Küche und holte Tücher, während Noah dem Ganzen wie paralysiert zusah. Julia wischte sich den Mund ab, setzte sich zurück in ihren Sessel, als wäre nichts geschehen, und warf Mister Lenfield einen auffordernden Blick zu. »Erzählen Sie ruhig weiter!«

Mister Lenfield schien verunsichert. Erst, als Noah ihn mit heiserer Stimme bat, sie weiter über das Geschehene aufzuklären, fuhr er zögernd fort.

»Ja, und ich schaffte es dann, dass sich die junge Frau etwas beruhigte. Sie erzählte mir, dass sie Australierin und ihr Name Nora Lang sei. Und dass sie nach New York gekommen sei, um an einem internationalen Symposium für Architekten teilzunehmen. Und dann sei sie überfallen worden und ihre Handtasche mit allen Papieren sei weg. Und dass sie ohnmächtig gewesen sei und nun eine Erinnerung habe, die sie nicht einordnen könne. Sie behauptete, am 11. September 2001 im World Trade Center gewesen zu sein.«

»Aha, und Sie sind nicht auf den Gedanken gekommen, sie in ein Krankenhaus zu bringen?«, hakte Julia in scharfem Ton nach.

»Julia, bitte. Ich verstehe ja, dass du durcheinander bist, aber das ist doch kein Verhör«, wandte Noah schwach ein.

Julia aber ignorierte seine Worte und musterte Mister Lenfield lauernd.

»Und?«

»Aber natürlich habe ich die junge Dame sofort in eine Klinik gebracht. Dort stellte man fest, dass sie eine Gehirnerschütterung erlitten hatte …«

»… verbunden mit einer Amnesie, nehme ich mal an«, unterbrach Julia ihn spöttisch.

»Julia, jetzt hörst du aber auf!«, schimpfte Susanne, die inzwischen das Erbrochene vom Boden wischte.

»Schon gut, gnädige Frau, jeder reagiert anders unter Schock. Ihre Tochter ist eben eher offensiv.«

Julia funkelte Mister Lenfield wütend an. Wenn der wüsste, dass meine Schwester ihn nach Strich und Faden verarscht, von wegen Australierin, ging ihr aufgebracht durch den Kopf, und überhaupt, wie sie uns alle verarscht. Nur der Gedanke daran, dass sie Jennifer gleich als Lügnerin entlarven würde, tröstete sie ein wenig darüber hinweg, dass in diesem Moment alle gegen sie waren.

»Ja, und in der Klinik setzte die Erinnerung wieder ein, aber nicht an ihr Leben in Australien, das war wie ausgelöscht …«, fuhr Mister Lenfield fort.

»O Wunder!« Julia warf einen Seitenblick zu Noah, der aber immer noch wie betäubt zu sein schien. Offenbar hatte der Schock ihn schachmatt gesetzt. Wie er wohl reagieren wird, wenn er erfahren muss, dass ich gewusst habe, dass sie lebt, dachte sie besorgt. Ob er mir das je verzeihen wird?

In diesem Augenblick kehrte Jennifer aus dem Bad zurück. Sie trug ein neues Kleid und sah wieder aus wie aus dem Ei gepellt.

»Wo hast du das denn so schnell her?«, fragte Julia skeptisch.

»Aus meinem Koffer.« Wieder warf Jennifer ihr einen warnenden Blick zu.

»Ach, du hattest deinen Koffer mit im Park?«, hakte Julia spöttisch nach.

»Wenn ich das jetzt vielleicht einmal zu Ende erzählen dürfte«, ereiferte sich Mister Lenfield in leicht vorwurfsvollem Ton. »Und zwar der Reihe nach. Ich würde Sie bitten, sich Ihre Fragen aufzusparen, bis ich fertig bin. Ich meine, ich bin zwar nicht so beteiligt wie Sie alle, aber das alles hat mich natürlich auch sehr mitgenommen.«

Julia rollte genervt mit den Augen, doch sie schwieg.

»Gut, noch in der Klinik kamen Misses Goldstein plötzlich die Erinnerungen an ihr früheres Leben. Sie wusste, dass sie den Anschlag auf die Türme damals überlebt hatte und dass sie mit schweren Verletzungen in einem Krankenhaus gewesen sei, aber nicht, wie sie von der Klinik nach Australien gelangt war. Dafür fiel ihr ein, dass sie Goldstein geheißen hatte und ihr Mann Arzt in einer Klinik in Southampton gewesen sei. Wir haben natürlich sofort dort angerufen, und man teilte uns mit, dass Dr. Goldstein freihabe. Nachdem ich den Sachverhalt deutlich dargestellt hatte, gab man uns Ihre Privatadresse, Dr. Goldstein. Ich beschloss, Misses Goldstein hierherzubringen. Ihr fiel dann ein, dass sie in einem Hotel nahe des Central Parks abgestiegen war, und von dort holten wir ihren Koffer. Und tatsächlich, sie hatte als Nora Lang eingecheckt. Ich habe die Rechnung übernommen, da sie kein Geld mehr hatte, und habe sie dann hierher begleitet. Sie wollte nur eines: so schnell wie möglich nach Hause zu ihrem Mann. So, und nun wissen Sie, was passiert ist.«

»Du wolltest also unbedingt zu deinem Mann, den du vierzehn Jahre nicht mehr gesehen hast?«, fragte Julia in schneidendem Ton.

»Ja, ich wollte nach Hause. Kannst du das nicht verstehen, dass das auch für mich ein Schock gewesen ist?«

Julia atmete tief durch. Sie hatte genug Unsinn gehört und wollte der Farce endlich ein Ende bereiten.

»Aber sicher, nur frage ich mich, wie du gleichzeitig im fernen Australien und in …« Weiter kam sie nicht, weil Jennifer einen spitzen Schrei ausstieß.

»Ich verstehe, dass dir meine Rückkehr in mein Haus nicht in dem Kram passt, aber kannst du nicht endlich aufhören, mich wie eine Verbrecherin zu behandeln? Verstehst du nicht? Ich werde Jahre der intensiven therapeutischen Behandlung benötigen, bis ich dieses Trauma überwunden habe, falls das überhaupt möglich ist!«, stieß Jennifer verzweifelt hervor, woraufhin Susanne sich neben sie auf das Sofa setzte und sie in den Arm nahm. Jennifer brach in lautes Schluchzen aus.

Diese verdammte Heuchlerin, durchfuhr es Julia angewidert, aber da kann sie noch so viel Show machen, ich werde die dreckige Wahrheit auf den Tisch des Hauses bringen, und zwar sofort!

»Jennifer! Du hast die Wahl. Entweder du oder ich!«

»Aber Kinder, das kann doch nicht sein, dass alles noch einmal von vorne losgeht. Jennifer will dir bestimmt nicht Noah nehmen«, stieß Susanne verzweifelt hervor.

In diesem Augenblick begriff Julia, dass sie sich missverständlich ausgedrückt hatte. Sie hatte doch damit sagen wollen, dass entweder Jennifer die Wahrheit sagen würde oder sie würde es tun. So hatte sich das angehört, als würde es darum gehen, dass nur eine der Schwestern Noah haben konnte.

»Bitte redet nicht über mich, als ob ich nicht anwesend wäre. Obwohl ich mich in einem Schockzustand befinde, bekomme ich doch alles mit. Also bitte, redet mit mir, nicht über mich!«, mischte sich Noah gequält ein.

»Gut, dann werde ich mit euch reden müssen. Es gibt etwas, das ihr unbedingt wissen solltet. Und was ich längst hätte …«

»Julia!«, unterbrach Jennifer ihre Schwester. »Ich glaube, wir beide sollten uns mal kurz unter vier Augen unterhalten!«

»Das ist eine sehr gute Idee. Sprecht ihr euch erst mal aus«, pflichtete Susanne ihrer älteren Tochter eifrig bei.

»Gut, dann komm!«, befahl Julia und stand auf. »Lass uns ein paar Schritte gehen.«

Bebend vor Zorn und ohne sich noch einmal umzudrehen, verließ Julia das Haus. Jennifer aber zögerte. Stattdessen blickte sie bedauernd in die Runde und raunte Noah mit honigsüßer Stimme zu: »Sie kriegt sich schon wieder ein. Und wir werden natürlich nicht über deinen Kopf hinweg entscheiden, Liebling.« Erschrocken schlug sie sich die Hand vor den Mund. »Oje, das dürfte ich vielleicht gar nicht mehr sagen. Sei mir nicht böse, aber das ist so drin.«

»Ist schon in Ordnung«, erwiderte Noah schwach.

Jennifer schenkte ihm ein dankbares Lächeln, bevor sie ihrer Schwester folgte und ihr Lächeln zu einem triumphierenden Grinsen wurde.

44.

»Was soll das Theater? Warum lügst du? Warum sagst du verdammt noch mal nicht die Wahrheit?«, fuhr Julia Jennifer an, kaum dass die Haustür hinter ihr ins Schloss gefallen war.

Jennifer sah ihre Schwester mit unschuldiger Miene an.

»Ich weiß wirklich nicht, wovon du sprichst, aber ich verstehe deine Angst. Du denkst natürlich, dass ich dir Noah noch einmal ausspanne, so wie damals.«

»Ach? Das kannst du erinnern? Merkwürdige Amnesie, unter der du da leidest.«

Jennifer legte ihr beschwichtigend die Hand auf den Unterarm, doch Julia forderte sie schroff auf, das zu unterlassen. »Ich falle nicht auf dein Theater rein!«

»Wovon spricht du, Süße?«

»Hör auf mit dem Scheiß! Sag mal, hast du überhaupt keine Sorge, dass ich denen da drinnen gleich die ganze Wahrheit sage? Dass wir nämlich die gute Misses Taylor in Yarmouth gesehen haben? Dass du dich hast verleugnen lassen? Dass ich deinem Wagen hinterhergerannt bin? Und dass ich am Flughafen deinen Führerschein gefunden habe, nachdem du vor mir weggerannt bist?«

Jennifer sah ihre Schwester an wie einen Geist.

»Ich verstehe kein Wort. Wer ist Misses Taylor?«

Diese unverschämte Lüge verblüffte Julia dermaßen, dass ihr die Worte fehlten. Ihr Atem ging stoßweise.

»Ist dir nicht gut?«

Julia rang um ihre Fassung, und am liebsten hätte sie ihrer

dreisten Schwester eine satte Ohrfeige versetzt. Und wenn sie es nicht besser wüsste, sie würde wahrscheinlich ebenfalls auf diese Show reinfallen.

»Ich habe einen Zeugen, der dich ebenfalls erkannt hat und das jederzeit beschwören würde, dass du als erfolgreiche Architektin in Yarmouth gelebt hast. Von wegen Australien. Ich weiß nicht, was der Mist soll, aber ich werde jetzt gleich wieder zu den anderen gehen und sie darüber aufklären, wenn du nicht selber den Mut dazu aufbringst. Weißt du eigentlich, was du Susanne und mir angetan hast, deinen Tod vorzutäuschen?«

»Julia, komm endlich zu dir. Du fantasierst. Aber bitte, geh nur und erzähl ihnen diese absurde Geschichte. Das wird dir kein Mensch abnehmen. Ich befürchte, die würden dich einweisen lassen.«

»Dann werde ich wohl Jonas bitten müssen, nach Montauk zu kommen und meine angebliche Spinnerei als Wahrheit zu bestätigen.«

»Wer in aller Welt ist Jonas?«

Julia rollte genervt mit den Augen. »Dein damaliger Kollege, mit dem du Noah nach eurer Hochzeit betrogen hast. Und ich denke, Noah wird ihm bestimmt glauben!«

»Das ist doch Wahnsinn, was du da von dir gibst. Du warst doch früher so bodenständig und vernünftig. Ist es deine Angst, ich könnte meinen Mann zurückerobern, die dich so durchdrehen lässt?«

Julia trat bedrohlich auf ihre Schwester zu. »Okay, du willst es nicht anders. Dann werde ich wohl deinen Brief an mich zum Beweis vorlegen müssen. Und danke übrigens, dass du mich als Erbin bedacht hättest.«

Julia konnte dabei zusehen, wie Jennifer sämtliche Farbe aus dem Gesicht wich.

»Ich weiß von keinem Brief. Niemals habe ich dir einen Brief geschrieben!«

Julia entging nicht das leise Zittern in der Stimme ihrer Schwester. Natürlich bedauerte sie in diesem Augenblick zutiefst, dass sie Jonas den Brief in Yarmouth zum Vernichten gegeben hatte, aber das würde sie Jennifer nicht verraten. Nun war sie am Zug, wie sie unschwer an dem nervösen Zucken von Jennifers Mundwinkeln erkennen konnte. »Ja, wie ich schon sagte, ich war damals in deinem Büro, nachdem ich keinen Zweifel mehr daran hatte, dass Misses Taylor nicht deine Doppelgängerin ist. Und den Umschlag, auf dem mein Name stand, habe ich eingesteckt und den Inhalt später gelesen. Übrigens eine ganz miese Nummer, Noah zu einem Sadisten zu degradieren, wobei ich dir durchaus glaube, dass du genau das erlebt hast, was du da beschrieben hast, nur dass dein Peiniger Jürgen hieß!«

»Du weißt von Jürgen?«, fragte Jennifer geschockt.

»Ja, er hat schon bei Noah angerufen und gefragt, wo die Schlampe sei, aber Noah hat das für einen gemeinen Scherz gehalten. Und mir hat er in New York sogar einen Besuch abgestattet. Ich glaube, er ist ziemlich wütend auf dich. Obwohl ich das ziemlich klasse von dir finde, ihn endgültig zu verlassen, bist du offenbar recht rabiat vorgegangen. Hat das was mit der Fehlgeburt zu tun? Ist Jürgen schuld daran?«

Wenn Julia nicht so unendlich wütend auf ihre Schwester gewesen wäre, sie hätte ihr in diesem Augenblick beinahe leidtun können, denn sie war so bleich geworden, dass Julia schon befürchtete, sie würde ohnmächtig. Deshalb hakte sie Jennifer unsanft unter, damit sie nicht umkippen konnte. Sie hatten sich mittlerweile ein ganzes Stück vom Haus entfernt und waren bei den Dünen angekommen.

»Oder willst du dich erst mal in den Sand setzen?«, fragte Julia und wollte Jennifer loslassen, aber die klammerte sich fest an ihre Schwester und brach in Tränen aus. Julia nahm ihr diese Verzweiflung sogar ab. Endlich ein Hauch von Wahrheit, dachte sie und ließ zu, dass Jennifer sich an ihrer Brust ausheulte.

Nach einer gefühlten Ewigkeit löste sich Jennifer aus der Umarmung und sah ihre Schwester aus großen verheulten Augen an.

»Er hat mir so heftig und brutal in den Bauch getreten, dass ich unser Kind verloren habe, und dafür musste ich mich rächen. Verstehst du? Glaubst du, er kommt noch mal wieder?« Aus ihren Augen sprach die nackte Panik.

»Ich glaube eher nein, weil ich ihm versichert habe, du wärest nicht so bescheuert, nach alldem, was du mit deinem Untertauchen angerichtet hast, ausgerechnet zu uns zu kommen«, erwiderte Julia wahrheitsgemäß.

»Aber woher weißt du von der Fehlgeburt?«

»Ich war bei deinem Haus, der Kopie von Noahs Villa. Und auf der Terrasse waren Blutspuren, die keinen anderen Schluss zuließen. Aber das ändert alles nichts an der Tatsache, dass die da drinnen ein Recht haben, die Wahrheit zu erfahren!«

Jennifer stöhnte gequält auf.

»Aber erst verrate du mir mal, warum du Susanne und Noah verschwiegen hast, dass ich noch lebe?«

»Ich wollte mit deinem verdammten Scheiß nichts mehr zu tun haben. Warum bist du eigentlich in Yarmouth vor mir abgehauen?«

»Ich war gerade auf dem Weg, meine Flucht vorzubereiten, und hatte panische Angst, Jürgen zu begegnen.«

»Und nun? Wirst du es ihnen sagen?«

Jennifer wand sich. »Bitte, gib mir Zeit. Ich weiß doch auch nicht, wo mir der Kopf steht. Ich weiß, dass es Wahnsinn ist, ausgerechnet in Noahs Haus zu kommen, aber seit ich dich gesehen habe, bin ich nur noch von dem einen Gedanken getrieben gewesen, dich wiederzusehen und dir alles zu erklären.«

»Du bist meinetwegen nach Montauk gekommen?«, hakte Julia fassungslos nach. »Woher wusstest du, dass ich hier sein würde?«

»Ich konnte eins und eins zusammenzählen, seit ich dich vor meinem Haus in Cape Forchu gesehen habe …«

»Du hast mich doch gesehen?«

Jennifer nickte betroffen. »Ja, vom Fenster aus, aber da war das gerade passiert mit dem Kind, und ich wollte …« Erneut schossen Jennifer Tränen in die Augen. »Und ich hatte fest vor, mich umzubringen.«

»Das hast du dir dann anders überlegt, wie ich sehe«, bemerkte Julia ungerührt.

»Ja, ich will leben.«

»Das heißt, du willst in dein altes Leben zurück, aber das kannst du nicht. Die Zeiten haben sich geändert!«

»Ich weiß. Du bist jetzt die Frau an Noahs Seite. Und deshalb werde ich mich hier nur ein paar Tage erholen und dann in ein neues Leben fern von euch starten. Aber ich werde nicht bei Nacht und Nebel verschwinden, sondern mich verabschieden und mit Susanne und dir in Kontakt bleiben.«

»Wirst du ihnen die Wahrheit sagen?«

Jennifer sah ihre Schwester flehend an. »Wozu, Julia? Wozu? Das würde sie doch nur unnötig verletzen. Wem nützt es, wenn ich bald wieder fort bin? Dann sind doch alle glücklich, dass ich noch lebe, aber wenn sie von alledem erfahren, dann hinterlasse ich einen Riesenscherbenhaufen. Willst du das?«

Julia musste unwillkürlich an ihre Mutter denken und was das für sie bedeuteten würde, wenn sie die ganze Wahrheit erfuhr. Und auch an Noah. Wenn Jennifer wirklich nur für ein paar Tage bleiben würde, dann wäre das Leiden, das sie zwangsläufig mit der Wahrheit verursachen würde, ein hoher Preis. Und auch sie musste sich nicht vor ihrer Mutter und Noah dafür verantworten, dass sie ihnen das alles verschwiegen hatte.

Als könnte Jennifer Gedanken lesen, sprach sie beschwörend auf ihre Schwester ein. »Überleg doch mal. Das wäre doch auch für dich die beste Lösung. Glaubst du, Noah und Mutter könnten dir so einfach verzeihen, wenn sie erfahren würden, dass du sie belogen hast?«

»Ich habe sie nicht belogen. Ich habe sie nur vor dem ganzen Dreck schützen wollen, und zwar so lange, bis Mutter ihre Bestrahlung hinter sich hat.«

»Welche Bestrahlung?«

Julia schilderte Jennifer in knappen Worten, weshalb Susanne überhaupt in die Hamptons gekommen war.

Jennifer schluckte und kämpfte wieder mit den Tränen. Julia nahm ihr in diesem Fall die Betroffenheit ab.

»Und du verschwindest dann wirklich bald?«, fragte sie, obwohl sie wusste, dass sich das in diesem Augenblick sicher unbarmherzig anhören musste.

Jennifer nickte. »Ich verspreche es dir. Lass mir ein paar Wochen Zeit, um mich zu erholen und eine Entscheidung zu treffen, wo ich mir ein neues Leben aufbaue.«

»Wie wäre es mit Australien?«, versuchte Julia zu scherzen.

»Du wirst lachen. Genau das ist mein Plan. Also, überlege es dir reiflich, ob du jetzt alles auf den Tisch legst auf die Gefahr hin, dass du Menschen verletzt …«

Julia fielen Dr. Waynes Worte ein.

»Nicht ich habe ungeheuerliche Dinge getan, um meine Liebsten zu verletzen, sondern du! Ich wäre allenfalls der Bote dieser Nachricht geworden«, unterbrach Julia ihre Schwester in scharfem Ton.

Jennifer senkte schuldbewusst den Kopf. »Du hast ja recht. Und du glaubst gar nicht, wie oft ich das bitter bereut habe, aber Jürgen hat mir keine Wahl gelassen. Er hat mich erst gezwungen, Geld in der Firma zu unterschlagen, und mich dann damit erpresst. Ich hatte keine Wahl, als mein altes Leben hinter mir zu lassen.«

Julia dachte daran, was Jürgen ihr erzählt hatte, und wusste nicht, wem von beiden sie glauben sollte. Im Grunde genommen war ihr das aber auch ziemlich gleichgültig, wer von ihnen die Wahrheit sagte. Sie dachte lediglich an die Zukunft. Wenn Jennifer Montauk wirklich zeitnah verlassen würde, ohne weiteren Unfrieden zu stiften, dann würde es doch wirklich keinem der Beteiligten nützen, wenn Julia nun den ganzen Schmutz vor ihnen ausbreitete.

»Gut, dann halte ich meinen Mund und erspare Noah und Mutter das«, seufzte sie.

Jennifer umarmte Julia stürmisch. »Danke, kleine Schwester. Du wirst sehen, dass ich mich dankbar zeige.«

»Willst du mir wieder was vererben?«, fragte Julia halb im Scherz.

»Ja, das auch, denn ich bin eine vermögende Frau, aber mir ist wichtig, dass wir ab und zu mal telefonieren und dass du mich vielleicht mal in Down Under besuchen kommst«, erwiderte Jennifer sichtlich gerührt.

Julia nahm diese Beteuerungen ihrer Schwester mit einer gewissen Skepsis auf. Obwohl ihre Pläne sehr plausibel klangen und sie ihr nur allzu gern vertrauen würde, blieben starke Restzweifel übrig, ob Jennifer wirklich mit offenen Karten spielte.

45.

Als die Schwestern von ihrem Spaziergang zurückkehrten, wurden sie von Susanne, Noah und Mister Lenfield mit Spannung erwartet. Sie waren noch nicht ganz bei der Sitzecke angekommen, da ergriff Jennifer schon das Wort.

»Unsere Differenzen sind beigelegt. Natürlich bin ich nicht in der Absicht gekommen, in mein altes Leben zurückzukehren. Man kann das Rad nicht zurückdrehen. Ich möchte nur ein paar Wochen bleiben, womit Julia jetzt kein Problem mehr hat …« Sie unterbrach sich, um ihrer Schwester ein Lächeln zu schenken. Julia lächelte gequält zurück, obwohl die Zweifel in ihrem Inneren immer noch heftig rumorten.

»Also, ich möchte ganz bestimmt nichts durcheinanderbringen, und wenn es euch lieber ist, gehe ich auch in ein Hotel …«

»Das kommt gar nicht infrage. Das hier ist auch dein Zuhause«, protestierte Noah. Wie Julia mit einem prüfenden Seitenblick feststellte, war er nicht mehr ganz so blass. Auch wenn sie inhaltlich seiner Meinung war, dass es nicht angebracht wäre, Jennifer ins Hotel abzuschieben, gaben ihr seine Worte trotzdem einen Stich, besonders als er jetzt aufstand und mit ausgebreiteten Armen auf Jennifer zuging. »Entschuldige, dass ich mich wie ein Zombie verhalten habe, aber es war der Schock. Langsam begreife ich, dass dies kein Traum ist, aus dem ich erwache. Ich würde dich jetzt wirklich gern mal in den Arm nehmen.«

Ein Lächeln erhellte Jennifers Miene, als Noah sie in seine Arme schloss. In diesem Augenblick bereute Julia zutiefst, dass sie sich auf diesen Deal mit ihrer Schwester eingelassen hatte. Was, wenn Jennifer ganz andere Pläne verfolgte und sie nichts dagegen unternehmen konnte, ohne dass man sie schief ansah und für eine eifersüchtige Zicke hielt? Sie fröstelte. Kannst du nicht einmal auf das Gute im Menschen hoffen?, fragte sie sich bekümmert. Auf das Gute im Menschen vielleicht, aber nicht auf das Gute in Jennifer, fügte sie in Gedanken hinzu, während sie mit ansehen musste, wie vertraulich Jennifer sich an Noahs Brust schmiegte.

»Ach, Kinder, das ist der schönste Tag in meinem Leben«, seufzte Susanne. »Und dass ihr alles geklärt habt, macht mich so unendlich glücklich.«

Auch unsere Mutter hat sie schon eingewickelt, dachte Julia bitter, sie scheint vor lauter Glück, ihre Tochter wiederzuhaben, vergessen zu haben, zu was Jennifer alles fähig war. Wehmütig dachte sie an die Zeiten, in denen Susanne und sie stets gleichermaßen kritisch gewesen waren, wenn es um Jennifer und ihren Hang zum Lügen ging. In dieser Situation schien Susanne allerdings nicht den geringsten Zweifel an der abenteuerlichen Geschichte, die Jennifer hatte auftischen lassen, zu hegen. Gut, von ihrer Mutter konnte sie das vielleicht auch in diesem Augenblick nicht erwarten, war sie doch einfach nur besoffen vor Glück, ihre tot geglaubte Tochter zurückzuhaben, aber was war mit Noah? Musste er nicht, sobald er endgültig aus dem Schock erwacht und wieder zu sich gekommen war, skeptisch werden? Mussten ihm als Mediziner nicht erhebliche Zweifel an einer solch merkwürdigen Art von Amnesie kommen? Jedenfalls konnte er Jennifer dieses Märchen doch nicht allen Ernstes abkaufen. Vielleicht kommen sie ja noch, die bohrenden Fragen seinerseits, dachte Julia, während sie andererseits hoffte, dass Jennifer einfach nur so schnell wie möglich aus ihrer aller Leben verschwand.

In diesem Augenblick erhob sich Mister Lenfield umständlich vom Sofa. »Tja, ich werde mich jetzt verabschieden, und ich schätze mich glücklich, Ihnen Ihre verloren geglaubte Tochter unversehrt wiedergebracht zu haben.«

»Warten Sie, Mister Lenfield«, sagte Noah hastig. »Ich möchte Ihnen gern Ihre Auslagen ersetzen, weil meine Frau Ihre Rechnung nicht begleichen konnte.«

Meine Frau? Julia fröstelte, obwohl er nur die Wahrheit sagte, jedenfalls das, was er dafür hielt. Woher sollte er auch wissen, dass sie längst einen anderen Mann geheiratet hatte? Und warum protestiert Jennifer nicht dagegen, dass er Mister Lenfield Geld geben will, ging es Julia durch den Kopf, bei dem Vermögen, das sie hat? Und überhaupt, wo hat sie ihr ganzes Geld deponiert? Es war wie verhext. Mit jeder Frage, die sich Julia stellte, wurden ihre Zweifel nur noch stärker, ob Jennifer nicht doch einen ausgeklügelten Plan verfolgte. Was, wenn sie tatsächlich nur zurückwill in ihr altes Leben und mich trickreich mit diesem Deal mundtot macht, durchfuhr es sie. Was, wenn sie wieder vor nichts zurückschrecken wird, um Noah zurückzuerobern? Was, wenn er ihr tatsächlich auf den Leim gehen würde? Und was, wenn sie, Julia, dann die ganze Wahrheit sagen würde? Mit ziemlicher Sicherheit würde Jennifer alles leugnen. Natürlich konnte sie dann Jonas als Zeugen holen oder Misses Granby einfliegen lassen, aber würde sie das wirklich auf sich nehmen? Julia spürte, wie sich ihr Herzschlag beschleunigte. Wenn Jennifer wirklich vorhatte, sich ihren Platz als Frau an Noahs Seite zurückzuerobern, würde sie still und leise das Feld räumen. Hatte Jennifer das einkalkuliert? Dass sie wahrscheinlich eher kapitulieren als einen Krieg anzetteln würde?

Julia warf ihrer Schwester einen prüfenden Blick zu, aber Jennifer bemerkte es nicht. Sie blickte Noah gerade aus großen Augen an und legte ihm sanft die Hand auf den Arm. Julia musste den Blick abwenden. Das hatten wir doch alles schon einmal, dachte sie grollend. Ihre einzige Hoffnung war, dass

Noah nicht noch einmal auf Jennifers Augenaufschlag hereinfiel … Julia unterbrach ihre selbstzerstörerischen Gedanken. Warum kann ich meiner Schwester nicht einfach vertrauen, dass sie dieses Mal Rücksicht auf mich nimmt? Weil ich immer von ihr enttäuscht worden bin, fügte sie in Gedanken resigniert hinzu und sah Jennifer vor ihrem inneren Auge im »Jakob« auf den Tisch zuschweben … das Schneewittchen schüttelt wie zufällig ihr glänzendes schwarzes Haar … die Erkenntnis durchfuhr Julia wie ein Blitz. In all ihrer Aufregung hatte sie der äußeren Verwandlung von Misses Taylor zu Misses Goldstein bislang noch keinerlei Aufmerksamkeit geschenkt. Jennifer sah fast genauso aus wie vor siebzehn Jahren … Wo waren die Augenringe geblieben, wo die Falten? Oh Gott, das ist alles kein Zufall, stellte Julia entsetzt fest und warf ihrer Schwester erneut einen Seitenblick zu. Jennifers Hand ruhte immer noch auf Noahs Arm. Und er, was machte er? Julia sah Noah durchdringend an. In seinem Gesicht war nicht die geringste Spur von Abwehr gegen diese Berührung zu lesen, doch auch keine Spur jener Faszination, die er damals im »Jakob« nicht hatte verbergen können. In diesem Augenblick trafen sich ihre Blicke, und seine Augen gaben ihr Antworten auf ihre quälenden Fragen. Ich bin bei dir, was immer auch geschieht, nur bei dir, mein Lieb!, las sie und schenkte ihm ein dankbares Lächeln. Sie atmete auf, weil es mit einem Mal völlig gleichgültig war, was ihre Schwester im Schilde führte. Fakt war, dass Jennifer ihre Wirkung, die sie heutzutage auf Noah besaß, fatal überschätzte. Julia entspannte sich sichtlich und hörte nun beinahe amüsiert, wie Jennifer säuselte: »Noah, das musst du nicht für mich bezahlen. Ich werde das mit Mister Lenfield klären. Ich meine, ich muss doch wohl in Australien Konten haben. Lasst mir Zeit, wenn ich mein Gedächtnis wiederhabe, setze ich mich mit Mister Lenfield in Verbindung und begleiche meine Schulden bei ihm.«

Mister Lenfield hob abwehrend die Hand. »Nein, von Ihnen nehme ich keinen Cent. Es war mir eine große Freude, Misses Tay… äh, Goldstein, Ihnen zu helfen.«

Julia stockte der Atem. Beinahe hätte sich der Mann verplappert, aber wenn er ihren wahren Namen wusste, dann konnte das doch nur heißen, dass er sie schon länger kannte. Er ist ihr Mitwisser, mutmaßte Julia, und wollte sich lieber gar nicht weiter ausmalen, was das bedeutete.

»Ich bringe Sie selbstverständlich noch zu Ihrem Wagen«, flötete Jennifer, während sie sich bei Mister Lenfield unterhakte und ihn mit sich fortzog, bevor er sich von den anderen richtig verabschieden konnte.

»Was für ein Tag!«, seufzte Susanne strahlend.

Julia machte einen Schritt auf Noah zu. »Wo soll sie denn übernachten?«, flüsterte sie ihm zu.

»Na, in ihrem alten Zimmer natürlich. – Oje, was sie wohl dazu sagt, dass es leer geräumt ist?«

»Mach dir doch deshalb keinen Kopf! Du kannst ihr sagen, dass du dich vierzehn Jahre nicht von ihren Sachen trennen konntest. Soviel ich weiß, stehen doch immer noch ein paar volle Tüten in ihrem Ankleidezimmer«, erwiderte Julia recht barsch, was ihr einen tadelnden Blick Susannes einbrachte. Mist, ich muss gute Miene zum bösen Spiel machen, redete sie sich gut zu. Sonst habe ich bald alle gegen mich. Und ich darf mich nicht mit Noah streiten, denn das würde Jennifer nur unnötig in die Hände spielen.

»Sorry, das ist mir so rausgerutscht. Ich denke, sie wird das verstehen«, fügte sie versöhnlich hinzu.

Noah legte behutsam den Arm um Julia.

»Ich muss mich entschuldigen. Das ist gerade alles wirklich zu viel für mich. Aber eines kannst du mir glauben: Ich liebe dich! Und daran wird auch das Auftauchen Jennifers nichts ändern«, raunte er ihr zu.

»Du bist also immun gegen das von den Toten wiederauferstandene Schneewittchen?«

Ein Grinsen umspielte Noahs Mundwinkel. »Du bist gemein. Und du vergisst, wie ich damals gelitten habe und dass ich mich längst für eine andere Frau entschieden habe. Du traust mir doch nicht zu, dass ich noch einmal in die Venusfalle tappe, oder?« Er gab ihr einen zärtlichen Kuss auf die Wange. »Aber trotzdem müssen wir behutsam mit ihr umgehen nach alledem, was sie inzwischen durchgemacht hat«, fügte er ernst hinzu.

»Ich werde mich bemühen«, erwiderte Julia halbherzig.

In diesem Augenblick trat Susanne einen Schritt auf Julia zu und nahm ihre Hand. »Ich verstehe doch, dass in dir die alten Ängste hochkommen, aber lass dich nicht von den Gespenstern der Vergangenheit schrecken. Ich glaube fest daran, dass Jenny sich verändert hat.« Sie hatte Tränen in den Augen.

Julia drückte die Hand ihrer Mutter zum Zeichen, dass sie ihr dankbar war für die lieben Worte, nur glaubte sie nicht die Spur an Jennifers Läuterung. Doch jetzt, nachdem Noah so klar und unmissverständlich zu ihrer Beziehung stand, wollte sie sich nicht mehr mit Jennifers geheimen Plänen beschäftigen. Plötzlich musste sie ganz intensiv an Jonas denken und fragte sich, wie ihr Leben wohl verlaufen wäre, wenn sie Noah nach ihrem »Kanada-Ausflug« verlassen und zu ihm gezogen wäre. Und das Schlimme war, der Gedanke machte sie innerlich unruhig.

»Du schaust so skeptisch? Glaubst du mir nicht?«, hakte Noah besorgt nach.

»Doch, natürlich«, seufzte sie und umarmte ihn. Sie sahen sich tief in die Augen, bis sie aus dem Hintergrund ein demonstratives Räuspern vernahmen.

Hastig fuhren sie auseinander.

Jennifer hob beide Hände. »Ich will gar nicht stören. Ich denke, ich ziehe mich zurück.«

»Nein, du störst gar nicht«, erwiderte Noah rasch. »Vielleicht sollten wir jetzt alle einen schönen Wein zusammen trinken«, fügte er beinahe entschuldigend hinzu.

»Wenn Julia nichts dagegen hat …« Jennifer warf ihrer Schwester ein breites Lächeln zu.

Ich darf mich nicht von ihr provozieren lassen, ermahnte sich Julia und rang sich ihrerseits zu einem Lächeln durch. »Aber nein, überhaupt nicht. Wir müssen doch feiern, dass du wieder bei uns bist. Soll ich eine Flasche holen?«

»Nein, nein, mein Schatz, das mach ich schon«, erklärte Noah hastig und verschwand.

Jennifer blickte ihm kopfschüttelnd hinterher. »Das ist schon eine absurde Situation, mich nach so vielen Jahren daran zu erinnern, wo mein Zuhause ist, aber nichts ist mehr, wie es einmal war«, stöhnte sie.

»Aber, Süße, du bist vierzehn Jahre fort gewesen, da verändern sich die Dinge nun einmal«, versuchte Susanne, Jennifers Bemerkung die Schärfe zu nehmen.

»Genau, Susanne hat recht. Du wirst doch wahrscheinlich in Australien auch ein Privatleben geführt haben. Wer weiß, vielleicht hast du ja sogar einen Ehemann zurückgelassen.«

Jennifer kniff ihre Augen zu bedrohlichen Schlitzen zusammen.

»Das glaube ich weniger. Einen Ehemann kann man doch nicht vergessen!«, gab sie bissig zurück.

»Doch, ich meine, wenn man unter so einer seltenen Amnesie leidet wie du. Aber keine Sorge, die Erinnerung kehrt sicher bald zurück. Ich kenne das aus eigener Erfahrung. Neulich bin ich böse gestürzt und hatte auch solche Erinnerungslücken, aber ein paar Tage danach war alles wieder da. Ich denke, du wirst dich bald wieder an dein Leben in Australien erinnern können«, bemerkte Julia in scheinbar aufmunterndem Ton.

Noah, der Julias letzte Worte mit angehört hatte, nickte zustimmend. »Ich denke, Julia hat recht. Und wenn du magst, dann nehme ich dich am Montag mit in die Klinik. Wir haben da unsere Spezialisten. Es gibt sogar einen Trauma-Experten. Mit dem solltest du mal sprechen.«

»Gute Idee, Noah, lieb von dir, dass du dich um mich kümmerst.« Jennifer bedachte ihn erneut mit einem Lächeln. Bei dessen Anblick wäre er noch vor siebzehn Jahren bestimmt in die Knie gegangen, dachte Julia und holte gelassen vier Champagnergläser aus der Küche, denn Noah hatte statt Wein Champagner gebracht.

»Ich dachte, das sei dem Anlass angemessener.«

»Ach, du bist immer noch so fürsorglich. Das habe ich immer an dir geliebt«, seufzte Jennifer und folgte den anderen zur Sitzecke.

Plötzlich ließ sie den Blick zwischen Julia und Noah hin- und herschweifen. Bei Julia blieb er hängen. »Wie lange seid ihr eigentlich schon zusammen? Bist du damals gleich nach meinem Verschwinden zur Stelle gewesen, um ihn zu trösten?«

Sie setzt alles daran, mich zu provozieren, durchzuckte es Julia, wahrscheinlich möchte sie, dass ich mich wie eine eifersüchtige Kuh aufführe und vor Noah ins Unrecht setze, aber auf dem Glatteis rutsche ich nicht mehr aus!

»Oh nein, wir haben uns lange Jahre nur geschrieben. Noah hat mich jedes Jahr vergeblich eingeladen, ihn zu besuchen, aber weißt du, ich wollte einfach nicht in die Stadt, in der meine Schwester auf so tragische Weise umgekommen ist. Kannst du das verstehen?«

Jennifer schien zu spüren, dass Julia gerade im Begriff stand, den Spieß umzudrehen, und nicht länger auf ihre Provokation ansprang.

»Aber natürlich kann ich das verstehen. Es muss ja entsetzlich für euch gewesen sein.«

»Das kannst du wohl glauben. Wir haben sehr um dich getrauert, alle drei. Aber in diesem Sommer habe ich mir endlich ein Herz gefasst und bin Noahs Einladung gefolgt.«

»Und dann hat es zwischen euch gefunkt?«

»Nein, wo denkst du hin. Es drehte sich zunächst natürlich alles um dich. Noah hat es nicht einmal übers Herz gebracht, dein Zimmer auszuräumen und deine Sachen wegzugeben. Ich habe mich dann erbarmt. Ich hoffe, du bist nicht böse, dass ich all deine Kleider aus der New Yorker Wohnung an die Heilsarmee verschenkt habe?«

Julia setzte einen schuldbewussten Blick auf. Sie konnte förmlich spüren, wie ihre Schwester vor Zorn vibrierte und es krampfhaft vor den anderen zu verbergen versuchte.

»Wie schön!« Julia sah Jennifer an, dass sie sie am liebsten auf der Stelle erwürgt hätte. »Ich meine, was solltest du auch anderes tun? Ihr musstet doch denken, dass ich zu Staub zermahlen bin.«

»Oje, sag doch nicht so was, Kind. Es war grausam, weil es keinerlei Spuren von dir gab. Wir haben geglaubt, dass du zu den vielen Opfern gehörst, von denen nichts übrig geblieben ist. Weißt du, wie entsetzlich das war?« Susanne war schon wieder den Tränen nahe.

»Dann seid ihr beide euch also beim Ausmisten meiner Sachen nähergekommen?«, erkundigte sich Jennifer.

Noah stieß einen tiefen Seufzer aus. »Jenny, musst du das eigentlich alles so genau wissen? Das tut doch nur unnötig weh. Es ist weder für dich noch für uns einfach. Aber wir werden einen Weg finden, wie wir damit vernünftig umgehen.«

»Klar, das Beste wird sein, ich verschwinde so schnell wie möglich, und dann ist alles wieder gut.« Jennifers Augen glänzten verdächtig feucht.

Julia konnte sich gerade noch zusammenreißen, um ihre Schwester nicht anzufauchen, dass sie endlich aufhören solle, sich als Opfer darzustellen. Stattdessen sah sie zähneknirschend zu, wie Susanne und Noah sich gleichermaßen bemühten, die arme Jenny zu trösten.

»Ich muss mich mal ein bisschen hinlegen«, verkündete Julia, denn sie befürchtete, gleich vor Wut zu platzen.

»Gute Idee, ich komme mit nach oben«, sagte Jennifer hastig.

Schweigend verließen die beiden das Wohnzimmer. Auf der oberen Etage angekommen, schob Julia ihre Schwester unsanft in das ausgeräumte Zimmer, das früher einmal Jennifers gewesen war.

»Sag mal, was soll das?«, fragte sie in scharfem Ton.

Jennifer zuckte mit den Schultern. »Ich weiß jetzt gar nicht, was du meinst. Es läuft doch alles rund. Jedenfalls für dich. Du hast deinen Noah wieder, ich mache bald wieder den Abflug, und dann habt ihr Ruhe.«

»Hör auf mit dieser widerlichen Heuchelei. Mir kannst du keinen Sand in die Augen streuen. Schlimm genug, dass ich dir vorhin geglaubt habe, du willst wirklich woanders ein neues Leben anfangen.«

»Was redest du denn da? Genau das habe ich vor!«

»Blödsinn! Du schmachtest Noah an, machst Susanne und ihm ein schlechtes Gewissen, indem du dich als unwillkommen in diesem Haus darstellst. Du bist kein Opfer, meine Liebe! Was willst du wirklich?«

»Ich will hier Kraft sammeln für einen Neuanfang in Australien!« Nun war Jennifer auch schroffer im Ton geworden.

»Dann verhalte dich entsprechend, und spiel hier nicht das arme Ding mit Vollamnesie, das sich ganz unschuldig nach vierzehn Jahren wieder an ihr altes Leben erinnert und dort alles ach so schrecklich verändert vorfindet. Merkst du gar nicht, dass du ihnen andauernd ein schlechtes Gewissen machst? Warum tust du das? Kann es sein, dass du nach alledem, was du mit Jürgen erlebt hast, nun dachtest, du könntest vielleicht mit Noah eine Familie gründen, weil er dir doch nicht widerstehen kann? Aber das kannst du dir abschminken! Ich bin seine Partnerin, und im Gegensatz zu damals kann dein Auftauchen das nicht ins Wanken bringen. Und da kannst du ihn noch hundertmal bewundernd anhimmeln!«

Jennifer grinste. »Uh, da platzt aber jemand vor Eifersucht!«

»Nein, meine Liebe, das tue ich nicht, weil es nämlich keinen Grund gibt. Sollte das dein Plan sein, mir Noah noch mal auszuspannen, kann ich dir nur raten: Vergiss es! Und ich bitte dich jetzt eindringlich, mit den Spielchen aufzuhören, sonst …«

»Was sonst?«, fragte Jennifer. »Willst du ihnen dann noch von Misses Taylor berichten? Na, viel Spaß, ich glaube, dann reißen sie nicht nur mir den Kopf ab, sondern besonders meiner Mitwisserin!«

»Apropos Mitwisser, wer ist denn dieser Mister Lenfield, der dich aus Versehen beinahe als Misses Taylor bezeichnet hätte?«

»Das geht dich gar nichts an! Wir hatten einen Deal. Du hältst den Mund, und ich verschwinde, sobald ich alles vor Ort geregelt habe. Ich benötige noch neue Papiere auf den Namen Goldstein, und, tja, eigentlich müssten sich Noah und ich ja scheiden lassen. Sonst könntet ihr ja gar nicht heiraten«, bemerkte sie süffisant.

»Oh nein, so lange wirst du nicht bleiben. Und meinetwegen kannst du auf dem Papier gern mit Noah verheiratet bleiben. Eine Ehefrau im fernen Australien stört mich gar nicht, denn ich kann mit ihm auch ohne Ring am Finger eine Familie gründen.«

»Du willst mit ihm … bist du etwa schwanger?« Jennifer stand die nackte Panik im Gesicht.

Das war der Augenblick, in dem es Julia wie Schuppen von den Augen fiel. Jetzt hatte sie die Gewissheit, was für einen Plan ihre Schwester verfolgte. Julia fasste sich an den Kopf. »Gott, dass ich darauf nicht gleich gekommen bin … deine Fehlgeburt … Du willst tatsächlich Kinder von ihm.«

»Du hast doch einen totalen Knall«, brüllte Jennifer ihre Schwester an. »Und jetzt raus hier! Geh doch endlich zu den beiden, und verpetz mich«, fügte sie flüsternd hinzu. Offenbar wollte sie verhindern, dass man das bis unten ins Wohnzimmer hören konnte. »Vielleicht ist das gar nicht schlecht, wenn sie erfahren, dass Jürgen mich zu alledem gezwungen hat und ich ihm endlich entkommen bin. Und dass du davon gewusst hast.« Jennifer musterte Julia mit einem gehässigen Blick, bevor sie genüsslich fortfuhr. »Daran habe ich noch gar nicht gedacht. Vielleicht sollte ich jetzt nach unten gehen und alles so sagen, wie es gewesen ist. Ich glaube, sie würden mich besser verstehen als dich. Denn ich konnte nichts dafür, weil Jürgen vor keiner Gewalttat zurückgeschreckt wäre, wenn ich versucht hätte, zu Noah zurückzugehen, aber du hast dich frei entschieden, die Schnauze zu halten, weil du Angst hattest, Noah zu verlieren, wenn er wüsste, dass ich noch lebe.«

Julia wurde abwechselnd heiß und kalt. Hatte sie wirklich geglaubt, dass sie es gegen ihre mit allen Wassern gewaschene Schwester je würde aufnehmen können? Sie bereute zutiefst, dass sie zu feige gewesen war, Noah rechtzeitig die Wahrheit zu sagen. Jetzt war es in der Tat zu spät, weil Jennifer das immer gegen sie verwenden würde. Wie hatte Dr. Wayne gesagt? Ihre Schwester hat sich schuldig gemacht, nicht Sie! Doch in diesem Augenblick wurde Julia bewusst, dass Jennifer es schaffen würde, sich als Opfer darzustellen, die vom bösen Jürgen dazu gezwungen worden war, ihren Tod vorzuspielen und mit ihm ein neues Leben anzufangen.

»Hast du eigentlich überhaupt so etwas wie ein Gewissen?«, fragte Julia mit belegter Stimme.

Jennifer kam auf ihre Schwester zu und wollte sie in den Arm nehmen, doch Julia trat noch rechtzeitig einen Schritt zur Seite.

»Du denkst, ich bin die Teufelin in Person, oder? Aber du irrst dich. Ich habe mich oft in den Schlaf geweint, weil ich euch so viel Kummer bereiten musste. Warum, glaubst du, wollte ich dir etwas vererben? Glaub mir, ich hätte das jemals fertiggebracht, wenn Jürgen mich nicht dazu gezwungen hätte, aber ich war ihm in gewisser Weise hörig. Ich war abhängig von ihm. Ich habe ihn geliebt!«

Julia blickte ihrer Schwester fest in die Augen und erschrak. Aus Jennifers Blick sprach der nackte Wahnsinn. In diesem Moment wurde ihr klar, was sie die ganze Zeit verdrängt hatte. Sie konnte ihre Schwester nicht mit normalen Maßstäben messen, weil ihre Psyche derart gestört war, dass ein Appell an ihr Gewissen sie niemals wirklich erreichen würde.

»Weißt du was?«, begann Julia mit sanfter Stimme. »Das glaube ich dir sogar. Aber wer in Gottes Namen zwingt dich zu dem, was du jetzt hier abziehst? Warum willst du unbedingt mit Noah Kinder haben nach alledem, was du ihm angetan hast? Das ist doch Irrsinn. Geh doch nach Australien, fang ein neues Leben an, such dir einen Mann, aber warum willst du schon wieder Noah dazu missbrauchen, Jürgen zu entkommen? Jenny, das ist krank! Hol dir Hilfe! Geh meinetwegen wieder zu Dr. Wayne und kläre, was da nicht stimmt in deinem Kopf!« Julia hatte ein hochrotes Gesicht bekommen, während sie sich in Rage redete.

»Du glaubst also, ich bin nicht ganz richtig im Kopf? Und woher weißt du überhaupt von Dr. Wayne?«

»Es stand in dem Kalender, der auf deinem Schreibtisch in New York lag. Ich war bei ihm, aber keine Sorge, er hat nicht über dich geredet. Er nimmt die Schweigepflicht ernster als katholische Priester das Zölibat. Ich bin sicher, er wird dir helfen. Meinetwegen komm mit mir nach New York, und lass dich von ihm weiterbehandeln. Du bleibst doch meine Schwester, trotz alledem ...« Julia hielt erschöpft inne.

»Netter Versuch«, erwiderte Jennifer. »Aber ich bin nicht verrückt. Ich möchte nur ein ganz normales Leben führen. Mit meinem Mann und meinen Kindern. Und das lasse ich mir von niemandem kaputt machen. Zuallerletzt von dir. Vielleicht wäre uns allen damit gedient, wenn du still und leise das Feld räumst!«

Julias Herz schlug bis zum Hals. Endlich hatte Jennifer zugegeben, was sie wirklich hier wollte, und endlich war das ausgesprochen, was Julia längst wusste: Jennifer ging davon aus, dass Julia kampflos aufgeben würde.

Julia musterte ihre Schwester einen Moment lang schweigend.

»Nein, Jennifer, ich entscheide mich für den Krieg!« Mit diesen Worten verließ Julia das Zimmer und drehte sich auch nicht um, als Jennifer ihr ein paar deftige Flüche hinterherschickte.

46.

Jennifer war nun bereits seit zwei Wochen in Montauk, und Julia machte sich keine Illusionen. So, wie sie die Sache einschätzte, würde sie wohl auch noch eine Weile bleiben, was außer ihr keinen zu stören schien. Im Gegenteil, Susanne schwärmte in höchsten Tönen von ihrer älteren Tochter, die sich in ihren Augen total verändert hätte. Und Jennifer gab wirklich alles: Sie half im Haushalt, kochte sogar mal abends, kümmerte sich rührend um ihre Mutter und begleitete sie täglich zu den Bestrahlungen. Noah hielt sich Julia gegenüber zwar etwas zurück mit dem Lob über Jennifer, aber auch ihm schien ihre Veränderung zu gefallen, denn er war sehr freundlich ihr gegenüber. Julia war nur froh, dass sie sich das Theater nur am Wochenende ansehen musste, wenn sie aus New York in die Hamptons zurückkehrte. Obwohl es dort an manchen Tagen recht kühl und ungemütlich war, verstand sie sehr gut, dass Noah erst im November seinen Hausstand nach New York verlagern wollte. Seit Julias Kriegserklärung verhielt sich Jennifer ihr gegenüber distanziert, aber mit dem nötigen Respekt. Ihre Provokationen hatte sie völlig eingestellt. Sie verschlang weder Noah in Julias Gegenwart mit Kuhaugen, noch ritt sie weiterhin darauf herum, dass sie in Montauk nicht willkommen war.

Die Schwestern gingen sich mehr oder weniger aus dem Weg und hatten seit der unerfreulichen Aussprache kein einziges persönliches Wort mehr gewechselt. Julia war dazu übergegangen, ihre Schwester einfach nur noch intensiv zu beobachten und ihr Handeln nicht mehr zu kommentieren. Natürlich ging ihr die Show, die Jennifer abzog, nach wie vor gegen den Strich, manchmal kam ihr das Ganze wie ein Theaterstück vor, in dem die Protagonistin grottenschlecht spielte, das aber allen Zuschauern zu gefallen schien. Allein, wie sie ständig in höchsten Tönen davon schwärmte, wie wunderschön es in den Hamptons um diese Jahreszeit wäre und dass sie zutiefst bedauerte, diese Schönheiten der Natur damals gar nicht zu würdigen wusste. Dass Noah gegen alle diese Schmeicheleien nicht völlig immun war, nahm Julia inzwischen gelassen zur Kenntnis. Und trotzdem war es ihr eine große Genugtuung, wie aufmerksam er sich ihr gegenüber verhielt, wenn sie am Freitag aus New York zurückkehrte.

Manchmal amüsierte es Julia auch, besonders, wenn Jennifer mit Hundeblick verkündete, sie könnte sich beim besten Willen nicht an ihr Leben in Australien erinnern, obwohl sie doch sogar zu dem Trauma-Spezialisten ging, den ihr Noah ans Herz gelegt hatte. Es sah jedenfalls nicht so aus, als würde Jennifer in absehbarer Zeit freiwillig das Feld räumen.

Das alles ging Julia durch den Kopf, während sie an ihrem Schreibtisch in der Redaktion saß und eigentlich zu ihrem Chef kommen sollte, worum er sie bereits vor geraumer Zeit am Telefon gebeten hatte. Doch Julias Gedanken waren gerade völlig von der absurden Lage in den Hamptons gefangen.

»Wenn Sie nicht in die Höhle des Löwen kommen, muss ich mich wohl aufmachen«, riss sie eine tiefe Männerstimme aus den Gedanken. Julia blickte erschrocken auf und sah ihren Chef, Mister Miller, im Türrahmen auftauchen.

»Oje, ich weiß, ich sollte in Ihr Büro kommen, aber ...«

»Kein Problem. Ich freue mich doch, wenn unsere Starschreiberin weitere Spitzenartikel verfasst.«

Er legte ihr wortlos einen Brief auf den Schreibtisch. Julia nahm ihn zögernd zur Hand. Der Brief kam von der New York Times und enthielt die Anfrage, ob man Julias Reportage über die kranken Feuerwehrmänner in der Zeitung auf Englisch abdrucken dürfe.

»Na, was sagen Sie dazu?«, fragte Mister Miller voller Stolz, als hätte er den Artikel höchstpersönlich verfasst.

»Ich glaube, das ist nicht schlecht, oder?«

Mister Miller lachte laut auf. »Nicht schlecht? Das ist der Hammer! Sonst interessiert sich kein Schwein, wenn ich das mal so profan ausdrücken darf, für unser Blättchen, aber dass Sie Ihren Namen in der Times lesen dürfen … Ich befürchte, man wird bald versuchen, Sie abzuwerben.«

»Und Sie sind extra zu mir gekommen, um mir den Brief zu zeigen?«, lachte Julia.

»Nicht ganz. Ich will die Zeit, die Sie für uns arbeiten, noch ausnutzen. Trauen Sie sich zu, einen Artikel zu der Rolle der USA in der Flüchtlingskrise zu schreiben?«

»Klar, das ist superspannend, denn schließlich sind die USA nicht ganz unschuldig an der Destabilisierung der heutigen Krisengebiete und haben immer auch gern die Falschen finanziell unterstützt.«

Mister Miller hob abwehrend die Hände. »Das sollten Sie in diesem Land lieber nicht schreiben. Es geht mehr um die aktuelle Entwicklung, dass die USA zusätzlich Flüchtlinge aus Europa aufnehmen wird.«

»Also eher eine Lobeshymne?«

»Nein, Sie dürfen schon kritisch sein, aber dass die USA die Terrororganisationen finanziert haben, ist etwas zu hart.«

»Okay, aber es ist doch schon damals bekannt gewesen, dass die Familien Bin Laden und Bush gute Kontakte gepflegt haben. Wurde nicht zwei hochrangigen saudiarabischen Familien die Ausreise aus den USA direkt nach 9/11 ohne jegliche Kontrollen ermöglicht? Und wer will heute noch bezweifeln, dass die Taliban ohne großzügige Finanzspritzen aus Washington je so mächtig geworden wären?«, ereiferte sich Julia.

»Soll ich Ihnen jetzt widersprechen? Nein, das werde ich nicht tun, aber bitte achten Sie darauf, dass Sie Ihre Kritik in Watte packen.«

Julia rollte mit den Augen. »Ich kann nichts versprechen, aber ich versuche mich dran.«

»Sie sind ein Schatz! Und wollen Sie, dass Ihr Artikel über die Helfer von damals von einem Profi übersetzt wird?«

»Auf keinen Fall, das mache ich selber. Sonst heißt es in dem Artikel nachher womöglich, die Feuerwehrmänner hätten einen kleinen Schnupfen erlitten, weil man das mit dem Giftstaub nicht so gern hat«, lachte Julia und lehnte sich zufrieden in ihrem Stuhl zurück, nachdem Mister Miller ihr Büro verlassen hatte. Die Arbeit war momentan eine Zuflucht für sie. Manchmal, wie eben gerade, schweiften ihre Gedanken zwar ab zu dem Wahnsinn, der sich gerade in Montauk abspielte, aber er war so schön fern, wenn sie in ihrem Büro saß und arbeiten konnte. Es machte ihr auch gar nichts aus, dass sie oft bis in den Abend hinein arbeitete. Das lenkte sie wohltuend ab.

Als ihr Telefon klingelte, glaubte sie, dass es beruflich wäre, doch es war Tine, die sie treffen wollte, weil sie gerade wieder in New York eingetroffen war und mindestens ein Jahr in der Stadt bleiben würde. Natürlich freute Julia sich, dass ihre Freundin sich meldete, doch ihr zweiter Gedanke galt Jonas und der Frage, wie sie ihm möglichst aus dem Weg gehen konnte.

»Ja, gern, aber im Moment habe ich verdammt viel zu tun«, erwiderte Julia ausweichend.

Die Antwort war ein Aufstöhnen. »Nun macht es doch nicht so kompliziert, ihr beiden. Jonas hat auch schon den Bedenkenträger gegeben. Wir müssen uns ja nicht unbedingt in seiner Wohnung treffen.«

»Tut mir auch leid, aber er will keinen Kontakt mehr zu mir«, seufzte Julia.

»Ich weiß, ich habe mich noch nie in eure Angelegenheiten

gemischt, wenngleich ich dieses Mal ja ebenfalls betroffen bin. Du wirst schon deine Gründe gehabt haben, warum du ihm nicht persönlich abgesagt hast, nachdem du aus Kanada zurückgekommen bist. Es hat ihn wohl sehr verletzt, dass du nach allem, was wir gemeinsam durchgemacht haben, bei diesem Noah geblieben bist. Aber du bist doch meine Freundin, und ich möchte gern wissen, wie es dir geht. Auch mit deinem Noah. Offenbar war der Brief deiner Schwester Münchhausens Meisterwerk, oder?«

»Ja, in diesem Brief war kein Wort wahr ...« Julia kämpfte mit sich, ob sie Tine einweihen sollte, was inzwischen passiert war, und da kamen ihr die Worte schon wie von selbst über die Lippen. »Sie ist in seinem Haus in Montauk.«

»Wer sie?«

»Meine Schwester!«

»Ach, du Scheiße! Und wisst ihr nun, warum sie sich tot gestellt und in Yarmouth unter falscher Identität gelebt hat, und vor allem, mit einem anderen Mann?«

»Mir will sie weismachen, dass der Kerl sie dazu gezwungen hat. Meiner Mutter und Noah spielt sie vor, dass sie vierzehn Jahre in Australien gelebt hat und durch einen Schlag auf den Kopf bei einem Raubüberfall im Central Park ihr Gedächtnis verloren hat und sich plötzlich nur noch an das erinnern kann, was vor vierzehn Jahren und früher gewesen ist. Sie weiß angeblich, dass sie die Türme überlebt hat, aber nicht mehr, was danach in ihrem Leben passiert ist.«

»Das glauben sie ihr? Und wieso ist deine Mutter da?«

»Ach, Tine, es gibt so verdammt viel zu erzählen. Lass uns treffen. Nächste Woche?«

»Okay, aber sag mir nur noch eines: Hast du denn deinem Freund nicht erzählt, was wir in Nova Scotia erlebt haben?«

»Sagen wir so, erst fehlte mir der Mut, und dann habe ich den richtigen Zeitpunkt verpasst.«

»Und warum lässt du zu, dass deine Schwester weiter lügt, dass sich die Balken biegen? Ein Wort von dir, und die Dame muss sich endlich mal ihrer Verantwortung stellen. Du kannst mir doch nicht allen Ernstes erzählen, dass sie gezwungen worden ist, ihre Identität zu wechseln. Willst du sie schützen, oder warum schenkst du deiner Familie nicht endlich reinen Wein ein?«

»Was meinst du, wie die reagieren, wenn sie erfahren, dass ich schon so lange von Jennifers neuem Leben weiß?«

»Tja, sie werden dir sicher nicht um den Hals fallen, aber trotzdem kannst du dieses Wissen nicht mit ins Grab nehmen.«

»Na ja, das vielleicht nicht gerade«, versuchte Julia zu scherzen. »Aber ich denke, ich warte damit, bis Jennifer wieder aus unserem Leben verschwunden ist.«

»Das soll mal einer verstehen. Du willst sie also doch schützen. Und was, wenn sie gar nicht verschwinden will, sondern sich bei deinem Schwager nur wieder ins gemachte Nest setzen will?«

»Ach, Tine, ich weiß doch auch nicht mehr, was richtig und falsch ist.«

»Hm. Hast du schon mal daran gedacht, dass man deiner Schwester helfen könnte, wenn man ihre wahre Geschichte kennen würde?«

»Wahre Geschichte? Wie soll ich die je herausbekommen? Er sagt, es sei ihre Idee gewesen und sie hätte gar nicht schwer verletzt im Krankenhaus gelegen, während sie behauptet, er habe ihr keine Wahl gelassen, als er sie in der Klinik aufgesucht hat.«

»Ich glaube, wir sollten uns schnellstens treffen. Das hört sich ja wirklich so an, als hätte Misses Taylor Läuse und Flöhe, zumindest aber eine Borderlinestörung. Nur eine Frage: Wer ist er?«

»Ach, ihr kanadischer Mann, hinter dem aber kein Geringerer steckt als ihr alter Freund Jürgen, und der Kerl ist meiner Meinung nach ein Psychopath.«

»Nächsten Montag, sobald du von deinem Wochenende zurück bist?«

»Super, aber in meiner … ich meine, Noahs Wohnung. Und bitte erzähl Jonas nichts von dem ganzen Mist!«

»Okay, ich werde schweigen wie ein Grab«, versprach Tine, bevor sie das Gespräch beendeten.

Julia spürte, dass das Telefonat sie sehr aufgewühlt hatte, aber sie versuchte, sich mit der Arbeit abzulenken. Das gelang ihr tatsächlich. Und noch etwas gab ihr ein wenig Kraft. Sie hatte sich kurzfristig einen zweiten Termin bei Dr. Wayne geben lassen. Sie erhoffte sich, dass er etwas Ordnung in das Chaos brachte, das in ihrem Kopf tobte. Denn immer, wenn Julia sich gerade für einen Weg in der leidigen Sache entschieden hatte, schien er sich doch wieder als falsch zu erweisen. Wahrscheinlich war es in dieser verzwickten Lage einfach nicht möglich, das definitiv Richtige zu tun. Diese Frage würde sie Dr. Wayne gleich als Erstes stellen. Gab es in dieser Sache überhaupt ein »Richtig« oder ein »Falsch«?

Dr. Wayne begrüßte Julia wie eine alte Bekannte.

»Ich habe eigentlich gehofft, Sie nicht wiederzusehen«, sagte er lachend.

»Das kann ich Ihnen zurückgeben. Ich dachte auch, ich schaffe es ohne Ihre Hilfe, aber die Lage hat sich verschärft.«

Atemlos brachte Julia den Therapeuten auf den neusten Stand. Er verzog keine Miene. Auch nicht, als sie ihm berichtete, dass Jennifer ihr gegenüber offen vorgeschlagen hatte, sie solle das Feld räumen, und Julia ihr im Gegenzug den Krieg erklärt hatte.

»Sagen Sie, kennen Sie das aus anderen Zusammenhängen? Das Gefühl, in der Zwickmühle zu stecken, weil Sie Bescheid wissen, dass Ihre Schwester etwas Unrechtes getan hat?«, fragte er, nachdem Julia ihre Schilderung beendet hatte.

»Oh ja, und wie!«

»Mögen Sie mir mal entsprechende Situationen schildern, falls Ihnen noch welche einfallen?«

Das machte Julia gar kein Problem. Im Gegenteil. Sie war in ihrer Kindheit und Jugend so häufig dazu verdonnert gewesen tatenlos zuzusehen, wie Jennifer irgendwelchen Blödsinn anstellte, dass es nur so aus ihr heraussprudelte.

An einigen Stellen ihres Berichts erhellte ein Lächeln Dr. Waynes sonst ernstes Gesicht.

»Und darf ich Ihnen jetzt die obligatorische Frage stellen?«

Julia nickte.

»Was haben Sie in diesen Situationen gefühlt?«

Julia grübelte nach und versuchte, sich noch einmal in ihre damaligen Emotionen zu versenken. Sie schloss die Augen, während sie sich die Sache mit der geschwänzten Klassenfahrt ihrer Schwester in Erinnerung rief.

»Wut, das Gefühl der Hilflosigkeit und Gewissensbisse, weil ich davon wusste und es nicht verhindern konnte.«

»Hm, und was wäre wohl geschehen, wenn Sie Ihre Schwester verraten und Ihre Mutter eingeweiht hätten?«

»Dann wäre ich eine blöde Petze gewesen …« Julia stockte. Wie aus dem heiteren Himmel überfiel sie eine dunkle Erinnerung. Sie ist vielleicht vier Jahre alt. Jenny ist sieben. Es gibt in der Küche eine Dose mit Süßigkeiten, aus der die beiden jeden Tag eine Sache von ihrer Mutter bekommen. Julia überrascht ihre Schwester eines Tages, wie sie auf den Küchenschrank klettert, die Dose aus dem Schrank holt und den gesamten Inhalt in eine Tüte kippt. Julia fragt, was sie da macht. Jennifer erklärt ihr, dass sie das jetzt auf eine Fahrradtour mitnimmt. Aber das darfst du nicht, widerspricht die Vierjährige. Jennifer faucht die kleine Schwester an und schärft ihr ein, dass sie, wenn die Mutter fragt, auf keinen Fall verraten dürfe, dass sie die Dose geleert habe, sondern sagen soll, dass sie es getan hat, weil die Mama sonst krank werden würde.

Julia sah diese Situation vor sich, als wäre es gestern passiert. Wie eindringlich Jennifer ihr klarmacht, dass sie, wenn sie die Schuld nicht auf sich nimmt, eine miese Petze ist. Und petzen sei schlimmer als klauen. Sie muss Jennifer schwören, dass sie sagt, dass sie es gewesen ist. Jennifer ist ihr große Schwester, die sie über alles liebt. Sie führt den Befehl aus und nimmt die Schuld auf sich, doch ihre Mutter glaubt ihr nicht, stellt Jennifer zu Rede. Jennifer beschuldigt Julia, sie verpetzt zu haben, und spricht deshalb eine Woche lang nicht mit ihr, außer dass sie sie im Vorbeigehen als »Petze« beschimpft und ihr zuflüstert, dass sie sie hasst. Julia ist todunglücklich.

Wie in Trance schilderte Julia Dr. Wayne diese Kindergeschichte.

Dr. Wayne lächelte zufrieden. »Sie ahnen, was ich vermute?«

Julia nickte. »Ja, ich würde mich immer noch als Petze fühlen, wenn ich Jennifer verraten würde. Es geht inzwischen ja auch gar nicht mehr in erster Linie darum, dass ich vor Noahs Reaktion Angst habe, sondern davor, eine blöde Petze zu sein«, stöhnte sie.

»Und was heißt das für Ihr Problem?«

Julia sah Dr. Wayne mit Tränen in den Augen an. »Ich habe keine Angst mehr, als Petze dazustehen und dass meine Mutter deswegen krank wird. Wenn der Kummer meine Mutter krank gemacht hat, dann, weil sie es nicht verkraftet hat, dass sie ihre Tochter zu Grabe tragen musste! Sobald ich zurück in Montauk bin, sage ich ohne Umschweife, was ich weiß. Jennifer wird mich hassen, aber damit kann ich leben. Dieses Mal hat sie sogar Grund dazu, denn ich verpetze sie wirklich, wenn man es auf die Kinderebene bringen möchte«, erklärte Julia mit klarer Stimme.

Dr. Wayne hob den Daumen zum Zeichen, dass er ihre Entscheidung befürwortete.

»Darf ich Ihnen noch eine letzte, vielleicht auch sehr unangenehme Frage stellen?«

Julia nickte, obwohl sie eine diffuse Angst vor seiner Frage verspürte.

»Was empfinden Sie für Ihren Schwager? Lieben Sie ihn wirklich von ganzem Herzen? Oder fühlt es sich eher so an, als wäre eine alte Wunde geheilt? Dass Sie jetzt mit ihm zusammen sind, nachdem Ihre Schwester ihn Ihnen damals ausgespannt hat?«

Damit hatte Julia nicht gerechnet, und sie spürte, wie sie rot wurde.

»Natürlich liebe ich Noah«, antwortete sie wie aus der Pistole geschossen. Sie ärgerte sich maßlos, dass sie ausgerechnet in diesem Augenblick daran denken musste, wie sehr ihr Jonas fehlte …

47.

Es regnete in Strömen, als Julia an diesem Freitag mit dem Jitney-Bus aus New York in die Hamptons fuhr. Der Bus war halb leer, weil um diese Jahreszeit fast nur noch Einheimische diese Strecke fuhren.

In Erwartung der Aufgabe, die nun vor ihr lag, wurde ihr immer mulmiger, je weiter sie sich Montauk näherte. Die Entscheidung, endlich die Wahrheit zu sagen, ist das eine, sie umzusetzen, das andere, dachte Julia, während sie aus dem Bus stieg. Eigentlich hatte sie mit Noah verabredet, dass sie auch bei Wind und Wetter die Strecke von der Haltestelle zum Haus zu Fuß zurücklegte. Doch als sie in diesem Moment auf der anderen Straßenseite seinen Wagen erblickte, freute sie sich aufrichtig. Noah hielt ihr die Beifahrertür auf und überreichte ihr als Erstes einen Riesenblumenstrauß.

»Aber ich habe doch gar nicht Geburtstag«, scherzte sie, nachdem er sie mit einem intensiven Kuss begrüßte hatte.

»Herzlichen Glückwunsch. Du bist jetzt Starautorin.« Er griff auf den Rücksitz und holte die aktuelle Ausgabe der Times hervor.

»Zeig mal! Ich habe es selber noch gar nicht gesehen«, lachte sie, riss ihm die Zeitung förmlich aus der Hand und blätterte wild darin herum, bis sie ihren Namen entdeckte.

»Du hast von deinem Artikel in der Times gewusst?«, fragte er fast vorwurfsvoll. »Warum hast du mir das nicht erzählt?«

»Man sollte sich kleine Geheimnisse bewahren, sonst kann man sich nicht mehr gegenseitig überraschen«, lachte Julia, wobei es ihr beinahe im Halse stecken blieb beim Gedanken an das, was heute noch auf sie alle zukommen würde.

»Ach, ich bin so stolz auf dich!« Obwohl Noah ihr gegenüber jeden Freitag, wenn sie einander wiedersahen, so zugewandt war, schien er sich heute beinahe zu überschlagen vor lauter Charme. Wenn ich es nicht anders wüsste, müsste ich vermuten, er hätte mich betrogen, dachte sie amüsiert.

Kaum hatte sie das Haus betreten, kam auch Susanne auf sie zugeflogen. »Kind, das ist ja ein Ding! Ich freue mich so für dich.«

Ein dezenter Duft nach gedünstetem Lachs zog Julia in die Nase. Jennifer winkte ihr aus der Küche zu. »Glückwunsch!«, rief sie kurz und bündig, bevor sie sich wieder ans Kochen machte.

»Ach, das ist doch zu schön. Du schreibst für die Times, und stell dir vor, Jenny hat einen Job bei einem Architekten in Southampton, den sie noch von früher kennt.«

Julia erstarrte. Offenbar unternahm ihre Schwester wirklich alles, um in Montauk Fuß zu fassen. Ein Job ist ja nicht gerade ein Zeichen dafür, dass sie auf dem Absprung ist, durchfuhr es sie, aber wer weiß, ob sie bei diesem Plan bleiben würde, sobald die liebe Familie die ganze Wahrheit über die vergangenen vierzehn Jahre erfahren hatte.

»Schön«, bemerkte sie, bevor sie sich ins Schlafzimmer zurückzog. Nach einem flüchtigen Blick auf das akkurat gemachte Bett wunderte sie sich, dass es frisch bezogen war. Das hatte sie doch gerade am letzten Wochenende erledigt. Mit einem merkwürdigen Gefühl im Magen ging sie ins Bad und duschte ausgiebig. Sie zog sich eine neue Jeans und einen warmen Pullover an, weil es sie fröstelte. Dabei war es im Haus kuschelig warm, weil der Kamin im Wohnzimmer loderte. Die Kälte kommt wohl eher von innen, mutmaßte sie.

»Essen ist fertig!«, rief Jennifer von unten. Für Julia war das immer noch ein recht ungewohntes Bild: ihre Schwester im eleganten Hosenanzug, die eine Platte mit Fisch servierte, den sie selber zubereitet hatte.

»Bitte setzt euch!«, ordnete Jennifer an, bevor sie eine Schüssel mit Gemüse und eine mit Röstkartoffeln aus der Küchenzeile holte und auf den Tisch stellte. Sie wirkte dabei so aufgedreht, als hätte sie Aufputschmittel genommen. Ihre Augen wanderten unruhig hin und her, und auch ihre Hände waren in ständiger Bewegung.

»Das ist wieder so köstlich, was du da gezaubert hast«, stieß Susanne begeistert hervor.

»Ach, das mache ich doch gern. Ihr seid so lieb zu mir. Und ich muss mich doch bei Noah bedanken, dass er bei diesem Stararchitekten ein gutes Wort für mich eingelegt hat«, zwitscherte sie vergnügt, während sie sich hinsetzte. Sie sieht einfach hinreißend aus, musste Julia neidlos zugeben. Besonders dafür, dass sie gerade für alle gekocht hatte. Julia war fest entschlossen, Jennifers neuen Job mit keinem Wort zu kommentieren, obwohl Jennifer sie in diesem Augenblick lauernd musterte. Statt eine bissige Bemerkung über Noahs gute Verbindungen zu machen, lächelte Julia ihre Schwester an.

»Und was habt ihr die Woche über erlebt?«, fragte sie leichthin und ließ den Blick zu Noah wandern. Er wirkte plötzlich ein wenig angespannt. Sie nahm seine Hand. »Hattest du schwierige Patienten?«

Noah nickte schwach. »Ja, ich hatte auf Station einen völlig hoffnungslosen Fall.«

»Aber wir haben dich doch gut wieder aufgebaut, oder?«, warf Jennifer mit einem merkwürdigen Unterton ein, der Julia aufhorchen ließ, aber sie konnte ihn partout nicht deuten.

»Ja, ihr habt mir geholfen, den Weinkeller zu leeren«, versuchte Noah zu scherzen.

»Ich bin jedenfalls um zehn Uhr brav ins Bett gegangen. Ich

musste ja am nächsten Tag fit sein für die Bestrahlung. Und stell dir vor, Julia, ich arbeite jetzt ehrenamtlich bei einer privaten Stiftung, die sich zur Aufgabe gemacht hat, die Kinder von 9/11-Opfern zu unterstützen. Ich habe zufällig im Wartezimmer eine Frau getroffen, die mir davon berichtet hat. Und für mich war es wie ein Zeichen, dass ich etwas tun möchte zum Dank, dass Jenny das Grauen wie durch ein Wunder überlebt hat.« Susanne strahlte über das ganze Gesicht.

»Das freut mich für dich«, entgegnete Julia.

»Und für mich freust du dich wohl gar nicht?«, fragte Jennifer ihre Schwester in provozierendem Ton.

»Doch, doch«, entgegnete Julia ausweichend.

»Und stell dir vor, die Architekten und auch Noahs Kollegen im Krankenhaus sind so reizend zu mir, die freuen sich alle, dass ich den Anschlag überlebt habe und mich wieder daran erinnern kann, dass ich Jennifer Goldstein bin«, plapperte ihre Schwester wie ein aufgezogenes Püppchen darauflos. So empfand es Julia jedenfalls.

»Und sogar die örtliche Presse ist an meiner Geschichte interessiert. Die wollten sogar ein Interview mit mir, aber das durfte ich ja nicht geben.« Jennifer zog eine Schnute wie ein beleidigtes Kind.

»Ach, Jennifer, fang nicht schon wieder damit an«, tadelte sie Noah in väterlichem Ton. »Ich habe das gerade noch verhindern können, indem ich dem Chef der Postille angedroht habe, wenn er auch nur ein einziges Wort darüber schreibt, werde ich mich beim Legen seines dringend erforderlichen Herzkatheters sehr ungeschickt anstellen. Jetzt haben wir Ruhe.«

»Aber das ist doch gemein. Die Leute interessiert meine Geschichte. Deine sämtlichen Kollegen und alle Schwestern löchern mich damit. Ich finde, die Leute haben ein Recht zu erfahren, was mir widerfahren ist. Wahrscheinlich bin ich die letzte Überlebende von 9/11. Das ist doch ein Wunder, wie ich mich nach so vielen Jahren daran erinnern konnte, dass ich aus dem Turm geflüchtet bin.«

»Aber das ist doch nicht für die Öffentlichkeit bestimmt«, wies Noah sie zurecht. »Ich bin froh, wenn Gras über die Sache gewachsen ist.«

Julia war entsetzt über das, was ihre Schwester da von sich gab. Offenbar glaubte sie inzwischen selber an ihre Lügengeschichte. Ein Grund mehr, reinen Tisch zu machen, sagte sie sich entschieden. Sie hatte sich fest vorgenommen, nach dem Essen ohne große Ankündigung und möglichst ohne unnötige Emotionen von ihrer Reise nach Nova Scotia zu berichten, und zwar würde sie sich auf die Tatsache beschränken, dass Jennifer in Yarmouth als Misses Alice Taylor mit einem kanadischen Ehemann, der in Wahrheit ihr einstiger Freund Jürgen war, als erfolgreiche Architektin gelebt hatte. Sie würde weder den Brief erwähnen noch das Blut auf der Veranda. Das alles würde sie Jennifer überlassen, und dann konnte ihre Familie entscheiden, ob sie ihr glaubten oder nicht. Julia war fest davon überzeugt, dass sie endlich eine vernünftige Entscheidung getroffen hatte. Und nach dem Unsinn, den ihre Schwester soeben von sich gegeben hatte, schien ihr dieses Outing noch wichtiger. Nicht, dass Jennifer tatsächlich mit der Münchhausen-Story in die Medien ging. Es war ganz merkwürdig, Julia verspürte nicht einmal mehr Hassgefühle gegenüber Jennifer, sie empfand eher Mitgefühl für einen Menschen, dessen Leben auf lauter Lügen aufgebaut war. Trotzdem wäre es vielleicht fair, ihre Schwester zumindest zu warnen.

Jennifer begann hektisch, die Teller abzuräumen. Susanne sprang auf, um ihr zu helfen, aber Julia kam ihr zuvor. »Setz dich wieder. Ich decke schnell mit Jennifer ab.« Sie drückte ihre Mutter sanft zurück auf den Stuhl.

Kaum war Julia mit Jennifer allein in der Küchenzeile, flüsterte sie ihrer Schwester zu, dass sie zu dem Entschluss gekommen sei, Noah und Susanne die Wahrheit über ihre Reise nach Nova Scotia zu erzählen.

Jennifers Gesichtszüge entgleisten. »Das wirst du schön sein lassen«, zischte sie schließlich. »Alle in der Klinik und Noahs Freunde sind so entzückt, dass ich lebe. Meine Geschichte ist das Gesprächsthema Nummer eins. Das machst du mir nicht kaputt. Und ich weiß auch gar nicht, ob der Zeitpunkt so günstig ist, denn ich habe neulich Nacht mit Noah geschlafen. Ich hatte ausgerechnet an dem Tag meinen Eisprung.«

Julia hielt sich krampfhaft mit beiden Händen an der Arbeitsplatte aus Marmor fest, weil ihr dieses Geständnis für den Bruchteil einer Sekunde den Boden unter den Füßen wegziehen wollte. In ihrem Kopf wirbelte alles durcheinander, doch mit einem Mal war sie völlig klar. Es setzten keine selbstquälerischen Zweifel ein, ob sie unter diesen Umständen nicht lieber den Mund halten sollte, weil Noahs Zorn sich möglicherweise mehr gegen sie als gegen Jennifer richten würde. Daran änderte auch die Tatsache nichts, dass ihre Schwester eben ausnahmsweise mal die Wahrheit gesagt hatte. Die Indizien sprachen auf jeden Fall dafür. Das würde ihr jedenfalls Noahs Verhalten und seine Verlegenheit erklären. Und dann noch die Tatsache, dass die beiden kräftig zusammen gesoffen hatten … Julia hielt in Gedanken inne. Wo war ihre Eifersucht? Wo blieben ihre Emotionen? Das kann doch nicht sein, dass mich dieser potenzielle Betrug so kaltlässt, ging es ihr fieberhaft durch den Kopf.

»Tut mir leid, dass ich es dir sagen musste, aber du hast mir den Krieg erklärt, und seitdem gelten andere Regeln. Ich will dich doch nicht noch einmal verlieren. Geh nach New York. Ich werde ein gutes Wort für dich einlegen, dass du in seiner Wohnung bleiben kannst.« Jennifer hatte ihr beschwörend die Hand auf den Unterarm gelegt. »Glaub mir, es ist das Beste für uns alle. Er steht eben auf mich!«

Julia musterte ihre Schwester beinahe mitleidig. »Ich werde

jetzt tun, was ich schon lange hätte tun sollen«, flüsterte sie und eilte zurück an den Tisch. Sie wartete, bis Jennifer mit den mit selbst gemachtem Tiramisu gefüllten Dessertschälchen zurückkehrte. Doch als sie gerade den Mund geöffnet hatte, um endlich die Wahrheit zu sagen, kam ihr Jennifer zuvor.

»Ich muss euch was beichten«, begann sie mit getragener Stimme und blickte angespannt in die Runde.

Susanne und Noah musterten sie mit großen Augen. Julia überlegte, ob sie Jennifer wirklich den Vortritt lassen wollte, aber dann lehnte sie sich entspannt in ihrem Stuhl zurück. Vielleicht war es wirklich besser, wenn Jennifer ihr Outing selbst übernahm.

»Ich komme zwar aus Australien und war dort in einer Klinik, aber ich kann mich an mein Leben der vergangenen vierzehn Jahre sehr wohl erinnern. Ich habe nicht in Australien gelebt, sondern als erfolgreiche Architektin in Nova Scotia. Und auch nicht allein, sondern mit einem Mann. Du kennst ihn, Susanne. Es ist Jürgen.«

»Oh Gott, nein!«, schrie Susanne entsetzt auf. »Wie hat der Kerl dich wieder aufgespürt?«

Julia warf einen Seitenblick zu Noah, der sich das Ganze anhörte, ohne eine Miene zu verziehen.

»Er hat mich ausspioniert und gezwungen, Geld in der Firma zu unterschlagen. Ich war in einer furchtbaren Lage, denn es war nur eine Frage der Zeit, wann die Spur zu mir geführt hätte. Und dann schlug das Flugzeug in den Turm ein. Ich dachte, ich müsste sterben, aber ich schaffte es. Als ich im Krankenwagen aufwachte, sagte mir der Arzt, es seien alles nur Kratzer. Da bat ich, aussteigen zu dürfen mit dem Hinweis, dass die Schwerverletzten die Plätze bräuchten. Von einem Lokal rief ich Jürgen an, der in der Nähe in einem Hotel hauste und der sich, um sich einer Haftstrafe in Deutschland zu entziehen, kanadische Papiere besorgt hatte. Er ließ mir keine Wahl und zwang mich förmlich dazu, auf dem kanadischen Generalkonsulat zu erzählen, ich sei seine Frau, hätte im ›Windows oft the world‹ einen Kaffee trinken wollen, als das Flugzeug eingeschlagen hätte, und bei dem Abstieg durch das Treppenhaus meine Tasche und alle Papiere verloren. Tja, damit war ich Alice Taylor. Und so habe ich vierzehn Jahre in der Hölle gelebt. Er hat mich geschlagen, mich misshandelt, mir gedroht, er würde mich umbringen, wenn ich ihn verließe, und dich, Noah, wenn ich es wagen würde, Kontakt zu dir aufzunehmen. Was soll ich sagen? Vor einigen Wochen habe ich den Mut gefunden und mein ganzes Vermögen vor dem Schwein gesichert dank meines vertrauten Anwalts und Notars, Mister Lenfield.«

Susanne sah ihre Tochter wie einen Geist an. »Du hast uns trauern lassen, während du mit dem Mistkerl ein neues Leben aufgebaut hast?«, fragte sie fassungslos.

»Ich weiß, ich habe euch viel zugemutet, aber glaubt mir, wenn ich eine faire Chance gehabt hätte, dann wäre ich schon viel früher abgehauen.«

»Und warum hast du uns das Märchen mit der Amnesie und dem vergessenen Leben in Australien erzählt?«, hakte Noah in fast sachlichem Ton nach.

Jennifers Atem ging hektisch. »Ich, äh, ich, ich wollte nicht, dass ihr erfahrt, was ich durchlitten habe«, entgegnete sie und war so aufgeregt, dass sich in ihrem Ausschnitt hektische rote Flecken bildeten.

»Das ist aber sehr fürsorglich von dir«, spottete Noah. »Und warum jetzt der plötzliche Sinneswandel?«

»Ich, äh, ich, also …«, stammelte Jennifer.

Sie kann einem fast leidtun, dachte Julia.

»Soll ich dir sagen, warum du jetzt damit rauskommst? Ich habe mich die ganze Zeit gefragt, was da zwischen dir und Julia abläuft. Ich habe geahnt, dass es nicht ausschließlich um mich geht, sondern dass es etwas zwischen euch beiden gibt. Und eben gerade hast du mir die Antwort gegeben. Julia und ihre Freunde haben dich in Nova Scotia aufgespürt, oder? Und Julia hat dir gesagt, dass sie nicht länger mit diesem Schweigen leben kann, und da wolltest du ihr zuvorkommen, nicht wahr?«

Nicht nur Jennifer wurde bei Noahs Worten blass, sondern auch Julia wich sämtliche Farbe aus dem Gesicht.

»Ja, du hast recht. Ich war sogar in ihrem Büro, bin ihrem Wagen hinterhergerannt, um sie zur Rede zu stellen, aber sie ist vor mir geflüchtet …«

»Du wusstest, dass deine Schwester noch lebt, und hast nichts gesagt?«, unterbrach Susanne ungläubig.

Julia senkte den Kopf. »Ich wollte es so oft tun. Zuletzt an dem Tag, an dem du uns von deiner Diagnose erzählt hast. Aber dann habe ich beschlossen, zu warten, bis du die Bestrahlung überstanden hast. Aber inzwischen ist mir klar geworden, dass es keinen günstigen Augenblick dafür gibt und ich daran ersticke, wenn ich es nicht endlich sage.«

»Sie hat mich erpresst. Sie hat mir angedroht, es euch zu sagen, wenn ich mich nicht von Noah fernhalte«, spuckte Jennifer förmlich aus.

Julia hielt die Luft an, denn sie erwartete, dass sich jetzt aller Zorn gegen sie richten würde, aber zu ihrer großen Überraschung mischte sich zunächst Susanne empört ein. »Niemals. Das ist nicht der Stil deiner Schwester!«

»Ich denke, wir müssen eine Lösung finden«, sagte Noah ohne eine Spur von Emotion. »Wir können nicht einen Tag länger alle zusammen unter einem Dach wohnen. Wie du ja eben zugegeben hast, besitzt du Vermögen und kannst woanders ein neues unbeschwertes Leben anfangen. Ich ertrage es nicht, wenn du weiter unter meinem Dach wohnst. Und da du inzwischen mit einem anderen Mann verheiratet bist, ist dies auch nicht mehr dein Zuhause.«

»Verdammt, er hat mich gezwungen!«, protestierte Jennifer.

»Wenn du es gewollt hättest, dann hätte dir dein Anwalt sicher viel früher geholfen abzuhauen«, bemerkte Noah ungerührt. »Ich möchte, dass du gehst. Für dich ist das vielleicht ein bisschen hart.« Er wandte sich an Susanne. »Aber du musst verstehen, dass es nicht geht.«

»Ich sehe es doch ein. Ich möchte nicht, dass du ganz aus meinem Leben verschwindest, Jenny, aber der Schock ist gerade so groß, dass ich mich erst mal davon erholen muss. Wir bleiben in Kontakt. Ja?« Das klang flehend.

Jennifer aber sprang so unkontrolliert von ihrem Stuhl auf, dass der mit lautem Gepolter zu Boden krachte.

»Bist du noch zu retten? Du kannst mich doch jetzt nicht rauswerfen nach allem, was zwischen uns gewesen ist«, brüllte Jennifer Noah an.

»Was soll zwischen uns gewesen sein?«, entgegnete Noah in abschätzigem Ton.

»Das fragst du noch? Du hast mit mir geschlafen, du Arsch!« Jennifer hatte einen hochroten Kopf. Sie hob die Fäuste, und es sah für einen Augenblick so aus, als würde sie sich auf Noah stürzen.

Er stieß einen Zischlaut aus. »Glaubt ihr kein Wort. Sie lügt, wenn sie den Mund aufmacht. Ich meine, was für eine Geschichte. Sie lässt uns um sie trauern und lebt lustig in Nova Scotia.«

»So besoffen kannst du doch gar nicht gewesen sein, dass du nicht weißt, dass ich dich am Mittwoch noch ins Bett gebracht habe und du schnell wieder munter geworden bist. Du hast dich auf mich gestürzt, als hättest du hundert Jahre keine Frau gehabt.«

Noah deutete in Richtung Haustür. »Raus! Ich kann dich nicht mehr sehen.«

Julia sah beinahe unbeteiligt zwischen den beiden hin und her. Sie wunderte sich, dass sie nicht ausrastete, denn sie glaubte in diesem Fall ausnahmsweise ihrer Schwester. So verlogen Jennifer sonst auch war, hier sprach sie die Wahrheit. Noah hatte mit ihr geschlafen … und es machte ihr nichts aus, denn sie hatte plötzlich die letzte Frage von Dr. Wayne im Ohr … In diesem Augenblick wurde ihr klar, dass sie ihm nicht die Wahrheit gesagt hatte, und plötzlich wusste sie, was sie zu tun hatte. Sie wandte sich an ihre Mutter.

»Ich fahre heute noch nach New York zurück. Wenn du magst, dann komm doch mit. Wenn Noah nichts dagegen hat, könnten wir so lange in seiner Wohnung wohnen, bis wir was Eigenes gefunden haben.«

»Julia! Was redest du da? Deine Mutter muss hierbleiben wegen der Bestrahlungen, und mich kannst du heute doch nicht in diesem Chaos zurücklassen. Du glaubst ihr doch nicht etwa?« Er deutete mit dem Finger auf Jennifer, die leise in sich hinein schluchzte.

»Ich halte sie für eine notorische Lügnerin, aber in einem Punkt hat sie mich nicht belogen. Du hast mit ihr geschlafen«, erwiderte Julia emotionslos. Und sie wusste auch, warum sie dieser ungeheuerliche Verrat nicht wirklich in der Tiefe berührte. Sie war in Gedanken längst in New York bei Jonas und fest entschlossen, ihm gegenüber endlich zu ihren wahren Gefühlen zu stehen. Sie liebte diesen Mann. Natürlich machte sie sich keine Illusionen, dass es zu spät sein könnte, aber das würde sie nicht daran hindern, ihm Auge in Auge die Wahrheit zu sagen. Dass sie Noah zwar von Herzen mochte, aber einem alten Traum hinterhergelaufen war, als sie eine Beziehung zu ihm angefangen hatte. Obwohl die Situation ganz furchtbar war, hatte sie das Gefühl, als würden ihr gerade Felsbrocken vom Herzen fallen.

»Das hat sie dir brühwarm erzählt, oder? Aber das ist eine Lüge wie alles andere!«, widersprach Noah ihr verzweifelt. »Wie kannst du nur darauf reinfallen?«

»Das Bettzeug hat euch verraten. Ich hatte es gerade letztes Wochenende bezogen, und jetzt verstehe ich, warum du es gewechselt hast«, erklärte Julia ungerührt.

Noah wand sich. »Lieber Gott, nein, das darf nicht zwischen uns stehen. Ich weiß doch auch nicht, wie das geschehen konnte. Ich war lattenstramm, und plötzlich lag sie nackt neben mir im Bett. Sie hat sich mir angeboten, und ich war nicht Herr meiner Sinne. Julia, bitte, das hat gar nichts zu bedeuten.«

»Du Schwein!« Jennifer sprang mit einem Satz auf Noah zu und versetzte ihm eine Ohrfeige, doch das nahm er kaum wahr. »Julia, bitte, verlass mich nicht. Ich liebe dich«, flehte er, doch Julia hatte nur noch einen Wunsch: Fort von hier!

Ohne sich noch einmal nach den anderen umzusehen, rannte sie ins Schlafzimmer und schnappte sich ihre Tasche, die sie noch nicht ausgepackt hatte. Zurück im Wohnzimmer, verabschiedete sie sich von ihrer Mutter mit einem Kuss. »Wir telefonieren, und du überlegst dir, ob du die Bestrahlung in New York fortsetzen möchtest, aber es ist völlig in Ordnung, wenn du das hier zu Ende machst, sofern es Noah recht ist, dass du vorerst bei ihm bleibst.«

»Natürlich ist mir das recht. Und ich versuche auch nicht länger, dich zum Bleiben zu bewegen, Julia, aber bitte denke über alles in Ruhe nach. Mir hat es nichts bedeutet. Überhaupt nichts!«

Julia trat einen Schritt auf Noah zu und umarmte ihn herzlich, bevor sie sich an Jennifer wandte, die aufgehört hatte zu schluchzen, nachdem sie begriffen hatte, dass Julia Montauk verlassen würde. Offensichtlich hatte sie wieder Hoffnung geschöpft, aber auch das berührte Julia nicht mehr. Sollte Jennifer doch an ihren Lügen ersticken.

»Du hasst mich jetzt, oder?«, fragte Jennifer Julia in beinahe bedauerndem Ton. »Aber ich wollte dich nicht verletzen. Du bist doch meine Schwester. Nur, versteh doch, bei Noah bin ich sicher, und wenn du magst, kannst du die Patin von unserem ersten Kind werden.« Julia ließ es zu, dass Jennifer sie umarmte, wenngleich sich ihr ganzer Körper bei der Berührung ihrer Schwester versteifte. Über ihre Schulter hinweg trafen sich Noahs und Julias Blick. Ihm waren gleichermaßen das Entsetzen und die Erkenntnis, wie schwer Jennifers Realitätssinn gestört war, anzusehen. Nur sie, Julia, war die Letzte, die ihr helfen konnte. Aber sie wollte nicht mehr. Sie war nicht mehr die kleine Schwester, deren ganzes Sinnen danach trachtete, die große Schwester bei ihren Lügen zu decken, um von ihr geliebt zu werden. Nein, sie empfand wirklich nur noch pures Mitleid für Jennifer, aber sie war nicht mehr für die ältere Schwester verantwortlich.

Hastig löste sich Julia aus der Umarmung und eilte zur Tür. Als sie ins Freie treten wollte, blickte sie in den Lauf einer Pistole.

48.

Jürgen schubste Julia fluchend in einen freien Sessel, bevor er einen neugierigen Blick in die Runde riskierte.

»Lange nicht gesehen, Schwiegermutter.« Er lachte hämisch auf. »Das hättest du nicht gedacht, dass du doch noch mal zu dieser Ehre kommst, aber ich bin mit der Schlampe da verheiratet.« Er drehte sich abrupt zu Noah um. »Du auch, oder? Da sitzen wir beide in einem Boot. Und lass dir bloß nicht einfallen, die Polizei zu holen. Ich merke, wenn das Haus umstellt wird, und dann … peng!« Er zielte auf eine mit Herbstblumen gefüllte Vase auf dem Sideboard und drückte ab. Das Glas zersprang, und das Wasser schoss in einem Strahl zu Boden.

»Was willst du hier? Hast du nicht genug Unheil angerichtet?« Jennifers Stimme bebte.

»Ich will dich nach Hause holen, mein Schatz. Das war gar nicht nett von dir, einfach abzuhauen, das Haus und deine Firma zu verkaufen und alle Konten sperren zu lassen. Ich war gezwungen, mir Geld von einer Dame zu leihen, und das ist nicht die feine Art«, jammerte er und trat einen Schritt auf Jennifer zu.

»Wag es ja nicht, mich anzufassen!« Ihre Stimme überschlug sich vor lauter Aufregung.

»Aber was ist denn bloß in dich gefahren? Es war alles wunderbar. Unser Leben in Yarmouth war doch ein Traum.« Er breitete theatralisch die Arme aus.

»Es war die Hölle! Du hast unser Kind getötet! Ich bin fertig mit dir!«, brüllte Jennifer.

»Du hast euer Kind getötet? Du warst immer schon ein Schwein«, mischte sich Susanne angewidert ein.

»Ach, Schwiegermutter, und du hast immer schon ziemlich viel Unsinn geredet. Und nie verstanden, was deine Tochter an mir hatte. Natürlich habe ich kein Kind umgebracht, du blöde Nuss!«

»Das vielleicht nicht, aber du hast sie so lange getreten, bis sie eine Fehlgeburt hatte«, konnte sich Julia nun doch nicht zurückhalten, obwohl sie es sich vorgenommen hatte.

»An dem Streit hatte sie selber schuld, aber ich habe wenig Lust, mit euch über unsere Beziehung zu sprechen. Ich will meine Frau zurück. Komm, Schätzchen, du willst das doch auch. Wir gehen in die Karibik. Geld genug haben wir ja«, lachte er und packte Jennifer, ehe sie sich versah, am Haar und zog sie zu sich. Sie schrie laut auf.

Susanne stürzte auf ihn und versetzte ihm ein paar Schläge ins Kreuz, doch er schüttelte sie ab, sodass sie stolperte und auf dem Sofa landete.

»Sie sehen doch, dass sie nicht mit Ihnen gehen möchte«, brüllte Noah. »Verlassen Sie das Haus! Sie können sie doch nicht zwingen, mit Ihnen zu gehen.«

Jürgen fuchtelte mit der Pistole vor Noahs Nase herum. »So, meinen Sie? Ich denke schon, dass ich die geeigneten Mittel zur Hand habe«, lachte er und wandte sich erneut Jennifer zu. »Was hat deine liebe Familie eigentlich dazu gesagt, dass du damals deinen Tod vorgespielt hast?«

»Was sollen wir schon sagen, wenn wir doch wissen, dass du sie dazu gezwungen hast, du Teufel!« Susanne schäumte.

»Ich? Hast du etwa erzählt, das sei auf meinem Mist gewachsen? Ha, ich muss zugeben, ich fand den Plan genial, aber ich bin leider nicht darauf gekommen.«

»Du?« Susanne starrte ihre Tochter entgeistert an. »Du hast das in die Wege geleitet?« Sie schien sichtlich erschüttert. »Hast du denn keine Sekunde daran gedacht, was du mir, was du deiner Schwester antust, wenn du uns glauben lässt, dass du tot bist?«

»Ich hatte keine Wahl, nachdem er mich gezwungen hat, das Schwarzgeld zu unterschlagen.«

»Apropos Geld!« Jürgen wandte sich an Noah. »Ob du mir mal etwas ausleihen könntest? Ich meine, das wird am Wochenende schwierig sein, an deine Knete zu kommen, Schatz, oder?«

»Nenn mich nicht Schatz«, fauchte Jennifer ihn an. »Und ich bleibe bei meinem Mann, basta! Und das ist Noah, nicht du! Außerdem bin ich höchstwahrscheinlich schwanger von ihm.«

Nicht nur Jürgen wurde in diesem Augenblick kalkweiß im Gesicht, sondern auch Noah. »Du hast es doch nicht etwa darauf angelegt, dass …?«

Jürgen brach in ein irre klingendes Gelächter aus. »Schatz, merkst du das nicht? Der will dich nicht mehr. Da kannst du noch so mit dem Arsch wackeln. Der Typ steht nicht mehr auf dich. Also, lass uns endlich gehen!«

Jennifer baute sich vor Noah auf. »Nun sag doch endlich, dass du mich immer noch liebst. Ich verspreche dir, dann geht der Typ!«

Noah kämpfte mit sich, aber nicht, weil er nicht wusste, was er fühlte, sondern weil er gern das Richtige gesagt hätte, um den Kerl zum Verlassen seines Hauses zu bewegen. Er suchte Julias Blick. Sie wich ihm aus. In diesem Augenblick hatte er endgültig begriffen, dass Julia und er keine Chance hatten, glücklich zu werden, weil Jennifer auch weiterhin zwischen ihnen stehen würde. Und er verfluchte den Augenblick, als er schwach geworden war und für einige geile Minuten seine Beziehung zu der Frau, die er wirklich liebte, an die Wand gefahren hatte. Es war also egal, was er sagte, aber ihm stand nicht der Sinn danach, zu taktieren. Er verabscheute Jennifer aus tiefstem Herzen, und der Gedanke, sie könnte ihn womöglich ganz gezielt verführt haben, um sich von ihm schwängern zu lassen, verursachte ihm Übelkeit.

»Nein, Jennifer, ich liebe dich nicht, und selbst wenn du ein Kind bekommen würdest, möchte ich dich niemals wiedersehen. Außer vielleicht zu unserer Scheidung«, stieß Noah heiser hervor.

Jürgen applaudierte übertrieben. »Mensch, das hätte ich Ihnen gar nicht zugetraut. Ich hatte Sie mir viel öder vorgestellt. Als Jenny mich zwei Monate nach ihrer Hochzeit angerufen und ins Telefon geflennt hat, weil sie sich im Bett mit Ihnen so furchtbar gelangweilt hat, habe ich Sie mir als richtiges Weichei vorgestellt. Tja, Mann, Sie hätten ihr nur hin und wieder den Arsch versohlen müssen, dann hätte sie vielleicht nicht nach mir gewinselt.«

»Ja, das hätte ich in der Tat tun sollen. Aber nun habe ich keine Lust mehr, es nachzuholen«, spottete Noah.

»Jürgen, du bist zum Kotzen!«, spukte Julia verächtlich aus. »Und vielleicht bist du auch nur krank im Kopf. Ich würde euch beiden raten, dringend die Hilfe eines Seelendoktors in Anspruch zu nehmen. Es ist mir sowieso völlig egal, wer von euch beiden was angezettelt hat, aber ich würde jetzt gern gehen.«

Wieder lachte Jürgen dreckig auf. »Du glaubst doch nicht, dass ich dich gehen lasse. Dann holst du prompt die Polizei. Das hättest du doch schon gern getan, als ich dir in New York einen kleinen Besuch abgestattet habe.«

»Da seht ihr mal! Sie hätte uns warnen müssen, dass der Kerl schon in der Nähe ist!« Jennifer deutete mit ausgestrecktem Zeigefinger auf Julia.

»Halt doch endlich dein Maul!«, fuhr Jürgen sie an und setzte ihr demonstrativ die Pistole an die Stirn. »Und nun verabschiede dich, Schatz, ich habe genug von diesem Geplänkel.«

»Gut, ich komme mit. Aber ich darf meine Sachen mitnehmen, oder?«

»Mir egal, aber mach hinne! Ich zähle bis fünfzig, dann bist du wieder hier, und wenn nicht, erschieße ich deine Mutter.«

Susanne warf ihm einen vernichtenden Blick zu. Darin stand zu lesen, dass sie ihn zwar abgrundtief verachtete, aber keinerlei Angst hatte, dass er sie wirklich erschießen würde.

Jennifer drängte sich an ihm vorbei und verschwand nach oben.

»Wie ist das nur möglich, dass aus einem Jungen aus gutem Haus so ein krimineller Loser wird?«, bemerkte Susanne voller Abscheu. »Dein Vater war ein angesehener Hamburger Bürger. Ein Mann mit Kultur und Stil.«

Wieder lachte Jürgen boshaft auf. »Genau, in der Gesellschaft. Und in der Presse. Aber wenn er mit mir allein war, hat er mich dazu gezwungen, ihm den Schwanz zu lutschen und später mehr, und das immer unter Schlägen. Ich konnte nicht mehr am Sportunterricht teilnehmen, weil mein Rücken voller Striemen war. Und weil mein Vater so ein toller Hecht war, reichte seine Entschuldigung!«

Julia wurde abwechselnd heiß und kalt. Bislang hatte sie in Jürgen nur den brutalen Täter gesehen, aber in diesem Augenblick sah sie ihn auch als Opfer. Mitgefühl konnte sie trotzdem nicht empfinden.

Als Jennifer zurückkehrte, schien sie seltsam entspannt.

»Na, geht doch«, murmelte Jürgen, bevor er sich theatralisch verbeugte. »Tut mir leid, dass ich eure Wochenendruhe stören musste, nun wünsche ich noch einen wunderschönen Abend allerseits.« Er schob Jennifer, die allen noch einmal zuwinkte, in Richtung Haustür. Jürgen dachte an alles, auch dass man sie verfolgen könnte, und schloss die Tür von außen ab.

Susanne, Julia und Noah waren vor Entsetzen erstarrt. Noah gewann als Erster die Fassung zurück. »Und nun? Rufen wir die Polizei?«

Julia und Susanne zuckten die Achseln. »Ich weiß nicht, aber ich hatte eben das Gefühl, Jennifer hat irgendwas vor.«

»Komisch, das habe ich auch gedacht. Ich kenne doch den Blick meiner Tochter, wenn sie etwas im Schilde führt«, pflichtete Susanne Julia bei.

In diesem Augenblick fiel ein Schuss.

Jennifer stürzte nicht sofort zu Boden, sondern blieb für den Bruchteil einer Sekunde stehen und blickte ihn aus schreckensweiten Augen an, bis sie zusammensackte. Schreiend beugte sich Jürgen über sie. »Ich habe das nicht gewollt, ich habe das nicht gewollt! Warum hast du das getan?« Er hielt ihr seine blutende Hand entgegen, in die sie ihm vor wenigen Sekunden einen gezielten Stich versetzt hat. Da war die Pistole losgegangen. Das war ein spontaner Straßenkauf in der Bronx gewesen. Es hatte nur Minuten gedauert, in der die in ein Tuch gewickelte Waffe den Besitzer gewechselt hatte.

»Verzeih mir, Liebling, ich habe es nicht gewollt. Bitte glaube mir«, jammerte er, aber seine Stimme war für Jennifer nicht mehr als ein gurgelnder Bach ganz in der Ferne. Sie war ganz woanders. In einem Treppenhaus. Der Geruch von Kerosin hängt in der Luft. Es ist stickig und heiß, so entsetzlich heiß. Sie ist barfuß. Unter ihren Füßen brennt es. Der Boden glüht, in Strömen rinnt der Schweiß ihre nackten Beine hinunter. Die Luft ist zum Ersticken, und es stinkt erbärmlich. Nach Rauch, chemischen Giften und immer stärker nach Kerosin. Es ist das 63. Stockwerk. Was, wenn ich hier nicht lebend herauskomme?, fragt sie sich und ist dabei erstaunlich ruhig. Daran hat sie noch gar nicht gedacht: Sterben wäre immerhin eine Alternative! Nun wird sie noch ruhiger. Was auch immer geschehen wird, die Lösung ist nah.

Sie versucht, den Staub von ihrem Kleid zu wischen, aber als sie ihre dreckverschmierten Hände sieht, gibt sie es auf. Als sie den Blick zum Fenster wendet, sind da nur diese weißen, langsam flatternden Papiervögel und dann die fliegenden Körper … Sie geht weiter. Etage für Etage, und es scheint kein Ende in Sicht, doch dann endlich haben sie es geschafft. Und plötzlich taucht ihr Segelboot wie aus dem Nichts auf. Ihr geliebtes Boot. Es wird wie von Geisterhand gesteuert und macht am Steg fest. Es riecht mit einem Mal nach Salz und Meer. Sie muss nur einsteigen. Das ist die Lösung. Es fühlt sich alles so leicht an. Der Wind führt das Boot aufs Meer hinaus. Da sieht sie, dass sie nicht allein ist. Susanne kommt ihr aus einem hell erleuchteten Tunnel entgegen, sie hält an jeder Hand ein Kind. Sie sind vielleicht vier und sieben. Meine beiden Kinder, denkt sie. Meine Kinder! Sie will ihnen entgegenlaufen, aber sie kann sich nicht mehr bewegen. Sie erkennt, dass die beiden Mädchen Julia und Jennifer sind …

49.

Jennifers Beerdigung sollte im kleinen Kreis auf dem Fort Hill Cemetery in Montauk stattfinden. Der Friedhof, der malerisch auf einem Hügel lag und eine bezaubernde Aussicht auf Fort Pond bot, war neuerdings zu einer Art Kultfriedhof geworden, sodass die Gemeinde inzwischen einen Riegel davorgeschoben hatte, hier nur die reichen New Yorker zu bestatten. Da Noah in Montauk gemeldet war und dort auch seine Steuern zahlte, wurde ihm selbstverständlich eine Grabstätte verkauft.

Julia war nach dem schrecklichen Tod ihrer Schwester in Montauk geblieben und hatte sich vorerst freigenommen. Unter diesen Umständen konnte sie Susanne und Noah auf keinen Fall alleinlassen. Sie war zu ihrer Mutter in das große Gästezimmer gezogen, weil Susanne unter schrecklichen Albträumen litt und froh war, dass ihre Tochter mit im Raum war, wenn sie nachts von ihrem eigenen Schreien schweißgebadet aufwachte.

Julias Verhältnis zu Noah hatte durch diese Ereignisse eine völlig andere Qualität bekommen. Sie waren ein echtes Team geworden. Gemeinsam hatten sie beschlossen, Jennifer in Montauk beisetzen zu lassen. Sie hatten vorher alle Alternativen durchgespielt. Auch die, sie als Alice Taylor in Yarmouth beerdigen zu lassen, nur dieser Plan scheiterte bereits an den organisatorischen Hürden. Schließlich handelte es sich nicht um einen natürlichen Todesfall, sodass die Polizei involviert werden musste. Jennifer war deshalb in die Pathologie gebracht worden, und es hatte eine Zeit gedauert, bis sie die Leiche freigegeben hatten. Nach Jürgen wurde inzwischen fieberhaft gefahndet, aber es gab noch immer keine Spur von ihm. Dank Noahs guter Verbindungen zu den Kollegen der Pathologie, der Polizei und der Presse wurde alles diskret und unter dem Ausschluss der Öffentlichkeit erledigt. Nur ein paar Kollegen wussten, dass Noah seine Frau zum zweiten Mal verloren hatte. Laut Noah war es ein Unfall gewesen. Und er hatte seine Kollegen gebeten, von allen Beileidsbekundungen abzusehen, und dementsprechend auch keine Todesanzeige aufgegeben. Wann und wo die Beerdigung stattfand, wussten nur die Eingeweihten. Dagegen, dass die Gerüchteküche in den Hamptons brodelte, konnte allerdings auch Noah bei allen Vorsichtsmaßnahmen nichts ausrichten.

Noah hatte nicht ein einziges Mal versucht, die Liebesbeziehung zu Julia wiederaufleben zu lassen. Nein, zwischen ihnen beiden herrschte eine unausgesprochene Übereinkunft, dass sie nun gute Freunde waren und das wohl auch immer bleiben würden. Deshalb hatte Noah auch nicht dagegen protestiert, als Julia den Wunsch geäußert hatte, Tine und Jonas Bescheid zu geben und sie zu bitten, zur Beerdigung nach Montauk zu kommen.

Während Julia an ihren Anruf bei Tine dachte, beschleunigte sich selbst bei der bloßen Vorstellung daran ihr Pulsschlag. In knappen Worten hatte sie der Freundin berichtet, was geschehen war. Tine hatte keine Sekunde gezögert, ihr eine Zusage zu geben. »Willst du Jonas sprechen?«, hatte sie schließlich gefragt. »Ja, ja, gern, wenn es gerade passt, ich meine, wenn er Zeit hat …«, hatte Julia gestammelt. »Natürlich komme ich zu ihrer Beerdigung«, hatte er ihr ohne Zögern versprochen. Jonas' tiefe erotische Stimme war ihr durch und durch gegangen. Und nun würde er gleich vor ihr stehen. Julia schämte sich ein bisschen, dass ihre Gedanken so intensiv mit Jonas beschäftigt waren statt mit ihrer Trauer. Aber, wenn sie ehrlich war, wollten sich diese

Emotionen wie damals bei Jennifers erstem Tod nicht einstellen. Ihr tat es leid, und sie hätte ihrer Schwester niemals so ein grausames Ende gewünscht, aber das war es auch schon.

Julia spürte, wie sich eine warme Hand in ihre schob. Es war Noah, der neben ihr auf dem Sofa saß. Sie hatten bereits ihre Trauerkleidung angezogen, während sie auf die übrigen Gäste warteten und darauf, dass Susanne und Nancy fertig umgezogen waren.

»Wie hätte ich das bloß alles ohne dich überstanden?«, seufzte er.

»Das kann ich dir nur zurückgeben«, versicherte sie ihm und drückte seine Hand.

Es klingelte.

»Das werden sie sein. Ich mache auf.« Julia versuchte, ihre Aufregung vor Noah zu verbergen.

Ihr Herz klopfte bis zum Hals, doch vor der Tür standen zwei andere Gäste, die Julia mit Noahs Einverständnis auch gebeten hatte, zur Beerdigung zu kommen. Mister Lenfield begrüßte Julia mit schuldbewusster Miene. »Wenn ich geahnt hätte, was für ein Ende dieser dumme Plan nehmen würde, ich hätte Ihre Schwester nie dabei unterstützt.«

»Nun machen Sie sich bitte keine Vorwürfe. Keiner von uns hat alles richtig gemacht. Glauben Sie mir.« Sie lächelte ihm aufmunternd zu.

»Ich bin Ihnen so dankbar, dass Sie mir die Gelegenheit geben, mich von ihr zu verabschieden«, bemerkte er gerührt.

»Das ist doch eine Selbstverständlichkeit.« Julia hatte seine Telefonnummer in einem Notizbuch ihrer Schwester gefunden und ihn noch am Todestag angerufen. Er war in Tränen ausgebrochen und hatte ihr zugesichert, alles stehen und liegen zu lassen, um Jennifer die letzte Ehre zu erweisen. Julias nächste Bitte hatte ihn allerdings zunächst schwer verunsichert. »Ich soll Misses Granby mitbringen?«, hatte er ungläubig nachgefragt.

Julia begrüßte nun die treue Sekretärin ihrer Schwester. Unter Tränen versicherte ihr Misses Granby, dass sie ihr das nie vergessen werde, dass sie Abschied von Misses Taylor nehmen dürfe.

Julia bat die beiden Gäste ins Haus. Mister Lenfield stürzte sich sogleich auf Noah und entschuldigte sich noch einmal wortreich für seinen unverzeihlichen Fehler, Jennifer bei diesem Betrug geholfen zu haben. Noah winkte ab. In diesem Augenblick kamen auch Susanne und Nancy hinzu. Susanne hielt eine Zeitung hoch. »Man hat ihn gefunden«, verkündete sie. Alle Beteiligten starrten auf das Foto des Toten. Misses Granby wandte sich mit Grauen ab. »Das ist Mister Taylor, keine Frage.«

Julia gab Mister Lenfield einen leisen Stoß in die Seite. »Haben Sie sie denn nicht darüber aufgeklärt, wer Misses Taylor wirklich war?«, raunte sie ihm zu.

»Ich habe es versucht, aber ich glaube, sie hat irgendwann die Ohren zugeklappt«, seufzte Mister Lenfield.

Julia überflog den Artikel hastig. Offenbar war Jürgen gleich nach der Tat ins Wasser gegangen. Die Strömung musste ihn ein ganzes Stück abgetrieben haben, denn seine Leiche war an einem entfernten Strand angespült worden.

»Müssen wir sofort die Polizei informieren?«, fragte Julia.

Noah winkte ab. »Nach der Beerdigung.«

Wieder klingelte es. Wie auf Watte ging Julia zur Haustür und öffnete. Als Erstes trafen sich Jonas' und ihr Blick. Ihr Herz tat einen Sprung, als sie außer Trauer auch die Freude in seinen Augen erkennen konnte. Trotzdem umarmte sie erst einmal Tine herzlich, bevor sie sich von Jonas in die Arme nehmen ließ. Er drückte sie so fest an seine Brust, dass sie kaum Luft bekam. Als sie sich nach einer halben Ewigkeit aus seiner Umarmung gelöst hatte, vernahm sie hinter sich ein Räuspern.

»Ich glaube, wir müssen jetzt los«, bemerkte Noah, bevor

sein Blick an Tine hängen blieb. »Aber erst einmal könntest du mir deine Freundin vorstellen.«

»Das ist Tine, und das ist Noah«, sagte Julia mit einem Lächeln, als sie bemerkte, wie intensiv die beiden sich ansahen.

In diesem Augenblick klingelte ihr Telefon. Als sie sah, dass der Anrufer Mister Miller war, entschuldigte sie sich bei den anderen und nahm das Gespräch an. Ihr Chef kam ohne Umschweife auf den Grund seines Anliegens und berichtete ihr aufgeregt, er hätte über Quellen in den Hamptons erfahren, dass es dort offenbar eine Überlebende von 9/11 gäbe, die ihr Gedächtnis verloren hätte. Und ob sie die Story nicht machen könnte. Das wäre ja wirklich der Hammer.

»Mister Miller«, erwiderte Julia besonnen. »Das ist nur ein Gerücht. Sie kennen das doch. Alles, was mit 9/11 zusammenhängt, wird gern ausgeschmückt. Aber hier gibt es keine Überlebende des Anschlags, also auch keine Geschichte!«

Mit diesen Worten beendete sie das Gespräch, schaltete das Gerät aus und hakte sich wie selbstverständlich bei Jonas unter. Der aber warf einen verunsicherten Blick zu Noah, der in ein anregendes Gespräch mit Tine verwickelt war.

»Wir sind nur Freunde, wenn du das meinst«, raunte Julia Jonas zu.

»Gut, dann kann ich dir ja einen Kuss geben«, entgegnete er.

»Ich … ich denke, der Anlass, ich meine, wir können uns doch nicht …«, stammelte Julia, aber da hatte ihr Jonas bereits ein züchtiges Küsschen auf die Wange gegeben, das auch anlässlich einer Beerdigung durchaus angemessen war.

50.

Julia wachte wie gerädert auf. Ihr taten alle Knochen weh, als hätte sie Schwerstarbeit geleistet. Und da fiel es ihr auch gleich ein, warum. Sie hatte am gestrigen Tag zusammen mit Noah Jennifers Zimmer leer geräumt. Und dann hatte sie nicht einschlafen können, weil die Gedanken wie in einem Karussell durch ihren Kopf gekreiselt waren. Erst gegen Morgen war sie endlich eingedöst. Mühsam setzte sie sich auf. Ihre Augen brannten, und ihr Kopf schmerzte. Ihr Blick fiel auf ein Foto, das auf dem Nachttisch lag. Es war das Bild von Jonas, das sie diskret von Jennys Pinnwand entfernt hatte, und ihr war so, als würde er sie anlächeln.

Jonas? Warum war er ihr mit einem Mal so nahe? Sie meinte, seine Berührung beinahe körperlich zu spüren. Dabei hatten sie sich am Flughafen doch nur flüchtig zum Abschied umarmt. Gut, er hatte sich kurz in ihre Fantasie eingeschlichen, als sie … doch da fiel es ihr wie Schuppen von den Augen. Ihr Traum. Darin hatte er eine tragende Rolle gespielt. Sie erinnerte sich zunächst bruchstückhaft, aber dann fiel ihr alles wieder ein. Es kam ihr so schrecklich real vor, was sie sich da im Morgengrauen zusammengeträumt hatte. Von ihrer Schwester, die ihren Tod nur vorgetäuscht hatte und unter dem Namen Alice Taylor in Nova Scotia lebte. Die mit dem brutalen Jürgen verheiratet war, der das Kind in ihrem Leib getötet hatte, vor dem Jenny geflüchtet war, um mit Noah auf heile Familie zu machen … Und davon, dass sie wieder etwas mit Noah angefangen hatte, obwohl ihr ständig Jonas im Kopf herumgespukt war …

Stöhnend ließ Julia sich in die Kissen zurückgleiten und den Traum noch einmal vor ihrem inneren Auge Revue passieren. Das Klingeln ihres Telefons riss sie aus ihren Gedanken. Sie meldete sich verschlafen, doch als sie die Stimme am anderen Ende der Leitung erkannte, war sie hellwach und setzte sich kerzengerade auf.

Jonas wünschte ihr einen »Guten Morgen« und fragte sie, ob sie nicht Lust hätte, Tine und ihn die nächsten Tage mal in New York zu treffen. Sie würden gern mit ihr gemeinsam das 9/11-Memorial besuchen.

»Jonas, hatten Sie ein Verhältnis mit meiner Schwester?« Julia bereute diese Frage bereits in demselben Augenblick, aber nun war es zu spät.

Jonas' Antwort war ein verlegenes Lachen.

»Na, Sie sind ja direkt, aber ich mag es, wenn Menschen nicht darum herumreden.«

»Hatten Sie oder nicht?«

»Nein, leider nicht!«

Julia verschlug diese offene Antwort regelrecht die Sprache.

»Wir waren alle in Jennifer verknallt. Sogar unsere Chefs. Und sie hat es redlich genossen, von allen angeschwärmt zu werden, aber außer Flirten – und darin war Ihre Schwester eine Meisterin – ist nichts gewesen. Aber nun verraten Sie mir doch mal, wie Sie auf so eine Idee gekommen sind?«

»Ich, äh, ich, habe ein Foto von Ihnen an Jennifers Pinnwand gefunden. Und ich meine, wer hängt sich schon Bilder von Kollegen, äh …«, stammelte Julia verlegen.

»Ach ja, ich erinnere mich. Wir haben mal zusammen einen Strandausflug gemacht, und sie wollte unbedingt ein Foto von mir machen. Gut, und was sagen Sie zu meinem … ich meine, dem Vorschlag meiner Schwester, dass wir uns zeitnah treffen?«

Ein leises Lächeln umspielte Julias Mund.

»Das ist sogar eine sehr gute Idee«, erwiderte sie.

»Und wie fänden Sie es, wenn wir abends noch essen gehen würden. Also nur wir beide. Sie und ich?«

»Gern, aber nicht, dass Tine sich dann ausgegrenzt fühlt«, gab Julia zu bedenken, während ein angenehmes Prickeln ihren Körper durchrieselte bei dem Gedanken, einen Abend allein mit Jonas zu verbringen.

»Keine Sorge, meine Schwester hat mir quasi grünes Licht gegeben. Sie müssen wissen, sie hat einen Hang dazu, ihren großen Bruder zu verkuppeln.« Er lachte laut und herzlich.

Julia lächelte immer noch, als sie, nachdem das Gespräch beendet war, gedankenverloren das Foto von Jonas zur Hand nahm. Ja, er lächelt mich wirklich an, dachte sie in diesem Augenblick. Sie war mit einem Mal so entspannt, dass sie beschloss, noch ein wenig zu schlafen, doch in diesem Augenblick klopfte es an ihrer Tür.

Nachdem sie laut »Ja, bitte!« gerufen hatte, trat Noah zögernd ins Zimmer. In der Hand hielt er ein Telefon. Sie musterte ihn durchdringend. Wenn er wüsste, was wir in meinem Traum alles getrieben haben, dachte sie amüsiert und stellte erleichtert fest, dass sie so gar keinen Impuls verspürte, es im richtigen Leben zu wiederholen.

»Du bist ein wirklich guter Freund, Noah, und ich hoffe, das wirst du immer bleiben«, sagte sie gerührt.

»Und ob! Und ich wollte dich auch nicht schon wieder im Schlafzimmer, äh, stören, aber da war eben ein Anruf für dich. Ein Herr, der wollte mir seinen Namen nicht nennen, machte auf ganz dringend. Ich konnte ihn partout nicht abwimmeln. Er hat gesagt, er ruft in zehn Minuten noch mal an. Offenbar ein Bekannter von dir aus Berlin, denn er sprach Deutsch.«

Jan?, war Julias erster Gedanke, aber den verwarf sie sofort wieder, denn woher sollte er wohl Noahs Festnetznummer in den Hamptons haben?

»Ich lasse dir das Telefon hier.« Er musterte sie mitfühlend. »Ist wirklich alles in Ordnung bei dir?«

»Ja, warum fragst du?«

»Du hast heute gegen Morgen ein paarmal ganz laut geschrien. So sehr, dass ich nach dir gesehen habe, aber du bist nicht mal davon aufgewacht. Offenbar hattest du einen Albtraum.«

Julia nickte eifrig.

»Das kann man wohl sagen!«

»Gut, dann könnten wir, wenn du Lust hast, gleich zusammen frühstücken«, schlug er ihr vor.

»Nichts lieber als das«, seufzte sie.

In diesem Augenblick klingelte das Telefon, und Noah zog sich diskret zurück. Julia war sehr gespannt, wer sie da so dringend sprechen wollte.

Nachdem sie sich mit Namen gemeldet hatte, bellte ihr eine unangenehme Männerstimme ins Ohr.

»So, nun pass mal gut auf! Ich sage das nur ein einziges Mal. Was du da am JFK gesehen hast, vergiss es! Und komm ja nicht auf die Idee, Detektiv zu spielen. Jennifer Goldstein ist tot!«

Nun wusste Julia, wer der ominöse Anrufer war, aber sie kam nicht einmal dazu, ihn bei seinem Namen zu nennen, denn Jürgen hatte bereits aufgelegt.